Michael Peinkofer
Die Herrschaft der Orks

PIPER

Zu diesem Buch

Die Ork-Brüder Balbok und Rammar sind in einem Insel-
reich gestrandet und geben sich dort nach Lust ihres dunklen
Herzens dem Blutbier und Fressgelage hin – und der Lange-
weile. Doch sie ahnen nicht, dass in der Welt außerhalb der
Inseln inzwischen Jahrhunderte vergangen sind. Die alten
Gesetze sind außer Kraft, die Verbündeten der Orks längst
tot. Ihre Heimat, die Modermark, ist zur Gnomenmark geworden, und Menschen und Zwerge liegen in einem erbit-
terten Krieg um die Reiche von Erdwelt. Zeit für zwei Orks,
für die ein klauenfester Streit ebenso erstrebenswert ist wie
die Weltherrschaft ...

Michael Peinkofer, geboren 1969, studierte Geschichte, Ger-
manistik und Kommunikationswissenschaften und arbeitete
als Redakteur bei der Filmzeitschrift »Moviestar«. Mit sei-
nen Romanen um »Die Orks«, »Die Zauberer« und »Die
Könige« avancierte er zu einem der beliebtesten Fantasy-
Autoren Deutschlands. »Die Herrschaft der Orks« setzt die
Abenteuer um Balbok und Rammar fort.
Weiteres zum Autor unter: www.michael-peinkofer.de

Michael Peinkofer

DIE HERRSCHAFT DER ORKS

Roman

Piper München Zürich

Entdecke die Welt der Piper Fantasy:

Piper-Fantasy.de

Von Michael Peinkofer liegen bei Piper vor:
Die Zauberer
Die Zauberer. Die Erste Schlacht
Die Zauberer. Das dunkle Feuer
Splitterwelten
Die Rückkehr der Orks
Der Schwur der Orks
Das Gesetz der Orks
Die Herrschaft der Orks
Unter dem Erlmond. Land der Mythen 1
Die Flamme der Sylfen. Land der Mythen 2
Die Könige
Kampf der Könige

MIX
Papier aus verantwor-
tungsvollen Quellen
FSC® C083411

Ungekürzte Taschenbuchausgabe
März 2015
© 2013 Piper Verlag GmbH, München
Umschlaggestaltung: Guter Punkt, München | www.guter-punkt.de
Umschlagabbildung: Anton Kokarev
Karte: Daniel Ernle
Abbildung Axt: Sven Binner
Satz: Kösel Media GmbH, Krugzell
Papier: Pamo Super von Arctic Paper Mochenwangen GmbH, Deutschland
Druck und Bindung: CPI books GmbH, Leck
Printed in Germany   ISBN 978-3-492-28007-5

VORWORT

Eine Fortsetzung zu schreiben, hat immer etwas von einem Klassentreffen: Man begegnet all den Leuten wieder, mit denen man vor mehr oder minder langer Zeit viel geteilt und viel erlebt hat; und häufig kehrt man auch an die Orte zurück, an denen sich all diese Ereignisse abgespielt haben. Bei der Arbeit an DIE HERRSCHAFT DER ORKS ging es mir genauso.

Als ich vor acht Jahren mit DIE RÜCKKEHR DER ORKS das allererste Abenteuer von Balbok und Rammar zu Papier brachte, ahnte ich noch nicht, auf wie viel Gegenliebe die beiden bei den Lesern stoßen und dass ich Gelegenheit erhalten würde, den phantastischen Kosmos von Erdwelt in weiteren Bänden fortzuschreiben. Natürlich gab es Ideen und inhaltliche Skizzen – (Fantasy-)Autoren geben sich selten damit zufrieden, Szenarien nur für einen einzigen Band zu entwerfen. Aber natürlich war zunächst ungewiss, ob die ungleichen Ork-Brüder nach ihrem ersten Abenteuer tatsächlich zurückkehren würden. Die Leser haben jedoch sehr eindeutig entschieden, und so folgten mit DER SCHWUR DER ORKS und DAS GESETZ DER ORKS zwei weitere Bände, die die Abenteuer der streitsüchtigen, aber eigentlich ganz knuffigen Titelhelden fortsetzten und das Erdwelt-Epos weiterspannen. Und damit nicht genug. Ich durfte in der ZAUBERER-Trilogie die Vorgeschichte des Kampfes gegen den Dunkelelfen und des Ordens von Shakara erzählen, und auch in zwei Kurzgeschichten hatten Balbok und Rammar kleine, aber feine Auftritte. Zu verdanken haben sie das – und ich natürlich auch – euch, den treuen Lesern, die ihr gerne bereit wart, nach Erdwelt zurückzukehren und euch von wagemutigen Kämpfen, gefahrvollen Erkundungen und nicht zuletzt auch einer Portion Humor verzaubern zu lassen.

Seit Erscheinen des Romans DAS GESETZ DER ORKS wurde ich immer wieder gefragt, wann es ein neues Abenteuer der beiden Brüder geben würde. Da ich zunächst die Geschichte Granocks, Alannahs und der anderen ZAUBE-RER erzählen wollte, musste ich immer wieder um Geduld bitten – doch nun ist es so weit. DIE HERRSCHAFT DER ORKS knüpft dort an, wo Band drei der Saga endete, und erzählt doch ein ganz neues und anderes Abenteuer. Denn wie unsere Helden feststellen müssen, hat die Zeit sie in der Zwischenzeit überholt, und das im wörtlichen Sinn. Zu den altbekannten Figuren zurückzukehren und der Saga zugleich neue Seiten abzugewinnen, hat mir unglaublichen Spaß gemacht, und es war großartig, wieder einige der ursprünglich aufgezeichneten Ideen realisiert zu sehen und die Saga weiterzuentwickeln. Erdwelt mit all seinen Geschöpfen, seinen Kreaturen und bisweilen recht eigenwilligen Charakteren birgt noch viele Geheimnisse – aber das ist eine andere Geschichte.

Mein Dank gilt Carsten Polzin, Daniel Ernle, Peter Molden und allen anderen, die in irgendeiner Weise zu diesem Buch beigetragen haben. Und auch wenn Orks bekanntlich weder Freunde haben noch welche wollen, bedanken die beiden sich ganz herzlich bei allen treuen Lesern der Erdwelt-Saga und begrüßen alle, die zum ersten Mal dabei sind.

Dies ist euer Kosmos. Tretet ein und lasst den Alltag hinter euch.

Michael Peinkofer   Winter 2013

Verzeichnis der handelnden (Un)Personen:

Rammar (der schreck-lich Rasende)	König der Orks
Balbok (der Brutale)	(ebenfalls) König der Orks
Dag	Abenteurer und Erfinder
Aryanwen	Prinzessin von Tirgaslan
Tandelor	ihr Vater, König von Tirgaslan
Winmar von Ruun	König der Zwerge
Vigor	Zwerg, Oberhaupt der Geheimpolizei
Baugulf Steinherz	Zwerg, Alchemist
Rungbold	Zwerg, Kerkerknecht
Lavan	Lehnsherr, Mitglied des Kronrats
Savaric	Lehnsherr, Mitglied des Kronrats
Ruvon	Lehnsherr, Mitglied des Kronrats
Osbert	Herzog von Ansun
Gilbert	Schwertführer von Ansun
Alured	Vertrauter Dags
Klogionn	Ork, Haushofmeister
Umbal	Ork, Krieger
Krushak	Ork, Söldner
Borbok	Ork, Söldner
?	ein Prediger

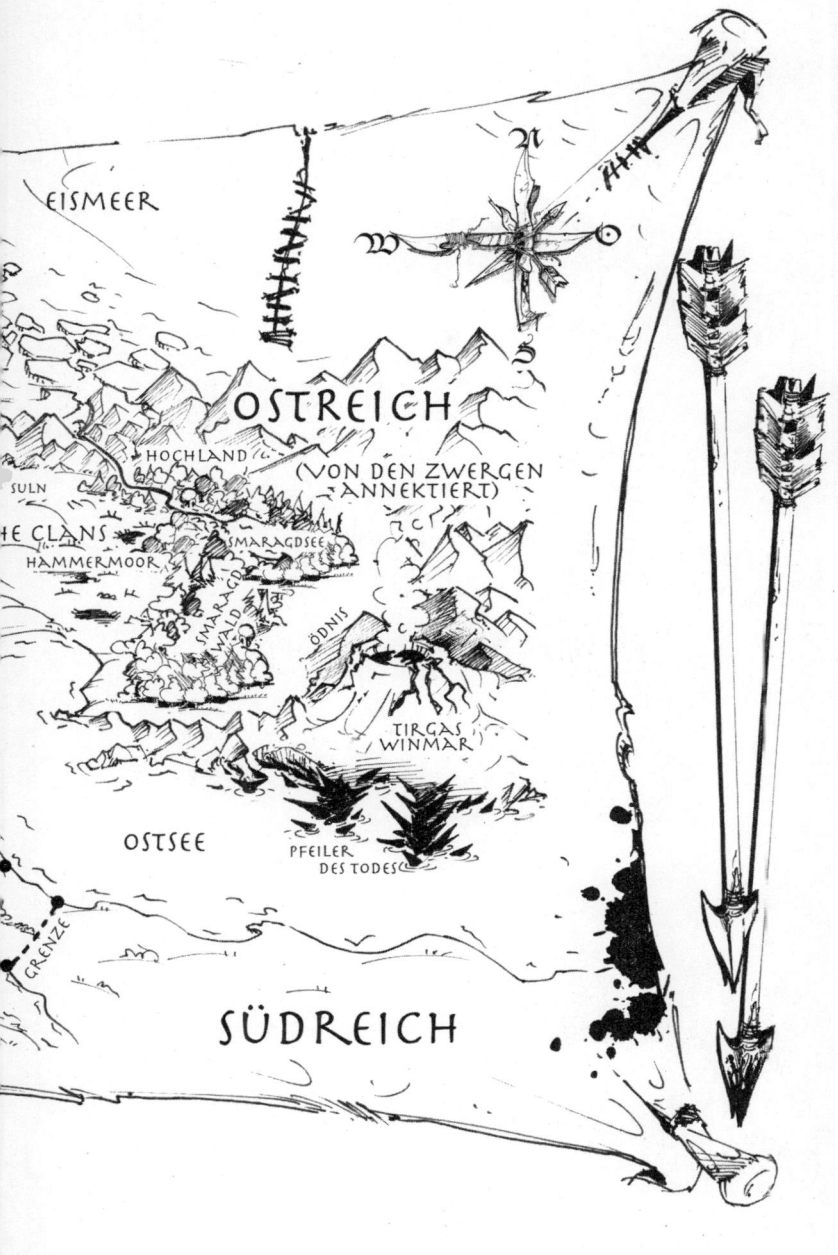

INHALT

BUCH 2
DURKASH ANN SOCHGASH
(LAND IM KRIEG)

BUCH 3
LARKA UR'TULL
(DER TAG DES UNTERGANGS)

PROLOG

Das Gewölbe war von einem kalten grünlichen Leuchten
erfüllt.

Nackter Fels bildete die Wände, in die unzählige Nischen
und Vertiefungen gehauen waren. Flaschen und Phiolen
reihten sich darin aneinander, Dosen und Tiegel, die seltsam
aussehende und noch seltsamer riechende Substanzen ent-
hielten; klare und trübe, farblose und bunte, dickflüssige und
wässrige Flüssigkeiten, aber auch Pulver verschiedenster
Körnung, Farbe und Beschaffenheit, die Behälter nicht selten mit dem Symbol des Totenkopfs versehen.

Die Mitte des Gewölbes nahm ein langer Tisch aus Stein
ein, dessen unzählige Scharten, Flecken und Vertiefungen
erahnen ließen, dass er schon mancher dieser Substanzen
hatte standhalten müssen, wenn sie sich zu Säure oder gifti-
gem Schaum verbunden oder als ätzende Dämpfe niederge-
schlagen hatten.

Auf dem Tisch stand ein Athanor, ein aus Steinen gemau-
erter und mit glühenden Kohlen beheizter Ofen, über dem
eine Anordnung bizarr geformter Behältnisse aufgebaut war.
Einige davon waren aus Metall, die meisten jedoch aus Glas
gefertigt – konische Destillierkörper, mit hakenförmigen
Ausläufen versehene Rundkolben und vielbäuchige Aludeln,
durch spiralförmige Röhren miteinander verbunden und
gefüllt mit schillernden Flüssigkeiten.

Dies war Baugulfs Reich.

In den oberen Bereichen der Festung mochten andere das
Sagen haben. Hier jedoch, wohin noch niemals Tageslicht

gedrungen war, an diesem unheimlichen Ort, der nur von Öllampen erleuchtet wurde, die an Ketten von der rußgeschwärzten Decke hingen – hier war seine Domäne. Hier gebot er den Elementen, hier unterwarf er sich die Natur.

Vorausgesetzt, er fand den richtigen Schlüssel.

Von frühester Jugend an hatte sich Baugulf der Kunst der Verwandlung verschrieben. Mochten andere ihre Erfüllung darin finden, in Bergestiefen dunkle Gänge zu schachten; seine Vorliebe hatte von jeher der Alchemie gehört, die – zumindest in seinen Augen – nicht weniger in der Natur seines Volkes lag. Statt Stollen ins Innere der Berge zu treiben und dort nach Dingen zu suchen, die im ewigen Dunkel verborgen waren, zog er es vor, die Geheimnisse der Natur zu erforschen, das Wesen der Dinge selbst, und sich jene Reichtümer, nach denen sein Volk von jeher trachtete – all jene Metalle, jene nutzbringenden Gesteine, glitzernden Gemmen und kostbaren Essenzen, die tief im Inneren *durumins* schlummerten – selbst zu erschaffen.

Das Geheimnis lag in der Umwandlung, im Wechsel der Elemente von einer Ebene zur nächsten, bis hin zur Erlangung des erwünschten Endzustands.

Kohle zu Diamanten.

Phosphor zu Licht.

Eisen zu Gold.

Baugulf war überzeugt davon, dass sich das Prinzip auf jedwedes Material und Element übertragen ließ, es war lediglich eine Frage des Willens und des dafür erforderlichen Wissens – uralten Wissens, das in seinen Grundzügen auf die Weisen Shakaras und ihre Jahrtausende alten Einsichten in das Wesen der Welt zurückging. Auf verschlungenen und teils verbotenen Pfaden hatte Baugulf gewisse Kenntnis von diesen Dingen erlangt – genug, um in seinem Laboratorium damit zu experimentieren und erste kleine Erfolge zu erzielen. Der große Durchbruch, das *mayura gwaith*, wie die Zauberer von Shakara es einst genannt hatten, war ihm bislang jedoch versagt geblieben.

Noch hatte er das Geheimnis, wie die Schätze des Berges einander angeglichen und aus wertlosem Eisen Gold wurde, nicht entschlüsselt, aber er war überzeugt davon, dass der Moment unmittelbar bevorstand – und wenn es so weit war, würde ihn niemand mehr verlachen. Dann würden all die Zweifler und selbst der König anerkennen müssen, dass Baugulf Steinherz der größte aller Alchimisten war, der Meister unter den Gelehrten!

Alles, was er dazu brauchte, war die Stimme.

Jene Worte in seinem Kopf, die sich immer dann vernehmen ließen, wenn er ratlos war und in seinem Bemühen nicht weiterwusste, geradeso, als spräche sie aus tiefstem Inneren zu ihm. Woher sie kam, wusste er nicht, und es war ihm auch gleichgültig, denn sie war es gewesen, der er seine ersten bescheidenen Erfolge zu verdanken hatte.

Die Stimme, so sagte er sich, war das ordnende Prinzip. Sie verkörperte all das, wofür die Alchemie stand, denn sie bewies, dass der Natur eine Ordnung innewohnte, die sich demjenigen, der sie aufrechten Herzens suchte und bereit war, sich auf die Wahrheit einzulassen, von selbst erschloss und so das Prinzip der Umwandlung auf den Geist übertrug.

Kohle zu Diamanten.

Phosphor zu Licht.

Eisen zu Gold.

Inspiration zu Genie.

Auch jetzt lauschte Baugulf wieder in sich hinein, wartete darauf, dass die Stimme zu ihm sprechen, ihn erneut aus der Ratlosigkeit reißen würde, in die er trotz all des verbotenen Wissens, das er sich bereits angeeignet hatte, wieder verfallen war. Wie viel auch immer er wusste – die Stimme wusste ungleich mehr. Und sie schien sich keinerlei Beschränkungen aufzuerlegen, welches Wissen sie nutzen durfte und welches nicht. Wissen war wertfrei. Es unterlag keiner Beurteilung und keiner moralischen Instanz; erst die falsche Nutzung oder der bewusste Missbrauch konnten es gefährlich werden lassen – eine Einsicht, die Baugulf ebenfalls aus den Gesetzen der Verwandlung gewonnen hatte.

So wie es möglich war, Eisen zu Gold zu veredeln, konnten auch Gedanken und Ideen einer höheren Bestimmung zugeführt werden und auf diese Weise dem Wohlstand und dem Fortschritt des Volkes dienen – und Baugulf war überzeugt, dass er diesem hohen Ideal genügte. Die Stimme, die aus seinem Inneren zu ihm sprach, war der beste Beweis dafür …

»Nun?«

Baugulf zuckte zusammen. Anfangs hatte er an seinem Verstand gezweifelt und geglaubt, zu viele beißende Dämpfe eingeatmet zu haben. Doch wenn die Stimme nur eingebildet war, wie kam es dann, dass sie ihm über Jahrtausende verborgenes Wissen enthüllte?

»Hast du getan, was ich dir aufgetragen habe?«

»Jawohl«, bestätigte Baugulf beflissen, wobei seine Worte von der niederen Decke widerhallten. Anfangs war es ihm seltsam vorgekommen, sich selbst laut sprechen zu hören, inzwischen dachte er sich nichts mehr dabei. »Ich habe alles getan, was Ihr mir aufgetragen habt. Ich habe die Substanzen getrocknet, gemahlen und im von Euch befohlenen Verhältnis vermischt.«

Baugulf deutete auf den Mörser, der auf dem Tisch stand – ein schweres steinernes Gebilde mit einem ebenso aus Stein gefertigten Stempel. Ein Pulver befand sich darin, das seine dunkle Färbung hauptsächlich den fünf Teilen Holzkohle verdankte, die Baugulf nach Anweisung der Stimme darin vermahlen hatte. Die sieben Teile Salpeter, nach denen die Stimme außerdem verlangt hatte, waren nicht einfach zu beschaffen gewesen – Baugulf hatte sie in einem aufgelassenen Stollen in einem entlegenen Teil der Festung eigenhändig von der Felswand gekratzt.

»Sehr gut«, anerkannte die Stimme. »So füge jetzt die nächste Ingredienz hinzu. Aber sei vorsichtig.«

»Vorsichtig?«, fragte Baugulf und fügte hoffnungsvoll

hinzu: »Könnte sich das Große Werk so schnell vollenden? Befürchtet Ihr, der Mörser könnte sich augenblicklich in Gold verwandeln?«

»Sei vorsichtig«, beschied ihm die Stimme noch einmal eindringlich, und dies machte Baugulf klar, dass es besser war, die Warnung zu befolgen.

Er trat an eine der in den Fels gehauenen Nischen und ging im grünen Schein der Lichtsteine die säuberlich aufgereihten Behälter durch. Sein Finger verharrte vor einer Flasche, die ein gelbes Pulver enthielt.

Schwefel.

Zu Beginn seiner Tätigkeit als Alchemist hatte Baugulf viel damit experimentiert, da er sich gut verarbeiten ließ und in Farbe wie Geruch deutliche (wenn auch wenig erbauliche) Reaktionen zeigte. Mit der Zeit hatte er ihn jedoch als unnütz verworfen – dass ausgerechnet Schwefel nun den Schlüssel zum Großen Werk bergen sollte, war eines jener unfassbaren Rätsel, mit denen die Natur sich umgab und so ihr geheimes Wissen vor jenen verbarg, die ihrer nicht würdig waren.

Mit vor Aufregung bebender Hand nahm Baugulf die Flasche aus der Nische, trug sie zum Tisch und entkorkte sie. Sodann griff er zum Löffel, den er nach dem vorgegebenen Ritual säuberte und von magnetischer Kraft befreite, ehe er ihn in die Öffnung steckte.

Fünfmal griff er damit hinein und gab das Pulver in den Mörser, vorsichtig, wie die Stimme es ihm aufgegeben hatte. Dann, nachdem er die Flasche wieder verschlossen und in die Nische zurückgestellt hatte, griff er zum Stempel und begann, die drei Substanzen miteinander zu vermischen.

Salpeter.

Holzkohle.

Schwefel.

»Vorsichtig«, hörte er dabei die Stimme immer wieder sagen. »Vorsichtig …«

Es dauerte nicht lange, bis der Schwefel die Farbe der Kohle angenommen hatte und in dem schwarzen Pulver aufgegangen war. Ein wenig argwöhnisch blickte Baugulf auf die eigenwillige Mixtur, die zusammenzustellen ihm so nie in den Sinn gekommen wäre. Weder fühlte sie sich außergewöhnlich an, noch roch sie besonders, was nicht weiter verwunderlich war, da keine edlen, den Prozess der Verwandlung begünstigenden Substanzen in ihr enthalten waren. Doch die Anweisungen waren eindeutig gewesen, und weder hatte Baugulf Anlass noch das Recht, diese infrage zu stellen.

»Und nun?«, war alles, was er nach einer Weile sagte.

»Hast du alle Anteile gut vermischt?«

»Das habe ich.«

»Dann wisse: Dieses Pulver, Steinherz, wird die Geschichte deines Volkes verändern, so wie es die Geschichte deiner ganzen Welt verändern wird. Behüte die Rezeptur sorgfältig und verrate sie niemandem – niemandem außer …«

In diesem Moment geschah es.

Es war nur ein Zufall, ein winziges Staubkorn im Mahlwerk des Großen Werkes – die Auswirkung jedoch war vernichtend.

Eine der Ratten, die sich zu Baugulfs Verdruss hin und wieder in seinem Laboratorium herumtrieben und die, in immerwährender Dunkelheit lebend, bleich und ohne Fell waren, sodass sie wie vierbeinige Engerlinge aussahen, hatte sich unbemerkt genähert und war auf der Suche nach Nahrung auf den Experimentiertisch geklettert.

Dort entdeckte Baugulf sie – und seine Reflexe sprachen schneller an, als sein Verstand oder die Stimme in seinem Kopf ihn zurückhalten konnte.

»Verdammtes Biest!«, rief er aus.

Die Hand mit dem schweren steinernen Stempel zuckte empor, bereit, den verhassten Besucher zu erschlagen – und fiel wie das Beil des Henkers herab.

»Nein!«, schrie die Stimme.

Doch es war zu spät.

Baugulf hatte nur Augen für das Tier, das die Zeichen der Zeit erkannte und quiekend die Flucht ergriff. Der Stempel jedoch, mit vernichtender Wucht geführt, ging nieder und zerschlug einen Glaskolben, was Baugulf in seinem Zorn nicht weiter kümmerte. Einen Lidschlag später jedoch traf der Stempel auf die Tischplatte. Funken schlugen und sprangen auf den Mörser über, der in unmittelbarer Nähe stand.

Baugulf vernahm ein hässliches Zischen.

Dann sah er die Stichflamme, die aus dem Mörser emporschoss.

Und im nächsten Moment wurde er bei lebendigem Leib zerrissen.

BUCH 1

NUASH UMM
(EINE NEUE ZEIT)

1.

KAS-BHULL

»Bei Narkods Hammer! Muss ich denn alles selber machen?«

Mit vor Unglauben weit aufgerissenen Augen starrte Rammar auf das, was sein Bruder da trieb. Gleichzeitig fühlte er, wie ihm die Galle hochstieg, zusammen mit dem Blutbier, das er zum Frühstück hinuntergestürzt hatte und das nun in seinem feisten Körper umherschwappte wie in einem halb leeren Fass. »Bist du zu schwach, um mit ein paar halbstarken Orklingen fertigzuwerden, du dämlicher *umbal*?«

Der Ork, dem seine Beleidigungen galten, bot, obschon sein leiblicher Bruder, den denkbar stärksten Gegensatz zu ihm: Während Rammar so fett war, dass seine Größe und Breite in ständigem Wettstreit miteinander lagen, war Balbok derart hager, dass man hätte meinen mögen, die grüne Haut spannte sich unmittelbar über Knochen und Sehnen. Während Rammars Beine dick wie Pfeiler waren und kurz wie die eines Schweins, waren Balboks lang und dürr, und während Rammars Schädel wie eine einzige runde Knolle wirkte, aus der ein winziges gelbes Augenpaar starrte, war Balboks Miene lang und schmal. Seine Nase war schief, seine Augen groß und – jedenfalls kam es Rammar so vor – stets in fassungsloser Dummheit aufgerissen. Während Rammars Schädel kahl war, quoll unter dem ledernen Helm, den Balbok trug und der mit einem Kinnriemen befestigt war, spärliches schwarzes Haar hervor, das fettig und schweißnass an seinem Schädel klebte.

Und noch eine Sache gab es, die die beiden Brüder voneinander unterschied: Während Balbok noch alle Gliedmaßen sein Eigen nannte, prangte an Rammars linkem Arm statt seiner Klauenhand die Spitze eines *saparak*, jener mörderischen Mischung aus Klinge und Speer, die die bevorzugte Waffe eines Orks darstellte. Das Ding war eine bleibende Erinnerung an Tage, an die Rammar lieber nicht zurückdachte – auch wenn sie letztlich dazu geführt hatten, dass er das war, was er war.

In den vergangenen fünf Jahren hatte Rammar gelernt, seine neue Hand auf mancherlei Art einzusetzen. Er hatte festgestellt, dass es für einen Ork gar nicht unpraktisch war, nicht erst zur Waffe greifen zu müssen, sonden sie direkt am Arm zu haben. Auf diese Weise konnte man Argumenten jederzeit Nachdruck verleihen oder allzu trägen Bediensteten auf die Sprünge helfen; das Ding ließ sich sogar als Fleischgabel verwenden und dazu, Gnomen-Augen aus dem *bru-mill* zu fischen (die man in Ermangelung von Ghul-Augen auf der Insel verwenden musste). Und es eignete sich auch vortrefflich dazu, es demonstrativ in die Luft zu recken und finstere Drohungen auszusprechen – so wie in diesem Augenblick.

»Du dämliches, für nichts zu gebrauchendes Stinkmaul! Muss ich dir erst die Visage zerstückeln, damit du endlich aufwachst?«

Der Ruf gellte quer durch die weite kesselförmige Grube, auf deren anderer Seite Balbok alle Klauen voll damit zu tun hatte, sich seine Gegner vom Leib zu halten.

Einer, der ihm nur bis zur Schulter reichte, hatte beide Arme um Balboks Leibesmitte geschlungen und versuchte ihn festzuhalten, während ein anderer bäuchlings auf dem Boden rutschte und sich in seine Wade verbissen hatte. Zwei weitere Orks versuchten unterdessen, an den rund gescheuerten Trollschädel zu kommen, den sich Balbok unter den linken Arm geklemmt hatte.

Vergeblich.

Trotz seiner Körpergröße und seiner schlaksigen Postur zeigte Balbok erstaunliches Geschick darin, seine Gegner so abzuwehren, dass sie nicht an den *bhull* kamen: Den einen hielt er mit einem ausgestreckten Bein auf Distanz, den anderen mit der linken Klaue, die immer wieder herabstieß und ihm eine Ohrfeige nach der anderen versetzte. Dennoch ließen die Kerle nicht locker, und Balbok kam auch nicht über die Linie hinaus, die mit hellgrünem Gnomenblut markiert war und quer durch den Kessel verlief – was wiederum Rammar in schreckliche Raserei versetzte.

»Los doch, wird's bald?«, rief er und fuchtelte wie wild mit der Saparak-Hand. »Worauf wartest du noch?«

»Willst du … mir … nicht … helfen?«, stieß Balbok hervor, der nun doch in arge Bedrängnis geraten war – noch zwei Gegenspieler hatten sich hinzugesellt und setzten nun alles daran, ihn zu Boden zu ringen.

»Das wäre ja noch schöner! Glaubst du, ich mache mir die Kralle schmutzig, nur weil du dich nicht vernünftig verteidigen kannst? Komm gefälligst rüber mit dem verdammten Schädel oder du kriegst keinen Tropfen Blutbier mehr zu saufen!«

Das saß.

Balbok sah auf, und am Blick seiner furchtsam geweiteten Augen konnte Rammar erkennen, dass er nun ganz offenbar den richtigen Ton getroffen hatte.

Im nächsten Moment kam Bewegung ins Spiel.

Der beiden neuen Angreifer entledigte sich Balbok, indem er den Kopf des einen gegen den des anderen stieß. Der Aufprall war so hart, dass sogar Rammar ihn hörte. Bewusstlos gingen die Gegner zu Boden. Einen weiteren Angreifer wehrte Balbok ab, indem er ihm den *bhull* aufs Haupt schmetterte – der Ork landete mit ausgebreiteten Armen bäuchlings im Morast, wo er blubbernd liegenblieb. Auch den, der sich in seine Wade verbissen hatte, wurde Balbok endlich los – nur derjenige Gegner, der sich um seinen schlanken Leib klammerte, hielt sich weiter unnachgiebig fest.

Balbok rannte bereits los, während er ihn gleichzeitig abzuschütteln versuchte, dabei drehte er sich mehrmals um seine Achse, sodass der andere an ihm flatterte wie ein Kriegsbanner im *gaork*. Rammar verdrehte die Augen und fragte sich zum ungezählten Mal, wieso er nicht allein aus Luraks Pfuhl hatte kriechen können. Was in aller Welt hatte sich das Schicksal nur dabei gedacht, ihm einen Bruder zuzugesellen, der so dämlich war?

»Rammar! Fang!«, schnaufte Balbok, der schwer atmend auf ihn zugerannt kam, den anderen Ork noch immer im Schlepp – ein geradezu lächerlicher Anblick, der bei den Zuschauern, die rings um die Grube verteilt standen, denn auch für Heiterkeit sorgte. Rammar nahm sich vor, im Anschluss an das Spiel genau herauszufinden, wer gelacht hatte – um jedem Einzelnen von ihnen eine Tracht Prügel zu verpassen. Eine Arbeit, die völlig unnötig gewesen wäre, hätte sich sein Bruder nicht einmal mehr wie ein ausgemachter Idiot benommen.

»Schmeiß schon her!«, verlangte Rammar – und Balbok warf den Schädelball, einen Lidschlag, ehe er unter den fortwährenden Bemühungen seines Angreifers zu Boden ging.

Was aus seinem Bruder wurde, der mit derartiger Wucht im Schlamm landete, dass sowohl er als auch sein Gegner sich mehrfach überschlugen, war Rammar einerlei – er hatte nur noch Augen für den Trollschädel, der durch die Luft auf ihn zu wirbelte. Sein großer Augenblick war gekommen!

Rammar setzte sich in Bewegung – schon das war für sich genommen ein denkwürdiger Anblick – und stampfte dem Schädel entgegen, die Arme zum Fangen ausgebreitet. Ob er die Distanz unterschätzt hatte oder schlicht und ergreifend nicht schnell genug gewesen war, wusste er selbst nicht zu sagen. Im nächsten Augenblick jedenfalls klatschte der *bhull* unmittelbar vor ihm in den Morast und sorgte dafür, dass nicht nur Rammars grünes Gesicht, sondern auch sein ungeheurer Leib und die lederne Rüstung, die sich darüberspannte, mit Dreck besudelt wurden.

Gelächter auf allen Rängen.

Blutige Rachephantasien bildeten sich in Rammars Kopf,

während er sich den Schlamm aus dem Gesicht wischte, dabei wüste Verwünschungen ausstoßend. Wütend trat er nach dem Schädel, der vor ihm auf dem Boden lag und dessen leere Augenhöhlen ihn blöde anzustarren schienen.

Zusammen mit einer Schlammfontäne flog der *bhull* ein Stück weit davon, genau in Richtung des gegnerischen *gouta* – und da kam Rammar eine Idee.

Wenn er so tat, als hätte er das verdammte Ding absichtlich auf den Boden fallen lassen, konnte er von seiner Würde womöglich noch etwas retten …

Schnaufend trampelte er dem *bhull* hinterher, dabei watschelnd wie Bormod auf dem Weg zur Schlachtbank, und kaum hatte er ihn erreicht, trat er ein zweites Mal nach Kräften zu. Diesmal machte der Schädel einen noch größeren Satz und landete nur wenige Schritte vor dem Tor des Gegners, sehr zur Verblüffung des *fruukoudum*, der breitbeinig dort stand und sichtlich nicht wusste, wie er reagieren sollte. Auch von den gegnerischen Feldspielern wagte keiner einzugreifen – eine Folge der Tatsache, dass Rammar allzu aufmüpfige Gegenspieler auch schon mal von der Nordklippe hatte werfen lassen.

Mit einem triumphierenden Grinsen, die gelben Zähne gebleckt wie ein Raubtier, stieß Rammar weiter vor. Die Augen des gegnerischen Torwächters weiteten sich, als er die ungeheure Leibesmasse auf sich zukommen sah. Sein Maul öffnete sich zu einem lautlosen Schrei, dennoch tat er tapfer seine Pflicht, denn es war auch schon vorgekommen, dass Rammar Gegenspieler, die nicht mit dem nötigen Ernst bei der Sache gewesen waren, von der Nordklippe hatte werfen lassen.

Seiner eigenen, eher schmächtigen Gestalt zum Trotz warf sich der *fruukoudum* also Rammars Angriff entgegen, eilte aus seinem Tor, das aus einem aus Trollknochen zusammengeflickten, rund zwanzig *knum'hai* messenden Bogen bestand, um noch vor Rammar an den Schädelball zu gelangen.

Um ein Haar gelang es ihm sogar – doch er hatte die Rechnung ohne Rammar gemacht.

Denn als dieser sah, dass der andere den *bhull* vor ihm erreichen würde, warf er sich mit einem wütenden Aufschrei nach vorn, die Spitze des *saparak* an seinem linken Arm erhoben – und statt den *bhull* zu spielen, wie der andere es wohl erwartet hatte, rammte der König der Orks ihm das rostige Eisen zwischen die Rippen.

Ein hässliches Knacken und ein Geräusch, das klang, als entweiche Luft aus einem Blasebalg – und der *fruukoudum* ging nieder. Der Weg zum Tor war frei!

Mit einem zufriedenen Grunzen fuhr Rammar herum.

Es kam ihm vor, als würde er sich mit unendlicher Langsamkeit bewegen, so sehr genoss er jeden einzelnen Augenblick. Mit der linken Fußspitze stieß er den Trollschädel an und brachte ihn so in Bewegung, wartete, bis er ihm vor den rechten Fuß gekullert war – und trat dann mit aller Kraft zu. Wie von einem Katapult geschleudert schoss der *bhull* davon und wiederum begleitet von einer Kaskade aus Schlamm und Dreck schlug er in das gegnerische *gouta* ein.

Rammar lief weiter, während er sich seine Lederrüstung vom Leib riss und grüne wabbelnde Körpermassen entblößte. Wie in Trance passierte auch er den Torbogen, um den *bhull* noch ein zweites und ein drittes Mal zu treten und allen Anwesenden unmissverständlich klar zu machen, dass kein anderer als er …

»Kein Treffer!«, plärrte in diesem Moment jemand. Auf einmal schien alles wieder mit herkömmlicher Geschwindigkeit vonstatten zu gehen.

Rammar fuhr herum.

»Was?«

Seine gute Laune war jäh verflogen.

Er fletschte die Hauer, in seinen Schweinsäuglein funkelte es. »Was hast du gesagt?«, fragte er den buckligen Ork mit der ungesund hellen Gesichtsfärbung und dem kahlen Schädel, der wie eine Glaskugel glänzte.

Klogionn, so der Name des Orks, der es zum königlichen Haushofmeister gebracht hatte, senkte betroffen das Haupt. »Verzeih, mein König, ich …«

Rammar spuckte geräuschvoll aus. »Wie oft habe ich dir schon gesagt, dass sich ein Ork aus echtem Tod und Horn nicht entschuldigt? Als ob es nicht schlimm genug wäre, dass sich mein dämlicher Bruder das nicht merken kann!«

Klogionns beflissenes Wesen wollte sich ein zweites Mal entschuldigen. Er hielt sich selbst davon ab, indem er sich auf die wulstigen Lippen biss.

»Also, was soll dieser Blödsinn von wegen ›kein Treffer‹?«, erkundigte sich Rammar scharf.

»Du hast gegen die Regeln verstoßen, mein König«, drang es kleinlaut zurück.

»Ich?« Rammar hob in einer Unschuldsgeste die Arme, während hinter ihm der heftig blutende Torwächter weggetragen wurde.

»Der *bhull* wurde mit dem Fuß ins *gouta* befördert«, erklärte der Haushofmeister, der zugleich als Schiedsrichter fungierte, zerknirscht. »Das ist den Regeln zufolge verboten.«

»Ach ja?«, schnaubte Rammar. »Und wer hat diese idiotischen Regeln, von denen du sprichst, aufgestellt?«

»Du selbst, mein König. Du sagtest, dass jeder, der mit den Füßen spielt, diese auf der Stelle abgehackt bekommen sollte, als Warnung für alle anderen.«

»Sagte ich das?« Rammar grunzte. Im Grunde gab es nur eines, was ihn noch mehr in Rage brachte, als zu verlieren – nämlich Unrecht zu haben …

»Was kümmert mich mein Geschwätz von gestern?«, blaffte er deshalb und dachte kurz nach. »Es sollte nur noch mit den Füßen gespielt werden, das macht die Sache spannender, wie man sieht.«

»Spannender? Wenn man nur mit den Füßen spielt?« Zum ersten Mal blickte Klogionn wieder auf, und die Art und Weise, wie er seinen König betrachtete, ließ ahnen, dass er an dessen Verstand zweifelte. »Das Spiel heißt *lamhum-bhull!*«

»Und wenn schon«, stieß Rammar verächtlich aus. »Die Zeiten sind vorbei. Ab sofort wird *kas-bhull* gespielt. Ich bin der König, und der König bestimmt die Regeln. *Korr?*«

»*Korr*«, bestätigte der andere seufzend.

»Wer beim Spiel die Klauen zu Hilfe nimmt, kriegt die Blutkarte gezeigt und bekommt den Arm abgehackt.«

»Wie du willst, mein König.«

»Der Treffer wird also gezählt«, schnaubte Rammar und reckte in einer triumphierenden Geste die Arme in die Höhe, um die Huldigungen der Zuschauer entgegenzunehmen (derentwegen er diesen ganzen schweißtreibenden Unsinn überhaupt mitmachte).

Doch der Jubel blieb aus.

»Was bei Kuruls Flamme ...?«

Fassungslos wandte sich Rammar dem Rand der Grube zu – nur um festzustellen, dass ihm das Publikum die Aufmerksamkeit offenbar längst entzogen hatte. Die Orks, die sich rings um den Spielkessel drängten, starrten alle in östlicher Richtung zum wolkenlosen Himmel hinauf, der sich über der Insel spannte. Selbst Balbok hatte sich wieder auf die Beine gerafft und blickte gen Osten, indem er seine Augen mit der Klaue beschirmte. Mit einem unwilligen Grunzen blickte auch Rammar in die bezeichnete Richtung – und stutzte.

Dort oben war etwas.

Und zwar etwas, das dort nicht hingehörte.

Keine Wolke und kein Vogel. Auch keines der Flattertiere, die in den Höhlen der Insel hausten und die, wie Balbok behauptete, vorzüglich schmeckten.

Dieses Ding war etwas ganz anderes.

Es war von annähernd runder Form, dem *bhull* nicht unähnlich, und von schreiend roter Farbe. Und, was Rammar noch mehr beunruhigte, es näherte sich der Insel.

»*Shnorsh*«, stieß Rammar halblaut hervor. Unangenehme

Gedanken schraubten sich aus den engen Windungen seines Verstandes empor, die er sogleich wieder verdrängte – Klogionn jedoch, der ähnliche Befürchtungen zu hegen schien, plärrte sie laut hinaus.

»Das … ist Kurul!«, stieß er stammelnd hervor. »Er kommt in seiner Blutgaleere, um uns zu vernichten!«

»Bah«, machte Rammar verächtlich – doch im Grunde hatte sein Haushofmeister nur ausgesprochen, woran auch er selbst sofort gedacht hatte.

Kuruls Blutgaleere.

Ein fliegendes Schiff, dessen Segel und Rumpf mit Blut bestrichen waren, sodass es von scharlachroter Farbe war.

Korr, das Ding dort am Himmel war kein Schiff.

Und Segel hatte es auch nicht.

Aber es war rot.

Und es kam näher, wenn auch langsam.

Beides genügte, um Rammar davon zu überzeugen, dass er sich nicht länger auf freiem Feld aufhalten sollte.

»In die Festung«, knurrte er, während er seine Leibesmassen bereits in Bewegung setzte, »sofort!«

Als die übrigen Orks merkten, was die Stunde geschlagen hatte, wandten auch sie sich augenblicklich zur Flucht, vom Rand der Grube zurück zur Festung.

Am Ausgang des Spiels war plötzlich niemand mehr interessiert. Selbst Rammar hatte vergessen, dass er eigentlich gewonnen hatte.

2.
GHU OINSOCHG!

Die Festung der Orks war eigentlich keine.

Vielmehr eine schier endlose Aneinanderreihung miteinander verbundener Ruinen und verfallener Höhlen, die sich bis tief ins Innere der Insel erstreckten. Andererseits war es ungleich mehr als der klassische *bolboug*, in dem Ork-Stämme zu hausen pflegten und der gewöhnlich aus wenig mehr als einigen Löchern in der Erde oder dem Fels bestand, weswegen die Bezeichnung *rark* dann doch wieder einigermaßen gerechtfertigt erschien.

Vor den Orks, ehe Balbok und Rammar ihren Fuß auf die Insel gesetzt und die Geschichte dort maßgeblich beeinflusst hatten, hatte sich die Insel im Besitz der Elfen befunden, die dort vor Unzeiten den Palast von Crysalion errichtet hatten, eine gewaltige Kristallburg, die über einem tiefen, rund eine Viertelmeile durchmessenden Krater erwachsen war. Die Kristallfeste war vergangen, woran Balbok und Rammar nicht unerheblichen Anteil gehabt hatten, und mit ihr auch die Macht der Elfen; auf der Suche nach einer neuen, noch ferneren Zuflucht hatten sie die Insel verlassen und sich neuen Gestaden zugewandt. Der Krater jedoch war geblieben und bildete die Grundlage dessen, was die Orks nun ihre Festung nannten.

Eine behelfsmäßige, aus Gesteinsbrocken, Kristalltrümmern und Palisaden errichtete Mauer, die das Äußerste dessen darstellte, was Orks an Baukunst zu leisten vermochten, umgab den Kraterrand, nach Osten und Westen gab es zwei hölzerne Wachtürme, die die Insel weithin überragten. Ein

Tor im eigentlichen Sinn gab es nicht. Die Festung wurde durch die Minen betreten, die den Fels des Kraters durchzogen – jene Minen, in denen der Dunkelelf Rothgan-Margok einst Ork-Sklaven hatte schuften lassen.

Fünf Jahre lag das zurück.

Rothgan-Margok war nicht mehr, die Herrschaft des Dunkelelfen ebenso zersplittert wie der Kristallpalast von Crysalion. Geblieben waren jedoch die Orks, die nach ihrer Befreiung jenen dienten, denen sie die glückliche Veränderung ihres Geschicks zu verdanken hatten: ihren Königen.

Balbok und Rammar.

Indem sie sich selbst zu Königen ausriefen, hatten die beiden Orkbrüder den aus Kristallsplittern zusammengeflickten Thron bestiegen und sich damit ihren Traum von einem eigenen Reich erfüllt. Einfach war das allerdings nicht gewesen, denn ihre Artgenossen, die auf der Insel hausten, waren durch die undenklich lange Zeit der Gefangenschaft doch sehr verändert worden – Gemüsefresser, die mit Orks aus echtem Tod und Horn nicht mehr viel gemein gehabt hatten. Also hatten Rammar und Balbok es als vordringlichste Aufgabe betrachtet, ihren Artgenossen wieder ihre ursprüngliche Wildheit zurückzugeben und sie mit all den Errungenschaften der orkischen Kultur bekannt zu machen, die sie nie kennengelernt hatten.

Dem Blutbier.

Dem Magenverstimmer.

Dem *tougasg* und vielem anderen, das für Orks, die fern auf dem Festland in den Wäldern und Mooren der Modermark lebten, selbstverständlich war.

Und natürlich mit dem *lamhum-bhull*, jenem Spiel, das vor allem von jungen Orks gespielt wurde, um ihren Kampfgeist zu schärfen und ihre bisweilen recht ungerichtete Aggression in etwas gezieltere Bahnen zu lenken.

Es war ein hartes Stück Arbeit gewesen, aus einem Haufen Jammerlappen ein ordentliches Rudel Orks zu schmieden, die diesen Namen verdienten und mit dem *saparak* ebenso gut umzugehen verstanden wie mit dem Schädelkrug. Aber von gelegentlichen Enttäuschungen wie dem sich unentwegt entschuldigenden Haushofmeister abgesehen, konnte Rammar schließlich mit einigem Stolz auf sein Königreich blicken.

Viel Zeit war vergangen, seit er und sein Bruder einst ihren *bolboug* verlassen hatten, um das verlorene Haupt ihres Anführers Girgas wiederzufinden, und an vieles davon erinnerte sich Rammar nicht mehr genau, sei es, weil in den verfetteten Windungen seines Gehirns einfach nicht genug Platz dafür war oder weil sein eigener Beitrag zu all diesen Abenteuern bisweilen – nun – ein wenig fragwürdig gewesen war.

Nur eines war dem selbst gekrönten König der Inselorks klar: dass er sich das, was ihm das Schicksal nach langen Mühen und unzähligen Gefahren in die Klauen gespielt hatte, nicht wieder entreißen lassen würde.

Von niemandem.

Außer vielleicht dem erklärten Oberhaupt der Unterwelt …

Die Aussicht, dass das rätselhafte Ding, das sich am Himmel näherte, tatsächlich Kuruls Galeere sein könnte, behagte Rammar ganz und gar nicht. Von Unruhe getrieben hockte er auf dem Thron und rutschte von einer Hälfte seines breiten *asar* auf die andere, während sein Bruder in der geräumigen Höhle auf und ab trottete, die die beiden zu ihrem Amtssitz erhoben hatten. Nicht zuletzt deshalb, weil sie etwa auf halber Strecke zwischen der Küche und der Blutbier-Brauerei lag.

»Hm«, brummte Balbok immer wieder. »Hm …«

»Nun hör schon auf damit«, fuhr Rammar ihn an. »Genügt es nicht, wenn du auf und ab rennst wie ein kastrierter Troll? Musst du dabei auch noch Geräusche machen?«

Balbok, der immer noch seine lederne Spielrüstung trug, die an einigen Stellen mit dunklem Orkblut besudelt war, blieb stehen und sah seinen Bruder aus großen Augen an.

»Aber ich denke nach, Rammar«, verteidigte er sich. »Wenn das Ding die Insel erreicht, müssen wir etwas unternehmen!«

»Was du nicht sagst«, äffte Rammar den wie immer leicht einfältigen Tonfall seines Bruders nach. »Und du glaubst, dass ausgerechnet da drunter eine Lösung steckt?« Er deutete despektierlich auf Balboks Lederhelm, der infolge des Spiels so zerknautscht war, dass der Wangenschutz auf beiden Seiten abstand, so als wären kleine Flügel aus Balboks Kopf gewachsen.

»Na ja, ich ...« Etwas ratlos nahm Balbok den Helm ab, drehte ihn um und warf einen prüfenden Blick hinein. Die Tatsache, dass er leer war, schien ihn ein wenig zu verunsichern.

In diesem Moment waren tapsende Schritte zu vernehmen. Klogionn, den Rammar nach oben geschickt hatte, um nach dem Rechten zu sehen, kehrte in den Thronsaal zurück.

»Nun red schon, du Nichtsnutz«, rief Rammar ihm von Weitem entgegen, dass es von der rußgeschwärzten Decke des Gewölbes widerhallte. »Gibt es etwas Neues?«

»Nein, mein König«, entgegnete der bucklige Haushofmeister. »Das rote Ding hält unverändert Kurs auf die Insel.«

»Hm«, machte Balbok wieder.

»Was soll das jetzt schon wieder?«, wollte Rammar wissen.

»Weißt du, was ich mich die ganze Zeit über frage?«

»Nein, aber du wirst es mir gleich verraten«, entgegnete Rammar, sich mühsam zur Ruhe zwingend.

»Wenn es wirklich Kurul ist, der sich dort nähert«, führte Balbok aus, wobei er sich nachdenklich an seinem schmalen Kinn kratzte, »warum ist er dann gekommen?«

»Woher soll ich das wissen?«

»Na ja, ich frage mich, ob er möglicherweise unseretwegen hier sein könnte?«

»Unseretwegen?« Rammar riss die Schweinsäuglein auf und tat, als wäre ihm dieser Gedanke völlig neu – in Wirklichkeit war es die Frage, die ihn schon die ganze Zeit über umtrieb und derentwegen ihm bereits der *asar* vom vielen Umherrutschen wehtat.

»Na ja, könnte doch sein«, überlegte Balbok ebenso laut wie rücksichtslos weiter. »Es heißt ja, dass große und berühmte Orks von ihm persönlich abgeholt und in die dunkle Grube gestoßen werden. Und da Balbok der Brutale und Rammar der Rasende ...«

»Der schrecklich Rasende«, rief Rammar dazwischen.

»... der schrecklich Rasende die einzigen Ork-Könige weit und breit sind, wäre es doch möglich, dass Kurul tatsächlich unseretwegen gekommen ist«, brachte Balbok seinen Gedanken zu Ende. »Aber weißt du was, Rammar?«

Rammar seufzte. »Was?«

»So viel der Ehre hätt's nicht gebraucht«, meinte Balbok, und zumindest dieses eine Mal konnte sein beleibter Bruder ihm nur aus tiefstem Herzen beipflichten.

»Natürlich nicht«, plärrte er. »Wir haben diese Insel schließlich nicht erobert, um jetzt schon in Kuruls Grube zu springen. In diesen Wanst passt noch sehr viel mehr Blutbier!«

»Und *bru-mill*«, fügte Balbok nickend hinzu. »Was sollen wir also tun? Angreifen?«

»Angreifen.« Rammar stierte seinen Bruder fassungslos an. »Du willst dich mit dem dunkelsten und schrecklichsten Dämon messen, den die Unterwelt zu bieten hat? Dem furchtbaren Donnerer? Dem Bezwinger des Lurak?«

»Aber, Rammar«, wandte Balbok ein, »er will uns doch nehmen, was uns gehört! Unser Leben nämlich und unsere schöne Insel. Vom *bru-mill* ganz zu schweigen, sie haben gerade einen neuen Kessel aufgesetzt ...«

Rammar überlegte einen Moment, wobei er sein Mehrfachkinn auf seine fleischig grüne Klaue stützte und Balbok von seinem hohen Sitz aus eingehend betrachtete.

Er wusste beim besten Willen nicht, was es war, das aus Balboks wutverzerrten Gesichtszügen sprach – unendlicher Mut oder unfassbare Einfalt. Aber letztlich spielte das keine

Rolle. Er selbst wäre ganz sicher nicht auf den Gedanken gekommen, sich dem Donnerer in den Weg zu stellen. Wenn Balbok es allerdings unbedingt so haben wollte …

»*Korr*«, erklärte er, »ich bin einverstanden. Allerdings sollten wir keinesfalls beide in den Kampf ziehen. Wenn einem von uns etwas zustößt, muss der andere weiterleben, um über die Insel zu herrschen und Blutbier zu saufen, sonst hätte sich die ganze Mühe nicht gelohnt.«

»Das ist wahr«, kam Balbok nicht umhin, zuzugeben.

»Also werde ich dir die Ehre überlassen, hinauszugehen und die Verteidigung der Festung zu organisieren. *Korr*?«

Balbok zögerte einen Moment mit der Antwort.

»Du willst nicht?«, fuhr Rammar ihn voller Empörung an. »Du elender Feigling! Willst du etwa, dass dein eigener Bruder sein Leben riskiert und es womöglich verliert, nur weil du nicht Orks genug gewesen bist, dem Feind selbst die Stirn zu bieten?«

»*Douk*«, verneinte Balbok. »Es ist nur …«

»Was? Willst du behaupten, dass dein verdammter Schädel mehr wert sei als der meine? Ist es das, was du sagen willst?«

»*Douk.*« Balbok schüttelte den Kopf, während er ein angestrengtes Gesicht machte und die Finger der rechten Klaue zu Hilfe nahm wie jemand, der etwas nachzählen musste. »Aber wenn ich bei der Sache draufgehe und du weiterlebst …«

»Werde ich dir alle Ehren erweisen, die einem Ork aus echtem Tod und Horn zukommen«, versicherte Rammar. »Ich werde deinen hässlichen Schädel schrumpfen und aufbewahren, wie es sich für einen waschechten Dämonenbezwinger gehört.«

»Dämonenbezwinger«, echote Balbok sichtlich geschmeichelt. Der Gedanke schien ihm zu gefallen.

»Also, worauf wartest du? *Ghu oinsochg*!«

Balbok schaute an sich herab, betrachtete noch einen Augenblick lang nachdenklich den leeren Helm in seinen

Klauen. »*Ghu oinsochg!*«, wiederholte er dann in einem jähen Entschluss, setzte den Helm auf und verließ den Thronsaal, dessen Wände von den *faihok'hai* gesäumt wurden, den wildesten und stärksten Kriegern der Insel, die die königliche Leibwache bildeten.

Rammar blickte ihm nach, bis er im vom Fackelschein nur spärlich beleuchteten Halbdunkel verschwunden war.

Er nahm nicht an, dass er seinen Bruder jemals wiedersehen würde. Zwar war Balbok trotz seiner Einfalt, die Rammar mitunter an den Rand eines *saobh* trieb (also jener wilden Raserei, in die ein Ork hin und wieder verfiel und die sich erst wieder legte, wenn reichlich Blut geflossen war), mitunter zu ganz erstaunlichen Dingen fähig. Er hatte Feinden aller Art getrotzt, gegen Dunkelelfen und untote Drachen gekämpft und einem abtrünnigen Ork-Häuptling mit einem Kerzenleuchter den Schädel zerdeppert. Aber gegen Kurul, war Rammar überzeugt, würde sein Bruder den Kürzeren ziehen, des alten Ork-Sprichworts ungeachtet, dass der größte *umbal* die fettesten Maden in seinem *bru-mill* hatte.

Trauer empfand Rammar dennoch nicht.

Zum einen, weil in dem sehr wahrscheinlichen Fall, dass Balbok versagte, Kurul sich ihn als Nächstes holen würde, und Rammars Wut darüber erstickte jeden Ansatz von Mitleid im Keim; zum anderen war der dicke Ork viel zu sehr damit beschäftigt, für sich selbst nach einer Überlebensstrategie zu suchen. Wenn Balbok gut kämpfte und halbwegs brauchbaren Widerstand leistete, setzte das Rammar gegenüber Kurul womöglich in eine bessere Verhandlungsposition.

Und verhandeln, darüber war sich der feiste König der Orks schon immer im Klaren gewesen, war in jedem Fall besser, als den *asar* aufgerissen zu bekommen.

Korr.

3.

UCHL-BHUURZ DOURG

Balbok erklomm den Westturm, ein abenteuerlich zusammengezimmertes Gebilde, das am Kraterrand aufragte, unmittelbar über den hohen Klippen, gegen die die Brandung schlug. Wind, der nach Salz und Seetang roch, zerrte an ihm, während er die mit unregelmäßigen, kreuz und quer verlaufenden Sprossen versehene Leiter erklomm. Und noch etwas glaubte Balboks feiner Geruchssinn in der steifen Brise auszumachen. Eine vertraute Note, die er schon sehr lange nicht mehr …

»Deine Krieger sind bereit, das Reich zu verteidigen, mein König!«, scholl es Balbok entgegen, als er die Turmplattform erklomm, die etwa zweieinhalb Orklängen durchmaß und merklich im rauen Ostwind schwankte.

»Korr«, grunzte Balbok und ließ sich das *sul ur'sul'hai-coul* reichen – das Elfenauge. Dabei handelte es sich um eine Erfindung der Schmalaugen, die diese zurückgelassen hatten, eine etwa einen *knum* lange Röhre, die an beiden Enden mit Kristalllinsen versehen war. Balbok hob es ans Auge und spähte hindurch – und tatsächlich konnte er das fremde Ding am Himmel, das eben noch nicht mehr als ein roter Fleck gewesen war, nun sehr viel deutlicher sehen.

Es war keine Galeere, so viel ließ sich sagen, und auch sonst kein Schiff (wobei sich Balbok ohnehin fragte, wie ein Schiff durch die Luft hätte fliegen sollen). Vielmehr schien es eine riesige rote Kugel zu sein, die dort schwebte, einem gigantischen *bhull* nicht unähnlich. An der Unterseite der Kugel schien etwas zu hängen, auch wenn Balbok beim besten Willen nicht erkennen konnte, was das war. Nur eines war deutlich zu sehen – dass sich das Ding nach wie vor der Insel näherte.

Langsam, aber beständig …

»Und?«, fragte der wachhabende Hauptmann, der auf den Namen Umbal hörte – die wenig schmeichelhafte Benennung war ihm aufgrund eines Missverständnisses zuteilgeworden, als Balbok und Rammar ihre neuen Untertanen mit Namen versehen hatten. »Kannst du etwas erkennen? Ist es der Donnerer?«

»Naja«, meinte Balbok, »ich sehe ihn nicht, aber …«

Er stutzte, als er beobachtete, wie etwas an der Kugel aufflammte und sie für einige Augenblicke hell erleuchtete, sodass sie wie der Blutmond am Himmel stand.

»Was ist das?«, fragte Umbal erschrocken.

»*Liosg*«, sagte Balbok nur, worauf die Turmbesatzung in unruhiges Knurren verfiel, das sich nach beiden Seiten über die Mauer und die Wehrgänge fortsetzte. Die Aussicht, dass sich dort ein Dämon der Unterwelt näherte, war an sich schon schlimm genug – dass er auch noch Feuer dabeihatte, brachte die Krieger, die den größten Teil ihres Lebens gehorsame Sklaven gewesen waren, an den Rand einer Panik.

»Ruhig bleiben«, sprach Balbok ihnen zu. Er ließ das Elfenauge sinken und zückte stattdessen den *saparak*, den er über der Schulter hängen hatte. Seine lederbehelmte Miene, von der noch immer die beiden Wangenklappen abstanden, wirkte zum Äußersten entschlossen. »Feuer oder nicht, Dämon oder nicht – wir werden kämpfen. Für das Reich und für die Ehre – und für König Rammar!«

Balbok hatte den *saparak* senkrecht in die Luft gestoßen und erwartete, dass die Krieger auf dem Turm und den Wehrgängen den Schlachtruf wiederholen und in heiseres Gebrüll verfallen würden, so wie es sich für echte Orks gehörte.

Aber es blieb totenstill.

Nur das Heulen des Windes war zu hören.

»Für Rammar?«, wiederholte Balbok, ein wenig verunsichert, »euren Herrscher und König?«

Erneut nur ratlose Blicke.

Jemand furzte.

»Dann vielleicht für … für mich?«, fügte Balbok noch ein wenig leiser hinzu.

Die Turmbesatzung tauschte Blicke.

»Für König Balbok und das Reich!«, rief Umbal und stieß seinen *saparak* empor – und dieser Schlachtruf wurde hundertfach beantwortet.

»Bal-bok! Bal-bok! Bal-bok!«, dröhnte es von allen Seiten, sodass der hagere Ork nicht anders konnte, als geschmeichelt zu grinsen – bis ihm Rammar wieder einfiel, der das bestimmt nicht sehr lustig gefunden hätte. Und im nächsten Moment erinnerte sich Balbok auch wieder an das rätselhafte Objekt am Himmel, das nun ziemlich groß war.

»Bogenschützen!«, befahl er.

Umbal gab den Befehl weiter, und wie ein Lauffeuer pflanzte er sich über die Wehrgänge fort. Pfeile wurden auf Bogen gelegt, Sehnen zurückgezogen – zumindest das hatten die Inselorks inzwischen ganz gut gelernt. Während Balbok ihr Lehrer in Kriegsdingen und so ziemlich allem anderen gewesen war, das in irgendeiner Weise körperlich anstrengend war, hatte sich Rammar mehr auf Lektionen in Sachen Recht und Gesetz beschränkt, was freilich vor allem *sein* Recht meinte.

Und *sein* Gesetz …

Der Wind hatte aufgefrischt, und der rote Feind war ein gutes Stück näher gekommen.

»Schilde!«, befahl Umbal, und die auf der Turmplattform befindlichen Krieger traten an das niedrige Geländer und hielten ihre rostigen, mit wilden Symbolen bemalten *sgark'hai* hoch, um ihren König zu schützen. Balbok rammte den *saparak* in das Holz der Bodendielen, sodass er bebend steckenblieb, und griff dann selbst zu Pfeil und Bogen.

»Wie gehen wir vor, mein König?«, erkundigte sich Umbal beflissen. »Gibt es einen Plan?«

»*Korr*«, stimmte Balbok zu, während er den Bogen ebenfalls spannte, bis das aus Trollrippen gefertigte Gebilde knarrte. »Wir warten, bis das Ding nah genug ist, spicken es mit Pfeilen, murksen es ab und fressen es auf.«

»Ein guter Plan.« Umbals grüne Züge waren voll ehrlicher Bewunderung. »Und du denkst, dass er gelingen wird?«

»Weiß ich nicht«, war Balboks ehrliche Antwort. »Aber du musst dir keine Sorgen machen. Wenn der Plan misslingt, wird nicht nur uns der *asar* aufgerissen, sondern auch jedem anderen Ork in der Festung. Tröstet dich das?«

»*Douk*«, verneinte Umbal halblaut.

In diesem Moment wurde überall auf den Wehrgängen aufgeregtes Geschrei laut. Das Kugelding war so weit heran, dass man auch mit bloßem Auge Einzelheiten erkennen konnte.

Die Kugel selbst war tatsächlich von blutroter Farbe und schrecklich anzusehen, wenn sie aus ihrem Inneren herausleuchtete. Ein wie von einer Riesenspinne geknüpftes Gespinst schien die Kugel zu umgeben, sodass Balbok fast erwartete, tatsächlich eines der hässlichen Viecher zu erblicken. Unter der Kugel hing etwas, das für Balbok wie ein der Länge nach halbiertes Blutbier-Fass aussah, aber natürlich konnte er sich irren. Darüber hing eine Art Röhre, aus der die Flammen züngelten. Inzwischen hatte die Kugel an Höhe verloren und schwebte nun wie von unsichtbarer Hand geführt geradewegs auf den Westturm zu.

Näher.

Und noch etwas näher.

Dann endlich war das Gebilde in Schussweite.

»*Oinsochg!*«, gellte Balboks Befehl, und er ließ seinen eigenen Pfeil von der Sehne fetzen.

Wie von einem Katapult geschleudert flog das Geschoss davon, schlug einen weiten Bogen, traf die rote Kugel – und war im nächsten Moment verschwunden!

»A-aber …« stammelte Balbok und merkte, wie sich die Borsten in seinem ledrigen Nacken sträubten.

Da schossen auch seine Gefolgsleute ihre Pfeile ab.

Ein ganzer Hagel gefiederter Geschosse schlug von den Wehrgängen zu der Kugel hinüber. Viele davon waren so erbärmlich schlecht gezielt, dass sie fehlgingen und irgendwo in der rauschenden Brandung landeten. Rund die Hälfte jedoch traf – und erlitt dasselbe Schicksal, das auch Balboks Pfeil widerfahren war. Sie verschwanden spurlos, als hätte jene riesige Kugel sie verschluckt! Und obwohl es von mindestens zwei Dutzend Geschossen getroffen worden war, zeigte das Ding sich nicht im Geringsten beeindruckt!

»*Dhruurza! Dhruurza!*«, geisterte das schreckliche Wort, vor dem sich jeder Ork fürchtete, über die Wehrgänge.

Zauberei!

Und es kam noch schlimmer.

Ohne Vorwarnung neigte sich die Röhre, aus der die Flammen gezüngelt waren – und im nächsten Augenblick schoss ein Feuerschweif daraus hervor!

»In Deckung!«, konnte Balbok gerade noch rufen, dann stach die Flamme auch schon heiß und lodernd zum Turm herüber.

Einen Moment lang schien alles in Glut und Hitze zu versinken, und Balbok war überzeugt davon, dass sich nun jeden Augenblick die dunkle Grube Kuruls unter seinen Füßen auftun und ihn und seine Krieger verschlingen würde. Schon einen Herzschlag später jedoch war es wieder vorbei.

Die Flamme verpuffte an den Schilden, zurück blieb nichts als Rauch und bitterer Brandgeruch.

»*Liosg!*«

»*Dhruurza!*«

»*Kro-sabal!*«

Die Krieger auf dem Turm und den Wehrgängen schrien wild durcheinander, ihre ohnehin nur grobe Schlachtordnung löste sich in Chaos auf. Einige besonders pflichtbewusste Bogenschützen gaben noch einige Pfeile ab, die erneut von der Kugel verschluckt wurden, andere verfielen in alte Gewohnheiten – und wandten sich zur Flucht. In Scharen flohen sie von den Wehrgängen, sodass es vom Turm aus aussah, als würde sich ein grünlich-brauner Brei über die Mauer ins Innere der Festung wälzen.

»*Stal'dok!*«, rief Balbok vom Turm herab, »so wartet doch!« – aber gegen die um sich greifende Furcht war er chancenlos. Die Überzeugung, dass es kein anderer als der schreckliche Kurul sei, der nun die Festung einnehmen würde, hatte sich durchgesetzt, und unter den Kriegern gab es kein Halten mehr. Unter wüstem Geschrei verließen sie ihre Posten. Einzig die Turmbesatzung harrte noch aus – als die Kugel jedoch groß, mächtig und blutig rot vor ihnen emporwuchs, hielten auch sie es nicht mehr aus.

Umbal war der Erste, der vom Turm sprang, dicht gefolgt von der restlichen Besatzung. Ihre Waffen, ihre Bogen, Pfeile, Schilde und *saparak'hai*, ließen sie zurück, auf der Flucht würden sie ihnen ohnehin nur hinderlich sein.

Einzig Balbok blieb auf seinem Posten.

Nicht nur, weil es das war, was von einem Ork aus echtem Tod und Horn erwartet wurde. Sondern auch, weil ihn die Tatsache, dass dieses große rote Ding seine ganze Armee in die Flucht geschlagen hatte, fürchterlich ärgerte.

Mehr noch, Balbok begann, nur noch Einzelheiten wahrzunehmen. Sein Blick engte sich ein, sein Herz begann wie wild in seiner Brust zu schlagen, das Blut hämmerte in seinen Schläfen, sein Atem schnappte.

Anders ausgedrückt: *saobh!*

Als die berüchtigte orkische Raserei von Balbok Besitz ergriff, war die rote Kugel ganz heran. Seltsamerweise hatte sie an Höhe verloren, sodass nur noch die obere Hälfte davon zu sehen war, aber das kümmerte Balbok nicht mehr. Mit einem heiseren Kriegsschrei riss er den *saparak* aus der Bodendiele, schwang ihn wild durch die Luft – und ging zum Gegenangriff über! Mit einem weiten Satz sprang er über die herrenlos herumliegenden Schilde hinweg auf die Brüstung;

von dort aus katapultierte er sich geradewegs in Richtung der roten Kugel, wobei er aus voller Kehle brüllte und den *saparak* schwang.

Einen Augenblick lang war er in der Luft, und es kam ihm vor, als würde unter ihm jemand entsetzt aufschreien. Dann landete er auch schon auf dem roten Gebilde – und erlebte eine klauenfeste Überraschung.

Das Ding war nicht fest, wie er angenommen hatte, sondern weich wie Trollhirn!

Um ein Haar wäre Balbok, der sich auf eine harte Landung gefasst gemacht hatte, gestürzt, als seine dürren Beine in der roten Masse versanken. Mit den langen Armen rudernd wankte er hin und her, blickte in den Abgrund der lotrecht abfallenden Klippen und der grauen Brandung, die in der Tiefe rauschte. Doch der *saobh*, in den er verfallen war, sorgte dafür, dass er weder Furcht noch Vernunft kannte.

Irgendwie gelang es ihm, das Gleichgewicht zu wahren und sich an dem Netz festzuhalten, das das Gebilde umgab, während die Kugel selbst nun spürbar schlaffer wurde. Ein Schiff war das nicht, das stand inzwischen fest, aber Balbok scherte sich auch nicht darum, was es sonst sein mochte – ihm war nur daran gelegen, das Ding zu zerstören.

Mit dem *saparak* stach er darauf ein und verfiel in wüste Beschimpfungen, als das weiche Material abermals nachgab. In seiner Raserei fragte sich Balbok nicht, woraus das Zeug bestand – hätte er es getan, wäre ihm vielleicht klar geworden, in welcher Gefahr er schwebte. So jedoch stach und schlug er auf das riesige Gebilde ein, das ihn verschlang wie zuvor die Pfeile. Immer weiter versank er darin, während er sich wie von Sinnen gebärdete. Erst, als sich sein Magen hob und der *bru-mill*, den er zum Frühstück verschlungen hatte, sich wieder meldete, wurde ihm klar, dass etwas nicht stimmte – er stürzte in die Tiefe!

Die Kugel – wenn es überhaupt noch eine war – verlor plötzlich an Höhe. Die Mauer mit den Palisaden wischte vorbei, dann kam der graue Fels der Klippen. Balbok hörte es rauschen und wusste nicht, ob es sein eigenes Blut war, der Wind oder das Tosen der Brandung, die gegen den Fuß der Klippen schlug. Vergeblich versuchte er, sich aus dem dichten roten Gewirr zu befreien – je mehr er um sich schlug und wie ein Orkling strampelte, desto tiefer schien er sich darin zu verstricken.

War er am Ende doch in Kuruls Grube gelandet?

Die Frage begleitete ihn auf dem Weg nach unten – bis zu dem Moment, als er aufschlug.

Es krachte und splitterte, dann kam der Aufprall, hart und erbarmungslos. Balbok hörte seine Knochen knacken, und der Schmerz war so stark, dass er den *saobh* jäh beendete. Balboks verbissene Miene entspannte sich in einem blödsinnigen Grinsen, das von einem spitzen Ohr zum anderen reichte – kurz bevor bei ihm die *lash'hai* erloschen.

Nach einigen Augenblicken kam er wieder zu sich. Sein Kopf dröhnte, als habe man *kas-bhull* damit gespielt, und es rauschte noch immer in seinen Ohren. Aufgrund des wohligen Geruchs von vergammeltem Fisch, der in seine Nase stieg und ihn vollends zu Bewusstsein brachte, nahm Balbok jedoch an, dass es tatsächlich die Brandung war, die er hörte.

Er versuchte, sich aufzurichten, aber er war bis zum Hals in das rote Zeug eingewickelt. Wäre er nicht so erschöpft gewesen und hätte sein Kopf nicht so geschmerzt, wäre er womöglich abermals in *saobh* verfallen. So jedoch beherrschte er sich und wühlte sich Stück für Stück daraus hervor, nur hin und wieder nahm er die Zähne zu Hilfe – seinen *saparak* hatte er beim Aufprall verloren. Als er endlich wieder aufstehen und frei atmen konnte, machte Balbok zwei Feststellungen.

Zum einen wurde ihm bewusst, dass er Kuruls Grube nur um Haaresbreite entgangen war – denn nur ein Klippenvorsprung hatte den endgültigen Absturz der Kugel aufgefangen. Unten wütete die Brandung, schäumende Fluten schlugen mit derartiger Gewalt gegen die Klippen, dass sie alles zerschmetterten.

Die andere Feststellung betraf die Kugel selbst, von der so gut wie nichts mehr übrig war. Flach und schlaff hing sie über dem Felsen wie eine leere Blutwurstpelle, nur hier und dort gab es noch Einschlüsse von Luft, die wie große Eiterbeulen aussahen. Und am Rand des Klippenvorsprungs, dort wo aus der Tiefe immer wieder weiße Gischt emporschoss, lagen Trümmer.

Balbok sah gesplittertes Holz, verbeultes Metall und zerrissene Stricke. Und inmitten all des Durcheinanders gewahrte er etwas, das er schon seit sehr langer Zeit nicht mehr gesehen hatte.

Es lag am Boden und regte sich nicht.

Bleiche, weißliche Haut überzog seinen Körper, der im Vergleich zu dem eines Orks zerbrechlich war und dünn und nur spärlich behaart. Die Augen hatte es geschlossen, ein roter Blutfaden zog sich über seine Schläfe.

Balbok legte den Kopf schief, um das Ding zu betrachten.

»Also eins steht fest«, meinte er schließlich und nahm den zerknautschten Helm ab, um sich am spärlich behaarten Hinterkopf zu kratzen, »Kurul ist das nicht.«

4.

ACHGOSH-BONN

»Sie … sind alle davongerannt?«

Rammar kauerte auf dem Splitterthron. Seinen dicken Schädel hatte er vorgereckt, die grünen Züge vor Abscheu verzerrt.

»*Korr*«, stimmte Balbok zu und nickte. Mit Gliedern, die schmerzten, als hätte er sich mit Nork dem Knochenbrecher angelegt, war er die Klippen hinaufgeklettert, bis er auf einen der Höhlengänge gestoßen war, die ins Innere der Festung führten. So war er in den Thronsaal gelangt, übersät von dunkelgrünen Flecken und Blessuren, was seinen Bruder allerdings nicht weiter kümmerte.

»Elende Brut«, blaffte er, wobei die gelben Augen in den Höhlen rollten. »Wie können diese Feiglinge es wagen, mich, ihren König, so schmählich im Stich zu lassen?«

»Nun ja«, meinte Balbok leise.

»Was, nimmst du sie etwa in Schutz?«, herrschte Rammar ihn an.

»Sie hatten Angst.«

»Angst?« Rammar spie das Wort, das im Verständnis der Orks eine Beleidigung ersten Ranges war, förmlich aus. »Ein Ork aus echtem Tod und Horn hat aber keine Angst, verstehst du? Und er rennt auch nicht Hals über Kopf vor einem Feind davon!«

»*Korr*«, stimmte Balbok halblaut zu. »Und er verkriecht sich auch nicht und schickt andere in die Schlacht …«

»Was war das?« Rammars Äuglein blitzten.

»Nichts.«

»Das möchte ich dir raten! Ich habe aus Sorge um unser Reich und unsere Herrschaft gehandelt! Einer von uns musste ja zurückbleiben und weiterregieren, wenn der andere ins Gras beißt.«

»Ich habe aber nicht ins Gras gebissen«, brachte Balbok in Erinnerung, auch wenn seinen Blessuren und dem verformten Helm auf seinem Kopf deutlich anzumerken war, dass die Sache denkbar knapp gewesen war.

»Was beweist, dass es nicht Kurul war, der uns angegriffen hat und dich so in Panik versetzt hat«, folgerte Rammar in seiner ganz eigenen Logik. »Was also war das für ein Ding?«

»Das weiß ich immer noch nicht«, erwiderte Balbok und kratzte sich einmal mehr am Kopf, »aber es war aus dem hier gemacht.« Er griff unter seinen ledernen Harnisch und zog einen roten Fetzen hervor, den er seinem Bruder hinhielt.

Rammar beugte sich noch ein Stück weiter vor. Er schnupperte vorsichtig daran und stocherte mit der *saparak*-Hand danach, wagte jedoch nicht, das Ding zu berühren.

Balbok zuckte mit den schmalen Schultern. »Ich hatte etwas davon im Maul, aber es hat mir nicht geschmeckt. Obwohl ich das Gefühl habe, diesen Geschmack von irgendwoher zu …«

Rammar bedachte seinen Bruder mit einem despektierlichen Blick – inzwischen glaubte er erkannt zu haben, worum es sich bei dem Fetzen handelte. Kurzerhand griff er danach und riss es Balbok aus der Klaue, nur um seinen Verdacht bestätigt zu finden. »*Umbal*«, knurrte er, »das ist gewöhnlicher Stoff, wie ihn die Milchgesichter herstellen. Ich glaube, sie nennen das Zeug Seide. Es wird in Kal Anar hergestellt, weißt du nicht mehr?«

Balbok nickte, aber sein Verstand war zu beschäftigt, um sich an ihr gemeinsames Abenteuer in der Stadt der Schlangen* zu erinnern. Denn in diesem Augenblick wurde ihm klar, wie alles zusammenhing …

* siehe DER SCHWUR DER ORKS

»Ah«, machte er und hob den Zeigefinger der rechten Hand. »Das erklärt, warum ein Milchgesicht dabei war.«

»Ein Milchgesicht?« Rammar sprang vom Thron auf. Sein heiserer Schrei hallte von der Felsendecke des Thronsaals wider. »Hast du das gerade wirklich gesagt?«

»*Korr.*« Balbok nickte. »An der roten Kugel hing etwas, das aussah wie ein halbes Blutbierfass. Darin muss das Milchgesicht gesteckt haben, denn es fiel raus, als das Ding auf die Klippe stürzte. Lustig, oder?«

»*Korr*«, stieß Rammar zwischen gefletschten gelben Zähnen hervor, »wirklich sehr lustig. Zum Totlachen geradezu. Das heißt also, das Milchgesicht ist mit diesem roten Ding geflogen wie ein verdammter *enok*?«

Balbok nickte. Zur Bestätigung breitete er die Unterarme aus und flatterte damit.

»Warum hast du das nicht gleich erzählt?«

»Was meinst du? Das mit dem Milchgesicht oder mit dem *enok*?«

Einen Augenblick starrte Rammar ihn nur an, sichtlich um Fassung ringend. »Beides, Trollhirn!«, platzte es dann aus ihm heraus.

»Du hast mich nicht danach gefragt«, lautete Balboks entwaffnende Antwort. »Du wolltest nur wissen, ob Kurul ...«

»Ich will nichts mehr hören von Kurul! Wenn du diesen Namen nur noch einmal erwähnst, werde ich dich höchstpersönlich in seine Grube stürzen, hast du kapiert?«

»*K-korr.*«

»Ein Milchgesicht, das hat uns gerade noch gefehlt! Wie weit muss man denn noch gehen, um endlich Ruhe zu haben vor diesem verdammten Pack? Diese Kerle bringen auch so schon nichts als Ärger, aber wenn sie jetzt auch noch gelernt haben zu fliegen ...« Er unterbrach sich und betrachtete argwöhnisch das Stück Seidenstoff in seiner Klaue. »Bist du sicher, dass es ein gewöhnlicher Mensch ist? Womöglich handelt es sich um einen *dhruurz*!«

»Meinst du?« Balbok machte ein langes Gesicht.

»Woher soll ich das wissen? Ich war es schließlich nicht, der das verdammte Ding vom Himmel geholt hat, sondern du! Nur gut, dass das Milchgesicht die Sache nicht überlebt hat, ansonsten hätten wir jetzt womöglich mehr Ärger am Hals, als wir …«

Er unterbrach sich, als er sah, wie Balbok zu Boden blickte und mit dem Fuß auf einer nicht vorhandenen Made herumzutreten begann. »Weißt du, Rammar …«

»Sag es nicht«, fiel sein Bruder ihm ins Wort, jede einzelne Silbe betonend. »Sag nicht, dass das Milchgesicht noch am Leben ist!«

»Nein, nicht wirklich …« Balbok suchte nach passenden Worten. »Vielleicht noch ein kleines bisschen. Nichts, was sich nicht ändern ließe …«

Rammar atmete mehrmals tief ein und aus.

»Wo?«, wollte er schließlich wissen.

»Draußen. Ich dachte mir …«

»Bloß nicht!«, warnte Rammar seinen Bruder, die *saparak*-Spitze emporgereckt. »Einen Menschen auf unserer Insel zu haben, ist an sich schon schlimm genug – wenn du Schmalhirn jetzt auch noch zu denken anfängst, sind wir verloren!«

»Aber …« Balbok wollte etwas einwenden, als er jedoch die finster zusammengezogenen Stirnwülste seines Bruders sah, überlegte er es sich anders. Mit hängenden Schultern, den Blick gesenkt wie ein Orkling, dem man den *asar* versohlt hatte, trottete er aus dem Thronsaal, um kurz darauf wieder zurückzukehren. Und diesmal war er nicht allein.

Umbal und einige andere Krieger, die sich inzwischen wieder in die Festung getraut hatten, begleiteten ihn. Obwohl sich Rammar fest vorgenommen hatte, sie bei ihrer nächsten Begegnung für ihre Feigheit zur Rechenschaft zu ziehen, ließ er es bleiben – denn der Kerl, den die Krieger gefesselt in ihrer Mitte führten, nahm seine ganze Aufmerksamkeit in Anspruch.

Kein Zweifel.

Es war ein Mensch.

Zwar hatte Rammar fast verdrängt, wie die Milchgesichter aussahen, die das Land jenseits des Schwarzgebirges bewohnten und die sich zuletzt immer größere Teile Erdwelts unter den Nagel gerissen hatten. Doch der Gefangene war ganz ohne Zweifel ein Exemlar dieser Gattung.

Zwar machte er den Anschein, als wäre er an den Ohren durch den *shnorsh* gezogen worden – er war tropfnass und verdreckt von Kopf bis Fuß, und seine Kleidung hing in Fetzen, dazu humpelte er und ging gekrümmt, und seine linke Gesichtshälfte war von verkrustetem Blut bedeckt.

Aber zweifelsohne war er ein Mensch.

Die Wachen führten ihn bis vor den Thron, auf den Rammar zurückgekehrt war, um würdevoller auszusehen. Dann zerrten sie ihn grob zu Boden.

»Auf die Knie!«, brüllte Umbal ihn an. »Knie vor Balbok und Rammar, den mächtigen Königen der Orks!«

Der Mensch ließ es willenlos geschehen. Seine Blicke pendelten unablässig zwischen den beiden Königen hin und her, sein Mund war dabei weit geöffnet. »Ihr ... ihr lebt!«, entfuhr es ihm. »Ihr lebt tatsächlich!«

Rammar und Balbok sahen einander an. Sie hatten die Menschensprache lange nicht gehört, verstanden aber noch jedes Wort. In unverhohlener Abscheu rümpfte Rammar die breite Nase, während er in den Tiefen seines Gehirns nach einer passenden Antwort suchte.

»Natürlich leben wir, Faulhirn«, fuhr er den Gefangenen an. »An deiner Stelle würde ich mir eher Sorgen um dein eigenes Leben machen. Wer bist du überhaupt?«

Zwischen seinem Haar hindurch, das ihm in wirren schmutzigen Strähnen ins Gesicht hing, starrte der Mensch ihn weiter ungläubig an. Wahrscheinlich, sagte sich Rammar, hatte sein Kopf beim Aufschlag Schaden genommen.

»Mein ... mein Name ist Dag«, erklärte der Mensch endlich mit krächzender Stimme.

»Dag«, echote Rammar. »Und wie weiter?«

»Sonst nichts. Nur Dag.«

Rammar stieß ein verächtliches Schnauben aus. Kaum zu glauben, dass diese halbe Portion – er schätzte den Kerl kaum älter als zwanzig Lenze – die gesamte Festung in Aufruhr versetzt hatte.

»Und du kannst fliegen.«

Der Mensch blickte sich Hilfe suchend um, aber die grimmigen Mienen der Krieger, die ihn umzingelt und ihre *saparak'hai* auf ihn gerichtet hatten, sagten ihm wohl, dass es besser war zu antworten. »Nun«, entgegnete er zögernd, »geflogen ist eigentlich die heiße Luft. Ich habe mich nur drangehängt.«

»Soll das heißen, du bist ein Zauberer?«

Dag schüttelte den Kopf. »Es ist nur so, dass heiße Luft leichter ist als kalte, deshalb steigt sie in die Höhe. Und das kann man nutzen, um sich in der Luft fortzubewegen, versteht ihr?«

»Kein Wort«, gab Balbok unumwunden zu.

»Bei deinem Schmalhirn wundert mich das nicht weiter«, ätzte Rammar. »Aber in diesem Fall hast du recht. Was du da redest, ist völliger Blödsinn, Mensch.«

»Wenn es Blödsinn ist, warum bin ich dann hier?«, wollte Dag im Gegenzug wissen.

Rammar stöhnte.

Es ging schon wieder los.

Er hatte im Lauf der letzten fünf Jahre vergessen – oder ebenfalls verdrängt – wie kompliziert die Dinge zu werden pflegten, wenn Milchgesichter ins Spiel kamen.

»Also schön«, meinte er, »nehmen wir einmal an, dass in deinem wirren Gerede ein Funken Wahrheit steckt, und dass du mit dieser Kugel aus Stoff …«

»Ich nenne es Blase«, fiel Dag ihm erklärend ins Wort.

»Das stimmt aber nicht!«, eiferte sich Balbok. »Ich habe es selbst probiert, und es ist kein bisschen *blash* an dem Ding!«

»Das hat der Mensch auch nicht behauptet, *umbal*«, grunzte Rammar. »Er sagte Blase – *gukag*. Von *blash* war nicht die Rede.«

»Oh.« Ein wenig verlegen rieb sich Balbok das lange Kinn. »Mein Menschisch ist wohl ein wenig eingerostet. Ich versteh immer nur die Hälfte.«

»Glaub mir«, grunzte Rammar, »das liegt nicht an deinem Menschisch ...«

»Warum habt ihr mich gefesselt?«, wollte Dag wissen.

»Weil du ungebeten in unser Territorium eingedrungen bist.«

»Aber ich bin kein Feind! Ich komme in friedlicher Absicht.«

»Mensch«, fauchte Rammar, »wenn deinesgleichen so etwas behauptet, dann ist das meiner Erfahrung nach ein Grund mehr, ihn zu fesseln. Außerdem hat mir mein Bruder etwas anderes erzählt. Du hast unsere Krieger mit Feuer angegriffen.«

»Ich musste mich verteidigen«, erklärte Dag schlicht. »Ich habe damit nicht angefangen.«

»Aber unsere Pfeile haben überhaupt nichts bewirkt«, beschwerte sich Balbok, dem die Enttäuschung darüber noch immer anzumerken war.

»Im Gegenteil. Ihr habt die Blase meines Luftschiffs durchsiebt. Von da an hat es beständig an Höhe verloren. Ich musste etwas unternehmen, sonst wäre ich abgeschossen worden. Also benutzte ich den Brenner dazu, um eure Leute in die Flucht zu schlagen.«

»Zum Rückzug zu bewegen«, drückte Rammar es weniger ehrenrührig aus.

»Einen Augenblick lang glaubte ich, die Gefahr wäre gebannt«, fuhr Dag in seinem Bericht fort und deutete auf Balbok. »Bis dieser da todesmutig auf die Blase sprang.«

»Der da?« Rammar bedachte seinen Bruder mit einem geringschätzigen Blick. Anerkennung für Balbok – selbst, wenn sie von einem Menschen kam – widerstrebte ihm.

»Ja«, beteuerte Dag. »Unter wildem Geschrei sprang er vom Turm herüber und begann, wie ein von allen guten Geistern Verlassener auf die Blase einzustechen.«

»*Korr*«, murmelte Rammar halblaut. »Ich gebe zu, das klingt nach meinem Bruder.«

»Was dann geschehen ist, weiß ich nicht mehr. Ich erinnere mich nur noch, dass es steil nach unten ging. Dann muss ich das Bewusstsein verloren haben. Als ich die Augen wieder aufschlug, lag ich bereits in Ketten, und ich erfuhr, dass ich ein Gefangener der Könige Rammar und Balbok bin – und konnte mein Glück kaum fassen.«

»Dein … *Glück*?« Nun war es Rammar, der an seinen Kenntnissen der Menschensprache zweifelte.

»Natürlich«, versicherte Dag. »Dort, wo ich herkomme, seid ihr eine Legende!«

»Eine … eine Legende.« Rammar kam nicht umhin, geschmeichelt zu sein. Er entspannte sich etwas und lehnte sich auf dem Thron zurück. »Das überrascht mich nicht, schließlich ist das in vielen Teilen Erdwelts so«, machte er. »Woher, sagtest du, kommst du?«

»Aus Tirgaslan.«

Rammar hatte den Namen jener Stadt lange nicht mehr gehört. Aber nun, da er wieder gefallen war, kehrten mit ihm auch die Erinnerungen an all die Ereignisse zurück, die damit verbunden waren. Und auch wenn er sich lieber eigenhändig die Zunge herausgerissen hätte, als es offen zuzugeben, empfand der feiste Ork in diesem Moment einen Hauch Wehmut …

»Corwyns Königreich«, sagte er. »Wie geht es dem einäugigen alten Halsabschneider? Und erst seinem aufrührerischen Elfenweib?«

»Der König und die Königin haben uns verlassen«, lautete die so erschöpfende wie knappe Antwort.

»Was soll das heißen?« Rammar beugte den Schädel vor.

»Sie sind längst den Weg alles Sterblichen gegangen«, erklärte Dag bereitwillig, »und mit ihnen auch das Reich.«

»Ach so«, machte Rammar.

Einen Augenblick saß er unbewegt.

Dann schüttete er sich aus vor Lachen.

»Hast du das gehört, Balbok?«, blökte er und klopfte sich dabei auf die wabbelnden Schenkel. »Kuruls Grube hat den alten Corwyn verschlungen und sein Reich gleich mit. Besonders lange hat es ja nicht gehalten. Und dabei hatten das Elfenweib und er doch so Großes vor!«

»Was meinst du damit?«, fragte Dag, als Balbok gerade wiehernd einfallen wollte. »Corwyn der Gerechte und Alannah die Weise waren die größten Herrscher, die das Reich von Tirgaslan hervorgebracht hat. Sie regierten viele Jahrzehnte lang und schenkten Erdwelt Frieden und Einheit, bis die Krone an ihren Sohn Iain überging, der sie wiederum …«

Rammar hatte jäh zu lachen aufgehört. Stattdessen beäugte er den Gefangenen mit kritischem Blick. »Mensch, willst du uns vershnorshen?«, fragte er.

»Das würde ich niemals wagen«, versicherte Dag und hielt die gefesselten Handgelenke hoch. »Schließlich befinde ich mich in eurer Gewalt.«

»Und doch hast du etwas von vielen Jahrzehnten geschwafelt, von Frieden und Einheit und all dem Blödsinn.«

»Genauso war es.«

»Lügner!«, herrschte Rammar ihn an. »Seit mein Bruder und ich das Festland verlassen haben, sind gerade mal …«, er sah hilfesuchend zu Balbok, der eine Klaue hob, »… fünf Jahre vergangen, nicht mehr und nicht weniger – wann also soll der ganze Unfug passiert sein, von dem du sprichst?«

Der Gefangene legte den Kopf schief. »Wann seid ihr aufgebrochen?«, wollte er wissen. »Kennst du das Jahr?«

»Douk.«

»Ich jedoch kenne es, wie jeder meines Volkes: Die Schlacht um Kal Anar und der sich anschließende Kampf gegen die Dunkelelfen fand im Jahr 32488 der alten Zeitrechnung statt.«

»Und?«, fragte Rammar nur.

»Das«, erwiderte Dag leise, wobei er jedes einzelne Wort betonte, »war vor 472 Jahren.«

5.

UMM'HAI UULE'DOK

»Red keinen *shnorsh*!«

Rammas Antwort kam so reflexhaft wie ein Rülpser nach einer üppigen Mahlzeit, aber die Fassungslosigkeit war ihm dennoch anzumerken. Auch Balbok hatte längst zu grinsen aufgehört und schaute den Gefangenen aus großen Augen an.

»Ich befinde mich in eurer Gewalt. Warum also sollte ich lügen?«, entgegnete Dag mit entwaffnender Logik.

»Du wirst deine Gründe haben«, schnauzte Rammar. Der Schädel schwirrte ihm bereits wieder, und er hatte keine Lust, sich auf Denkspiele einzulassen. »Ihr Milchgesichter lügt doch, sobald ihr das Maul aufmacht!«

»Es ist die Wahrheit«, beharrte Dag. »Ich wurde im Jahr 32938 der alten Zeitrechnung geboren. Wie könnte ich also hier sein, wenn ich nicht die Wahrheit sagte?«

»Das reicht«, knurrte Rammar. »Balbok, greif dir den Schwätzer und verhackstücke ihn, er hat es nicht anders gewollt.«

»*Korr*«, erwiderte Balbok nur und zückte den *saparak*, während die andere Hand bereits nach dem Gefangenen griff. Der wich jedoch zurück und hob beschwörend die Hände.

»Hört mich nur noch einen Augenblick an! Ich kann alles erklären!«

»Das ist es ja, was ich befürchte.« Rammar schnaubte.

»Es wurde alles aufgeschrieben, in einem Buch, das Königin Alannah verfasst hat«, fuhr der Mensch in seiner Not fort.

Die Erwähnung des Namens genügte, um Rammar zusammenzucken zu lassen. »Du redest dich um Kopf und Kragen, Bürschchen ...«

»Es ist ein geheimes Buch, in dessen Besitz ich durch Zufall gelangt bin«, fuhr Dag rasch fort. »Dadurch habe ich überhaupt erst von der Existenz dieser Insel und ihrer Vergangenheit erfahren, denn König Corwyn hatte damals verfügt, dass alle Aufzeichnungen darüber gelöscht werden.«

»Du, Rammar«, meinte Balbok, »das würde erklären, warum wir nie Besuch bekommen haben.«

»*Korr*, sie hätten ruhig mal vorbeischauen können, nachdem wir ihren *asar* gerettet haben«, stimmte Rammar widerstrebend zu. »Und es würde diesem verdammten Elfenweib ähnlich sehen, sich nicht an die Anweisungen ihres Mannes zu halten. Ich habe Corwyn immer gesagt, dass sie irgendwann sein Ende sein würde.«

»In ihren Aufzeichnungen«, fuhr Dag unbeirrt fort, »berichtet die Königin von der Geschichte dieses Eilands. Und sie vertritt die Ansicht, dass es durch den Bruch des Annun, des Urkristalls der Elfen, einst aus der kosmischen Ordnung gerissen und ...«

»Komisch?«, fragte Balbok nach.

»Kosmisch«, verbesserte Rammar. »Zieh dir gefälligst den *salash* aus den Ohren.«

»... und dadurch seiner eigenen Zeitrechnung unterworfen wurde«, setzte Dag seine Ausführungen fort. »Das bedeutet nichts anderes, als dass die Zeit auf dieser Insel bedeutend langsamer vergeht als im restlichen Teil von Erdwelt. Dieser Effekt muss bereits damals spürbar gewesen sein, jedoch hat er sich inzwischen noch verstärkt, zumal, da in den Wirren des Kampfes gegen den Dunkelelfen Rothgan-Margok nicht nur der Annun selbst, sondern auch der letzte verbliebene Splitter von Unbekannten zerstört wurden.«

»Tatsächlich?« Rammar setzte eine Unschuldsmiene auf. »Das ist ja furchtbar.«

»Das Buch berichtet nicht, wer diese Wahnsinnstat begangen hat, aber die Auswirkungen sind bis zum heutigen Tag spürbar. Nicht auf dem Festland, wo die Zeit ihren gewohnten Verlauf genommen hat, aber hier auf der Insel, wo sich einst die Fernen Gestade der Elfen befanden.«

»Wenn schon«, maulte Rammar. »Wen interessiert das noch? Es ist fünf Jahre her!«

»Eher fünfhundert Jahre«, verbesserte Dag. »Königin Alannah äußert in ihrem Buch die Vermutung, dass der Zeitunterschied irgendwann so groß werden könnte, und offenbar hatte sie recht. Deshalb bin ich aufgebrochen, um die Insel zu suchen. Ich wollte die Wahrheit herausfinden.«

»Eine schöne Geschichte«, anerkannte Rammar mit gebleckten Zähnen, »aber ebensolcher Unfug wie alles Gequatsche der Milchgesichter. So was kannst du meinem Bruder erzählen, aber nicht mir.«

»Ihr seid vor 472 Jahren aufgebrochen. Rechnet doch selbst nach!«

»Das brauche ich nicht, Faulhirn«, konterte Rammar, dem der Umgang mit Zahlen – wie den allermeisten Orks – zutiefst verhasst war. Eine Anzahl mit *bougum* oder *iomash* zu benennen, genügte vollkommen. »Ich weiß auch so, dass du ...«

»Er hat recht«, bestätigte in diesem Moment Balbok, der unter Zuhilfenahme seiner Klauenfinger nachgezählt hatte – wie er es anstellte, war Rammar ein Rätsel, was den feisten Ork nur noch mehr ärgerte.

»Na und?«, schnauzte er, »was heißt das schon? Er kann rechnen. Das beweist gar nichts.«

»Und wie erklärst du dir das Luftschiff, mit dem ich gereist bin?«, wollte Dag wissen. »Hat es so etwas zu eurer Zeit gegeben?«

»Nein«, gab Rammar zu, »aber auch das hat nichts zu sagen. Euch Milchgesichtern fällt doch ständig irgendwelcher Blödsinn ein, um allen anderen auf die Nerven zu gehen.«

»Und warum sollte ich euch belügen? Welchen Vorteil hätte ich davon?«

»Woher soll ich das wissen? Meiner Erfahrung nach schmiedet ihr ständig irgendwelche geheimen Pläne.«

»Ich nicht«, versicherte der Gefangene. »Ich wollte nur Gewissheit, was die Insel betrifft. Jedoch hätte ich niemals damit gerechnet, euch persönlich zu begegnen – auch wenn die Aufzeichnungen Königin Alannahs einen gewissen Anlass zu dieser Hoffnung gegeben haben.«

Rammar schnaubte hörbar. »Und was heißt das nun wieder?«

»Nun ja – den offiziellen Aufzeichnungen zufolge seid ihr beide im Kampf gegen die Dunkelelfen gefallen. In ihrem Buch deutet die Königin jedoch an, dass ihr womöglich überlebt und euer eigenes Königreich gegründet haben könntet – und wie ich sehen kann, hatte sie recht.«

»Sieht ihr ähnlich«, brummte Rammar. »Die Elfin hat ihre Nase schon immer in Angelegenheiten gesteckt, die sie nichts angingen. Aber wieso hat man uns für tot erklären lassen?«

»Das weiß ich nicht«, gab Dag zu, »aber es war nicht zu eurem Nachteil. Wie ich schon sagte, zu meiner Zeit seid ihr legendäre Helden. Euch gegenüberzustehen, ist, als würdet ihr Gulz dem Schlächter begegnen.«

»Was weißt du Trollhirn vom großen Gulz?«, fuhr Rammar ihn an. »Außerdem, wieso verehren uns die Milchgesichter als Helden? Wir haben alles Orkmögliche getan, um diesen dämlichen Irrtum geradezurücken!«

»Die Erinnerung verzeiht manches«, meinte Dag.

»Idioten! Unberechenbare, unfähige Idioten!«

»Dann glaubst du mir also?«

Rammar schüttelte den Kopf. »Wenn du tatsächlich aus einer Zeit gekommen bist, die es für uns noch gar nicht gibt, dann sag mir doch, wie die Welt dann angeblich aussieht! Fliegt ihr da alle durch die Lüfte?«

»Nein.« Das Luftschiff ist meine eigene Entwicklung. Ihr müsst wissen, dass ich ein Erfinder bin.«

»Auch das noch.« Rammar schnitt eine Grimasse. Der Berufsstand des Erfinders wurde bei einem Volk, dessen einzige wirkliche Entdeckung der *saparak* gewesen war, nicht sehr geschätzt. Statt neue Dinge zu ersinnen, zogen Orks es stets vor, das zu benutzen, was es bereits gab. Auch wenn es bedeutete, dass man womöglich zuerst den rechtmäßigen Eigentümer beseitigen musste …

»Aber ich könnte mir vorstellen«, fuhr Dag fort, »dass Luftschiffe wie das meine eines Tages durchaus …«

»Was ist aus dem Reich geworden?«, fuhr Rammar dazwischen.

»Und was aus den Orks?«, erkundigte sich Balbok.

»Und was aus dem Schatz von Tirgaslan?«

»Von einem Schatz weiß ich nichts. Aber das Reich, das Corwyn der Gerechte einst einte und an seinen Sohn Iain übergab, ist im Lauf der Jahrhunderte in fünf Teile zerfallen, die einander heute als erbitterte Rivalen gegenüberstehen. Da ist zum einen das Reich von Tirgaslan, das nur noch einen Bruchteil seiner einstigen Größe umfasst und sich vom Meer im Süden bis zur Ebene von Scaria erstreckt; außerdem das Reich von Ansun, das aus dem Bündnis der Städte Andaril und Sundaril hervorgegangen ist und sich bis in die einstige Westmark ausdehnt; schließlich das Südreich, das in Gegenden reicht, die zu eurer Zeit noch nahezu unbekannt waren. Und schließlich das größte und mächtigste unter den Reichen Erdwelts – das Zwergenreich.«

»Ja klar«, höhnte Rammar, »die Hutzelbärte. Ausgerechnet! Die waren schon zu unserer Zeit so heruntergekommen, dass sie sich als Schmuggler verdingen mussten. Weißt du noch, Balbok? Unsere Reise durch den Zwergenstollen?«

»*Korr*«, nickte Balbok grinsend und stimmte das Liedchen an, dass sie seinerzeit gehört hatten: »*In tiefsten Berges Tiefen steigt Gruthin, Sohn des Gruthian …*«

»Das ist lange her«, versicherte Dag. »Die Macht der Zwerge ist zurückgekehrt. Ihr Reich erstreckt sich von ihrem einstigen Kernland im Scharfgebirge bis weit nach Norden, wo sie die Eismenschen unterworfen haben; im Osten umfasst es das Gebirge bis hinunter nach Tirgas Anar, das sie im vergangenen Jahr erobert und nach ihrem König Winmar genannt haben.«

»Anar?«, fragte Rammar zweifelnd. »Ich bin selbst dort gewesen! Zum Meer hin wird diese Stadt von den Pfeilern des Todes beschützt, zum Land hin von glühendem Gestein. Sie einzunehmen ist so gut wie unmöglich.«

»Dennoch ist es den Zwergen gelungen, nicht zuletzt mithilfe einiger Erfindungen, die sie in ihren Höhlen und Werkstätten gemacht haben.«

»Erfindungen«, echote Rammar spöttisch.

»Kriegsmaschinen und manches Unheimliche mehr«, bestätigte Dag sichtlich fröstelnd. »Wir schreiben ein neues Zeitalter, eine Ära der Erfindungen und Entdeckungen. Und da das Zwergenvolk mehr Erfinder hervorgebracht hat als jedes andere, behaupten nicht wenige, dass ihm die Zukunft gehöre.«

»Und die Orks?«, fragte Balbok.

»Was soll mit ihnen sein?«

»Wo befindet sich ihr Reich?«

»Nirgendwo«, lautete Dags wenig erbauende Antwort. »Die Orks leben über sämtliche Reiche Erdwelts verstreut und verdingen sich als Söldner in den Armeen.«

»Jetzt hast du den Bogen überspannt, Elfenfurz«, warf Rammar ein. »Die Modermark war von jeher das angestammte Gebiet der Orks. Sie würden es niemals verlassen.«

»Aber dein Bruder und du, ihr habt es doch auch verlassen«, wandte Dag ein.

»Das war etwas anderes«, widersprach Rammar und suchte nach Worten, die den Sachverhalt möglichst vorteilhaft wiedergaben. »Eine … eine Notlage.«

»Und eine Notlage war es auch, die eure Artgenossen aus der Modermark vertrieben hat«, stimmte der Gefangene zu. »Die Gnomen waren immer stärker geworden, bis es ihnen schließlich gelang, die Orks zu vertreiben. Manche behaupten auch, dass dies mithilfe der Zwerge geschehen sei, die mit ihnen verbündet sind. Das Gebiet jenseits des Schwarzgebirges wird seither als Gnomenmark bezeichnet. An seinen alten Namen kann sich kaum noch jemand erinnern – ebenso wenig wie daran, dass die Orks einst zahlreich und gefürchtet waren.«

Mit fiebrigen Augen starrte Rammar ihn an.

Am liebsten hätte er alles, was Dag erzählt hatte, als Unsinn abgetan, und noch lieber hätte er ihn auf der Stelle erschlagen. Aber etwas sagte ihm, dass der Mensch die Wahrheit sprach – nicht einmal Milchgesichter konnten sich etwas so Aberwitziges ausdenken.

Auch Balbok schenkte dem Bericht offenbar Glauben. Der hagere Ork stand reglos und wie von Narkods Hammer getroffen. Dennoch war er der Erste, der die Sprache wiederfand.

»Du, Rammar«, meinte er, »wenn sich niemand mehr an uns erinnert, sollten wir dann nicht hingehen und ihr Gedächtnis ein bisschen« – er fuhr mit dem Finger über die Schneide des *saparak* – »na ja, auffrischen?«

»Du willst zurückgehen? Nachdem wir hier leben wie die Maden im *rammashg*? Nachdem wir uns endlich unser eigenes Königreich geraubt haben?«

»Aber König zu sein ist langweilig, wenn niemand davon weiß«, wandte Balbok ein. »Wahrscheinlich ahnen die Milchgesichter nicht einmal, dass es uns überhaupt noch gibt.«

»Allerdings nicht«, stimmte Dag zu. »Wie gesagt, ihr seid zu Legenden geworden. Einige bezweifeln sogar, dass es euch überhaupt je gegeben hat.«

»Hast du das gehört, Rammar?« Balboks schmale Züge verzerrten sich vor Empörung. »Weißt du, wir sollten hinfahren und ein paar von ihnen erschlagen. Nur so, um mal *achgosh-douk* zu sagen. Danach können wir ja wieder auf unsere Insel zurückkehren.«

»Nein.« Rammar schüttelte den Kopf. »Wenn es wirklich

stimmt, was dieses junge Stinkmaul hier sagt, dann will ich nicht zurück. Ich will nicht sehen, was die Milchgesichter aus *sochgal* gemacht haben. Außerdem haben wir bereits einmal versucht, ihnen die Wahrheit über uns Orks beizubringen, und was hat es gebracht? Ganz offenbar überhaupt nichts.«

»Aber Rammar …«

»*Kriok!*«, brachte Rammar seinen Bruder zum Schweigen. »Ich will nicht mehr darüber reden.«

»Aber …«

Rammar seufzte so abgrundtief, dass Balbok sogleich wieder verstummte. »Würdest du wohl das Maul halten?«, fragte der Feiste seinen Bruder. Es klang weder laut noch aufbrausend, sondern ziemlich resigniert. »Nur dieses eine Mal?«

Balbok sah ihn an, den Mund vor Staunen offen. Die Bestürzung über Rammars ungewohnt verhaltene Reaktion war ihm anzusehen, ebenso wie die Fragen, die ihm auf den wulstigen Lippen brannten. Aber er behielt beides für sich.

Daraufhin sank Rammar auf dem Thron zusammen, das breite Kinn auf die fleischige Faust gestützt und in düstere Gedanken versunken. Die Heiterkeit, die er vorhin noch empfunden hatte, war verflogen, und das nicht nur, weil ihre einstige Heimat nun den Gnomen gehörte und die Menschen die Rolle, die sein Bruder und er in der Geschichte gespielt hatten, offenbar völlig falsch in Erinnerung behalten hatten. Sondern weil ihm ein weiterer, nicht weniger deprimierender Gedanke gekommen war.

Wenn es stimmte, was der Mensch behauptete, und auf dem Festland tatsächlich fast fünf Jahrhunderte vergangen waren, dann bedeutete das auch, dass niemand, den sie einst gekannt hatten, mehr am Leben war.

Kein Corwyn.

Kein Zauberer Granock.

Kein verdammtes Elfenweib.

Und der König der Orks ertappte sich dabei, dass ihn dieser Gedanke noch mehr erschütterte als alle anderen.

6.
OSLOK'S FIRUNN

»Rammar?«

»Was?«

Im brodelnden Saft seiner schlechten Laune schmorend fläzte Rammar sich auf dem Thron. Wie lange er schon da saß, wusste er nicht zu sagen, und es war ihm auch gleichgültig. Als König hatte er schließlich alle Zeit dieser Welt – und das war ganz offenbar eine Menge mehr Zeit als anderswo …

Zögernd schaute er auf – nur um festzustellen, dass sich der gefangene Jüngling von seinen Fesseln befreit hatte! Doch statt sich auf ihn zu stürzen und ihn mit ihren *saparak'hai* zu durchbohren, wie es ihre Pflicht gewesen wäre, standen seine Bewacher nur herum und grinsten dämlich, genau wie Balbok, der ebenfalls von einem grünen Ohr zum anderen feixte.

»Darf man fragen, was so komisch ist?«, wetterte Rammar los. »Seht gefälligst zu, dass ihr das Milchgesicht wieder in Ketten legt, oder …«

In diesem Augenblick veränderte sich noch etwas, und zwar der Jüngling selbst. Seine schlanke Gestalt begann plötzlich zu flackern wie eine Kerze im Wind, seine herben Gesichtszüge und sein dunkles Haar verblassten, ebenso wie die derbe, zerschlissene Kluft, die er trug – und er verwandelte sich vor Rammars ungläubig geweiteten Augen in eine Frau, die ein weites, strahlend weißes Gewand trug.

Rammar konnte nicht anders, als einen gellenden Schrei auszustoßen – denn dies war nicht irgendein weibliches Wesen. Sondern das einzige, das er in seinem Leben fürchten gelernt hatte, und das aus gutem Grund …

»D… du bist das?«, stammelte er.

»Ich bin das«, erwiderte sie, und ein Lächeln huschte über ihre blassen, von weißlich blondem Haar umrahmten Züge, aus denen ihn ein strahlendes Augenpaar herausfordernd ansah.

Rammars Kinnlade klappte herab, er war nicht in der Lage, etwas zu erwidern.

Sie war es, daran bestand kein Zweifel.

Das Elfenweib.

Alannah …

»Du solltest nicht erstaunt sein«, beschied sie ihm mit jenem Grinsen, dass er fürchten gelernt hatte, weil es meist etwas verschleierte, das für ihn von Nachteil war. »Ich habe es geschafft, euch glauben zu machen, ich wäre einer von euch. Also kann ich auch als harmloser Jüngling erscheinen.«

Rammar erwiderte noch immer nichts.

Verhasst war ihm die Elfin immer schon gewesen. Seit er jedoch wusste, dass sie einst eine mächtige Zauberin gewesen war, fürchtete er sich auch noch vor ihr, was er unerträglich fand. Balbok hingegen schien das alles auch noch komisch zu finden – er stand weiter nur unbewegt da und grinste.

»He, du *umbal*!«, schnauzte Rammar ihn an. »Willst du bloß blöd dastehen und vor dich hin gaffen, oder schaffst du mir dieses elende Elfenweib vom Hals?«

»Du brauchst keine Angst vor mir zu haben«, beteuerte Alannah.

»Ich und Angst?« Rammar lachte heiser auf. »Da lachen ja die Gnomen! Ich bin nur vorsichtig.«

»Dazu besteht kein Grund. Ich komme in friedlicher Absicht.«

Rammar schnaubte. »Das sagtest du schon, als du noch der andere warst. Aber ich glaube dir noch immer nicht.«

»Ich bin nur aus einem Grund gekommen«, fuhr Alannah fort – und streckte die Arme in seine Richtung, »nämlich um dir das hier zu geben.«

Erst jetzt bemerkte der Ork, dass sie etwas in den Händen hielt. Soweit er es beurteilen konnte, war es ein Buch …

»Was soll ich damit?«, schnauzte er.

»Es ist das Buch, in dem ich die Geschichte niedergeschrieben habe. Eure Geschichte. Corwyns Geschichte. Meine Geschichte. Die Geschichte dieser Insel.«

»Die Mühe hättest du dir sparen können. Orks können nicht lesen, was soll ich also mit deinem Buch anfangen? Es in den Kamin werfen?«

»Nimm es und sieh hinein«, verlangte sie, und wie immer ließ sie keinen Widerspruch zu.

»Von mir aus«, schnaubte Rammar. Er erhob sich vom Thron und stieg schwerfällig die Stufen hinab, riss es ihr aus der Hand und schlug es auf – um verblüfft zu grunzen. »Es steht nichts drin«, stellte er fest. »Die Seiten sind leer!«

»Natürlich sind sie das – glaubst du denn, du wärst der Erste, der dieses Buch in Händen hält? Es wurde längst von anderen gelesen, und sie alle wissen nun, was in dem Buch steht, und kennen die Wahrheit.«

»Die Wahrheit?«, fragte Rammar.

»Über die Insel. Über die Zeit. Und darüber, dass ihr beide womöglich noch am Leben seid.«

»Woher hast du es gewusst?«

Alannah lächelte wieder. »Sagen wir, ich habe es geahnt. Ich weiß, wie Unholde denken. Zumindest eine Zeitlang war ich selbst einer von ihnen, vergiss das nicht.«

»Wie könnte ich?«, stöhnte Rammar.

»Sie werden kommen«, kündigte die Elfin an, wobei jede Heiterkeit aus ihren Zügen verschwand. »Dann wird es zu spät sein, um etwas zu unternehmen. Ihr müsst jetzt handeln. Sofort, hört ihr? Ihr müsst wiederherstellen, was einst gewesen ist, hast du das verstanden?«

»Nein«, antwortete Rammar und schüttelte den klobigen Schädel. »Ich verstehe wieder einmal kein Wort von dem, was du sagst, Elfenweib – und das ist vermutlich auch besser so.«

»Sieh in das Buch«, schärfte Alannah ihm ein. »Was gewesen ist, ist nicht mehr. Ihr müsst es den Menschen wiederbringen. Ihr müsst, Rammar, oder es wird ihr Untergang sein – und eurer ebenfalls. Ein Sturm zieht herauf ...«

»Was du nicht sagst.« Rammar gähnte demonstrativ.

»Sieh in das Buch, Rammar! Sieh, was von der Vergangenheit noch übrig ist! Sie zerfällt in deinen Händen!«

Rammar tat ihr den Gefallen und blickte auf das Buch, das er in den Klauen hielt – es zerfiel tatsächlich! Vor seinen Augen löste es sich auf und zerfiel zu Staub. Rammars Nackenborsten sträubten sich, angewidert warf er die Überreste von sich. »Bei Narkods Hammer!«, begehrte er auf. »Was ist das für ein fauler Zauber, Elfenweib?«

»Kein Zauber, nur der Lauf der Zeit«, versicherte Alannah. »Alles geht den Weg des Sterblichen, Rammar. Alles ...«

Sie hatte kaum zu Ende gesprochen, als ihr Kleid, das eben noch so strahlend weiß gewesen war, dass es in Rammars eitrigen Augen geschmerzt hatte, stumpf und grau wurde. Und damit nicht genug, schien die Elfin plötzlich rapide zu altern.

Ihr Haar wurde schneeweiß, dann fiel es aus, ihr Gesicht wurde schmaler und schmaler, bis schließlich der blanke Knochen hervortrat. Es ging so schnell, dass Rammar kaum begriff, was geschah – plötzlich stand ein Skelett vor ihm, das sich noch einen Moment aufrecht auf den Beinen hielt, ehe es klappernd zusammenbrach.

»*Dhruurza!*«, rief Rammar erschrocken aus und fuhr zurück. Seine dicken Knie zitterten, und er wollte sich auf den Thron fallen lassen – aber der war plötzlich nicht mehr da!

Rammar stürzte und ging fluchend zu Boden. Infolge seiner Leibesfülle gelang es ihm nicht sofort, sich wieder auf die Beine zu raffen, was ihn nur noch mehr in Panik versetzte.

»Balbok!«, schrie er aus Leibeskräften. »Komm her und hilf mir, du nichtsnutzige Ausgeburt von ...«

Er verstummte, als er bemerkte, dass nicht nur der Thron verschwunden war, sondern auch das Gewölbe um ihn herum. Stattdessen fand sich Rammar plötzlich unter freiem Himmel wieder, auf dem Grund eines Tales, das von grünen Hängen umgeben war. Balbok war da, aber er wandte ihm den Rücken zu, ebenso wie die *faihok'hai*, die in einem weiten Kreis Aufstellung genommen hatten und zu den grasgrünen Hängen emporstarrten. Was, bei Torgas Eingeweiden, hatte die Elfin nun wieder angestellt, fragte sich Rammar. Wohin hatte sie …?

Sein Herzschlag wollte aussetzen, als er merkte, dass die umliegenden Hänge keineswegs grün von Gras waren – sondern von Tausenden und Abertausenden von Leibern, die wild durcheinanderwimmelnd zu Tal stürmten.

Gnomen!

Eine Invasion von Gnomen!

Mit wenigen gehetzten Blicken hatte Rammar den Ernst der Lage erfasst. Um vorauszusehen, wie ein Kampf von einer Handvoll Orks gegen unzählige Gnomen ausgehen würde, brauchte man kein *foukor* zu sein. Darüber, wie er hierhergekommen war, konnte er sich später den Kopf zerbrechen – von hier zu verschwinden hatte im Augenblick Vorrang!

Er wollte herumfahren und auf seinen kurzen Beinen die Flucht ergreifen, als seine Leibwächter ihm zuvorkamen. Die ersten Gnomen hatten soeben die Talsohle erreicht, als die *faihok'hai* unter lautem Geschrei die Waffen wegwarfen und die Flucht ergriffen – genau wie am Nachmittag, als das fremde Ding am Himmel erschienen war. Und genau wie am Nachmittag war Balbok der Einzige, der sich den Angreifern mutig entgegenstellte, breitbeinig und mit kampfbereit erhobenem …

Rammar stutzte.

Eben noch hätte er jeden Eid geschworen, dass sein Bruder einen *saparak* in den Klauen hielt. Doch wie er nun feststellen musste, war es der *bhull*. Der abgewetzte Trollschädel grinste gleichmütig, während Balbok antrat und ihn mit aller Kraft den angreifenden Gnomen entgegenschmetterte. Wo der Schädel landete, bekam Rammar nicht mehr mit, denn er hatte sich bereits abgewandt und rannte in wildem Schweinsgalopp die Talsohle entlang, schon nach wenigen Schritten pfeifend wie ein löchriger Blasebalg.

Wohin sollte er nur?

Egal, wo er hinsah, überall wälzten sich Scharen von Gnomen die Hänge herab, einer grünen Flut gleich, die jeden Augenblick das Tal überschwemmen würde. Rammar glaubte, von irgendwo hektischen Trommelschlag zu hören, bis ihm klar wurde, dass es sein eigenes Herz war, das so laut schlug wie eine Kesselpauke und ihm das Gefühl gab, als wolle seine Brust zerbersten.

Der Atem wurde ihm knapp, aber er rannte immer weiter, so schnell seine kurzen Beine ihn trugen – und plötzlich öffnete sich ihm ein Ausweg!

Unvermittelt tat sich ein Hohlweg auf, der aus der Talsohle zu führen schien – wohin, das wusste Rammar nicht, dennoch lenkte er seine immer langsamer werdenden Schritte hinein, während die grünen Wogen der Angreifer hinter ihm zusammenschlugen und alles unter sich begruben. Nur Balbok war in der Ferne noch zu sehen, einsam ragte er aus der Masse wie zum Denkmal versteinert.

Rammar fand das nicht im Geringsten verwunderlich, im Gegenteil, seine Angst steigerte sich noch, denn er wollte nicht ebenfalls versteinern und zu einem Denkmal werden, zu einem leblosen Etwas, das nur in der Vergangenheit existierte. Er wollte sein Dasein genießen, und zwar in vollen Zügen, wollte faul auf seinem Thron sitzen und dabei literweise Blutbier in sich hineinschütten – und dafür war es unerlässlich, dass er am Leben blieb.

Entsprechend groß war seine Erleichterung, als das Kriegsgeschrei der Gnomen hinter ihm zurückblieb. Dennoch lief er weiter, folgte dem Hohlweg, der in eine enge, zu beiden Seiten von hohen Felswänden begrenzte Schlucht überging.

Der rote Himmel, der sich darüberspannte und den Rammar als schmalen Streifen sehen konnte, gefiel ihm zwar nicht, aber es war immer noch besser, als unter eine wütende Gnomenhorde zu geraten, also setzte er seinen Weg fort.

Wie lange er durch die Schlucht irrte, die sich in engen Windungen durch den Fels wand und ihn an Torgas Eingeweide erinnerte, wusste er später nicht mehr zu sagen. Von Furcht getrieben setzte er einen Fuß vor den anderen, obwohl sein Herz in seiner Brust tobte wie ein tödlich getroffener *faihok* und sein Atem rasselte wie ein altes Kettenhemd – und stieß einen erstickten Triumphschrei aus, als er endlich das Ende der Schlucht erreichte.

Wenn Rammar jedoch geglaubt hatte, nun erschöpft niedersinken und sich endlich ausruhen zu können, so hatte er sich gründlich geirrt. Denn nicht nur die Wände der Schlucht endeten plötzlich, sondern auch der Weg, und unvermittelt stand Rammar an einer steilen Abbruchkante. Keuchend blieb er stehen und schaute hinab, sah, wie einige lose Steine, die sich unter seinen Füßen gelöst hatten, in die Tiefe fielen, wo die Brandung wütend gegen den Fuß des Berges schlug.

Da wurde es Rammar klar: Er befand sich keineswegs zu Hause in der Modermark, sondern immer noch auf der Insel. Und im Zuge dieser Erkenntnis wurde ihm auch bewusst, dass es die Modermark, wie er sie gekannt hatte, ja gar nicht mehr gab, weil sie in die gierigen Klauen der Gnomen gefallen war.

Die Erkenntnis war schmerzlich, aber Rammar kam nicht dazu, sich deshalb zu bemitleiden – denn plötzlich senkte sich ein Schatten über ihn. Erschrocken blickte er nach oben, nur um zu erkennen, dass das, was er für einen roten Himmel gehalten hatte, in Wirklichkeit ein riesiges Ding war, das dort oben am Himmel schwebte. Und diesmal war es nicht irgendeine Luftblase mit einem Menschen an Bord, sondern tatsächlich Kuruls Blutgaleere!

Riesig war sie und schrecklich anzusehen, genauso, wie der Schamane des Dorfes sie beschrieben hatte, als Rammar selbst noch ein kleiner Orkling gewesen war: Vorn am Bug klaffte das Maul des Weltenfressers, aus den Seiten ragten unzählige Ruder, die in Wahrheit die *saparak'hai* all jener Krieger waren, die schon in Kuruls Grube gefallen waren; hinten am Heck jedoch stand der Herrscher der Unterwelt selbst und steuerte seine Galeere durch die rauen Klippenwinde.

Vor Schreck wäre Rammar um ein Haar in den Abgrund gesprungen, aber sein Selbsterhaltungstrieb war stärker. Indem er seinen klobigen Schädel so weit zwischen die Schulterblätter zog, dass kaum noch etwas davon zu sehen war und er wie eine riesige fette Schildkröte aussah, wartete er ab und hoffte, dass das grässliche Vehikel an ihm vorüberziehen und Kurul ihn nicht behelligen würde.

Ein Irrtum …

»Rammar!«, erscholl eine Stimme, so abgrundtief und grausam, dass sie nur von Kurul selbst stammen konnte.

Rammar reagierte nicht und behielt den Kopf weiter unten. Vielleicht, sagte er sich, war ja ein anderer Rammar gemeint …

»Rammar!«, rief die grässliche Stimme wieder.

Rammar riskierte ein Blinzeln – nur um festzustellen, dass die Galeere am Ende der Schlucht haltgemacht hatte und das riesige Maul des Weltenfressers vor ihm schwebte. Rammar konnte die furchtbaren Zähne sehen, roch den Pestatem, der ihm aus den Tiefen des Schlundes entgegenschlug.

»J-ja?«, fragte er leise.

»Rammar!«, rief Kurul noch einmal – und Rammar wusste instinktiv, dass seine Zeit gekommen war.

Er hatte schon viel zu lange gelebt, war nichts weiter als eine Hinterlassenschaft der Vergangenheit – so wie getrockneter Trolldung, der im Wald liegen geblieben war und den man nun einsammelte, um ihn einer besseren Verwendung zuzuführen …

»Rammar!«, erscholl es wieder.

»Ich bin hier«, meldete er sich endlich. »Aber ich bin noch nicht so weit! Ich meine, ich weiß, dass ich vermutlich schon länger gelebt habe als jeder andere Ork, aber ich kann ja schließlich nichts dafür, dass die Zeit hier länger dauert als anderswo, und ich will nicht …«

»Rammar!«

»Schon gut.«

Er trat an die Abbruchkante, wo sich der Grund der Schlucht in unergründlicher Tiefe verlor, und starrte hinab.

Die See und ihre weiße Gischt waren verschwunden, ein brauner Brei brodelte dort unten, in dem Rammar hin und wieder die Körper lebloser Orks zu erkennen glaubte, die jedoch sogleich wieder verschwanden.

Der Gestank, der aus der Tiefe heraufstieg, war so überwältigend, dass es ihm den Atem verschlug. Mit einer Klaue hielt er sich die Nase zu, mit der anderen die Augen. Ihm war klar, dass es durchaus Orks gab, die sich mutiger in Kuruls Grube gestürzt hatten, aber wenn gleich alles vorbei war, spielte es ohnehin keine Rolle mehr.

Stückchenweise rückte er vor, spürte, wie sich winzige Geröllbrocken unter seinen Füßen lösten, konnte sich jedoch nicht dazu überwinden, den letzten Schritt zu tun und seinen feisten Körper nach vorn plumpsen zu lassen.

»Rammar!«, ertönte es daraufhin wieder – und diesmal so dicht an seinem Ohr, dass er furchtbar darüber erschrak.

Er zuckte zusammen, verlor das Gleichgewicht und kippte nach vorn ins Leere.

»Neeein …!«

Kopfüber stürzte er in die bodenlose Tiefe, die ihn kurzerhand verschlang. Doch statt in die brodelnde Ursuppe einzutauchen, fuhr Rammar abrupt in die Höhe.

»Nein«, brüllte er noch einmal, »ich will nicht!«

»Rammar!«

Er drehte den Kopf, stellte mit einer Mischung aus Erleichterung und Verblüffung fest, dass Balbok bei ihm war.

»Wa-was machst du hier?«, stammelte er. »Hat Kuruls Grube dich etwa auch verschlungen? Bist du auch …?«

Er verstummte, als er den verständnislosen Blick bemerkte,

mit dem sein Bruder ihn ansah. Balboks Unterkiefer war vorgeschoben, sein Maul stand halb offen, seine Brauen waren weit hochgezogen.

»Wo … wo sind wir?«, fragte Rammar leicht verunsichert.

»Wo wir …? Na ja, zu Hause, in unserer Höhle.«

»In der Modermark? Im *bolboug*?«

Balboks Brauen rutschten noch ein Stück höher. »*Douk*, auf unserer Insel. Weißt du denn nicht mehr?«

»Natürlich weiß ich das noch, Schmalhirn«, fuhr Rammar ihn an. Erst jetzt ging ihm auf, dass er gelegen hatte, und er brachte sich ächzend in eine sitzende Position. »Aber wo ist Kurul? Und wo sind die Gnomen? Und was machst du überhaupt hier, du warst doch eben noch versteinert!«

Einen endlos scheinenden Augenblick sah Balbok ihn nur an. »Geht es dir wirklich gut?«, fragte er dann, wobei er mit dem Zeigefinger der rechten Klaue eine kreisende Bewegung an der Schläfe vollführte. »Du hörst dich an, als ob …«

»Als ob was, hä?«, fuhr Rammar ihn an. »Du unverschämter Nichtsnutz von einem Bruder! Glaubst du mir etwa nicht, was ich sage? Muss ich dir erst den Schädel einschlagen?«

»*Douk*, ich glaube dir«, versicherte Balbok. »Ich denke nur, dass du geträumt hast. Ich habe laut deinen Namen gerufen, aber …«

»Du hast meinen Namen gerufen?«

»*Korr*«, bestätigte Balbok – und Rammar, dem plötzlich dämmerte, dass sich Kuruls Stimme zwar grässlich, jedoch auch irgendwie vertraut angehört hatte, kam ein Verdacht. Er beugte sich vor und schnupperte – und fand, dass der schlechte, nach vergorenem Blutbier und halb verdautem *bru-mill* riechende Atem, der ihm aus Balboks Schlund entgegenschlug, verdächtige Ähnlichkeit mit dem Gestank aus Kuruls Grube hatte.

»Elender *umbal*«, schnauzte er ihn an, »du nutzlose Verschwendung von grüner Haut und dünnen Knochen! Du bist an allem schuld! Hättest du nicht nach mir gerufen, hätte ich auch nicht so einen grässlichen Albtraum gehabt!«

»Aber, Rammar …«

»Ist dir klar, was ich ausgestanden habe? Ich glaubte, direkt in Kuruls Grube zu fallen! Und da waren Tausende von Gnomen! Überall war dieses elende Gesocks, und als wäre das noch nicht schlimm genug, ist auch noch das Elfenweib aufgetaucht und hat mir von ihrem dämlichen Buch erzählt, das …«

Rammar stutzte und überlegte.

Vieles mochte er geträumt haben, und manches davon mochte nur eine Ausgeburt seiner Phantasie gewesen sein, die Folge von einem zu üppigen Abendessen und womöglich ein vorsichtiger Hinweis darauf, dass die achte Schüssel *brumill* eine zu viel gewesen war.

Das Buch der Elfin Alannah jedoch schien wirklich zu existieren, denn wie hätte der Mensch namens Dag sonst die Insel finden sollen? Und auch das, was er über die Zeit berichtet hatte, schien zumindest im Ansatz wahr zu sein.

Rammar schob die kurzen Beine aus dem Bett und setzte sich auf die Kante seines Lagers, die unter seinem Gewicht bedenklich ächzte.

»Sag mal«, wandte er sich dann an seinen Bruder, der neben ihm kauerte und ihn noch immer verwundert ansah.

»Ja?«

»Bist du immer noch der Ansicht, dass wir zurück aufs Festland gehen und den Milchgesichtern einen Besuch abstatten sollten?«

»Und ob!« Balbok sprang auf und ballte eine grüne Faust. »Wir sollten ihnen zeigen, wozu Orks aus echtem Tod und Horn fähig sind. Das sind wir ihnen schuldig, findest du nicht?«

»Nein«, wehrte Rammar ab, den die Argumentation seines Bruders nicht überzeugte. »Aber ich weiß, dass es mit unserer Ruhe hier vorbei ist, wenn das Buch der Elfin in fremde Klauen gelangt.«

»Wieso? Was meinst du?«

»Verstehst du denn nicht? Wenn es stimmt, was der Junge

sagt – und danach sieht es zumindest aus – erinnert sich bei den Milchgesichtern niemand mehr an diese Insel. Sie liegt hinter den Nebelbänken, also ist die Wahrscheinlichkeit, dass jemand sie aus purem Zufall findet, nicht sehr groß.«

»Und wenn doch«, fügte Balbok gutgelaunt hinzu, »können wir ihn immer noch massakrieren und den Fischen zum Fraß vorwerfen.«

»Eben. Aber wenn jemand in den Besitz des Buches gelangt, der das Zeug dazu hat, eine Armee auszurüsten und sie hierher zu führen, dann wird es hier verdammt ungemütlich. Geht das in deinen schmalen Schädel?«

»*Korr.*«

»Noch scheint der Junge der Einzige zu sein, der von der Existenz der Insel weiß«, spann Rammar seinen Gedanken weiter, »und das muss unbedingt so bleiben. Wir werden also mit ihm zum Festland zurückkehren …«

»Au ja!«, rief Balbok aus und klatschte in die Klauen.

»… unter dem Vorwand, dort nach dem Rechten sehen zu wollen – in Wirklichkeit geht es uns darum, uns das Buch der Elfin unter den Nagel zu reißen und es zu vernichten. Anschließend stoßen wir den Jungen in Kuruls Grube, und es wird niemanden mehr geben, der von der Existenz unserer Insel weiß. Dann kehren wir hierher zurück und saufen und fressen glücklich bis ans Ende unserer Tage. Kapiert?«

»*Korr*«, stimmte Balbok bewundernd zu. »Wie klug du bist.«

»Eben. Und deshalb weiß ich auch, dass wir vorsichtig sein müssen. Wenn bei den Menschen wirklich fünfhundert Jahre vergangen sind, wissen wir nicht, was aus ihnen geworden ist oder was für seltsame Erfindungen sie in der Zwischenzeit gemacht haben.«

»Rammar?«

»Was?«

»Hast …?« Eine Frage schien Balbok zu beschäftigen, doch es schien ihn einige Überwindung zu kosten, sie auszusprechen. »Hast du vor den Milchgesichtern Angst?«

»Du elender Shnorsher! Angst kennt ein Rammar nicht! Aber wir haben keine Ahnung, was uns dort erwartet, also sollten wir uns zumindest vorsehen. Das ist nicht mehr die Welt, die wir kennen, verstehst du das?«

»*Douk.*« Balbok schüttelte den Kopf.

»Das habe ich befürchtet«, meinte Rammar und atmete so tief ein, dass es aussah, als wollten seine grünen Züge nach innen schnappen. »Die Entscheidung tut mir bereits leid.«

»Jetzt schon?«, fragte Balbok. »Warum gehen wir dann?«

»Weil wir keine andere Wahl haben, Trollfurz, deshalb! Und jetzt geh und lass mich wieder schlafen. Und wenn du noch einmal meinen Namen rufst, wenn ich träume, kannst du was erleben!«

»*Korr.* Gute Nacht, Rammar.«

»Nacht.«

Auf der Bettkante sitzend, die Zähne verdrießlich gefletscht und die dicken Arme vor der Brust verschränkt, wartete Rammar, bis sein Bruder das Gewölbe verlassen hatte. Erst dann ließ er sich wieder nieder – davon, wieder einzuschlafen, konnte jedoch keine Rede sein.

Auf dem Rücken liegend starrte Rammar zur Decke. Seine Gedanken waren so düster wie das Halbdunkel, das in der Königshöhle herrschte und von den Resten des Dungfeuers rührte, die in der Esse schwelten.

Dass er auf die Sache mit dem Buch nicht selbst gekommen war, sondern dass ihm im Traum Alannah erschienen und auf die Gefahr aufmerksam gemacht hatte, hatte er geflissentlich für sich behalten. Zum einen brauchte er seinem Bruder nicht alles auf die Schnauze zu binden, zum anderen hätte er wohl ohnehin nur dämlich gelacht. Schließlich war es kaum zu glauben, dass ihn das Elfenweib, obschon seit Jahrhunderten tot, noch immer nach ihrer Pfeife tanzen ließ.

Und irgendwo in Rammars Hinterkopf keimte ein Verdacht, den er weder bewusst denken geschweige denn laut aussprechen wollte – nämlich dass dieser Traum kein Zufall gewesen war.

7.

BOCHLOBH

Die Schreie waren weniger geworden.

Nur hier und dort war noch einer zu hören, bis eine Waffe herabstieß und ihm ein Ende setzte. Dann kehrte Stille ein, und wo zuvor noch lauter Kampflärm geherrscht hatte, breitete sich schließlich jene süße Ruhe aus, die Vigor so schätzte.

Die Ruhe nach einem errungenen Sieg.

Auf einem der niedrigen, aus Stein gemauerten Türme stehend, die die Nordflanke des Stützpunkts sicherten, ließ er seinen Blick über die Anlage schweifen.

Zwei der Gebäude, die an die Ummauerung grenzten, standen in Flammen. Dunkle Rauchsäulen stiegen von den strohgedeckten, lichterloh brennenden Dächern auf und kündeten weithin sichtbar von Tod und Zerstörung. Fraglos würden sie die Truppen des Feindes alarmieren, doch bis zu ihrem Eintreffen würden Vigor und seine Leute längst verschwunden sein.

Der Innenhof des Vorpostens war von leblosen Körpern übersät, von denen die meisten ebenso grüne Haut hatten wie jene, die sie erschlagen hatten. Es war eine der bizarren Folgen, wenn Kriege von Söldnern ausgetragen wurden, dass Freund und Feind rein äußerlich kaum zu unterscheiden waren.

Als Vigor hinter sich Schritte vernahm, wandte er sich um. Krushak, sein Unterführer, erklomm die Turmplattform. Der hünenhafte Ork, unter dessen grünlich brauner Haut sich wahre Berge von Muskeln abzeichneten, trug das königliche Emblem auf seinem Schulterpanzer, die rote Axt auf schwarzem Grund. Sein Haar hatte er zu einem Schopf gebunden, der wie eine Helmzier über seinem kantigen Schädel aufragte. Krushaks Augen waren wie zwei dunkle Löcher in seinem kantigen Schädel, seine Stirn war weit nach vorn gewölbt und seine Nase platt wie ein Schildbuckel. Seine Ohren waren durchlöchert und mit unzähligen Ringen und anderen Verzierungen versehen, die einem echten Unhold gebührten. Zudem trug er zwei etwa eine Handspanne breite, an beiden Enden zugespitzte *gark'hai*.

Vigor wusste nicht viel über die Orks und ihre Rituale – nur dass die Prozedur, bei der die aus den Knochen getöteter Feinde gefertigten Stacheln durch die empfindliche Nackenhaut getrieben wurden, so schmerzhaft war, dass er bereits erwogen hatte, sie bei verstockten Gefangenen als Foltermethode anzuwenden; Anführer, die das Ritual des *garkash* absolvierten, galten als nahezu unbezwingbar und wurden weithin gefürchtet. Dennoch wurde es nur selten vorgenommen, denn die Gefahr, dabei vor Schmerz den Verstand zu verlieren oder an Blutverlust zu sterben, war vergleichsweise groß. Krushak hatte den *garkash* gleich zweimal überlebt, was ihn in den Augen seiner Leute fast auf eine Stufe mit Hirul, Koruk und anderen legendären Helden stellte.

»Und?«, fragte Vigor ihn.

»Wir haben alles durchsucht, aber nichts gefunden«, stieß der große Ork hervor. Das Aussprechen von Lauten, die nicht seiner eigenen dunklen Sprache entstammten, bereitete ihm Schwierigkeiten, entsprechend hart war sein Akzent.

»Nichts? Nicht einen einzigen Hinweis?«

Krushak schüttelte den Kopf.

»Gut so.« Vigor nickte. »Das wird den König beruhigen.«

»Sollten wir noch andere Stützpunkte überprüfen?«, schlug der Ork vor.

»Nein. Die Information, die wir bekommen haben, bezog sich lediglich auf diesen. Wenn es nichts zu melden gibt, lassen wir es dabei bewenden.«

»Was tun wir mit den Leichen?«

»Das Übliche – schneidet ihnen die Köpfe ab und nehmt sie mit. Den Rest lasst liegen als Futter für die Wölfe.«

Krushak erwiderte nichts, aber Vigor glaubte, ein kaum merkliches Zucken in den grünen Zügen seines Unterführers wahrzunehmen. »Hast du damit ein Problem?«

»*Douk*«, behauptete der Ork und schüttelte den Kopf.

»Dann weißt du ja, was du zu tun hast«, beschied Vigor ihm mit der gebotenen Strenge. Sein Amt bedingte es, dass er häufig mit Unholden zu tun hatte, deshalb wusste er genau, wie er mit ihnen umzugehen hatte. Im Allgemeinen verursachten sie keine Probleme, solange die Bezahlung stimmte und genügend Blutbier floss. Doch es gab auch Momente, in denen man die Zügel straff anziehen musste. Und Vigor nahm für sich in Anspruch, das Wesen der Orks gut genug zu verstehen, um genau zu wissen, wann ein solcher Moment gekommen war …

Krushaks Zögern währte nur einen winzigen Augenblick. »*Korr*«, bestätigte er dann und schlug sich mit der geballten Faust vor die breite Brust. Dann wandte er sich ab und verließ den Turm, um den Befehl auszuführen, während sich Vigor wieder seinem Ausblick zuwandte, jetzt entspannter als zuvor.

Sie hatten also nichts gefunden.

Als treuer Gefolgsmann seines Königs stand es Vigor nicht an, darüber nachzudenken, ob die Informationen schlicht falsch gewesen waren oder ob Winmar von irrationaler Furcht getrieben wurde; als Oberhaupt der königlichen Geheimpolizei jedoch konnte er nicht anders, als sich genau diese Frage zu stellen.

Er diente dem Königshaus schon lange – lange genug, um zu bemerken, wenn Veränderungen eintraten.

Manche Dinge waren anders, als sie es noch vor einigen Jahren gewesen waren. Ein altes Sprichwort besagte, dass der Krieg den Krieger veränderte – womöglich traf das auch auf König Winmar zu.

Von seiner erhöhten Perspektive aus sah Vigor zu, wie Krushak und seine Krieger ihr grausiges Handwerk stoisch ausführten. Ein Kopf nach dem anderen wurde vom Rumpf getrennt und auf einen der von Bergtrollen gezogenen Wagen geladen. Irgendwo würden sie die Häupter mit den teils grässlich verzerrten Fratzen in eine Grube werfen und sie verbrennen, auf dass nichts davon übrig blieb; nichts, woraus der Feind Ehre gewinnen konnte, nichts, was ihn dazu ermutigen konnte, den Kampf fortzusetzen.

Es gehörte zu Vigors Aufgaben, seine Feinde nicht nur genau zu kennen, sondern auch zu wissen, wo ihre Schwachstellen lagen, um sie erbarmungslos auszunutzen. Die Unholde waren nicht von ungefähr die gefürchtetsten Krieger Erdwelts. Ihre Ausdauer und körperliche Stärke waren beträchtlich, und ihre angeborene Aggression und ihr raubtierhaftes Wesen prädestinierten sie für das Schlachtfeld. Ihr wenig ausgeprägter Verstand war wie geschaffen dafür, Befehle entgegenzunehmen, zudem waren sie weitgehend furchtlos und unempfindlich gegen Schmerz und Entbehrung. Doch auch sie hatten eine Schwäche – und diese Schwäche war ihr Aberglaube.

In Vigors Augen war es kaum vorstellbar, dass Kreaturen, die von solch urtümlicher Stärke waren, an Dinge wie einen Weltenfresser glaubten und daran, nach ihrem Tod ein Zeitalter lang verdaut und wieder ausgespuckt zu werden. Er wusste nicht, was es mit Gulz dem Schlächter auf sich hatte, mit Koruk dem Giftpisser, Borsh dem Stinkfisch, Balbok dem Brutalen und all den anderen illustren Gestalten, die sich in ihrer Mythologie herumtrieben, die sie niemals aufschrieben, sondern lediglich mündlich weitergaben. Vermutlich hatte jede Generation von Orks ihre eigenen Geschichten hinzugefügt, und Gulz war in Wahrheit bloß ein Metzger gewesen und dieser Balbok hatte feige in irgendeinem Erdloch in der Modermark gesessen.

Aber eines wusste Vigor ganz genau.

Nämlich wie man Furcht erzeugte – und ihr Aberglaube

war der einzige Weg, diesen grünen, vor Kraft und Ruchlosigkeit strotzenden Kolossen Angst einzujagen.

In seiner Eigenschaft als Oberhaupt der Geheimpolizei war das alles, was Vigor interessierte. Es war seine Aufgabe, die Interessen des Königshauses zu wahren und es vor inneren wie äußeren Feinden zu verteidigen. Nichts anderes wollte er, ob er dafür Menschen aufs Rad flechten oder gefallenen Orks die Köpfe abschneiden musste.

Er roch den beißenden Gestank des Todes, der aus dem Innenhof heraufstieg, und wischte sich mit dem Handrücken über den sorgsam geflochtenen roten Bart, der ihn daran erinnerte, wer er war und was er hier tat. Er verrichtete die Schmutzarbeit, damit andere herrschen konnten, so wie sein Vater vor ihm und wie dessen Vater zuvor. Sie alle hatten dem Haus von Ruun treu und ohne Widerspruch gedient und waren darüber in den Kreis der angesehensten und mächtigsten Männer bei Hofe aufgestiegen.

Dennoch waren die Zeiten anders als früher.

Der Krieg war ein Krieg der Stellvertreter geworden. Wenn es sich vermeiden ließ, so trug man nicht mehr die eigene Haut zu Felde, sondern die eines anderen, im günstigsten Fall war sie dick und grün und mit Geld und Blutbier leicht zu kaufen. Ideale waren nicht mehr gefragt, der Krieg war ein Geschäft geworden. Um ihn zu gewinnen, war nichts weiter nötig, als die entsprechenden Mittel zu besitzen.

Um diese Mittel drehte sich alles, Triumph oder Niederlage, Sieg oder Vernichtung. Wenn das, was König Winmar ihm in Aussicht gestellt hatte, tatsächlich wahr werden würde, so würde der Krieg nicht mehr lange dauern. Kleinliche Scharmützel wie dieses würden dann endgültig der Vergangenheit angehören, denn niemand in Erdwelt würde mehr daran zweifeln, dass die Zwerge dazu bestimmt waren, die Nachfolge von Elfen und Menschen anzutreten und über alle anderen zu herrschen.

Noch jedoch war es nicht so weit – und bis dahin wurden Vigors Dienste dringender benötigt denn je.

Ein weiterer Schwall schier unerträglichen Gestanks stieg zu ihm herauf. Der Anführer der königlichen Geheimpolizei verzog das Gesicht, dann wandte er sich entschlossen ab und stieg auf seinen kurzen Beinen vom Turm.

Es war Zeit zu gehen.

8.
OROUMH'HAI

»Du willst, dass ich mich hier draufsetze, Mensch? Bist du völlig übergeschnappt?«

Der Blick, mit dem Rammar Dag bedachte, legte nahe, dass er tatsächlich am Verstand des jungen Mannes zweifelte. Rein äußerlich schien sich dieser zwar halbwegs von seinen Blessuren erholt zu haben – die Wunde war gereinigt und unter einem breiten Band aus Stoff verschwunden, das er sich um den Kopf gewickelt hatte, und die blauen Flecke waren zum größten Teil verblasst. Jedoch konnte man ja nie wissen, ob er nicht doch dauerhaften Schaden genommen hatte. In Rammars blutunterlaufenen Augen jedenfalls sah es ganz so aus.

Er war nicht begeistert gewesen, als Dag vorgeschlagen hatte, die Klippen hinunterzusteigen und die Überreste des eigenartigen Vehikels zu bergen, das er hochtrabend »Luftschiff« nannte. Als der Junge ihm jedoch klargemacht hatte, dass eine Reise durch die Lüfte wesentlich schneller vonstatten ging als auf dem Seeweg, hatte er schließlich doch eingewilligt, auf des Windes Schwingen zu reisen.

Ein Fehler, wie er nun feststellen musste.

Fieberhaft hatte sich der Mensch nämlich darangemacht, die Luftblase zu flicken, die zunächst durch den Pfeilbeschuss und später dann durch Balboks *saobh* gelitten hatte. In Ermangelung von Seide, die es auf der Insel nicht gab, hatten sie zu ungegerbter Trollhaut gegriffen, die enorm widerstandsfähig war. Indem er Nadel und Faden benutzte, hatte Dag ein Loch nach dem anderen gestopft, zur Heiterkeit sämtlicher Krieger, die es urkomisch fanden, dass ein Mann am Boden saß und nähte wie ein *boub*. Und die Ork-Weiber lachten, weil er sich dabei so ungeschickt anstellte. Der junge Mensch jedoch hatte sich nicht beirren lassen – und so stand das Ergebnis seiner Bemühungen schließlich vor ihnen, auf dem flachen Hang, der sich jenseits des Westtores erstreckte. Groß und prall gefüllt ragte es vor ihnen auf, so als hätte es seinen Vorgänger gefressen. Hässliche Erinnerungen an seinen Traum stiegen in Rammar auf, die er sogleich wieder verdrängte.

»Das Ding ist noch größer geworden«, stellte er missbilligend fest.

»Das war nicht zu vermeiden«, erwiderte Dag, auf das zusammengeflickte Ungetüm deutend, das mit den roten Stoffbahnen und Fetzen brauner Trollhaut wie eine riesige, von Fäulnis zerfressene Frucht aussah. »Schließlich«, fügte er mit einem Seitenblick auf Rammar hinzu, »ist unser Gewicht auf der Rückreise wesentlich höher.«

»Ich weiß nicht, was du meinst«, grunzte Rammar unwirsch, während Balbok leise kicherte.

»Die heiße Luft im Inneren der Blase sorgt dafür, dass das Luftschiff den Boden verlässt«, erklärte Dag, auf das Feuer deutend. »Je größer jedoch das Gewicht ist, desto mehr heiße Luft brauchen wir.«

»Was du nicht sagst.« Rammar schnitt eine Grimasse. »Ist das der Grund, darum du diesmal auf das Blutbierfass verzichtet hast?«

»Das Leergewicht der Gondel ist zu groß, deshalb musste ich auf es verzichten«, drückte der Mensch es auf seine komplizierte Weise aus. »Aber keine Sorge«, fügte er mit Blick auf die kreisrunde, wenig Vertrauen erweckende Ansammlung von gebogenen Stäben und dünnem Ledergeflecht hinzu, die stattdessen unterhalb der Blase hängen würde. »Diese Plattform wird uns zuverlässig tragen. Vorräte können wir allerdings nicht mitnehmen.«

»Keine Vorräte?« Rammar starrte ihn fassungslos an. »Kein Fleisch? Keine Blutwurst?«

»Kein *bru-mill*?«, fügte Balbok ebenfalls wenig begeistert hinzu.

»Nur etwas Wasser«, bestätigte Dag. »Wenn wir anderen Proviant benötigen, müssen wir landen.«

»Dann müssen wir landen«, äffte Rammar ihn nach. »Und wie, wenn wir auf hoher See sind? Willst du Salzwasser saufen und deinen *asar* in die Wellen hängen als Köder für die Fische?«

»Bei günstigem Wind wird die Überfahrt nur ein paar Tage dauern, so lange müssen wir eben durchhalten.«

»Tage«, ächzte Rammar.

»Durchhalten«, fügte Balbok zweifelnd hinzu.

»Genau das. Es sei denn, ihr zieht es vor, mit dem Schiff zurück aufs Festland zu reisen. Da ich nirgendwo ein Schiff gesehen habe, dürfte es einige Zeit in Anspruch nehmen, eins zu bauen, zumal, wenn man im Schiffsbau keine Erfahrung hat so wie ihr. Und was die Überfahrt selbst betrifft ...«

»Schon gut, ich hab's kapiert«, schnaubte Rammar, der lieber nicht an die Übelkeit erinnert werden wollte, die ihn jedesmal befiel, wenn er seinen Fuß auf die Planken eines Schiffes setzte. Nach seiner Überzeugung waren Orks nicht dafür gemacht, die Meere zu bereisen – ob sie allerdings dafür gemacht waren, an eine riesige Eiterbeule geschnürt durch die Luft zu schweben, bezweifelte er ebenfalls.

Es passte ihm nicht, dass er gezwungen gewesen war, den Jungen wieder freizulassen. Der hinterste Winkel eines feuchten und dunklen Kerkers, dort, wo sich Ratten und Molche gute Nacht sagten, war nach Rammars Überzeugung der beste Aufenthaltsort für einen Menschen. Doch wenn er wollte, dass Dag sie zu dem geheimen Buch führte, musste er ihn wohl oder übel auf freien Fuß setzen. Und, schlimmer noch, er musste zumindest so tun, als ob er ihn brauchte. Rammar tröstete sich mit der Aussicht auf den Moment, da das Milchgesicht seinen Dienst erledigt hatte und er es erschlagen könnte.

»Also schön«, knurrte er, »ich werde mich auf das Wagnis

einlassen, Mensch. Aber ich warne dich – wenn wir unterwegs abstürzen und jämmerlich im Meer ersaufen, spreche ich nie wieder ein Wort mit dir.«

»*Korr*«, fügte Balbok im näselnden Ton der Empörung hinzu, »nie wieder.«

»Damit werde ich leben müssen«, entgegnete Dag mit jener seltsamen Mischung aus Hochmut und Selbstbewusstsein, der Menschen oft zu eigen war.

»Und vergiss nicht, dass wir einen Handel haben«, brachte Rammar in Erinnerung.

»Keine Sorge. Ihr schenkt mir das Leben, dafür zeige ich euch das geheime Buch von Königin Alannah. Da ihr damals selbst dabei wart, ist das euer gutes Recht, denke ich.«

»*Korr*, du scheinst es endlich kapiert zu haben«, grunzte Rammar und watschelte davon. »Ich werde jetzt gehen und die Reisevorbereitungen treffen.«

»Was für Vorbereitungen?«, fragte Dag. »Ich sagte doch gerade, dass wir kein Gepäck …«

»Wer redet denn von Gepäck?«, schnauzte Rammar ihn an. »Was weiß eine Milchnase wie du schon von der Last, die es bedeutet, ein Königreich zu führen? Was von der Verantwortung, die auf meinen breiten Schultern ruht?«

Dags Zögern währte nur einen winzigen Augenblick. »Nichts«, gab er dann zu.

»Ich muss dafür Vorsorge treffen, dass während unserer Abwesenheit alles mit rechten Dingen zugeht«, erklärte Rammar. »Außerdem muss ich einen Nachfolger bestimmen, der in unserer Abwesenheit die Regierungsgeschäfte regelt. Schließlich soll hier nicht alles den Bach runtergehen, während wir nicht da sind.«

»Wirklich?« Balbok schaute ihn aus großen fragenden Augen an. »Ich dachte, die Zeit vergeht dort, wo wir hingehen, langsamer als hier. Das bedeutet doch, dass wir in paar Stunden schon wieder zurück sein werden.«

»Hä?« Nun war es Rammar, der seinen Bruder voller Unverständnis ansah.

»Balbok hat recht«, sprang Dag dem hageren Ork ungebeten und zu Rammars Verdruss bei. »Die Zeitverschiebung hat sich im Lauf der Zeit derart verstärkt, dass hier nur einige Stunden, höchstens ein oder zwei Tage verstreichen werden, bis ihr wieder zurück seid.«

Rammars breite Stirn legte sich in tiefe Falten, während er die Gedanken der anderen nachzuvollziehen versuchte. »Milchgesicht«, fragte er daraufhin drohend, »soll das heißen, dass mein nichtsnutziger Bruder und ich bei unserer Rückkehr älter sein werden als die faulen Hunde, die wir auf der Insel zurücklassen?«

»Natürlich«, erklärte Dag unbekümmert. »Aber nur ein paar Tage.«

Balbok, der aufmerksam zugehört hatte, nahm einmal mehr die Finger seiner Klauen zu Hilfe und rechnete kurz nach. »Ein Tag hier entspricht drei Monaten auf dem Festland«, verkündete er dann frohgelaunt. »Das sollte reichen.«

»Drei Monate?« Rammar schüttelte den Kopf. »Was faselst du da, Faulhirn?«

Balbok zuckte mit den Schultern. »Wenn in den fünf Jahren, die wir hier sind, auf dem Festland 472 Jahre vergangen sind, dann sind in einem Jahr hier dort ungefähr 95 Jahre verstrichen. Ein Monat entspricht dann ungefähr acht Jahren, ein Tag etwas über drei Monaten und eine Stunde knapp vier Tagen.«

Rammar starrte auf die Finger seiner verbliebenen Klaue, konnte darin jedoch nichts anderes erkennen, als dass es eben fünf an der Zahl waren – und das war für einen Ork schon eine beachtliche Leistung.

»Das dürfte ungefähr hinkommen«, meinte Dag anerkennend. »Du kannst gut rechnen, Balbok.«

»Danke sehr.« Der Hagere grinste geschmeichelt.

»Wie oft habe ich dir schon gesagt, dass sich ein Ork aus echtem Tod und Horn nicht bedankt«, blaffte Rammar ihn daraufhin an. »Und du«, wandte er sich dann an Dag, »behalte deine Meinung gefälligst für dich.«

»Du bist nur neidisch, weil du's nicht verstehst«, meinte Balbok und hob belehrend eine Kralle.

»Wer bist du? Anartum*?«, fuhr Rammar ihn an. »Hör sofort auf, hier den Schlaukopf zu spielen, oder ich reiß ihn dir von den Schultern, kapiert? Ich werde jetzt gehen und Klogionn zum Stellvertreter ernennen – und wenn er sich in unserer Abwesenheit irgendwelchen Blödsinn leistet oder sich an meinem Trollschinken vergreift, dann werfe ich ihn höchstpersönlich in Kuruls Grube, ganz egal, ob bis dahin vierundzwanzig Stunden oder nur ein Tag verstrichen sind, habt ihr mich verstanden?«

»Aber Rammar …«

»Und ich dulde keinen Widerspruch mehr. Ich bin hier der König, verstanden?«

»U-und ich?«

»Du auch«, räumte Rammar ein, »aber eben weniger als ich. Schließlich bin ich der Ältere von uns.«

»Aber nur …«

»Was?«, brachte Rammar seinen Bruder zum Schweigen, noch ehe dieser seinen Einwand zu Ende bringen konnte. Seine Augen blitzten dabei wie die eines tollwütigen Wargs.

»Nichts«. Balbok seufzte.

Rammar grunzte zufrieden. »Ist das Ding bis morgen zur Abreise bereit?«, wandte er sich dann an Dag.

»Natürlich«, stimmte dieser zu.

»Dann brechen wir morgen bei Sonnenuntergang auf. Nachts weht der Wind in östlicher Richtung, das ist günstig für uns.«

Rammar nickte entschlossen, dann wandte er sich ab und ging in Richtung des Tores davon. Dabei konnte man ihn noch eine ganze Weile maulen hören.

»Pah, was bilden sich diese Klugshnorsher eigentlich ein …?«

Dag warf Balbok einen fragenden Blick zu.

* größter (und einziger) Gelehrter der Orks

»Ist er immer so?«, wollte er wissen.

»*Douk.*« Balbok schüttelte den Kopf. »Sonst ist er oft schlecht gelaunt.«

9.
IMASH ANN OL'HAI

Der Zeitpunkt der Abreise kam rasch.

Die Reisevorbereitungen, von denen er so vollmundig gesprochen hatte, hatten für Rammar vor allem darin bestanden, Klogionn in aller Eile zu seinem Stellvertreter zu ernennen – selbstverständlich nicht, ohne ihm klarzumachen, was ihn erwartete, wenn er in Abwesenheit seines Königs irgendwelchen Blödsinn anstellte. Danach hatte sich der feiste Ork in die Vorratslager der Festung begeben, wo er sich mit allem vollgestopft hatte, was die Speisekammer hergab – von frisch gestopftem Trollmagen über geräucherte Madenwurst bis hin zum Wildbret, das er zwar nicht besonders schätzte, das aber immer noch besser war, als mit hängendem Magen zu reisen. Rammar hatte nämlich den Entschluss gefasst, Dags Anweisungen zum Trotz zumindest eine kleine Notration mit an Bord zu nehmen, die er während der Reise vertilgen konnte: fünf Ketten Blutwurst sowie einen langen Schlauch Bier, die er in der Überzeugung, dass dies bei seiner ohnehin ausladenden Leibesfülle nicht weiter auffallen würde, um den Wanst schlingen und unter seinem Rüstzeug tragen wollte. Da sich Kettenhemd, Helm und Harnisch wegen des Gewichts verboten, würde er ohnehin nur eine leichte Rüstung aus Leder tragen, die wie geschaffen dafür schien, ein paar zusätzliche Dinge mit an Bord zu nehmen.

Auch Balbok hatte seine Reisevorbereitungen getroffen – bei ihm hatten sie allerdings mehr darin bestanden, seinen *saparak* zu schärfen und in der Nacht vor der Abreise noch einmal dem Blutbier gehörig zuzusprechen – entsprechend desolat war sein Erscheinungsbild bei der Abschiedszeremonie. Der hagere Ork hate Mühe, aufrecht stehenzubleiben, sein Gesicht war noch sehr viel länger als sonst und der lederne Helm saß schief auf seinem spärlich behaarten Schädel.

Rammar war nie ein Freund großer Worte gewesen.

Wenn sich jemand von ihm verabschieden wollte, begnügte er sich meist damit, diesem nach alter Sitte in den *asar* zu treten und ihm ein paar Verwünschungen mit auf den Weg zu geben – alles andere hätte Rammar als unorkisch und verweichlicht abgelehnt. Etwas anders verhielt es sich, wenn er selbst derjenige war, der fortging …

Auf dem Vorplatz der Festung, wo das Luftschiff groß und prall gefüllt zur Abreise bereit stand, herrschte reges Treiben. Rammar hatte nicht nur die *faihok'hai* vollzählig antreten lassen, um ihre Herrscher gebührend zu verabschieden, sondern auch darauf bestanden, dass jeder einzelne Ork-Krieger, jedes Weib und jeder Orkling erschien, um bei der Abreise ihrer Könige dabei zu sein – Zuwiderhandlung wurde mit dem Sturz in Kuruls Grube bestraft. Und da Rammar nichts dem Zufall überlassen wollte, hatte er angeordnet, dass die Krieger ihm lauthals zujubelten, wenn er mit Balbok die Festung verließ und sich zum Luftschiff begab.

Der Jubel hielt sich jedoch – gelinde gesagt – in Grenzen. Zwar wurde hier und dort ein *saparak* in die Luft gereckt und ein gellender Kriegsschrei ausgestoßen, insgesamt blieb es jedoch verdächtig still.

»Warum glotzen die alle so?«, fragte Balbok, während sie gemeinsam zum Luftschiff gingen, eskortiert von einer Abteilung *faihok'hai* und gefolgt von Dag, der sichtlich froh darüber war, dem Kerker entronnen zu sein und wieder nach Hause zurückkehren zu können. Von dem dunklen Schicksal, das Rammar ihm zugedacht hatte, ahnte er freilich nichts.

»Warum wohl?«, erwiderte Rammar unwirsch. »Die ziehen einen Flunsch, weil wir sie verlassen. Überleg doch mal –

ein Königreich ohne Herrscher ist doch jämmerlich, oder nicht?«

»Das stimmt«, freute sich Balbok und begegnete dem grünen Grimm, der ihnen von allen Seiten entgegenschlug, mit einem wohlwollenden Lächeln. »Aber wir sind ja bald wieder da.«

»Das hoffe ich«, grunzte Rammar mit Blick auf das Luftschiff, das sich wie ein riesiges rotbraunes Gebirge vor der Festungsmauer erhob.

Dort stand Klogionn. Der Haushofmeister wartete auf die beiden Könige, den kahlen Schädel wie immer unterwürfig gesenkt. »Alles ist zur Abreise bereit, meine Könige«, erstattete er Bericht.

»Gut«, schnarrte Rammar und bedachte das wenig Vertrauen erweckende Geflecht aus Weiden und Lederriemen, das unterhalb der Luftblase hing, mit einem argwöhnischen Blick. Dann wandte er sich der wartenden Menge zu und hob in einer effektheischenden Geste die dicken Arme.

»*Laochg'hai, ork-boun'hai, ork-loun'hai*«, begann er seine Ansprache. »Ihr seid hier, um euren König zu verabschieden …«

»Köni*ge*«, verbesserte Balbok, die letzte Silbe betonend.

»Von mir aus.« Rammar seufzte. »Um eure Köni*ge* zu verabschieden, die euch verlassen, um in einem weit entfernten Land die Ehre unseres großen Volkes zu verteidigen. Für dieses Vorhaben gebührt uns euer Respekt und eure Bewunderung.«

Er wartete einen Moment, um seine Worte wirken zu lassen, und stellte zufrieden fest, dass hier und dort zustimmend genickt wurde.

»Das bedeutet«, führte er weiter aus, »dass ihr euch in unserer Abwesenheit zusammenreißt. Ihr tut nichts, was ihr nicht tun sollt, und vergreift euch weder an unseren Vorräten noch an unseren Schätzen. Andernfalls werdet ihr, wenn wir zurückkommen, euer blaues Wunder erleben, habt ihr kapiert?«

»*Korr*«, drang es vereinzelt zurück.

»Wie war das?« Rammar hob demonstrativ die Klaue an das zerfressene Ohr.

»*Korr*«, erklang es wieder, noch immer nicht begeistert, aber aus zahlreicherer Kehle.

»Na schön«, knurrte Rammar, »das war's dann wohl. Sieh zu, dass du das Ding vom Boden kriegst«, wandte er sich an Dag, »ich kann es kaum erwarten, wieder zurück zu …«

»Ich möchte auch noch etwas sagen«, verlangte Balbok ein wenig beleidigt.

»Du?« Rammar schnaubte. »Muss das sein?«

»Ich bin auch König, oder nicht?«

»Schön, aber beeil dich.«

»Na ja, ich«, begann Balbok und trat vor, »ich … ich wollte nur sagen, dass …« Sein Maul klappte auf und zu wie bei einem Fisch auf dem Trockenen, während er nach den passenden Worten suchte. Und man konnte sehen, wie schwer es ihm fiel.

»*Korr.*« Rammar nickte. »War's das?«

»Nein, ich … ich wollte sagen, dass es eine Ehre für mich war, euer König zu sein«, erklärte Balbok, an die Menge gewandt. »Und für den Fall, dass ich nicht zurückkehre …«

»Was soll der *shnorsh*?«, fiel Rammar ihm ins Wort. »Natürlich kehrst du zurück! Wir kehren alle beide zurück, hast du verstanden?«

»… wollte ich euch wissen lassen, dass ich wirklich stolz auf euch bin«, fuhr Balbok unbeirrt fort. »Als Rammar und ich auf diese Insel kamen, wart ihr Sklaven, und nun schaut euch an!« Er ließ seinen Blick über die Reihen der grünhäutigen, in speckigem Leder und rostigem Eisen steckenden Gestalten schweifen, die sich vor der Festung versammelt hatten, und seine schmale Brust weitete sich dabei. »Ihr seid echte Orks geworden, und als solche seid ihr frei und ungezwungen. Das dürft ihr nie vergessen!«

Umbal war der Erste, der nun das Wort ergriff.

»Ein Hoch auf König Balbok!«, rief er und stieß seinen

saparak hoch in die Luft, und diesmal waren es nicht nur ein paar wenige, die seinem Beispiel folgten. Eine ganze Phalanx rasiermesserscharfer Ork-Speere erhob sich, deren Besitzer Beifall schrien und dann lautstark den Namen zumindest eines ihrer beiden Könige skandierten.

»Bal-bok! Bal-bok! Bal-bok …!«

»*Korr*, das reicht«, befand Rammar nach einigen Augenblicken und wollte sich abwenden – Balbok jedoch blieb stehen und nahm die Ovationen seiner Untertanen mit breitem Grinsen entgegen. Mit in die Hüften gestemmten Armen sah sein Bruder ihm dabei zu. Als Balbok dann auch noch die Klauen hob und der Menge zuwinkte, wurde es Rammar zu viel.

»Schluss jetzt«, wies er ihn an und stieß ihn hart mit dem Ellbogen. »Bist du ein Mensch, dass du dich im Jubel suhlen musst wie ein Orkling im Matsch? Komm schon, wir müssen los!«

Die barsche Aufforderung seines Bruders brachte Balbok jäh auf den Boden der Tatsachen zurück. Mit einem letzten wehmütigen Blick in Richtung der noch immer jubelnden Masse wandte er sich ab und trottete hinter Rammar her zum Luftschiff.

»Frei und ungezwungen«, hörte er seinen Bruder dabei maulen. »Nicht zu fassen!«

Dag hatte in der Zwischenzeit einige Haltetaue gelöst, sodass die Transportplattform des Luftschiffs bereits hüfthoch über dem Boden schwebte. Darüber war der Brenner angebracht, der auf eine den Orks unbekannte Weise befeuert wurde – Trolldung, das stand fest, war es jedenfalls nicht.

Rammar ahnte, dass er beim Besteigen der Plattform eine wenig glückliche Figur machen würde, deshalb winkte er kurzerhand Klogionn heran.

»Was befiehlst du, mein König?«

»Auf den Boden«, wies Rammar ihn kurzerhand an.

»Mein König?«

»Los, runter«, schnaubte Rammar – und kaum war der Haushofmeister zögernd vor ihm auf alle viere gegangen, da benutzte er ihn auch schon als Treppe.

Klogionn, ohnehin schon schmächtig und von buckliger Gestalt, verdrehte gequält die Augen, als sein König auf ihn trat und er für einen Moment dessen ganzes ausuferndes Gewicht zu tragen hatte. Unter den staunenden Blicken seiner Untertanen erklomm Rammar seinen Platz und ließ sich stöhnend nieder – wenn er jedoch angenommen hatte, dass die Plattform in der Luft bleiben würde, so war das ein Trugschluss.

Zum einen neigte sie sich gefährlich, obschon Dag und Balbok ihre Plätze auf der gegenüberliegenden Seite des Runds bereits eingenommen hatten und als Gegengewicht fungierten; zum anderen sank die Plattform nun wieder dem Boden entgegen, den es eben erst verlassen hatte. Irgendjemand unter den Zuschauern lachte, was Rammar die Zornesbräune ins Gesicht trieb.

»Verdammt, Mensch!«, ereiferte er sich. »Was ist da los? Warum heben wir nicht vom Boden ab?«

»Ich … ich kann es mir nicht erklären«, versicherte Dag stammelnd. »Die Blase müsste eigentlich groß genug sein, um …«

»Sehe ich aus, als würde ich fliegen?« Rammars *asar* hatte inzwischen den Boden erreicht, und der König der Orks musste nach den Haltetauen greifen, um nicht rücklings von der schrägen Plattform zu purzeln.

»Irgendetwas stimmt nicht«, meinte Dag. »Wir haben offensichtlich zu viel Ballast?«

»Zu viel Ballast? Soll ich dich über Bord werfen, Mensch?«, blaffte Rammar, der seine Autorität schwinden sah wie Eis in der Sonne. »Dann haben wir gleich weniger Ballast!«

In seiner Ratlosigkeit betätigte Dag den Brenner, sodass ein mehrere *knum'hai* langer Flammenstoß in die offene Unterseite der Blase züngelte, aber auch das brachte nicht den erwünschten Effekt – die Plattform blieb am Boden.

Und Rammar fühlte von allen Seiten Blicke auf sich lasten, während das Gelächter immer noch zunahm.

Ungläubige Blicke.

Belustigte Blicke.

Schadenfrohe Blicke.

»*Korr*, also schön!«, rief er aus und löste mit vor Ärger bebender Klaue die Halteriemen seines ledernen Rocks. »Bleibt das Zeug eben da! Aber ich warne euch: wenn ich dort oben in der Luft verhungere, dann ist das eure Schuld!«

Unwirsch benutzte er den saparak dazu, die Schnüre durchzuschneiden, mit denen er sich die Blutwurstketten und den Blutbierschlauch um den Leib gebunden hatte. In hohem Bogen warf er den Proviant von sich, kurz davor, in *saobh* zu verfallen – und schon einen Lidschlag später hob die Plattform tatsächlich vom Boden ab.

»Dein Glück, Mensch«, maulte Rammar, und seinen Untertanen, die nun unter ihm zurückfielen, rief er zu: »Und dass sich keiner von Euch an meinen Blutwürsten vergreift. Die gehören mir, habt ihr verstanden?«

Das Luftschiff stieg in die Höhe – allerdings auch jetzt nicht elegant wie ein Vogel, sondern zäh und langsam, eher wie eine Gasblase, die in einer Kloake emporblubberte.

Balbok, der sich so gedreht hatte, dass er der Menge zugewandt war, winkte zum Abschied. Zu seinem Verdruss sah Rammar, dass der Gruß nicht nur von einigen Orks erwidert wurde, sondern hörte auch, wie sein Bruder leise schnüffelte.

»Wirst du wohl damit aufhören?«, fuhr er ihn auf Orkisch an. »Werd jetzt bloß nicht zum Weichhirn! Was soll denn der Mensch von uns denken?«

Vom Vorplatz der Festung ging es in die Höhe, über die Köpfe Klogionns und der anderen Orks hinweg und an der Mauer empor. Dann erfasste der abendliche Ostwind das Luftschiff, und über den Krater von Crysalion und die Klippenfelsen ging es hinaus aufs offene Meer, dessen wogende Oberfläche im Licht der untergehenden Sonne blutrot glänzte.

Noch einmal wandten die beiden Orks sich um, und mit einem letzten wehmütigen Blick nahmen sie Abschied von ihrem Königreich, jedoch mit dem festen Vorsatz, in ein paar Stunden wieder zurück zu sein.

Sie sollten sich irren.

Klogionn sah dem Luftschiff nach, bis es zu einem kleinen Fleck geworden war, der am roten Himmel zunehmend verblasste.

Er nickte und holte tief Luft – und fand, dass sie plötzlich sehr viel freier und würziger roch als zuvor. Entschlossen wandte er sich der königlichen Leibwache zu, die reglos ausgeharrt hatte und in Ermangelung eines Herrschers nun praktisch arbeitslos war.

»*Faihok'hai*«, rief er mit fester Stimme, »ab sofort hört ihr auf mein Kommando und seid meinem direkten Befehl unterstellt. *Korr*?«

Die *faihok'hai* starrten ihn an. Da die obere Hälfte ihrer Gesichter durch geschlossene Helme verdeckt war, konnte man nicht erkennen, was darin vor sich ging, aber sie schienen überrascht zu sein.

»Habt ihr ein Problem damit?«, fragte Klogionn streng.

»Allerdings«, ließ sich einer von ihnen vernehmen und trat vor – es war der Hauptmann der Truppe. »Wir dienen König Balbok und niemandem sonst ... Na ja, auch dem Fetten, wenn es sich nicht vermeiden lässt. Aber du hast kein Recht, uns zu befehligen!«

»Glaubst du das wirklich?« Klogionn, dessen bucklige Erscheinung dem *faihok* noch nicht einmal bis zur Brust reichte, trat humpelnd auf ihn zu.

»Das glaube ich nicht, das weiß ich«, scholl es im Brustton der Überzeugung zurück. »Die Könige haben gesagt, dass sie es nicht dulden, wenn sich jemand an ihrem Eigentum ...«

Weiter kam er nicht.

Die Worte schienen dem Krieger förmlich im Hals stecken zu bleiben, denn er rang plötzlich nach Luft. In wilden, fahrigen Bewegungen warf er Schild und *saparak* von sich und griff sich an den Hals – nur um den Griff des Messers zu ertasten, das genau oberhalb der rostigen Kettenbrünne steckte.

Der *faihok* bekam die Klinge zu fassen und zog sie heraus, worauf ein fingerdicker Strahl dunklen Orkbluts aus der Wunde schoss. Einen Augenblick lang hielt sich der Hüne noch auf den Beinen, dann fiel er röchelnd hintenüber und blieb reglos liegen.

»Ist hier noch jemand der Ansicht, dass ich kein Recht habe, die Leibwache zu befehligen?«, erkundigte sich Klogionn, der ungerührt über ihm stand.

Niemand sagte ein Wort, weder die *faihok'hai* noch die übrigen Orks, die gesehen hatten, dass Blut floss, und nun neugierig herandrängten.

»Gut«, anerkannte Klogionn nickend, »dann hätten wir das geklärt. Gewöhnt euch an den Gedanken, dass ich euer neuer Herrscher bin – denn die beiden alten werdet ihr niemals wiedersehen.«

»Woher willst du das wissen?«, fragte jemand furchtsam. »Wenn sie zurückkommen und merken, dass du dich an ihrem Zeug vergriffen hast, werden sie dir den *asar* aufreißen!«

Klogionn grinste.

Er hatte nicht so lange gelebt und es so weit gebracht, weil er ein Dummkopf war. Noch zu Zeiten der Sklavenkolonie, als die Dunkelelfen über die Insel herrschten, hatte er sich vom einfachen Gräber zum Vorarbeiter hochgedient. Nach der Befreiung der Insel war aus dem Vorarbeiter ein Haushofmeister geworden. Und nun würde der Haushofmeister König werden …

»Das denke ich nicht«, entgegnete er mit aller Gelassenheit, zu der er in der Lage war, »denn unsere beiden Könige werden nicht zurückkehren. Dafür habe ich gesorgt.«

10.  AKRAS

»Rammar?«

»Was?«

»Ich habe Hunger.«

»Was du nicht sagst.« Rammars rundes Gesicht quetschte sich vor Verdruss in die Breite.

Balboks hingegen wurde nur noch länger. »Wenn das so weitergeht«, beschwerte er sich, wobei er in die bodenlose Tiefe blickte, »kann ich mich bald nicht mehr halten und stürze ab.«

»Na und? Was soll ich erst sagen?«, schnauzte Rammar dagegen, der es anders als sein Bruder peinlich vermied, nach unten zu blicken. »Ich habe das Gefühl, jeden Augenblick vom Fleisch zu fallen. Und das ist nur deine Schuld, Milchgesicht! Am liebsten würde ich rüberkommen und dir die Fresse polieren!«

Rammars Zorn galt, ebenso wie der wütende Blick, den er knurrend auf den Weg brachte, keinem anderen als Dag, der ihm auf der anderen Seite der Plattform gegenübersaß und in regelmäßigen Abständen den Brenner betätigte, damit das Luftschiff nicht an Höhe verlor.

Seit zwei Tagen waren sie nun unterwegs.

Zwei Tage, in denen sie nichts gegessen und nur wenig getrunken hatten – zumindest, soweit es Dag betraf.

Rammar hatte gleich am ersten Tag seine Feldflasche bis auf den Grund geleert und am zweiten Tag auch noch Balboks restliche Ration verschluckt. Seither saßen die Orks buchstäblich auf dem Trockenen, während Dag, der in kleinen und beherrschten Schlucken trank, noch immer ein wenig Wasser übrig hatte, sehr zu Rammars Verdruss und Ärgernis.

»Das wäre nicht ratsam«, meinte er als Erwiderung auf die Drohung des Ork, »denn dann würde die Plattform kippen und wir würden alle in den Tod stürzen.«

»Hm.« Rammar grunzte geräuschvoll, machte glücklicherweise aber keine Anstalten, sich zu erheben – die Furcht davor, ins Meer zu fallen und von den Fischen gefressen zu werden, war ungleich größer.

»Ich bin verwundert«, begann Dag vorsichtig. »Es ist überliefert, welch unerschrockene Helden ihr seid …«

»Zweifellos sind wir das«, stellte Rammar klar.

»Aber gegen eine Schüssel *bru-mill* hätten wir trotzdem nichts einzuwenden«, fügte Balbok hinzu, dem das Fasten ebenfalls zusetzte, der es jedoch mit größerem Gleichmut ertrug als sein impulsiver Bruder.

»Wie lange dauert dieser verdammte Nebel eigentlich noch an?«, wechselte Rammar das Thema. Schon kurz nachdem sie die Insel verlassen hatten, waren sie in eine Nebelbank geraten, die sie seither nicht wieder freigegeben hatte. Nur ganz selten lichtete sich das milchige Weiß, sodass tief unter ihnen die glitzernde Fläche der See zu erkennen war.

»Ich weiß es nicht.« Dag zuckte mit den Schultern. »Dies ist kein gewöhnlicher Nebel. In ihrem Buch berichtet Königin Alannah, dass dieser Nebel einst von den Elfen herbeigerufen worden sei, um die Insel vom Festland zu trennen. Sie nennt ihn *cethad'y'nivur* – den Nebelwall.«

Rammar verzog das Gesicht. Die wenigen Worte der Elfensprache genügten, um ihn innerlich zusammenzucken zu lassen. Denn sie weckten Erinnerungen, und nicht alle davon waren angenehmer Natur. »Dieses Buch, von dem du immerzu erzählst …«

»Ja?«

»Du hast gesagt, dass es sich in deinem Besitz befindet.«

»Es befindet sich an einem sicheren Ort«, erwiderte Dag.

»Ich will es sehen«, erklärte Rammar kategorisch.

»Wozu? Es ist in elfischer Sprache verfasst und …«

»Und was? Glaubst du, ich könnte kein Elfisch? Die Sprache der Elfen und der Orks sind einander verwandt, wusstest du das?«

»Nein«, gab Dag zu, »das wusste ich nicht. Ihr steckt voller Überraschungen. Manches ist anders, als ich es mir vorgestellt habe.«

»Aha. Und was genau?«

»Beispielsweise hätte ich nicht gedacht, dass du so … so …«

»Na was?« wollte Rammar ungeduldig wissen.

»So groß bist«, fand der Mensch endlich das richtige Wort. »Das Denkmal auf dem Platz von Trowna zeigt dich etwas … na ja, weniger groß.«

»Denkmal?«

»Eine große, aus Marmor gehauene Figur. Sie zeigt euch beide nach dem Sieg über den Dunkelelfen.«

»So ein Denkmal gibt es wirklich?« Rammar fühlte sich spontan an seinen Traum erinnert und an den versteinerten Balbok. Der Gedanke missfiel ihm.

»Natürlich«, versicherte Dag. »Mit etwas Glück werdet ihr es schon bald mit eigenen Augen sehen. Ihr beide werdet in Tirgaslan als echte Helden verehrt, die sich selbstlos für andere eingesetzt haben.«

»Pah«, machte Rammar. »Wann hätte ich je etwas Selbstloses getan?«

»Weißt du, Rammar«, meldete Balbok sich jetzt zu Wort, »eigentlich ist das doch gar nicht so schlecht. Vielleicht sieht so ein Standbild von mir ja ganz schick aus.«

»Kaum.« Rammar schüttelte den Schädel. »Ein klapperdürres Etwas mit zu großen Ohren sieht immer dämlich aus, ganz gleich ob in echt oder aus Stein gemeißelt.«

»Die Künstler haben sich alle Mühe gegeben«, versicherte Dag. »Allerdings seht ihr darauf etwas … anders aus.«

»Inwiefern anders?«

»Ich – äh – würde vorschlagen, dass ihr euch das am besten selbst anseht, wenn wir in Tirgaslan sind.«

»Es sieht euch Menschen ähnlich, die Dinge zu verändern. Mit der Wahrheit konntet ihr noch nie besonders gut umgehen.«

»Wie meinst du das?«

»Ihr behauptet immer, ihr würdet die Vergangenheit in Ehren halten, so wie wir Orks das tun«, stichelte Rammar weiter. »Aber in Wahrheit geht es euch Milchgesichtern nur um die Dinge, an die ihr euch erinnern *wollt*. Alles andere wird absichtlich vergessen. Ihr betrügt euch selbst und redet euch so lange ein, wie wunderbar es einst war, bis keiner mehr am Leben ist, der etwas anderes behaupten könnte. Das nennt ihr dann die ›gute alte Zeit‹. Ist es nicht so?«

Der Ausdruck in Dags Gesicht veränderte sich. Rammar war nicht sehr gut darin, die bleichen Mienen der Milchgesichter zu deuten, zumal sie sich kaum verfärbten und im Gegensatz zu Orks weder Zähne bleckten, wenn sie zornig waren, noch die Nase rümpften wenn sie misstrauisch wurden. Dennoch glaubte Rammar zu erkennen, dass Dag plötzlich ernst wurde.

»Damit hast du wohl recht«, gestand er unerwartet ein und nickte, Rammars Worte schienen ihn nachdenklich gemacht zu haben. »Und bei Orks ist das nicht so?«

»Niemals!«, verneinte Rammar kategorisch. »Sofern wir uns überhaupt etwas daraus machen, behalten wir die Vergangenheit genauso in Erinnerung, wie sie war, das Gute ebenso wie das Beshnorshte.«

»Da hast du recht«, pflichtete Balbok bei und schien sogar Hunger und Durst für einen Augenblick zu vergessen. »Weißt du noch, als der Kopf von unserem Anführer Girgas verloren ging? Als wir ihn suchen mussten und auf den Zauberer trafen?«

»Erinnere mich nicht daran!« Rammars grüne Züge verzerrten sich vor Abscheu.

»Ich sehe schon.« Dag grinste. »So groß sind die Unterschiede zwischen Menschen und Orks auch wieder niii…!«

Das letzte Wort ging in einen entsetzten Schrei über, als plötzlich ein Stoß die Plattform durchlief.

»Balbok!«, rief Rammar reflexhaft. »Was hast du nun wieder angerichtet, du *umbal*?«

»A-aber Rammar«, verteidigte sich dieser verdutzt. »Ich kann nichts daf…«

Eine zweite Erschütterung folgte, begleitet von einem Geräusch, das sich anhörte, als würde eine Bogensehne reißen.

»Es ist nicht seine Schuld«, bestätigte Dag, der auf seiner Seite der Plattform aufgesprungen war. »Die Haltetaue reißen!«

»Was?«

Als wäre der panische Blick, mit dem Rammar auf die aus Leder geflochtenen Stränge blickte, mit denen die Plattform an der Heißluftblase hing, zu viel für das Material, gaben zwei weitere Taue nach. Mit einem hässlichen »Twäng« rissen sie entzwei – und die Plattform sackte erneut ab.

»*Shnorsh!*«, rief Rammar aus. »Was hast du getan, Mensch?«

»Ich … ich kann nichts dafür!«, erklärte Dag stammelnd. »Jemand muss die Taue angeschnitten haben!«

»Angeschnitten?« Pures Unverständnis sprach aus Rammars Augen. »Aber wer sollte …?«

»Jemand, der nicht will, dass ihr zur Insel zurückkehrt«, folgerte Dag. Zwei weitere Taue gaben nach – und für die restlichen Stränge wurde die Last zu groß. Einer nach dem andern gab mit lautem Knall nach.

Twäng.

Twäng.

Twäng …

»Wenn die Seitentaue reißen, hält uns noch dieser Strang«, schrie Dag und wies auf das dicke Geflecht in der Mitte, an dem auch der Brenner hing.

»Wir sind zu schwer!«, rief Balbok.

»*Korr*«, stimmte Rammar zu. »Wir müssen Gewicht loswerden. Spring ab!«

»Wieso ich?«

»Wieso nicht? Willst du etwa, dass ich in die Tiefe springe? In den sicheren Untergang?«

»Aber ich …«

In diesem Moment gab es ein letztes »Twäng«, und die verbliebenen Seitentaue rissen alle gleichzeitig.

Rammar gab einen spitzen Schrei von sich, als die Plattform kippte, jetzt nur noch von dem dicken Mittelstrang gehalten. Wie ein großer Teller, den ein Gaukler auf einem Stab balancierte, eierte die Plattform daran hin und her, und alles, was die Orks und ihr menschlicher Begleiter tun konnten, um nicht herunterzufallen, war, sich mit aller Kraft an das Netzgeflecht zu klammern.

»Ich will nicht in Kuruls Grube!«, schrie Rammar, der seine Leibesmassen verzweifelt daran zu hindern suchte, von der schwankenden Plattform zu stürzen, dazu aber nur eine Klaue zur Verfügung hatte. »Ich will nicht …!«

Er strampelte und gebärdete sich wie wild, wodurch nicht nur die Plattform, sondern auch die Blase bedenklich in Schieflage geriet und Luft verlor – die Folge war, dass das Luftschiff noch schneller an Höhe verlor.

»Was habe ich dir gesagt!«, herrschte Rammar Balbok an. »Das ist nur deine Schuld! Nun werden wir alle draufgehen, nur weil du nicht rechtzeitig abgesprungen bist! Das hast du von deinem Eigensinn!«

»'tschuldigung.«

»Und wie oft habe ich dir gesagt, dass Orks aus echtem Tod und Horn sich nicht …?«

»Da unten!«

Dags aufgeregter Ruf ließ Rammar innehalten – jedoch sah der dicke Ork nicht die geringste Veranlassung, der Aufforderung nachzukommen. »Nein!«, schrie er panisch und kniff die kleinen Äuglein zu. »Ich will nicht!«

Balbok schien damit weniger Probleme zu haben. »*Lonk!*

Lonk!«, rief er in der Ork-Sprache aus, was Rammar schließlich doch dazu bewegte, für einen kurzen Moment in die Tiefe zu blinzeln.

Und tatsächlich: Durch den milchig weißen Schleier des Nebels, der sich einmal mehr ein wenig gelichtet hatte, war ein längliches, an beiden Enden spitz zulaufendes Gebilde zu erkennen, das dort unten inmitten der endlos grauen See schwamm.

Ein Schiff!

Es hatte keine Segel gesetzt, weil dort unten ganz offenbar Flaute herrschte, aber das spielte keine Rolle – es war ein rettender Balken inmitten von bodenlosem, nach allen Richtungen bis zum Horizont reichendem Wasser!

»Wir müssen dort landen, Mensch!«, brüllte Rammar.

»Ich versuch's ja«, rief Dag zurück, »aber wir sind zu hoch. Wenn uns der Wind über das Schiff hinwegträgt, sind wir verloren. Jemand muss die Hülle zerstören, damit die Luft schneller entweicht.«

»Verstanden«, bestätigte Rammar, der aufgehört hatte zu zappeln und einen Arm durch das Netzgeflecht geschlungen hatte, um sich zu sichern. »Balbok!«

»Aber, Rammar«, begann sein Bruder, der sich auf der anderen Seite des Runds festklammerte.

»Rauf mit dir, du langer Nichtsnutz! Oder muss ich dir Beine machen?«

Balbok machte ein etwas unglückliches Gesicht, aber er gehorchte. Vorsichtig kroch er zur Mitte der Plattform, die sich durch die Gewichtsverlagerung erneut gefährlich in Rammars Richtung neigte, dann richtete er sich vorsichtig auf.

Mit beiden Klauen ergriff Balbok den Mittelstrang und zog sich daran empor. Die Zunge hing ihm dabei seitlich aus dem Maul, wie so oft, wenn er etwas tat, was besonderer Konzentration oder Sorgfalt bedurfte. Am Brenner vorbei kletterte er zu dem Seilgeflecht, das die Blase wie ein riesiges Spinnennetz überzog und an dem der Mittelstrang befestigt war. Daran zog er sich weiter empor, schien an der Hülle der Blase zu kleben wie ein Egel am Hintern eines Trolls.

»Jetzt!«, rief Dag hinauf – und Balbok zückte den *saparak*, den er am Riemen über der Schulter hängen hatte, und schlug kurzerhand zu.

Eine weiße Wolke trat aus, als die heiße Luft aus dem Luftschiff entwich und sich sofort im klammen Nebel niederschlug – und sofort verlor das Gefährt an Höhe.

Dag schrie begeistert auf. »Großartig!«

»Auf ein Lob von Milchgesichtern können wir verzichten«, schnaubte Rammar. »Und jetzt komm wieder runter, du langes Elend, und hilf mir, mich festzuhalten!«

Noch während Balbok hinabkletterte, ging es steil in die Tiefe. Das Luftschiff verließ die Luftströmung, die es bislang getragen hatte, und wurde langsamer – und plötzlich befand es sich auf direktem Kurs zu dem Schiff, dessen Umrisse sich mal mehr, mal weniger deutlich im milchigen Weiß abzeichneten.

»Festhalten!«, schrie Dag.

»Klugshnorsher!« rief Rammar zurück. »Was glaubst du wohl, was ich hier mache?«

Die Oberfläche des Meeres, die unter dem weißen Himmel schiefergrau schimmerte, kam jetzt rasend schnell näher. Nur fünf oder sechs Orklängen über den Schaumkronen der Wellen raste das Luftschiff dahin, Rammars gellenden Entsetzensschrei wie ein flatterndes Banner hinter sich her ziehend.

Sprunghaft traten die Formen des Schiffes aus dem Nebel und konkretisierten sich – und es wurde klar, dass die Plattform geradewegs gegen den Hauptmast donnern würde!

»Oh, oh«, machte Balbok noch.

Dann krachte es.

Ein harter Schlag.

Das Splittern von Holz.

Rammars Schrei verstummte jäh.

Dann wurde es dunkel.

11.
LONK UR'BAS

Als die Lichter in seinem Kopf wieder angingen, fand sich Rammar rücklings auf den Schiffsplanken liegend. Über ihm war das undurchdringliche Weiß des Nebels, unter ihm spürte er seine knirschenden und schmerzenden Knochen.

Er brauchte einen Moment, um sich davon zu überzeugen, dass er noch am Leben war. Auch gebrochen schien er sich nichts zu haben. Stöhnend richtete er sich auf, was ihm infolge seiner Leibesfülle einige Schwierigkeiten bereitete. Dann saß er auf dem von Trümmern übersäten Mitteldeck und schaute sich um.

Nicht weit von ihm entfernt lag Dag, der ebenfalls unversehrt geblieben zu sein schien und gerade zu sich kam. Über ihm, am Hauptmast, von dem nur noch ein abgebrochener Stumpf geblieben war, hing die Plattform wie eine riesig große Zielscheibe. Der rote Stoff hatte sich um die Überreste des Masts gewickelt und flatterte wie eine riesige Fahne raschelnd im Wind.

Plötzlich schoss Rammar ein Gedanke durch seinen dröhnenden Schädel.

Balbok!

Wo war Balbok?

Wie von einer Giftnatter gebissen sprang der feiste Ork auf die kurzen Beine und spähte über das Deck – von seinem Bruder jedoch war nichts zu sehen!

»Balbok!«

Hitze schoss in Rammars grünes Gesicht, seine Nackenborsten sträubten sich. Hals über Kopf rannte er zur niedrigen Reling und beugte sich darüber, starrte hinab in die graue See, deren schäumende Wellen sich im Nebel gleichgültig hoben und senkten – von Balbok weit und breit keine Spur!

»Balbok!«, rief Rammar noch einmal mit fast versagender Stimme. Als sich nichts regte, rannte er zur anderen Seite des Schiffes in der Hoffnung, dort ein Lebenszeichen von seinem Bruder zu finden. Doch Balbok blieb verschwunden.

»Balbok! Du ... du elender *umbal* kannst mich doch nicht alleinlassen ...!«

Rammars Worte verklangen im Nebel, ohne dass er eine Antwort erhalten hätte – dafür nahm er aus dem Augenwinkel eine Bewegung wahr. Hoffnungsvoll fuhr er herum, aber es war nur Dag, der sich ihm humpelnd genähert hatte.

»Hast du meinen Bruder gesehen? Groß, dürr und mit einer dümmlichen Visage?«

»Nein.« Dag schüttelte den Kopf, die Bekümmerung in seinem blassen Gesicht schien echt zu sein. »Tut mir leid.«

Rammar wandte sich ab, weniger, um in Nebel und Wellen ein weiteres Mal nach seinem Bruder zu suchen, sondern damit der Mensch nicht sah, wie seine wulstigen Lippen bebten und er mehrmals zwinkerte.

»Tut mir wirklich leid«, hörte er Dag noch einmal sagen, und zu seiner Bestürzung fühlte Rammar die Hand des Jungen auf seiner breiten Schulter. »Dein Bruder war ein guter Kerl.«

»Wage es nicht, meinen Bruder zu loben«, schnauzte Rammar, um dann leise hinzuzufügen: »Aber das war er wirklich.«

Er schloss die Augen und schickte Balbok in Gedanken ein paar Grüße in Kuruls Grube, und er ertappte sich dabei, dass er sich Vorwürfe machte, weil er seinen Bruder in die Takelage geschickt hatte. Womöglich, sagte er sich, wäre Balbok noch am Leben, wenn er nicht ...

»Ansou!«, hörte er plötzlich jemanden wie aus weiter Ferne rufen. »Ansou ...!«

Das kam vom Hauptmast!

Rammar fuhr herum.

Tatsächlich konnte man erkennen, wie sich unter dem dünnen Stoff der erschlafften Blase etwas regte!

Ganz offenbar war jemand dabei, am abgebrochenen Mastbaum herabzuklettern – und schon im nächsten Augenblick schob sich Balboks langes Gesicht kopfüber unter dem roten Stoff hervor, von einem Ohr zum anderen grinsend.

»Hallo«, muhte er.

Den Bruchteil eines Augenblicks lang war Rammar unsagbar erleichtert. Dann wetterte er auch schon los.

»Du nichtsnutziger, schmalhirniger Koloss von einem *umbal*! Warum meldest du dich nicht, wenn ich deinen bescheuerten Namen rufe? Bist du sogar dafür zu dämlich?«

»Warum?«, fragte Balbok. Behände hielt er sich am Mastbaum fest und drehte sich herum, sodass er mit den Beinen zuerst auf Deck landete. »Hast du dir etwa Sorgen um mich gemacht?«

Rammar lachte gequält auf. »Warum sollte ich mir um einen Hohlschädel wie dich Sorgen machen? Ganz *sochgal* hätte aufgeatmet, wenn du ersoffen wärst.«

Das Grinsen verschwand jäh aus Balboks Zügen, seine spitzen Ohren fielen schlaff herab. »Denkst ... denkst du das wirklich?«

»Darauf kannst du einen lassen – und auch darauf, dass ich dich eigenhändig aufschlitzen werde, wenn du so etwas noch einmal machst«, versprach Rammar und fuchtelte mit der *saparak*-Spitze, die an seinem Arm befestigt war.

»Wenn ihr beide fertig seid, solltet ihr euch das hier mal ansehen«, meinte Dag, der sich unterdessen darangemacht hatte, das Schiff zu untersuchen. Dass sie bislang auf niemanden getroffen waren, war Rammar in seiner Aufregung gar nicht aufgefallen. Nun allerdings kam es ihm ein wenig seltsam vor.

Er watschelte zu dem jungen Menschen, der die Plattform vom Mastbaum gehoben hatte und jetzt dabei war, den Seidenstoff aufzurollen. Was darunter zum Vorschein kam, war wenig erbaulich.

»Verdammt«, knurrte Rammar, als er sah, dass Balbok und er nicht die einzigen Orks an Bord waren.

Jedenfalls dann, wenn man nicht nur die Lebenden zählte …

Unter dem Stoff der Heißluftblase, die plötzlich wie ein riesiges rot geflecktes Leichentuch wirkte, lagen die Körper im Kampf erschlagener Krieger.

Orks.

Menschen.

Zwerge.

Und je weiter Dag den Stoff zurückzog, desto mehr wurden es.

Es war nicht mehr zu erkennen, wer gegen wen gekämpft hatte. Zum einen, weil solch ein schlimmes Durcheinander herrschte, dass man nicht mehr feststellen konnte, wer auf wessen Seite gestritten hatte. Zum anderen aber auch, weil der Kampf offenbar eine ganze Weile zurücklag. Möwen hatten sich an den leblosen Körpern gütlich getan, und auch die feuchte und salzige Luft hatte ihren Beitrag dazu geleistet, dass die Leichen einen fürchterlichen Anblick boten. Dazu kam der entsetzliche Gestank, der wie eine Giftwolke emporstieg und Rammar auf den leeren Magen drückte.

»Alles in Ordnung?«, fragte Dag.

»Natürlich«, versicherte der Ork. »Ich vertrage nur das Reisen auf dem Schiff nicht.«

»Dies hier ist – oder vielmehr war – eine Kriegsgaleere aus Tirgaslan«, erklärte Dag, auf einen Fetzen Stoff deutend, der auf den blutbesudelten Planken lag und an dem man mit viel gutem Willen noch die Farben der Königsstadt erkennen konnte.

»Ein Kriegsschiff?« Rammar verengte kritisch ein Auge. »Tirgaslan liegt doch gar nicht am Meer!«

»Inzwischen schon. Gewissermaßen.«

»Was soll das heißen?«

»Tirgaslan ist in den vergangenen fünfhundert Jahren so

gewachsen, dass es schließlich mit der Küstenstadt Tirgas Dun zu einer einzigen großen Siedlung verschmolzen ist. Deshalb hat es einen eigenen Hafen und eine eigene Kriegsflotte. Dieses Schiff hatte offenbar einen Zusammenstoß mit einer Zwergengaleere.«

»Einer Zwergengaleere?« Nun war es Balbok, der ziemlich verblüfft dreinschaute. »Seit wann fahren die Hutzelbärte denn zur See, die sind doch noch wasserscheuer als wir! Verstehst du das, Rammar?«

»Kein Wort«, schnauzte der andere.

»Es hat sich eben manches geändert, seit ihr das Festland verlassen habt, das werdet ihr noch merken.«

»Vielleicht«, räumte Rammar mit Blick auf die toten Orks ein, die in ihren blutbesudelten Rüstungen und *saparak'hai* noch bis zum letzten Atemzug tapfer gekämpft hatten. »Aber einiges ist wohl gleich geblieben. Unsere Artgenossen sind immer noch zähe Krieger.«

»Wie ich schon sagte«, räumte Dag ein, »die meisten eures Volkes verdingen sich als Söldner auf sämtlichen Seiten des Krieges.«

»Auf sämtlichen?« Balbok reckte fragend den Schädel vor. »Wie viele sind es denn?«

»Fünf – und sie alle führen Krieg gegeneinander.«

»Ist das so.« Rammar grinste schadenfroh. »Klingt nach einer Menge Blut und Spaß.«

»Nein.« Dag warf die aufgerollten Stoffbahnen hin und schüttelte energisch den Kopf. »Denn es sind stets die falschen, die unter Konflikten wie diesen leiden.« Er wandte sich ab. »Dieses Schiff hat wohl an einer Seeschlacht teilgenommen«, vermutete er. »Wahrscheinlich ist es abgetrieben und in den Nebel geraten, und die Überlebenden des Kampfes waren wohl so schwer verletzt, dass sie aus eigener Kraft nicht mehr zurückkehren konnten.«

»Anzunehmen«, stimmte Rammar zu, der seinen Blick ebenfalls über das von Leichen übersäte Deck schweifen ließ. Seine grünen Züge verfinsterten sich, und für einen Moment hatte es den Anschein, als würde er etwas wie Mitleid emp-finden – schon im nächsten Augenblick jedoch hellten sie sich wieder auf. »Moment mal«, knurrte er, »mir kommt da ein Gedanke.«

»Nämlich?«, wollte Balbok begierig wissen.

»Wenn diese *umbal'hai* tatsächlich so lange gekämpft haben, bis keiner von ihnen mehr auf den Beinen stand, müssten unter Deck noch jede Menge Vorräte zu finden sein.«

»Du ... du willst der Besatzung ihren Proviant wegneh-men?«, fragte Balbok verunsichert.

»Du bist ein Schafskopf«, beschied Rammar ihm. »Die Toten brauchen das Zeug nicht mehr. Ich aber schon.«

Balboks offenem Maul und hochgezogenen Brauen war anzusehen, dass er keineswegs überzeugt war. »Dag?«, fragte er.

»Ich fürchte, Rammar hat recht«, meinte der. »Bis wir die Schäden am Luftschiff behoben haben und wieder von hier verschwinden können, wird eine ganze Weile verge-hen ...«

»... und so lange will ich auf gar keinen Fall auf meine nächste Mahlzeit warten«, fiel Rammar ihm ins Wort. »Los, gehen wir unter Deck und sehen, ob wir etwas Essbares fin-den!« Entschlossen marschierte er auf den Niedergang zu, der vom Achterdeck in den Laderaum des Schiffes führte. Mit einem strengen Blick bedeutete er Balbok, ihm zu fol-gen, und der Hagere gehorchte.

»Was fällt dir überhaupt ein«, raunte Rammar ihm halb-laut zu, während sie die Stufen hinabstiegen, »den Jungen zu fragen? Wer von uns beiden hat denn das Sagen, er oder ich?«

»Na ja, ich ...«

»Jetzt bloß keine Entschuldigung, hörst du? Steh wenigs-tens ein einziges Mal zu dem Blödsinn, den du von dir gibst.«

»Aber ich wollte mich doch gar nicht entschuldigen. Ich ...«

»Schhht!«

Mit einem energischen Zischlaut brachte Rammar seinen Bruder zum Schweigen. Sie hatten sich durch den Niedergang gezwängt – Rammar, indem er den Bauch so gut wie möglich einzog, Balbok, indem er sich bückte – und das Ende der Treppe erreicht. Vor ihnen erstreckte sich der Laderaum des Schiffes, in dem es nicht weniger chaotisch aussah als oben auf Deck.

Auch hier lagen die leblosen Körper Erschlagener – Rammars Blick blieb an einem Ork-Krieger hängen, den der Speer eines Gegners an den Mastbaum geheftet hatte. So stand der Kerl noch immer und starrte ihnen aus leeren Augenhöhlen entgegen. Und der Gestank, den er und seine toten Kumpane verbreiteten, war im wahrsten Sinn des Wortes atemberaubend.

Normalerweise wäre Rammar sofort umgekehrt. In diesem Fall jedoch lenkte der stärkste aller Antriebe seine Schritte und sorgte dafür, dass er seine Abscheu überwand.

Hunger …

Sein knurrender Magen brachte Rammar dazu, über die leblosen Körper von Orks und Zwergen hinwegzusteigen und tiefer in den Laderaum vorzudringen, gefolgt von Balbok, der infolge der niedrigen Deckenhöhe den Kopf weit zwischen die Schultern ziehen musste. Das Tageslicht, das in schmalen Streifen durch die Gräting fiel, tauchte die Szenerie in unheimliches Halbdunkel.

Plötzlich ein leises Geräusch.

Gefolgt von einer raschen Bewegung.

»Rammar!«

Balboks Warnruf erklang, und noch ehe Rammar auch nur irgendeine Reaktion zeigen konnte – schnellte der *saparak* seines Bruders bereits vor und jagte durch die Luft. Ein helles Quieken, dann spritzte Blut, und die Waffe blieb bebend in der Innenwand des Rumpfes stecken.

»Großartig. Wirklich ganz großartig«, lobte ihn Rammar mit vor der Brust verschränkten Armen, während sein rechter Fuß geräuschvoll auf der Stelle tappte. »Ist es notwendig, dass du solchen Alarm machst wegen einer kleinen Ratte?«

»Das wollte ich nicht«, versicherte Balbok, während er mit hängendem Kopf zur Wand trottete, den *saparak* herauszog und ihn an seinem ledernen Rock sauber wischte. »Ich dachte …«

»Was? Dass einer von den Hutzelbärten plötzlich wieder aufwachen und Ärger machen würde?«

»Alles schon vorgekommen«, verteidigte sich Balbok und rümpfte pikiert die Nase.

»Das war etwas völlig anderes*«, widersprach Rammar entschieden. »Diese Zwerge hier sind jedenfalls so tot, wie sie es nur sein können und …«

Er verstummte, als ein dumpfes grollendes Geräusch aus Richtung Bug drang.

»Was war das?«, fragte Balbok.

»Was soll es schon groß gewesen sein? Noch so ein Rattenvieh.«

Wieder ein Grollen, gefolgt von einem heiseren, bedrohlich klingenden Zischen.

»Du, Rammar«, meinte Balbok. »Das muss eine ziemlich große Ratte sein.«

»Und wenn schon – ich habe nicht vor, mir von ihr die Vorräte wegfressen zu lassen. Also, vorwärts – du gehst voraus!«

Der Aufforderung seines Bruders gehorchend, übernahm Balbok die Vorhut, in gebückter Haltung und den Kopf nach vorn gereckt, den *saparak* zum Stoß erhoben. Rammar folgte ihm mit einigen Schritten Abstand. Welches Unheil ihnen auch bevorstand, es würde zuerst seinem Bruder widerfahren – diese Vorgehensweise hatte sich in Gefahrensituationen glänzend bewährt.

Vorsichtig durchquerten sie die Lichtschäfte, die durch die Gräting fielen, bemüht, nicht über Leichen oder umherlie-

* siehe DER SCHWUR DER ORKS

gende Waffen zu stürzen, und drangen weiter zum Bugraum vor. Rammar merkte, dass sich in den Verwesungsgestank unter Deck noch etwas anderes mischte, auch wenn er es nicht beim Namen nennen konnte.

Es roch fremdartig und auf eigentümliche Weise künstlich, und er konnte sich bei allem schlechten Willen keinen Reim darauf machen. Bis sie endlich den Bugraum erreichten ...

Das Chaos dort war noch schlimmer als andernorts. Leichen, Waffen und Trümmerteile lagen nicht nur wild durcheinander, sondern hatten sich zu einem Haufen aufgetürmt, der grässlich anzusehen war. Jenseits davon allerdings, im spärlichen Licht mehr zu erahnen als wirklich zu erkennen, stapelten sich Fässer und Kisten, die unbeschädigt waren – und Rammar zweifelte nicht daran, dass sich darin der erhoffte Proviant befand.

»Na also«, knurrte er. »Los, schnapp dir ein paar Kisten und dann nichts wie zurück an Deck. Ich habe Hunger.«

»Aber das Geräusch ...«

»Das einzige Geräusch, das mich im Augenblick interessiert, ist das Knurren meines Magens, verstehst du?«

In diesem Moment erklang erneut ein dumpfes Grollen – abgrundtief, bedrohlich und unheimlich.

Und diesmal war es in unmittelbarer Nähe.

»Rammar?«

»Was?«

»War das dein Magen?«

»*Douk*«, konnte der dicke Ork noch verneinen – dann ging alles blitzschnell.

Denn auch das Zischen, das vorhin schon zu hören gewesen war, wiederholte sich, und mit vor Schreck geweiteten Augen sahen die Orks weißen Dampf aus dem Berg der Gefallenen aufsteigen. Er legte sich wie Nebel über die leblosen Körper – die sich im nächsten Moment zu regen begannen!

Rammars Nackenborsten sträubten sich, und er stieß einen

gellenden Schrei aus, als sich ein Zwergenkrieger, den er für tot gehalten hatte, wieder aufrichtete. Auch ein Ork, der neben ihm gelegen hatte, wälzte sich herum. Doch anstatt zu ihren Waffen zu greifen und sich auf die beiden Eindringlinge zu stürzen, brachen die vermeintlichen Untoten sofort wieder in sich zusammen, und Rammar und Balbok begriffen, dass es nicht die Gefallenen selbst waren, die sich bewegten, sondern etwas, das sich unter ihnen befinden musste und das nun hervorkam!

Wieder ein Zischen, wieder weißer Dampf – und im nächsten Moment gelangte etwas zum Vorschein, das weder Balbok noch Rammar je zuvor in ihrem bewegten Leben gesehen hatten.

12.

KOULDRASH UR'KRO

Wie Borsh der Stinkfisch tauchte das Ding vor ihnen auf.

Es glich einem großen umgestürzten Kessel, dessen Oberfläche rötlich schimmerte. Zischend und brummend arbeitete es sich unter den leblosen Körpern hervor, mit Armen, die aus aneinandergereihten metallenen Kugeln bestanden und statt Händen mörderische Greifzangen besaßen. Eine davon hielt eine große zweischneidige Axt, die andere schnappte bedrohlich klappernd auf und zu. Schließlich gelang es dem Gebilde, dessen Vorderseite mit einer breiten vergitterten Klappe versehen war, einem Helmvisier nicht unähnlich, sich vollends zu befreien. Auf kurzen metallenen Beinen rasselte und stampfte es den beiden Orks entgegen. Dabei hob es drohend die Axt, zischender Dampf entwich aus den metallenen Gelenken.

»Rammar?«, fragte Balbok. »Was ist das?«

»Frag nicht so blöd! Lauf!«, schrie dieser, während er sich bereits herumwarf und zu rennen begann. Und das keinen Augenblick zu früh – denn dort, wo er eben noch gestanden hatte, pflügte die Axt des Angreifers pfeifend durch die Luft.

So schnell sie konnten hasteten die Orks über Trümmer und Gefallene hinweg, während das Metallgebilde ihnen zischend und rasselnd auf den Fersen blieb. In weitem Bogen schwang es die Axt vor sich her, die bald links und bald rechts einschlug.

Fast erwartete Rammar, dass das messerscharfe Blatt ihn ereilen und verhackstücken würde, aber im nächsten Moment erreichte er die Treppe des Niedergangs und stürmte die Stufen hinauf zurück zum Deck. Balbok folgte ihm, wie zuvor mit eingezogenem Kopf, damit er überhaupt hindurchpasste. Das Rasseln und Stampfen fiel hinter ihnen zurück, und sie sogen dankbar die vergleichsweise frische Luft in ihre Lungen, als sie das Deck erreichten.

»Was ist da unten los?«, fragte Dag besorgt. »Das klingt, als ob ein …«

»Nichts weiter«, versicherte Rammar. »Nur so ein Metallding, das von irgendeinem Zauber am Leben gehalten wird. Aber keine Sorge, es ist zu groß, um uns auf Deck zu f…«

Der Rest ging in einem lauten Bersten und Splittern unter. Entsetzt fuhren die drei Gefährten herum und starrten auf den Niedergang, der aus seinem Inneren heraus zerfetzt zu werden schien. Das Blatt einer großen Axt erschien, die rücksichtslos um sich holzte, bis von der Treppe nichts mehr übrig und die Öffnung im Deck ein gutes Stück breiter war. Eine Dampfwolke stieg empor, aus der im nächsten Moment auch schon das Kugelding auftauchte.

Schnaubend.

Stampfend.

Tödlich.

»Verdammt!«, rief Dag aus und griff rasch nach einem herrenlos am Boden liegenden Speer. »Ein Kaldrone!«

»Ein was?«, fragte Rammar – als die Axt schon wieder niederging. Senkrecht fuhr sie in die Planken des Decks und zertrümmerte sie, Bruchstücke von Holz spritzten nach allen Seiten. Der dicke Ork hatte keine Ahnung, was sein Bruder und er da aus dem Schlaf erweckt hatten, eines allerdings wurde ihm in diesem Moment klar: dass es das Schiff zu Kleinholz verarbeiten würde, wenn es ihnen nicht gelang, es aufzuhalten!

»Balbok«, schrie er aus Leibeskräften. »Tu doch was, du langbeiniger Nichtsnutz!«

»*Korr*«, rief Balbok zurück – und startete im nächsten Moment eine jener Aktionen, bei denen Rammar nie wusste, ob er ihn dafür bewundern oder darüber nur den Kopf schütteln sollte.

Mit einem heiseren Kriegsschrei rannte Balbok auf den Gegner zu, der bereits wieder seine mörderische Axt schwang, unterlief den Hieb, der seinen Nacken nur knapp verfehlte, und sprang im nächsten Moment auf das Gebilde!

Es war ein bizarrer Anblick, wie der hagere Ork auf der metallenen Kugel balancierte, während er gleichzeitig wie von Sinnen mit dem *saparak* darauf einschlug, und das mit derartiger Wucht, dass es jeden anderen Gegner geradewegs in Kuruls Grube befördert hätte. Das metallene Ungeheuer jedoch schien es nicht besonders zu beeindrucken, denn es stampfte weiter auf Rammar zu, wobei es mit der Axt um sich hieb und dabei weitere Planken zertrümmerte.

Erschrocken wich der dicke Ork zurück, bis er mit dem Rücken den Mastbaum rammte. Da stand er, mit rasselndem Atem und pochendem Herzen, den *saparak* halb erhoben, obwohl der ihm im Vergleich zur Axt des Gegners geradezu lächerlich vorkam.

Was jetzt?

»Du musst ihn ablenken, Rammar!«, rief Dag von irgendwo.

»Klugshnorsher«, blaffte Rammar zurück. »Wie denn?«

Dann war das Monstrum auch schon heran. Balbok, der noch immer auf ihm stand, war inzwischen auf die Knie gegangen und bearbeitete weiter die metallene Hülle, die jedoch noch nicht einmal eine Delle aufwies.

Und schon wieder raste die Axt heran!

Mit rascheren Reflexen, als es sein feister Körper vermuten ließ, duckte sich Rammar. Nur eine Handbreit über seinem Kopf schlug das Blatt mit furchtbarer Gewalt in den Mastbaum, Holzsplitter flogen.

Die Knie wurden Rammar weich, und er kippte zur Seite. Mit einem Zischen, das sich wie das Wutschnauben eines Drachen anhörte, wirbelte das Ungeheuer herum. Balbok, der auf eine solch schnelle Bewegung nicht gefasst gewesen war, verlor das Gleichgewicht und fiel mit einem heiseren Aufschrei herunter – doch der hagere Ork war nicht gewillt, sich abschütteln zu lassen. Kaum war er auf den Planken aufgeschlagen, stand er auch schon wieder auf den Beinen, und wie ein Berserker brüllend stürzte er sich von hinten auf den metallenen Gegner und schlang die langen Arme um ihn, als wollte er ihn erwürgen – wie das vonstatten gehen sollte bei einem Feind, der weder aus Fleisch noch Blut war und noch nicht einmal einen Hals hatte, war Rammar zwar ein Rätsel, aber er nutzte die Gelegenheit, um sich halb kriechend, halb krabbelnd außer Reichweite des mörderischen Gebildes zu bringen.

»Gut so, Balbok!«, ließ sich jetzt Dag wieder vernehmen – und diesmal war Rammar sicher, dass die Stimme von oben kam. Er schaute hinauf und sah, dass der Mensch den abgebrochenen Mastbaum erklommen hatte. In der Hand hielt er den Speer, den er aufgelesen hatte, und zielte damit auf das Monstrum. Was, fragte sich Rammar, wollte er mit diesem Zahnstocher bewirken, wo nicht einmal ein *saparak* etwas ausrichten konnte?

»Noch ein wenig weiter zurück, nur noch ein wenig weiter!«, feuerte Dag Balbok an, der die Zähne fletschte und sich mit dem ganzen Gewicht nach hinten warf. Das Ungeheuer schien dadurch für einen Moment aus dem Gleichgewicht zu geraten und taumelte ein, zwei stampfende Schritte zurück – und Dag warf den Speer.

Der hölzerne Schaft zuckte herab und traf zwischen den Gitterstäben des Frontvisiers hindurch. Doch genau wie Rammar befürchtet hatte, schien auch das der Kreatur nichts anhaben zu können. Unwirsch schüttelte sie sich, verlagerte das Gewicht von einem Bein aufs andere und wurde Balbok damit los. Dann stampfte sie wieder nach vorn, auf den Mastbaum zu, und legte die Axt an, um ihn zu fällen.

Mit mächtigem Krachen schlug das Blatt ins Holz, dass es das ganze Schiff erschütterte. Rammar, der nur wenige Schritte entfernt am Boden kauerte und beschlossen hatte, dass es am Erfolg versprechendsten war, sich tot zu stellen, schirmte das Gesicht gegen die umherfliegenden Splitter ab. Wieder schlug die Axt ein, und man konnte Dag schreien hören, dann noch einmal ...

Rammar stutzte.

Irrte er sich, oder war der letzte Schlag zögerlicher gewesen, weniger kräftig? Er wagte einen Blick, blinzelte zwischen seinen Klauenfingern hindurch und sah, wie das Ungeheuer zu einem vierten Hieb ausholte, den es jedoch nicht beendete. Seine Bewegungen verlangsamten sich, als würde es langsam versteinern, die Axt verharrte in der Luft. Einen Augenblick lang stand es so, ehe ihm eine letzte zischende Dampfwolke entfuhr.

Dann fiel es zurück und schlug mit einem hohlen blechernen Klang auf den Deckplanken auf.

Augenblicke lang blieb es still.

Keiner der drei Gefährten wagte, sich zu regen – weder Balbok, der mit gefletschten Zähnen am Boden kauerte, noch Dag, der oben auf dem Mastbaum hockte, an den er sich mit aller Kraft geklammert hatte. Und schon gar nicht Rammar, der sich inmitten all der Leichen sicherer fühlte als lotrecht auf den Beinen stehend.

Vorsichtig warteten alle drei ab, doch die Kreatur rührte sich nicht mehr.

Balbok war der Erste, der sich näher an das seltsame Gebilde heranwagte, gefolgt von Dag, der vom Mastbaum hüpfte und federnd auf den Beinen landete. Und schließlich riskierte auch Rammar es, sich dem Kaldronen zu nähern. Und als er sah, dass sich das metallene Ungeheuer tatsächlich nicht mehr bewegte, wuchs sein Selbstvertrauen mit jedem Schritt.

»Du Eisenfurz!«, tönte er schadenfroh. »Das soll dir eine Lehre sein, sich nicht mit Rammar dem schrecklich Rasenden anzulegen, dem König der Orks!«

»Ich glaube nicht, dass er dich hören kann«, beschied ihm Dag mit freudlosem Grinsen.

»Was, bei Kuruls dunkler Grube, ist das überhaupt?«, fragte Balbok, der unglücklich auf die Schneide seiner Waffe blickte. »Der *saparak* ist völlig stumpf geworden!«

»Ein Todeskessel«, erwiderte Dag, der auf das Gebilde stieg und den Speer, der noch immer in der Gitteröffnung steckte, mit beiden Händen umfasste. »So nennen wir sie jedenfalls.« Mit einem Ruck zog er den Speer heraus – und die beiden Orks tauschten erstaunte Blicke, als sie feststellten, dass die Spitze der Waffe von rotem Blut gefärbt war.

»Das ... das Ding blutet.« Rammar hob eine wulstige Braue.

Dag griff mit den Fingern durch die Gitterstäbe, öffnete eine Entriegelung, die mit metallischem Klicken aufging. Dann hob er das Gitter, das Rammar ohnehin an ein Visier erinnert hatte, wie bei einem riesigen Helm nach oben. Heißer Rauch stieg aus dem dunklen Inneren des Kessels, der die Luft darüber flimmern ließ.

Balbok und Rammar beugten sich vor, spähten hinein – und erblickten ...

... einen toten Zwerg.

Dags Speer hatte ihn in Höhe seines Herzens in die Brust getroffen, sein Bart war blutig verfärbt. Jedoch schien der Krieger bereits davor mehr tot als lebendig gewesen zu sein. Seine Züge waren eingefallen, die Augen dunkel gerändert. Der leichte Schuppenpanzer, den er trug, war rußgeschwärzt und blutbesudelt, ein abgebrochener Pfeil steckte in seiner Schulter. Halb saß er, halb lag der kleinwüchsige Mann im Inneren des Kessels, an den er mit ledernen Riemen geschnallt war, die sich über seiner breiten Brust kreuzten. Arme und Beine steckten in den metallenen Gliedmaßen des Kaldronen, an die sie ebenfalls mit Riemen geschnallt zu sein schienen – und Rammar begriff.

»Das Metallding war gar nicht lebendig«, flüsterte er. »Es war nur ein hässlicher Hutzelbart in einer Rüstung.«

»Ein Todeskessel ist ungleich mehr als eine Rüstung«, widersprach Dag. »Er macht den Krieger in seinem Inneren nicht nur schwer verwundbar, sondern verstärkt auch seine Körperkräfte um ein Vielfaches. Dieser hier war wohl der einzige Überlebende des Kampfes an Bord. Als er euch sah, hielt er euch für feindliche Söldner.«

»Wie ist so etwas möglich?«, fragte Balbok, der den Metallarm mit der Axt ergriffen hatte und ihn ratlos auf und ab bewegte. Ein leises Quietschen war dabei zu hören.

»Das hat noch niemand ergründet – nicht zuletzt deshalb sind die Todeskessel weithin gefürchtet. Wenn man ihre Schwachstelle nicht kennt, ist man verloren.«

»Du hast sie offenbar gekannt«, anerkannte Balbok. »Das war ein guter Wurf.«

»Na ja«, stimmte Rammar zu, »nicht übel für ein Milchgesicht, das seine Zeit mit dem Erfinden unnützer Gegenstände verplempert.«

»Ich nehme an, das war ein Kompliment.« Dag grinste matt.

»Bilde dir nur nichts ein«, knurrte Rammar und wechselte abrupt das Thema. »Wie hast du das Ding vorhin genannt?«

»Kaldrone«, Dag wiederholte den Begriff, den er zuvor genannt hatte. »Nach dem alten elfischen Wort für ›Kessel‹.«

»Wieso benutzt ihr die Sprache der Schmalaugen eigentlich immer noch?«, fragte Rammar zähnefletschend, »die sind doch längst aus Erdwelt verschwunden – oder sind sie inzwischen etwa zurückgekehrt?«

»Nein«, versicherte Dag zu seiner Beruhigung, »die letzten Elfen haben vor fast fünf Jahrhunderten den Kontinent verlassen. Seither wurde keiner von ihnen mehr gesehen.«

»Dein Glück.«

Dag zog die Brauen hoch und fuhr fort: »Aber wir bewahren die Erinnerung an sie. Und ihre Sprache dient den Gelehrten der Völker bis zum heutigen Tag als Mittel der Verständigung. Es gibt sogar Schulen, an denen die elfische Sprache unterrichtet wird.«

»Obwohl sie mausetot ist wie dieser Zwerg«, knurrte Rammar.

»Solange etwas in der Erinnerung weiterlebt, ist es nicht tot.«

»Sag das dem Hutzelbart«, entgegnete Rammar trocken.

Er ließ seinen Blick über das halb zerstörte Deck schweifen, über die leblosen Körper, die dort lagen und über den in seiner Bewegung erstarrten Kaldronen. Auch wenn sich ein paar Dinge im Lauf der letzten fünfhundert Jahre geändert hatten, war Rammar doch der Meinung, dass das, was tot war, auch tot bleiben sollte.

13.

MOROR UR'FEUSACHG' HAI-SHROUK

Wenn Vigor die ehrwürdige Königshalle von Gorta Ruun betrat, kam es ihm jedes Mal vor, als würde er schrumpfen – und das war von den Erbauern durchaus beabsichtigt.

Denn die sieben gewaltigen Säulen, die die Halle säumten, waren so hoch, dass sie sich jenseits des Scheins der Öllampen in Dunkelheit verloren, eine Decke war nicht zu erkennen. Vigor erinnerte sich, dass er sich früher oft gefragt hatte, ob die Halle des Königs überhaupt eine Decke besaß – womöglich erstreckte sie sich unendlich weit hinauf, bis zu den höchsten Gipfeln des Scharfgebirges und darüber hinaus. Heute wusste er natürlich, dass das Unsinn war, aber die schiere Größe der sieben Säulen, die Hunderte von Steinmetzen dem Berg in Jahrzehnte währender Arbeit abgetrotzt hatten, rang ihm dennoch jedesmal Respekt und Anerkennung ab. Die Gesichter, die in das Gestein gemeißelt waren und die mit gravitätischen Mienen auf jeden Besucher blickten, verloren sich nach oben in der Dunkelheit – die Antlitze all jener Herrscher, die vor Winmar dem Steinernen auf dem Thron des Zwergenreichs gesessen hatten.

Größere und kleinere Könige waren darunter gewesen, bedeutendere und weniger bedeutende. Manche von ihnen hatten das Zwergenreich zu Macht und Wohlstand geführt, unter anderen war es beinahe zusammengebrochen. Doch noch unter keinem Herrscher hatte das Volk der Tiefe auch nur annähernd eine solche Blüte erlebt wie unter der Regentschaft Winmars von Ruun – und damit war nicht zu rechnen gewesen.

Noch als Winmars Vorgänger Reginald auf dem Thron saß, hatte von einem Zwergenreich, wie es einst existiert hatte, eigentlich nicht mehr gesprochen werden können. Im Lauf der vergangenen Jahrhunderte hatten die Söhne des Berges stets an Einfluss verloren. Die Steinmetzkunst der Zwerge, einst überall in Erdwelt geschätzt und selbst von den Elfen geachtet, die ebenfalls große Künstler und Baumeister in ihren Reihen gehabt hatten, war verloren gegangen; und das Wissen um das Schmieden der Waffen von höchster Qualität und Langlebigkeit, einst die zweite große Tugend der Zwerge, war auf einige wenige Häuser übergegangen, die damit Schindluder getrieben und es meistbietend verhökert hatten.

Auch andere Völker Erdwelts waren dadurch in den Besitz jener Fähigkeiten gelangt, die die Zwerge über ein ganzes Zeitalter hinweg ausgezeichnet und ihnen Macht und Wohlstand beschieden hatten. Die Zwerge jedoch als die eigentlichen Entdecker und Meister dieser Künste waren zur Bedeutungslosigkeit verkommen, hatten sich als Schmuggler und Minenarbeiter betätigt, um so einigermaßen über die Runden zu kommen, und auch der Weggang der Elfen aus Erdwelt hatte daran nichts geändert, im Gegenteil. Denn in die Leere, die die Elfen hinterließen, waren die Menschen vorgestoßen.

Diese elenden Menschen.

Vigor verabscheute sie.

Nicht nur, weil sie groß waren und beinahe haarlos und er ihre Gewohnheiten, wie die Vorliebe für offene Plätze und freien Himmel, abstoßend fand. Sondern auch, weil sie alles für sich zu beanspruchen pflegten. Nicht nur den Grund und Boden, auf dem sie lebten, sondern auch das Meer, an das ihr Land grenzte, und die Berge, die sich darübertürmten – kurz gesagt, die ganze Welt. Immer weiter hatte sich ihr Einflussgebiet ausgedehnt, schon deshalb, weil es niemanden gab, der Widerstand geleistet hätte. Die Orks, die es zu Beginn noch versucht hatten, waren von ihren Heeren zurückgedrängt worden, ebenso wie die Trolle und die Gnomen, während die Zwerge es während der letzten Jahrhunderte vorgezogen hatten, sich in Festungen, Stollen und Minen zurückzuziehen und dort auszuharren, feige wie Ratten.

Vigor war nicht stolz, was diesen Abschnitt der Geschichte seines Volkes betraf. Eines jedoch war ihm klar: dass sich Gruthians Söhne nur aus der Asche totaler Demütigung zu neuer Größe und Blüte hatten erheben können.

Die Wende hin zu einer neuen Zeit, zu einer neuen Ära, in der die Völker Erdwelts die Zwergenaxt wieder fürchten lernten, war durch Winmar von Ruun erfolgt.

Winmar den Graniten, wie sie ihn inzwischen nannten.

Den Unbezwingbaren.

Den Steinernen.

Jenen Winmar, der dort auf dem Thron des Zwergenreiches saß, aus den Äxten all jener errichtet, die vor ihm die Krone Thorians getragen hatten. Und wie immer, wenn Vigor den Blick seines Herrn und Königs auf sich ruhen fühlte, wurde er von einem Gefühl der Macht durchströmt, an dem er sich berauschte wie andere am Gerstensaft. Er glaubte an diesen Mann, wie andere an Götter glaubten oder an die Wunderkraft der Natur. Winmar war seinem Volk zu Hilfe gekommen, als es einer starken Hand bedurft hatte. Er hatte die Herausforderungen der Zeit angenommen und dem Zwergenreich nicht nur zu seiner alten Größe verholfen, sondern es weit bis über die ursprünglichen Grenzen hinaus ausgedehnt. Selbst der Ruhm Thorians musste verblassen angesichts eines solchen Königs, und die Bewunderung, die Vigor ihm dafür zollte, war grenzenlos.

»Mein König.« In respektvollem Abstand vor dem Thronpodest blieb Vigor stehen – weiter hätten die Ork-Leibwächter, die den Thron zu beiden Seiten säumten, ihn ohnehin nicht vorgelassen. Der Anführer der königlichen Geheimpolizei verbeugte sich, dann schlug er sich zum Gruß mit der eisengepanzerten Faust vor die Brust. »Ich bin soeben zurückgekehrt.«

»Und? Was hast du zu berichten, mein Freund?«

Ein wohliger Schauer durchrieselte Vigor. Vom mächtigsten Herrscher, den das Volk des Berges je gekannt hatte, ›Freund‹ genannt zu werden, schmeichelte ihm. Und es ermahnte ihn, alle Zweifel, die ihm unterwegs gekommen sein mochten, in die hintersten Winkel seines Bewusstseins zu verbannen …

»Es gibt gute Nachrichten, mein König. Eure Sorge hat sich als unbegründet erwiesen.«

»Hat sie das?«

»Wir fanden den Stützpunkt genauso vor, wie Ihr ihn uns beschrieben hattet, jedoch waren dort nur Soldaten des Herzogs sowie einige Söldner, die meisten von ihnen Orks. Wir haben sie massakriert und ihre Köpfe mitgenommen, wie wir es immer zu tun pflegen, den Stützpunkt selbst haben wir niedergebrannt.«

»Und sonst hast du nichts gefunden, nehme ich an.«

»Nichts, was Anlass zu Besorgnis geben würde«, versicherte Vigor noch einmal und gab sich Mühe, dabei im Brustton der Überzeugung zu sprechen. »Die Menschen verfügen nicht über die Kenntnisse, die dazu notwendig wären.«

»So«, machte der König nur.

Ohnehin war sein Mund unter dem dichten schwarzen Bart nicht zu sehen, den er nach traditioneller Art geflochten trug. Sein aus Zwergensilber gefertigtes Kettenhemd und die scharlachrote Robe, die er darüber trug, ließen ihn wie einen der Paladine des Berges erscheinen, von denen die alten Gesänge berichteten. Seine Augen, die noch immer forschend auf Vigor ruhten, erinnerten an Saphire.

Funkelnd.

Stechend.

Kalt.

Unbewegt wie ein Fels kauerte der König auf seinem Thron. Erst nach einer unendlich scheinenden Weile meldete er sich wieder zu Wort. »Dann sind die Menschen also noch immer völlig ahnungslos? Sie wissen nichts von dem, was wir vorbereiten?«

»Nein, mein König«, versicherte Vigor. »Und selbst wenn sie es wüssten, so wären sie nicht in der Lage, von diesem Wissen Gebrauch zu machen. Das Geheimnis ist uns allein vorbehalten, ich habe mit all meinen Mitteln dafür gesorgt, dass es nicht nach außen dringt.«

»So«, machte Winmar wieder.

»Darf … ich Euch eine Frage stellen, mein König?«

»Das werde ich entscheiden, wenn ich sie höre.«

»Wenn es Euch nicht kränkt, mein König, so würde ich gerne erfahren, wer Euch jene Information gegeben hat«, brachte Vigor das Thema zur Sprache, das ihn beschäftigte, seit Winmar ihm den Auftrag erteilt hatte, jenen Grenzposten der Menschen zu überfallen und dort nach Hinweisen zu suchen. Nach Hinweisen, die darauf schließen ließen, dass die Menschen an einer neuen, mächtigen Waffe arbeiteten …

»Warum sollte dich das interessieren?«

»Nun.« Vigor war einigermaßen dankbar dafür, dass sein Haupthaar und Bart den größten Teil seines Gesichts bedeckten, sonst hätte sein König womöglich bemerkt, wie er errötete. »Als Oberhaupt Eurer Geheimpolizei ist es meine Pflicht, über alle Spione informiert zu sein, die im Auftrag der Krone tätig sind, nicht wahr? Wie könnte ich sonst für Eure Sicherheit garantieren, mein König?«

»Du fürchtest dich«, hielt Winmar dagegen. Seine dünne Stimme, die als Einziges nicht recht zu seiner Respekt einflößenden Erscheinung passen wollte, nahm einen singenden Tonfall an. »Du fürchtest dich davor, dass ich mich von dir abwenden könnte.«

Vigor kannte seinen Monarchen lange genug, um zu wissen, dass Vorsicht geboten war. Wenn Winmar in diesen Singsang verfiel, dann war das für gewöhnlich das Anzeichen dafür, dass einer seiner berüchtigten Wutausbrüche bevorstand. Dem forschenden Blick des Königs ausweichend, bemerkte Vigor erst jetzt das frisch aufgespießte Haupt, das vom Rand des Thronpodests herüberglotzte, die gelben Augen und das Maul mit den Fangzähnen weit aufgerissen. Offenbar war einer der Ork-Leibwächter seiner Pflicht nicht zur vollen Zufriedenheit seines Herrschers nachgekommen …

»Nun«, begann Vigor deshalb entsprechend vorsichtig, »Ihr wisst, mein König, dass ich Euch in innigster Treue verbunden bin, und es ist meine Hoffnung, dass auch Ihr …«

»Sei unbesorgt«, fiel Winmar ihm ins Wort, noch immer singend. »Mein Vertrauen ruht nach wie vor auf dir und deinen Fähigkeiten.«

»Dennoch habt Ihr die Dienste eines Spions in Anspruch genommen, der nicht zu meinen Leuten gehört …«

»Das sollte dich nicht kränken.«

»Das tut es nicht, mein König. Aber wollt Ihr mir nicht verraten, wer …?«

Winmar, der eben noch auf dem Thron der Äxte gekauert hatte, sprang auf und stand jetzt auf der breiten Sitzfläche. Seine Augen blitzten in wilder Wut. »Maßt du dir an, meine Entscheidungen infrage zu stellen? Willst du mich kritisieren? Den größten und mächtigsten Herrscher, den das Zwergenreich je gesehen hat? Ich glaube nicht, dass du das willst.«

Seine Erfahrung sagte Vigor wiederum, dass dies nicht nur einer jener Wutausbrüche war, die den König in letzter Zeit immer häufiger überkamen. Dies war blutiger Ernst, was schon allein daran zu erkennen war, dass selbst die Orks zusammenzuckten. Einer von ihnen war dem Zorn des Königs an diesem Morgen bereits zum Opfer gefallen, und niemand verspürte ein Verlangen danach, der Nächste zu sein.

Auch Vigor nicht.

Zwar hatte er eine höhere Position inne als die Leibwächter, deren einzige Qualifikationen ihre Körpergröße und ihre Stärke waren und die man nach Belieben austauschen konnte; sicher konnte jedoch auch er sich nicht sein.

Nicht in letzter Zeit …

»Verzeiht, mein König«, bat Vigor deshalb und senkte demütig das rote Haupt. »Ihr habt natürlich völlig recht. Es steht mir nicht zu, Eure Entscheidungen zu hinterfragen, auch dann nicht, wenn es um die Sicherheit des Reiches geht. Ihr allein seid es, der entscheidet.«

»Erfreulich, dass du endlich zu dieser Erkenntnis gelangt bist«, schnaubte Winmar. Noch einmal blitzten seine Augen gefährlich in Vigors Richtung, und der oberste Spion des Königs glaubte, einen Hauch von Mordlust darin zu erkennen. Dann nahm der König wieder auf dem Thron der Äxte Platz; die Drohung, die unausgesprochen in der kühlen und feuchten Luft lag, blieb jedoch bestehen. »Du glaubst vielleicht, dies alles bereitet mir Freude. Doch es ist eine Last. Ich allein muss entscheiden. Ich allein muss wissen, was zu geschehen hat. Ich allein habe die Macht und die Verantwortung! Ich allein bin es, über den die Geschichte urteilen wird!«

»Natürlich, mein König«, bestätigte Vigor, darauf bedacht, seinen Monarchen zu beschwichtigen – irrte er sich, oder lag plötzlich etwas Gehetztes, beinahe Furchtsames in Winmars finsterem Blick?

»Die Rettung ist hier drin«, sagte Winmar, auf seinen gewaltigen, schwarz behaarten Schädel deutend. »Es ist alles hier, mein Freund. Es braucht nur umgesetzt zu werden – von Männern, die mir treu ergeben sind bis in den Tod.«

»Das bin ich, mein König«, versicherte Vigor ohne Zögern.

»Und ich bedaure, dass ich dabei alles aus dem Weg schaffen muss, was uns gefährlich werden könnte, verstehst du? Alles und jeden!« Erneut verließ der Zwergenherrscher seinen Platz auf dem Thron, diesmal jedoch nicht, um seiner Wut Ausdruck zu verleihen. Sich umblickend wie jemand, der sich vor Verfolgung fürchtete, huschte er die Stufen des Thronpodests hinab. »Ich brauche deine Hilfe, Freund«, raunte er Vigor zu.

»Natürlich, mein König. Was kann ich für Euch tun?«

»Ich bin ein Werkzeug der Geschichte«, flüsterte Winmar mit einem argwöhnischen Seitenblick in Richtung seiner Leibwächter. »Sie hat mich dazu ausersehen, der größte Führer zu sein, den Erdwelt je gekannt hat. Kannst du dir im Entferntesten vorstellen, wie schwer diese Bürde ist?«

»Nein, mein König«, gestand Vigor offen. Einen endlos scheinenden Augenblick lang fühlte er den Blick der weit aufgerissenen Saphiraugen auf sich lasten und wusste nicht, was er sonst noch erwidern sollte. Dann, endlich, schien sich Winmar wieder zu beruhigen. Sein Blick wurde wieder kalt und beherrscht wie zuvor, das Singen wich aus seiner Stimme.

»Es besteht also keine Gefahr«, hakte er noch einmal nach. »Die Menschen verfügen nicht über neue Waffen, mit deren Hilfe sie diesem Krieg eine neue Wendung geben können?«

»Nein, mein König.«

»Also ist es nur noch eine Frage der Zeit«, entgegnete Winmar und hob die zur Faust geballte, in einem Handschuh aus blitzendem Kettengeflecht steckende Rechte. »Wir werden die Menschen zur Entscheidung zwingen – und unser Heer wird den Sieg über sie davontragen. Ihr Zeitalter geht zu Ende und das der Zwerge beginnt.«

»Und Ihr werdet ihrer aller Gebieter sein«, setzte Vigor ehrfürchtig hinzu.

»Dazu wurde ich bestimmt. Das ist mein Schicksal.«

Der König legte den Kopf schief und stimmte ein leises Kichern an, das von den hohen Wänden des Saals unheimlich widerhallte.

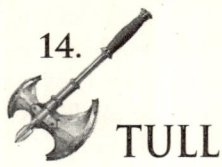

14.

TULL

Es dauerte vier Tage, das havarierte Luftschiff wieder flottzumachen.

Vier Tage, in denen Balbok und Dag die leckgeschlagene Luftblase geflickt und die gerissenen Seile neu geknüpft hatten – während sich Rammar damit begnügte, die Beine hochzulegen und ihnen dabei zuzusehen. Glücklicherweise hatte sich in den Kisten, auf die die Orks im Bugraum gestoßen waren, tatsächlich Proviant befunden, sodass er nicht länger zu hungern brauchte; und nachdem die Körper der Gefallenen der See überantwortet waren, ließ es sich auf der Kriegsgaleere ganz gut aushalten. Entsprechend sank Rammars Laune, als sie das Schiff verließen und ihre Reise fortsetzten, und sie besserte sich erst, als nach weiteren drei Tagen die ersten Möwen auftauchten und das Luftschiff begleiteten.

Zum einen, weil Rammar klar war, dass die Vögel vom nahen Festland stammten und ein baldiges Ende der Reise verhießen; zum anderen aber auch, weil es ihm gelang, von der Plattform aus eine der Möwen zu fangen und die unfreiwillige Fastenkur zu beenden, indem er sie kurzerhand auffraß. Als am Horizont dann tatsächlich Land auftauchte und sich als dunkler Schatten zwischen Meer und Himmel schob, verspürte der dicke Ork zusätzlich zu seiner Erleichterung etwas, das er zuvor noch nie empfunden hatte und das ihm gar nicht gefiel.

Vom Magen zog sich das Gefühl geradewegs bis ins Hirn. Es sorgte dafür, dass ihm die Luft wegblieb und sich ein dicker Kloß in seinem kurzen Hals bildete – der sich nur mit schlechter Laune wieder beseitigen ließ.

»Milchfresse«, fuhr er Dag aus heiterem Himmel an, »kannst du nicht dafür sorgen, dass deine verdammte Erfindung schneller fliegt? Ich will nicht noch mal durch das Gitter scheißen müssen.«

»Die Fische wollen das bestimmt auch nicht.« Balbok lachte.

»Wir werden die Küste am späten Nachmittag erreichen«, erwiderte Dag mit einem kurzen Blick Richtung Sonne, von der unter der Luftblase kaum etwas zu sehen war. Immerhin war sie *überhaupt wieder* zu sehen. Nachdem der Nebel sie tagelang in seinen Klauen gehalten hatte, hatte er sie plötzlich wieder freigegeben – geradeso, als bildete er tatsächlich einen Wall, den man überwinden musste, wollte man die Insel erreichen. Der Gedanke, dass Jahrhunderte, wenn nicht Jahrtausende alter Elfenzauber im Spiel war, gefiel Rammar zwar nicht. Aber immerhin würde ihr Königreich auf diese Weise wohl auch weiterhin von unerwünschten Besuchen verschont bleiben.

Vorausgesetzt es gelang ihm, das Buch der Elfin verschwinden zu lassen. Und diesen Klugshnorsher von einem Menschen gleich mit ...

»Und was machen wir, wenn wir da sind?«, wollte Balbok wissen.

»Ich schlage vor, dass wir Carashena aufsuchen, den alten Kern der Stadt.«

»Schon wieder Elfisch«, stellte Balbok missbilligend fest. »Was bist du? Ein verdammter Elfenfreund?«

»Und wenn?«

Rammar blies verächtlich durch die Nase. »So kann nur einer daherreden, der die Vergangenheit nicht miterlebt hat und der nicht weiß, wie die Schmalaugen wirklich waren. Wie arrogant und anmaßend, wie hinterhältig und verschlagen.«

»Nein, das weiß ich tatsächlich nicht«, gab Dag zu und

riss am Zugseil des Brenners, das er nie aus den Händen ließ. Fauchend schoss eine Stichflamme aus der oberen Öffnung des Rohres und erhitzte zum ungezählten Mal die Luft im Inneren der Blase, damit sie nicht an Höhe verloren. »Aber ich kenne die Gegenwart. Und deshalb weiß ich, dass es sicherer ist, den alten Stadtkern aufzusuchen.«

»Was du nicht sagst«, spottete Rammar. »Hast du Angst, wir könnten uns außerhalb davon nicht zurechtfinden?«

»Nein.« Dag schüttelte den Kopf. »Sondern weil es dort bislang noch sicher ist.«

»Noch sicher?«, fragte Balbok.

»Es herrscht Krieg in Erdwelt.«

Rammar nickte. »Und du willst uns erzählen, die Hutzelbärte wären schon so weit nach Süden vorgedrungen?«

»Von den Zwergen droht so weit im Süden keine Gefahr. Aber von den Verlorenen Kriegern. Das sind herrenlose Söldner, die den Anschluss an ihre Heerhaufen verloren haben und nun auf eigene Rechnung plündern. Sie überfallen Siedlungen und töten deren Bewohner. Nur zum Vergnügen. Wer ihnen in die Klauen fällt, ist verloren.«

»Für Weichlinge wie dich trifft das sicher zu.« Rammar war wenig beeindruckt. »Und warum wehren sich die Leute nicht dagegen?«

»Ich sagte es euch doch schon«, entgegnete Dag, und etwas am Klang seiner Stimme wollte Rammar nicht gefallen. »Es hat sich manches verändert, seit ihr zum letzten Mal hier gewesen seid.«

Die Orks erwiderten nichts darauf, sondern begnügten sich damit, einander ratlose Blicke zuzuwerfen. Den Rest der Reise sprachen sie kein Wort mehr, denn von dem Moment an, da die Küstenlinie sichtbar wurde und sich erste Einzelheiten aus dem Dunst schälten, waren sie mit Beobachten beschäftigt.

Schon auf den ersten Blick war zu erkennen, dass Dag nicht übertrieben hatte – die Küste verlief tatsächlich anders als früher, und die einstmals von weißen Elfentürmen und

-kuppeln gesäumte Bucht von Tirgas Dun war einem weiten Hafenbecken gewichen, in dem Dutzende Galeeren und Kriegsschiffe vor Anker lagen, einige von jener Sorte, auf der sie gelandet waren.

Die Mauern, die den Hafen nach außen schützten und nur eine schmale, von einer riesigen stachelbewehrten Kette verschlossene Einfahrt frei ließen, waren eindeutig nicht mehr elfischen Ursprungs, sondern von Menschen erbaut – trutzige graue Gebilde, überragt von massigen Türmen. Jenseits des Hafens – Rammar nahm an, dass sich dort einst der Elfenpalast befunden haben musste – ragte eine wehrhafte Zitadelle auf, um die sich die Häuser der Stadt wie Schmeißfliegen um einen Haufen Trolldung verteilten; kurz und quer durcheinander standen sie und formten ein unüberschaubares Gewirr von Straßen und Gassen, über dem, jedenfalls kam es Rammar so vor, dichter Dunst lag. Erst als sie das Hafenbecken ganz überflogen hatten und in Reichweite der Häuser kamen, roch er den bitteren Brandgeruch, und ihm wurde klar, dass es nicht der Abenddunst war, der die Luft über der Stadt grau verfärbte, sondern Rauch: Qualm aus unzähligen Kaminen und Schloten, der von den Dächern der teils hölzernen, teils aus Stein gemauerten Häuser in die Höhe stieg. Dazwischen, in den Straßen und auf den Plätzen, tummelten sich Menschen, zahlreich wie Ameisen.

Es waren die ersten Milchgesichter, die die Orks seit langer Zeit zu Gesicht bekamen, wenn auch nur aus weiter Ferne. Rammar verzog angewidert das Gesicht, während er von oben zuschaute, wie sie durcheinanderwuselten. Seine Abscheu war so groß, dass er sogar seine Höhenangst darüber vergaß. Was hatte ihn nur dazu getrieben, jemals zurückzukehren?

Der Rauch wurde dichter, je weiter sie nach Norden gelangten. Nicht nur, dass er in ihren Nasen und Lungen brannte, er raubte ihnen auch die Fernsicht, sodass sie nur noch das erkennen konnten, was sich in unmittelbarer Nähe des Luftschiffs befand – und das waren Häuser.

Häuser.

Und noch einmal Häuser.

Nichts als Stein und Fachwerk und schindelgedeckte Dächer, wohin man auch blickte. Der Ostfluss, der das Gelände aus westlicher Richtung durchfloss, schien zu einer fließenden braunen Kloake verkommen zu sein, in die die Milchgesichter all das kippten, was zu wertlos war oder zu schlecht roch, um es zu behalten. Und auch weiter nördlich, wo sie auf die Ausläufer des einstmals riesigen Waldes von Trowna hätten stoßen müssen, erblickten sie nichts als Gebäude.

Wie ein Geschwür wucherten ihre Siedlungen über das Land, und Rammar konnte nicht anders, als tief in seinem Inneren für jene Partei zu ergreifen, die dieses Geschwür bekämpften. Das Gleichgewicht, das einst auf Erdwelt geherrscht hatte, schien außer Kraft gesetzt zu sein, das war schon von hoch oben zu erkennen – und es wurde nicht besser, je näher sie dem Erdboden kamen.

Nachdem Dag darauf verzichtete, die Luft in der Blase erneut zu erhitzen, verlor ihr Fortbewegungsmittel beständig an Höhe. Schließlich flogen sie so niedrig, dass sie in den Gassen unter sich die Leute beobachten konnten, und natürlich waren sie längst nahe genug, um auch von unten gesehen zu werden. Aber seltsamerweise drehte kaum jemand seine hässliche Menschenvisage zu ihnen herauf, und wenn es doch einer tat, so wandte er sich im nächsten Moment wieder gleichgültig ab und sah in eine andere Richtung.

»Hier gibt es wohl viele dieser Luftschiffe«, mutmaßte Rammar.

»Nein, nicht viele«, widersprach Dag. »Ich habe euch doch gesagt, dass ich das Ding erfunden habe.«

»Aber warum reagieren die Milchgesichter dann nicht darauf? Das verstehe ich nicht.«

»Ist doch ganz einfach«, meinte Balbok. »Die Milchgesichter wissen zu wenig über Kurul, also regen sie sich auch nicht darüber auf, wenn ein großes rotes Ding über ihnen auftaucht.«

Rammar sah ihn an und schien das Argument einen Moment lang abzuwägen. »Red keinen *shnorsh*«, ereiferte er sich dann. »Ein großes rotes Ding am Himmel ist immer ein Hingucker, Kurul hin oder her. Aber die da unten sehen so aus, als würde sie das überhaupt nicht interessieren.«

»Das stimmt auch«, warf Dag ein. »Jedenfalls in diesem Teil der Stadt.«

»Ach so.« Rammar nickte, obwohl er kein Wort verstand. »Natürlich.«

»Es ist der Grund, warum wir hier landen werden«, fügte Dag hinzu – und mit Bestürzung sah Rammar, dass sich das Luftschiff geradewegs auf ein hohes, jedoch ziemlich ramponiert aussehendes Bauwerk zubewegte, dessen Krone von brüchigen Zinnen umlaufen wurde – offenbar ein Wachturm aus jenen Tagen, in denen die Stadt noch ein gutes Stück kleiner gewesen war.

»Du … du willst landen?« Die Blicke des Orks flogen gehetzt zwischen den Zinnen und Dags entschlossener Miene hin und her.

»Genau das.«

»Und wie soll das gehen, ohne dass wir uns beim Aufprall sämtliche Knochen brechen?«

»Damit«, entgegnete Dag und hielt plötzlich ein Seil in den Händen. Das eine Ende war zu einer Schlinge geformt, das andere an die Plattform des Luftschiffs geknotet.

»Und wenn du daneben wirfst?«, wollte Rammar wissen, auf den Wald rauchender Kamine deutend, die sich unterhalb der Turmkrone in die Höhe reckten. »Ich will weder geräuchert noch aufgespießt werden, verstanden?«

Vom Wind getragen hielt das Luftschiff auf den Turm zu, und die Plattform strich so dicht über die Kamine hinweg, dass Rammar unwillkürlich den *asar* hob, weil er das Gefühl hatte, jeden Augenblick aufgespießt zu werden.

Dag, der ganz vorn am Rand der Plattform kauerte, hatte sich erhoben und weit hinausgebeugt, sodass er die Schlinge werfen konnte. Mehrmals ließ er sie kreisen, zielte – und warf.

»So ein Wahnsinn!«, beschwerte sich Rammar auf Orkisch, als die Schlinge durch die Luft flog – und sich einen Herzschlag später um eine der Zinnen legte.

Sofort zog sich die Schlinge zu. Das Seil spannte sich, und die rasante Fahrt des Luftschiffs wurde jäh gestoppt.

Ein Ruck durchlief die Plattform, sodass Rammar nach hinten kippte und womöglich heruntergefallen wäre, hätten die Taue ihn nicht gehalten. Auch Balbok wurde gehörig durchgeschüttelt. Aber als die beiden sich wieder hochgerappelt hatten, sahen sie, dass das waghalsige Manöver gelungen war – das Luftschiff hatte an der Turmplattform festgemacht.

Zur Sicherheit brachte Dag noch eine weitere Schlinge an, dann zwängte er sich zwischen den Haltetauen hindurch und sprang auf den Turm. Rammar wagte nicht, sich auf der schwankenden Plattform ganz zu erheben, da unter ihnen eine Gasse klaffte, tief wie eine Schlucht. Entsprechend kroch er auf allen vieren zu der Stelle, wo das Luftschiff an der Zinne festgemacht hatte, und setzte bäuchlings hinüber.

Kaum hatte er wieder festen Boden unter den Füßen, sprang er auf und schnappte nach Atem, um seinem Unmut Luft zu machen. Aber der Rauch, der von den umliegenden Kaminen aufstieg, war so schwer und beißend, dass der dicke Ork nichts als ein heiseres Husten zustande brachte. Dazu traten ihm Tränen in die Augen, die an seinen feisten grünen Backen herabrannen.

»Willkommen in der Gegenwart«, sagte Dag trocken.

15.

SGOL UR'SOCHGASH

Es schien ein Tag der Überraschungen zu werden.

Die erste war gewesen, dass sich die einstmals strahlende Elfenstadt Tirgas Dun in einen grauen, stinkenden Moloch verwandelt hatte, der von der Küste im Süden bis hinauf in die alte Hauptstadt zu reichen schien.

Die zweite Überraschung hatte – zumindest für Rammar – darin bestanden, dass sie das waghalsige Andockmanöver dieses großmäuligen Milchgesichts überstanden hatten, ohne in die Tiefe zu stürzen und sich dabei sämtliche Knochen zu brechen. Und es sollte nicht die letzte Überraschung gewesen sein.

In aller Eile hatten sie die Taue eingeholt und die sich rasch abkühlende Luft aus der Blase gepresst. Anschließend hatte Balbok Dag dabei geholfen, die Stoffbahnen aufzurollen, während sich Rammar auf den *asar* gesetzt und ihnen dabei zugesehen hatte – für sein Dafürhalten hatte er sich an diesem Tag ohnehin bereits mehr angestrengt als ratsam. Auch die Plattform wurde eingeholt und zusammen mit dem Brenner und der zu einem dicken Paket verschnürten Luftblase oben auf dem Turm verstaut.

»Lässt du die Kugel einfach so da oben? Hast du keine Sorge, dass das Zeug verschwindet?«, erkundigte sich Rammar, während sie über die schadhafte Treppe nach unten stiegen, die sich in engen Windungen ins Innere des Turmes schraubte.

»Nein«, wehrte Dag leichthin ab. »Ganz sicher nicht. Nicht in diesem Teil der Stadt.«

»*Karsok?*«, fragte Balbok.

»Ja, nun red schon, du geheimniskrämerischer Möchtegernelf«, pflichtete Rammar bei, »was hat es mit diesem Viertel auf sich, dass sich die Milchgesichter hier so seltsam benehmen? Ihr steckt doch sonst eure Nase in alle möglichen Angelegenheiten, ganz gleich, ob sie euch etwas angehen oder nicht!«

»Wartet noch«, beschied Dag ihm, der ihnen auf der Treppe vorausging. »Gleich werdet ihr es verstehen.«

»Ich warne dich«, zischte Rammar, der hinter ihm ging und Mühe hatte, sich durch die schmale Röhre zu zwängen. »Wenn du uns schon wieder auszutricksen versuchst ...«

»Keine Sorge«, versicherte Dag.

»Sorge? Glaubst du, dass du kleiner Trollfurz ...?«

Rammar verstummte, als er von außerhalb des Turmes plötzlich Geräusche wahrnahm, die zuvor noch nicht dagewesen waren. Oder er hatte sie nur einfach nicht wahrgenommen, auch das war möglich.

»Hörst du das, Rammar?«, fragte Balbok, der das Schlusslicht bildete.

»Ich bin ja nicht taub.«

»Musik«, erkannte Balbok.

»Jedenfalls, was die Milchgesichter dafür halten«, fügte Rammar grunzend hinzu.

Tatsächlich war rhythmischer Trommelschlag zu hören, dazu Flötenspiel und der schräge Klang von Fideln. Je weiter sie hinabgelangten, desto lauter wurde es, und als sie schließlich durch eine schäbige Holztür auf die Straße traten, schwoll ein wahres Konzert unterschiedlicher Melodien an, die aus allen Richtungen drangen und durch den Widerhall in den engen Gassen noch verstärkt wurden – entsprechend unharmonisch war das Ergebnis.

»Klingt doch gut«, meinte Balbok achselzuckend und spitzte erfreut die Ohren. »Fast wie bei uns zu Hause.«

»*Korr*«, stimmte Rammar zu – und musste widerwillig feststellen, dass das nicht die einzige Gemeinsamkeit war, die die Milchgesichter mit den Orks entwickelt zu haben schienen.

Nach allem, was Dag ihnen über Erdwelt erzählt hatte – über all die Veränderungen, die stattgefunden hatten, über den Krieg, der dort tobte und das Elend, das er verbreitete – hatte Rammar erwartet, Menschen vorzufinden, die schweigend und mit hängenden Schultern durch die Gassen zogen und über ihr schreckliches Los lamentierten. Doch die Menschen, die er sah, beschwerten sich keineswegs – im Gegenteil.

Fröhlich tänzelten sie durch die Straßen, lächelnd und mit verklärtem Blick, oder drängten sich vor den Tavernen, aus denen auch die Musik drang. Rammar staunte nicht schlecht. Obwohl es heller Vormittag war, schienen die Gasthäuser bereits prall gefüllt zu sein, was, wie die Orks wussten, für Menschen höchst ungewöhnlich war – für gewöhnlich gefielen sich die Milchnasen doch darin, den Tag mit hirnrissigen Schuftereien zu verbringen, um sich erst am Abend jenen Dingen hinzugeben, denen Orks den lieben langen Tag frönten (sofern sie nicht dabei waren, irgendwem den Schädel einzuschlagen).

Fressen.

Saufen.

Würfelspiel.

»Sieh an, die Milchgesichter haben sich gemacht«, meinte Rammar deshalb anerkennend, während sie eine schmale Gasse durchquerten, die zu beiden Seiten von offenen Eingängen gesäumt wurde. Musik drang von drinnen auf die Straße, im schummrigen Laternenschein sah man Menschen in ekstatischen Bewegungen tanzen. »Offenbar haben sie die Tugenden der Orks für sich entdeckt.«

»Wenn du damit meinst, dass sie den ganzen Tag nur lachen und tanzen, während ringsum die Welt untergeht, dann hast du vermutlich recht«, versetzte Dag düster.

»Du Miesmacher«, machte Rammar mit einer wegwerfenden Klauenbewegung, »bist doch nur neidisch, weil die da den Sinn des Lebens gefunden haben und du nicht.«

»Wohl kaum.« Dag schüttelte den Kopf. »Alles, was diese armen Kreaturen gefunden haben, ist ihr eigener Untergang. Irgendwann werden sie aus ihrem Zustand nicht mehr erwachen, so wie es früher oder später allen Lotusessern ergeht.«

»Lotus?«, hakte Rammar nach. »Etwa schwarzer Lotus?«

»Aus dem Südreich«, bestätigte Dag, worauf der Ork angewidert das Gesicht verzog. Während das Besäufnis mit Blutbier unter Unholden als kulturelle Errungenschaft und orkische Tugend galt, war ihnen der Gebrauch von *kungal'hai* wie dem Schwarzen Lotus oder dem Drachendampf zutiefst verdächtig. Die Art und Weise, wie einem das Zeug in den Kopf stieg und das Hirn verdrehte, war ihnen fast so unheimlich wie Zauberei.

»Seit Beginn des Krieges gelangt der Lotus in riesigen Mengen nach Tirgaslan«, erklärte Dag weiter.

»Wie das?«, fragte Rammar. »Ich denke, ihr liegt im Krieg mit dem Südreich?«

»Genau deshalb wird das Zeug in solch großen Mengen unter das Volk gebracht – um Tirgaslan zu schwächen. Die Spelunken in diesem Teil der Stadt sind berüchtigt dafür, es besonders billig zu verkaufen. Und die Menschen kommen aus allen Himmelsrichtungen, um dem Genuss des Lotus zu frönen.«

»Verstehe – deshalb warst du dir so sicher, dass sich niemand um uns scheren würde.« Rammar nickte. »Und wieso tut der König nichts dagegen?«

»Um ein Problem zu bekämpfen, muss man es zunächst einmal erkennen. Außerdem hat König Tandelor andere Sorgen, als sich um die Lotusesser zu kümmern. Der Krieg gegen die Zwerge im Norden und Osten erfordert seine ganze Kraft und Anstrengung. Zudem wurde unlängst seine Tochter verschleppt.«

»Das ist ja furchtbar.« Rammar verzog seine grüne Visage vor Mitleid. »Dann haben wir jetzt wohl etwas gefunden, was sich in all der Zeit, die vergangen ist, nicht geändert hat – die Schwäche der Menschen für Gefühle. Und ihre Feigheit.«

»Damit hast du wohl recht«, gab Dag ohne Zögern zu. »Wären die Menschen derart stark und mutig, wie sie es gerne von sich behaupten, so wäre das Reich wohl nie zerfallen. Aber das sind sie nicht – sondern ichsüchtig, grausam und unberechenbar in ihrer Gier.«

»Moment mal«, rief Balbok einigermaßen ratlos dazwischen. »Reden wir jetzt über Menschen oder über Orks? Ich komme langsam durcheinander.«

»Geht mir genauso«, pflichtete Rammar schnaubend bei.

»Vielleicht ja deshalb, weil die Völker Erdwelts einander in den letzten fünf Jahrhuderten ähnlicher geworden sind«, meinte Dag, während sie eine weitere, von rußgeschwärzten Fassaden gesäumte Gasse hinuntergingen, in denen schweigende Gestalten lungerten. Die verklärten Blicke und das wie versteinert wirkende Grinsen der Frauen und Männer ließen erahnen, dass sie sich im Reich des Lotus verloren hatten.

»Einst hatten wir Menschen Ideale«, fuhr Dag fort. »Wir glaubten an Werte wie Gerechtigkeit und Freiheit und träumten von Frieden und Einheit, doch das ist vorbei. Das Reich ist nicht mehr, dafür herrscht Chaos, wohin man blickt.«

»Wirklich?«, fragte Balbok von hinten. »Ist doch prima!«

»Für euch vielleicht – für uns Menschen ist das Chaos ein unerträglicher Zustand, denn wir sind dazu gemacht, nach Ordnung zu streben, nach Recht und Gesetz.«

»Selbst schuld«, höhnte Rammar. »Jeder Ork weiß, dass Ordnung nur eine Täuschung ist und Gesetze komplett für den *asar* – es sei denn, man hat sie selbst erlassen.«

Dag schickte ihm einen Seitenblick, der eine Mischung aus Trauer und Bewunderung zu enthalten schien. »Wie einfach für euch alles ist.«

»Es könnte auch für euch einfach sein, wenn ihr nicht immer alles komplizierter machen würdet, als es ist. Wenn diese elenden *umbal'hai* sich unbedingt gegenseitig umbringen wollen, dann lass sie doch!«

»Aber es ist Unrecht«, beharrte Dag und blieb stehen. »Nicht der Lotus ist schuld am Elend dieser Leute«, stellte er klar, auf die im Rausch gefangenen Menschen deutend, »sondern die Politik der Mächtigen. Unsere Herrscher haben versagt! Statt Erdwelt in eine friedliche Zukunft zu führen, haben sie sich untereinander entzweit und trachten danach, sich gegenseitig zu vernichten. Nur deshalb ist unsere Welt in Krieg versunken! Deshalb hält der Tod dort draußen reiche Ernte, deshalb herrschen Hunger und Pestilenz auf den Dörfern, während man in den Städten Trost und Vergessen in Tanz und Rausch zu finden sucht!«

»Schau an.« Rammar grinste, war sowohl amüsiert als auch ein wenig beeindruckt. »Ich dachte, du wärst einer von diesen blutarmen Bücherwürmern. Aber es scheint ja doch ein wenig Mumm in deinen dünnen Knochen zu stecken. Warum also tust du nichts dagegen, wenn du das Problem so klar durchschaut hast?«

»Weil es ein Kampf ist, den ich niemals gewinnen könnte!«

»*Karsok*«, fragte Balbok, der hinter ihnen stand und wie ein riesiger dünner Schatten über sie wachte. »Du könntest den Schuldigen ausfindig machen und ihm den Schädel einschlagen.«

»*Korr*«, stimmte Rammar zu.

»Wenn es so einfach wäre«, seufzte Dag. »Wer ist denn schuldig? In gewisser Weise haben alle Bewohner Erdwelts zu dieser Lage beigetragen – willst du sie alle umbringen?«

»Wenn es sein muss …« Balbok schürzte die Lippen.

»Also eins steht fest«, konstatierte Rammar, »ein Krieger bist du nicht.«

»Das habe ich auch nie behauptet«, knurrte Dag und ging weiter. »Ich glaube nicht an das Schwert, sondern an den Geist, an die Kraft des Fortschritts.«

»*Shnorsh*«, konterte Rammar und watschelte hinter ihm her. Befriedigt stellte der dicke Ork fest, dass er nun offenbar doch einen Weg gefunden hatte, ihren menschlichen Begleiter zu ärgern und sich auf diese Weise für die bei der Landung ausgestandenen Ängste zu revanchieren. »Sieh dich doch mal hier um, Milchgesicht, und dann sag mir, wohin euch euer angeblicher Fortschritt gebracht hat. Eure Städte mögen groß geworden sein, aber so heruntergekommen wie ein *shnorshal*, und es stinkt, dass es sogar für einen Ork kaum auszuhalten ist. Draußen auf den Schlachtfeldern werden eure Soldaten von feindlichen Blechkübeln auseinandergenommen, und alles, was euch dazu einfällt, ist, schwarzen Lotus zu fressen? Das ist nicht Fortschritt, Mensch – das ist erbärmlich. Was hätte der alte Corwyn wohl dazu gesagt?«

Die Antwort folgte auf dem Fuß – aber sie kam nicht von Dag, sondern von außerhalb der Gasse. Und sie drang auch nicht aus dem Mund des jungen Mannes, der ganz offenbar vor sich und der Welt resigniert hatte, sondern war selbstsicher und kraftvoll – und so laut, dass sie von den umliegenden Häuserfassaden widerhallte.

»Was würdet ihr den Königen der alten Zeit sagen, wenn sie jetzt durch diese Gasse geritten kämen?«, hörte man die Stimme rufen. »Was euren Vorfahren, die einst die Mächte des Bösen bekämpften, um unsere Welt vor der Vernichtung zu bewahren? Was all denen, die sich geopfert haben, weil sie noch an etwas glaubten …?«

»Wer redet da so ein wirres Zeug?«, wollte Rammar wissen. Die Stimme drang vom Ende der Gasse herauf, wo sich offenbar ein Platz befand.

»Ein Prediger«, erklärte Dag. »Viele von ihnen ziehen in diesen Tagen durch das Land.«

Rammar lauschte weiter. Für gewöhnlich hatte er für derlei Dinge nichts übrig, aber die Art und Weise, wie die Stimme sprach, weckte seine Neugier – und sie amüsierte ihn, weil sie den Menschen ordentlich den Marsch blies.

»Ihr seid nichts im Vergleich zu denen, die vor euch in dieser Stadt lebten! Ihr habt alles vergessen, wofür sie gekämpft haben, gleichgültig ist es euch geworden …«

Rammar, Balbok und Dag erreichten das Ende der Gasse und traten hinaus auf den Platz, der von hohen schäbigen Fassaden umgeben war. In der Mitte gab es einen Brunnen, auf dessen Ummauerung der Prediger stand – ein schlanker Mann, der ein schlichtes graues Gewand mit weiter Kapuze trug. Ein scharf geschnittenes Gesicht war darunter zu erkennen, aus dem ein dunkles, stechendes Augenpaar blickte. Das Haar des Alten war ebenso grau wie sein Mantel.

Eine Meute von Zuhörern umlagerte den Brunnen, darunter ein paar Lotusesser, die seinen Worten mit entrückten Mienen lauschten. Nüchtern jedoch waren auch die übrigen Menschen nicht, die sich auf dem Platz versammelt hatten, und sie alle sahen schmutzig und heruntergekommen aus.

»Dafür sind wir noch am Leben!«, rief jemand aus der Menge und erntete dafür Gelächter und zustimmendes Lallen.

»Leben nennst du das?«, hielt der alte Mann dagegen und hob beschwörend die Arme. »Seht euch doch nur an! Was ist aus euch geworden? Ihr flüchtet euch in Branntwein und Rauschgift und frönt dem Vergnügen!«

»Ja, gut so«, riefen einige junge Frauen von der anderen Seite und lachten hysterisch. Ihren üppigen Rundungen und ihrer spärlichen Kleidung nach, die nur aus einigen Stoffstreifen bestand, die mehr zeigten als sie verhüllten, waren es Huren.

»Deshalb seid ihr nicht auf der Welt!«, beschied ihnen der Prediger mit erhobenem Zeigefinger. »Ihr seid erleuchtete Wesen, die einen Auftrag zu erfüllen haben! Das Schicksal Erdwelts liegt in euren Händen!«

»Das Schicksal Erdwelts«, kreischte eines der Freudenmädchen. »Ich hatte vorhin etwas ganz anderes in meinen Händen!«

Wieder Gelächter, doch der Prediger schien nicht gewillt, sich davon beirren zu lassen. »Ihr seid keine Tiere, die nur ihren niederen Trieben genügen sollen, sondern Menschen«,

rief er ihnen ins Gedächtnis. »Ihr müsst Verantwortung tragen für die Welt, in der ihr lebt!«

»Wofür haben wir denn einen König?«, fragte jemand.

»Genau!«, stimmte ein anderer zu.

»Der König kann es nicht allein, seht ihr das denn nicht?«

»Und ob wir das sehen, Prediger – alles hier geht vor die
Hunde, das ist offensichtlich!«

»Und das schert euch nicht?«

»Nicht, solange es genug zu fressen und zu saufen gibt!«,
scholl es heiser zurück, worauf erneut Beifall und dröhnendes Gelächter einsetzten.

»Korr!«, rief auch Balbok und schloss sich dem Beifall an,
ehe Rammar ihn mit einem tadelnden Blick zur Ordnung
rief. Der dicke Ork wusste es nicht zu erklären, aber etwas an
diesem Prediger beeindruckte ihn. Auch wenn der Kerl im
Grunde nur *shnorsh* erzählte …

»Ihr seid Narren, die ihre Zeit mit unnützen Dingen ver-
schwenden«, hielt er den Leuten vor. »Ein weiser Mann hält
Maß und nutzt die Zeit, die ihm gegeben ist.«

»Wozu denn noch?«, rief jemand. »Ich will lieber feiern
und das Leben genießen, solange noch Gelegenheit dazu
ist!«

»Und wenn der Feind vor den Toren der Stadt steht?«

»Dann sollen die Orks uns gefälligst verteidigen!«

»Ist das euer Ernst? Ihr wollt das Schicksal eurer Welt den
Unholden überlassen?«

»Warum auch nicht?«, rief Balbok laut.

»Willst du wohl still sein?«, zischte Rammar ihm zu.

Aber es war schon zu spät.

Alle Aufmerksamkeit richtete sich auf sie, auch die des
alten Predigers – und Rammar hatte das Gefühl, unter dem
Blick seiner dunklen Augen zu schmelzen wie ein Brocken
Eis in der Sonne.

»Ihr«, zischte er. Nach einem Augenblick, der Rammar
wie eine Ewigkeit vorkam, fuhr er, an die Menschen gewandt,
fort: »Eure Vorfahren würden sich für euch schämen. Eure

Welt stirbt, und ihr tanzt vor ihrem Totenbett. Nur zu, immer weiter! Fresst und sauft, tanzt und hurt, solange ihr noch könnt! Wenn es erst zu spät ist, werdet ihr ...«

»Genug damit!« Jemand warf einen leeren Tonkrug in Richtung des Predigers. Der Mann mit der Kapuze wich jedoch aus, und so prallte das Geschoss gegen die Ummauerung des Brunnens und zersprang mit dumpfem Klirren.

»In den Brunnen mit dem verdammten Schwätzer! Stopft ihm das Maul!« Empörtes Geschrei brandete auf, und von allen Seiten drangen die Leute auf den Alten ein, ganz offenbar gewillt, seiner Rede ein Ende zu setzen, indem sie ihn kurzerhand in den Brunnenschacht stießen.

Der Prediger hob beschwichtigend die Arme und wollte erneut seine Stimme erheben, aber die wütende Menge ließ ihn gar nicht mehr zu Wort kommen und übertönte ihn mit ihrem Geschrei. Schon versuchten die ersten, Hand an ihn zu legen, und angesichts der erdrückenden Übermacht, der sich der Alte ausgesetzt sah, war ziemlich eindeutig, wie die Sache ausgehen würde.

»Du, Rammar«, meinte Balbok entrüstet.

»*Korr*, ich weiß.« Rammar verdrehte die Augen. »Der alte Knacker redet zwar Blödsinn, aber er hat mehr Mumm in den Knochen als das ganze übrige Pack zusammen. Wenn er ein Ork wäre, würde ich ihm vielleicht sogar helfen. Aber was geht uns der Streit der Menschen an? Sollen wir vielleicht ...?«

Er verstummte, als am Brunnen plötzlich Tumult ausbrach. Eben noch hatte der Prediger dort gestanden und versucht, sich seiner Haut so gut wie möglich zu erwehren. Dann, von einem Augenblick zum anderen, war er plötzlich verschwunden. Natürlich hatte Rammar angenommen, dass der Mann in den Brunnen gestürzt wäre und der Vorfall damit erledigt sei, aber das schien nicht der Fall zu sein, denn die Leute brüllten aufgeregt durcheinander.

»Wo ist er hin?«, kreischte eine Frau.

»Er ist verschwunden!« schrie eine andere.

»Nur noch sein Mantel ist übrig geblieben!«

»Das ist Zauberei! Zauberei …!«

Rammar machte ein Gesicht, als hätte er einen faustgroßen Stein verschluckt. Er erinnerte sich an den Blick, mit dem der Prediger ihn bedacht hatte, und verspürte ganz plötzlich das dringende Bedürfnis, sich zu verabschieden.

»Los, weiter«, forderte er seine Gefährten auf, und sie setzten ihren Weg fort, überquerten den Platz und verschwanden auf dessen gegenüberliegender Seite in einer Nebengasse.

Und weder die beiden Orks noch ihr menschlicher Begleiter nahmen die alte und doch in keiner Weise gebrechliche Gestalt wahr, die oben auf dem Dach stand und sie beobachtete.

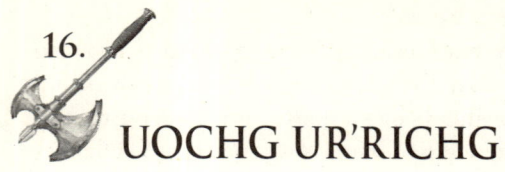

16.

UOCHG UR'RICHG

Wie lange sie durch Straßen und Gassen gegangen waren, wusste Rammar später nicht mehr zu sagen. Die Füße taten ihm weh, seine kurzen Beine schmerzten von dem Gewicht, das sie zu tragen hatten. Und als wäre das noch nicht schlimm genug, entluden sich die Wolken, die sich schon den ganzen Tag über der Stadt zusammengezogen und mit dem Rauch zu einer teerigen dunklen Masse verbunden hatten, in einem heftigen Regen, der die Orks und ihren menschlichen Begleiter unerbittlich durchnässte.

In den grauen Schleiern sahen die Fassaden Tirgaslans noch trister aus. Überall plätscherte und troff es von den Dächern. Die wenigen Menschen, die sich noch in den Straßen aufhielten, warfen ihre Kapuzen über, sodass allenthalben vermummte Gestalten anzutreffen waren, die dicht an den Hauswänden entlangschlichen oder in die Nischen drängten. Und die Rinnsale, die sich in den Gossen sammelten und mitunter den Umfang kleiner Bäche annahmen, trugen haufenweise Schmutz und Unrat heran, von fauligen Essensresten und Exkrementen bis hin zu toten Ratten und anderem Getier, von dem es in der Stadt eine Menge zu geben schien.

»Weißt du, Mensch«, konnte sich Rammar eine bissige Bemerkung nicht verkneifen, »so ganz unrecht hatte der Prediger nicht. Hier sieht's aus wie in einem Schweinestall. Ist das die Zivilisation, auf die ihr euch so viel einbildet?«

»*Korr*«, stimmte Balbok zu, der hinter ihm ging. »Als wir das letzte Mal hier waren, sah's irgendwie anders aus. Wohin man auch blickt, sieht man nichts als Dreck und Schlamm und Unordnung.«

»Dann müsste es euch doch gefallen«, stichelte Dag zurück.

»Willst du uns vershnorshen?« Rammar und sein Bruder wechselten einen entrüsteten Blick. »Irgendwo in der Modermark oder auf einer einsamen Insel in einer modrigen Höhle zu sitzen und sich seines Lebens zu freuen, ist eine Sache – das hier ist etwas völlig anderes. Deinesgleichen ist nicht dafür gemacht, so zu leben, Mensch. Dieser Ort ist so faulig und verkommen wie der Unrat, den es hier durch die Straßen spült. Er ist krank, verdorben bis ins Mark – und wenn du mich fragst, geschieht es euch Milchgesichtern ganz recht. Ihr habt doch immer geglaubt, etwas Besseres zu sein. Stets wart ihr überzeugt davon, den anderen Völkern von *sochgal* überlegen zu sein, und die verdammten Schmalaugen haben euch in dieser Dummheit noch bestärkt, indem sie euch zu ihren Nachfolgern ernannt haben. Aber kaum sind ein paar Jahre verstrichen, kommt euer wahres Gesicht zum Vorschein – und die Wahrheit ist, dass ihr keinen *pochga* besser seid als alle anderen. Ihr seid unvernünftig wie die Trolle, dämlich wie die Oger und ihr stinkt wie die verdammten Gnome.«

»Korr«, stimmte Balbok zu. »Mir ist schlecht.«

»Und mir erst«, gab Rammar grinsend zu. »Die gute Nachricht ist, dass die Menschen das Opfer ihrer eigenen Überheblichkeit geworden sind.« Er lachte schadenfroh, auch Balbok schnorchelte fröhlich mit.

»Ihr freut euch darüber, dass wir selbst schuld sind an unserem Schicksal?«, fragte Dag.

»Na und ob.«

»Wie Borsh der Stinkfisch, stimmte Rammar zu, worauf der junge Mensch ein ziemlich betretenes Gesicht machte.

»Verstehe«, sagte er nur. »Ich hatte gehofft, dass ihr Verständnis haben würdet. Oder Mitleid. Immerhin waren die Menschen eure Freunde …«

»Freunde?«, echote Rammar mit ungläubig geweiteten Augen. »Mitleid? Ich glaube, mir steckt ein Kobold in den Ohren! Hast du das gehört, Balbok?«

»*Korr.*«

»Der will uns offenbar beleidigen. Die Menschen, Faulhirn, sind nie unsere Freunde gewesen! Und die Schmalaugen auch nicht. Was ihr in euren komischen Geschichtsbüchern für Lügen verbreitet, weiß ich nicht, aber offenbar habt ihr euch die Vergangenheit wieder einmal hübsch zurecht gedreht.«

»Aber ihr habt doch für das Reich gekämpft, alle beide ...«

»Weil dieses dreiste Elfenweib uns dazu gezwungen hat. Bei euch mag Alannah hoch in der Gunst stehen, mein Bruder und ich haben sie als rechthaberisches und herrisches Miststück in Erinnerung, das uns nach allen Regeln der Kunst ausgetrickst und beschissen hat. War es nicht so, Balbok?«

»Nun ...«, drang es zögernd zurück.

»War es nicht so?«, fragte Rammar noch einmal, energischer diesmal.

»*Korr*«, stimmte Balbok zu, wobei er seinen langen Schädel im Rhythmus seiner Schritte auf und ab pendeln ließ. »Sie war eine besonders miese Vertreterin ihrer Rasse. Und der Kopfgeldjäger war noch schlimmer. Erst recht, nachdem sie ihn zum König gekrönt hatten.«

»Da hörst du's«, grunzte Rammar zufrieden. »Wir beide haben nicht den geringsten Grund, irgendetwas nachzutrauern oder irgendjemandem. Und wenn eure verdammte Welt den Bach runtergeht, dann doch nur, weil ihr zu feige wart und zu überheblich, um euch eure eigene Unvollkommenheit ...«

Er verstummte, als jenseits der grauen Regenschleier plötzlich etwas auftauchte, das ihm bekannt vorkam.

Abrupt blieb Rammar stehen, worauf Balbok, der in seine eigenen Gedanken vertieft war, auf ihn auflief und ihn fast über den Haufen rannte. »He!«, fuhr Rammar ihn an. »*Darr malash!* Willst du dich wohl vorsehen?«

»I-ich dachte ...«

»Du solltest nicht denken, sondern deine verdammten Augen offen halten!«, maulte der Fette weiter. »Ist das zu viel verlangt?«

»*Douk.*« Balbok schüttelte den Kopf. »Aber warum bleibst du plötzlich stehen?«

»Deshalb«, erwiderte Rammar und deutete auf etwas, das sich jenseits zweier windschiefer Hausfassaden im Regen abzeichnete. Es war höher als die umliegenden Gebäude und von Rissen durchzogen, in denen Moos und Farn wucherten. Obendrauf konnte man die Überreste einstmals trutziger Zinnen erkennen.

»Aha«, machte Balbok. »Und was ist das?«

»Faulhirn!« Rammar versetzte seinem Bruder einen Tritt gegen das Schienbein. »Erkennst du es denn nicht wieder? Das ist der Schutzwall, den die Schmalaugen einst gebaut haben! Die Mauer von Tirgaslan!«

»Das stimmt«, bestätigte Dag. »Oder vielmehr das, was noch davon übrig ist. Etwa einhundert Jahre nach König Corwyn wurde eine neue Mauer errichtet, weiter außerhalb, da die Stadt stark gewachsen war. Unter seinen Nachfolgern wurde der alte Elfenwall vernachlässigt und begann schließlich zu verfallen. An einigen Stellen wurde er auch abgetragen, und man hat die Steine verwendet, um andere Gebäude damit zu errichten.«

Die beiden Ork-Brüder tauschten einen langen Blick – und obwohl sie sich lieber gegenseitig die Zungen herausgerissen hätten, als es offen zuzugeben, reisten beider Gedanken für einen Augenblick in die Vergangenheit.

Sie sahen sich um die Mauern der Verborgenen Stadt schleichen, in Begleitung Alannahs, des verhassten Elfenweibs, und des Kopfgeldjägers Corwyn, und nach einem Eingang suchen. Und selbst Balbok und Rammar hatten in diesem Moment den Eindruck, dass all dies bereits Jahrhunderte zurücklag …

»Das Große Tor«, stieß Rammar hervor, »gibt es das noch?«

»Wir bewegen uns direkt darauf zu.«

Dag übernahm die Führung, und die Orks trotteten hinter ihm her durch den strömenden Regen. Tatsächlich kamen kurz darauf die eindrucksvollen Formen jenes Tores zum Vorschein, das Tirgaslan einst über tausend Jahre hinweg bewacht hatte.

Farawyns Pforte.

Die steinernen Torflügel, in die Symbole der alten Elfenschrift eingemeißelt gewesen waren, waren verfallen, aber die Türme, in luftiger Höhe durch eine mit Zinnen bewehrte Brücke miteinander verbunden, erhoben sich noch zu beiden Seiten des Tores. Auch an ihnen hatte der Zahn der Zeit genagt, eindrucksvoll waren sie jedoch noch immer – sogar in den Augen der Orks.

»*Tornomouch*, Rammar«, murmelte Balbok, während sie dort standen und an dem Bauwerk emporblickten. »Weißt du noch?«

»Natürlich weiß ich das noch, Schmalhirn. Wir sind ja nicht irgendwer, sondern die Nachkommen Currans, des allerersten Orks – und damit haben wir dieselben Vorfahren wie der alte Farawyn. Schon komisch, nicht wahr? Den Flunsch, den die Elfin gezogen hat, als wir das Tor öffneten, werde ich nie vergessen.«

»Ich auch nicht«, stimmte Balbok zu.*

»Die gute alte Zeit?«, fragte Dag.

Es war, als würde Rammar wie aus einem Traum erwachen. Jäh riss er sich vom Anblick des Tores los, und seine grüne Miene, die eben noch etwas Freundliches, fast Entrücktes gehabt hatte, wurde wieder so verdrießlich wie zuvor. »Was geht dich das an, Mensch?«, fuhr er ihn an, »du bist schließlich nicht dabei gewesen, oder?«

»Nein.« Dag schüttelte den Kopf.

---

* Falls sich der geneigte Leser diese denkwürdigen Ereignisse noch einmal vergegenwärtigen möchte – sie sind nachzulesen in DIE RÜCKKEHR DER ORKS.

»Dann halt die Klappe und führ uns zu dem Buch, aber ein bisschen plötzlich. Ich krieg allmählich Schwimmhäute von dem verdammten Regen!«

Er sagte es mit derartiger Entschiedenheit, dass Dag nicht widersprach. Gemeinsam durchschritten sie das Tor und gelangten auf die alte Hauptstraße, die sich im Regen und der allmählich hereinbrechenden Dunkelheit ebenfalls ganz anders präsentierte, als die Orks sie in Erinnerung hatten.

Vom einstigen Elfenprunk war nicht mehr viel zu sehen, die Menschen hatten sich offenbar alle Mühe gegeben, in den vergangenen fünfhundert Jahren niederzureißen, was zuvor über ein ganzes Zeitalter hinweg Bestand gehabt hatte.

Rammar schnaubte.

Sollten sie.

Ihm konnte es einerlei sein. Und seinem Bruder auch. Alles, was sie brauchten, war das Buch, dann konnten sie auch schon wieder abhauen.

An dunklen Hausfassaden vorbei, in deren Eingängen sich elend aussehende Gestalten drängten, näherten sie sich dem Königspalast, der im Regen nur schemenhaft zu erkennen war – eine undeutliche Anhäufung von Mauern und Zinnen und kuppelbekrönten Gebäuden, hinter deren Fenstern flackernder Lichtschein zu erkennen war. Vermutlich saß irgendwo dort oben der König der Menschen und fragte sich, wie er das ganze Chaos wieder in Ordnung bringen sollte, das seinesgleichen angerichtet hatte …

»Sag mal, wohin führst du uns eigentlich genau?«, fragte Balbok in diesem Moment.

»*Korr*«, stimmte Rammar zu. »Doch nicht etwa zum Palast? Der kann uns nämlich gestohlen bleiben, und der König gleich mit.«

»Nein, keine Sorge.«

»Wohin bringst du uns dann?«

»Ich möchte euch etwas zeigen, das euch interessieren wird.«

»Drauf geschissen«, knurrte Rammar. »Wir wollen das Buch sehen und sonst nichts.«

»Ihr werdet es bekommen. Aber vorher möchte ich euch noch etwas zeigen, dass euch sicher interessieren wird.«

»Ha«, knurrte Rammar. »Als ob ein Gnomenhirn wie du wüsste, was uns interessiert. Da lachen ja die Ghule.«

»Du, Rammar«, sagte Balbok plötzlich und blieb stehen.

»Was ist?«

»Wir brauchen gar nicht mehr weiterzugehen.«

»Warum nicht?«

»Ganz einfach.« Der hagere Ork lächelte wissend. »Weil wir schon da sind.«

»Weil wir – *was*?« Rammars Augen verengten sich zu Schlitzen. Offenbar hatte sich das letzte bisschen Verstand seines Bruders im Regen aufgelöst.

Balbok deutete geradeaus zum Palast. Mit einer Verwünschung auf den grünen Lippen folgte Rammar seinem Fingerzeig – und erstarrte.

Denn dort vorn, auf dem Vorplatz des Königspalastes, standen tatsächlich zwei Gestalten.

Die eine war groß und hager, die andere etwas kleiner, dafür aber umso kräftiger. Der eine hielt einen *saparak* erhoben, der andere eine große Axt. Und ihrer Haltung, der Kopfform und den abstehenden spitzen Ohren nach zu schließen, waren es Orks.

Allerdings keine lebenden.

Als sie sich den beiden Gestalten, die reglos im strömenden Regen standen und dementsprechend aussahen wie zwei begossene Warge, zögernd näherten, wurde offensichtlich, dass sie aus Stein gemeißelt waren. Rammar schnaubte. Ihm schwante Übles. Zumindest der Schlankere der beiden hatte auffallende Ähnlichkeit mit Balbok …

»Cyfaila«, erklärte Dag, als sie die Statuen endlich erreichten, die auf einem großen Steinsockel standen. »Das Denkmal, das euch zu Ehren auf dem Hauptplatz von Tirgaslan errichtet wurde.«

Rammar blickte grimmig daran empor. »Und wer soll der fette Kerl mit dem *saparak* sein? Gonz, der Fresssack?«

»Aber Rammar«, erklärte Balbok vergnügt, »das bist du!«

»Schmarren. So fett bin ich nicht.«

»Stimmt, in Wirklichkeit bist du noch viel fetter.«

»Pass auf, du Lulatsch, dass ich dich nicht zerreiße und zum Eintunken für den *bru-mill* verwende! Und dich gleich mit, Mensch!«

Dag blickte ihn unsicher an.

»Also, rede, wer soll das sein, und wer hat dieses verdammte Ding da geschnitzt?«

»Eigentlich«, begann Dag zögerlich, »wurde es nicht geschnitzt, sondern aus feinstem Marmor gehauen, von einem der besten Steinmetze, die …«

»Hör auf, sonst hängst du gleich an einem *saparak* vom Turm«, brüllte Rammar. »Falls das wirklich ich sein soll, sehe ich wie ein fetter *umbal* aus.«

»Nun ja«, erwiderte Dag, »so würde ich es nicht sagen.«

»Und warum habe ich so ein dämliches Grinsen in der Fresse? Ich schaue fast so bescheuert drein wie mein Bruder!«

»Das Standbild stellt euch nach dem Triumph über den Dunkelelfen dar«, erklärte Dag. »In Siegerpose.«

»So? Ich erinnere mich aber nicht, dass ein Steinmetz dabei gewesen ist.«

»Nun – es ist eben die Sicht des Künstlers auf das Ereignis.«

»Der Kerl war ein Stümper! Sieh nur, er hat mir die falsche Klaue abgeschnitten!«

»Nun, er …«

»Und da ist Taubenschiss auf meinem Kopf! Und der Sockel ist von Moos überwuchert«, stellte Rammar missbilligend fest.

»Da ist eine Inschrift«, meinte Balbok, der seinen *saparak* dazu benutzt hatte, den Sockel ein wenig von Moos zu befreien. »Was steht da?«, wandte er sich an Dag, der bereitwillig vorlas:

»Gewidmet den Freunden,
die uns zu Hilfe kamen
in der Stunde der Not,
um wiederherzustellen, was verloren war.
Balbok und Rammor,
Helden der alten Zeit.«

»Schon wieder Freunde«, spottete Rammar. »Und meinen Namen haben sie auch falsch geschrieben, diese Idioten. Ganz abgesehen davon, dass sie mich erst an zweiter Stelle nennen.«

»Warum nicht?«, fragte Balbok.

»Muss ich dir darauf wirklich antworten?«

»Ich dachte, es wäre dir egal, ob dich die Menschen in Erinnerung behalten?«, wandte Dag ein.

»Das ist es auch – aber wenn schon, dann sollen sie mich *richtig* in Erinnerung behalten. Als Rammar den schrecklich Rasenden, einen stolzen Krieger der Orks – und nicht als einen fetten *silish* mit Taubenschiss auf dem Kopf!« Balbok lachte wiehernd, bis Rammar ihn mit einem strengen Blick zum Schweigen brachte. »Wer hat den Bau von diesem Ding überhaupt angeordnet? Wenn ich den Kerl erwische, werde ich ihn eigenhändig ...«

»Er dort«, erwiderte Dag und deutete zur anderen Seite des Platzes, wo sich im Regen ein großer kuppelförmiger Bau erhob, der weniger schäbig und heruntergekommen aussah als die anderen und zumindest noch ein wenig von der alten elfischen Eleganz erkennen ließ. Dennoch konnte sich Rammar nicht an das Gebäude erinnern, was bedeutete, dass es erst später errichtet worden sein musste ...

»Das Grabmal von König Corwyn«, erklärte Dag.

»Der ... der Kopfgeldjäger?« Für einen Moment vergaß Rammar seine Wut auf das misslungene Kunstwerk und ging einige Schritte auf das Mausoleum zu. »Er liegt da drin?«

»Er und seine Gemahlin Königin Alannah.«

»Kaum zu glauben«, murmelte Rammar. »Das Elfenweib ist also tatsächlich tot. Wenigstens eine gute Nachricht …«

»*Korr*«, sagte Balbok, der neben ihn getreten war, und eine Weile lang standen sie reglos da und starrten auf das Bauwerk, dessen steinerne Pforten fest verschlossen waren.

Schweigend und nass bis auf die Knochen, während ringsum nichts weiter zu hören war als der prasselnde Regen.

Und ein leises Schnüffeln.

»Flennst du etwa?«, fuhr Rammar seinen Bruder an.

»*D-douk*«, kam es zurück. »Ist nur der Regen.«

»*Korr.*« Rammar grunzte und wischte sich mit dem Rücken seiner unversehrten Klaue über Augen und Gesicht. »Dieser beshnorshte Regen.«

Dann packte ihn wieder der Zorn.

»Wieso hast du uns hierher geführt?« Rammar fuhr herum und blitzte Dag an. »Was wolltest du damit bezwecken?«

»G-gar nichts«, stammelte dieser.

»Menschen und Orks sind keine Freunde, Schmalhirn, und sie werden es auch niemals sein, verstanden? Und Elfen schon gar nicht! Was immer in deinen Geschichtsbüchern steht, ist ein Haufen Trolldung, geht das in deinen Schädel?«

»A-aber ich …«

Dag kam nicht dazu, etwas zu erwidern – denn nun hatte Rammar den richtigen Pol gefunden, an dem er seinen Zorn entladen konnte. Wenn er sich nicht abreagierte, würde er im nächsten Augenblick in wildesten *saobh* verfallen.

»Tu das nicht«, hörte er Balbok noch rufen, als Rammar mit einem Satz, den ihm wohl keiner zugetraut hätte, auf das Podest des Denkmals sprang – und im nächsten Moment begann, das Kunstwerk zu zerlegen.

Die steinerne Axt des marmornen Balbok war das erste Ziel seiner Aggression. Der Marmor, an dem der Zahn der Zeit bereits genagt hatte, hatte der brachialen Gewalt des Orks nichts entgegenzusetzen und ging mit dumpfem Knacken zu Bruch. Im nächsten Moment hielt Rammar auch schon die steinerne Axt in der Hand, schwang sie und ließ sie mit voller Wucht niedergehen. Der erste Hieb enthauptete sein eigenes Ebenbild – das grinsende Steinhaupt mit dem Vogelschiss darauf flog davon und landete auf dem Boden, wo es zersprang. Der zweite Hieb amputierte den linken Arm (so wie es der Wirklichkeit entsprach), ehe Rammar entschied, dass sein steinerner Möchtergern-Doppelgänger eigentlich gar keine Gliedmaßen brauchte und nicht nur den anderen Arm abschlug, sondern gleich auch noch die Beine durchtrennte. Da die Gliedmaßen viel dicker waren als in Wirklichkeit, ging dabei die steinerne Axt zu Bruch, und den Rest seines Zerstörungswerks vollbrachte Rammar, in dem er sich mit dem ganzen Gewicht auf sein angebliches Ebenbild stürzte und ihn vom Sockel riss. Einen Augenblick lang vollführten der Ork und sein nur wenig größeres steinernes Pendant einen bizarren Tanz auf dem Sockel, ehe es Rammar gelang, es von sich zu stoßen. Klirrend ging auch der Rest des marmornen Orks zu Bruch, und im nächsten Moment ereilte den steinernen Balbok dasselbe Schicksal. Seinen Waffenarm hatte Rammar ihm bereits genommen, nun stellte er sich auf die Zehenspitzen, packte den Kopf der Statue und begann, mit aller Kraft daran zu reißen, wobei er wüste Verwünschungen ausstieß.

»… schon schlimm genug, dass ich diese Hackfresse in Wirklichkeit ertragen muss … nicht auch noch eine in Stein gemeißelte Version …«

Balbok und Dag tauschten einen Blick.

Schweigend sahen sie zu, wie sich der feiste Ork abmühte, dem Abbild seines hageren Bruders den Kopf abzureißen – aufgrund des doch recht beträchtlichen Größenunterschieds wollte es ihm jedoch nicht gelingen.

»Soll … soll ich helfen?«, fragte Balbok vorsichtig.

»Nein, sollst du nicht! Mit dir werde ich auch so fertig, du viel zu groß geratener Hohlkopf!«

Statt sich weiter erfolglos mit dem Kopf abzumühen, ließ

Rammar plötzlich davon ab und änderte seine Strategie. Er riss der Statue auch noch den anderen Arm ab, dann brachte er das Monument mit zwei gezielten Fußtritten gegen die steinernen Knie ins Wanken. Einen Lidschlag später stürzte auch der künstliche Balbok vom Sockel und sprang in tausend Scherben. Nur der Kopf blieb übrig und kullerte davon, wobei er weiter triumphierend grinste. Vielleicht hätte Rammars Zerstörungswut auch ihn noch ereilt, hätten die drei Gefährten nicht in diesem Augenblick Gesellschaft erhalten.

»He! Ihr da!«

Im strömenden Regen und unter Rammars wüstem Geschrei hatten sie nicht bemerkt, dass sich ihnen ein ganzer Zug genähert hatte, der die Hauptstraße heraufgekommen war und offenbar in den Palast wollte.

Der Anführer war ein Mensch, der auf dem Rücken eines Pferdes saß. Seiner abgetragenen Rüstung nach war er ein altgedienter Krieger. Der Helm, den er trug, hatte eine breite Krempe, fast wie bei einem Hut, von der ringsum der Regen troff. Den durchnässten Umhang des Mannes zierten die Farben von Tirgaslan. Der Trupp selbst jedoch bestand, wie Balbok und Rammar zu ihrer Verblüffung feststellten, aus Orks, an die fünfzig Krieger in schwerer Rüstung, bewaffnet mit langen Speeren und Schilden und, was ziemlich seltsam aussah, in Reih und Glied marschierend. Weiter hinten, in Regen und Dämmerung nur noch undeutlich zu erkennen, ragten mehrere große, von Ochsen gezogene Wagen auf.

Es war das erste Mal nach sehr langer Zeit, dass Balbok und Rammar Orks zu sehen bekamen, die nicht ihre Untertanen waren. Beide waren gespannt gewesen auf diese Begegnung, aber ihre freudige Erwartung zerplatzte wie eine Blase auf einer Jauchepfütze. Obwohl es Artgenossen waren, wirkte etwas an diesen Kriegern seltsam fremd.

Unnahbar.

Unheimlich …

»Was treibt ihr Gesindel da?«, wollte der Hauptmann der Abteilung wissen, dessen Augen forschend unter der Krempe seines Eisenhuts hervorstachen.

Erst jetzt wurde Rammar bewusst, dass er den abgebrochenen Arm des steinernen Balbok noch in den Händen hielt. Rasch warf er ihn von sich, sodass er auf den Boden schlug und zersprang.

»Nichts, wir räumen nur … auf«, behauptete der Ork.

Der Hauptmann streifte die Trümmer des zerstörten Denkmals mit einem Seitenblick, besonders zu interessieren schien es ihn nicht. »Zu welchem Haufen gehört ihr?«, fragte er stattdessen.

»Haufen?«, fragte Rammar verständnislos.

»Gehört ihr zu Fenriks Leuten? Oder zu Corunds Abteilung?«

Jetzt erst begriff Rammar – dieses dämliche Milchgesicht dachte, dass sie Söldner waren! Orks, die ihre Freiheit aufgegeben und ihren Waffenarm in den Dienst eines menschlichen Kriegsherrn gestellt hatten …

»Weder noch«, hörte er Balbok in diesem Moment bereits sagen, der offenbar dieselben Schlüsse gezogen hatte. »Wir …«

»Ihr gehört zu keinem Heerhaufen?«, fiel der Hauptmann ihm ungläubig ins Wort. »Ihr seid noch nicht verpflichtet worden?«

»Nein«, versicherte Balbok ahnungslos und schüttelte den Kopf, wofür Rammar ihn am liebsten geohrfeigt hätte.

»Nun«, meinte der Anführer, worauf ein triumphierendes Grinsen über seine bärtige Visage huschte, »in diesem Fall ist es mir eine Freude, euch zu eröffnen, dass ihr ab sofort zum Heer König Tandelors von …«

»Sie gehören zu mir«, rief Dag schnell.

»Zu dir? Und wer bist du?« Der Hauptmann schien den jungen Mann jetzt erst wahrzunehmen, und er schenkte ihm das Wohlwollen, mit dem man einen Blutegel bedachte.

»Mein Name ist Dag. Ich bin Händler und Erfinder.«

»Erfinder, so.« Der Reiter verzog in unverhohlenem Spott das Gesicht. »Und diese beiden Orks …«

»… gehören zu mir«, ergänzte Dag, ohne mit der Wimper zu zucken. »Sie sind meine Leibwächter und werden dafür angemessen entlohnt. Wollt Ihr die Papiere sehen? Sie tragen das Siegel des königlichen Beirats für Rechtsfragen.«

Einen Augenblick lang geschah nichts.

Der Hauptmann saß auf seinem Pferd, seine fünfzig Krieger im Rücken, und schien nachzudenken, während der Regen weiterrauschte und prasselte. Hektisch pendelten Rammars Blicke zwischen den Orks, seinem Bruder und Dag hin und her. Falls der Hauptmann Befehl zum Angriff gab, hatten sie nicht den Hauch von der Ahnung einer Chance, so viel stand fest.

Aber der Anführer des Trupps schien nicht auf Ärger aus zu sein. »Nein«, sagte er, »lass gut sein, Junge. Ist nicht das richtige Wetter, um Papiere zu prüfen. Aber wenn du der grünen Kerle jemals überdrüssig werden solltest, weißt du, wohin du sie schicken kannst. Der Kerl auf dem Sockel ist wahrscheinlich zu fett, um auf dem Schlachtfeld lange zu überleben, aber der Hagere könnte sich als Unterführer versuchen.«

»Verstanden, Hauptmann. Ich danke Euch«, erwiderte Dag und deutete eine Verbeugung an, und der Zug setzte sich wieder in Bewegung. Der Anführer und seine Krieger zogen an den Gefährten vorbei, wobei die Orks in strammen Gleichschritt verfielen – dies waren nicht die Orks, die Balbok und Rammar in Erinnerung hatten, keine freien Krieger, die dem Chaos verpflichtet waren und nur das taten, was ihnen in den Kram passte. Es waren Söldner, willfährige Werkzeuge in den Händen menschlicher Herren.

Den Kriegern folgten die Wagen, acht an der Zahl, die, wie erst jetzt zu erkennen war, mit Eisenplatten gepanzert waren, deren regennasse Oberflächen schimmerten. Das Dach der Wagen war jeweils von einer hüfthohen, ebenfalls gepanzerten und mit Zinnen versehenen Brüstung umgeben. Die vielen Scharten und Beulen, die sie aufwiesen, ließen erahnen, dass sie schon einiges mitgemacht hatten.

Sobald sich der Zug dem Palasttor näherte, öffnete sich dieses, und der Hauptmann samt seinen Kriegern und den acht Wagen verschwand jenseits der hohen Mauern.

»Wer ist hier fett?«, fragte Rammar, nachdem sich das Tor mit dumpfem Schlag wieder geschlossen hatte. »Und was fällt dir ein, dich als unser Herr und Meister auszugeben, Mensch?«

»Tut mir leid«, meinte Dag und zuckte mit den Achseln, »ich sah keine andere Möglichkeit. Hätte ich geschwiegen, hätten sie euch zwangsrekrutiert.«

Balbok hob fragend die Brauen. »Was bedeutet das?«

»Das bedeutet, *umbal*, dass sie uns in den Rock des Königs gesteckt und gezwungen hätten, wie diese anderen Idioten im Gleischschritt zu marschieren«, erklärte Rammar und sprang mit einem Satz vom Sockel des zerstörten Denkmals. »Dieses Bürschchen maßt sich an, uns gerettet zu haben«, fügte er hinzu und trat mit gefährlich gefletschten Zähnen auf Dag zu. »Und dafür sollen wir ihm nun auch noch dankbar sein.«

»Nun, ich … ich wusste nicht, was ich sonst tun sollte«, verteidigte sich Dag.

»Ach ja?« Rammar verengte kritisch ein Auge. »Dabei hast du wohl völlig vergessen, dass wir Könige sind!«

»Könige, jawohl!«, bekräftigte Balbok grimmig.

»Aber offenbar habt ihr Menschen ja so manches vergessen, was einst gewesen ist, nicht wahr? Was fällt euch ein, all das aufzugeben, weswegen unser Volk sich stets bis aufs Messer bekämpft hat?«

»Wa-was meinst du?«

»Was wohl?«, Rammar spuckte aus. »Eure Rechtschaffenheit, eure Ehrsucht, euer Bestreben, immer alles richtig zu machen – wo ist das geblieben? Man hat den Eindruck, dass euch alles *shnorshegal* geworden ist! Ihr stellt Denkmäler auf und baut den Königen der Vergangenheit riesige Gräber«, fuhr er fort, auf Corwyns Mausoleum deutend, »dabei setzt ihr riesengroße stinkende Haufen auf ihr Andenken! Ihr fresst den Lotus, sauft Bier und gebt euch allen möglichen Vergnügungen hin, den Krieg hingegen lasst ihr von anderen führen. Ist das der Fortschritt, von dem du uns erzählt hast? Die neue Welt, in der ihr lebt? Dann tun mir der Kopfgeldjäger und sein Elfenweib wirklich leid, denn in so einer Welt möchte ich nicht mal begraben sein!«

»*Korr*«, stimmte Balbok zu. »Ich habe auch schon genug von dieser seltsamen Zeit. Irgendwie gehören wir beide nicht hierher. Lass uns auf unsere Insel zurückkehren, Rammar, ja?«

»Worauf du einen lassen kannst«, versprach sein Bruder grimmig. »Sobald wir das Buch der Elfin verbr… ich meine gelesen haben.«

»Natürlich, das Buch.« Dag nickte, wobei ein seltsamer Ausdruck über sein blasses Gesicht huschte. »Ich weiß.«

Rammar legte fragend den Kopf schief. »Stimmt etwas nicht?«

»Nun, ich …«

»Heraus damit, Hirnfurz«, forderte Rammar ihn auf und hielt den Stumpf mit dem *saparak* so, dass die Spitze geradewegs auf den Hals des Menschen zielte. »Für einen Tag habe ich genug *oignash* erlebt – und ich hasse *oignash*!«

Dag wich erneut einige Schritte zurück, weit kam er jedoch nicht – denn er stieß gegen Balbok, der ihm kurzerhand den Weg abschnitt. Als Dag nach oben blickte, sah er in das lange grüne Gesicht des Orks, das grinsend auf ihn herabblickte.

»Hallo.«

»H-hallo«, erwiderte Dag den Gruß und machte den Eindruck, wirklich eingeschüchtert zu sein.

»Also«, verlangte Rammar, der zu ihm aufgeschlossen hatte und ihm die Spitze des *saparak* an die Kehle presste. »Du wirst uns jetzt augenblicklich zu diesem Buch führen, oder ich stopfe dir nacheinander sämtliche Steine eures bescheuerten Denkmals in den Schlund!«

»Nun ja«, druckste Dag herum, während seine Blicke unruhig von einem zum anderen wanderten. »Es gibt da etwas, das ich euch wohl besser sagen sollte …«

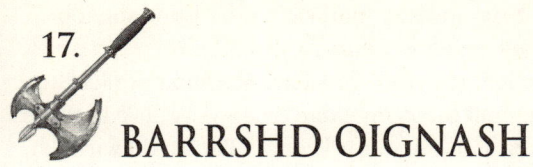

17.

BARRSHD OIGNASH

»Du brauchst … unsere Hilfe?«

Rammar hörte sich die Worte sagen, aber irgendwie wollten sie in seinem Kopf keinen rechten Sinn ergeben.

In einem Unterstand, der eigentlich für Pferde gedacht war und entsprechend roch, hatten sie Zuflucht vor dem strömenden Regen gesucht. Dort saßen die beiden Orks nun im Schein einer Laterne, inmitten aufgetürmter Strohballen und zu allen Seiten von dunkler Nacht umgeben, und starrten auf ihren menschlichen Begleiter, den sie plötzlich mit anderen Augen sahen. Noch vorhin hatten sie den selbsternannten Erfinder für einen zwar ziemlich schlauen, im Grunde jedoch harmlosen Spinner gehalten. Das hatte sich geändert …

»Nur um sicherzugehen, dass wir uns richtig verstanden haben.« Rammar fasste noch einmal zusammen, was Dag ihnen soeben auseinandergesetzt hatte. »Du willst, dass wir dich ins Feindesland begleiten, geradewegs nach Gorta Ruun, in die Hauptstadt des Zwergenreichs, und dir dabei helfen, irgendein Weibsstück aus der Gewalt der Hutzelbärte zu befreien. *Korr*?«

»Nicht irgendein Weibsstück«, verbesserte Dag, der die Kapuze seines Umhangs zurückgeschlagen hatte, sodass das schwarze Haar zu sehen war, das klatschnass an seinem Kopf klebte. In Rammars eitrigen Augen hatte er etwas von einem Welpen, wie er so vor ihnen kauerte, völlig durchnässt, während seine dunklen Augen die beiden Orks flehend anschauten. Nur gut, dass Unholde für so etwas nicht anfällig waren …

»Was für ein Weibsstück?«, hakte Rammar gereizt nach.

»Ihr Name ist Aryanwen – und sie ist die Frau, die ich … nun, die ich liebe«, gestand Dag.

»Darauf habe ich gewartet«, machte Rammar verächtlich und ließ geräuschvoll die Zunge flattern. »Was ihr Milchgesichter nur immer habt mit eurer Liebe! Glaubst du wirklich, dass wir deswegen unseren *asar* riskieren? Dann bist du entweder ziemlich dämlich oder ein Träumer!«

Dags ließ seufzend die Schultern sinken. »Und ich habe wirklich geglaubt, dass ihr mir helfen würdet, wenn ich euch erst gefunden hätte.«

»Das klingt ja fast, als ob du uns gesucht hättest …« Balbok reckte wissbegierig das lange Kinn vor.

»Ja, genau, Stinkmaul«, stimmte Rammar zu, »sagtest du nicht, du hättest nur überprüfen wollen, was in dem Buch der Elfin steht?«

»Das war nur die halbe Wahrheit«, gestand Dag ein. »Aus Königin Alannahs Buch erfuhr ich, dass ihr beide womöglich noch am Leben sein könntet – und mir war sofort klar, dass wenn überhaupt nur ihr mir würdet helfen können, Aryanwen aus der Gewalt der Zwerge zu befreien.«

»Wofür hältst du uns? Für Hohlhirne?«

»Nein.« Dag schüttelte entschieden den Kopf.

»Warum hast du nicht ein paar Ork-Söldner von hier angeheuert? Es gibt ja offenbar genug Vollidioten, die im Gleichschritt marschieren und die ihr beliebig herumkommandieren könnt.«

»Ich brauche Helden, keine Vollidioten«, sagte Dag, und plötzlich schienen seine Züge alles Welpenhafte zu verlieren. Der Blick seiner dunklen Augen intensivierte sich, das Flehende verschwand. Überhaupt wirkte sein Gesicht, in dem ein dunkler Bartschatten wucherte, plötzlich nicht mehr wie das eines naiven Jünglings, sondern wie das von jemandem, der sehr genau wusste, was er tat. »Ich dachte dabei auch an die Belohnung.«

Balbok und Rammar sahen einander an.

»Habe ich schon erwähnt, dass Aryanwen die Tochter von König Tandelor ist? Der Herrscher von Tirgaslan wird sich das Leben seines einzigen Kindes einiges kosten lassen.«

»Dein Mädchen ist eine Prinzessin?« Balboks Maul stand offen.

»Da staunst du, was?«

»Nicht wirklich«, schränkte Rammar ein. »Bei den Menschen darf sich ja jedes grässliche Weib Prinzessin nennen. Und was die Belohnung betrifft – die kannst du dir in den *asar* stecken. Mein Bruder und ich haben ein ganzes Königreich, was sollen wir also mit ein paar Säcken Gold?«

»Außerdem haben wir keine guten Erfahrungen damit gemacht, uns an fremden Schätzen zu vergreifen«, fügte Balbok hinzu und schüttelte eine Klaue, als hätte er sie sich verbrannt.

»Ich verstehe«, meinte Dag wenig beeindruckt. »Aber da ist ja auch noch das Buch aus dem Besitz Königin Alannahs. Aryanwen hat es.«

»Was?«, platzte Rammar heraus. »Du hast behauptet, du hättest die Schwarte selbst!«

»Ich habe das Buch gelesen«, verbesserte Dag. »Aber ich habe es nicht. Nicht mehr.«

»Und doch hast du behauptet, es würde sich hier in der Stadt befinden«, brachte Rammar zähneknirschend in Erinnerung.

»Du, Rammar«, meldete Balbok sich zu Wort. »Mir dämmert etwas.«

»Was?«

»Ich denke, er hat uns belogen«, mutmaßte der hagere Ork, der einen Krallenfinger belehrend erhoben hatte.

»Was du nicht sagst«, knurrte Rammar, der von dem Strohballen, auf dem er gehockt hatte, aufsprang und auf Dag zutrat, den *saparak* einmal mehr drohend erhoben. »Die Frage ist nur, ob ich ihn einfach aufspieße und ihn ausweiden soll wie einen War, oder ob ich ihn in kleine Stücke hacke und an die Vögel verfüttere!«

»Das wäre nicht sehr klug von dir«, wandte Dag mit erschütternder Gelassenheit ein. »Denk an das Buch!«

»Lass mich bloß in Ruhe mit deinem Buch«, schnaubte Rammar. »Hältst du mich für so dämlich? Dieses Buch gibt es doch gar nicht!«

»Doch«, versicherte Dag, die Hände beschwichtigend erhoben, »es gibt dieses Buch, das müsst ihr mir glauben! Es heißt ›Rhuluthan'y'Anghénvila‹ – Die Herrschaft der Unholde.«

»So ein *shnorsh*.«

»Ich schwöre es euch! Es berichtet von Dingen, die so in keinem anderen Geschichtsbuch stehen, da sie aus den Aufzeichnungen getilgt wurden. Darin ist von euren Taten die Rede, von der Rolle, die ihr beim Kampf gegen Rothan-Margok gespielt habt und von den Fernen Gestaden, die ihr euch unterworfen habt. Auch ich habe früher nichts von diesen Dingen erfahren, erst Aryanwen hat mir davon erzählt.«

»*Karsok?*«, fragte Rammar. »Wer ist die Kleine, dass sie von solchen Dingen weiß?«

Dag biss sich auf die Lippen. Ganz offenbar hatte er nicht damit gerechnet, diese Information preisgeben zu müssen.

Jedenfalls jetzt noch nicht …

»Wie ich schon sagte, ist sie die Tochter von König Tandelor«, eröffnete er endlich. »Und damit eine direkte Nachkommin Königin Alannahs.«

Für einen Augenblick herrschte Schweigen im Unterstand, die beiden Orks rissen nur ungläubig die Augen auf.

»Das … das Mädchen ist eine Nachkommin Alannahs?« Rammar pfiff wie ein kaputter Blasebalg.

»Und damit die Erbin des Buches«, bestätigte Dag.

»Na großartig.« Der dicke Ork spuckte aus. »Wie klein *sochgal* doch ist. Und wo ist der Schmöker jetzt?«

»Das weiß ich nicht«, beteuerte Dag. »Aryanwen wusste, dass ich mich für die Vergangenheit Erdwelts interessiere, also ließ sie mich in dem Buch lesen, wann immer wir beisammen waren.«

»Tatsächlich? Wann immer ihr beisammen wart?« Balbok kratzte sich verwundert am Kopf. »Habt ihr denn nicht …? Ich meine, ihr wisst doch, wie das mit den Bienen und den kleinen Orklingen …«

»Schnauze, *umbal*!« Rammar drosch ihm die unverletzte Hand an die Schläfe. »Das ist ja ekelhaft!«

»Auf diese Weise«, fuhr Dag fort, »erfuhr ich von der geheimen Insel und dass ihr beide womöglich noch am Leben seid. Und als Aryanwen dann entführt wurde, war mir klar, dass ihr die Einzigen seid, die in der Lage sein würden, mir zu helfen. Und ihr habt auch keine andere Wahl.«

»Ach ja? Wer hat dir denn den Schiss ins Hirn gesetzt? Du hast uns belogen und uns hintergangen, da werden wir ganz sicher nicht so dämlich sein, dir auch noch zu …«

»Und was ist mit euch?«, unterbrach Dag keck Rammars Redeschwall. »Habt ihr nicht auch gelogen?«

»Ich lüge andauernd«, blaffte Rammar zurück. »Na und?«

»In Wahrheit ist es euch nie um etwas anderes gegangen als das Buch. Ihr wusstet, dass es das Ende eurer Herrschaft über die Insel bedeuten könnte, deswegen hattet ihr von Anfang an vor, es verschwinden zu lassen – und mich gleich mit. Ist es nicht so?«

Die beiden Orks tauschten einen verblüfften Blick.

»Er hat's kapiert«, anerkannte Balbok in ehrlicher Bewunderung. »Sogar schneller als ich.«

»Dazu gehört nicht viel.« Rammar grunzte.

»Wer hat hier also wen hintergangen?«, fragte Dag mit entwaffnendem Grinsen.

»Darum geht es nicht – sondern um die Tatsache, dass du versucht hast, *mich* zu beshnorshen, Mensch. Allein dafür sollte ich dich eigentlich ohne Federlesens abstechen …«

»Aber?«, fragte Balbok fast ein wenig enttäuscht.

»Blödhirn! Verstehst du nicht, dass das Stinkmaul auch noch recht hat? Wenn es uns nicht gelingt, das dämliche Buch in unsere Klauen zu kriegen, ist es bald vorbei mit unserem Königreich.«

»Aryanwen kann euch das Buch beschaffen«, versicherte Dag und streckte den Orks zu ihrem Befremden die Hand entgegen. »Das ist der Handel, den ich euch vorschlage – ihr Leben gegen das Buch.«

»Und warum rückst du erst jetzt damit heraus? Du hättest uns das alles auch schon auf der Insel sagen können.«

»Nein, denn dann hättet ihr mir nicht geglaubt. Nun jedoch habt ihr selbst gesehen, wie es um das Reich bestellt ist. Die Welt hat sich in ein Tollhaus verwandelt, jeder kämpft gegen jeden. Zu eurer Zeit gab es klare Grenzen, die Völker standen gemeinsam gegen den Dunkelelfen. Heutzutage kann niemand mehr ganz sicher sein, wer sein Feind ist und wer nicht. Menschen kämpfen gegen Menschen, Orks gegen Orks – und die Zwerge ziehen ihren Nutzen daraus. Früher oder später werden sie in den Besitz des Buches gelangen, und dann ist es mit eurem Dasein als Herrscher eurer Insel vorbei.«

»Und das sagt der bleiche Wicht einem auch noch mitten in die Visage«, knurrte Rammar halblaut – widersprechen konnte er jedoch nicht. »Stellt sich nur noch die Frage, warum du uns zuerst hierher gebracht hast, wenn das Weibsstück doch bei den Zwergen gefangen sitzt.«

»Zum einen, weil das Luftschiff zu großes Aufsehen erregt hätte, sodass es besser ist, die Reise auf dem Landweg fortzusetzen.«

»Und zum anderen?«, fragte Rammar mit kritisch verengten Augen. »Lass mich raten – du hast geglaubt, dass uns der Anblick des Grabmals und unseres eigenen Denkmals zu Tränen rühren würde. Und dass wir um der alten Zeiten willen zu jeder Narretei bereit sein würden.«

»Einen Versuch war es wert«, Dag grinste breit. »Der Handel gilt also?«

Rammar starrte auf die Hand, die der Junge ihnen noch immer hinhielt und die der Ork am liebsten abgebissen hätte – und er kam nicht umhin, sich einzugestehen, dass er das Milchgesicht wohl ein wenig unterschätzt hatte.

»Wenn diese Aryanwen tatsächlich eine Nachkommin des Elfenweibs ist, wäre allein das schon Grund genug, sie bei den Hutzelbärten verschmoren zu lassen«, überlegte er laut. »Und sie weiß ganz sicher, wo sich das Buch befindet?«

»So wahr ich vor euch stehe.«

Rammars Äuglein blitzten, während er die gelben Zähne bleckte. »Mensch, wenn du uns noch einmal belügst, wirst du nichts mehr haben, worauf du stehen kannst, hast du kapiert? Es geht für dich um alles.«

»Das ist mir klar«, stimmte Dag zu, und ein flüchtiges Grinsen huschte dabei über seine jungen und doch undurchschaubaren Züge. »So wie für euch.«

18.
PROINNSA ANN IOMAGASH

Einundsechzig Tage.

Hätte sie nur nach ihrem persönlichen Empfinden geurteilt, hätte Aryanwen gesagt, dass ihre Gefangenschaft in der Festung Gorta Ruun schon sehr viel länger dauerte. Die Striche jedoch, die sie mit einem Kiesel in die von Schimmel überzogene Wand ihres Gefängnisses geritzt hatte und von denen jeder einen Tag und eine Nacht bedeutete, ließen in dieser Hinsicht keine Zweifel zu. Vorausgesetzt natürlich, die Prinzessin von Tirgaslan hatte im ewigen Halbdunkel, das in ihrer Kerkerzelle herrschte, nicht völlig die Übersicht über den Wechsel von Tag und Nacht verloren.

Ihre einzigen Anhaltspunkte waren die Mahlzeiten, die sie einmal am Tag bekam und die stets aus Gerstenbrei, einem Becher Wasser und einem Stück schimmeligem Käse bestanden, sowie die Abschnitte unruhigen und von Albträumen gepeinigten Schlafs, in die sie in mehr oder weniger regelmäßigen Abständen verfiel.

Anfangs war Aryanwen immer dann eingeschlafen, wenn ihre Tränen versiegt waren und sie das Gefühl gehabt hatte, am Boden des riesigen Pfuhls aus Angst und Verzweiflung angekommen zu sein, in den ihre Gefangenschaft sie gestürzt hatte. Später dann hatte der Schlaf sie übermannt, während sie fieberhaft versucht hatte, einen Fluchtweg aus ihrer Gefangenschaft zu finden, eine Möglichkeit, ihren Häschern zu entfliehen.

Inzwischen saß sie nur noch da und wartete darauf, dass sie müde wurde und einschlief – denn der Schlaf hatte sich als die einzige Möglichkeit erwiesen, der modrigen Enge ihrer Kerkerzelle zu entkommen.

Wenigstens für eine Weile.

Gerade einmal zwei Schritte im Quadrat maß das Loch, in das man Aryanwen gesteckt hatte. Ein Haufen Stroh, den man auf den Boden geworfen hatte, stellte die einzige Annehmlichkeit dar, wenn man es denn so nennen konnte. Ihre Notdurft verrichtete die Prinzessin in der hintersten Ecke der Kammer, die alle paar Tage ausgemistet wurde wie ein Stall – entsprechend kam sich Aryanwen in der Gewalt der Zwerge vor wie ein gefangenes Tier.

Mit Wehmut dachte sie zurück an Tirgaslan. An die glücklichen Tage, die sie dort verbracht, an die Geborgenheit, die sie dort empfunden hatte.

Und an *ihn* …

Anfangs hatte Aryanwen geglaubt, dass es mehr als Zufall gewesen war, der sie zusammengeführt hatte, mehr als eine Laune des Schicksals. Dass sie beide Zeugen eines jener selten gewordenen Augenblicke geworden waren, in denen die Bestimmung ihr träges Haupt erhob und in die Geschicke der Sterblichen eingriff, mehr noch, dass sie beide dazu ausersehen waren, zu ihrem Wekzeug zu werden …

Was für eine Närrin sie doch gewesen war.

In der Düsternis ihres Kerkers war Ernüchterung eingekehrt. Nicht länger hielt Aryanwen sich für ein Werkzeug des Schicksals, doch der Gedanke an ihn verschaffte ihr noch immer Trost. Die Dunkelheit, die klamme Kälte, der Hunger und das Ungeziefer, das in Schwärmen über die schmutzigen Zellenwände huschte – all das ließ sich leichter ertragen, wenn sie sich sein Bild vor Augen führte. Seine noblen Züge, den sanften Blick seiner blauen Augen, sein Haar, das schwarz war wie ihr eigenes, und jedesmal durchströmte sie dabei eine Wärme, die der eisigen Kälte ihres Gefängnisses trotzte.

Ob er ihre Botschaft erhalten hatte?

Sie wusste es nicht, und mit jedem weiteren Tag, der verstrich, wuchs ihre Furcht. Ihre Angst war nicht nur, dass ihr

Hilferuf ihn nie erreicht haben könnte, sondern auch, dass mit der Zeit ihre Erinnerung an ihn verblassen und sein Antlitz in ihrem Herzen zu einem bloßen Schemen werden könnte, zu einem Bild ohne Seele, das ihr keinen Trost mehr zu spenden vermochte.

Dies würde der Tag sein, an dem sie vor der Verzweiflung und den Schrecken kapitulierte und den Verstand verlor – und Aryanwen spürte, dass dieser Tag näher rückte.

Als sie Schritte hörte, die sich durch den engen Kerkerstollen näherten, zuckte sie zusammen. Zuerst glaubte sie, es wäre der Wächter, der ihr zu essen brachte. Aber in der Abgeschiedenheit ihrer Zelle hatte Aryanwen die wenigen sie umgebenden Geräusche sorgfältig zu unterscheiden gelernt, und so wusste sie schon nach wenigen Augenblicken, dass es nicht der Kerkerdiener war, den sie an seinem schleppenden, humpelnden Schritt erkannt hätte, sondern ein anderer. Jemand, der stolz und fest einherschritt und von einem metallischen Klirren begleitet wurde.

Die Prinzessin von Tirgaslan war deshalb nicht überrascht, als ein voll gerüsteter Zwergenkrieger vor ihrer Zelle auftauchte, den sie im Gegenlicht der Teerfackel zunächst nur als gedrungene Silhouette wahrnahm. Als sie jedoch die mit zinnenförmigen Zacken versehene Krone erblickte, die auf dem schwarzen Haupt des Zwerges ruhte, wurde ihr klar, dass es nicht irgendein Krieger war, der ihr in ihrem Kerker einen Besuch abstattete.

Es war König Winmnar persönlich.

»Sieh an.« Trotz der Schmerzen, die ihre von der Feuchte durchdrungenen Knochen plagten, stand Aryanwen auf. Ihr war klar, dass sie mit dem schmutzig herunterhängenden Haar und in dem grauen Sack, zu dem ihr einstmals reich besticktes Kleid geworden war, keinen besonders würdevollen Anblick bot. Ihr Blick jedoch, mit dem sie auf den Herrscher des Zwergenreichs herabblickte, war kühl und abschätzig. »Wagt Ihr Euch endlich persönlich zu mir? Ich glaubte schon, Eure eigene Feigheit hätte Euch verschlungen.«

Ein kaltes Lächeln war Winmars Antwort. »Ihr seid in der Tat bezaubernd – geradeso, wie eine Prinzessin von Tirgaslan es sein sollte.«

»Und Ihr seid ein hinterhältiger, gemeiner Tagedieb – so wie man es von einem Zwergenherrscher erwarten sollte.«

Sie konnte sehen, wie es in Winmars Augen funkelte. Nur ein Mal war sie dem König der Zwerge begegnet, als er in Tirgaslan weilte, um mit ihrem Vater über den Grenzverlauf im Norden zu verhandeln und über die Nutzung der Minen, die sich im Niemandsland zwischen den Territorien befanden.

Das war vor vielen Jahren gewesen.

Vor dem Krieg.

Inzwischen hatte Winmar jene Gebiete längst seinem Machtbereich einverleibt, doch seine Gier nach Macht und Besitztümern schien damit noch längst nicht gesättigt.

»Ihr habt Euch verändert, Prinzessin«, stellte Winmar fest, der sie von Kopf bis Fuß musterte. »Als wir uns das letzte Mal begegneten, seid Ihr noch ein Kind gewesen. Nun seid Ihr ein Weib – und ein schönes noch dazu.«

Aryanwen hob eine schmale Braue. »Ist das Eure ganze Liebenswürdigkeit? Euer Charme lässt ebenso zu wünschen übrig wie Eure Gastfreundschaft, Winmar.«

Der Zwergenherrscher ließ ein meckerndes Gelächter vernehmen. »Erstaunlich«, sagte er dann mit der ihm eigenen singenden Stimme, »ganz erstaunlich. Seit zwei Monaten befindet Ihr Euch nun in meiner Gewalt, doch Euer Wille zum Widerstand scheint ungebrochen.«

»Es scheint nicht nur so«, konterte sie und gab sich Mühe, dabei möglichst überzeugend zu klingen. »Nichts, was Ihr mir antun könnt, wird meinen Mut brechen.«

»Nichts?« Der Zwergenkönig lachte erneut – diesmal allerdings klang es nicht albern und kindisch wie zuvor, sondern unverhohlen bedrohlich. »Was das betrifft, solltet Ihr nicht allzu überzeugt sein, Prinzessin. In diesen ehrwürdigen Hallen« – er machte eine Geste, die den gesamten Kerker einzuschließen schien –, »wurden Geister gebrochen, die noch um vieles unbeugsamer und widerspenstiger als der Eure waren.«

»Ist es das, was Ihr mit mir vorhabt?« Erneut verwandte Aryanwen alle Beherrschung darauf, dass ihre Stimme nicht schwach oder gar furchtsam klang. »Wollt Ihr mich foltern? Mich töten? Wenn es so ist, warum habt Ihr es nicht längst getan?«

»Aus zwei Gründen«, gab Winmar gelassen zur Antwort. »Zunächst, weil ich weiß, dass für den stets nach Antwort suchenden menschlichen Geist die Ungewissheit die größere Qual bedeutet als der Tod – und Ihr, Aryanwen, sucht nach Antworten.«

»Und weiter?«

»Weil Ihr mir lebend dann doch etwas nützlicher seid als tot«, entgegnete der Zwergenherrscher, »zumindest für den Moment.«

»Darum geht es euch also?« Aryanwen lachte enttäuscht auf. »Um Lösegeld für meine Freilassung?«

»Aber, Prinzessin.« Der Zwergenkönig schmatzte tadelnd. »Ich weiß, dass Ihr mich für einen Barbaren haltet. Dennoch solltet Ihr nicht den Fehler begehen, mich zu unterschätzen. Glaubt Ihr wirklich, es wäre so einfach? Dass es schnöder Reichtum ist, nach dem es mich verlangt? Vergesst nicht, dass ich der Herrscher des Berges bin. Ich bräuchte meine Untertanen nur tief genug graben zu lassen, und die Schatzkammern dieser Festung füllten sich von ganz allein mit Gemmen und Edelsteinen, genug, um ganz *durumin* damit zu kaufen.«

»Das Problem dabei ist, dass Erdwelt nicht zum Verkauf steht«, brachte Aryanwen in Erinnerung. Winmar war kein Mann von Ehre, noch nicht einmal von vornehmem Blut. Nach allem, was Aryanwen über ihn wusste, war er einst nur ein Bergarbeiter gewesen. Aus den Ork-Kriegen, in denen er als einfacher Soldat gedient hatte, war er mit der Überzeugung heimgekehrt, dass den Zwergen die Vorherrschaft über

Erdwelt gehören müsse. Als Redner war er durch das Zwergenreich gezogen und hatte seine Überzeugungen so lange verbreitet, bis auch der Königshof auf ihn aufmerksam geworden war. Innerhalb weniger Jahre war es ihm gelungen, das Vertrauen und das Wohlwollen seines Vorgängers Reginald von Ruun zu gewinnen, der ihn, da er selbst ohne Nachkommen geblieben war, schließlich an Sohnes statt angenommen hatte. Als der sanftmütige Reginald schon kurze Zeit später eines ebenso plötzlichen wie unerwarteten Todes gestorben war – nicht wenige vermuteten, dass sein Adoptivsohn dabei seine Hand im Spiel gehabt hatte –, war die Macht im Zwergenreich auf Winmar übergegangen.

Und von diesem Tag an war nichts mehr gewesen wie zuvor.

Winmar hatte vorgegeben, die Politik seines Vorgängers fortzuführen, doch in Wahrheit hatte er keine Zeit verloren. Reginald war kaum beigesetzt worden, da hatte er auch schon damit begonnen, mithilfe eines ruchlosen Haufens von Verrätern, Spionen, Folterknechten und blutrünstigen Orks seine Visionen von einem Großreich der Zwerge in die Tat umzusetzen.

Für sein eigenes Volk bedeutete dies brutale Unterdrückung.

Für alle anderen Völker Erdwelts bedeutete es Krieg.

Sinnlosen, grausamen, nicht enden wollenden Krieg …

»Ich bin mir bewusst, dass Euch Erdwelt am Herzen liegt, Prinzessin«, versicherte der Zwergenherrscher und entblößte sein Gebiss, das vergoldet war und im Licht der Fackel geblich glänzte. »Dennoch solltet Ihr nicht so tun, als ob es bloßer Heldenmut wäre, der den Kampf um Erdwelt entscheiden wird, denn auch Euer Vater bedient sich der Orks und anderer Unholde, um diesen Krieg zu führen. Heere, die aus Söldnern bestehen, kosten jedoch eine Menge Geld – und deshalb wird dieser Konflikt letztlich von dem gewonnen werden, der über die besseren Mittel verfügt. Gewissermaßen ist es also doch nur eine Frage des Preises.«

»Sicher nicht«, wehrte Aryanwen ab, »denn irgendwann wird es keine Orks mehr geben, die Ihr für Euer Geld kaufen könnt. Und was dann? Werdet Ihr dann selbst zum Schwert greifen?«

Winmar deutete auf seine breite Brust. »Nicht doch. Ich habe meinen Anteil Blut gesehen, und ich bin weder der Kriegstreiber noch der Barbar, für den Ihr mich halten wollt.«

»Wieso habt Ihr die Völker dieser Welt dann in diesen unsinnigen Krieg gestürzt, in dieses grausame Blutvergießen?«

»Weil es unvermeidlich war«, beschied der Zwergenkönig lächelnd. »Es geht hier nicht um mich, müsst Ihr wissen, einfältige Prinzessin. Das alles ist notwendig, um zu bekommen, was meinem Volk von alters her zusteht!«

Aryanwen schnappte nach Luft. »Wovon sprecht Ihr? In der Geschichte hat es noch niemals eine Zeit gegeben, in der die Zwerge über Erdwelt geherrscht hätten! Woher also rührt Euer Anspruch?«

»Es ist der Anspruch derer, die bislang stets übergangen wurden. Die Elfen hatten ihre Zeit, und die Menschen hatten sie ebenfalls. Nun ist das Zeitalter der Zwerge angebrochen. *Mein* Zeitalter. Ihr mögt Euch noch gegen diese Einsicht wehren, ebenso wie Euer störrischer Vater. Aber früher oder später wird Euch nichts anderes übrig bleiben, als Euch hineinzufügen.«

»Ihr seid verrückt! Mein Vater wird niemals zulassen, dass ganz Erdwelt in Eure Hände fällt. Er wird nicht aufhören, sich Euch und Euren gedungenen Söldnern zu widersetzen – und er wird alles daran setzen, mich zu befreien.«

»Das ist auch meine Hoffnung«, bestätigte Winmar.

»Was soll das heißen?«

»Prinzessin«, erwiderte Winmar, noch immer mit breitem Grinsen, »ich besuche Euch hier in Eurem Gemach, weil ich mir eine eigene Meinung bilden wollte. Oberst Vigor hat Euch als eine Frau von großem Mut und ausgeprägter Charakterstärke beschrieben, allerdings von geringer Intelligenz. Und wie ich sehe, ist seine Einschätzung zutreffend.«

»Vigor ist ein hinterhältiges Schwein.« Aryanwen sprach den Namen des Anführers der königlichen Geheimpolizei mit Hass und Abscheu aus. »Er hat Spaß daran, andere Kreaturen zu quälen und seine hinterhältigen Spiele mit ihnen zu treiben.«

»Das will ich doch hoffen – schließlich ist es seine Aufgabe, für meine Sicherheit zu garantieren.«

»Dann seid Ihr ebenfalls ein Schwein.«

Winmar schien ihre Beschimpfung zu gefallen. »Nur weiter so. Die Menschen haben sich nie besonders große Mühe gegeben, die anderen Völker Erdwelts zu verstehen, dazu sind sie viel zu sehr mit ihren eigenen Angelegenheiten beschäftigt. Hättet Ihr es getan, so wüsstet Ihr, dass sich vieles verändert hat. Die Zwerge sind nicht mehr jene wunderlichen, zu kurz geratenen Kreaturen, als die Ihr sie stets betrachtet und verlacht habt.«

»Das ist nicht wahr!«, widersprach Aryanwen entschieden. »Wir Menschen haben uns niemals über Euresgleichen lustig gemacht. Es gab sogar eine Zeit, da wir Verbündete waren!«

»Vor langer Zeit«, räumte Winmar ein, »und auch nur, weil die Führer unseres Volkes zu dumm waren und zu naiv, um zu erkennen, das sie nur ausgenutzt wurden, sowohl von Euresgleichen als auch von den Söhnen Sigwyns. Doch diese Zeiten sind unwiderruflich vorbei. Das Zwergenvolk, das Euch heute gegenübersteht, ist sich dank meines Zutuns seiner Stärke und Macht bewusst geworden, und es hat gelernt, die Fähigkeiten zu nutzen, die ihm von der Vorsehung an die Hand gegeben wurden.«

»Von was für Fähigkeiten sprecht Ihr?«

»Vom Schmieden neuer Waffen. Von der Entwicklung neuer Erfindungen. Von der Beherrschung der Welt. Dieser Krieg, den Ihr so sehr zu verabscheuen scheint, Prinzessin, wird schon bald beendet sein. Die entscheidende Schlacht steht bevor – und sie wird viele Opfer kosten.« »Das kann nicht in Eurem Interesse sein!«, widersprach Aryanwen. »Vergesst nicht, dass Tirgaslan nicht Euer einziger Gegner ist in diesem Krieg. Selbst wenn das Heer meines Vaters Euch unterliegen würde, wärt Ihr durch diese eine Schlacht so geschwächt, dass Ihr jeden anderen Gegner …«

»Glaubt Ihr wirklich, dass ich diese Schlacht selbst zu führen gedenke?«, fiel der Zwergenkönig ins Wort.

»Was … was meint Ihr?«

Winmar lachte nur, und es war wieder jenes geckenhafte Gelächter, das an ein verwöhntes Kind denken ließ.

»Ihr habt gar nicht vor, Euer Heer gegen Tirgaslan zu führen, um die Entscheidung zu erzwingen«, begann Aryanwen.

»Allerdings nicht, Prinzessin. Mein Plan ist ein anderer – und Ihr seid der Schlüssel zur seiner Verwirklichung.«

Aryanwen wurde noch blasser, als sie es ohnehin schon war.

»Euer Vater weiß längst, dass Ihr entführt wurdet«, eröffnete Winmar genüsslich.

»Er … er weiß es?« Aryanwen konnte ihre Gefühle nicht länger verbergen. Ihre Unsicherheit, ihre Überraschung, ihre Furcht …

»In der Tat, jedoch wähnt er Euch nicht hier in Gorta Ruun, sondern weit entfernt in Ansun, bei seinem Rivalen Osbert.«

»In – Ansun?« Aryanwen starrte voller Entsetzen auf den Zwergenherrscher, der in ihren Augen immer größer wurde, während sie selbst das Gefühl hatte zu schrumpfen. Panik überkam sie, Übelkeit stieg in ihr hoch, als ihr klar wurde, was dies bedeutete … »Wenn er mich also befreien will, wird er sein Heer nach Ansun führen«, flüsterte sie.

»Die beiden mächtigsten Herrscher der Menschen werden einander gegenseitig bekämpfen. Und wenn die Schlacht geschlagen ist, werde ich zur Stelle sein und die Überlebenden mit einem gezielten Schlag zerschmettern.«

»Das darf nicht geschehen!«, rief Aryanwen entsetzt.

»Es wird geschehen, Prinzessin. Und Ihr denkt, ich wäre verrückt?« Winmar schüttelte das Haupt. »Verrückt ist nur, wer sich auf ein Spiel einlässt, das er nicht gewinnen kann«, beschied er ihr mit fiebrig glänzenden Augen. »Und darin waren schon immer die Menschen Meister.«

BUCH 2

DURKASH ANN SOCHGASH

(LAND IM KRIEG)

1.

RICHG SGIRK

Der ehrwürdige Thronsaal von Tirgaslan hatte schon sehr viel bessere Zeiten gesehen.

Nur noch wenig erinnerte an die Tage, in denen der Palast der Mittelpunkt eines blühenden Reiches gewesen war. Der Glanz der ruhmreichen Vergangenheit war verblasst, der marmorne Boden, über den einst die Könige der Elfen geschritten waren, war stumpf geworden; der Granit der Säulen, einst stumme Zeugen des dramatischen Kampfes um die Befreiung Erdwelts, war brüchig; die hohe Kuppel, einst Wahrzeichen der Stadt und als Meisterwerk elfischer Baukunst weithin bekannt, war schadhaft und an vielen Stellen ausgebessert; die kreisrunde Öffnung im Boden, die sich über der königlichen Schatzkammer befand und einst erfüllt gewesen war vom Funkeln des Goldes und ungezählter Gemmen, war zu einem dunklen Loch verkommen; und der Alabasterthron, auf dem Sigwyn und andere Elfenkönige der Vorzeit geruht hatten, von dem aus der große Farawyn regiert und auf dem schließlich der Mensch Corwyn Platz genommen hatte, war zu einem gewöhnlichen Sitzmöbel geworden, das seine Strahlkraft verloren hatte.

Der Thronsaal, einst das Zentrum von Macht und Weisheit, hatte sich in einen Marktplatz der Meinungen verwandelt, und die hohe Kuppel hallte wider vom aufgeregten Geschrei jener, die ihre Überzeugung mit derselben Aufdringlichkeit an den Mann zu bringen suchten wie ein Händler seine Waren.

An einem langen Tisch, der vom Thronpodest bis zu jener

191

dunklen Öffnung reichte, unterhalb derer sich einst die Schatzkammer befunden hatte, tagte der Kronrat – und mit ihm auch die Eitelkeit, die Missgunst und die Engstirnigkeit, die in Gestalt der Ratsmitglieder am Hof Einzug gehalten hatten.

Früher hätte Tandelor ihnen Einhalt geboten.

Über eine lange Zeit hinweg hatte der König von Tirgaslan dem Rat mit großer Tatkraft vorgestanden. Er hatte die Geschicke des Reiches gelenkt, hatte für Ausgleich unter den Adeligen gesorgt und eingegriffen, wann immer die Geltungssucht einzelner Fürsten den Frieden im Rat gefährdet hatte.

Doch jetzt nicht mehr.

Tandelor war müde geworden. Der seit Jahrzehnten währende Kriegszustand, in dem sich das Reich befand, hatte seine Kräfte aufgezehrt, so wie er auch die königlichen Schätze aufgezehrt hatte. Und die Leere, die der König von Tirgaslan in seinem Inneren fühlte, war beinahe so dunkel und abgründig wie jenes finstere Loch, das im Boden des Thronsaals klaffte.

Zusammengesunken, das schmale, von tiefen Sorgenfalten zerfurchte Gesicht in einer hohlen Hand verborgen, kauerte er auf dem Thron, auf dem er sich in diesem Moment verloren vorkam.

Nicht nur, dass Tandelors Geduld und seine Entschlusskraft aufgezehrt waren. Er war zutiefst beschämt über den Disput, der unmittelbar nach dem Eintreffen des Boten losgebrochen war und erkennen ließ, wie viel sich seit den glorreichen Tagen König Corwyns verändert hatte. Tandelor kannte jene Epoche nur aus den alten Chroniken und Annalen. In diesem Augenblick jedoch hätte er so ziemlich alles darum gegeben, hätte er in ihr gelebt statt in diesen Tagen der Schande und des Niedergangs …

»Und es besteht kein Zweifel?«, fragte er ungeachtet des heftigen Wortwechsels, der im Rat stattfand und bei dem sich die Landgrafen Savaric und Ruvon einmal mehr einen heftigen Schlagabtausch lieferten.

Lord Savaric, der soeben im Begriff gewesen war, in einer heftigen Tirade über seinen verhassten Rivalen aus dem Südosten des Reiches herzuziehen, hielt inne. »Nein, mein König«, versicherte er, »am Wahrheitsgehalt besteht nicht der geringste Zweifel. Die Nachricht, die der Bote bei sich hatte, trug das Siegel von Ansun!«

»Ein Siegel lässt sich fälschen.«

»Mit Verlaub, mein König«, entgegnete Savaric, »ich denke, es ist Euer Edelmut, der Euch so sprechen lässt. Ihr wollt nicht glauben, dass Menschen einander so etwas antun können. Doch die bittere Wahrheit ist, dass in Ansun schon längst keine Menschen mehr regieren. Osbert und seine Gefolgschaft sind tollwütige Hunde, und als solchen ist ihnen jede Arglist zuzutrauen.«

»Selbst eine wehrlose junge Frau zu entführen?«, fragte Tandelor und zwinkerte rasch die Tränen weg, die ihm in die grauen Augen treten wollten, Tränen unbändiger, hilfloser Wut.

»Auch das.« Savarics hagere Miene machte deutlich, dass er nicht den geringsten Zweifel hegte.

Tandelor nickte.

Sein Verstand hatte die bittere Wahrheit längst anerkannt, sein Herz war voller Furcht. So erleichtert er einerseits darüber war, dass er nach sechzig bangen Tagen der Ungewissheit endlich Kunde über den Verbleib seiner Tochter bekommen hatte, so erschütternd war die Enthüllung, dass es nicht etwa Zwerge oder Orks gewesen waren, die sein eigen Fleisch und Blut entführt hatten und in einem finsteren Kerker gefangen hielten.

Sondern Menschen.

Osbert von Ansun hatte nie einen Hehl daraus gemacht, dass er Tandelor nicht mochte. In den fast einhundert Jahren, die seit dem Unabhängigkeitskrieg vergangen waren, der schließlich mit der Loslösung der Städte Sundaril, Andaril und Taig aus dem Reichsverbund und mit der Gründung des Reiches von Ansun geendet hatte, hatten die Herzöge von

Ansun ihre Interessen gegenüber Tirgaslan stets hartnäckig verfolgt. Unter Osbert jedoch hatte die Gegnerschaft einen neuen Höhepunkt erreicht, und erstmals seit dem Ende des Krieges hatten wieder die Waffen gesprochen.

Als die Zwerge unter ihrem kriegstreiberischen König Winmar die Grenzen ihres Reiches überschritten und in Ansun einfielen, hatte König Tandelor es als seine Pflicht betrachtet, die Zerwürfnisse der Vergangenheit zu überwinden und seinen Nachbarn in Ansun zu Hilfe zu kommen – doch man hatte es ihm schlecht gedankt. Als in der entscheidenden Schlacht Osberts Vater Valeran fiel, gab Osbert Tandelor die Schuld dafür und wandte sich gegen ihn. Mithilfe gedungener Ork-Söldner vertrieb er die Befreier aus seinem Herzogtum. Fortan sah Tirgaslan sich einem neuen Feind an den Grenzen ausgesetzt, und dieser Feind hatte nun erneut zugeschlagen, schrecklicher und niederträchtiger als je zuvor.

Tandelor atmete schwer.

Was, bei allen Königen, die vor ihm auf diesem Sitz aus Alabaster gesessen hatten, sollte er nur tun?

»Ich weiß, dass Ihr Euch sorgt, mein König«, ergriff Savaric erneut das Wort. Wie die meisten Ratsmitglieder trug er nicht Waffenrock und Rüstung, wie es zu Kriegszeiten üblich gewesen wäre, sondern ein prunkvolles Ratsgewand, das von einer reich verzierten Fibel gehalten wurde – ein Anhaltspunkt dafür, wie sehr der Jahrzehnte während Krieg für den Adel zur Normalität geworden war. »Lasst mich Euch deshalb einen Vorschlag unterbreiten«, fuhr er fort, wobei er sich Beifall heischend nach den anderen Ratsmitgliedern umblickte. »Einen Vorschlag, der gleich mehrere unserer Probleme auf einen Schlag beseitigen wird.«

»Sprecht«, forderte Tandelor ihn auf, vage Hoffnung schöpfend.

»Wir alle sind uns darüber einig, dass Osbert den Bogen überspannt hat. Schon lange ärgert er uns, indem er unsere Grenzen verletzt und seine Söldner wieder und wieder auf unsere Seite des Flusses vorstoßen lässt. Doch diesmal ist er zu weit gegangen. Eine Prinzessin von Tirgaslan zu entführen ist ein Frevel ohnegleichen!«

»Damit habt Ihr fraglos recht«, meldete Ruvon sich zu Wort, sein schärfster Rivale, der ihm an der Tafel gegenübersaß. »Doch was genau wollt Ihr unternehmen?«

»Ich bin dafür, ein Heer auszurüsten und gegen Ansun zu schicken. Eine Streitmacht, die nicht nur Prinzessin Aryanwen aus Osberts schmutzigen Klauen befreit, sondern dieser Emporkömmling auch ein für alle Mal in seine Schranken verweist und das Gebiet von Ansun wieder in den Reichsverbund eingliedert!«

Einige Ratsmitglieder – vor allem solche, die auf Savarics Seite des Tisches saßen, bekundeten ihre Zustimmung, indem sie mit den Handflächen auf das glatte Eichenholz schlugen. Andere hingegen waren alles andere als begeistert.

»Was redet Ihr da?«, widersprach Lord Lavan, ein weiterer Gegner Savarics im Rat, wobei sein ganzer feister Körper in Wallung geriet. »Wollten wir einen Angriff dieser Größenordnung gegen Ansun durchführen, so benötigten wir dazu unsere ganze Heeresmacht – und wir können es uns nicht leisten, die Nordgrenze des Reiches derart zu entblößen. Was, wenn die Zwerge die Situation für sich ausnutzen und einen Vorstoß unternehmen?«

»So sprecht Ihr nur, weil Euer Lehen an der Nordgrenze liegt und Ihr fürchtet, Eure Habe zu verlieren«, konterte Savaric, noch ehe auch nur ein Ratsmitglied Lavans Einwurf zustimmen konnte. »Aber verratet mir, Lavan: Wann in der langen und glorreichen Geschichte unseres Reiches wurde ein Sieg je ohne Opfer errungen? Außerdem«, fügte er mit unverhohlener Geringschätzung hinzu, »seid Ihr schon lange nicht mehr auf Eurem Lehen gewesen, soweit ich weiß.«

»Wenn meine Verpflichtungen im Rat mir keine Zeit dazu lassen, so ist dies nicht mein Versäumnis«, verteidigte sich Lavan, dem die Zornesröte in das runde Gesicht schoss. »Ihr habt leicht reden, da sich Euer Lehen doch an der Küste befindet, von feindlichen Angriffen noch unbehelligt.«

»Seit die Zwerge die Nordlande unterworfen haben, hat die Bedrohung auf See beständig zugenommen«, konterte der andere. »Mein Hab und Gut ist also nicht weniger bedroht als das Eure.«

»Das ist wahr«, meldete Ruvon sich prompt zu Wort, in dessen schmalen Augen es angriffslustig blitzte, »und es dürfte auch der Grund dafür sein, dass Ihr Euch in den letzten Monaten häufiger bei Hofe aufhaltet als in Eurer Zitadelle – wohingegen ich tapfer auf meinem Lehen ausharre und das Banner des Königs hochhalte.«

»Das wundert mich nicht«, ätzte Savaric dagegen. »Wie es heißt, versteht Ihr Euch gut mit Euren Nachbarn im Südreich. Das erklärt womöglich auch, weshalb der Schwarze Lotus in solchen Mengen zu uns gelangt …«

Er hatte kaum ausgesprochen, als Lord Ruvon auch schon aufsprang, die Augen zu Schlitzen verengt und die Hand am Griff der gekrümmten Klinge, die er über seinem Ratsgewand trug. »Nehmt das sofort zurück!«, schrie er.

»Ich habe nur geäußert, was jeder hier denkt«, stellte Savaric klar. »Ein jeder von uns weiß, dass Ihr hin und wieder selbst dem Lotus frönt.«

»Und? Wer tut das nicht in diesen Zeiten? Wollt Ihr mir das zum Vorwurf machen?«

»Ihr seid ein Schwächling, Lord Ruvon. Nicht mehr und nicht weniger.«

Tandelor, der den Streit von seinem erhöhten Sitz aus verfolgt hatte, konnte sehen, wie sich Ruvons Gesicht ob der Beleidigung dunkel verfärbte – und er war nicht gewillt, diesem Kräftemessen noch länger beizuwohnen.

»Schluss jetzt!«, rief er so energisch, dass es von der hohen Kuppeldecke widerhallte. »Ich erhalte Kunde, dass sich meine Tochter in den Händen des Feindes befindet, und alles, was Euch dazu einfällt, ist eitler Streit?«

»Aber ich wurde schwer beleidigt, mein König«, verteidigte sich Ruvon, wobei sein schmaler Schnauzbart vor Zorn bebte. »Niemand nennt mich einen Schwächling!«

»Dann gebe ich Euch hier und jetzt Gelegenheit, das Gegenteil zu beweisen«, erwiderte Tandelor. »Ihr wollt nicht, dass ich die Nordgrenze des Reiches entblöße, indem ich ein Heer nach Ansun entsende, hohe Herren? Nun gut – aber Ihr könnt auch nicht verlangen, dass ich mein einziges Kind in den Händen der Verräter von Ansun belasse. Wer von Euch also ist willens und bereit, sich in die Höhle des Drachen zu begeben und Aryanwen zu befreien?«

Hätte ein gleißender Blitz in die Ratstafel eingeschlagen, die Reaktion hätte nicht bestürzter ausfallen können.

Die Noblen des Reiches saßen reglos und wie versteinert. Im ersten Augenblick starrten sie alle auf ihren König, fassungslos über dessen Ansinnen. Dann wandten alle ihre Blicke ab und starrten stumm vor sich hin aus Furcht davor, angesprochen zu werden.

»Wie denn, edle Herren?« Obwohl Tandelors mattem Tonfall anzumerken war, dass er mit nichts anderem gerechnet hatte, gab sich der König überrascht. »Ist niemand unter Euch, der sich dieser Verantwortung stellen, der mir mein einziges Kind zurückbringen will?«

»Ich würde es umgehend tun, mein König«, versicherte Ruvon, der sich am meisten angesprochen zu fühlen schien, »jedoch lassen es meine Verpflichtungen auf Eurem Lehen nicht zu. Ohnehin bin ich der Ansicht, dass sich eine Angelegenheit wie diese mit den entsprechenden Gütern sehr viel rascher und wirksamer beilegen ließe als mit roher Gewalt. Osbert von Ansun will offensichtlich Geld, also sollten wir es ihm geben.«

»Ihr glaubt, dass Osbert ein Lösegeld erpressen will?« Tandelor schüttelte den Kopf. »Dann seid Ihr ein Narr, Lord Ruvon. Osbert geht es um Rache, nicht mehr und nicht weniger. Er gibt mir die Schuld am Tod seines Vaters, habt Ihr das vergessen?«

»Das alles liegt lange zurück«, gab Ruvon zu bedenken.

»Fünfunddreißig Jahre«, bestätigte der König, »doch Rachsucht kennt keine Verjährung. Und selbst wenn Ihr recht hättet – soll ich Osbert Geld geben, damit er neue Söldner kaufen und gegen unsere Grenzen ziehen kann? Soll ich die Freiheit meiner Tochter mit dem Leben meiner Untertanen bezahlen? Wollt Ihr mir das ernstlich vorschlagen?«

Savaric lachte nur. »Mit Verlaub, mein König, das sähe ihm ähnlich«, ätzte er in Richtung seines Rivalen.

»Ach ja?«, konterte dieser. »Dann geht Ihr doch nach Ansun und befreit die Prinzessin, wenn Ihr es besser wisst!«

»Den Krieg und das Kämpfen sollte man denen überlassen, die sich am besten darauf verstehen«, erwiderte Savaric schneidig und ohne Zögern. »Ich stelle gerne meine besten Orks zur Verfügung. Sie werden den Auftrag zuverlässig ausführen.«

»Das ist Euer Vorschlag?«, fragte Tandelor. »Ich soll eine Horde Unholde losschicken, um mein eigen Fleisch und Blut aus der Hand des Feindes zu befreien?« Trotz der Erschöpfung, die er verspürte, richtete sich der König auf seinem Thron auf und ließ seinen Blick über die zwanzig Mitglieder des Kronrates schweifen. »Ist hier niemand, der Manns genug ist, seinem König in dieser schweren Stunde beizustehen? Niemand, der es wagt, nach Ansun zu gehen und meine Tochter zu retten?«

Die Ratsmitglieder zeigten dieselbe Reaktion wie zuvor. Beklommen wichen sie den Blicken des Königs aus und starrten vor sich hin auf die Tischplatte oder auf den Boden.

Tandelor schüttelte den Kopf. »Wie ich die alten Tage zurückwünsche«, stöhnte er. »Zur Zeit des Elfenreichs haben die Paladine selbst mit dem Schwert in der Hand gekämpft, statt sich hinter ihren Besitztümern und Söldnern zu verstecken.

»Bei allem Respekt, mein König«, meldete Lavan sich erneut zu Wort, »von vergangenen Tagen zu träumen, bringt uns nicht weiter. Abgesehen davon wissen wir nicht, ob es diese glorreichen Zeiten überhaupt je gegeben hat. Womöglich haben die Elfen nie existiert, vielleicht sind sie nur ein Mythos – immerhin wurde seit einem Jahrtausend kein Elf mehr in Erdwelt gesichtet.«

»Und selbst wenn es sie gegeben hat«, stimmte Savaric in seltener Einhelligkeit zu, »wissen wir nicht, ob sie tatsächlich jene Helden waren, von denen die Sänger berichten. Die Geschichtsbücher jedenfalls sind äußerst vage, was ihre Rolle während der Dunklen Kriege betrifft. Womöglich war ihr Anteil daran weniger rühmlich, als wir es glauben sollen.«

»Was in den Dunklen Kriegen geschehen ist, weiß niemand genau, da die Aufzeichnungen verloren gegangen sind«, räumte König Tandelor ein. »Aber die Ideale, für die das Elfenreich einst stand, bestehen auch in unserer Zeit noch fort.«

»Nun«, meinte Lavan, »vielleicht ist es ja Zeit, sich von diesen überkommenen Vorstellungen zu lösen und neue Ideale zu finden, neue Leitbilder für eine neue Ära.«

»Tatsächlich?« Tandelor reckte wissbegierig das Kinn vor. »Und was für Ideale könnten das sein, Lord Lavan?«

»Ich für meinen Teil plädiere für einen Frieden mit den Zwergen! Begraben wir unsere Feindschaft mit Winmar und gehen wir dann gemeinsam gegen Ansun vor und befreien die Prinzessin!«

Hier und dort wurde auf den Tisch geklopft. Erleichterung zeigte sich auf den Zügen einiger Ratsmitglieder, die in Lavans Vorschlag die Lösung des Dilemmas zu erkennen glaubten. Savaric hingegen verzog missbilligend das Gesicht – und er war damit nicht allein.

»Nein«, verkündete Tandelor mit aller Entschiedenheit, zu der er noch in der Lage war. »Winmar ist der gefährlichste aller Herscher, maßlos und unberechenbar. Wer ihn wählt, wählt ruchlose Unterdrückung. Wenn Ihr mir nicht glauben wollt, dann fragt die Bürger von Anar, die ihm bereitwillig die Tore geöffnet haben!«

»Aber einen Krieg gegen mehrere Gegner gleichzeitig

können wir nicht gewinnen, mein König«, beharrte Lavan. »Schon jetzt haben unsere Truppen Probleme, die nördlichen Grenzen zu sichern – und wer weiß, was für furchtbare Waffen sich die Zwerge noch ausdenken werden? Womöglich waren die Kaldronen erst der Anfang! Noch können wir mit Winmar verhandeln, aber vielleicht wird es bald schon zu spät sein.«

»Ihr habt recht, Lavan«, pflichtete Tandelor unerwartet bei. »Wir stehen mit dem Rücken zur Wand, sind von Feinden umgeben. Im Norden lauern die Zwerge, im Westen die Gnomen, die mit ihnen verbündet sind, im Osten Ansun. Und im Südosten blickt das Südreich begehrlich auf unsere Inseln und Ländereien. Wir haben diesem Treiben viel zu lange tatenlos zugesehen.«

»So ist es, mein König«, stimmte Savaric zu. »Wir werden ein neues Söldnerheer ausheben und neue Panzerwagen bauen lassen. Auf diese Weise wird es uns gelingen …«

»Nein«, widersprach Tandelor und straffte sich auf seinem Thron. Trotz der Müdigkeit, die er verspürte, und der Verzweiflung über die Entführung seiner Tochter fühlte der König von Tirgaslan plötzlich eine neue innere Kraft. Eine Kraft, die aus der Überzeugung resultierte, den richtigen Entschluss getroffen zu haben …

»Nein?« Savaric sah ihn verunsichert an.

»Unsere Mittel sind erschöpft«, erklärte Tandelor achselzuckend. »Wir können kein weiteres Söldnerheer aufstellen und es mit gepanzerten Wagen ausrüsten. Und wir können auch nicht alle unsere Kämpfer von der Nordgrenze abziehen«, fügte er hinzu, worauf Lord Lavan erleichtert nickte. »Deshalb«, fuhr der König fort, wobei sich seine hagere, von Sorge gebeugte Gestalt auf dem Thron straffte, »werden wir diesmal selbst in die Schlacht reiten und unsere Kämpfer unterstützen.«

Seine Worte verklangen unter der Kuppel, Schweigen kehrte ein.

»Ihr … Ihr wollt selbst kämpfen?«, wisperte jemand.

»So wie Farawyn und Corwyn und viele andere Könige vor mir«, bestätigte Tandelor. »Vermutlich hätte ich das schon vor langer Zeit tun sollen, statt auf meine Berater zu hören und Hilfe bei gewissenlosen Söldnern zu suchen. Ich werde selbst nach Ansun gehen und dort die Entscheidung suchen. Diesmal ist Osbert zu weit gegangen, und das werde ich ihn wissen lassen, und zwar höchstpersönlich. Und Ihr, Lehnsherren, werdet mich begleiten.«

»Das ist nicht Euer Ernst«, stieß Lord Lavan hervor.

»Sagtet Ihr nicht selbst, dass unsere Streitkräfte knapp sind? Dass jeder Schwertarm gebraucht wird?«

»A-aber die Nordgrenze …«

»Wenn Ihr glaubt, dass Ihr dort unabkömmlich seid, steht es Euch selbstverständlich frei, dorthin zu gehen«, erwiderte Tandelor mit unverhohlenem Spott. »Wer von Euch jedoch noch einen Funken Anstand im Leib hat, der sollte mir folgen und mir helfen, mein Kind zu retten.«

»Aber mein König!«, wandte Lord Ruvon ein.

»Bei allem, was Ihr tut, solltet Ihr Euch nicht von der Furcht um Eure Tochter blenden lassen«, fügte Lord Savaric hinzu, der mit dem Rivalen plötzlich übereinzustimmen schien. »Das Wohl des Reiches sollte an vorderster Stelle stehen.«

»Glaubt Ihr, das wüsste ich nicht?« In Tandelors Augen blitzte es. »Mein ganzes Leben lang habe ich dem Reich gedient, habe all meine Kräfte aufgewandt, um es zusammenzuhalten und seine einstige Größe und Macht zu wahren. Es mag mir nicht immer gelungen sein, aber man kann mir nicht vorwerfen, dass ich es nicht mit aller Kraft versucht hätte.«

»Das würde mir niemals in den Sinn kommen, mein König, aber …«

»Die Zeit ist reif für eine Entscheidung! Wie lange wollen wir noch so fortfahren? Wie lange noch dabei zusehen, wie der Krieg unser Land verwüstet und Elend und Pestilenz um sich greifen?«

»Jeder Krieg verlangt Opfer, mein König«, gab Lavan zu bedenken.

»Das ist wahr – aber ich bin nicht länger gewillt, diese Opfer hinzunehmen! Wir alle, die wir hier sitzen, haben uns an den Krieg gewöhnt, und wenn ich mir manche von Euch ansehe«, fügte er mit einem despektierlichen Blick auf Lavans feiste Gestalt hinzu, »so lebt Ihr ganz gut damit. Doch die Entführung meiner Tochter hat mir eines klargemacht: dass wir über die fortwährenden Verluste nicht weiter hinwegsehen dürfen. Wir müssen die Entscheidung suchen und diesen mörderischen Konflikt endlich beenden!«

»U-und die Nordgrenze?«, erkundigte sich Lavan stammelnd.

»Die Hälfte unserer Söldner werde ich von dort abziehen und gegen Ansun schicken. Der Rest verbleibt, um die Grenzbefestigungen zu sichern. Mit etwas Glück wird der Feldzug gegen Ansun beendet sein, ehe Winmar etwas davon mitbekommt.«

»Und – wenn nicht?«

»Verdammt, was fragt Ihr mich?« Tandelor sprang vom Thron auf, ein Ausbruch plötzlichen Temperaments, den keiner der Ratsherren dem alternden König zugetraut hätte. Entsprechend betroffen waren ihre Gesichter. »Glaubt Ihr, ich wüsste immer auf alles eine Antwort? Wir befinden uns im Krieg, Ihr hohen Herren, und der Krieg ist immer ein Wagnis, dessen Ende unabsehbar ist. Wir haben uns viel zu lange damit abgefunden, hier zu sitzen, Verlustmeldungen hinzunehmen und darüber zu debattieren, wohin wir unsere Söldner als Nächstes schicken werden. Das alles muss ein Ende haben – und in Ansun *werden* wir es beenden!«

»Aber was, wenn wir scheitern?«, gab Lord Savaric zu bedenken. »Winmar wird nicht zögern, unsere Schwäche auszunutzen und nach Tirgaslan vorzustoßen.«

»Und Ihr glaubt, das könnten wir verhindern, indem wir uns weiter hier verkriechen? Ihr selbst habt gesagt, dass die Übermacht der Zwerge beständig wächst. Ich für meinen Teil werde lieber kämpfend untergehen, als tatenlos hier zu sitzen und dabei zuzusehen, wie mir das Liebste genommen wird.«

»Das Liebste?«, hakte Savaric nach. »Sprecht Ihr vom Reich oder von Eurer Tochter?«

»Das macht keinen Unterschied.«

»Oh, ich denke doch, dass es einen Unterschied macht«, widersprach Savaric keck, wobei er sich einmal mehr Beifall heischend umblickte. »Wäre es mein Kind, das entführt wurde, so würde ich dennoch das tun, was meiner Ansicht nach zum Wohl des Reiches nötig ist – auch wenn es bedeuten würde, mein eigen Fleisch und Blut im Stich zu lassen.«

Vom Thronpdest herab sah Tandelor ihn prüfend an. »Das Schlimme daran ist«, knurrte er dann, »dass ich Euch das unbesehen glaube, Lord Savaric. Ihr alle seid Heuchler! Ihr habt kein Problem damit, andere in den Tod zu schicken – sobald Ihr jedoch Eure eigene Haut zu Markte tragen sollt, sucht Ihr nach Ausflüchten!«

»Aber mein König!«, widersprach Lord Ruvon anstelle seines Erzrivalen. Empörtes Gemurmel erhob sich an der Ratstafel, Köpfe wurden unwillig geschüttelt.

»Mein Entschluss steht fest«, teilte Tandelor unbeirrt mit. »Ansun hat mich herausgefordert, ich werde die passende Antwort geben. Die Zeit dafür ist überreif. Diener – bringt mir Rüstung und Schwert!«

Die beiden Hofdiener, die am Fuß des Thronpodests postiert waren, eilten sofort, um den Befehl ihres Herrschers auszuführen. Niemand im Kronrat widersprach mehr. Allen war klar, dass jeder weitere Einwand sinnlos gewesen wäre und womöglich mit dem Vorwurf des Hochverrats geendet hätte.

In den Augen der Lehnsherren Savaric, Ruvon und Lavan jedoch blitzte Widerstand. Und ein verhängnisvolles Bündnis fand seinen lautlosen Anfang.

2.

CHOUNA FOUK'DH

Der ehrwürdige Wald von Trowna hatte schon sehr viel bessere Zeiten gesehen.

Ohnehin war das Gehölz, das einst den Süden des Reiches bedeckt und im Norden bis an die Ebene von Scaria herangereicht hatte, auf einen Bruchteil seiner einstigen Größe geschrumpft; das riesige Siedlungsgebiet, zu dem die Städte Tirgaslan und Tirgasdun verschmolzen waren, hatte den Wald verschlungen wie ein Moloch. Unter den Äxten der Holzfäller waren die Jahrhunderte alten Stämme gefallen, um als Bau- oder Brennholz Verwendung zu finden. Nur weit im Westen, wo der Wald bis an den alten Grenzfluss und an die Ausläufer des Schwarzgebirges heranreichte, war ein letzter Rest erhalten geblieben. Das übrige, einstmals von dichtem Urwald überwucherte Land war baumlose Steppe geworden, von Dörfern und Gehöften übersät, welche, wie Rammar fand, wie Trollschiss hingeworfen wirkten.

Rings um die Siedlungen lagen Fluren und Äcker, von denen allerdings die wenigsten bestellt wurden. Die meisten wirkten verwahrlost, die dazugehörigen Häuser verlassen. Und wenn doch einmal Menschen zu sehen waren, so sahen sie ebenfalls heruntergekommen aus.

»Was ist hier eigentlich los?«, fragte Balbok irgendwann, als sie sich einem weiteren trostlosen Flecken näherten, dessen windschiefe Gebäude sich an der Straße aufreihten wie Gnomenohren an einer Halskette. »Wo sind die alle hin?«

»Mein dämlicher Bruder stellt zur Abwechslung mal eine berechtigte Frage«, stimmte Rammar zu. »Seit zwei Tagen sind wir nun schon unterwegs und sehen nichts als Ruinen und kaputte Typen. Man könnte meinen, Narkods Hammer wäre herabgefallen.«

»Das ist der Krieg«, erklärte Dag. »Die meisten Landbewohner haben ihre Dörfer aus Furcht vor Plünderungen verlassen.«

»Sind die Hutzelbärte etwa schon so weit nach Süden vorgedrungen?«

»Dieser Krieg hat seine eigenen Gesetze«, erklärte Dag kopfschüttelnd. »Wenn die Ork-Söldner des königlichen Heeres mit ihrer Entlohnung nicht zufrieden sind, dann holen sie sich anderswo, was sie haben wollen.«

»*Korr*«, meinte Balbok, dem das sehr einleuchtete.

»Die größeren Siedlungen sind zu stark befestigt, um einfach überfallen zu werden, die Dörfer und Gehöfte jedoch sind Räubern schutzlos ausgeliefert. Viele Bauern wurden getötet oder sind Seuchen zum Opfer gefallen. Der Rest hält sich versteckt oder ist nach Süden geflüchtet.«

»Hm«, machte Rammar. »Und wieso lässt sich euer König so einen *shnorsh* bieten? Wenn meine Krieger anfangen würden, meine Insel zu plündern …«

»Unsere Insel«, verbesserte Balbok.

»… würde ich ihnen die Köpfe runterreißen und sie ihnen vor die Füße schmeißen.«

»Wie ich schon sagte – dieser Krieg hat seine eigenen Gesetze, und einige davon sind außer Kontrolle geraten«, räumte Dag ein. »Dadurch, dass die Bauern in die Stadt flüchten und ihre Felder unbestellt zurücklassen, werden Nahrungsmittel im Reich immer knapper. Es gibt Viertel in Tirgaslan, in denen kaum noch etwas Essbares aufzutreiben ist.«

»Na und?«, grunzte Rammar höhnisch. »Was brauchen sie auch zu fressen, wo sie doch den Lotus haben.«

»Nicht alle«, widersprach Dag. »Für die Bauern, die alles verloren haben, ist selbst der billige Lotus aus dem Südreich zu teuer. Die Reichen in den wohlhabenden Vierteln der Stadt hingegen sitzen nach wie vor an reich gedeckten Tafeln. Von der bitteren Wirklichkeit des Krieges bekommen sie nichts mit.«

»Ich verstehe«, meinte Balbok. »Das ist Fortschritt, *korr*?«

Inzwischen hatten sie sich der Siedlung bis auf fünfzig Schritte genähert. Der Wachturm am Dorfeingang war unbesetzt, die umliegenden Hütten wirkten verlassen – doch dieser Eindruck täuschte. Als die Orks und ihr menschlicher Begleiter heran waren, öffneten sich knarrend einige Türen, und die Bewohner traten auf die Straße. Allerdings hatten sie gar keine Augen für die Besucher, sondern huschten eilig die Hauptstraße hinab, dem Kern des Dorfes entgegen.

Dag rief ihnen nach, worauf einer von ihnen – ein untersetzter Mann von buckliger Postur – für einen Augenblick stehen blieb und sich zu ihnen umwandte. Zu ihrer Überraschung sahen die Orks, dass der Mann bemalt war – mit Ruß hatte er sich schwarze Striche und andere seltsame Symbole ins Gesicht und auf den nackten Oberkörper gemalt.

Als er die Orks erblickte, öffnete sich sein Mund zu einem lautlosen Schrei. Gleichzeitig hob er den Arm, in dem er eine Weidenrute hielt.

Balbok hob den *saparak*. »Ich glaube, er will uns angr...«

Der hagere Ork verstummte, als der bemalte Mann auch schon mit der Rute zuschlug – jedoch nicht auf die Besucher, sondern auf sich selbst. Den Schmerz, den er dabei empfinden musste, ertrug er mit gleichgültiger Miene. Dann wandte er sich ab und setzte den anderen hinterher. Sein nackter Rücken war von blutigen Striemen überzogen.

»Was war das?«, fragte Rammar. »Hat der einen Sparren locker?«

»Er ist ein Stellvertreter«, erklärte Dag.

»Ein *was*?«

»Ich hatte euch doch von den Wanderpredigern berichtet, die durch das Land ziehen – für die Armen stellen sie oft ihre einzige und letzte Hoffnung dar. Einige dieser Prediger vertreten die Ansicht, dass der Krieg und das Elend nur deshalb über das Reich gekommen sind, weil die Herrschenden Fehler begangen und sich falsch verhalten haben.«

»Klingt einleuchtend, Milchgesichter machen viele Fehler«, gab Rammar zu. »Und weiter?«

»Deshalb bestrafen sich diese Leute selbst anstelle derer, die die Strafe eigentlich treffen müsste, und hoffen auf diese Weise, das Schicksal zu besänftigen.«

Rammar schickte ihm einen Seitenblick.

»Ich sage nicht, dass ich daran glaube«, bekräftigte Dag. »Aber diese Menschen tun es.«

»So wie du, Rammar«, meinte Balbok unverblümt.

»Was soll das nun wieder heißen?«

»Du machst oft etwas falsch. Und mich bestrafst du dann stellvertretend dafür.«

Rammar schüttelte den Kopf wie jemand, der eine schallende Ohrfeige bekommen hatte. »Bist du übergeschnappt? Fehler sind mir fremd. Wenn ich doch welche mache, dann nur deinetwegen!«

»Siehst du? Genau das meine ich.«

»Du unverschämter *umbal*! Wie kannst du …?«

»Schhhht!«, brachte Dag sie mit einem energischen Zischen zum Schweigen. Widerwillig hielt Rammar in der Schimpfkanonade inne, die er über Balbok hatte entladen wollen, und lauschte.

Tatsächlich waren Stimmen zu hören.

Verzweifelte Rufe.

Und jemand, der lauter sprach als alle anderen.

Der Wind, der über die baumlose Ebene wehte und zwischen den Behausungen der Dorfbewohner hindurchpfiff, stand ungünstig, sodass kein Wort davon zu verstehen war. Aber je näher die Gefährten dem Dorfplatz kamen, desto lauter wurde die Stimme – und sie begriffen, dass sie zum zweiten Mal Zeugen eines Prediger-Vortrags wurden.

In der Mitte des Dorfplatzes ragte ein Galgenbaum auf, an dem die verwesenden Überreste gleich mehrerer Dorfbewohner hingen. Wer ihnen dieses schmähliche Ende beigebracht hatte, war nicht schwer zu erraten. Die schwarz gefiederten Ork-Pfeile, mit denen die leblosen Körper noch zusätzlich gespickt waren, sprachen in dieser Hinsicht Bände.

»Das da«, rief der Prediger, der unmittelbar unter den Gehenkten stand und mit einer dürren weißen Hand zu ihnen hinaufdeutete, »kommt dabei heraus, wenn man Unholden die Verteidigung des Landes überlässt! An einem Tag noch mögen die Orks euch freundlich gesinnt sein, aber schon in der nächsten Stunde überfallen sie eure Dörfer und schneiden euch die Kehlen durch!«

»*Korr*«, brummte Balbok halblaut.

»Das ist der Untergang!«, schrien einige Stellvertreter, die beim Galgenbaum standen, und schlugen mit ihren Ruten auf sich ein. »Unser aller Untergang!«

»Der Tag des Untergangs ist nicht mehr fern«, stimmte der Prediger zu, der wie ein Fels aus der Menge ragte und in seinem grauen Gewand mit der hochgeschlagenen Kapuze selbst den größten Dorfbewohner noch um Haupteslänge überragte. »Ihr versucht, ihn aufzuhalten, indem ihr euch für die Vergehen anderer bestraft, was selbstlos ist und von größerem Mut zeugt, als ihn jene an den Tag legen, deren Aufgabe es eigentlich wäre, das Reich zu beschützen! Die Verantwortung übernehmen müssten für die Welt, in der sie leben ...!«

»Du, Rammar«, sagte Balbok plötzlich. »haben wir das nicht schon mal gehört?«

»Allerdings«, knurrte Rammar, der dasselbe unangenehme Gefühl verspürte wie vor einigen Tagen. »Das ist derselbe Kerl, dem wir in Tirgaslan begegnet sind.«

»Unwahrscheinlich.« Dag schüttelte den Kopf. »Im Grenzland ziehen zahllose Prediger umher. In ihren grauen Kutten sehen sie einander zum Verwechseln ähnlich, und sie alle reden davon, dass die Welt bald untergehen wird. Und wer weiß«, fügte er düster hinzu und ließ seinen Blick über den Dorfplatz und die angrenzenden Häuser schweifen, »vielleicht haben sie ja sogar recht damit.«

Rammar stieß ein verächtliches Schnauben aus. »Ihr Halbhirne würdet den Untergang noch nicht einmal bemerken, wenn er unmittelbar bevorstünde. Ihr zieht es vor, in der Vergangenheit zu leben oder in der Zukunft, aber niemals in der Gegenwart.«

»Vielleicht.« Dag nickte und schaute Rammar fragend an. »Und das ist bei Orks anders?«

Rammar erwiderte seinen Blick, blieb eine Antwort jedoch schuldig. »Lasst uns weitergehen und Vorräte besorgen«, knurrte er stattdessen. Er wandte sich ab und watschelte davon, während der Prediger hinter ihm weiter seine Tiraden hielt.

Und einmal mehr hatte Rammar das unangenehme Gefühl, dass der Blick des Mannes auf ihm lastete.

3.

KOUM ABOR

Aryanwen war von Unruhe getrieben.

Die Begegnung mit König Winmar, der sie im Kerker aufgesucht hatte, um sich an ihrer Verzweiflung und ihrer Furcht zu weiden, stand ihr noch immer vor Augen – und in den einsamen Stunden, die sie seither in ihrer Zelle verbracht hatte, war ihr klar geworden, dass nicht nur sie selbst einen entscheidenden Fehler begangen hatte, sondern auch ihr Vater: Sie hatten den Zwergenherrscher unterschätzt.

In den Augen der meisten Menschen war Winmar ein etwas sonderlicher Emporkömmling. Jeder wusste, dass er nicht aus noblen Verhältnissen stammte, und es war ein offenes Geheimnis, dass er durch Lug, Intrige und Mord an die Macht gekommen war. Entsprechend hatte man nichts darauf gegeben, als bekannt wurde, dass er als neuer Herrscher auf dem Thron der Äxte saß. Die Zwergenherrscher der zurückliegenden Jahrhunderte waren ohne Ausnahme freundlich gewesen und friedfertig, und nicht wenige von ihnen hatten sich dem Schutz der Menschen unterstellt und waren treue Gefolgsmänner von Tirgaslan gewesen.

Mit Winmar jedoch hatte sich alles geändert.

Als die Zwerge die nördliche Grenze ihres Reiches überschritten und in die Nordlande einfielen, glaubte man noch den Beteuerungen von Winmars Gesandten, die versicherten, dass es sich lediglich um eine Maßnahme zur Sicherung der eigenen Grenzen handle – als die Städte der Nordmenschen jedoch in Flammen standen, war klar, dass Winmar nicht nur die Festigung seiner Herrschaft im Sinn hatte, sondern noch sehr viel mehr.

Der Krieg, der Erdwelt nunmehr seit Jahrzehnten entzweite, war nie offiziell erklärt worden. Nie hatte es eine Gesandtschaft gegeben, die wie zu alter Zeit den Zustand des Friedens für erloschen deklariert hatte, nie war man einander in einer großen Schlacht begegnet, um in einem einzigen Blutvergießen die Entscheidung zu suchen. Diese Schlacht war von einer anderen Art. Sie tobte ständig und beinahe überall, war wie ein Geschwür, das sich ausgebreitet hatte und das sich immer noch weiterfraß.

Und nun wollte ausgerechnet Winmar eine Entscheidung herbeiführen. Der Zwerg, der einer direkten Konfrontation in all den Jahren aus dem Weg gegangen war, der es nach einigen anfänglichen Scharmützeln vorgezogen hatte, lieber nur gezielte Vorstöße zu unternehmen und Krieg nicht nur gegen die Soldaten, sondern auch gegen das Volk, vor allem gegen die Landbevölkerung von Tirgaslan zu führen. Allerdings würde er auch diesmal nicht alles auf eine Karte setzen und den entscheidenden Waffengang wagen, sondern Tirgaslan und Ansun gegeneinander ausspielen. Und das ausgerechnet jetzt, da zumindest die Möglichkeit bestanden hatte, dass sich die Rivalen einander annäherten.

Für Aryanwen stand fest, dass der Zeitpunkt kein Zufall sein konnte. Auf welchem Wege auch immer – vermutlich durch das Zutun seines Bluthundes Vigor, dessen Augen und Ohren überall zu sein schienen – hatte Winmar von ihren Plänen erfahren. Er hatte ihr aufgelauert, als sie auf dem Weg nach Smerada gewesen war, und setzte nun alles daran, ihre Pläne zu vereiteln. Mehr noch, ausgerechnet Aryanwen, die den Frieden zwischen Tirgaslan und Ansun hatte herbeiführen wollen, wurde zum Werkzeug des Krieges und des Untergangs!

Der Gedanke stürzte sie in Panik.

Sie musste ihren Vater warnen!

Schon einmal war es Aryanwen gelungen, eine Nachricht

aus ihrem Kerker zu schmuggeln, doch diese erste Botschaft hatte sie nicht an ihren Vater geschickt, damit er nicht ihretwegen seine Pflichten vernachlässigte oder gar mit einem Heer gegen die Zwergenfeste zog und dadurch die Verteidigung des Reiches vernachlässigte. Stattdessen hatte sie ihren Hilferuf nach Ansun gesandt, in der Hoffnung, dass er seinen Empfänger erreichte. Was daraus geworden war, wusste sie nicht, doch nun musste Aryanwen eine zweite Botschaft schicken – und zwar direkt nach Tirgaslan.

Marschierte ihr Vater gegen Ansun, so beschwor er damit das Ende der Menschen herauf. Der schreckliche Alltag dieses Konflikts, der seit so langer Zeit tobte, hatte die Menschen von Tirgaslan eingelullt. Sie hatten sich mit Elend und Zerstörung abgefunden und sie so gut es eben ging aus ihrem Leben verdrängt. Das Kämpfen und Sterben hatten sie anderen überlassen, doch nun ging es um alles.

Um das Überleben des Reiches.

Um die Freiheit der Menschen.

Die Interessen Einzelner mussten dahinter zurückstehen, selbst die einer Prinzessin – auch wenn es bedeutete, dass Aryanwen niemals wieder aus ihrem dunklen Kerkerloch befreit und das Tageslicht nicht wiedersehen würde.

Tandelor hatte seine Tochter zu Disziplin und Pflichtbewusstsein erzogen, und Aryanwen fühlte sich den alten Tugenden und Traditionen ihres Hauses verpflichtet.

Ihr Schicksal zählte nichts.

Das Wohl des Reiches zählte alles.

In ihren Gedanken setzte Aryanwen eine neue Botschaft auf. Eine Botschaft, in der sie ihrem Vater verbot, zu ihrer Befreiung zu eilen. Dann wartete sie im Dunkel ihrer Zelle, bis draußen auf dem Gang die schlurfenden Schritte auf dem Gang erklangen.

In den vielen Tagen, die sie nun schon in ihrem Kerker weilte, hatte sie Zeit genug gehabt, um Beobachtungen anzustellen. Ihr war aufgefallen, dass die Kerkerknechte, die ihr einmal am Tag zu essen brachten, in regelmäßiger Folge abwechselten – und an jedem fünften Tag (also bei jedem fünften Strich, den sie in die Zellenwand ritzte) brachte Rungbold ihr das Essen.

Der bucklige Kerkerknecht war der Einzige, der ihr seinen Namen genannt hatte. Der Einzige von Winmars Schergen, der mit ihr gesprochen hatte. Und unter Aufbietung all dessen, was sie angesichts ihrer Umgebung und ihrer Gefangenschaft an Liebreiz aufzubringen in der Lage war, hatte Aryanwen ihn dazu gebracht, für sie eine Nachricht aus Gorta Ruun zu schmuggeln.

Noch immer verkrampfte sich ihr Innerstes vor Abscheu, wenn sie an die Gegenleistung dachte, die Rungbold von ihr verlangt hatte. Vergeblich hatte sie ihm Reichtümer in Aussicht gestellt, ihm vergeblich Ruhm versprochen. Der Zwerg hatte nach einer Entlohnung verlangt, die zu entrichten es keiner Prinzessin bedurft hätte – jede Dirne aus den dunkelsten Hinterhöfen von Tirgaslan hätte es ebenso vermocht. Doch wie grässlich die Schmach auch gewesen sein mochte und wie abgrundtief die Erniedrigung – der Kerkerknecht hatte Wort gehalten und die Nachricht mitgenommen, die Aryanwen in eine Tonscherbe geritzt hatte. Ob er sie tatsächlich abgeschickt und ob sie ihren Empfänger erreicht hatte, vermochte Aryanwen nicht zu beurteilen. Trotzdem wollte sie Rungbolds Dienste ein zweites Mal in Anspruch nehmen, wie hoch der Preis dafür auch sein mochte.

Als sie hörte, wie sich die charakteristischen Schritte näherten, mit denen sich der auf dem linken Bein lahmende Zwerg durch die Kerkergänge schleppte, wappnete sie sich innerlich. Sie redete sich ein, dass es nicht von langer Dauer sein würde, der Nutzen dafür unermesslich. Wenn sie ihre Tugend und ihre Würde ein weiteres Mal opfern musste, um damit ihrem Vater und dem Reich zu helfen, würde sie es ohne Zögern tun.

Musste es ohne Zögern tun …

Die Schritte verharrten vor ihrer Kerkertür. Aryanwen erhob sich, und tatsächlich tauchte im nächsten Moment eine wohlbekannte Gestalt in dem viereckigen Guckloch auf, das in die rostige Kerkertür eingelassen war.

Rungbold.

Doch irgendetwas stimmte nicht.

Der Bart des Zwergs war mit dunklen Flecken besudelt, seine einfältigen Züge seltsam blass, die Augen starr und auf geradezu bizarre Weise verdreht. Und an der Art und Weise, wie sein Haupt vor der kleinen Öffnung auf und ab tanzte, erkannte Aryanwen, dass es geführt wurde wie eine Puppe.

Die Prinzessin wich zurück, bis sie gegen die Rückwand der Kerkerzelle stieß. Ein gellender Schrei entfuhr ihr, als ihr die grässliche Wahrheit dämmerte.

Rungbolds Haupt besaß keinen Körper mehr.

Abgetrennt stak es auf einem Spieß, den jemand vor der Türöffnung schwenkte, und an dem hämischen Gelächter, das ihren Schrei beantwortete, erkannte sie, wer dieser Jemand war.

Vigor …

»Erschrocken, Teuerste?«, rief Winmars oberster Folterknecht von draußen, dabei ein schlechtes Imitat von Rungbolds leiser Stimme liefernd, wobei er die schaurige Staffage weiterschwenkte. »Soll ich Euch wiederum zu Diensten sein? Das wird sich kaum machen lassen, denn mein Körper ist mir auf rätselhafte Weise abhandengekommen …«

Wieder erklang wüstes Gelächter, und Aryanwens anfängliches Entsetzen verwandelte sich in hilflosen Zorn. Rungbold war gewiss kein Mann von Ehre gewesen, und sie hatte keinen Grund, ihn zu betrauern – aber selbst er hatte ein solches Ende nicht verdient. Und die Art und Weise, wie sein Henker seinen Leichnam verhöhnte, erschütterte sie.

»Scheusal!«, schrie sie ihre Wut und ihr Entsetzen laut hinaus, worauf Rungbolds leblose Züge verschwanden und das Gesicht des ruchlosen Vigor vor dem Fenster erschien. »Elendes, unbegreifliches Scheusal!«

Es war nicht zu erkennen, ob ihre Worte im Gesicht des

Folterknechts eine Wirkung hinterließen – der dichte Bart und das breite Grinsen überdeckten jede Reaktion.

»Was denn?«, konterte er, weder seine Stimme noch sein grausames Wesen länger verstellend. »Wollt Ihr tatsächlich so tun, als wärt Ihr überrascht? Niemand anders als Ihr seid es, der die Schuld an Rungbolds unrühmlichem Ende trägt! Bevor er diese Welt verließ, hat er mir alles erzählt …«

»Erzählt«, echote Aryanwen voller Bitterkeit.

»Ich habe ihm unter Anwendung einiger höchst nützlicher Methoden die Zunge gelöst«, drückte Winmars Scherge es auf seine Weise aus. »Sehr gesprächig ist der Gute nie gewesen – zum Ende hin jedoch hat er geredet wie ein Wasserfall. «

»Ihr seid ein Schwein, Vigor!«

»*Oberst* Vigor«, verbesserte er grinsend. »Ihr werdet in Eurer Einsamkeit doch nicht etwa wahre Gefühle für den guten Rungbold entdeckt haben? Für so verzweifelt hätte ich Euch nicht gehalten, Aryanwen.«

»*Hoheit*«, verbesserte sie ihn diesmal. »Und ich würde Euch raten, Eure lästerliche Zunge zu hüten!«

»Sonst was?« Er lachte höhnisch. »Ich staune, wie Ihr Menschen es immer wieder fertigbringt, die Nase auch dann noch hoch erhoben zu tragen, wenn ihr besiegt seid und geschlagen und bis auf die Knochen gedemütigt. Ich weiß, was Ihr für den guten Rungbold getan habt. So ziemlich jeder Kerkerknecht weiß es, denn er hat überall damit herumgeprahlt.«

Aryanwen biss sich auf die Lippen und errötete.

Einerseits aus Ärger über Rungbolds Einfalt.

Andererseits vor Scham.

»Vielleicht würdet Ihr das, was Ihr für ihn getan habt, ja auch für mich tun …?«

»Lieber sterbe ich«, erklärte sie kategorisch.

»Alles zu seiner Zeit.« Er lachte erneut. »Ich fürchte nur, dass das Opfer, das Ihr gebracht habt, vergeblich gewesen ist.«

»Wovon sprecht Ihr?«

»In den letzten Augenblicken seines wertlosen Lebens hat Rungbold alles gestanden. Er hat mir genau berichtet, was Ihr ihm aufgetragen hattet – dass er einen Hilferuf an Euren Vater nach Tirgaslan schicken sollte. Doch er hat mir auch versichert, dass er nicht im Traum daran gedacht hat, Euch diesen Gefallen wirklich zu tun. Traurig, nicht wahr? Aber Rungbold ist kein Mann von Ehre gewesen, wie Ihr ja wisst ...«

Aryanwen hörte schon nicht mehr zu, ihre Gedanken überschlugen sich.

Hatte sie soeben richtig gehört?

Hatte Rungbold auf der Folterbank tatsächlich gestanden, dass sie einen Hilferuf an ihren Vater hatte schicken wollen?

Das konnte zweierlei bedeuten.

Entweder, der Kerkerknecht war infolge der Folter und der Schmerzen, die Vigor ihm hatte angedeihen lassen, so verwirrt gewesen, dass er nicht mehr Herr seines Verstandes gewesen war. Vielleicht hatte er auch nur gesagt, was Vigor hören wollte, damit die Qualen endeten. Oder aber – und dieser Gedanke ließ Aryanwen jähe Hoffnung schöpfen – er hatte seinen Peiniger bewusst belogen. Ein letztes Aufbäumen von Trotz, seine eigene bescheidene Art, sich zu rächen ...

Erneut biss Aryanwen sich auf die Lippen. Diesmal allerdings nicht aus Scham, sondern um sich selbst am Sprechen zu hindern. Am liebsten hätte sie triumphierend aufgeschrien, hätte dem Folterknecht des Königs ins grinsende Gesicht gesagt, dass er getäuscht worden war – aber sie hielt sich zurück.

Womöglich hätte sie für einen kurzen Moment triumphiert, allerdings zu dem Preis, dass Vigor dann gewarnt gewesen wäre, und dieser Preis war zu hoch.

Aryanwen musste Geduld haben.

Die Gelegenheit zu einer weiteren Nachricht würde sie nicht bekommen. Es blieb ihr also nur, abzuwarten und ihre ganze Hoffnung auf jene zu setzen, denen sie ihren ersten und einzigen Hilferuf geschickt hatte.

Und noch etwas hoffte sie.

Dass Rungbold der Kerkerknecht Wort gehalten hatte.

Zumindest dieses eine Mal.

4.

IOMASH NAMHAL, IOMASH UNUR

Das Land, das sich nördlich von Trowna erstreckte, sah im Grunde genauso öde und trostlos aus wie fünfhundert Jahre zuvor – mit einem Unterschied.

Damals war die Ebene von Scaria tatsächlich nichts als eine einzige große Ödnis gewesen, so weit und leer und mit Bannflüchen belegt, dass sich selbst die reißenden Wasser des Eisflusses darin verloren hatten; nun jedoch war es eigentlich fruchtbares Ackerland, das sich von Trowna bis zur Grenze des Zwergenreichs im Norden erstreckte. Doch wie es aussah, hatte der Krieg davon nicht viel übrig gelassen.

Die meisten Äcker, die die Orks und ihr menschlicher Begleiter passierten, waren verdorrt. Und allenthalben sah man aufgeschüttete Erdhaufen, unter denen die einstigen Bewohner der Bauernhäuser in aller Eile beigesetzt worden waren. Abgenagte Knochen säumten die Straße, die von Schweinen, Rindern und anderem Getier stammten, das offenbar kurzerhand aufgefressen worden war.

Unterm Strich, dachte Rammar, war der Norden des Reiches das genaue Gegenteil von dem, was die Menschen unter einer blühenden Landschaft verstanden – ein toter, stinkender Haufen Dreck. Eigentlich hätte sich ein Ork darüber hämisch freuen müssen, aber Rammar ertappte sich dabei, dass es ihn nur verdrießlich stimmte. Zu sehen, was aus dem Reich geworden war, für das sich Balbok und er – wenn auch nicht unbedingt in bester Absicht – den *asar* aufgerissen hatten, war ziemlich deprimierend.

Zum einen, weil es Rammar einmal mehr vor Augen führte, wie viel Zeit seit ihrem letzten Besuch in Erdwelt vergangen war. Zum anderen aber auch, weil es ihm klarmachte, dass alles, was sie damals getan hatten, letztlich vergeblich gewesen war.

Die Anstrengungen.

Der Ärger mit den Menschen und Elfen.

Der Verlust seiner Klaue.

Je weiter sie nach Norden gelangten, desto trostloser wurde es. Die Gehöfte, die sie passierten, waren nicht nur verlassen, sondern nicht selten bis auf die Grundmauern niedergebrannt. Und anders als im Süden hatte man offenbar nicht mehr die Zeit gefunden, die Toten beizusetzen. Allenthalben sah man die verwesenden Körper von Menschen liegen, die unter den Klingen ihrer Peiniger ein grausames Ende gefunden hatten; auch die Kadaver gefallener Orks waren darunter – und nicht bei einem von ihnen saß der Kopf noch auf den Schultern.

Der Anblick drückte auf Rammars Gemüt, und er war fast erleichtert, als sich der Tag dem Ende zu neigte und sich Nebelschwaden bildeten, die sich wie ein Leichentuch über die Szenerie breiteten und zumindest das sichtbare Grauen bedeckten. Den Gestank des Todes jedoch, der über den Äckern und zerstörten Gehöften lag, vermochte auch der Nebel nicht einzudämmen.

Keiner der drei Gefährten verspürte ein Verlangen danach, auf freiem Feld zu kampieren, und so schlugen sie bei Einbruch der Dunkelheit den Weg zu einem Dorf ein, das sich auf einem flachen Hügelrücken erhob und das sie ebenfalls menschenleer wähnten. Erst als sie näher herangekommen waren, stellten sie fest, dass sie sich geirrt hatten.

Auch wenn kein Licht zu sehen war, kein Widerschein von Feuer und keine Rauchsäule, die in den sich aschgrau verfärbenden Himmel stieg, so schien das Dorf dennoch bewohnt zu sein. Stimmen waren zu hören, ein undeutliches Gemurmel, das zwischen den schäbigen strohgedeckten Häusern hindurchklang, die so wirr und ungeordnet über den ansonsten kahlen Hügel verteilt waren wie die Borsten am Hintern eines Trolls.

Längst hatten die Gefährten ihre Waffen gezückt. In gebückter Haltung, die Nebelschwaden und das Zwielicht der Dämmerung nutzend, huschten sie an das nächstgelegene Gebäude heran, dessen Läden und Türen fest verschlossen waren.

Sie hatten die Hütte gerade erreicht und pressten sich an die bucklige Wand aus getrocknetem Lehm, als ein durchdringender Schrei erklang.

»*Shnorsh*«, stieß Rammar hervor. »Was war das?«

Dag antwortete nicht – er hatte seinen Packsack abgelegt und war bereits dabei, geduckt zum nächsten Gebäude zu huschen. Das Stimmengewirr, das zuvor noch dumpf zu hören gewesen war, war inzwischen verstummt.

Dafür folgte ein zweiter Schrei.

Und noch einer.

Gefolgt von rauem, grunzendem Gelächter.

Orks.

Und nicht irgendwelche …

Rammar und Balbok wechselten einen Blick.

»*Shnorsh*«, sagte Rammar noch einmal und ließ den Sack mit dem Provant einfach fallen.

»*Korr*«, stimmte Balbok zu und tat es ihm gleich.

Dann schlichen auch sie vorsichtig weiter, Dag hinterher, der sich bereits an die Wand des nächsten Hauses schmiegte und sichtlich betroffen auf den Dorfplatz spähte, um den sich die gedrungenen Gebäude scharten. Wieder war grelles Geschrei zu hören, aber anders als zuvor konnten die Brüder jetzt sehen, aus wessen Kehle das erbärmliche Gejammer stammte.

Es war eine Menschenfrau, die ein zerlumptes graues Kleid trug und die an ihren Haaren umhergezerrt wurde – von einem kräftigen Ork, dessen nackter muskelstrotzender Oberkörper mit Tätowierungen übersät war. Die meisten davon waren obszön, gemein oder einfach nur grausam. Eine jedoch, die an seinem pfeilerdicken Oberarm prangte, zeigte das Wappen von Tirgaslan, was ihn als Söldner der königlichen Armee auswies. Das Furchterregendste an dem Kerl jedoch war die dunkelrote Kappe, die er trug und die auch die obere Hälfte seines Gesichts bedeckte. Durch die Sehschlitze starrte ein blutrünstig loderndes Augenpaar, der Mund mit den Hauern war halb geöffnet, stinkender Atem drang daraus hervor und schlug sich in der Abendluft nieder.

Der Kerl war nicht allein.

Im Halbdunkel, das über dem Dorfplatz lag und sich zusehends zu schwarzer Nacht verdichtete, tummelten sich noch vier weitere Gestalten, von denen jede einzelne mindestens ebenso massig und abstoßend war wie der erste Ork und ebenso furchterregend maskiert. Durch die Sehschlitze ihrer Kappen glotzten die Kerle begierig auf die Frau, die sich im Griff ihres Häschers wand und sich seiner Klaue zu entwinden suchte – vergeblich. Wie ein Spielzeug hing sie im Griff des Unholds, der ihren dunklen schmutzstarrenden Haarschopf gepackt hatte und sie daran nach Belieben umherzerrte, was seine Artgenossen mit Gelächter belohnten.

Noch weiter im Hintergrund, vor den grauen, immer mehr in Dunkelheit versinkenden Hausfassaden kaum mehr auszumachen, drängten sich einige Menschen, abgemagert bis auf die Knochen und ebenso elend wie die Frau. Ihren ausdruckslosen, ausgemergelten Gesichtern war deutlich abzulesen, dass sie nicht an Widerstand dachten. Zum einen waren sie furchtsam und eingeschüchtert, zum anderen wären sie wohl auch zu schwach dazu gewesen. Reglos und ohne erkennbare Anteilnahme blickten sie auf das, was die Orks mit der Frau anstellten, und ihre einzige Hoffnung schien darin zu bestehen, nicht als Nächstes an die Reihe zu kommen.

»Was sind das für Kerle?«, fragte Dag halblaut, an Rammar gewandt, der sich hinter ihm in den Schutz der Hauswand drängte. »Solche Orks habe ich noch nie zuvor gesehen.«

»*Fulhok'hai*«, gab Rammar zur Antwort. »Hätte nicht gedacht, dass wir die noch einmal zu Gesicht bekommen würden.«

»Und was sind *fulhok'hai*?«

Rammar verdrehte die Augen angesichts des erbärmlichen Kenntnisstands. »Willst du sagen, du hättest noch nie von den *fulhok'hai* gehört? Das sind Krieger der wildesten Sorte. Ein gewöhnlicher Ork verfällt nur selten in *saobh* – bei denen ist es praktisch andersrum. Ihr Erkennungszeichen sind die roten Kappen, die sie tragen und mit dem Blut erschlagener Feinde färben.«

Man konnte sehen, wie ein dicker Kloß Dags Hals auf und ab wanderte. »Ich verstehe.«

Inzwischen hatte der Peiniger sein Opfer losgelassen, dafür machten er und seine Artgenossen sich jetzt einen Spaß daraus, sie von einem zum anderen zu stoßen, sodass sie umherflog wie der Trollschädel beim *kas-bhull*. Sie stürzte und schlug zu Boden, flehte um Gnade, doch immer wieder rissen die Kerle sie hoch, und das brutale Spiel ging weiter, während die anderen Dorfbewohner tatenlos daneben standen.

»Diesen Milchgesichtern«, raunte Rammar Dag zu, »ist es offenbar ziemlich egal, wer diesen dämlichen Krieg gewinnt – sie haben auf jeden Fall verloren.«

Dag erwiderte nichts.

Wie gebannt starrte er auf das traurige Schauspiel, das vor ihren Augen ablief, und seiner verkniffenen Miene war anzusehen, dass ihm nur zu klar war, was die Blutorks mit der Frau anstellen würden, ehe sie sie zerfetzen und vermutlich auffressen würden. Und plötzlich lag eine Entschlossenheit in seinen Zügen, die Rammar ganz und gar nicht gefiel.

»Jemand muss ihr helfen«, flüsterte Dag.

»Untersteh dich, du Unglückstroll«, wehrte der dicke Ork ab. »Hast du eine Ahnung, was die *fulhok'hai* mit dir anstellen? Du hilfst dem Menschenweib nicht, indem du dich ebenfalls bei lebendigem Leib von ihnen verhackstücken lässt.«

Erneut waren fürchterliche Schreie zu hören. Aus dem Augenwinkel sah Rammar, wie die Orks damit anfingen, der Frau die Kleider vom Leib zu reißen, und wandte sich ab. Dag jedoch starrte noch immer.

»Lass gut sein, Mensch«, redete Rammar beschwörend auf ihn ein. »Du willst denen nicht in die Quere kommen, hörst du? Und ich auch nicht!«

»Das ist mir klar«, stimmte Dag zu.

Dann hob er sein Schwert und setzte sich in Bewegung.

»Verdammt!«, zischte Rammar ihm hinterher. »Hast du das letzte bisschen Verstand verloren?«

Aber Dag antwortete nicht. Schweigend und mit gezückter Klinge trat er aus seinem Versteck und hinaus auf den Dorfplatz. Die Orks waren so sehr mit ihrem Opfer beschäftigt, dass sie ihn noch nicht einmal bemerkten.

»Sie werden ihn erschlagen«, mutmaßte Balbok.

»*Korr*«, stimmte Rammar im Brustton der Überzeugung zu. »Mit ihren Mützen.«

»He!«, rief Dag in diesem Moment, um die Aufmerksamkeit der *fulhok'hai* auf sich zu ziehen – und er bekam sie.

»Dieser Blödschädel«, zischte Rammar. »Wenn er sie schon kaltmachen will, warum schleicht er sich dann nicht wenigstens von hinten an und schlägt zu?«

Der Augenblick der Überraschung, in dem Dag die Orks hätte überrumpeln können, war in der Tat vorbei. Als die Unholde den einzelnen Kämpfer gewahrten, der ihnen mit blanker Klinge entgegentrat, grinsten sie über ihre hässlichen Visagen, dass ihnen der Geifer von den gelben Zähnen troff.

»Noch ein Milchgesicht«, brüllte derjenige, der die Frau umhergezerrt hatte. Er sprach mit derart barbarischem Akzent, dass er kaum zu verstehen war. »Und es traut sich, sich zu wehren?«

»Lasst die Frau los!«, forderte Dag die beiden auf. »Ihr

seid Soldaten der königlichen Armee von Tirgaslan, und als solche ist es eure Pflicht, die Bewohner dieses Dorfes zu schützen!«

»Schneid hat er«, anerkannte Balbok halblaut, »das muss man ihm lassen.«

»*Korr*«, gab Rammar zu. »Aber gleich keinen Kopf mehr.« Der *fulhok*, der der Sprache mächtig war, blickte demonstrativ auf seine Schulter, die zwar blutbeschmiert und verdreckt war, aber wo noch deutlich erkennbar das Reichsemblem prangte. »Euren König«, knurrte er mit vor Mordlust blitzenden Augen, »kenne ich nicht. Der Anführer unserer Horde ist tot. Wir sind unsere eigenen Herren.«

»Das gibt euch noch längst nicht das Recht, euch an unschuldigen Menschen zu vergreifen«, erwiderte Dag, mit der Schwertspitze auf die Frau deutend, die vor Angst und Kälte zitternd im Morast kauerte, die Überreste ihres Kleides an sich pressend. Ihr Haar klebte an ihrem Kopf, ihre unruhig umherzuckenden Blicke verrieten namenlose Furcht.

Der Ork grinste breit. »Wer verbietet es uns? Du Schmeißfliege?«

»Die Fliege hat einen Stachel«, brachte Dag in Erinnerung und hob beidhändig das Schwert. Daraufhin sahen die Orks einander an – und brachen in dröhnendes Gelächter aus.

»So ein *umbal*«, ereiferte sich Rammar in seinem Versteck. »Am liebsten würde ich abwarten und zusehen, wie sie ihn Stück für Stück auseinandernehmen.«

»Aha«, machte Balbok. »Und warum tun wir's nicht?«

»Faulhirn, weil er unsere einzige Verbindung zu dem dämlichen Buch ist, deshalb!«

»Und was machen wir dann?«

Rammar stieß eine halblaute Verwünschung aus.

»Also los«, fauchte er dann und watschelte los. Die Dorfbewohner, die sie ebenfalls für herrenlose Söldner hielten, wichen furchtsam vor ihm und seinem Bruder zurück, der ihm mit federnden Schritten folgte, den *saparak* über der Schulter.

»So was wie dich«, grunzte der Wortführer der *fulhok'hai* Dag in diesem Augenblick an, »fressen wir zum Frühstück!«

»Darauf würde ich nicht wetten!«, rief Rammar und trat an Dags Seite, der ihn verwundert anblickte. »Bilde dir bloß nichts ein, Mensch«, fuhr er ihn an. »Es geht mir nur um das Buch.«

»Wer bist du denn, *umbal*?«, blaffte der *fulhok* ihn an.

»Du kannst von Glück sagen, dass ich heute milde gestimmt bin und den *umbal* überhöre, *shnorshor*!«, schnauzte Rammar zurück. »Lass die Milchgesichter in Ruhe, oder ich werde dir eigenhändig die Gedärme rausreißen und dir dein vorlautes Maul damit stopfen.«

»Habt ihr das gehört?« Der *fulhok* wandte sich zu seinen Leuten um, die abermals erheitert grunzten. »Ein Ork als Freund der Milchgesichter! Und er will Ärger.« Finster starrte er Balbok an. »Niemand legt sich ungestraft mit Borbok dem Grausamen an.«

»Borbok?« Rammar legte fragend den Kopf schief. »Nie gehört. So kann nur ein Feigling heißen.«

Der Hüne schlug sich mit der geballten Faust auf die auch nach orkischen Maßstäben beeindruckend breite Brust. »Dafür werde ich dich zerschmettern!«, donnerte er und wurde dabei noch ein Stück größer. »Wer bist du überhaupt, du unförmige Made?«

Wie ein Bogenschütze auf der Suche nach einem Ziel spähte Rammar aus seinen Schweinsäuglein umher. »Der König der Orks.«

»Ach ja?«

»Und als König befehle ich dir, zu verschwinden! Und nimm deinen Haufen Trollhirne gleich mit.«

Der andere musterte ihn von Kopf bis Fuß. Schließlich schob er den mit gelben Hauern bewehrten Unterkiefer abschätzig nach vorn. »Wisst ihr was?«, fragte er dann. »Ich glaube, der hat beim letzten Kampf zu viel auf den Helm gekriegt.«

Seine Leute grunzten zustimmend.

»Du glaubst mir nicht?«

»Allerdings nicht – *Fettsack*.«

Borbok sprach das Wort so provozierend aus, dass es nicht unerwidert bleiben konnte. Rammar trat noch ein Stück weiter vor, sodass er direkt vor dem Hünen stand, und starrte diesem in die blutunterlaufenen Augen (wobei er den Kopf weit in den Nacken legen musste). Dann, ohne zu zögern oder sein Vorhaben auch nur durch das leiseste Zucken in seiner Miene anzukündigen, trat er ihm auf die Füße.

Es war kein besonders kräftiger Tritt, aber da Rammar sein ganzes Körpergewicht hineinlegte, erklang ein dumpfes Knacken.

Gefolgt von Borboks wüstem Geschrei.

»Bei Kurul!«, schrie der Anführer der *fulhok'hai* außer sich und riss sich vor Wut die Kappe vom Kopf, während er wie ein liebeskranker Troll umhersprang. »Dafür wirst du büßen, so wahr ich Borbok der Grausame bin!«

»*Korr*«, entgegnete Rammar ungerührt, der einige Schritte zurückgewichen war und nun wieder bei seinen Gefährten stand. »Jetzt gib ihm den Rest, Balbok«, forderte er seinen Bruder auf.

»Ich?« Der Hagere sah ihn entgeistert an. »Wieso ich? Du bist ihm doch auf den Fuß gelatscht.«

»Eben, ich habe meinen Teil getan. Jetzt bist du dran!«, erklärte Rammar – als Borbok auch schon heranstampfte, humpelnd, die riesige Blutaxt in den Klauen. »Das ist euer Ende«, versprach er hasserfüllt, »Krieger – zum Angriff!«

Das ließen sich seine Leute nicht zweimal sagen.

Wie abgerichtete Bluthunde, die nur auf das Fingerschnippen ihres Herrn gewartet hatten, um ihre Beute endlich zerfleischen zu dürfen, gingen auch sie auf die Gefährten los.

»Deine Schuld!«, schalt Rammar seinen Bruder. »Hättest du dem Anführer das Maul gestopft, wäre es gar nicht so weit geko…«

In diesem Moment ging Borboks Axt nieder. Das schartige, von dunklen Flecken besudelte Blatt schnitt durch die

Luft und hätte Rammar getroffen, wäre nicht gleichzeitig ein messerscharfer blitzender Stahl niedergefahren, der mit derartiger Wucht geführt war, dass er dem *fulhok* das hässliche Haupt von den Schultern trennte.

Borboks Kopf fiel zur einen Seite, der enthauptete Torso zur anderen. Dazwischen stand Dag, von dessen Schwertklinge das dunkle Blut des Orks troff.

»Pass besser auf dich auf, Rammar!«, rief er – als auch schon der Rest von Borboks Meute heran war.

Dass ihren Anführer ein jähes Ende ereilt hatte, schien die Orks nicht zu kümmern. Der Tod war ihr tägliches Handwerk, und ihr ganzes Ansinnen war darauf gerichtet, ihrer Mordlust freien Lauf zu lassen.

Balbok war der Erste, bei dem sie es versuchten, gleich zwei von ihnen stürzten sich auf ihn. Indem er seinen *saparak* in einem weiten Halbkreis schwang, gelang es dem Hageren, sich die Angreifer noch einen Herzschlag lang vom Hals zu halten. Schon seinen nächsten Hieb unterliefen sie jedoch, und ein wildes Hauen und Stechen setzte ein.

Auch Dag sah sich mit einem neuen Gegner konfrontiert, und obwohl Rammar eigentlich vorgehabt hatte, sich im entscheidenden Moment zurückzuziehen und den Ausgang des Kampfes an einem ruhigen Plätzchen abzuwarten, stand auch er plötzlich einem *fulhok* gegenüber, der ihn um zwei Köpfe überragte. Ein grausam glänzendes Augenpaar starrte durch die Löcher der Kappe, Geifer troff zwischen den Hauern hervor – und Rammar zweifelte nicht einen Augenblick daran, dass ihm sein Gegner überlegen war. Der Fleischberg ließ ein verächtliches Grunzen vernehmen. Dann hob er auch schon die Axt, um seinen Gegner wie eine Made zu zerquetschen.

»Da!«, schrie Rammar in diesem Moment – und zur Überraschung seines Gegners deutete er an diesem vorbei zum Horizont. »Kuruls Galeere!«

»Was?«, konnte sich der andere nicht zu fragen verkneifen und drehte sich in die Richtung, in die Rammar deutete –

nur um einen Lidschlag später zu fühlen, wie der rasiermesserscharfe Stahl eines *saparak* in seine Eingeweide fuhr.

»Uralter Ork-Trick«, beschied Rammar seinem Gegner trocken, während dieser bereits niederging. »Und bestell Kurul schöne Grüße, *umbal!*«

Dag hatte es ungleich schwerer, sich seines Gegners zu erwehren, denn der drang mit wuchtigen Axthieben auf ihn ein, die aufgrund der überlegenen Körperkraft des Orks in sehr viel kürzerem Abstand erfolgten, als es bei einem Menschen der Fall gewesen wäre. Zwar wich Dag den plumpen und blindwütigen Angriffen aus, indem er sich rechtzeitig duckte oder, wenn der Hieb gegen seine Beine geführt wurde, kurzerhand darüber hinwegsprang. Doch kam er nicht an seinen Gegner heran, und das zog den Kampf gefährlich in die Länge.

Wieder ertönte das hässliche Pfeifen, mit dem die Blutaxt durch die Luft schnitt, und in der Annahme, dass der Schlag seiner linken Schulter galt, huschte Dag nach rechts – nur um zu begreifen, dass er einer Täuschung aufgesessen war. Denn sein Gegner, aus dessen gelb leuchtenden Augen ihm blanker Hass entgegenblickte, hatte eine Finte vorgetragen. Der nur angedeutete Hieb ging in einen engen Bogen über, den das Blatt der Axt beschrieb, und galt plötzlich Dags Hüfte.

Die Wucht des Hiebes hätte ausgereicht, um einen Menschen kurzerhand zu zerteilen, und auch Dags Klinge hätte ihn nicht abzuwehren vermocht. Als letzten Ausweg ließ er sich nach hinten fallen, landete im kalten Morast, während die Axt des Gegners nur eine Armlänge über ihm durch die Luft pflügte. Diesem Angriff war Dag entgangen, aber nun lag er wehrlos auf dem Rücken. Er spürte, wie sich seine Kleider mit Nässe vollsogen und seine Bewegungen noch schwerfälliger machten, während der *fulhok* über ihm erschien. Das breite Maul, das unterhalb der Maske zu sehen war, verzog sich zu einem Grinsen. Sich seiner Beute völlig sicher, holte der Unhold zum tödlichen Hieb aus …

... und Dag zog das Schwert neben sich aus dem Matsch und stieß kuzerhand zu.

Er wusste nicht, was Orks unter ihrem Rüstzeug trugen und hatte sich auch nie Gedanken darüber gemacht – in diesem Moment jedoch, als er die Klinge zwischen den Beinen seines Gegners senkrecht nach oben rammte, hoffte er inbrünstig, dass es nicht allzu viel war.

Und er hatte Glück.

Der Ork verfiel in kreischendes Gebrüll, als sich der Stahl in seinen Unterleib fraß. Er ließ seine Axt fallen und ruderte hilflos mit den Armen, dann kippte er stöhnend zurück.

Noch ehe er auf dem Boden aufschlug, stand Dag bereits wieder auf den Beinen und sah sich nach seinem nächsten Gegner um. Er sah Rammar, der ein wenig gelangweilt auf einem Stapel Brennholz hockte, und Balbok, der noch immer in ein erbittertes Handgemenge mit den beiden verbliebenen Söldnern verwickelt war. Beide hieben unter wüstem Heulen und Knurren mit ihren Äxten auf Balbok ein, der alle Mühe hatte, sie sich vom Leib zu halten.

Dag zögerte keinen Augenblick. Indem er das blutbesudelte Schwert durch die Luft wirbeln ließ und einen heiseren Kampfschrei ausstieß, ging er zum Angriff über. Einer der *fulhok'hai* fuhr herum, gewarnt durch den Schrei – doch er war zu schwerfällig und zu sehr darauf bedacht, Balbok den Garaus zu machen, als dass er auf den neuen Angreifer angemessen hätte reagieren können. So stand er nur da und starrte durch die Sehschlitze seiner blutgetränkten Kappe, während Dags Klinge seinen Hals durchbohrte. In einem Schwall dunklen Lebenssafts ging der Unhold nieder, und Balbok, der sich nurmehr mit einem Gegner konfrontiert sah, holte zum Gegenschlag aus.

Nun war er es, der die Waffe schwang und seinen Kontrahenten in die Verteidigung zwang. Zweimal trafen Axt und *saparak* mit furchtbarer Wucht aufeinander. Funken stoben, der hässliche metallische Klang war weithin zu hören. Dann verließ die Axt plötzlich ihren Besitzer und flog in hohem Bogen davon, die Klauen des *fulhok* noch immer am Schaft.

Auf die beiden blutigen Stümpfe starrend stand der Unhold da und schnaubte – als ihn ein Stein am Kopf traf. Einer der Dorfbewohner hatte ihn geworfen, die dem Kampf bislang in stummer Betroffenheit beigewohnt hatten. Und jetzt endlich, als sie erkannten, dass ihre Peiniger so gut wie besiegt waren, erwachten sie aus ihrer Lethargie und wagten zu handeln.

Ein weiterer Stein kam geflogen und noch einer. Als der Ork darauf mit wütendem Gebrüll reagierte, ging eine ganze Kanonade auf ihn nieder, in der sich die hilflose Wut und die Todesangst der Dorfbewohner entluden. Keuchend ging der Unhold nieder, mit den blutenden Stümpfen rudernd. Kaum war er am Boden, waren einige Bauern zur Stelle, die ihn mit Mistforken und Knüppeln bearbeiteten und seinem frevlerischen Leben ein Ende setzten.

Sie hatten nicht daran geglaubt. Aber die *fulhok'hai* waren besiegt.

»Habt ihr's bald?«, rief Rammar von seinem Holzstapel aus den Gefährten zu. »Ich sitze mir hier noch den *asar* wund!«

Dag, in dessen Adern noch immer wilde Kampfeswut pulsierte, nickte schwer atmend. Er sah sich nach der Frau um, der sie das Leben gerettet hatten, aber sie hatte sich im Schutz des Getümmels längst davongemacht, und auch die übrigen Dorfbewohner verschwanden einer nach dem anderen in ihren schäbigen Häusern. Dag konnte es ihnen nicht verdenken, doch Rammar wetterte.

»Typisch. Da riskiert man seinen *asar* für die Milchgesichter, und sie verziehen sich, ohne sich anständig zu bedanken.«

»Dafür bedanke ich mich«, begann Dag, an Balbok und Rammar gewandt. »Ohne eure Hilfe …«

»… würden sie mit deinem verdammten Dickschädel inzwischen *kas-bhull* spielen«, vervollständigte Rammar und rutschte schwerfällig von dem Stapel, »also vergiss nicht, dass du uns was schuldest. Und wenn du so einen Blödsinn noch mal machst, reiße *ich* dir den Kopf von den Schultern, hast du verstanden?«

»Natürlich. Verstanden«, entgegnete Dag gleichmütig. Mit dem Ärmel seiner Tunika wischte er sich zuerst die Blutspritzer aus dem Gesicht, dann reinigte er sein Schwert so gut es ging.

»Du warst aber auch gut«, meinte Balbok, dessen runde Kuhaugen Dag anerkennend musterten. »Ziemlich gut sogar. Jedenfalls für ein Milchgesicht.«

»Danke.« Dag rang sich ein säuerliches Grinsen ab. »Ich nehme an, das soll ein Kompliment sein.«

»In der Tat«, kam auch Rammar nicht umhin zuzugeben, wobei er Dag argwöhnisch beäugte. »Einen *fulbok* in Kuruls Grube zu stoßen, ist an sich schon kein leichtes Unterfangen – aber gleich drei davon? Und du bist wirklich nur ein Erfinder?«

Dag ließ die gesäuberte Klinge noch einmal wirbeln, ehe er sie mit einer fließenden Bewegung zurück in die Scheide schob.

»Ich sagte, dass ich nicht an das Schwert glaube«, stellte er klar. »Das bedeutet nicht, dass ich es nicht zu gebrauchen weiß.«

5.

MACHIN MILL'DH

»Ihr habt mich rufen lassen.«

Es war keine Frage Aryanwens, sondern eine Feststellung. Zum ersten Mal betrat sie den Thronsaal von Gorta Ruun, und sie konnte nicht anders, als von der schieren Größe und Kühnheit beeindruckt zu sein, mit der man dem Berg diese gewaltige Halle abgetrotzt hatte.

Nicht weniger Respekt einflößend war die Kunstfertigkeit der Steinmetze, die die pfeilerartigen Säulen mit riesigen Gesichtern versehen hatten, deren Züge und Barttrachten so wirklich und lebendig wirkten, als wären sie aus Fleisch und Blut. Eine Decke war nicht zu erkennen; das Licht, das von steinernen Becken aufstieg, in denen sich eine milchige, fahl leuchtende Flüssigkeit befand, reichte nicht aus, um die Halle ganz zu beleuchten, und so verloren sich die Säulen in unergründlichem Dunkel. Die Tatsache, dass es sieben waren, ließ die abergläubische Neigung der Zwerge zur Siebenzahl durchscheinen, die sich durch den gesamten Verlauf ihrer Geschichte erstreckte, von den sieben Königen, die einst das Scharfgebirge beherrschten, bis hin zu den sieben trutzigen, von Wasserspeiern bewachten Türmen, die die Zwergenfestung auf dem Berggipfel krönten und von denen es hieß, sie wären einst lebende Drachen gewesen.

Aryanwen gab sich alle Mühe, ihre wahren Empfindungen zu verbergen. Sie wollte dem Geschöpf, das dort in der Mitte der Halle saß, auf einem Thron, der aus den Blättern unzähliger aneinandergeschmiedeter Äxte bestand, nicht den Triumph gönnen, sich vor ihm eine Schwäche zu geben. Obschon ihr klar war, dass sie in ihrem schäbigen Kleid, mit ihren nackten Füßen, ihrem strähnigen Haar und ihrer ganzen elenden Erscheinung viel eher wie eine Stallmagd aussah als eine Königstochter.

»In der Tat hatte ich das Bedürfnis, Euch zu sehen.« Winmar würdigte sie kaum eines Blickes. Ein schwerer Tisch aus Eichenholz war herangetragen und vor den Thron gestellt worden, der die ganze Aufmerksamkeit des Zwergenherrschers in Anspruch zu nehmen schien. Dutzende von auf goldenen und silbernen Tellern angerichteten Speisen häuften sich darauf: gebratene und mit Pilzen garnierte Wildvögel, glasierter Hammel, gebackener Höhlenfisch, ein Spanferkel, in dessen Maul ein leuchtend roter Apfel steckte. Der Geruch, der von den Speisen ausging, war so durchdringend, dass es Aryanwen fast die Sinne raubte. Über zwei Monde hinweg hatte sie nichts anderes zu essen bekommen als faden Gerstenbrei, abgestandenes Wasser und schimmeligen Käse. Der Gedanke an eine richtige Mahlzeit war geradezu schwindelerregend. Ihr fiel auf, dass auf ihrer Seite der Tafel ein kleiner hölzerner Schemel stand, dem Thron genau gegenüber.

»Wollt Ihr Euch nicht setzen«, forderte Winmar sie schmatzend auf. Mit den kurzen beringten Fingern hielt er eine Hammelkeule, von der er immer wieder abbiss, wobei seine vergoldeten Zähne aufblitzten. Das Fett ließ seinen schwarzen, glatt gekämmten Bart glänzen. »Mir ist der Gedanke gekommen, dass Ihr möglicherweise recht hattet.«

»Ich hatte recht?« Aryanwen bewegte sich nicht. Nicht nur die Größe des Ortes schüchterte sie ein, sondern auch die bis an die Hauer bewaffneten Ork-Leibwächter, die das Thronpodest säumten. »In welcher Hinsicht?«

»Als Ihr sagtet, dass ich ein schlechter Gastgeber sei«, entgegnete Winmar und warf die halb abgenagte Keule von sich. Unter dem Tisch kroch eine Kreatur hervor, die man nur mit viel gutem Willen als Hund bezeichnen konnte – ein fettes, kurzbeiniges Etwas mit borstigem grauen Fell und einem langen nackten Schwanz, das eher an eine große Ratte gemahnte. Es war ein Stollenhund, wie die Zwerge diese speziell für die Tiefen des Berges gezüchtete Rasse nannten. Unter lustvollem Knurren stürzte sich das Tier auf das Fleisch und schlug seine kleinen Zähne hinein. Aryanwen verspürte den unwiderstehlichen Drang, hinzulaufen und ihm den Knochen zu entreißen, und sie verabscheute sich dafür.

»Aus diesem Grund will ich Euren tristen Alltag ein wenig erhellen«, verkündete Winmar vergnügt, während er sich am Tischtuch die fettigen Hände abwischte. »Setzt euch und esst so viel Ihr wollt, Prinzessin. Ich bin heute in großmütiger Stimmung.«

»Nein danke«, hörte Aryanwen sich selbst sagen, wofür sie sich am liebsten geohrfeigt hätte. All diese Speisen, das Fleisch, die Pilze und Früchte, waren nur nur wenige Armlängen von ihr entfernt, und statt einfach zuzugreifen, lehnte sie es ab?

Winmar entblößte sein goldenes Gebiss zu einem Grinsen. Dann griff er nach einem mit Edelsteinen besetzten und offenbar mit Bier gefüllten Humpen. Der Schaum rann ihm aus den Mundwinkeln, während er in gierigen Schlucken trank. Das Geräusch, das der Krug beim Zurücksetzen auf den Tisch machte, ließ vermuten, dass er bis auf den Grund geleert war. »Irgendwie hatte ich mir gedacht, dass Ihr das sagen würdet. Aber Ihr solltet es Euch gut überlegen, ob Ihr meine Gastfreundschaft ausschlagen wollt, Prinzessin. Wie meine Gefolgschaft Euch berichten wird, bin ich nicht jeden Tag solcher Laune.«

Aryanwen schluckte den Kloß hinunter, der sich in ihrem Hals gebildet hatte. Ein Teil von ihr hätte ihrem verhassten Peiniger gerne widersprochen, hätte ihm am liebsten ins Gesicht gesagt, wie verabscheuungswürdig sie ihn fand und dass sie lieber verhungern würde, als auch nur einen Bissen von seiner Tafel anzurühren … Aber die Wahrheit sah anders aus.

Aryanwen war geschwächt.

Die Gefangenschaft zeigte Wirkung, ihr ohnehin graziler Körper war ausgezehrt und litt unter der wochenlangen Entbehrung. Natürlich konnte sie sich weigern, von Winmars Tafel zu essen, und sich weiterhin nur von dem ernähren, was die Kerkerknechte ihr vorsetzten, aber letztlich schadete sie damit nur sich selbst. Solange auch nur die leiseste Hoffnung bestand, dass es Rungbold gelungen war, ihren Hilferuf abzuschicken, hatte sie die Pflicht, am Leben zu bleiben. Erst wenn sich ihre Hoffnungen irgendwann zerschlugen, war es an der Zeit, nach anderen Lösungen zu suchen …

Sie senkte das Haupt wie jemand, der im Begriff war, etwas Schmachvolles zu tun, und trat einen Schritt auf den Hocker zu. Halb erwartete sie, dass die beiden Kerkerknechte, die sie aus ihrer Zelle geholt und in den Thronsaal geführt hatten, sie daran hindern würden. Aber die Zwerge, deren Körper ebenso verkrüppelt und missgestaltet waren wie ihre Seelen, regten sich nicht.

»Sieh an«, machte Winmar genüsslich.

Der Triumph in seiner Stimme ließ ihre Magensäfte brodeln. Noch immer wäre ein Teil von ihr am liebsten umgekehrt, aber nun, da sie in unmittelbarer Reichweite all der Spezereien war und ihr Geruch würzig und verführerisch in ihre Nase stieg, konnte sie nicht mehr zurück. Zaghaft trat sie an den Tisch und setzte sich auf den Hocker. Er war so niedrig, dass sie gerade noch über die Tischplatte sehen konnte und sich vorkommen musste wie ein Kind, das um Reste bettelte.

Von seinem hohen Sitz aus blickte Winmar auf sie herab. Er hatte zu einem der Wildvögel gegriffen und zerpflückte ihn mit fahrigen Bewegungen. Auf Aryanwens geschwächten Geist wirkte die Situation seltsam unwirklich, fast hatte sie das Gefühl, sich in einem Traum zu befinden. Als die Kerkerknechte zu ihr in die Zelle gekommen waren, hatte sie einen Moment lang geglaubt, dass ihre letzte Stunde geschlagen habe – nun fand sie sich an einer reich gedeckten Tafel wieder und war im Begriff, mit ihrem Erzfeind zu speisen. Allein die Vorstellung war widerwärtig, dennoch ertappte sich Aryanwen dabei, dass sie nach einem mit Bratapfel garnierten Stück Spanferkel griff.

»Gut so«, anerkannte Winmar grinsend.

Aryanwen überwand ihre Scheu und biss hinein. Die warme Süße des Apfels füllte ihren Mund, und sie hatte das Gefühl, nie etwas gegessen zu haben, das auch nur annähernd so rund und voll geschmeckt hatte. Sie biss ein zweites Mal ab, noch immer zaghaft, und genoss es zu fühlen, wie der nach Zimt und Nelken schmeckende Brei in ihren Magen rutschte und sie mit einem Gefühl wohliger Wärme erfüllte, wie sie es lange nicht verspürt hatte.

Dann kam das Fleisch.

Der erste Happen war noch zurückhaltend und kontrolliert. Dann, als sie den festen Biss und den würzigen Geschmack des Fleisches fühlte, verlor sie die Beherrschung, und die Instinkte ergriffen von ihr Besitz, geradeso, wie sie zuvor von dem Stollenhund Besitz ergriffen hatten. Kaum eleganter als der Köter grub auch Aryanwen ihre Zähne tief in das Fleisch und riss große Brocken heraus, schlang sie gierig in sich hinein. Ihr Magen, der sich in freudiger Erwartung geweitet hatte, nahm alles dankbar auf, und mit jedem Bissen hatte Aryanwen das Gefühl, wieder ein wenig von ihrer alten Kraft und Zuversicht zurückzugewinnen.

Verstummt waren die Unkenrufe in ihrem Kopf, zum Schweigen gebracht von überwältigendem Genuss. Kaum hatte Aryanwen die erste Scheibe Fleisch vertilgt, griff sie nach der zweiten, und auch wenn die Speisen aus der Küche des Feindes stammten, musste die Prinzessin zugeben, dass sie köstlich waren. Nie zuvor hatte sie etwas gegessen, das so vollendet schmeckte – oder vielleicht war es auch nur die wochenlange Entbehrung, die sie so empfinden ließ.

Winmar selbst hatte aufgehört zu essen.

Mit offenkundigem Vergnügen schaute er der Prinzessin zu, die mit den Fingern aß wie eine Dienstmagd. Dass er ihren Stolz gebrochen hatte, dass er sie dazu gebracht hatte, etwas zu tun, das sie eigentlich nicht wollte, war ihr in diesem Moment gleichgültig. Mit jedem Bissen, den sie aß, kehrte das Leben zu ihr zurück. Und sie *wollte* leben …

»Diener!«, rief Winmar so laut, dass es von den Säulen widerhallte. »Kommt und schenkt der Prinzessin ein! Solch großer Appetit macht gewiss auch mächtigen Durst!«

Sogleich eilten mehrere Zwerge herbei, die noch jung waren und deren Bärte entsprechend kurz. Beflissen trugen sie einen großen Krug Bier heran, aus dem sie Aryanwen einschenkten – dunklen schäumenden Gerstensaft mit berauschender Wirkung. Als Aryanwen keine Anstalten machte, zu ihrem Becher zu greifen, hob Winmar seinen eigenen Krug und prostete ihr zu.

»Auf Euer Wohl und das meine, Prinzessin!«

Aryanwen aß weiter, nagte einen Apfel bis auf das Kerngehäuse ab.

»Was denn? Erwidert Ihr meinen Trinkspruch nicht? Wo es heute doch einen Grund zum Feiern gibt?«

Aryanwen ließ den Apfel fallen, als wäre sie auf einen Wurm gestoßen. »Was für einen Grund?«, wollte sie wissen.

»Ich bin ein bescheidener König. Glaubt mir, ich würde keine solch erlesenen Speisen auftischen lassen, wenn nicht ein besonderer Anlass dies rechtfertigen würde.«

»Was für ein Anlass?« Aryanwens Augen hatten sich zu Schlitzen verengt. Sie ahnte, dass ihr die Antwort nicht gefallen würde.

»Oberst Vigor hat mir neue Kunde gebracht, Nachrichten aus Tirgaslan«, eröffnete Winmar ohne Zögern. »Wie es heißt, hat Euer geschätzter Vater König Tandelor ein Heer aufgestellt, mit dem er in den Krieg zu ziehen gedenkt – gegen Ansun!«

»Nein!«

Aryanwen sprang vom Hocker auf, und das mit derartiger Heftigkeit, dass die Ork-Wächter grimmig vortraten und die mörderischen Hellebarden ein Stück weit senkten.

»Überrascht«, sagte der Zwergenkönig sichtlich belustigt. »Ihr hättet nicht gedacht, dass sich die Dinge so entwickeln würden, wie ich es geplant habe. Dabei hättet Ihr es besser wissen müssen, denn schließlich kennt niemand Euren Vater so gut wie Ihr selbst. Er ist ein Schwächling, dem die Lethargie den Sinn für die richtigen Entscheidungen genommen hat.«

Aryanwen hörte die Häme in seiner Stimme, aber sie war nicht fähig zu einer Erwiderung. Der würzig-süße Geschmack der Speisen war verflogen und schaler Bitterkeit gewichen, ihr Körper bebte vor hilflosem Zorn.

»Bitte, Prinzessin«, forderte Winmar sie auf und winkte mit der beringten Rechten. »Nehmt Platz und esst weiter, das ist lebensnotwendiger für Euch als die große Politik. Greift ruhig zum Bier, es wird helfen, Eure Sorgen zu vertreiben.«

Wieder lächelte er, während Aryanwen nur dastand und ihn über die noch immer reich gedeckte Tafel hinweg anstarrte, über die dampfenden Berge von gebratenem Fleisch. Ein Impuls riet ihr, sich auf ihn zu stürzen, ihre Hände um seinen Hals zu legen und mit aller Kraft zuzudrücken, während sich ihre Leibesmitte gleichzeitig so anfühlte, als hätte jemand mit aller Kraft hineingetreten. Ihr Magen wurde steinhart. Von einem Moment zum anderen hatte sie den Eindruck, durch eine Röhre zu starren, hatte Mühe, ihre Blicke auf ein festes Ziel zu richten.

Dann kam die Übelkeit.

So plötzlich und übermächtig, dass Aryanwen nichts dagegen ausrichten konnte. Die freudige Wonne, die ihren Magen eben noch erfüllt hatte, verwandelte sich in Schmerz, und all das, was sie heißhungrig hinabgeschlungen hatte, stieg wieder empor.

Sie fuhr herum und rannte hinaus, vorbei an ihren verblüfften Bewachern, die triefäugig auf sie starrten, verfolgt vom Gelächter des Zwergenkönigs. Es gelang ihr noch, einen letzten Rest von Würde zu bewahren, bis sie den Thronsaal verlassen hatte. Dann stürzte die Prinzessin von Tirgaslan an eines der steinernen Lichtbecken und übergab sich.

6. BOCHLOBH

Zehn Tage lang waren die Orks und ihr menschlicher Begleiter durch den Norden des Reiches marschiert – und je weiter sie in Richtung der Grenze vorgedrungen waren, desto öder und trostloser war der Landstrich geworden.

Hatte es zunächst noch unbestellte Äcker und verlassene Dörfer gegeben, so waren diese schon bald einer Szenerie der Zerstörung gewichen, die sich von den Siedlungen des Nordens, die es zu Balboks und Rammars Zeit noch nicht gegeben hatte, bis zur Grenze zog – ein Niemandsland des Todes, das von den vielen Jahren des Krieges gezeichnet war.

Wo einst Dörfer gestanden hatten, erhoben sich jetzt Grenzforts, Schutzwälle und andere Befestigungen, die teils aus Palisaden bestanden, teils aus den Trümmern zerstörter Bauernhäuser errichtet waren. Doch was die drei Wanderer an Truppen zu Gesicht bekamen, war nicht dazu angetan, diese Bollwerke noch lange zu halten. Als Rammar die abgerissenen Gestalten sah, die den Rock Tirgaslans trugen, wurde ihm klar, weshalb die Menschen dieser Zeit es vorzogen, sich auf die Unterstützung orkischer Söldner zu verlassen – denn sie selbst waren müde vom Krieg und erschöpft, der Kampfgeist, wenn sie überhaupt je welchen gehabt hatten, hatte sie längst verlassen.

Wann immer die Gefährten auf Truppen stießen, die die gestampfte Straße herabkamen, oder auf Reiterpatrouillen, die die hügelige, nur spärlich bewachsene Landschaft durchstreiften, zogen sie es vor, möglichst rasch zu verschwinden – schließlich wollten sie niemandem begegnen, der auf die Idee kam, sie zwangszurekrutieren und dadurch in sinnlose Scharmützel zu verstricken. In Straßengräben geduckt oder hinter Trümmerhaufen versteckt warteten sie ab, bis die Soldaten an ihnen vorbei waren – und Rammar hätte sich jedesmal am liebsten übergeben, wenn er sah, wie Ork-Krieger auf Befehl der Menschen im Gleichschritt marschierten. Marodeure, die plündernd durch die Lande zogen, gab es hier oben im Norden nicht mehr; wer hierherkam, würde kämpfen – und notfalls auch sterben.

Je näher die drei Wanderer der Front kamen, desto stärker wurde die Vorahnung drohenden Unheils. Dazu passte, dass am zehnten Tag ihrer Reise Regen einsetzte, der den grauen Morast in Schlamm verwandelte und das Fortkommen zusätzlich erschwerte. Bei jedem Schritt versanken die Füße bis über die Knöchel, um sich mit einem unappetitlichen Schmatzen wieder zu lösen. Die Abdrücke, die zurückblieben, füllten sich sofort wieder mit Wasser, und man hatte fast den Eindruck, dass es rot gefärbt wäre – aber das konnte nur eine Täuschung sein.

»Wie weit ist es noch, Mensch?«, beschwerte sich Rammar. »Meine Zehen fühlen sich an wie die von einem Stinkfisch.«

»Nicht mehr weit«, versicherte Dag. »Jenseits dieser Hügel liegt der Fluss – und auf der anderen Seite des Flusses beginnt das Territorium der Zwerge.«

»Der Eisfluss ist auch zu unserer Zeit die Grenze zwischen den Menschen und den Zwergen gewesen«, meinte Rammar und schnitt eine hämische Grimasse. »Sehr weit scheint euch der Krieg nicht gebracht zu haben.«

»Zu Beginn des Krieges gab es viele Bemühungen, mit einer Streitmacht überzusetzen«, erklärte Dag. »Beide Seiten versuchten es wieder und wieder, aber ihre Angriffe wurden immer wieder zurückgeschlagen, der Boden hier ist blutgetränkt. Erst vor einem halben Jahr ist es den Zwergen gelungen, ein Stück westlich von hier, in der Nähe der alten Furt, einen Brückenkopf zu errichten, den sie befestigt haben und erfolgreich verteidigen. Der Nordosten des Reichs wird seitdem fortwährend von Überfällen ereilt, gegen die die geschwächten Streiter Tirgaslans kaum noch etwas ausrichten können. Einige glauben darin einen Hinweis zu sehen, dass sich der Krieg allmählich dem Ende zu neigt – und dass die Zwerge ihn gewinnen werden.«

»Nicht zu fassen«, ächzte Rammar. »Wie konnte das geschehen? Wie konnten die Hutzelbärte so mächtig werden, dass ihr Menschen euch vor ihnen fürchtet? Und das, obwohl diese Kümmerlinge euch nur bis zur Hüfte reichen?«

»Winmar«, lautete Dags knappe Antwort, während sie sich weiter durch die morastige Landschaft schleppten, die Säcke mit dem Proviant auf dem Rücken, die sie zuletzt während der Begegnung mit einem königlichen Versorgungswagen aufgefüllt hatten – freilich ohne vorher zu fragen …

»Winmar, aha«, machte Balbok. »Und was soll das sein?«

»Winmar ist der König der Zwerge«, erklärte Dag. »Der schlimmste und skrupelloseste, den es je gab. Obwohl er aus einfachen Verhältnissen stammt, krönten ihn die Zwerge zu ihrem Herrscher.«

»Klingt doch ganz nett«, meinte Balbok achselzuckend. »Ich stamme auch aus einfachen Verhältnissen und wurde zum König gekrönt.«

»Du vielleicht, Faulhirn«, zischte Rammar. »Ich habe mir nur das geholt, was mir von jeher zugestanden hat. Ich habe immer gewusst, dass irgendwo etwas Besseres auf mich wartet, als im *bolboug* zu hocken und kübelweise Blutbier zu saufen.«

»*Korr*, das stimmt«, pflichtete Balbok bei, dessen Züge sich ahnungsvoll aufhellten, »nämlich auf einem *Thron* zu hocken und kübelweise Blutbier zu saufen.«

»Wer ist nun dieser Witzbold mit dem bescheuerten Namen?«, wollte Rammar mit einem unwilligen Schnauben wissen. »Was weißt du über Winmar?«

»Wie es heißt, ist er an die Krone gekommen, indem er seinen Vorgänger Reginald ermordet hat«, erwiderte Dag.

»Und?«, fragte Balbok dazwischen. »Wie soll man denn sonst Anführer werden? Bei uns Orks ist das ganz normal.«

»Zwerge sind aber keine Orks«, gab Dag zu bedenken. »Um seine Herrschaft zu festigen, hat Winmar eine wahre Schreckensherrschaft errichtet. Sein eigenes Volk zittert vor ihm, überall hat er seine Spitzel und Handlanger. Der gefürchtetste von allen ist Vigor, der Anführer der Geheimpolizei.«

»Ich mag den Kerl jetzt schon.« Rammar schnitt eine Grimasse. »Mit größenwahnsinnigen Hutzelbärten haben wir unsere Erfahrungen gesammelt. Da war schon einmal einer, der sich mit uns angelegt hat. Orthmar war sein Name.«

»Und?«, fragte Dag.

»Ist ihm nicht gut bekommen«, meinte Balbok achselzuckend. »Er hat ins Gras gebissen. Gleich mehrmals.«

Über einen steilen Anhang ging es auf einen Höhenzug, der von Osten gen Westen verlief, der Nacht entgegen. Ihn zu erklimmen war angesichts des durchweichten Bodens nicht ganz einfach, da man mit jedem Schritt vorwärts wieder ein Stück zurückrutschte.

Rammar auf seinen kurzen Beinen hatte es am schwersten. Die Arme seitlich ausgestreckt, versuchte er das Gleichgewicht zu wahren, was ihm zunächst auch gelang. Je steiler das Gelände jedoch wurde, desto schwerer tat er sich damit – und kurz bevor die Gefährten den Hügelkamm erreichten, geschah es. Rammars Füße glitten nach hinten weg, als würden sie von unsichtbarer Hand zurückgerissen, und seines Unterbaus beraubt, schlug der dicke Ork mit dem breiten Kinn voraus in den Schlamm, dass es nach allen Seiten spritzte. Damit nicht genug, nahm Rammars massiger Körper nun auch noch Fahrt auf und schlitterte ein gutes Stück hangabwärts, einem riesigen unförmigen Schlitten gleich, ehe ein abgestorbener Baum die rasante Talfahrt stoppte.

»Wenn einer von euch beiden auch nur eine Grimasse schneidet«, rief der Ork in seiner misslichen Lage hinauf, bäuchlings im Dreck liegend und das Hinterteil im sich gabelnden Stamm verklemmt, »schnitze ich euch ein neues Gesicht, habt ihr das kapiert?«

Niemand lachte, denn Balbok und Dag hatten unterdessen bereits den Hügelgrat erklommen und spähten auf die andere Seite. Der Eisfluss verlief dort, ein von Nordwesten kommendes Band, das im trüben Licht der Dämmerung aussah, als bestünde es aus gehämmertem Stahl. Jenseits davon lag das Zwergenreich; die südlichen Ausläufer des Scharfgebirges waren zu erkennen, hinter denen sich dunkel und drohend die Felswände erhoben und mit den grauen Wolken zu einer gewaltigen, scheinbar unüberwindlichen Wand verschmolzen. Geradeso, als wäre das Land jenseits des Flusses eine einzige uneinnehmbare Festung.

In unregelmäßigen Abständen säumten gedrungene steinerne Wachtürme das andere Ufer, Fackeln führten einen aussichtslosen Kampf gegen den strömenden Regen. Immer wieder verloschen sie und mussten neu entzündet werden.

»Das Wetter ist günstig«, stellte Dag fest.

»Günstig?«, schnaufte Rammar, der soeben atemlos bei ihnen anlangte. Er war von Kopf bis Fuß verdreckt, sein Gesicht eine schlammtriefende Fratze. »Wenn du nochmals was von günstigem Wetter faselst, Mensch, verfalle ich augenblicklich in *saobh* – und du bist das erste Opfer.«

»Der Regen wird uns helfen«, erklärte Dag. »Wegen der Wolken wird kein Mond am Himmel zu sehen sein, und die Wachen auf der anderen Seite des Flusses haben Schwierigkeiten, die Fackeln am Brennen zu halten. Das ist unsere Gelegenheit, ungesehen hinüberzugelangen.«

»Du willst den Fluss durchqueren? Ausgerechnet hier?«

»Dies ist die günstigste Stelle. Dort unten gibt es eine Furt, und die Wachtürme stehen weniger dicht als anderswo. Oder würdest du dein Glück lieber weiter östlich versuchen, wo sich eine ganze Garnison befindet? Wir wären mit Pfeilen gespickt, noch ehe wir die andere Seite erreicht hätten.«

»Großartig«, machte Rammar verächtlich.

»Wir warten ab, bis es dunkel geworden ist, dann setzen

wir über. Bis dahin werden wir uns ausruhen und ein wenig stärken.«

»Großartig«, wiederholte Rammar und ließ sich lustlos auf seinen breiten *asar* fallen. Dann nahm er seinen Proviantsack ab, öffnete ihn und nahm ein Stück Dörrfleisch heraus, in das er seine Hauer schlug. »Ich kann nur hoffen, Geheimniskrämer, dass sich die ganze Mühe auch lohnt«, meinte er schmatzend. »Wenn ich am Ende dieser Reise nicht das dämliche Buch in den Klauen halte, sondern nur eine deiner Lügengeschichten, kannst du was erleben!« Ein Regenschwall rann ihm in den Hals hinunter und ließ ihn in eine weitere wüste Verwünschung ausbrechen, sodass er Dags kurzes Zögern nicht bemerkte.

»Aber natürlich«, versicherte der Mensch lächelnd. »Das wirst du, so wahr ich Dag der Erfinder bin.«

Das trübe Band im Westen verblasste, und es war, als schließe sich eine gewaltige Pforte, als Horizont und Wolken einander berührten und das Land von einem Augenblick zum anderen in Dunkelheit versank.

»*Drashda*«, gab Balbok das Kommando zum Aufbruch. »Es ist so weit.«

»Ich sage, wenn es so weit ist, *umbal*«, wies Rammar ihn zurecht, der sein Gesicht einigermaßen vom Schlamm befreit hatte. Unter einigem Stöhnen brachte er die kurzen Beine unter seinen feisten Körper und erhob sich schwerfällig. »Jetzt ist es so weit«, gab er bekannt.

»Also los.« Dag übernahm die Führung, und Rammar hatte nichts dagegen einzuwenden – was immer geschah, sollte zuerst dem Menschen zustoßen.

In gebückter Haltung huschten sie die andere Seite des Höhenzugs hinab, die glücklicherweise weniger steil war, sodass Rammar eine weitere entwürdigende Rutschpartie erspart blieb. Die Nacht war so mondlos und dunkel, wie Dag es angekündigt hatte, sodass sie hoffen konnten, von der anderen Seite aus nicht entdeckt zu werden. Der Nachteil war, dass auch sie selbst nur wenige Schritte weit sehen konnten, nicht nur der Dunkelheit wegen, sondern auch infolge des noch immer wütenden Regens.

Endlich erreichten sie das Ufer. Der Fluss mochte an dieser Stelle an die zweihundert Schritt breit sein und hatte nichts mehr gemein mit dem kristallklaren Quell, als der er in den Gebirgen des Nordwalls entsprang – als teerig schwarzes Band lag er vor ihnen, auf das unablässig und mit lautem Rauschen der Regen niederprasselte. Dag ließ sich davon nicht einschüchtern und stieg in das dunkle Wasser, das ihm schon nach wenigen Schritten bis zur Hüfte reichte. Balbok folgte ihm ohne Zögern, nur Rammar blieb ein wenig unschlüssig am Ufer stehen.

»Und du bist sicher, dass es hier eine Furt gibt, Mensch?«, fragte er misstrauisch. »Ich habe keine Lust, jämmerlich abzusaufen, nur um dein Weib zu befreien.«

»Er kann nämlich nicht schwimmen«, fügte Balbok mit einer entschuldigenden Geste hinzu.

»Was soll das heißen, er kann nicht schwimmen?«

»Na, was es eben heißt«, zischte Rammar. »Und? Die meisten Orks können nicht schwimmen.«

»Ich schon«, wandte Balbok ein.

»Kein Wunder – dein hohler Schädel schwimmt wie ein Korken obenauf.«

»Fett aber auch«, kam es zurück, leise und ein wenig trotzig.

»Was hast du gesagt?« Die Zornesbräune schoss Rammar ins Gesicht, und in der Absicht, seinem vorlauten Bruder den *beul* zu stopfen, sprang er in die Fluten. »Du elender *umbal*! Nenn mir einen guten Grund, warum ich dich nicht …«

»Ruhe, ihr beiden!«, zischte Dag. »Oder wollt ihr unbedingt, dass man uns entdeckt?«

Rammar verstummte – nicht ohne sich vorzunehmen, seinem Bruder auf der anderen Seite des Flusses gehörig in den *asar* zu treten, und das anmaßende Milchgesicht gleich mit.

Bis dahin war es jedoch noch ein weiter Weg.

Mit ungutem Gefühl setzte Rammar einen Fuß vor den anderen und folgte den anderen durch die dunklen Fluten. Das eisige Wasser, dem der Fluss seinen Namen verdankte, umschloss ihn und tränkte Kleidung und Rüstung. Um ein Haar hätte es auch den Proviantsack erwischt, hätte Rammar ihn nicht abgenommen und hoch über den Schädel gehalten. So ging es immer tiefer hinein, der Mitte des Flusses entgegen, während Rammar das Gefühl hatte, dass es nicht nur mehr von oben, sondern auch von unten regnete. Es war kalt, es war nass und obendrein stockdunkel. Am liebsten hätte der feiste Ork seinem Unmut mit einer lauten Verwünschung Luft gemacht, aber ihm war klar, dass das so ziemlich das Dämlichste war, das er hätte tun können. Also hielt er sich zurück und ging weiter, arbeitete sich über das von Kies bedeckte Flussbett voran, während er merkte, wie die Strömung stärker wurde und an ihm zog.

Shnorsh!

Rammar zuckte zusammen.

Was war das eben gewesen?

Irgendetwas hatte ihn im Wasser gestreift, aber infolge der Dunkelheit konnte er nicht das Geringste erkennen. Ein Stück Treibholz? Verdammt, nahm dieser elende Fluss denn gar kein Ende?

Der Ork kämpfte die Panik nieder, die in ihm hochsteigen wollte wie der letzte Humpen Blutbier nach einer durchzechten Nacht. Alles, was er sah, war Balboks schmale Gestalt, die sich schemenhaft vor ihm abzeichnete, und ohne dass er es wollte, hatte er plötzlich das Gefühl, verfolgt zu werden. Wie sein Verfolger aussah, wusste er nicht, aber er war überzeugt davon, dass er ein großes gefräßiges Maul hatte und messerscharfe Zähne …

»Geht gefälligst schneller!«, zischte er. »Oder habt ihr vor, in dieser Brühe einzuschlafen?«

Rammar selbst konnte gar nicht anders, als seine Schritte zu beschleunigen. Eine beträchtliche Bugwelle vor sich her treibend, pflügte er durch das Wasser, das ihm inzwischen fast bis über die Brust reichte. Gerade wollte er sich beschweren, weil es immer noch tiefer wurde und gefährlich in Richtung Kinn stieg, als das Kiesbett sich wieder anhob. Das Wissen, die Mitte des Flusses hinter sich gelassen zu haben und sich nun endlich dem anderen Ufer zu nähern, beruhigte Rammar ein wenig und half ihm, die Panik zu besiegen. Vorerst wenigstens.

Mit jedem Schritt wurde das Wasser seichter, und Rammar wollte gerade dazu ansetzen, sich seiner mutigen Tat zu rühmen – als ihn erneut etwas berührte. Und diesmal war der dicke Ork sicher, dass es kein Treibholz gewesen war, denn für einen kurzen Moment hatte es sich um sein rechtes Bein gewickelt!

Rammar wollte schreien, eine bittere Verwünschung ausstoßen, irgendetwas von alldem – aber nicht ein einziger Ton kam ihm über die wulstigen Lippen. Die Stimme versagte ihm angesichts des Grauens, das er in diesem Moment empfand, sein einziger Gedanke war Flucht.

Den Packsack mit dem Proviant warf er in hohem Bogen von sich und begann zu rennen. Dass er dabei das Wasser aufwarf und es um ihn herum schäumte und spritzte, war ihm einerlei, er wollte nur so rasch wie möglich hinaus und viel Abstand zwischen sich und dieses – was eigentlich? – bringen. Er überholte Balbok, der ihn fragend anschaute, und schloss zu Dag auf.

»Rammar!«, zischte der. »Du wirst uns noch verraten, wenn du …«

Der Rest von dem, was er hatte sagen wollen, blieb dem Menschen im Hals stecken – denn das Wasser des Flusses begann plötzlich, sich zu bewegen, und zwar nicht nur dort, wo Rammar wie ein angestochener Eber durch das Wasser sprang, sondern so weit das Auge in der Dunkelheit reichte. Schaum kräuselte sich an der Oberfläche, Wellen entstanden, die sich kreisförmig ausbreiteten. Dann spritzte plötzlich nur wenige Armlängen von ihnen entfernt weiße Gischt in die Höhe, dicht gefolgt von etwas, das so dunkel war, dass es sich kaum von der Finsternis abhob. Der Regen jedoch, der sich daran brach und in zahllosen sich verzweigenden Rinnsalen daran herabrann, machte das Ding dennoch sichtbar.

Dag stockte der Atem.

Balbok riss den *saparak* aus der Rückenhalterung.

Rammar schrie aus Leibeskräften.

Es war eine riesige Scherenklaue, groß genug, um einen erwachsenen Mann in der Leibesmitte zu packen und zu zerteilen – und sie blieb nicht allein …

7.

MOR MOURASHD

Die Gefährten hatten sich von ihrem ersten Schrecken noch nicht erholt, als eine weitere Schere aus dem Wasser emporschoss, die sich unter schaurigem Knacken öffnete, schloss – und angriff.

Als Dag sah, wie sich der eine Scherenarm in seine Richtung bog, ließ er ebenfalls den Packsack fallen und wollte sein Schwert herausreißen, doch es war zu spät. Wie das weit aufgerissene Maul eines Untiers schnellte die Schere vor und packte ihn, und noch ehe er dazu kam, sich zu wehren, wurde er lotrecht aus dem Wasser gerissen.

»Bei Kurul!«, rief Balbok, als sein menschlicher Gefährte in die Höhe schnellte – Zeit, ihm zu helfen, blieb jedoch nicht, denn im nächsten Moment hatte auch der hagere Ork alle Klauen voll zu tun, sich des unheimlichen Angreifers zu erwehren. Der andere Scherenarm tastete nach ihm, und Balbok reagierte mit eisernen Reflexen.

Ohne lange nachzudenken, hieb er mit dem *saparak* zu, und tatsächlich gelang es ihm, den Angriff abzuwehren. Die Schere zuckte zurück, fiel wieder ins Wasser – und war im nächsten Moment im schäumenden Fluss untergetaucht. Balboks Augen verengten sich zu Schlitzen, und während er sich noch fragte, wohin das Ding verschwunden sein mochte, packte ihn auch schon etwas an seinem linken Bein. Der Schrei, den der Ork ausstieß, begann, während er noch im Wasser stand – und endete erst, als er oben in luftiger Höhe hing.

»Shnorsh!«

Rammar hatte gar nicht erst abgewartet, bis er womöglich auch noch angegriffen wurde, er rannte einfach weiter. In seinem Bemühen, möglichst rasch das Ufer zu erreichen, das er irgendwo vor sich in der Schwärze vermutete, geriet er ins Taumeln und rutschte auf den glitschigen Steinen des Flussbetts aus. Vergeblich rang er um sein Gleichgewicht. Er kippte zurück, fiel ins Wasser und versank wie ein Stein – und dieses Missgeschick rettete ihm das Leben. Denn während seine beiden Begleiter von den Scheren erfasst und aus dem Wasser gerissen wurden, kroch Rammar weiter, sich auf allen vieren voranwühlend wie ein Maulwurf – und erreichte tatsächlich das Ufer.

Als das Wasser so seicht geworden war, dass es ihm nur noch bis an die Knie reichte, sprang er wie von der Spitze eines *saparak* gestochen in die Höhe. Dabei beging er den Fehler, für einen Moment zurückzusehen. Der Atem stockte ihm angesichts des albtraumhaften Anblicks, der sich ihm bot.

Die Kreatur war fast vollständig aufgetaucht. Jetzt konnte man erkennen, dass sich ihr länglicher, mit stacheligen Segmenten bewehrter Körper auf dürren, spinnengleichen Beinen fortbewegte. Lange Stielaugen und dünne Fühler ragten aus etwas, das man kaum als Gesicht bezeichnen konnte – es war ein reißendes Maul, mit Reihen scharfer Zähne besetzt. Die Greifarme, an deren Enden Balbok und Dag hingen und sich wie von Sinnen gebärdeten, ragten seitlich aus dem bizarren Körper.

Einen Augenblick lang zögerte Rammar.

Wäre es nur um den Menschen gegangen, hätte es nichts zu überlegen gegeben. Aber schließlich ging es auch um Balbok, seinen leiblichen Bruder, mit dem zusammen er schon unzählige Gefahren gemeistert und überlebt hatte!

Der dicke Ork hegte nicht den geringsten Zweifel.

Er würde ihn sehr vermissen.

Keuchend fuhr er herum und rannte weiter, ließ das Wasser hinter sich und rannte die Uferböschung hinauf, die steil vor ihm anstieg – sehen konnte er in Regen und Dunkelheit so gut wie nichts. Indem er die verbliebene Klaue zu Hilfe nahm, arbeitete sich Rammar den Hang empor, atmete auf, als die Steigung wieder verflachte und er sich wieder aufrichten konnte – und einen Lidschlag später rannte er mit voller Wucht gegen etwas, das groß war und hart und das, als er mit dem Schädel dagegenstieß, ein glockenhaftes Geräusch von sich gab, von dem er nicht wusste, ob es nur durch die Windungen seines Gehirns hallte oder ob es tatsächlich zu hören war.

Der Aufprall war so heftig, dass Rammars Bewusstsein wie eine Kerze im Wind flackerte. Er prallte zurück, geriet ins Taumeln und stürzte rücklings die Böschung hinunter, die er eben erst heraufgekommen war. Mehrmals überschlug er sich und zog sich zahllose Blessuren zu. Halb bewusstlos und mit dröhnendem Schädel blieb er im Uferschlamm liegen.

Sein Bruder und Dag unterdessen waren dem Tod näher als dem Leben, denn das Monstrum war drauf und dran, sie in sein klaffendes Maul zu befördern. Wie Spielzeuge schleuderte es sie durch die Luft. Beide schlugen auf den Greifarm ein, der sie umklammert hielt – Dag, indem er seine kurze Waldläuferklinge wie einen Dolch benutzte und damit ein um das andere Mal zustach, während sich die Schere immer noch weiter um seine Leibesmitte schloss und ihn zu zerfetzen drohte; Balbok, während er kopfüber an dem Arm der Bestie hing und verbissen versuchte, diesen zu durchtrennen.

Es gelang ihm nicht, denn das Ungeheuer schüttelte ihn so heftig hin und her, dass er keinen gezielten Schlag anbringen konnte – und im nächsten Moment änderte die Bestie ihren Plan. Statt den Ork weiter durch die Luft zu schleudern, riss sie ihn einfach unter Wasser – und Balboks Widerstand erlahmte. Nicht nur, dass das Wasser seine Bewegungen erschwerte, seine von der Anstrengung ausgepumpten Lungen ließen ihn auch bald im Stich. Das war der Augenblick, in dem die Kreatur zum letzten Schlag ausholte.

Mit einem erneuten Ruck riss sie Balbok empor, heraus aus der eisigen Finsternis und in luftige Höhe, und noch ehe er dazu kam, neuen Atem zu schöpfen, hatte sie ihn auch schon in ihr mörderisches Maul gestopft. Die Schere öffnete sich, und Balbok fiel kopfüber in den zähnestarrenden Schlund, der sich wie ein Sack über ihm zuzog.

»Verdammt!«

Dag war klar, dass er nun an der Reihe war. Mit dem Schwert, das ihm in Anbetracht der schieren Größe und Beschaffenheit seines Gegners geradezu lächerlich vorkam, stach er weiter auf den Fangarm ein, der ihn umklammerte, doch gegen eine Kreatur, die nur aus Knochen zu bestehen schien, vermochte seine Klinge nichts auszurichten. Dag begriff, dass er den Kampf gegen das Untier nicht gewinnen konnte. Seine Kräfte ermatteten, der Schmerz wurde unerträglich – und in diesem Moment öffnete sich tief unter ihm erneut der Schlund, um jetzt auch ihn zu verschlingen!

Dag sträubte sich nach Kräften.

Nicht nur, weil er nicht im Magen des Ungeheuers landen wollte, sondern auch, weil er eine Mission zu erfüllen hatte, und solange diese Mission nicht erfüllt war, konnte, durfte er nicht einfach sterben. Es durfte nicht so enden! Nicht nach allem, was er auf sich genommen hatte!

Der Bestie lagen derlei Überlegungen fern. Mit derselben Unnachgiebigkeit, mit der sie zuvor Balbok in ihren Schlund befördert hatte, zog sie nun auch Dag zu sich heran. In einem letzten Aufbäumen verzweifelter Kraft versuchte er, sich aus der Umklammerung der Schere zu befreien.

Vergeblich.

Unaufhaltsam ging es dem Schlund entgegen, der sich in freudiger Erwartung weitete und aus dem ihm unbeschreiblicher Gestank entgegenschlug, während sich die Zähne nach außen wölbten, bereit, ihn aufzunehmen und niemals wieder freizugeben.

So würde es also enden.

Unvollendet.

Ungerecht.

Dag schrie, brüllte seine Wut und seine Verzweiflung hinaus in die Nacht. Er schrie gegen den Regen und das Rauschen des Wassers, schrie, weil es das Einzige war, das er noch tun konnte. In Gedanken bat er Aryanwen um Vergebung, schalt sich für sein jämmerliches Versagen – und wollte die Augen schließen in der Erwartung, jeden Augenblick von spitzen Zähnen erfasst und ins Innere des dunklen Schlunds gerissen zu werden – als etwas Unerwartetes geschah.

Die Bestie bäumte sich plötzlich auf, hob den vorderen Teil ihres Körpers aus dem Wasser – und Dag konnte sehen, dass dieser nicht gepanzert war, sondern weich und schwammig und milchig weiß. Der Gedanke, sein Schwert bis zum Heft hineinzurammen, schoss ihm durch den Kopf. Aber zum einen war er dafür zu weit entfernt, zum anderen war es nicht nötig.

Denn plötzlich wölbte sich die Unterseite der Bestie nach vorn, ganz so, als versuchte etwas, mit aller Gewalt aus ihrem Inneren hervorzubrechen – im nächsten Moment zerplatzte das Untier wie eine Eiterbeule.

Als der Regen aus Gallert, Blut und matschigen Innereien einsetzte, schloss er die Augen und riss schützend die Hände vors Gesicht. Dann ging alles ganz schnell.

Der Scherenarm, der ihn umklammerte, fiel kraftlos ins Wasser. Dag schlug in die kalten Fluten und begann, wie von Sinnen zu strampeln, um sich zu befreien. Da von der Bestie keine Gegenwehr mehr kam, gelang es ihm tatsächlich, und er tauchte auf – inmitten der kläglichen Überreste der Kreatur, die auf dem Wasser dahintrieben, Fetzen von schwammigem Fleisch, von glitschigen Innereien und gepanzerten Segmenten, dazu die leblosen Scheren, die wie losgerissenes Seegras mit der Strömung davontrieben. Und in all dem unappetitlichen Durcheinander stand Balbok, dem das Wasser nur bis zur Brust reichte, und blickte sich mit wild rollenden Augen um. Den *saparak* hielt er hoch erhoben, sein schmales Kinn hatte er so weit vorgereckt, dass es jeder anderen Kreatur den Kiefer gebrochen hätte.

»*Mor mourashd*«, gab er schnaubend bekannt. »Ein Fehler, Balbok den Brutalen zu verschlingen!«

Dag konnte sein Glück kaum fassen.

Nicht nur, dass er selbst gerettet war, auch sein orkischer Gefährte war noch am Leben. Indem sie ihn verschluckte, hatte die Kreatur das Maul wohl etwas zu voll genommen – ganz offenbar hatte sich Balbok vom Magen der Kreatur wieder nach außen gearbeitet, was nicht nur von großem Mut zeugte, sondern auch von einer gewissen Uneinsichtigkeit. Nun stand er da, inmitten all der glitschigen Fetzen, und Dag konnte nicht anders, als vor Erleichterung laut zu lachen.

Es war kein sehr männliches Gelächter, schon eher brach sich blanke Hysterie darin Bahn, aber auch Balbok begann daraufhin breit zu grinsen, und gemeinsam schleppten sie sich ans Ufer.

»Rammar! Rammar!«, rief Balbok, als er seinen reglos im Ufersaum liegenden Bruder gewahrte. »Bist du tot?«

»*Da-dasok?*« Der dicke Ork schien eben erst zu sich zu kommen. Schwerfällig, die verbliebene Klaue auf seine Stirn gepresst, versuchte er, sich herumzuwälzen. Dabei zappelte er mit den Beinen wie eine auf dem Rücken liegende Schildkröte. »W-was ist …?«

»Ob du tot bist, habe ich gefragt«, wiederholte Balbok, der neben seinem Bruder kauerte und ihn mit ehrlicher Besorgnis ansah.

»Nein, bin ich nicht«, kam es schnaubend zurück. »Und wenn, würde ich es dir *umbal* ganz bestimmt nicht sagen.«

Endlich gelang es ihm, sich aufzusetzen. Er sah ziemlich mitgenommen aus, von Kopf bis Fuß mit Dreck und Schlamm überzogen, als habe er sich darin gewälzt. Und auch von den Innereien des Ungeheuers, die im weiten Umkreis herabgepladdert waren, hatte er etwas abgekriegt.

»Wo hast du die ganze Zeit gesteckt?«, fragte Balbok.

»Wir haben derweil gegen das *uchl-bhuurz* gekämpft und es besiegt.«

»Was soll das heißen?«, erwiderte Rammar gereizt. »Ich habe heldenhaft gekämpft, bis ich verwundet wurde, dafür kann ich schließlich nichts. Was für ein Mistviech war das überhaupt?«

»Ich weiß es nicht«, erwiderte Dag, der sich wieder gefangen hatte. Mit Regenwasser hatte er Gesicht und Haare zumindest ein wenig von Schlamm und Schleim befreit. »Vermutlich irgendetwas aus den Sümpfen. Seit Krieg herrscht, kommen alle möglichen Kreaturen den Fluss herab. Die Aussicht auf leichte Beute lockt sie an.«

»Leichte Beute.« Mit einem verächtlichen Blick in Richtung der davontreibenden Überreste spuckte Rammar aus. »Mit den Königen der Orks hätte sich das Ding nicht anlegen sollen. Das wird ihm eine Lehre sein.«

»Zweifellos.« Dag rang sich ein freudloses Grinsen ab, dann sah er sich wachsam um. »Und nun sollten wir zusehen, dass wir verschwinden, ehe wir …«

»Dafür ist es ein wenig spät, oder nicht?«

Als die Stimme erklang, dumpf und hohl, so als würde sie aus einem Brunnenschacht dringen, fuhren die Gefährten herum.

Die hässliche Erkenntnis, dass sie nicht mehr allein waren, dämmerte ihnen im selben Moment, in dem Rammar klar wurde, wogegen er bei seiner wilden Flucht gerannt war.

Kaldronen.

Todeskessel.

Ein halbes Dutzend.

Wie die Türme eines Bollwerks erhoben sich die kugelförmigen Kriegsmaschinen über dem Abbruch der Uferböschung, in der Dunkelheit mehr zu erahnen als tatsächlich zu sehen. Nur der Regen, der von ihrer gewölbten Hülle abperlte, gab einen ungefähren Eindruck ihrer Form und Größe – und von den mörderischen doppelschneidigen Äxten, die sie in ihren metallenen Klauen hielten. Begleitet wurden die Kaldronen von einem Rudel Ork-Söldner, die ebenfalls an der Abbruchkante Aufstellung genommen und mit gespannten Bogen auf sie zielten.

Ende.

Aus.

Die Gefährten saßen in der Falle.

Hinter ihnen der dunkle, von gefräßigen Bestien verseuchte Fluss. Vor ihnen der Feind …

»*Shnorsh*«, brummte Dag halblaut.

8.

BRUUCHG'HAI'S KAS'HAI GOURR

»Wer seid ihr, Eindringlinge?«, dröhnte es von oben herab. Die Kaldronen schienen über eine Vorrichtung zu verfügen, die in der Lage war, die Stimme ihres Lenkers zu verstärken. Hohl und blechern drang sie aus dem Inneren der Kampfmaschine und hatte kaum noch etwas Lebendiges. So, stellte sich Rammar vor, musste Hirul der Kopflose klingen, wenn er sprach …

»Mein Name ist Dag«, stellte sich Dag vor, der als Erster die Sprache zurückgewonnen hatte.

»Bist du zu Friedensverhandlungen hier, Mensch?«

»Das nicht gerade. Ich bin gekommen, um Prinzessin Aryanwen von Tirgaslan zu befreien, die euer König Winmar gegen jedes geltende Recht gefangen hält!«

Rammar konnte es nicht fassen. Er drehte den Schädel und starrte Dag ungläubig von der Seite an.

»Bist du jetzt völlig übergeschnappt, Mensch?«, zischte er.

Dags einzige Antwort war ein verwegenes Grinsen, worauf es im Kopf des Orks wie wild zu arbeiten begann. Wenn das Milchgesicht sich unbedingt selbst ans Messer liefern wollte, bitte sehr. Er, Rammar, hatte ganz gewiss nicht den Kampf gegen ein blutrünstiges Ungeheuer überstanden, um nun von ein paar hergelaufenen Zwergen massakriert zu werden …

»Das stimmt!«, bestätigte er deshalb lauthals und indem er sich stolz in die Brust warf. »Und wir haben diesen Hund von einem Menschen vor der Grenze abgefangen, bevor er Schaden anrichten konnte!«

»Was?« Nun war es Dag, der überrascht war, und auch Balboks Gesicht zog sich ratlos in die Länge.

»Aber Rammar …«

»Und wer bist du, breiter Unhold?«, scholl es von der Abbruchkante herab.

»Rammar der schrecklich Rasende«, entgegnete der dicke Ork und deutete eine elegante Verbeugung an, »Spion in den Diensten des Zwergenreichs.«

»Und wer ist der schmale Unhold daneben?«

»Das ist mein Bruder. Beachtet ihn gar nicht, er ist so lang, wie er dämlich ist. Aber er tut euch nichts. Auch er ist dem Zwergenkönig treu ergeben.«

Eine Pause trat ein, in der der Todeskessel – oder vielmehr der Hutzelbart, der im Inneren der wandelnden Rüstung saß – angestrengt nachzudenken schien. Rammar versuchte sich vorzustellen, wie der Kerl aussah, der sie, wenn er es wollte, mit einem einzigen Axthieb zermalmen konnte.

»Wir haben entschieden«, drang es schließlich großmütig herab. »Kommt herauf, hintereinander. Und keine falsche Bewegung!«

»Natürlich nicht.« Rammar entblößte die Zähne zu einem wölfischen Grinsen. »Wir sind ja nicht dämlich. Vorwärts, Gefangener! Los doch, beweg dich! Hast du nicht gehört?«

Dag sandte ihm einen unschwer zu deutenden Blick. Widerstand blitzte in seinen braunen Augen, aber schließlich fügte er sich und stieg die Böschung hinauf. Rammar folgte ihm. Ächzend erklomm der feiste Ork die Anhöhe, auf der er schon einmal gestanden hatte, um dann rücklings wieder hinunterzupurzeln. Diesmal hatte er vor, oben zu bleiben.

Mit allen Mitteln …

Die Kaldronen erwarteten sie regungslos. Eine Weile standen die beiden Gruppen einander stumm gegenüber, abwartend und lauernd. Die Ork-Söldner starrten die Neuankömmlinge hasserfüllt an, nur auf den Moment wartend, da sie sie zerreißen dürften. Schließlich ergriff der Anführer der

Kaldronen wieder das Wort. Dabei klirrte es metallisch, und zischend heißer Dampf entwich aus den Gelenken. »Ihr habt diesen Menschen also gefangen?«, tönte es durch das Visier in der Mitte der Kugel.

»Genau.«

»Wo? Und wie?«

»In einem Dorf nicht weit von der Grenze«, log Rammar ohne nachzudenken. »Man hatte uns dorthin geschickt, um es auszukundschaften, als wir auf diesen widerwärtigen Menschen trafen. Er prahlte damit, eine Gefangene aus dem Kerker unseres Königs befreien zu wollen, also nahmen wir ihn mit.«

»Lügner!«, begehrte Dag auf, als ihn zwei der Ork-Söldner in Gewahrsam nahmen. »Das ist nicht wahr!«

»Wem wollt Ihr mehr Glauben schenken, Hauptmann?«, wandte sich Rammar an den Zwerg im Inneren des Kaldronen. »Einem Stinkmaul von einem Menschen oder einem ergebenen Diener des Reiches?«

»Elender doppelzüngiger Ork!«, schrie Dag. »Dafür wirst du büßen! Ich werde dich erschlagen, hörst du? Wie einen räudigen Hund!«

»Als wir erfuhren, was dieser Mensch vorhat«, fuhr Rammar fort, »haben wir nicht gezögert, ihn gefangen zu nehmen und über die Grenze zu schleppen, um ihn zu verhören. Dabei wurden wir von den Milchgesichtern verfolgt und mussten die Grenze bei Nacht und Nebel überqueren wie gemeine Diebe.«

»So«, schepperte es aus dem Inneren der Kampfmaschine. »Und ihr erwartet, dass ich euch das glaube?«

»Wenn Ihr es tut, Hauptmann, wird es sicher nicht zu Eurem Nachteil sein«, entgegnete Rammar beflissen und deutete dabei auf Dag. »Denn schließlich kommen wir nicht mit leeren Klauen.«

»Warum ist der Kerl nicht gefesselt?«

»Weil wir den Fluss durchqueren mussten«, erklärte Rammar, »und er dabei ertrunken wäre. Es wäre zwar nicht schade um ihn gewesen, aber wir hätten ihn auch nicht mehr verhören können.«

Darauf wusste der Zwerg offenbar nichts mehr zu erwidern. Wieder trat eine Pause ein, in der er seine Möglichkeiten abzuwägen schien. Vermutlich sagte er sich, dass ihm da ein dicker Fisch ins Netz gegangen war, für dessen Verhaftung man ihn sicher befördern würde …

»Also gut«, erklärte er sich einverstanden. »Wir bringen den Gefangenen ins Lager, dann sehen wir weiter.«

»Jawohl, Hauptmann.« Erneut deutete Rammar eine Verbeugung an. »Wir sind froh, wenn wir den *umbal* los sind. Mein Bruder und ich werden unterdessen zu unserem Lager zurückkehren.«

»Wer ist euer Auftraggeber?«

Rammar konnte direkt hören, wie es in seinem Gehirn klickerte. »Der König selbst«, erwiderte er prompt in der Hoffnung, das würde so großen Eindruck auf den Zwerg machen, dass dieser keine weiteren Fragen stellte.

»König Orthmar«, fügte Balbok erklärend hinzu, den Zeigefinger der rechten Klaue einmal mehr belehrend erhoben.

»Winmar«, verbesserte der Zwerg.

»*Korr.*« Balbok nickte. »Irgendwas mit *-mar* jedenfalls.«

»Ihr wollt königliche Spione sein und kennt nicht einmal den Namen unseres Herrschers?«

»Nun …« In einer Geste der Verlegenheit griff Rammar nach den Knochenamuletten, die um seinen Hals hingen, und begann damit zu spielen. »Namen sind Knall und Fauch, wie ein orkisches Sprichwort sagt. Wir Unholde machen uns nichts aus Namen. Ich weiß nicht mal, wie das lange Elend hier neben mir heißt und …«

»Aber Rammar …«

»Wie lautet die Losung?«, donnerte der Kaldrone.

»Wie meinen?«

»Die Losung, die allen Spionen mit auf den Weg gegeben wird«, erwiderte der Zwerg, wobei er jedes einzelne Wort betonte.

»Ach, die Losung!« Rammar schlug sich vor die verdreckte Stirn. »Natürlich kennen wir die Losung, nicht wahr, Bruder? Du wolltest sie dir doch unbedingt merken!«

»Tatsächlich?« Balbok kratzte sich am Hinterkopf.

»Die Losung liegt mir auf der Zunge«, versicherte Rammar, als ihm klar wurde, dass von seinem Bruder keine Hilfe zu erwarten war. Mit der verbliebenen Klaue knetete er seine schwammigen Züge, als gelte es, die Antwort aus ihnen herauszupressen. »Die Losung lautet ... sie lautet ...«

»Es gibt keine«, eröffnete der Zwerg.

»Was?«

»Ich habe euch getäuscht.«

»Genau.« Rammar atmete erleichtert auf. »Deshalb kann ich mich nicht daran erinnern.«

»Nein«, widersprach der Hauptmann, wobei sein Kaldrone bedrohlich die Axt hob, »dadurch weiß ich, dass ihr keine Spione im Dienst des Königs seid. Also wer seid ihr dann?«

Der Atem, den Rammar eben noch geschöpft hatte, entwich pfeifend aus seinen Lungen.

»*Umbal*«, sagte er.

Und es war nicht festzustellen, wen er damit meinte.

9.

KAORA'HAI ANN BUOCHL UR'MALASH-ARRALSH

»Ihr seht lächerlich aus.«

»Ich sehe lächerlich aus?« Lord Lavan blickte unbeholfen an seiner feisten Gestalt herab, über deren schwammigen Rundungen sich ein Kettenhemd sowie ein Waffenrock spannten, der das Emblem seines Hauses zeigte – den doppelköpfigen Drachen, der infolge der Leibesfülle des Landgrafen arg in die Breite gezogen war. »Habt Ihr mich zu dieser irrwitzigen Zeit an diesen verlassenen Ort bestellt, um mir das zu sagen? Ich warne Euch, Savaric. Wenn Ihr vorhabt, mich in irgendeiner Weise zu brüskieren, dann …«

»Das braucht er nicht«, ließ sich noch eine weitere Stimme vernehmen, und eine dritte Gestalt trat aus den Schatten, die die Säulen im flackernden Schein der Fackeln warfen. »Soweit ich es beurteilen kann, schafft Ihr das stets ganz gut allein.«

»Lord Ruvon.« Lavan fuhr zu Savaric herum, die Augen zu schmalen Schlitzen verengt. »Was hat das zu bedeuten? Ich warne Euch, Savaric, wenn dies eine Falle ist …«

»Warum so aufgeregt, alter Freund?«, fragte Savaric dagegen, dessen knochige Gesichtszüge sich zu einem sardonischen Lächeln verzerrten. »Vielleicht ist Euch der Gedanke noch nicht gekommen, aber wir alle, die wir hier sind, riskieren viel dabei.«

»Ach ja?« Lavan schien nicht überzeugt. In unverhohlenem Misstrauen zuckten seine Blicke zwischen den beiden Erzrivalen hin und her. »Hätte ich gewusst, dass dieser Emporkömmling ebenfalls hier ist, hätte ich …«

»Hättet Ihr was?«, konterte Ruvon, der wie die anderen beiden ebenfalls seinen Waffenrock trug, samt dazugehörigem Kettenhemd und wattiertem Untergewand. Sein schmaler Schnurrbart bebte, in seinen Augenwinkeln zuckte es. »Glaubt Ihr, mir gefällt es, hier zu sein? In Euer beider Gesellschaft?«

»Keiner von uns dreien ist gerne hier«, stellte Savaric klar und bedachte seine Rivalen im Kronrat mit Blicken, die klarmachten, dass er keinerlei Sympathie für sie hegte. »Unsere Familien sind Gegner von alters her, aus Gründen, die bis in die Gründerzeit des Reiches zurückgehen, auf die Tage König Corwyns. Dennoch habe ich Euch zu dieser späten Stunde an diesen geheimen Ort rufen lassen, um mich mit Euch zu besprechen – und die Tatsache, dass Ihr meinem Aufruf gefolgt seid, gibt mir Anlass zu der Hoffnung, dass wir zumindest dieses eine Mal ähnlich denken.«

»Ich soll wie Ihr denken?« Lavans goldberingte Rechte machte eine wegwerfende Bewegung. »Wo denkt Ihr hin? Meine Pläne unterscheiden sich von Euren, wie sich der Tag von der Nacht unterscheidet.«

»Dennoch seid Ihr hier«, beharrte Savaric gelassen.

»Ein Fehler, zweifellos«, konstatierte Lavan mit einem giftigen Blick in Ruvans Richtung.

»Das wird die Geschichte lehren«, war Savaric überzeugt. »Lehnsherren«, fuhr er dann fort, die Stimme zu einem kaum noch vernehmbaren Murmeln gesenkt, »ich habe euch an diesen Ort gebeten, weil es dringliche Angelegenheiten zu besprechen gibt.«

»Was für dringliche Angelegenheiten?«, schnaubte Lavan.

»Wahrscheinlich habt Ihr es versäumt, in jüngster Zeit in den Spiegel zu sehen«, konterte Ruvon bissig. »Dann wüsstet Ihr, was er meint.«

»In den Spiegel?« Nun doch ein wenig verunsichert, blickte Lavan ein zweites Mal an seiner fülligen Gestalt herab. »Was meint Ihr? Was stimmt nicht mit meinem Aussehen?«

»Es ist nicht Euer Aussehen, sondern unser aller Aussehen«, erklärte Savaric, auf seine Brust deutend, auf der der Sturmfalke prangte, das Wappentier seiner Familie. »Krieger sind wir geworden, gegen unseren Willen und gegen jede Vernunft!«

»Und das sagt ausgerechnet Ihr?«, schnappte Lavan. »Habt Ihr den Krieg gegen die Zwerge nicht stets befürwortet?«

»Den Krieg mit einem Söldnerheer, ein kalkulierbares Risiko«, verbesserte der Lehnsherr aus dem Süden. »Gewiss hatte ich nicht daran gedacht, diesen lächerlichen Aufzug anzulegen, ein Pferd zu besteigen und damit an die Front zu reiten.«

»Keiner von uns hat das«, gestand auch Ruvan ein, der sich in seiner Rüstung sichtlich unwohl fühlte. »Ich sehe darin aus wie einer von diesen barbarischen Idioten, deren ganzes Lebensglück darin zu bestehen scheint, auf einem Pferd zu reiten …«

»… wohingegen Ihr ganz andere Vorstellungen von einem scharfen Ritt habt«, versetzte Lavan bissig.

»Ihr etwa nicht?«

»Nun, zumindest in dieser Hinsicht scheinen wir uns einig zu sein«, stellte Savaric beschwichtigend fest. »Und noch in einer weiteren, wie ich annehme – denn wir verspüren alle drei kein Verlangen danach, in diesem grotesken Erscheinungsbild unser Leben zu lassen, nicht wahr?«

»Nein«, gab Ruvan zu.

»Gewiss nicht«, pflichtete auch Lavan bei.

»So unterschiedlich wir alle drei sein und so sehr sich die Positionen unterscheiden mögen, die wir im Kronrat vertreten, so einig sind wir uns in dieser Sache«, fasste Savaric mit einiger Genugtuung zusammen. »Wir alle haben uns mit der bestehenden Situation abgefunden und uns, jeder auf seine Weise, gut darin eingerichtet. Keinem von uns kann daran gelegen sein, dass dieser Krieg bald ein Ende findet.«

»Ihr ganz sicher nicht, das ist mir klar«, versicherte Ruvan.

»Jeder weiß, dass Ihr gut damit verdient, in Euren Minen Eisenerz abbauen und in euren Schmieden Waffen und Rüstungen fertigen zu lassen. Je länger dieser Konflikt dauert, desto besser verdient Ihr daran.«

»Und Ihr etwa nicht?«, konterte Savaric. »Vor dem Rat mögt Ihr abstreiten, dass Ihr Verbindungen zum Südreich unterhaltet und dass der Lotus, der sich in Tirgaslan solch reger Beliebtheit erfreut, über Eure Provinz in das Reich gelangt – dennoch weiß ich aus zuverlässiger Quelle, dass es so ist. Ich habe sogar stichhaltige Beweise dafür, die ich dem König jederzeit vorlegen könnte …«

Ruvan schob angriffslustig das spitze Kinn vor. »Und wieso habt Ihr es dann nicht längst getan?«

»Weil ich glaube, dass wir dabei beide nur verlieren können«, erklärte Savaric ungerührt.

»Sprecht nur für Euch«, wandte Lavan ein. »Soweit es mich betrifft, habe ich bereits verloren. Meine Ländereien im Norden sind verwüstet, zwei meiner Grenzburgen liegen in Schutt und Asche. Die Äcker sind verdorrt, die Bauern entrichten keine Abgaben mehr …«

»Und weiter?«, fragte Savaric spöttisch, mit Blick auf Lavans feiste Gestalt. »Hat Euch der Verlust schwer getroffen? Musstet Ihr den Gürtel darauf hin etwa enger schnallen?«

»Nun, das gerade nicht …«

»Natürlich nicht.« Savaric schnaubte. »Weil Euch der König zur Entschädigung an seinen Hof geholt hat, wo Ihr in seinen Diensten aufgestiegen seid. Seid ehrlich, Lord Lavan – wo würdet Ihr lieber sein, auf Euren Besitzungen im Norden, wo es rau ist und kalt, wo Ihr Hunger leidet und die Luft durchsetzt ist vom Gestank der Verwesung? Oder lieber hier, im warmen Tirgaslan, wo Ihr in Sicherheit seid und leben könnt wie die Made im Speck? Ihr mögt etwas durch den Krieg verloren haben – aber erzählt mir nicht, dass Ihr nicht etwas sehr viel Besseres hinzugewonnen hättet.«

»Nun, ich …« Lord Lavan hob einen Zeigefinger und

setzte zu einer Erwiderung an – doch dann atmete er nur aus und schüttelte resigniert den Kopf.

»Dachte ich es mir doch.« Savaric lächelte matt. »Ihr seht also, wir alle können nur verlieren, wenn dieser Krieg endet, ganz gleich, welche Seite den Sieg davonträgt. Deshalb kann uns nicht daran gelegen sein, dass der König seiner entführten Tochter wegen die Entscheidung sucht. Ganz abgesehen davon, dass ich kein Verlangen danach verspüre, von einem Kaldronen in Stücke gehackt zu werden.«

»Ich ebenfalls nicht«, versicherte Lavan, dem schon allein der Gedanke an die feindlichen Kampfmaschinen Schweißperlen auf die fliehende Stirn treten ließ. Zwar hatte er noch nie in seinem Leben einen Kaldronen in Aktion erlebt, jedoch hatte er einen gesehen, der in der Schlacht zerstört worden war, und das hatte ihm vollauf genügt …

»Aus diesem Grund folgere ich«, fuhr Savaric fort, »dass wir damit aufhören müssen, gegeneinander zu arbeiten. Wir mögen die mächtigsten Männer im Kronrat sein und unser Einfluss beim König nicht unerheblich – aber dies können wir nur gemeinsam schaffen.«

Ruvons kleine Augen betrachteten ihn prüfend. »Wovon sprecht Ihr?«

»Davon, dass Tandelor von seinem Entschluss abgebracht werden muss«, entgegnete Savaric ohne Zögern. »Zur Entscheidungsschlacht mit Winmars Truppen darf es nicht kommen.«

»Das sagt Ihr so dahin«, spottete Lavan. »Dabei wisst Ihr genau, dass Tandelors Entschluss unverrückbar feststeht. Habt Ihr vergessen, dass es um seine Tochter geht? Nichts und niemand wird ihn davon abbringen, gen Norden zu ziehen und sie zu befreien!«

Savaric antwortete nicht sofort. Sein Augenspiel war unmöglich zu deuten, während er seine beiden Rivalen, mit denen er in den Gewölben tief unter der Stadt zusammengekommen war, von Kopf bis Fuß musterte. Fast so, als müsse er sich erst noch endgültig darüber klar werden, ob er sie in sein Geheimnis einweihen wollte oder nicht … »>Niemand<«, entgegnete er schließlich mit fester Stimme, »da stimme ich Euch durchaus zu. Was jedoch das >Nichts< betrifft, wäre ich mir nicht ganz so sicher.«

»Wa-was meint Ihr?«, erwiderte Lavan, vor Aufregung stammelnd. An seinen Schläfen rannen jetzt kleine Rinnsale herab, die im Licht der Fackeln glänzten.

»Ich denke, wir wissen, was er meint«, entgegnete Ruvon, der die Arme vor der Brust verschränkt hatte, als könnte er sich so aus der Sache heraushalten.

»Aber das … das ist Hochverrat!«, flüsterte Lavan, und es klang so jämmerlich, als wollte er jeden Augenblick in Tränen ausbrechen. »Wenn herauskommt, dass wir auch nur in diese Richtung gedacht haben, enden wir alle auf dem Schafott!«

»Eure Furcht vor dem Blutgerüst in allen Ehren«, entgegnete Savaric nicht ohne Spott. »Ihr scheint dabei nur zu vergessen, dass wir, wenn wir nichts unternehmen, ebenso tot sind. Oder zieht Ihr eine Zwergenaxt der Axt eines Henkers unbedingt vor?«

»N-nein«, gab Lavan zu und begann sichtlich zu zittern. »Aber ein Königsmord …«

»Was ich wissen will, ist nur eines«, beharrte Savaric, »nämlich ob ich auf Euch zählen kann, wenn es zum Äußersten kommt. Einem allein wird Tandelor stets misstrauen. Gemeinsam jedoch können wir ihn aufhalten. Also?« Der Lehnsherr sah prüfend von einem zum anderen. Lavan zuckte unter seinen Blicken wie unter Peitschenhieben, Ruvon hielt ihnen stand.

»Auf mich könnt Ihr zählen«, erwiderte der kleinwüchsige Mann und streckte, wie es bei seinen Leuten Brauch war, die Hand aus, sodass die Handfläche nach unten zeigte. »Also besiegeln wir den Bund«, verlangte er.

»So sei es.« Ohne Zögern legte auch Savaric seine Rechte darauf, und beider erwartungsvoller Blick richtete sich auf den Rivalen aus dem Norden.

»Nun, Lavan? Wie steht es?«

Der feiste Lehnsherr zögerte. Vorsichtig streckte er seine Hand aus, die sichtbar zitterte. »Und wenn ... wenn ich nicht will?«

»Natürlich steht es Euch frei zu gehen«, räumte Savaric ein. »Keiner von uns würde Euch einen Vorwurf machen.«

»Aber Ihr könntet Euch niemals sicher sein«, fügte Ruvon mit falschem Lächeln hinzu.

»Sicher? Worüber?«

»Ob in der Dunkelheit ein Messer lauert, sobald Ihr das Licht gelöscht habt. Ob der Wein, den Ihr zum Essen trinkt, womöglich vergiftet wurde. Ob die Hure, die Ihr Euch in Eure Kammer holt, Euch nicht im Schlaf ermeuchelt. Ob ...«

»Schon gut!«, rief der Feiste energisch und legte in einem verzweifelten Entschluss seine fleischige Rechte auf die Hände seiner Mitverschwörer. »Ich habe verstanden.«

»So sei es also«, knurrte Savaric. »Drei Rivalen schließen sich zusammen – und ein König wird sterben.«

10.

LORG ANN DORASH

Sie hatten das Tageslicht nicht wiedergesehen.

Denn als der Morgen heraufdämmerte und die Sonne den wolkenverhangenen Himmel mit fahlem Schein beleuchtete, saßen die beiden Orks und ihr menschlicher Begleiter bereits in einem Wagen, der durch einen dunklen, nicht enden wollenden Stollen einem ungewissen Ziel entgegenrumpelte.

Es war einer jener Wagen, wie die Zwerge sie zum Transport von Nachschub und anderen Gütern benutzten – ein stabiles Gefährt mit einem Rahmen aus Eisen, das auf ebenso eisernen Achsen fuhr. Boden, Seitenwände und Dach bestanden aus massiven übereinandergelagerten Holzbohlen, die jeden Ausbruchsversuch von vornherein zu einem aussichtslosen Unterfangen machten. Gezogen wurde das Gefährt von zwei Höhlentrollen, die davorgespannt waren – gedrungene, bucklige Kreaturen, deren Arme doppelt so lang waren wie ihre Beine und deren Haut die Farbe und das Aussehen von Felsgestein hatte. Anders als ein gewöhnlicher Karren fuhr der Wagen auf eisernen Schienen, die auf quer liegenden Holzbohlen verlegt waren und tief ins Innere des Berges führten.

Lorg ur'airun hatte Balbok sie spontan genannt.

Die Fährte aus Eisen.

Im inneren des Gefährts herrschte schummriges Halbdunkel, das von der kalten Stollenbeleuchtung rührte, die durch zahllose Ritzen hereindrang. Durch eine dieser Ritzen spähte Dag. »Einfach unglaublich!«, meinte er. »Man hat immer vermutet, dass das Zwergenreich von Stollen wie diesen durchzogen ist, aber es gab nie einen Beweis dafür.«

»Nein«, stimmte Rammar verdrießlich zu, der in einer Ecke fläzte und in einer Haltung totaler Verweigerung alle viere von sich streckte. »Und du wirst ihn auch nicht erbringen, Milchgesicht, denn schon in kurzer Zeit wird dein Schädel auf einer Zwergenlanze stecken.«

»Wir haben uns immer gefragt, wie sie in der Lage sind, ihre Truppen so schnell von einem Schauplatz zum anderen zu verlegen«, fuhr Dag aufgeregt fort, den Einwurf geflissentlich überhörend. »Jetzt wissen wir es. Jedes Lager scheint über einen solchen Tunnel zu verfügen, der direkt mit der Königsfestung verbunden ist!«

»Und?«, lamentierte Rammar weiter. »Was nützt dir dieses Wissen, wenn du in ein paar Stunden in Kuruls Grube liegen wirst?«

»Noch sind wir nicht tot«, gab Dag zu bedenken.

»Weil sie uns zuerst verhören werden, ehe sie uns hinrichten.«

»Richtig – und das wäre nicht so, hätte ich ihnen nicht von Aryanwen erzählt«, bestätigte Dag und bedachte den Ork im Halbdunkel des Wagens mit einem vielsagenden Blick.

»Deswegen hast du denen erzählt, was du vorhast?«, fragte Rammar entgeistert.

Dag zuckte mit den Schultern. »Was, denkt ihr wohl, geschieht sonst mit Eindringlingen, die nachts über die Grenze kommen? Man hätte uns ohne Federlesens erschlagen und unsere Überreste an die Kreaturen aus dem Fluss verfüttert.«

»Nicht doch«, meinte Balbok, der auf einer der Holzkisten saß, die sich im rückwärtigen Teil des Waggons stapelten, ungeachtet des beißenden Gestanks, der von ihnen ausging.

»Wer hat dich gefragt?«, raunzte Rammar ihn an.

»Niemand«, gab Balbok zu. »Ich meine nur, dass es besser ist, hier zu sein und am Leben, als …«

»Du hast überhaupt nichts zu meinen! Wärst du nicht gewesen, wäre das alles nicht passiert! Ich hatte nämlich alles wunderbar im Griff, bis du angefangen hast, den König zu grüßen, du Haufen Trolldung! Was hat dich nur geritten?«

»Ich hab doch bloß die Namen verwechselt«, murmelte der dürre Ork zu seiner Verteidigung. »Diese Hutzelbärte heißen alle gleich.«

»Ich verwechsle dich auch gleich«, plärrte Rammar, »und zwar mit einem Schleifstein, an dem ich den *saparak* wetze!« Er fuchtelte mit der Klinge, die man ihm, da sie nun einmal an seinem Körper befestigt war, nicht abgenommen hatte.

»Lass ihn in Ruhe«, sprang Dag Balbok bei, »er kann nichts dafür. Es war dein Plan, der danebengegangen ist. Aber ich muss zugeben«, fügte er mit verwegenem Grinsen hinzu, »der Versuch war ziemlich gut.«

»Ziemlich gut?« Rammar sah ihn unsicher an. »Vorhin hast du noch angekündigt, mich erschlagen zu wollen!«

»Es musste doch echt wirken, oder nicht?« Dags Grinsen wurde noch ein wenig breiter. »Ich habe keinen Augenblick daran gezweifelt, dass ihr die erste Gelegenheit nutzen würdet, um mich zu befreien.«

»Äh ...«, begann Balbok.

»*Korr*, natürlich«, versicherte Rammar schnell.

»Ich dachte es mir.« Dag nickte zufrieden, während er sich an der Seitenwand des Wagens herabsinken ließ und auf den Boden setzte. Die Ketten, mit denen seine Hand- und Fußgelenke gefesselt waren, klirrten dabei leise. »Daraus ist leider nichts geworden. Aber ich denke, wir können trotzdem zufrieden mit uns sein.«

»Zufrieden?« ächzte Rammar. »Wovon, bei Koruks giftiger Pisse, sprichst du?«

»Ich spreche von der Zeit, die wir gewinnen. Statt das Vorgebirge durchqueren zu müssen und ständig Gefahr zu laufen, einem Bergtroll oder einer Zwergenpatrouille zu begegnen, werden wir direkt in die Festung des Feindes gebracht.«

»Ja – und vermutlich gleich in den Kerker«, stimmte der dicke Ork verdrießlich zu.

»Nicht gleich«, war Dag überzeugt. »Ich nehme an, dass man uns zuerst zu Oberst Vigor bringen wird.«

»Den Namen hast du doch schon mal erwähnt. Wer ist der Knilch?«

»Einer von Winmars Handlangern – der Anführer seiner berüchtigten Geheimpolizei. Ich bin ihm noch nie begegnet, aber wie es heißt, soll seine Erscheinung Furcht einflößend sein. Er wird versuchen, alles aus uns herauszupressen, was wir wissen.«

»Und das stimmt dich fröhlich.«

»Ja – denn er ist gleichzeitig auch der Schlüssel zu Aryanwen. Wenn ich es richtig anstelle, wird er mich zu ihr lassen.«

»Du bist ja verrückt«, stellte Rammar fest. »Das Gesöff, das ihr Liebe nennt, hat deine Sinne völlig benebelt. Übrigens, da wir gerade von Sinnen sprechen – was ist das für ein abartiger Gestank hier drin?«

»Wieso?« Balbok legte den Kopf in den Nacken und schnüffelte laut. »Ich rieche nichts.«

»Weil du drauf sitzt«, war Rammar überzeugt. »Das scheint aus dieser Kiste zu kommen.«

»Meinst du?« Balbok erhob sich mit klirrenden Ketten und blickte ratlos auf sein Sitzmöbel.

»*Korr*, da ist irgendwas drin, das meine feine Nase beleidigt«, bestätigte Rammar und raffte sich schwerfällig auf die Beine. Durch den bald zur einen, dann wieder zur anderen Seite rumpelnden Wagen wankte er zu den Kisten und schaffte es irgendwie, trotz seiner Fesseln den Splint aus dem Verschluss zu ziehen und den Deckel anzuheben. »Vermutlich irgendein ranziges Zeug«, mutmaßte er, »wie nur Hutzelbärte es fre…«

Das letzte Wort blieb Rammar im Hals stecken.

Buchstäblich.

»Ihr solltet herkommen und euch das ansehen«, forderte er dann mit gepresster Stimme. Die anderen beiden kamen und warfen ebenfalls einen Blick auf den Inhalt der Kiste – nur um entsetzt zurückzuprallen.

Es waren Köpfe.

Abgetrennte Häupter.

Teils mit heraushängenden Zungen, die Augen grotesk verdreht, die Münder zu lautlosen Schreien geöffnet. Und ohne Ausnahme hatten diese Häupter einst auf den Schultern von Orks gesessen …

»Uh-oh«, machte Balbok.

»Jedenfalls wissen wir jetzt, was deine Nase beleidigt hat«, bemerkte Dag.

Einen Augenblick lang war Rammar zu keiner Reaktion fähig. Seine kleinen Augen weiteten sich, seine Züge verfärbten sich bräunlich. »Bei Kuruls Grube!«, brach es endlich aus ihm hervor. »Was soll das? Wo sind die Körper dieser *bas'dh'hai* abgeblieben?«

»Auf dem Schlachtfeld«, war Dag überzeugt. »In letzter Zeit werden immer mehr tote Ork-Söldner aufgefunden, die ihrer Häupter beraubt wurden. Angeblich hat König Winmar sogar ein beträchtliches Kopfgeld ausgesetzt.«

»So«, schnappte Rammar, »hat er das.«

»Warum?«, wollte Dag wissen. »Was hat es damit auf sich?«

»Ganz einfach«, erklärte Balbok mit gravitätischer Miene. »Wenn der Kopf nicht mehr da ist, kann man ihn nicht zu Kuruls Ehren schrumpfen. Das weiß ich genau.«[*]

»Und?« Aus Dags Blicken sprach pures Unverständnis.

»Dämliches Milchgesicht, verstehst du denn gar nichts?« Rammar ruderte mit den Armen, dass die Fesseln nur so klirrten. »Wenn ein Krieger ohne seinen Kopf bei Kurul ankommt, bedeutet das, dass er mit ihm auch seinen Mut und seine Ehre verloren hat. Dann wird Kurul für gewöhnlich ziemlich sauer – und wenn er sauer ist, lässt er einen nie wieder aus Luraks Pfuhl entkommen.«

»Und das macht dir Angst«, folgerte Dag.

---

[*] Der Grund für Balboks Überzeugung ist nachzulesen in DIE RÜCK-KEHR DER ORKS.

»Angst? Mir?« Rammars Hängebacken plusterten sich derart auf, dass es aussah, als wollten sie platzen. »Natürlich nicht! Aber anderen Orks, die weniger mutig und unerschrocken sind als ich, flößt die Aussicht, bis in alle Ewigkeit verdaut zu werden, bestimmt gewaltigen Schiss ein.«

»Hier sind noch mehr *koum'hai*«, berichtete Balbok, der sich an zwei weiteren Kisten zu schaffen gemacht und sie geöffnet hatte. »Und dort auch.«

»Alle diese Kisten sind mit den Häuptern erschlagener Orks gefüllt«, folgerte Dag. »Jetzt verstehe ich, warum Winmar dieses Kopfgeld ausgesetzt hat. Er will unter den feindlichen Söldnern Angst und Schrecken verbreiten. Würde mich nicht wundern, wenn Vigor ihm dazu geraten hat.«

»Schon wieder dieser Vigor.« Rammar schnitt eine Grimasse. »Für diesen Frevel sollte er bezahlen.«

»Sieh an«, meinte Dag. »Auch Unholde haben also einen Ehrenkodex. Wer hätte das gedacht?«

»Sprich mir nicht von *unur* – ihr Milchgesichter wisst doch gar nicht, was es damit wirklich auf sich hat«, entgegnete Rammar und ließ den Deckel geräuschvoll wieder zufallen. »Anscheinend wusstest du vieles nicht, als du zu deiner Reise aufgebrochen bist. Oder du hast es uns einfach nicht gesagt?«

»Was meinst du?«

»Ich meine, dass nicht nur das Reich bedroht ist«, erwiderte Rammar und reckte angriffslustig den Schädel vor, während er auf Dag zutrat, den Arm mit dem *saparak* halb erhoben. »Eure Welt ist völlig aus den Fugen geraten. Nichts darin ist mehr, wie es eigentlich sein sollte. Ein blutiger Krieg herrscht an der Grenze, von dem im Süden keiner etwas wissen will. Den Menschen ist alles egal, und die Zwerge benehmen sich wie wild gewordene Ghule. Ihr mögt das Fortschritt nennen, aber in Wirklichkeit seid ihr so geworden, wie ihr nie werden wolltet. Die Einzigen, die sich nicht verändert haben, sind offenbar wir Orks – aber wie es aussieht, sind wir es, die den Preis für euren sogenannten Fortschritt zahlen. Ist es nicht so?«

Dag war zurückgewichen, bis er mit dem Rücken gegen die Wagenwand stieß. Dort stand er, die Klinge von Rammars *saparak* an der Kehle.

»Ist es nicht so?«, stieß der Ork zwischen zusammengebissenen Zähnen hervor.

»Ich … ich fürchte schon«, gestand Dag.

Rammar schnaubte wie ein wütender Stier. In seinen gelben Augen flackerte es, und einen Moment lang sah es aus, als würde er in wilde Raserei verfallen. Aber dann beruhigte er sich wieder, ließ die Waffe sinken und kehrte in seine Ecke zurück, wo er sich wie zuvor zu Boden sinken ließ.

»Und jetzt?«, fragte Dag.

»Was meinst du?«

»Wollt ihr nicht irgendetwas tun? Euren Kurul beschwören oder für die Toten ein Ritual durchführen oder …«

»Zu anstrengend«, beschied ihm Rammar. »Außerdem sind diese dämlichen Kerle selbst schuld. Sie hätten sich nicht kaltmachen lassen sollen. Aber wenn wir dem Kerl begegnen, der das getan hat, bringen wir ihn ohne Federlesens um.«

»*Korr*«, fügte Balbok nicht weniger entschlossen hinzu. »Und dann erschlagen wir ihn.«

Damit schien in der Sache alles gesagt. Dag sank erneut an den Holzbohlen herab und versank in düstere Gedanken, die ihn nicht nur bis weit ins Innere des Berges begleiteten, sondern auch in den Schlaf, in den er irgendwann fiel.

Als er erwachte, spürte er sofort, dass sich etwas verändert hatte. Noch immer herrschte schummriges Halbdunkel in dem Wagen, noch immer war der Gestank fast unerträglich.

Aber der Wagen bewegte sich nicht mehr.

Sie hatten angehalten.

»Was …?«

»Pssst«, machte Balbok, der an der gegenüberliegenden Wand lehnte. »Wir sind da.«

Noch ehe Dags vom Schlaf benebelter Verstand sich klargemacht hatte, was dies zu bedeuten hatte, wurde die Ladeklappe des Wagens bereits geöffnet. Mit einem lauten Krachen fiel sie herab – und jetzt erwachte auch Rammar, der noch immer in seiner Ecke lag und ebenfalls geschlafen hatte.

»Nein!«, begehrte er auf und schoss empor. »Nicht meine Hand! Nicht meine …!«

Er unterbrach sich, als ihm klar wurde, dass er geträumt hatte. Er räusperte sich geräuschvoll und schüttelte den Kopf, um vollends wach zu werden. Im nächsten Moment drang heller Fackelschein durch die offene Ladeklappe herein, der die Gefährten blendete. Weder die Orks noch Dag konnten etwas sehen, als jemand stampfenden Schrittes in den Wagen kam, sie grob packte und nach draußen zerrte. Erst ganz langsam gewöhnten sich ihre Augen an die veränderten Lichtverhältnisse, und sie erkannten, wo sie sich befanden.

Es war ein riesiges Gewölbe, das das Ende der Schienenstrecke zu bilden schien. Mehrere Zwerge waren damit befasst, die beiden Höhlentrolle abzuschirren. Dem Waggon gegenüber hatten Orkwachen Aufstellung genommen, riesige Kerle, deren Helme die Gesichter halb bedeckten. Und vor den Wachen schritt ein Zwerg auf und ab, der trotz seiner geringen Körpergröße etwas Einschüchterndes an sich hatte. Sein langes Haar und sein Bart, der ihm bis zum Gürtel reichte, waren feuerrot, die Augen dagegen schwarz wie Kohlen. Ein Hemd aus Zwergensilber bedeckte seinen gedrungenen, aber aufrechten Körper.

»Sieh an«, machte er und streifte die beiden Orks und ihren menschlichen Begleiter mit einem geringschätzigen Blick. »Das also sind die Gefangenen, von denen man mir berichtet hat.«

»*Korr*«, knurrte Rammar. »Und wer bist du?«

»Mein Name dürfte für dich nicht von Interesse sein,

Fettsack. Du und der Knochige, ihr interessiert mich nicht. Ihr werdet bis ans Ende eurer Tage in den Stollen schuften. Aber du, junger Aufrührer«, fügte er hinzu, wobei er bedrohlich auf Dag zutrat, »interessierst mich um so mehr. Nach all den Anstrengungen, die ich unternommen habe, um diese Tatsache geheim zu halten, würde ich wirklich gerne wissen, woher du von Prinzessin Aryanwen weißt.«

Dag antwortete nicht. Er verschränkte die Arme vor der Brust, soweit die Fesseln es zuließen.

»Dir fehlen die Worte?« Der Rothaarige lachte in seinen geflochtenen Bart. »Glaub mir, Junge, ich kenne viele Möglichkeiten, verstockte Zungen zu lösen. Bist du sicher, dass du diesen Weg beschreiten willst?«

Erneut lachte er – und Dag zweifelte nicht mehr daran, dass er keinen anderen als Winmar von Ruuns obersten Folterknecht vor sich hatte.

Den gefürchteten Oberst Vigor.

11. KOUM ABOR KUDASHD

Zunächst nahm Aryanwen die Schritte, die dumpf durch die Kerkerstollen hallten, nicht als das wahr, was sie waren. Stattdessen bildeten sie den Hintergrund zu dem Traum, in dem die Prinzessin gefangen war und in dem sie von dunklen, schemenhaften Gestalten verfolgt wurde, die immer näher kamen, so schnell sie auch rannte und so verzweifelt sie ihnen zu entkommen suchte.

Näher.

Immer näher …

Erst als ein heiserer Befehl erklang und die Schritte mit einem satten Stampfen zum Stehen kamen, wurde Aryanwen klar, dass diese Geräusche ihren Ursprung nicht in ihrem Traum hatten – und in diesem Moment erwachte sie.

Sie kam zu sich, inmitten der engen Kerkerzelle auf dem strohbedeckten Boden kauernd, die Arme um die angezogenen Beine geschlungen. So schlief sie meist, in dem nutzlosen Versuch, die Schaben daran zu hindern, ihr während des Schlafes über das Gesicht zu kriechen.

Einen Augenblick lang herrschte Stille, und Aryanwen hoffte fast, dass sie sich geirrt hatte. Wann immer sie in ihrer Zelle Besuch erhielt, fürchtete sie, dass Winmars Geduld zu Ende sein und er ihre Hinrichtung befohlen haben könnte, und obschon sie sich mit diesem Gedanken auseinandergesetzt hatte, merkte sie doch, wie sie jedesmal panische Furcht beschlich.

Sie wollte nicht sterben.

Nicht hier.

Nicht so.

Ihr Herz pochte heftig in ihrer Brust. Ihr Gesicht fühlte sich heiß an, ihre Schläfen pulsierten, während sie lauschte. Dann erneut einige Schritte – sie hatte sich nicht geirrt. Jemand stand vor der Zellentür, und die Prinzessin bezweifelte, dass dieser Jemand ihr etwas Gutes wollte.

Atemlos verfolgte sie das Knirschen der Schritte auf dem feuchten Steinboden. Dann, mit einem Ruck, wurde das Sichtfenster der Kerkertür aufgerissen – und völlig unerwartet blickte Aryanwen in Gesichtszüge, die ihr liebevoll vertraut waren.

Daghan!

Im ersten Augenblick glaubte sie, noch zu träumen. Dann wurde ihr klar, dass sie wach war. Sie sprang auf, schöpfte jähe Hoffnung – doch nur einen Lidschlag lang.

Dann erkannte sie, dass die vertrauten Züge blutig waren und völlig reglos, von den halb geschlossenen Augen war nur das Weiße zu sehen. Aryanwen konnte nicht anders, als das namenlose Grauen, das sie in diesem Moment empfand, laut hinauszuschreien.

Ihr Geliebter war tot!

Die Zwerge hatten ihn geköpft, genau wie Rungbold!

Ihr Schrei hallte von den nahen Wänden zurück und hüllte sie ein, umgab sie einen Augenblick lang wie eine schützende Blase. Solange sie Luft hatte, um zu schreien, wehrte sie sich mit aller Macht gegen die schreckliche Erkenntnis, doch dann ließen ihre von Kälte und Feuchtigkeit geschwächten Lungen sie im Stich. Ihr Schrei brach ab, und sie wurde von einem heftigen Hustenanfall geschüttelt. Gekrümmt sank sie zurück auf den Boden, fiel vornüber, nun von Weinkrämpfen geschüttelt. Und über ihr eigenes Schluchzen und das Rauschen in ihrem Kopf hinweg konnte sie höhnisches Gelächter hören.

Vigor ...

»Lasst es gut sein, Prinzessin!«, rief Winmars Scherge spöttisch. »Ihr braucht nicht so zu schreien. Noch hat der

Kopf einen Körper – schließlich bin ich noch nicht fertig mit ihm. Aber ich dachte mir, dass Ihr Euch vielleicht freuen würdet, ein wenig Gesellschaft zu erhalten.«

Damit wurde die Verriegelung der Kerkertür geöffnet. Mit hässlichem Knarren schwang das Türblatt auf, und Aryanwen, die aufblickte, die Augen in Tränen schwimmend, konnte ihre Erleichterung kaum fassen. Dort stand der Mann, den sie liebte, halb bewusstlos und von Blessuren übersät – aber am Leben!

Wie sehr hatte sie sich in den vergangenen Wochen nach seiner Nähe gesehnt, wie oft hatte sie sich ausgemalt, wie es sein würde, wenn sie einander wiedersahen. Allein dieser Gedanke, so irrational er auch gewesen sein mochte, hatte ihr Kraft und Hoffnung gespendet und ihren Verstand davor bewahrt, in den Abgründen des Wahnsinns zu versinken!

»Dag!«

Sie wollte zu ihm, als man ihn grob in die Zelle stieß. Schwerfällig taumelte er zwei Schritte vorwärts und wäre gestürzt, hätte sie ihn nicht aufgefangen. Geschwächt, wie sie war, konnte sie ihn kaum halten und ging unter seinem Gewicht nieder, versuchte dennoch, ihn so sanft wie möglich auf das Strohlager zu betten.

»Ihr Mistkerle!«, rief sie, über sein in blutigen Strähnen hängendes Haar streichend. »Was habt ihr ihm angetan?«

Vigor, der im Eingang der Zelle stand, hatte die Daumen in den breiten Gürtel gesteckt. »Nichts Besonderes, Prinzessin. Nur die übliche Willkommenszeremonie, die jedem Gast in diesen Hallen zuteil wird – mit Eurer Ausnahme, natürlich.«

»Oh mein Liebster …!«

Sie sprach mit ihm, strich ihm das schmutzige Haar aus dem Gesicht. Sein Atem ging flach und rasselnd, er blutete aus der Nase und aus einer Platzwunde an seiner Schläfe. Offenbar hatten Vigor und seine Schinder ihn brutal zusammengeschlagen, doch im Augenblick überwog Aryanwens Sorge ihre Wut bei Weitem.

»Dag, bitte komm zu dir! Dag …!«

Sein Atem verstärkte sich, wurde zu einem scharfen Luftholen – und unvermittelt schlug er die Augen auf, so als hätte ihre Stimme ihn wieder ins Hier und Jetzt zurückgebracht. An seinem Blinzeln und seinem unsteten Blick war jedoch zu erkennen, dass er nicht lange dort verweilen würde.

Er schien einen Moment zu brauchen, um seinen Blick zu fokussieren. Dann sah er sie – und ein Lächeln schlich sich in seine blutigen, malträtierten Züge.

»Aryanwen …«

»*Caria siwi, athan*«, flüsterte sie.

»*Sha caria siwi, athana*«, erwiderte er, und als sich ihre Blicke trafen, schien für einen Augenblick nichts zu existieren als sie selbst und ihre Liebe. Ein Augenblick, der freilich nicht von langer Dauer war …

»Euer elfisches Gestammel wird euch nichts nützen, ich weiß auch so, was die Stunde geschlagen hat«, höhnte Vigor vom Eingang her. »Bisweilen pflegt die Liebe die Zungen noch wirkungsvoller zu lösen als jede Folter.«

»Was wisst ausgerechnet Ihr von der Liebe?«, fuhr Aryanwen ihn an, den Körper ihres Geliebten an sich pressend.

»Genug, um zu wissen, dass man aus Liebe manche Torheit begeht«, scholl es zurück. »So wie Euer heldenhafter Retter hier. Als er sagte, dass er gekommen wäre, um Euch zu befreien, hielt ich das für eine dreiste Lüge, weil ich mir nicht vorstellen konnte, wie er von Eurer Gefangenschaft erfahren haben sollte. Aber ganz offenbar hat er die Wahrheit gesagt, denn Ihr scheint ihn bereits sehnsüchtig erwartet zu haben.«

Erneut musste Aryanwen sich sein höhnisches Gelächter anhören, doch ihre ganze Aufmerksamkeit galt Dag, dessen Blicke sich bereits wieder in der Bewusstlosigkeit zu verlieren schienen.

»Ich darf also annehmen, dass es Euch gelungen sein muss, eine Nachricht aus dem Kerker zu schmuggeln«, fuhr Vigor in seinen Überlegungen fort. »Ganz offenbar habe ich Euch unterschätzt – und den störrischen Rungbold ebenso.«

»Hochmut kommt vor dem Fall«, konterte Aryanwen mit bitterer Genugtuung. »Vielleicht habt Ihr Euch ja auch noch in anderer Hinsicht geirrt. Vielleicht weiß ja auch mein Vater, wo ich festgehalten werde, und fällt nicht auf das Täuschungsmanöver Eures Königs herein!«

»Verständlich, dass Euch dieser Gedanke gefällt«, gab Winmars oberster Folterknecht zu, »allerdings muss ich Euch enttäuschen. Wir haben Kunde von unseren Spähern, dass der gute König Tandelor Tirgaslan an der Spitze einer bedeutenden Heeresmacht verlassen hat – und die nordöstliche Richtung einschlug, um entlang der Möwenbucht nach Ansun vorzustoßen. Ich fürchte also, Eure Hoffnung wird ein Wunschtraum bleiben.«

Er lachte wieder, so gackernd und hämisch, dass Aryanwen die Fäuste ballte. Am liebsten wäre sie aufgesprungen und hätte sich auf den hinterhältigen Zwerg gestürzt, aber sie dachte an Dag und daran, dass es plötzlich wieder etwas gab, für das es sich lohnte, in diesem furchtbaren Loch zu überleben.

»Ich lasse die Turteltauben jetzt allein«, kündigte Vigor an und trat zurück, sodass die Orkwachen die Zellentür wieder schließen konnten. »Sicher habt ihr einander viel zu erzählen.«

Mit einem lauten Krachen fiel die Tür ins Schloss und wurde von außen verriegelt. Man konnte hören, wie Vigors schadenfrohes Gelächter sich durch den Stollen entfernte und leiser wurde, gefolgt vom festen Tritt der Orks. Dennoch bezweifelte Aryanwen, dass Dag und sie allein waren. Ganz sicher hatte Vigor Spitzel zurückgelassen, die sie heimlich beobachteten und an der Zellentür lauschten. Vermutlich war das überhaupt der Grund, weshalb man Dag zu ihr gebracht hatte – aus Mitleid oder Menschenfreundlichkeit hatte Vigor es ganz sicher nicht getan.

»Geliebter.«

Sie beugte sich hinab und küsste ihn auf die verletzten Stellen in seinem Gesicht, liebkoste jede einzelne Blessur. Gerne hätte sie mehr für ihn getan, aber es gab weder Verbandszeug noch Medizin, die sie ihm verabreichen konnte.

»Aryanwen.« Erneut blinzelte er und lächelte. In seinen dunklen Augen konnte sie vieles sehen, das ihr vertraut war und das Erinnerungen weckte. Aber auch manches, das sie nie zuvor darin gesehen hatte und das sie erschreckte …

»Du bist gekommen«, flüsterte sie, sich der alten Elfensprache bedienend, von der sie hoffte, dass Vigors Spitzel sie nicht beherrschten. »Meine Nachricht hat dich also erreicht.«

»Ja«, stieß er hervor, ebenfalls auf Elfisch, das er weniger flüssig beherrschte als sie. »Aber ich habe versagt …«

»Nein, Geliebter – ich war es, die versagt hat. Ich hätte dich niemals um Hilfe bitten, dir das niemals zumuten sollen. Nun sind wir beide gefangen, und mein Vater steht dennoch kurz davor, einen folgenschweren Fehler zu begehen.«

»Das ist … nicht deine Schuld«, erwiderte er und zuckte zusammen, als sie ihn unterhalb des Brustkorbs berührte. Offenbar war eine Rippe gebrochen. »Du hast nur getan, was du für richtig hieltest.«

»Und du bist meinem Ruf gefolgt«, erwiderte sie und lächelte.

»Nicht nur ich«, entgegnete er.

»Was meinst du?«

»Ich habe getan, worum du mich gebeten hattest.«

Sie sah ihn fragend an, mit dieser Enthüllung hatte sie nicht gerechnet. »Aber ich dachte, du wärst allein gekommen?«

»Nein.« Er schüttelte den Kopf.

»Dann … warst du dort? Auf der Insel?«

Er deutete ein Nicken an. »Alles war genauso, wie die Königin es beschrieben hat.«

Aryanwen schürzte die Lippen, wagte die Worte kaum

auszusprechen. »Dann sind sie also hier? Die *cyfaila*? Die Helden aus alter Zeit?«

»Ja«, bestätigte Dag mit einem schmerzlichen Lächeln. »Ich fürchte nur, dass wir von ihnen nicht allzu viel erwarten dürfen ...«

12.

ORK'HAI ANN BUUNN

»Da hast du uns ja wieder einen schönen *bru-mill* eingebrockt.«

Rammar stand da, die Kettenschellen um die Fußgelenke und den Hammer in der unversehrten Klaue – und
konnte einfach nicht fassen, dass es so gekommen war. Für
seinen Geschmack fühlte sich diese Situation nämlich viel
zu vertraut an. Zwar hatte er alles dafür getan, um diese
Erinnerungen zu verdrängen, aber nun brodelten sie wieder in ihm hoch wie die Magensäfte nach einer Portion
bru-mill.

Man hatte sie zur Zwangsarbeit in den Minenstollen verurteilt, genau wie damals, als sie auf die Insel der Dunkelelfen gekommen waren. Und genau wie damals trug kein
anderer als Balbok die Schuld daran ...

»Warum nur passiert mir das immer wieder? Aber natürlich weiß ich, warum«, lamentierte Rammar, während er den
Hammer mit Wucht auf den Bolzen niedergehen ließ, den
sein Bruder in den Klauen hielt. Das klobige Metall wischte
gefährlich nahe an Balboks Kopf vorbei. »Weil ich mit einem
dämlichen Bruder wie dir geschlagen bin, der mich andauernd in Schwierigkeiten bringt.«

»'tschuldigung«, kam es dumpf über Balboks geschürzte
Lippen.

»Und wie oft habe ich dir schon gesagt, dass ...« Rammar
unterbrach sich und gönnte sich einen tiefen Seufzer. »Ach,
lass«, murmelte er und ließ in einer Geste der Resignation
den Hammer sinken, den er eben wieder hatte anheben wol-

len. »Es hat ja doch keinen Zweck. Du bist eben ein *umbal* und wirst nie etwas anderes sein.«

»Aber, Rammar, ich …«

»He, ihr beiden da!«, fiel einer der Aufseher Balbok ins Wort – ein kräftiger Zwerg mit verfilztem Bart, der in einer ledernen Rüstung steckte. In der einen Hand hielt er eine stachelbewehrte Keule, in der anderen eine Peitsche, die er bedrohlich schwang. »Hört auf zu palavern! Faulenzen ist nicht, habt ihr verstanden? Weitermachen, aber sofort!«

Rammar erwiderte etwas Unverständliches, dann ließ er den Hammer ein zweites Mal auf den Bolzen krachen, dass die Funken nur so flogen.

Die beiden Orks waren nicht die Einzigen, die in dem von Fackelschein beleuchteten Stollen ihrer Arbeit nachgingen – um sie herum waren Dutzende Gefangener, vor allem Milchgesichter aus dem von den Zwergen unterworfenen Nordreich, vierschrötige Kerle mit langem blondem Haar, aber auch grünhäutige Gnomen. Die Arbeit, zu der sie alle gezwungen wurden, war denkbar schwer – sie mussten jene Eisenfährten verlegen, auf denen die von Trollen gezogenen Wagen fuhren. Dass die Arbeit schweißtreibend war und der Stollen schnurgerade und scheinbar endlos lang, war eine Sache; noch mehr wurmte es Rammar, dass der angeblich so berüchtigte Oberst Vigor ihnen nicht eine einzige Frage gestellt hatte. Im Gegenteil, er hatte die Orks kaum beachtet und sich nur für den Jungen interessiert – eine Unverschämtheit.

Dazu kam noch, dass man ihm, um ihn zu entwaffnen, die Klingenprothese abgebrochen hatte. Verstümmelt hatte er sich von dem Moment an gefühlt, da Rothgan-Margok ihm seine Klaue abgeschlagen hatte; verkrüppelt fühlte er sich erst jetzt.

»Sollen wir tauschen?«, fragte Balbok, auf den schweren Hammer deutend, den Rammar mit einer Klaue führen musste.

»Nichts da«, schnaubte der. »Du hältst den Bolzen fest,

und ich schlage drauf – ich habe keine Lust, von dir verse-
hentlich den Schädel zerdeppert zu kriegen und mir dann
deine dämlichen Entschuldigungen anhören zu müssen.«

»Aber ich …«

»Überhaupt hätte ich auf der Insel bleiben sollen«, fuhr
Rammar ansatzlos in seinem Lamento fort. »Du warst es, der
unbedingt zurück aufs Festland wollte, du ganz allein.«

»*Korr.*« Balbok seufzte betreten. »Ohne mich wärst du
besser dran.«

»Endlich kapierst du es, Schmalhirn.«

»Ohne mich hättet ihr die Prinzessin vermutlich schon
längst befreit und wärt auf dem Weg nach Hause.«

»Verdammt richtig.«

Balboks Gesicht wurde immer länger, während er vor
Rammar auf dem Boden kauerte und den Bolzen festhielt,
der einen der auf Holzbohlen verlegten Eisenstränge mit
dem nächsten verbinden sollte. Die Mundwinkel des hageren
Orks sanken nach unten, seine Kuhaugen blickten trübe und
traurig.

»*Korr*«, sagte er leise. »Ich bin dir ein schlechter Bruder.
Vielleicht wäre es am besten, wenn du einfach zuschlagen
würdest, dann hättest du …«

Der Rest von dem, was Balbok hatte sagen wollen, erstickte
in einem hellen Peitschenknall – und im nächsten Moment
hatte sich das dünne Leder auch schon um seinen langen
Hals gewickelt. Ein heiseres »Örg!« war alles, was er noch
zustande bekam.

»Jetzt habe ich aber genug!«, maulte der Aufseher. »Was
denkt ihr beiden, dass das hier ist? Ein Ringelreigen?«

Rammar starrte von seinem am Boden knienden Bruder,
der vergeblich nach Atem rang und verzweifelt das Leder um
seinen Hals zu lösen versuchte, zu dem Zwerg.

»Was mischst du dich ein, Hutzelbart?«, fuhr er den Aufseher an. »Das hier geht nur mich und meinen Bruder an. So
wahr ich Rammar der schrecklich Rasende bin, befehle ich
dir, ihn sofort loszulassen!«

287

»Du *befiehlst* es mir also.« Der Zwerg hob die buschigen Brauen, unter denen zwei glühende Kohlen zu schwelen schienen. »Du hast mir nichts zu befehlen, Unhold«, stellte er klar – und um seinen Worten Nachdruck zu verleihen, riss er an der Peitsche. Balboks Augen weiteten sich daraufhin, die lange Zunge hing ihm seitlich aus dem Mundwinkel.

»Lass ihn los«, wiederholte Rammar und hob den Hammer, »und zwar sofort, oder …«

»Oder was?«, tönte der Aufseher spöttisch.

Aus den Augenwinkeln nahm Rammar Bewegung wahr. Gehetzt schaute er sich um und erkannte zu seinem Unbehagen, dass die anderen Gefangenen im Stollen ihre Arbeit eingestellt hatten. Aller Augen waren auf sie gerichtet – unglücklicherweise auch die der anderen Aufseher, die nun herbeieilten, jeder mit Peitsche und Prügel bewaffnet. Einen oder zwei von ihnen konnte Rammar vielleicht erschlagen, ehe es ihm selbst an den *sgorn* ging. Aber spätestens dann war sein Kampf zu Ende, zumal er den Hammer nur mit einer Klaue führen konnte und angekettet war …

Mit einem verdrießlichen Gesicht, die Zähne schmollend gefletscht, ließ er den Hammer sinken.

»Aha«, machte der Zwerg. »Ein geschwätziger Unhold, der große Töne spuckt. Habe ich's mir doch gedacht.«

Er blickte auf Balbok, der inzwischen schon am Boden lag. Seine Züge hatten sich dunkel verfärbt und waren immer noch dünner geworden, so als wollten sie sich nach innen stülpen, während er weiter erfolglos nach Luft rang. Seine Augen, die grotesk verdreht waren, schauten zu seinem Bruder auf, der hilflos zurücksah – und endlich lockerte der Zwerg die Peitsche.

»Keine Sorge«, knurrte er und holte das mörderische Leder wieder ein, während Balbok ächzend nach Luft schnappte, »so leicht werde ich es dir nicht machen, Unhold. Ihr beide macht mir den Eindruck, als wäre euch das hier noch nicht vergnüglich genug. Ich werde euch deshalb in den Stollen Zor abkommandieren. Dort könnt ihr schreien, zetern und euch beschweren, soviel ihr wollt, es wird euch niemand hören.«

»In den Stollen Zor?« Rammar legte den Kopf schief. Nicht nur der Tonfall des Aufsehers missfiel ihm, sondern auch die Art und Weise, wie die anderen Gefangenen die Orks plötzlich ansahen. Es waren dieselben Blicke, mit denen man einen am Wegrand liegenden Kadaver betrachtet – Abscheu, gepaart mit der Einsicht, dass irgendwann alles Irdische endete. »Und was soll das sein?«

»Wenn du nicht so ein dämlicher Fettsack wärst, dann würdest du wissen, dass ›Zor‹ die letzte Rune unseres Alphabets ist«, teilte der Zwerg ihm mit. »Danach kommt nichts mehr – und das ist auch bei diesem Stollen der Fall. Er führt weiter hinab als jeder andere, den wir je gegraben haben. Keiner von denen, die hintergeschickt wurden, ist jemals wieder heraufgekommen.«

»Wieso?«, konnte sich Rammar nicht verkneifen, weiterzufragen. »Was ist dort unten?«

»Das interessiert mich nicht.« Der Zwerg zuckte mit den Schultern. »Aber was auch immer dort unten sein mag, ihr werdet es zuerst erfahren.«

Rammar stand nur da und wusste nichts mehr zu erwidern – die Sache war außer Kontrolle geraten, das stand fest. Während der Aufseher eine Abteilung Wachsoldaten herbeirief, um die Orks abzuführen, versuchte Balbok aufzustehen. Irgendwie schaffte er es, die langen Beine unter seinen dürren Körper zu bringen. Taumelnd kam er hoch, noch immer heftig atmend.

»Du, Rammar«, stieß er heiser hervor.

»Ja?«

»Diesen *bru'mill* hast du uns jetzt aber eingebrockt …«

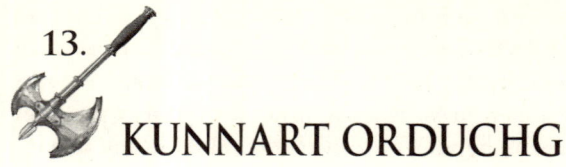

13. KUNNART ORDUCHG

»Er wollte sie befreien?«

Winmar von Ruun wiederholte die Worte Vigors, allerdings schrie er sie so laut, dass es von den Wänden und Säulen des Thronsaals widerhallte.

»Ja, mein König«, kam sein oberster Spion nicht umhin zuzugeben. Vigor stand vor dem Thron, das Haupt ehrerbietig gebeugt. Er hatte lange überlegt, wie er es dem Potentaten schonend beibringen sollte, vor allem so, dass es nicht nach einem Versäumnis seinerseits aussah. Aber das schien ihm nicht gelungen zu sein …

Von seinem hohen Sitz starrte Winmar auf seinen Schergen herab. Seine dunklen Brauen, die sich finster zusammengezogen hatten, verliehen seinen Zügen etwas Fratzenhaftes. »Wie kann der Mensch nach Gorta Ruun gekommen sein, um die Prinzessin zu befreien, wenn doch angeblich niemand weiß, dass sie hier ist?« Seine Stimme donnerte noch immer von allen Seiten des Saales auf Vigor herab.

»Nun, mein König«, gestand Vigor, dem klar war, dass dies der heikelste Teil seines Berichts war, »offenbar ist es der Gefangenen trotz aller Vorsichtsmaßnahmen, die wir ergriffen haben, gelungen, eine Nachricht nach draußen zu schmuggeln …«

»Eine Nachricht.« Winmars Züge verzerrten sich, entglitten vollends zur Fratze. Funken schienen aus seinen dunkel geränderten Augen zu sprühen. »Und das sagt mir der Anführer meiner Geheimpolizei einfach so ins Gesicht?«

»Mein König«, wandte Vigor ein, der in diesem Moment

an den aufgespießten Kopf des Leibwächters denken musste, der Tage lang vor sich hingefault hatte, ehe der König ihn wieder hatte entfernen lassen. Der Pfahl jedoch war noch immer da, bereit, ein neues Haupt aufzunehmen ... »Ihr müsst mir glauben, dass es nicht in meiner Macht lag, dies zu verhindern. Rungbold, ein niederer Kerkerknecht, war es, der die Nachricht nach draußen gebracht hat, aber er hat sich selbst unter der Folter geweigert, dies preiszugeben.«

»Das Menschenweib hat ihn verhext«, war Winmar überzeugt. »Das Weib hat Reize, die einen Knecht vollkommen hörig machen. Damit hättest du rechnen müssen!«

»Ich gebe Euch Recht, mein König – aber es kam noch nie vor, dass mich jemand belügt, dem gerade die Fingernägel mit glühenden Zangen ausgerissen werden.«

»Du bist naiv und einfältig«, knurrte der König. Die Zinnenkrone saß ob des Wutausbruchs schief auf seinem Kopf, sodass er sie zurechtrücken musste. »Und hast damit all unsere Pläne zunichtegemacht. Denn wenn der Jüngling von Aryanwens wahrem Aufenthalt erfahren hat, wird auch ihr Vater davon Kenntnis erhalten haben.«

»Da wäre ich mir nicht so sicher, mein König«, wandte Vigor vorsichtig ein, sich der Tatsache bewusst, dass nur dieser letzte Trumpf zwischen ihm und seiner Hinrichtung stand.

»Du zweifelst daran?«

»Nachdem ich von Rungbolds Verrat erfahren hatte, habe ich sofort Kundschafter ausgeschickt, die mich über Tandelors Feldzug in Kenntnis setzen sollten.«

»Und weiter!«

»Der König von Tirgaslan führt sein Heer noch immer nach Nordosten, Ansun entgegen. Hätte er vor, nach Gorta Ruun zu marschieren, hätte er längst die Richtung geändert.«

Winmar lehnte sich auf dem Äxtethron zurück, und seine Züge entspannten sich ein wenig. »Das bedeutet also ...«

»Aryanwen ist eine Prinzessin aus hohem Hause«, führte

Vigor seine Überlegungen aus. »Sie wurde dazu erzogen, stets an das Wohl des Reiches zu denken – womöglich hat sie die Nachricht mit Bedacht nicht an ihren Vater geschickt, sondern an diesen Jüngling.«

»Wieso sollte sie so etwas Närrisches tun?«

»Um das Reich nicht zu gefährden. Womöglich wollte sie nicht, dass Tandelor Truppen von der Grenze abzieht, um nach Gorta Ruun zu ziehen.«

»So ein kluges Kind.« Winmar grinste freudlos. »Jedenfalls klüger als sein Vater, wie es aussieht. Und wer ist dieser Jüngling?«

»Sein Name ist Dag. Seinem Bekunden nach stammt er aus der Grenzregion, was ein weiterer Grund dafür sein könnte, dass sie ihren Hilferuf an ihn gerichtet hat statt ins ferne Tirgaslan. Und er scheint ohne Zögern aufgebrochen zu sein, in Begleitung zweier Ork-Diener. Die beiden scheinen einander sehr zugetan zu sein.«

Befremdet hob Winmar eine Braue. »Die Orks?«

»Nein, mein König – die Prinzessin und der Jüngling.«

»So ist das also.« Ein grausames Lächeln spielte um Winmars Züge. »Was gibt es Schöneres als eine junge Liebe? Sie macht die Menschen zartfühlend und glücklich – und so verletztlich.«

»In der Tat«, stimmte Vigor zu. »Ich habe die beiden in eine Zelle gesteckt, die ich von meinen Leuten belauschen lasse. Auf diese Weise hoffe ich, mehr zu erfahren.«

»Immerhin hast du das gelernt. Schmerz ist nicht immer der beste Weg, um an Informationen zu gelangen.«

»Natürlich nicht, mein König.« Einmal mehr beugte Vigor in offensichtlicher Zerknirschung das Haupt. Und allmählich begann in ihm die Hoffnung zu keimen, dass er es auf den Schultern behalten durfte …

»Was nichts daran ändert, dass du versagt hast«, fuhr Winmar fort, und Vigor, der noch immer zu Boden starrte, fühlte den Blick der Saphiraugen auf sich lasten. »Dennoch will ich dir noch eine Chance geben.«

»Ich danke Euch, mein König.«

»Finde für mich heraus, wer der Jüngling wirklich ist und woher er die Prinzessin kennt. Versagst du erneut, wirst du selbst es sein, dem die Fingernägel mit glühenden Zangen ausgerissen werden, hast du verstanden?«

»J-ja, mein König.«

»Meine Bürde wiegt schwer«, verkündete der König, wobei sein Blick wieder jenen entrückten Ausdruck annahm. »Ich bin vom Schicksal dazu ausersehen, das Volk der Zwerge in eine große Zukunft zu führen. Ich kann es mir nicht leisten, dass jemand Sand in das Getriebe meiner Pläne streut. Deshalb werde ich vorsorgen. Solltet Ihr Euch irren und Tandelor uns nur in Sicherheit wiegen, um sein Heer schließlich doch noch nach Gorta Ruun zu führen, müssen wir vorbereitet sein.«

»Mein König?«, fragte Vigor, obschon er ahnte, was Winmar damit sagen wollte.

»Ruf meine Alchemisten! Ich will sie sehen, sofort.«

»Seid Ihr sicher, mein König?«

»Meine Geduld ist am Ende.«

»A-aber – bedenkt, was Baugulf widerfahren ist …«

Der Zwergenkönig schüttelte das schwarze Haupt. »Baugulf war ein Narr, und er hat den Preis für seine Torheit bezahlt. Seine Nachfolger hatten viele Monde Zeit, um die geheime Kraft zu erforschen, die er entdeckt hat. Nun«, fügte er mit einem grausamen Lächeln hinzu, »ist es an der Zeit, sie zu entfesseln.«

14.

ANN DOMHON

Eine Abteilung Zwergenwächter brachte die beiden Orks in ein Gewölbe, in dem sich eine riesige Tretmühle drehte – ein großes walzenförmiges Gebilde, in dessen Innerem ein großer Höhlentroll gefangen war, der durch die eisernen Speichen blöde nach draußen starrte. Über eine Reihe steinerner Zahnräder war die Tretmühle mit einer großen Rolle verbunden, auf die eine Kette gewickelt war; an der Kette wiederum hing eine hölzerne Plattform, die über einer nur etwa eine Orklänge durchmessenden Bodenöffnung schwebte. Feuchtkalte Luft und ein unheimliches Heulen drangen aus der Tiefe und ließen Rammar Übles ahnen.

»Dort unten liegt das Ziel eurer Reise. Stollen Zor«, bestätigte der Hauptmann der Wache seine Befürchtungen. »Los, auf die Plattform mit euch«, wies er die Orks an. Balbok leistete augenblicklich Folge, Rammar zögerte – die Vorrichtung erinnerte ihn an die Fahrt mit dem Luftschiff …

»Kommst du denn nicht mit, Hutzelbart?«, erkundigte er sich bei dem Hauptmann, der nur bitter auflachte.

»Nein. Stollen Zor gehört euch ganz allein.«

»*Korr.*« Rammar grinste zufrieden. »Dann werden wir dort unten tun und lassen, was uns gefällt.«

»Viel Gelegenheit dazu werdet ihr nicht haben. Bedenkt, dass es dort nichts gibt außer Werkzeug und einen Stollen, der in den Fels getrieben werden muss. Essen könnt ihr weder das eine noch das andere. Wenn ihr also nicht wollt, dass ihr dort unten elend verhungert, sollte eure Arbeit Fortschritte zeigen – sonst lassen wir euch da unten versauern, hast du verstanden?«

Rammar nickte missmutig.

»Und zermartert euch das bisschen Hirn nicht mit dem Gedanken an eine Flucht«, fuhr der Hauptmann fort. »Dieser Schacht bildet den einzigen Ausgang aus dem Stollen, also hofft, dass wir großmütig gelaunt sind und euch nach getaner Arbeit wieder raufziehen.«

»Nach getaner Arbeit«, schnaubte Rammar. »Und wann wird das sein? Wenn wir einen Tunnel nach Tirgaslan gegraben haben?«

Der Hauptmann grinste. »Fürs Erste solltet ihr euch nur vornehmen, den ersten Tag zu überleben. Vielen von euch ist das nicht gelungen.«

»*Karsok?*«, wollte Balbok wissen. »Was ist dort unten?«

Der Zwerg zuckte mit den Schultern. »Ich kann euch nur sagen, dass die letzten beiden Kerle, die wir nach unten geschickt haben, sich tags darauf gegenseitig umgebracht haben. Haben wohl den Verstand verloren.« Der Hauptmann sah die beiden Orks lange an. »Es war wohl die Angst.« Er lachte.

»Was du nicht sagst«, schnaubte Rammar, während ein dicker Kloß seinen kaum vorhandenen Hals hinauf- und wieder hinabwanderte. »Wie gut, dass wir uns nicht fürchten.«

»Nun, was immer dort unten ist, schöne Grüße von mir«, höhnte der Hauptmann – und gab seinen Leuten ein Zeichen, Rammar mit Gewalt auf die Plattform zu schieben. Mit den Blättern ihrer Äxte wedelten sie ihn vor sich her wie lästiges Ungeziefer. Dann, als beide Orks auf der Plattform standen, lösten die Wachen die Kette, mit der beide miteinander verbunden gewesen waren.

So erleichtert Rammar im ersten Moment war, nicht mehr an seinen Bruder gekettet zu sein, so schockiert war er im nächsten Augenblick darüber – denn es machte ihm noch einmal klar, wie sicher die Wächter ihrer Sache waren. Eine Fluchtmöglichkeit aus der Tiefe gab es nicht; für den Hauptmann und seine Leute waren die beiden Orks bereits totes Fleisch.

Ein Befehl gellte, der Troll in der Tretmühle setzte sich in Bewegung, und die Plattform sank in die Tiefe. »Habt ihr verstanden?«, rief der Hauptmann ihnen hinterher. »Arbeitet gut, und ihr werdet leben. Jedenfalls, soweit es uns betrifft.« Seine Leute und er verfielen in höhnisches Gelächter, das von den Schachtwänden widerhallte und noch eine ganze Weile als Echo umhergeisterte, was Balbok sichtlich gefiel.

»Huhu«, rief er hinauf, als das Gelächter endlich verebbt war.

»Hu-u-u«, scholl es zurück.

»Hast du das gehört, Rammar?«, fragte Balbok aufgeregt.

»Ja und, Blödhirn? Das ist das Echo deiner Stimme, der Widerhall, nichts weiter.«

»*Shnorshor!*«, rief Balbok versuchsweise in den Schacht.

»*Shnorshor-orshor-or*«, erklang es, was Balbok zum Wiehern komisch fand.

»Ist das dein Ernst?«, fragte ihn Rammar über das Knirschen und Qietschen der Plattform hinweg, die sich immer weiter in die dunkle Tiefe senkte. »Wir sind dazu verurteilt, als Sklaven in einem Stollen zu arbeiten, aus dem noch nie jemand lebend zurückgekehrt ist, und du kannst über so einen Unfug lachen? Du bist und bleibst eben ein *umbal*!«

»*Umbal-bal-al …*«

Balbok wollte sich wegschmeißen vor Lachen, worauf Rammar in ein missmutiges Grunzen verfiel und sich grimmig auf seinen *asar* fallen ließ.

Wie lange die Fahrt in die Tiefe dauerte, wusste später keiner von ihnen mehr zu sagen, jedes Gefühl für Zeit oder räumliche Entfernungen war ihnen verloren gegangen. Als die Plattform mit hartem Stoß auf dem Boden aufsetzte, fanden sich die beiden Brüder in einem Gewölbe wieder, das vom fahlen Schein einiger Lichtsteine erhellt wurde, die am Boden verteilt waren. Die Höhle hatte zwei Ausgänge, die einander gegenüberlagen und die beide tief in den Fels zu führen schienen. Zweifel, wohin sie sich zu wenden hatten, kamen dennoch nicht auf, denn auf dem Boden des Gewölbes lag ein Skelett, das so drapiert war, dass es in einen der beiden Stollen deutete.

Obwohl es die sterblichen Überreste eines Menschen waren, was seine Laune üblicherweise besserte, empfand Rammar leises Grauen. Zum einen war er überzeugt, dass dies die Überreste eines ihrer Vorgänger waren – was genau ihm widerfahren war, war nicht mehr festzustellen, aber offenbar war es seinem Wohlbefinden ziemlich abträglich gewesen; zum anderen waren die Knochen bleich und abgenagt. Zumindest Ratten, Höhlenwürmer oder sonstwelche Aasfresser schienen sich hier unten mit ihnen herumzutreiben.

»Und jetzt?«, wandte er sich mit einem freudlosen Grinsen an Balbok. »Ist dir jetzt immer noch zum Lachen, Blödhirn?«

Balboks einzige Erwiderung war sein langes Gesicht. Sie verließen die Plattform, die sich daraufhin rasselnd wieder hob und in der Dunkelheit des Schachts verschwand. Sehnsüchtig blickten die beiden Brüder ihr hinterher. Dann trotteten sie in die Richtung, in die der Knochenmann wies. An der Mündung des Stollens lagen mehrere Hämmer und Spitzhaken bereit, nach denen die Orks ohne Zögern griffen. Nicht so sehr aus Diensteifer, sondern weil sich die Dinger notfalls auch als Waffen einsetzen ließen.

Der Fährte folgend, die die Lichtsteine markierten, drangen die ungleichen Brüder in den Stollen ein – Balbok voraus, Rammar mit einigen Schritten Abstand und in der Erwartung, dass jeden Augenblick irgendwelches Ungemach über sie hereinbrechen würde. Den Kopf hatte er deshalb tief zwischen die Schultern gezogen, den Hammer hielt er abwehrbereit erhoben. Als im fahlen Licht der Steine noch mehr Knochen auftauchten, die auf dem Stollenboden verteilt lagen, ließ das seine ohnehin schlechte Stimmung in ungeahnte Tiefen rauschen.

Der Stollen endete abrupt vor einer Felswand. Körbe standen bereit, die wohl zum Abtransport des losen Gerölls dienen sollten, aber Rammar dachte nicht daran, sich einen von ihnen umzuschnallen. Stattdessen setzte er sich auf einen großen Gesteinsbrocken und nickte Balbok zu.

»Los doch, fang schon an«, verlangte er.

»Womit?«

»Womit wohl? Mit Blutbiersaufen natürlich!« Die Schweinsäuglein rollten wütend. »Bist du denn für alles zu dämlich? Auf die Felswand sollst du einschlagen, aber sofort!«

»Aber Rammar«, widersprach Balbok, »wir müssen doch beide arbeiten, sonst bekommen wir nichts zu essen.«

»Falsch.« Der fette Ork schüttelte den Kopf. »Du musst für zwei arbeiten, *sonst* bekommen wir nichts zu essen.«

»Und was wirst du tun?«

»Ich werde Wache halten.«

»Und wann wechseln wir uns ab?«

»Wer hat gesagt, dass wir uns abwechseln?«, schnauzte Rammar. »Jeder tut das, was er am besten kann, und jetzt an die Arbeit!«

Den energischen Worten seines Bruders hatte Balbok nichts entgegenzusetzen. Die wulstigen Lippen schmollend nach vorn gewölbt und dabei leise vor sich hinmurmelnd, trat er vor die Felswand – und begann, mit wuchtigen Hieben darauf einzuschlagen.

Klong.

Klong.

Klong …

Gesteinsbrocken lösten sich und rieselten herab, Staub wirbelte auf, der Rammar in die Augen stieg und sie zum Tränen brachte. Jedenfalls redete der dicke Ork sich ein, dass es der Staub war, der seine blutunterlaufenen Augen feucht werden ließ, und nichts anderes – obgleich er merkte, wie seine Arme und Beine zitterten, während er dasaß und Wache hielt.

Dieser Ort gefiel ihm nicht.

Nicht nur der Tiefe und der Knochen wegen und weil er zur Arbeit gezwungen werden sollte; sondern aus Gründen, die er nicht näher zu benennen vermochte. Irgendetwas hier war anders als in den weiter oben gelegenen Regionen der Zwergenfestung. Wahrscheinlich, sagte er sich, hatten die gierigen Hutzelbärte tatsächlich zu tief gebuddelt und etwas ausgegraben, das lieber in den Tiefen des Berges hätte verborgen bleiben sollen.

»Weißt du, Rammar«, meinte Balbok, während er weiter auf das Felsgestein eindrosch. »Vielleicht ist das alles ja auch nur ein Irrtum.«

»Was meinst du?«

»Vielleicht gibt es gar kein Ungeheuer hier unten. Außer dir natürlich.«

»Sehr witzig. Und was hat die Kerle, deren Überreste dort im Stollen liegen, dann umgebracht?«

»Wer weiß?« Balbok ließ für einen Moment den Hammer sinken und kratzte sich ein wenig ratlos am Hinterkopf. »Vielleicht sind sie es selbst gewesen. Jedenfalls sollten wir die Hoffnung nicht aufgeben.«

»Du bist ein Schwachkopf«, beschied ihm Rammar ungerührt.

»*Karsok?*«

»Weil es hier unten keine Hoffnung gibt, ganz einfach.«

»Aber damals in Kal Anar«, beharrte Balbok, »da hast du die Hoffnung doch auch nicht aufgegeben.«

»Da ist ja auch alles gut gegangen«, wandte Rammar entwaffnend ein. »Hier hingegen wissen wir ganz genau, dass wir elend verrecken werden. Oder glaubst du, die Hutzelbärte werden uns je wieder rauslassen?«

Balboks langes Kinn fiel nach unten. Enttäuschung sprach aus seinen blassgrünen Zügen, die Ausweglosigkeit ihrer

Lage schien ihm erst jetzt wirklich aufzugehen. »Und ich habe immer gedacht, wir wären die Helden dieses Abenteuers. Dass man irgendwann Lieder über uns singen, dass man am Lagerfeuer Geschichten über uns erzählen und sie in Büchern aufschreiben würde.«

Rammar seufzte. »Hast du dir diese Schnapsidee noch immer nicht aus dem Kopf geschlagen?«

»Jede Geschichte hat ihre Helden«, beharrte Balbok.

»*Korr* – nur weiß man leider nie, wessen Geschichte erzählt wird. Vielleicht ist dies ja auch die Saga des jungen Milchgesichts und seiner Prinzessin, und wir sind darin nur Beiwerk, der mutige Orkrieger und sein behämmerter dürrer Bruder.«

»Aber Rammar!«

»Was?«

»So dürr bist du doch gar nicht«, wandte Balbok grinsend ein.

»Sehr witzig.« Rammar schnitt eine Grimasse, die seine grünen Züge im spärlichen Licht geradezu geisterhaft verzerrte. Oder vielleicht«, fügte er düster hinzu, »hat die Geschichte des verdammten Elfenweibs in Wirklichkeit ja auch nie aufgehört, und wir stecken noch immer mittendrin.«

Er musste an den Traum denken, den er gehabt hatte und in dem ihm Alannah erschienen war.

Und an das Buch.

Der Gedanke, dass es nun nicht vernichtet und ihre Insel schon bald entdeckt würde, hatte zugleich etwas Erschreckendes und etwas Tröstliches. Erschreckend deshalb, weil es bedeutete, dass die Herrschaft der Orks dann zu Ende war – tröstlich, weil, wenn Rammar schon nicht König sein durfte, es auch kein anderer Ork werden würde. Rammar musste auch an das denken, was die Elfin ihm in jener Vision verkündet hatte, über Erdwelt und das Reich und die Vergangenheit und …

Sein Kopf begann zu dröhnen, alles wurde zunehmend verwirrender. Obwohl er auf dem Felsen saß und Balbok beim Arbeiten nur zugesehen hatte, verspürte er das dringende Bedürfnis nach einer Pause. Den Hammer, den er quer über den Knien gehabt hatte, ließ er fallen, sodass er klirrend zu Boden fiel, und schloss für einen Moment die Augen – als ihm plötzlich jemand auf die Schulter tippte.

»Ja doch«, grunzte er. Er riss die Augen auf und fuhr herum. »Was ist denn jetzt wiedeee…!«

Das letzte Wort ging in ein helles Kreischen über.

Sie stand vor ihm.

Die Elfin.

Blasse Haut, blondes Haar, grässlich anmutige Erscheinung, geringschätziger Blick – keine Verwechslung möglich.

Rammar schoss in die Höhe.

»Wa-was hast du hier zu suchen?«, fragte er entgeistert.

»Ich bin hier, um dich zu erinnern«, erwiderte sie schlicht. »Du hast das Ziel deiner Mission aus den Augen verloren.«

»Mission?« Rammar hob die Brauen. »Was für eine Mission?«

»Genau davon spreche ich.« Ihr entschlossener Augenaufschlag erinnerte ihn an einst, und diese Erinnerungen waren nicht angenehm … »Weißt du noch, was ich dir auftrug, als wir uns das letzte Mal begegneten?«

»Das letzte Mal?« Rammars Züge hellten sich auf. »Das letzte Mal habe ich dich im Traum gesehen! Wahrscheinlich schlafe ich jetzt auch und du bist nur ein Hirngespinst. Ich bin auf meinem Felsbrocken eingeschlafen und träume, und sobald ich aufwache, wirst du verschwunden sein. Also lasse ich dich reden und gebe keine *shnorsh* auf dein dummes Elfengeschwätz.«

»Wenn das hier ein Traum wäre«, sagte sie, »würdest du dann dies hier spüren, ohne aufzuwachen?«

Unvermittelt donnerte ihre Faust in sein Gesicht.

Rammar hörte es knirschen, der Schmerz war so heftig, dass ihm Tränen in die Augen schossen.

»Verdammt!«, zeterte er, sich den schmerzenden Rüssel haltend. »Musste das sein?«

»Und?«, fragte sie ungerührt. »Aufgewacht?«

»Offenbar nicht«, gab er zu.

»Dann wäre das geklärt.« Sie nickte. »Und nun zurück zu eurem Auftrag. Die Zeit zerrinnt euch zwischen den Klauen, Rammar. Ihr müsst wiederherstellen, was einst gewesen ist, hast du das verstanden? Oder der Sturm, der aufzieht, wird alles vernichten!«

»Immer das gleiche wehleidige Gewäsch«, plärrte Rammar. »Bei euch Elfen gibt es ständig irgendwelche Stürme, und noch nie ist die Welt davon untergegangen.«

»Ein Teil der Welt *ist* bereits untergegangen«, beharrte sie. »Dunkelheit und Zerstörung herrschen in Erdwelt.«

»Und? Was kann ich dafür?«

»Die Prinzessin muss befreit werden! Ihr beide müsst Aryanwen retten!«

»Wir müssen gar nichts!«, tönte Rammar. »Ich habe es satt, von dir herumkommandiert zu werden, Elfenweib! Außerdem können mein Bruder und ich nicht einfach aus dem Stollen klettern, wie du vielleicht bemerkt haben wirst. Die Hutzelbärte haben dafür gesorgt, dass wir eine Verabredung haben, und zwar mit Kurul persönlich!«

»Und wenn ich dafür sorge, dass ihr freikommt?«

»Als könntest du das tun, du bist doch längst selbst in Kuruls Grube gefallen.« Rammar grinste wölfisch. »Und selbst wenn, wer sagt dir, dass wir nicht einfach abhauen und die Prinzessin in ihrem Gefängnis versauern lassen würden? Willst du uns wirklich so weit vertrauen?«

»Nein«, gab sie zu. »Du hast völlig recht, so geht es nicht.« Damit wandte sie sich ab und verließ ihn, so unvermittelt, wie sie aufgetaucht war.

»Ja, lauf nur davon!«, rief Rammar ihr hinterher, während sie in Staub und Dunkelheit verschwand. »Und bestell deinem Kopfgeldjäger schöne Grüße.«

Rammar bemerkte, wie etwas den Stollen erschütterte. Zuerst glaubte er, es wäre sein Bruder gewesen, der wieder die Felswand bearbeitete, deshalb drehte er sich zu ihm um, um ihn zurechtzuweisen – doch inmitten all des Staubs, der den Stollen erfüllte, konnte er Balbok nicht mehr erkennen. Rammar musste husten, während er merkte, wie eine weitere Erschütterung den Stollen erbeben ließ. Mehr noch, der ganze Berg schien plötzlich in seinen Grundfesten zu wanken – und plötzlich konnte Rammar im Staub eine hagere Gestalt erkennen.

»Ba-Balbok?«, würgte er, von Hustkrämpfen geschüttelt.

Die Gestalt kam näher. Eindrucksvoll schälten sich ihre Konturen aus dem Staub, und endlich konnte Rammar Einzelheiten erkennen. Er sah den wehenden Umhang, die furchterregenden Hörner, die Schädel am Gürtel – und plötzlich dämmerte ihm, wen er dort vor sich hatte.

Er war gekommen, um ihn zu holen.

Kurul persönlich.

15.

USGA!

Rammar sank auf die Knie – nicht so sehr, um seine Unterwürfigkeit zu demonstrieren, sondern weil seine weichen Beine ihm einfach den Dienst versagten.

»Jetzt ist es also so weit?« Er blickte an der grässlichen Gestalt empor, die sich vor ihm aufgebaut hatte. Als Orkling hatte er sich Kurul stets in den grässlichsten Farben auszumalen versucht – nun musste er erkennen, dass selbst seine dunkelste Phantasie bei Weitem nicht ausgereicht hatte, um ihn sich vorzustellen.

Die Haut des Donnerers war von Eiterbeulen übersät, in seiner Klaue hielt er einen Hammer, von dem Rammar wusste, dass er in der Lage war, schwarze Blitze der Vernichtung zu schleudern. An den Schädeln, die an dicken Ketten um seinen Leib hingen, klebten noch Blut und Reste von Haar, und der Gestank, der Kurul vorauseilte, war selbst für einen Ork kaum zu ertragen. Am grässlichsten jedoch war Kuruls Fratze, die, obschon im Staub nur undeutlich zu erkennen, so fürchterlich und mit glühenden Augen auf Rammar herabstarrte, dass dieser glaubte, unter ihren Blicken zu versteinern.

»G…Gnade, großer Kurul«, hörte er sich selbst stammeln. »Ich will noch nicht in die Grube, hörst du? Ich f…fühle mich noch nicht reif genug für Luraks Pfff…Pfuhl! Ich biete dir aber meinen Bruder an, er ist ohnehin zu nichts zu gebr…«

»Versprichst du, die Prinzessin zu befreien?«, fragte eine Stimme, tiefer und abgründiger als jeder Minenschacht, den Zwerge graben konnten.

»K...korr«, versicherte Rammar ohne Zögern, »ich verspreche es. Aber wie ...?«

»Du dämlicher *umbal*!«, schalt ihn der Herrscher der Unterwelt, »kannst du noch nicht einmal erkennen, wenn du frei bist?«

»Fff...frei?«, stotterte Rammar. »Aber ...«

Für Kurul war das Gespräch beendet. Er trat einen Schritt zurück, und die Staubwolke, die ihn so unvermittelt ausgespuckt hatte, hüllte ihn wieder ein.

»Ich werde alles tun, was Ihr sagt, Gebieter!«, rief Rammar ihm beflissen hinterher, noch immer auf dem Boden kauernd. »Verlasst Euch auf Rammar den schrecklich ... den Rasenden, Euren ergebenen Diener!«

Als wäre dies sein Stichwort, hielt Kuruls schemenhafte Gestalt plötzlich inne, und er schickte sich an, zurückzukommen.

»*Shnorsh*«, schalt Rammar sich flüsternd selbst. »Was hast du da bloß gesagt? Kannst du nicht einmal die Schnauze halten, du nichtsnutziger Fettsack?«

Doch es war zu spät.

Die Gestalt kam zurück. Ihre Konturen traten aus dem sich plötzlich lichtenden Staub hervor, und erneut wurden Einzelheiten erkennbar. Jetzt erst bemerkte Rammar, dass Kurul zwar noch immer groß und hager war, die furchterregenden Hörner jedoch waren verschwunden, ebenso die Eiterbeulen und die Ketten mit den Schädeln. Und auch der Geruch war plötzlich ein anderer, nicht mehr beißend wie zuvor, sondern sehr vertraut ...

»Balbok!«, ächzte er.

»Da bist du ja.« Balbok grinste. »In dem Staub sieht man ja die Klaue vor Augen nicht. Hab dich die ganze Zeit gesucht.«

»Was du nicht sagst.« Rammar, der noch immer auf dem Boden kauerte, verzog das Gesicht. So erleichtert er darüber war, dass es sein Bruder war, der vor ihm stand, so verärgert war er über dessen Einfalt. Ganz abgesehen davon, dass er

Probleme damit hatte, sich zurechtzufinden. Offenbar waren sie noch immer in dem Stollen – aber was war Wirklichkeit und was nicht? Hatte er sich die Elfin und Kurul nur eingebildet oder waren sie wirklich hier gewesen? Verlor er den Verstand?

»Was machst du denn da unten?«, fragte Balbok, während sich sein Bruder ächzend auf die kurzen Beine zu hieven suchte.

»Was denkst du wohl? Blutpilze suchen«, grunzte Rammar.

»Gibt's denn hier welche?« Balbok schaute sich suchend um. »Also für mich sah es eher so aus, als ob …«

»Als ob was?«

»Na ja, als ob du dich vor jemandem auf den Boden geworfen hättest.«

Endlich hatte sich Rammar wieder auf die kurzen Beine gestemmt. »Ich und mich auf den Boden werfen! Ha!«, rief er, dass es von der Stollendecke widerhallte. »Willst du mich beleidigen, Hirntod?«

»*Douk.*« Balbok schüttelte den Kopf. »Ich dachte nur, bei all den seltsamen Gestalten, die hier unten unterwegs sind …«

»Was für Gestalten?«

»Keine Ahnung, woher die kommen.« Balbok zuckte mit den Achseln. »Stell dir vor, mir ist Graishak begegnet. Und er hatte seinen geschrumpften Kopf auf den Schultern, der ihm viel zu klein war. Seltsam, oder?«

»In der Tat«, stimmte Rammar zu, der sich zugleich fragte, was das nun wieder zu bedeuten hatte.

»Und du? Wen hast du gesehen?«

»Wer sagt, dass ich jemanden gesehen habe?«

»Ich dachte nur.«

»Du sollst nicht denken, wie oft habe ich dir das schon gesagt? Und jetzt hör auf, mir dämliche Fragen zu stellen.«

»*Korr.* Jetzt ist es sowieso vorbei.«

»Was ist vorbei?«

»Der Staub ist weg – und mit ihm ist auch Graishak verschwunden.«

»Was faselst du da?«

»Der Staub«, brachte Balbok in Erinnerung. »Weißt du nicht mehr? Vorhin, als der Stollen bebte, da war plötzlich überall dieser Staub ...«

Rammar nickte – und obwohl er sich lieber die Zunge herausgerissen hätte, als es auszusprechen, musste er zugeben, dass Balboks Überlegung zutreffend war. Kurul war aus der Staubwolke getreten, die den Stollen plötzlich ausgefüllt hatte – war der Staub also dafür verantwortlich, dass er dem Donnerer begegnet war? Der Gedanke beruhigte Rammar. Aber was war mit dem Elfenweib? Und was mit den Erschütterungen, die den Stollen hatten erbeben lassen? Sie zumindest waren ganz offenbar nicht nur eingebildet gewesen ...

»Vielleicht war in dem Staub etwas, das uns Dinge sehen lässt, die es gar nicht gibt«, spann Balbok seinen Gedanken weiter und machte mit dem Zeigefinger eine kreisende Bewegung vor seiner Schläfe. »Das würde auch erklären, warum die anderen Gefangenen alle ein Ungeheuer gesehen haben.«

»Auch ein blinder Ghul findet mal ein Horn«, kam Rammar jetzt nicht mehr umhin, seinem Bruder offen zuzustimmen. »Sie hatten allesamt Wahnvorstellungen. Und vor lauter Angst haben sie aufeinander eingeschlagen und sich gegenseitig umgebracht.«

»*Korr.*« Balbok nickte begeistert.

»Und warum merken wir jetzt nichts mehr davon?«, wollte Rammar wissen.

»Weil sich der Staub wieder gelegt hat«, erklärte Balbok schulterzuckend.

»Blödhirn, das weiß ich auch. Aber warum hat er sich so schnell gelegt? Die Luft im Stollen hat sich verändert. Sie ist kühler geworden ... und feuchter.«

»*Korr*«, stimmte Balbok wiederum zu und schnüffelte. »Und sie riecht anders als zuvor. Irgendwie nach ...«

»Schhh!«, fiel Rammar ihm barsch ins Wort. »Hörst du das?«

Balbok lauschte und spitzte die ohnehin langen Ohren noch mehr. »*Korr*«, flüsterte er. »Ein Rauschen.«

»Und es kommt näher«, fügte Rammar hinzu.

Einen Augenblick lang standen die beiden Orks nur da und starrten einander ratlos an. Dann dämmerte ihnen, was es war, das da so laut rauschte und sprunghaft näher kam.

Aber es war zu spät.

Die dunkle Flut schoss bereits um die Biegung des Stollens, schäumend, tosend und alles verschlingend.

»*Uuuusgaaaa!*«, brüllte Balbok aus Leibeskräften.

Dann hatte die Woge sie erreicht. Mit Urgewalt erfasste sie die beiden Orks und riss sie von den Beinen.

»Was war das?«

Als die erste Erschütterung den Fels durchlief, fuhr Aryanwen in die Höhe. Gemeinsam mit Dag hatte sie auf dem strohbedeckten Boden der Zelle gekauert, entmutigt und der Verzweiflung nahe. Zwar hatte ihr Liebster zu ihr gefunden, doch nun war er gefangen wie sie. Und was einst ein hoffnungsvoller Plan zu ihrer Rettung gewesen war, hatte sich als erbärmlicher Fehlschlag erwiesen.

»Ich … weiß nicht.« Auch Dag horchte auf, blieb jedoch am Boden sitzen. Noch immer war er geschwächt durch die Tortur, die Vigor und seine Folterknechte ihm hatten angedeihen lassen. Und die Tatsache, dass sie nicht doppelte Essensrationen bekamen, sondern sich Aryanwens karges Mahl teilen mussten, machte seine Aussichten auf Genesung nicht besser …

Erneut eine Erschütterung. Ganz deutlich war sie zu spüren, pflanzte sich durch den Fels fort wie eine Welle im Wasser.

»Das kommt aus der Tiefe«, stellte Aryanwen fest.

»Vielleicht ein Erdbeben«, vermutete Dag. »Oder ein Stolleneinsturz?«

Ihre Blicke trafen sich im Halbdunkel der Zelle. Ihnen beiden war klar, was es bedeutete, wenn ein Stollen einbrach. Nur ein geringer Teil der Zwergenfestung befand sich oberhalb des Berges – der sichtbare Teil von Gorta Ruun beschränkte sich auf die Sieben Türme, die hoch auf den Gipfeln thronten und durch trutzige Wehranlagen miteinander verbunden waren. Der Rest erstreckte sich innerhalb des Berges wie ein Wurzelgeflecht und war im Lauf von Jahrtausenden gewachsen, ein dicht gewobenes Netz von Stollen, Schächten und Gewölben, das tief in den Fels führte und sich in einem fragilen Gleichgewicht befand. Stürzte ein Stollen ein, so hatte dies häufig den Zusammenbruch weiterer Gewölbe zur Folge. Es war das Risiko, mit dem die Bewohner des Berges lebten und mit dem die Natur sie hin und wieder strafte. Und erfasste die Zerstörung auch jene Region, in der sich der Kerker befand, würden sämtliche Gefangenen unter Gesteinsmassen begraben …

Aryanwen huschte zur Tür und lauschte.

Nichts war zu hören.

Kein Rumoren in der Tiefe.

Keine panischen Schreie.

Dafür dumpfer Donner, als wenn in der Ferne ein Gewitter tobte. Und eine weitere Erschütterung ließ den Boden erzittern.

»Das ist doch kein Erdbeben«, stellte Dag fest. »Ich bin mit meinem Vater in Tirgasanar gewesen, als ich noch ein Junge war. Dort gibt es öfter Beben, aber sie fühlen sich anders an.«

»Was dann?«, fragte Aryanwen.

»Ich weiß es nicht.« Er hob den Blick und lächelte sie an, was angesichts seiner von Blessuren übersäten Züge fast tragisch wirkte. »Ehrlich gesagt weiß ich überhaupt nichts mehr«, flüsterte er, »nur dass ich dich liebe. Und ich bedaure, dass ich dir keine bessere Hilfe sein konnte.«

»Das ist nicht deine Schuld«, versicherte sie. »Nach allem, was ich in Königin Alannahs Bericht gelesen hatte, hatte ich geglaubt, dass …«

»Ich ebenso«, versicherte er. »Bisweilen pflegt man die Vergangenheit eben zu verklären. Vor allem dann, wenn man nicht selbst dabei gewesen ist.«

»Du hast recht«, bekannte sie leise. »Ich war eine Närrin.«

»Und ich ein Narr«, konterte er, und sein Lächeln wurde noch ein wenig breiter. »Damit passen wir gut zusammen.«

»Kaum zu glauben«, sagte sie. »Dort draußen tobt ein blutiger Krieg, dort könnten wir niemals zusammen sein. Hier jedoch, in der Hand unserer Feinde, haben wir unseren Frieden.«

»Weil die Menschen verlernt haben, was Frieden ist.«

»Ich dachte, wir beide könnten sie daran erinnern«, erwiderte Aryanwen leise. »Aber das war ein Irrtum.«

Er konnte sehen, wie ihr Tränen in die Augen stiegen. Trotz seiner Schmerzen beugte er sich vor und küsste ihre Wangen. Es war der erste Austausch von Zärtlichkeiten, seit sie einander wiederbegegnet waren, und einen Augenblick lang war er unsicher, wie sie darauf reagieren würde. Aryanwen jedoch lächelte und revanchierte sich mit einem zarten Kuss auf seine Stirn.

»Halt mich«, flüsterte sie, und er schloss sie in die Arme, zog sie eng an sich heran.

So lagen sie und blickten in eine dunkle, unsichere Zukunft, nichts ahnend von den dramatischen Ereignissen, die sich tief unter ihnen abspielten.

16.

ROIMH-KURTA DOIROBH

Es war eine wahre Sturzflut.

Balbok und Rammar wussten nicht, was diese Wassermassen entfesselt hatte, und sie dachten auch nicht darüber nach – die beiden hatten genug damit zu tun, am Leben zu bleiben.

Gleich die erste Woge hatte sie fortgerissen und gegen die Felswand am Ende des Stollens geschmettert. Ein Mensch hätte den Aufprall nicht überstanden, nur ihrer robusten Natur hatten die Orks es zu verdanken, dass sie den Aufprall überlebten. Doch auch sie spürten ihre Knochen knacken und waren halb bewusstlos, als die sich überschlagende Woge wieder zurückschwappte und der Sog sie mitriss. Zusammen mit den Weidenkörben, die am Ende des Stollens gelegen hatten, wurden die Orks durch den noch unfertigen Stollen gespült, zurück in das Gewölbe, in dem sich der Aufzug befand. Schon war es zur Hälfte mit Wasser gefüllt, und der Pegel stieg sprunghaft weiter an!

»Ich … kann nicht … schwimmen!«, gurgelte der dicke Ork panisch, während er mit den Armen ruderte und verzweifelt ins Wasser trat.

»Hier, nimm!«, rief Balbok und schob einen der Körbe, den er zu fassen bekommen hatte, zu seinem Bruder hinüber. In seiner Not klammerte sich Rammar daran fest, aber der Auftrieb genügte nicht, um seine Leibesmassen über Wasser zu halten, zumal sich aus der anderen Stollenmündung immer noch weitere Fluten in das Gewölbe ergossen und sich gefährliche Strudel bildeten, die alles, was sie erfassten, auf den Grund zogen.

»Hilf mir!«, verlangte Rammar. »Hilf mir, du langohriger Nichtsnutz!«

»Halt dich an mir fest!«, schlug Balbok vor.

»Was soll ich?«

»Dich an mir festhalten! Leg deine Arme um meinen Hals!«

»Hältst du mich für *ochgurash*?«, brachen sich trotz der Todesangst Rammars alte Befürchtungen Bahn.

»Lieber *ochgurash* als tot, oder?«, hielt Balbok dagegen – und das leuchtete seinem Bruder so sehr ein, dass er alle Bedenken in den Wind schlug, den Korb losließ und stattdessen seine dicken Arme um Balboks Hals schlang.

»Nicht so fest!«, schrie dieser, während er sich mit allen vieren paddelnd über Wasser zu halten suchte. »Du erwürgst mich!«

»Willst du mich nun retten oder nicht?«

Balbok erwiderte nichts mehr, er war damit beschäftigt, nach Luft zu schnappen und trotz des zusätzlichen Gewichts, das an ihm zerrte, über Wasser zu bleiben. Mit atemberaubender Geschwindigkeit stieg der Pegel weiter. Es war dunkel geworden in der Höhle, da die auf dem Grund liegenden Lichtsteine die schäumenden Fluten kaum durchdrangen und stattdessen das Wasser unheimlich leuchten ließen. Als sich Rammar jedoch den Kopf stieß, war ihnen klar, dass sie die Decke erreicht hatten.

»Verdammt!«, schrie der feiste Ork. »Wir werden wie Ratten ersaufen – und du bist an allem schuld!«

Balbok antwortete auch diesmal nicht – er schwamm lieber. Sein Ziel war der Aufzugschacht, der als dunkles Loch in der Höhlendecke klaffte und zumindest vorläufig Überleben verhieß. Allerdings war er noch ein gutes Stück entfernt, und die von den Wänden zurückschwappenden Fluten warfen die beiden Orks wie Spielbälle hin und her, sodass sie dem Schacht bald näher waren und bald wieder weiter von ihm entfernt.

»Balbok!«, schrie Rammar in seiner Verzweiflung. »Tu doch was, du idiotisch …«

Eine Woge, die schäumend über ihnen zusammenschlug, ersparte es Balbok, sich die ganze Verunglimpfung anhören zu müssen. Prustend und gurgelnd maulte Rammar weiter, während er sich an seinen Bruder klammerte, der alles daran setzte, den Schacht zu erreichen. Doch der Abstand zwischen Wasseroberfläche und Höhlendecke verringerte sich von Atemzug zu Atemzug – und plötzlich war er ganz verschwunden.

Es gab keine Vorwarnung.

Von einem Augenblick zum anderen hatte sich das Gewölbe ganz mit Wasser gefüllt – und Balbok, der selbst unter Wasser noch Rammars dumpfes Gemaule hören konnte, wusste, dass dies ihre letzte Chance war. Da er so gut wie nichts sehen konnte, schlug er kurzerhand die Richtung ein, in der er den Schacht vermutete. Mit den Armen paddelnd und mit den Beinen schlagend, tauchte er durch das kalte, trübe Halbdunkel, seinen Bruder nach sich ziehend wie eine ungewöhnlich schwere Standarte.

Schon verließen ihn die Kräfte. Die Luft ging ihm aus, in seinen Lungen begann es zu brennen, und ihm dämmerte die Einsicht, dass sie es wohl nicht schaffen würden.

Der hagere Ork wappnete sich bereits innerlich gegen die Standpauke, die ihm sein Bruder halten würde, sobald sie in Luraks Pfuhl gelandet waren – doch plötzlich geschah es. Ein Sog erfasste sie und zog sie mit, just in die Richtung, in die Balbok ohnehin hatte schwimmen wollen. Im nächsten Augenblick bog die Strömung nach oben ab, und sowohl Balbok als auch sein dicker Bruder wurden nach oben gepresst, geradewegs in den Schacht, in dem nun eine tosende Wassersäule nach oben stieg.

Mit Armen und Beinen rudernd und die letzten Kräfte zum Einsatz bringend, wühlte sich Balbok empor. Der Ork hatte das Gefühl, als wollten seine Lungen platzen, als er endlich die Oberfläche durchstieß. Gierig sog er die Luft in sich hinein, während es hinter seinem Rücken beinahe ansatzlos weiterging: »... *umbal* von einem räudigen Warg.

wenn du das noch mal mit mir machst, dann reiße ich dir den ...«

Auf welches Körperteil genau Rammar es abgesehen hatte, bekam Balbok nicht mit – das Tosen, das in der Enge des Schachtes herrschte, wurde so überwältigend, dass es alles andere verschlang. Und während Balbok alles daran setzte, sich und seinen Bruder über Wasser zu halten, ging es mit atemberaubender Geschwindigkeit den Schacht hinauf.

Von den Fluten getragen wie ein Korken, der auf der Wasseroberfläche tanzte, schossen die Orks durch den Schacht, zurück in das Gewölbe, von dem aus die Zwergenwachen sie unter höhnischem Gelächter hinabgelassen hatten. Es war ein wenig, wie wenn sich eine im Übermaß genossene Speise wieder zurückmeldete: Die Zwerge waren die Fresssäcke, die sich vollgestopft hatten; der Stollen Zor der überstrapazierte Magen, der alles wieder von sich gab; und Balbok und Rammar waren der *bru-mill*, der sich seiner Verdauung erfolgreich widersetzt hatte und sich nun bitter rächte ...

Wie bitter ihre Rache tatsächlich war, wurde in dem Moment klar, als die Flut das obere Ende des Schachts erreichte. Mit der ganzen Wucht des Drucks, der sie aus der Tiefe emporgetragen hatte, schossen die Wassermassen in das darüberliegende Gewölbe. Balbok und Rammar, die ganz oben auf dem Wasserschwall ritten, wurden hoch in die Luft geschleudert, wobei sie einander verloren, um gleich darauf von den sich nach allen Seiten ausbreitenden Fluten wieder aufgefangen und davongetragen zu werden. Die Zwergenkrieger jedoch, die in der Kaverne Wache gehalten hatten, traf die plötzliche Sintflut völlig unvorbereitet. Ratlos hatten sie am Rand des Schachts gestanden und in die Tiefe gestarrt, in der es zischte und gurgelte – als sie das Wasser sahen, war es bereits zu spät.

Die Zwerge wurden von ihren kurzen Beinen geworfen und fortgerissen. Auch die Tretmühle, in der der gefangene Höhlentroll seinen tristen Dienst versah, wurde von den Wassermassen erfasst. Als der Troll mit dem ihm unbekanntem Element in Verbindung kam, geriet er in Panik und begann, wie von Sinnen um sich zu schlagen – und die Ketten, mit denen er an die Nabe seines trommelförmigen Gefängnisses gefesselt war, rissen, als wären sie aus morschem Holz gemacht. Und im nächsten Moment begann die tumbe Kreatur, den trommelförmigen Käfig zu zerlegen, in dem sie gefangen war.

»Rammar!« Balbok, der seinen Bruder inmitten des tosenden und sprudelnden Durcheinanders aus den Augen verloren hatte, rief lauthals dessen Namen.

»Ja doch ... *umbal*«, gurgelte es von irgendwo hinter ihm. »Hilf ... gefälligst!«

Balbok fuhr herum, kämpfte sich mit den Armen rudernd durch die hin und her schwappenden Fluten – und endlich erblickte er seinen Bruder, der wie wild mit Armen und Beinen schlug, um sich vor dem Ertrinken zu bewahren, während eine Strömung ihn davontrug. Balbok biss die Zähne zusammen und schaffte es, zu seinem Bruder aufzuschließen – doch der Augenblick, in dem er ihn zu fassen bekam, war gleichzeitig auch der, in dem der Troll die Wände seines Gefängnisses endgültig zertrümmert hatte und ins Freie drängte.

»*Umbal*, das ist die falsche Richtung!«, maulte Rammar angesichts der Tatsache, dass sie direkt auf den Koloss zuschwammen, der schwerfällig durch die immer noch weiter steigenden Fluten stampfte. Doch so sehr sich Balbok auch mühte, durch Schwimmbewegungen eine andere Richtung einzuschlagen – es gelang ihm nicht. Die Strömung war stärker, und so schossen die beiden Orks geradewegs auf den Höhlentroll zu. Die Kreatur, die so aussah, als wäre der Fels des Berges lebendig geworden, stierte ihnen entgegen, und irgendein dumpfer Instinkt schien ihr dazu zu raten, die beiden Orks zu fangen. Schon hob er die Arme – doch die Strömung war so schnell, dass er danebengriff.

Um Haaresbreite entgingen Balbok und Rammar den Felsenfäusten des Trolls. Statt von ihm gepackt und zerquetscht zu werden, schossen sie zwischen seinen Beinen hindurch, unter dem durch den schmutzigen Lendenschurz nur unzureichend verdeckten Gemächt.

»Respekt«, rief Rammar, »was für riesige …!«

Den Rest von dem, was er sagen wollte, erstickte ein Wasserschwall, der schäumend über ihm zusammenschlug. Balbok packte seinen prustenden und spuckenden Bruder am Kragen und zog ihn hinter sich her, schwamm auf einen Stollengang zu, der von der Höhle abzweigte und aufwärts zu führen schien, sodass er einen Fluchtweg aus den tosenden Fluten versprach – leider waren die Orks nicht die Einzigen, die ihn entdeckt hatten.

Auch einige Zwergenwächter, die sich an auf dem Wasser schwimmende Holzbalken klammerten, trieben darauf zu und würden ihn noch vor den Orks erreichen. Dass sie sie ungehindert passieren lassen würden, war nicht zu erwarten, schließlich waren Balbok und Rammar noch immer Gefangene des Königs. Und ganz sicher waren sie zu geschwächt, um einen Kampf siegreich für sich zu entscheiden.

»Was machst du denn, *umbal*?«, rief Rammar deshalb, als Balbok trotzdem weiter auf die Stollenmündung zuhielt – doch die Zwerge hatten plötzlich ganz andere Sorgen. Denn hinter ihnen tauchte unvermittelt ein riesiger Schatten auf.

Der Höhlentroll.

Ob die geschundene Kreatur in den in wilder Panik um ihr Leben paddelnden Zwergen ihre Häscher erkannte oder ob sie nur ihren niederen Instinkten folgte, wusste Rammar nicht zu sagen. Jedenfalls griff sie kurzerhand zu, riss einen der Zwergenwächter aus dem Wasser und biss ihm den Kopf ab. Die anderen Zwerge schrien entsetzt auf und versuchten zu fliehen, indem sie in die entgegengesetzte Richtung paddelten. Der Troll folgte ihnen, lauthals schnaubend in seinem frisch entfachten Blutdurst – und der Weg in den Felsengang war frei!

Mit viel Geschick gelang es Balbok, sich und seinen Bruder durch die Stollenmündung zu bugsieren, wo der Boden tatsächlich anstieg und das Wasser seichter wurde. Wankend vor Erschöpfung kamen die beiden Orks auf die Beine, hasteten den Gang hinab auf der Flucht vor den immer noch weiter steigenden Fluten.

»Da hinauf«, entschied Balbok plötzlich, als sie einen schmalen Schacht passierten, so steil, dass eiserne, in den Fels geschlagene Stiegen darin emporführten. Schon wollte der hagere Ork hinauf, als Rammar ihn an der Schulter packte.

»Ich zuerst«, verlangte er.

»Und wenn du stecken bleibst?«, fragte Balbok. »Wer zieht dich dann hinauf?«

Rammars stierer Blick verriet, dass er nachdachte. »Du zuerst«, entschied er, worauf Balbok im Schacht verschwand und behände nach oben stieg.

Rammar, dem das Wasser schon wieder bis zur Hüfte reichte, wartete ungeduldig, dann zog er sich unter wüsten Verwünschungen ebenfalls empor. Er hatte die unterste Sprosse gerade erklommen, als er hinter sich einen gellenden Hilferuf hörte.

»Ork! Hilf mir …!«

Rammar wandte sich um – und traute seinen Augen nicht. Dort in der Mitte des Stollens schwamm der Hauptmann der Zwergenwache, der sie noch vor nicht allzu langer Zeit hohnlachend in den sicheren Tod geschickt hatte.

»Hilf mir, Ork!«, schrie er, während er panisch mit den Armen ruderte. Zwar schien er ein leidlicher Schwimmer zu sein, doch das Gewicht seines Kettenhemdes zog ihn unaufhaltsam nach unten – und das Wasser war bereits zu tief, als dass ein Zwerg noch darin hätte stehen können … »Los, gib mir deine Hand!«

»Meine Hand«, echote Rammar, der sich mit der rechten Klaue an der Leiter festhielt – und ein wölfisches Grinsen verzerrte seine grünen Züge. »Wie du willst, Zwerg«, meinte er – und streckte dem Hauptmann bereitwillig seine Linke hin.

Der streckte sich dankbar danach aus – und griff ins Leere, denn wo eine Klaue hätte sein sollen, befand sich nur ein Stumpf.

»Oh, tut mir leid«, meinte Rammar, während der Zwerg von der Strömung erfasst und zurück in die Kaverne gespült wurde, wo der Höhlentroll auf ihn wartete. »Ihr hättet mir den *saparak* eben nicht abbrechen sollen!«

Damit wandte er sich wieder der Leiter zu und kletterte seinem Bruder hinterher. Ob es daran lag, dass er in der Gefangenschaft abgenommen hatte, oder ob es einfach nur der pure Wille war, der ihn vorantrieb, wusste Rammar nicht zu sagen, aber irgendwie gelang es ihm, seine Körperfülle den Schacht hinaufzuzwängen. Der Erschöpfung nahe wälzte er sich aus dem Ausstieg, der in einen von Lichtsteinen beleuchteten Stollen führte, und blieb beinahe reglos auf dem Rücken liegen. Nur sein Brustkorb hob und senkte sich in schneller Folge, während er zur Decke starrte und froh war, den verderblichen Fluten entkommen zu sein.

Balbok lag auf der anderen Seite des Ausstiegs, auch er am Ende seiner Kräfte. Nachdem er wieder ein wenig Atem geschöpft hatte, wälzte sich der hagere Ork jedoch herum und raffte sich wieder auf die Beine.

»Wir müssen weiter«, ermahnte er seinen Bruder.

»*Korr*, stieß Rammar hervor, noch immer auf dem Boden liegend. »Wir müssen rasch hinaus, ehe das Wasser noch weitersteigt.«

»*Douk*«, widersprach Balbok. »Wir müssen zum Kerker.«

»Hä?« Nun wälzte sich Rammar doch herum, um seinen Bruder ungläubig anzustarren. »Was sollen wir dort?«

»Dag und seine Prinzessin befreien«, entgegnete Balbok, als wäre es das Selbstverständlichste der Welt.

»Wer sagt das? Du?«

»Königin Alannah«, verbesserte Balbok kopfschüttelnd.

Seiner Erschöpfung zum Trotz fuhr Rammar alarmiert in die Höhe. »Hast du sie ebenfalls gesehen?«

»Du also auch?«, fragte Balbok.

»Faulhirn, was geht dich das an? Du sollst keine blöden Fragen stellen, sondern antworten, wenn ich etwas wissen will! Also?«

»Ich bin ihr im Stollen begegnet«, rückte Balbok widerstrebend heraus, »kurz bevor Graishak kam. Der mit dem geschrumpften Kopf, du weißt schon ...«

»Langweile mich nicht mit deinem Unsinn. Was hat das Elfenweib zu dir gesagt?«

»Dass wir einen Auftrag zu erfüllen haben. Und dass wir die Prinzessin befreien sollen.«

»Und deswegen willst du es tun?«

»Na ja, ohne das Mädchen kommen wir nicht an das Buch«, gab Balbok zu bedenken.

»Ich weiß«, knurrte Rammar. Er hasste es, wenn ihn sein Bruder belehrte.

»Also? Willst du mit in den Kerker kommen oder lieber hierbleiben, bis das Wasser steigt, und jämmerlich ertrinken?«

Rammar blieb auf dem Boden sitzen, die sich mehrfach faltenden Wangen auf die Fäuste gestützt.

»Ich überlege noch«, schmollte er.

17.
SAORSHA

Dag und Aryanwen hatten die Erschütterungen gespürt, die Gorta Ruun erfasst hatten, wussten sie allerdings nicht zu deuten. War es ein natürliches Vorkommnis gewesen? Oder hatte es tief im Inneren der Zwergenfestung einen Unfall gegeben und war tatsächlich eine Kaverne eingestürzt?

Es erfüllte Aryanwen mit Unruhe, in ihrer Zelle gefangen zu sein und nicht zu wissen, was dort draußen vor sich ging. Auf dem Boden kauernd, Dags müdes Haupt an ihre Schulter gebettet, blieb ihr nichts anderes als abzuwarten, während sie den gleichmäßigen Atemzügen ihres Geliebten lauschte, der infolge seiner Erschöpfung und seiner Schmerzen immer wieder einschlief.

Es war kein ruhiger Schlaf; Schweiß stand ihm auf der Stirn, und er warf unruhig den Kopf hin und her, wurde offenbar von Albträumen verfolgt. Aryanwen kannte den Grund dafür; obwohl sie einander erst vor wenigen Monden zum ersten Mal begegnet waren, hatte sie das Gefühl, ihn schon ihr Leben lang zu kennen. Sie wusste um seine Leidenschaft, um seine Liebe zum freien Himmel, den zu erobern er sich zum Ziel gesetzt hatte, allen Widrigkeiten zum Trotz – ebenso, wie sie um seine Furcht in Höhlen und engen Stollen wusste. Um so höher rechnete sie es ihm an, dass er sich auf den Weg gemacht hatte, sie zu befreien – und sich noch einmal an jenen finsteren Ort begeben hatte, an dem er schon einmal gewesen war, vor langer Zeit.

»Aryanwen«, hörte sie ihn leise flüstern.

»Ja, Geliebter?« Sie konnte sehen, dass er nicht wirklich

bei sich war. Sie befürchtete, dass sein unruhiger Schlaf Vorbote heftigen Fiebers sein könnte, und was dies an einem Ort wie diesem bedeutete, war Aryanwen nur zu klar.

Dag murmelte etwas, das sie nicht verstehen konnte. Statt einer Erwiderung küsste sie ihn sanft auf die Stirn.

Plötzlich eine Veränderung.

Schritte waren auf dem Gang zu hören, hektisches Getrampel, das sich rasch näherte, begleitet von einem heiseren, unheimlichen Schnaufen.

Was immer da draußen den Stollen herabkam – ein Zwerg war es nicht. Schon eher hörte es sich an wie ein Höhlentroll …

Aryanwen ahnte, dass ein Zusammenhang mit dem bestand, was sich in den Tiefen der Festung zugetragen haben mochte. Womöglich war bei dem Einsturz etwas befreit worden, das dort unten festgehalten worden war, ein grässliches Monstrum oder …

Sie zuckte zusammen, als etwas gegen die Zellentür krachte, schwer und laut.

»Aufmachen, sofort!«, verlangte jemand.

»Aber …«

Erneut ein Krachen.

Dann die Geräusche des Schlosses, das geöffnet, und des Riegels, der zurückgezogen wurde.

Aryanwens Nackenhaare sträubten sich, eisige Schauer rannen ihr über den Rücken. Was immer dort draußen war, es war offenbar gekommen, um sie zu holen …

Im nächsten Moment flog die Tür auf und krachte gegen die Zellenwand. Aryanwen schrie entsetzt auf, worauf auch Dag erwachte und in die Höhe fuhr.

Mit weit aufgerissenen Augen starrten die beiden auf die drei Gestalten, die vor dem Zelleneingang standen und vom Fackelschein unheimlich beleuchtet wurden.

Die vorderste von ihnen war ein Zwerg. Nur mit Mühe konnte Aryanwen in ihm einen der Kerkerknechte erkennen, denn seine Gesichtszüge waren blutig und seine Nase so platt wie ein Flusskiesel. Hinter ihm stand ein Ork, der die Rüstung der Söldner von Gorta Ruun trug, die ihm allerdings viel zu eng zu sein schien – seine Leibesmassen schienen das Kettenhemd zu sprengen, den Spangenpanzer trug er an den Seiten offen, weil die Lederschnüre nicht lang genug waren, um sie zu verknüpfen. Auch der Helm saß nicht wirklich auf seinem Kopf, sondern thronte nur obendrauf, sodass es aussah, als würden vier Augen auf Aryanwen starren – zwei Schweinsäuglein, die aus einem feisten grünen Gesicht auf sie blickten, und die beiden Sehschlitze des Helmes.

Der andere Ork war sehr viel schlanker als sein Kumpan, geradezu dürr und um einige Köpfe größer. Seine Rüstung saß ähnlich schlecht wie die des anderen, mit dem Unterschied, dass sie zu weit war und an ihm schlotterte. Der Helm bedeckte fast sein ganzes Gesicht, den Spangenpanzer hatte er erst gar nicht angelegt, er hätte ihn mit Sicherheit ohnehin verloren.

Mit einer Mischung aus Misstrauen und Verwunderung blickte Aryanwen von einem zum anderen – als der Zwerg wie ein Sack vornüber kippte und bäuchlings liegen blieb. Ganz offenbar hatte er die Aufgabe selbst übernommen, mehrmals gegen die Zellentür zu krachen.

»Was … was hat das zu bedeuten?«, stieß die Prinzessin hervor.

Die beiden Ork-Söldner tauschten einen Blick.

»Ich habe es dir gleich gesagt, *umbal*«, schnauzte der Feiste den Hageren an. »Diese Verkleidung ist einfach lächerlich!«

»B-Balbok«, stotterte Dag, der sich halb aufgerichtet hatte. Seinem lädierten Zustand nach zu urteilen hatten die Zwerge ihm ziemlich zugesetzt. »Rammar?«

Erneut warf Rammar seinem Bruder einen Blick zu. »Ist wirklich ein helles Köpfchchen«, stellte er fest. »Vom dem könnte selbst der weise Anartum noch was lernen.«

»I-Ihr seid Balbok und Rammar?«, fragte die Menschenfrau, die zusammen mit Dag in der Zelle kauerte, und schaute die beiden ungläubig an. Sie war schlank und wirkte zerbrechlich, was auch der Kerkerhaft geschuldet sein mochte. Ihre Haut war fleckig und ihr schwarzes Haar hing in verfilzten Strähnen von ihrem Kopf. Trotzdem war sie unverkennbar eine Schönheit, jedenfalls nach den ziemlich geschmacklosen Vorstellungen der Milchgesichter. Für Rammar war sie entschieden zu mager und zu wenig robust, und ihre Haut hatte die falsche Farbe.

»Korr«, bestätigte er mürrisch. »Wen habt ihr erwartet, Zorg und Morg, die fahrenden Trollmusikanten?«

Obschon Rammar inzwischen wieder ein wenig Übung darin hatte, das menschliche Mienenspiel zu deuten, war der Blick, mit dem sie ihn aus ihren grünen Augen musterte, für ihn undurchschaubar. Zweifel und Hoffnung, Freude und Ärger, von allem schien etwas dabei zu sein. Und Rammar ertappte sich dabei, dass sie ihn an eine gewisse Elfenkönigin erinnerte …

»Ihr seid es«, flüsterte sie und schickte sich an aufzustehen. »Die Helden der alten Zeit! Und ihr seid gekommen, um uns zu befreien!«

»Noch so ein Ausbund an Klugheit«, schnaubte Rammar. »Offenbar sind wir auf ein Nest gestoßen.«

»Ihr steht wirklich vor mir«, flüsterte die Menschenfrau, während sie sich vollends vom Boden erhob. Dann, plötzlich, verhärtete sich ihr Blick. »Aber was, bei allen Mächten Erdwelts, hat euch so lange aufgehalten?«

»Wie meinen?« Die Orks glaubten, nicht recht zu hören.

»Ist euch bewusst, was wir durchgemacht haben?«, fuhr sie fort. »Dag ist schwer verwundet und braucht dringend Hilfe!«

»Was du nicht sagst, Prinzessin«, konterte Rammar. »Und ist dir auch klar, was wir durchgemacht haben? Wir wären um ein Haar ersoffen, und dann mussten wir uns auch noch mit den Eigentümern dieser Rüstungen auseinandersetzen.« Er hieb mit der geballten Faust auf den Schienenpanzer, dass es nur so klirrte. »Ganz abgesehen von den Kerkerknechten, die wir nach dem Weg fragen musssten. Und jetzt beschwerst du dich?«

»Es hieß, ihr würdet kommen, und ich erwartete euch lieber früher als später«, erwiderte sie achselzuckend, während sie Dag auf die Beine half. »Die Zeit in diesem Loch verstreicht sehr, sehr langsam.«

»Du scheinst mir ja ein verwöhntes Früchtchen zu sein«, grunzte Rammar.

Die Menschenfrau enthielt sich einer Antwort und schlang sich Dags Arm um die Schultern, der kaum aufrecht stehen konnte und aussah wie ein Orkling, der in ein Blutbierfass gefallen war. »Wichtig ist, dass wir von hier verschwinden, denn wenn ihr die Kerkerwache erledigt habt, wird das nicht lange unbemerkt bleiben.«

»Korr«, pflichtete Rammar bei, »aber eines will ich gleich klarstellen – ich gebe hier die Befehle.«

Die Gestalt der jungen Frau straffte sich, und trotz ihres desolaten Äußeren brachte sie es fertig, nicht nur würdevoll, sondern sogar ein wenig überheblich auszusehen. »Mein Name ist Aryanwen Eleonora Yrena von Tirgaslan, Tochter König Tandelors von Tirgaslan und rechtmäßige Erbin des Reiches«, stellte sie fest. »In meinen Adern fließt das Blut Königin Alannahs, der letzten Elfin Erdwelts und Hohepriesterin Shakaras!«

»Korr, das wundert mich nicht«, stimmte Rammar trocken zu, »denn du redest genauso geschwollen daher wie sie. Und du Trottel«, wandte er sich an seinen Bruder, »hast darauf bestanden, dass wir sie befreien! Und dann haben wir auch noch diesen Weichling am Hals, der nicht mal allein laufen kann.«

»Na ja, ich …«

»Ich sollte dich auf der Stelle erschlagen. Aber das kann ich ja immer noch, wenn wir erst draußen sind.«

»Dazu müssen wir erst einmal hinausgelangen«, gab Aryanwen zurück. »In Kürze wird man mir meine Essensration bringen. Spätestens dann wird die Flucht entdeckt werden.«

»*Korr*«, wiederholte Rammar. »Dann sollten wir nicht weiter sinnloses Zeug reden, sondern verschwinden.«

»Schade«, meinte Balbok. »Ich wäre gerne noch zum Essen geblieben.«

»Du hältst die Schnauze, ich will nichts mehr hören! Und vielleicht kommen Euer Durchlauchtigkeit jetzt endlich aus der Zelle, damit wir abhauen können!«

»Das hatte ich bereits vorgeschlagen«, konterte Aryanwen kühl. »Und was ist nun euer Plan, Helden aus alter Zeit?«

»Wir sind Orks«, knurrte Rammar. »Wir machen keine Pläne, sondern schaffen Tatsachen.«

»Dann werde ich die Führung übernehmen.«

»Was wirst du?« Rammar holte tief Luft. »Habe ich nicht gerade gesagt, dass ich hier die Befehle …?«

»Tatsächlich«, fiel sie ihm ins Wort. »Ein äußerst hitziges Temperament. Genau wie mir gesagt wurde.«

»Gesagt? Von wem?« Rammar merkte, wie ihm der Kopf einmal mehr zu schwirren begann. Die Gegenwart von Menschen, noch dazu von Menschen, die in irgendeiner Verbindung zu der Elfin standen, bekam ihm nicht.

»Ich werde die Führung übernehmen«, gab Dag in diesem Augenblick stöhnend bekannt.

»Du?« Rammar bedachte ihn mit einem abschätzigen Blick. »Du siehst aus wie frisch gekotzter *bru-mill*! Du kannst ja nicht mal aufrecht stehen!«

»Aber ich kenne einen Weg hinaus. Ein verborgener Pfad, an den Wachen vorbei …«

»*Korr*, das ist gut«, anerkannte Balbok.

»Nein, das ist schlecht«, widersprach Rammar. »Der *umbal* redet ganz offensichtlich im Fieber und weiß nicht, was er sagt.«

»Ich weiß es«, widersprach Dag entschieden, um mit zusammengebissenen Zähnen hinzuzufügen. »Bin schon einmal hier gewesen … vor vielen Jahren.«

»Schau an«, brummte Rammar und rollte mit den kleinen Augen. »Die Überraschungen scheinen heute gar kein Ende nehmen zu wollen.« Er hob drohend den Armstumpf, ohne daran zu denken, dass der *saparak* daran fehlte. »Dabei hasse ich Überraschungen, versteht ihr? Ich hasse sie einfach! Ich hasse sie …!«

»Was … ist … geschehen?«

Jedes einzelne Wort betonend, strahlte Winmar von Ruun scheinbare Ruhe aus. Wer das aufbrausende Wesen des Königs jedoch kannte, der wusste, dass der bebende Bart und der erhöhte, leicht singende Tonfall eine eindringliche Warnung waren.

»Ich habe leider schlechte Nachrichten, mein König«, erstattete Vigor Bericht, der soeben erst in den Thronsaal zurückgekehrt war. In den tiefer gelegenen Regionen der Festung hatte er sich selbst ein Bild von den Ausmaßen des Zwischenfalls gemacht, dessen Ausläufer bis in die Halle der Könige zu spüren gewesen waren.

»Raus damit und besiegle dein Schicksal«, verlangte der Herrscher des Zwergenreichs und beugte sich vor. Das grausame Lächeln, das um seine dunklen Züge spielte, ließ erahnen, dass er jedem anderen die Schuld an dem Zwischenfall geben würde, nur nicht sich selbst.

»Ein Unfall«, rückte Vigor heraus. Auf dem ganzen Weg zurück zum Thronsaal hatte er sich überlegt, wie er seinem Herrn die Wahrheit am schonendsten beibringen konnte, und er war zu dem Schluss gekommen, dass es am besten war, sie ihm in kleinen Portionen vorzusetzen. »Offenbar ist es bei den Versuchen mit der neuen Waffe zu gewissen … Unregelmäßigkeiten gekommen.«

»Unregelmäßigkeiten?«

»Im Zuge der von Euch angeordneten Versuche hat sich eine Explosion ereignet, bei der achtzehn Eurer Untergebenen den Tod gefunden haben.«

»Sehr bedauerlich«, nickte Winmar. »Ist das alles, womit du mich langweilen willst?«

»Das Ausmaß des Unglücks ist noch nicht in vollem Umfang überschaubar«, gab Vigor ausweichend zur Antwort. »Gut möglich, dass es noch mehr Opfer gegeben hat, die …«

»Mich interessieren keine Opfer, Oberst«, stellte Winmar klar. »Was ist mit der Substanz?«

»Die Substanz ist, so fürchte ich, verloren, mein König«, erwiderte Vigor, leiser und mit ehrerbietig gesenktem Haupt. »In Eurer Weisheit geruhtet Ihr, sie in den untersten Kavernen der Festung zu lagern, was allerdings zur Folge hatte, das alles zerstört wurde. Zudem war die Wucht der Explosion so stark, dass sie die Höhlenwand zum Einsturz brachte. Die Dämme des Schwarzwassers sind daraufhin geborsten, worauf nicht nur die Kavernen, sondern auch alle angrenzenden Stollen überflutet wurden. Diejenigen eurer Alchemisten, die das Glück hatten, der Explosion zu entgehen, sind ertrunken.«

»Und – die Formel?«

»Die Formel ist erhalten, mein König, sie liegt sicher verwahrt in der Schatzkammer.«

Winmar lehnte sich auf dem Thron zurück und strich sich über seinen pechschwarzen Bart. »Dann ist nichts verloren, was nicht ersetzt werden könnte.«

»Ihr … wollt also weiter auf diese Substanz setzen? Auch wenn sie sich kaum beherrschen lässt?«

Einen Moment lang fürchtete Vigor, mit der Frage zu weit gegangen zu sein, aber Winmar blickte nur lächelnd in die Ferne. »Haben sich die Drachen einst beherrschen lassen, als sie über *durumins* Angesicht wanderten? Wussten die Könige der Vorzeit, worauf sie sich einließen, als sie den Waffengang gegen Orks und Menschen wagten? Die Geschichte, mein Freund, ist voller Unwägbarkeiten. Wer sie fortschreiben will, der darf sich nicht scheuen, sich auf diese Unwägbarkeiten einzulassen.«

»Gewiss, mein König. Aber in Anbetracht der jüngsten Opfer …«

»Genug jetzt, Oberst. Soweit ich sehen kann, bist du weder von der Explosion zerfetzt noch von der anschließenden Springflut ertränkt worden.«

»Glücklicherweise nicht, Majestät.«

»Glücklicherweise.« Winmar nickte, sein Grinsen wirkte bedrohlich. »Mein Freund, eine der Eigenschaften, die ich stets an dir geschätzt habe, ist, dass du stets wusstest, wo sich dein Platz befindet. Allerdings hat es den Anschein, als sei dir dieses Wissen in jüngster Zeit abhanden gekommen.«

»Keineswegs, mein König«, versicherte Vigor und verbeugte sich abermals. »Doch ich betrachte es als meine Pflicht, Euch vor möglichen Gefahren zu warnen. Schließlich braucht unser Volk Euch. Und jene Kraft …«

»… ist dir ein Dorn im Auge, weil du ihre Herkunft nicht kennst«, brachte Winmar den Satz zu Ende, »so wie dir alles verdächtig ist, was nicht aus deinen Quellen stammt.«

»Mein Misstrauen hat einen Grund und ein Ziel, mein König – Eure Sicherheit und die des Reiches.«

»Das will ich hoffen. Wäre es nicht so, würde längst ein anderer zu mir sprechen, und du wärst nur ein Funken im Feuer der Geschichte, eine lästige Erinnerung.«

Vigor starrte Winmar nur an.

»In diesem Fall jedoch schlage ich deine Warnungen in den Wind, mein Freund. Denn selbst wenn diese Kraft zerstörerisch ist und nur schwer zu beherrschen – sollten sich unsere Pläne nicht erfüllen und wir uns den Menschen zur entscheidenden Schlacht stellen müssen, möchte ich sie in jedem Fall im Rücken wissen.«

»Ich verstehe, mein König.«

»Neue Alchemisten sind überall zu finden«, meinte Winmar und machte eine unbestimmte Handbewegung. »Erfindungen wie diese jedoch werden nur ein Mal in jedem Zeitalter gemacht. Diese Waffe«, fügte er hinzu, wobei sich seine Stimme zu einem verschwörerischen Flüstern senkte, »ist dazu angetan, die Welt zu verändern und ihr ein neues Gesicht zu geben.«

»Natürlich, mein König«, erwiderte Vigor – und einmal mehr beschlich ihn die hässliche Ahnung, dass der mächtige Winmar von Ruun nicht mehr Herr seiner selbst war, wenn er so sprach. Fast schien es dann, als habe eine andere Macht über ihn Kontrolle erlangt. Eine Macht aus den Abgründen des Verstandes …

Winmars oberster Spion verspürte das dringende Bedürfnis, die Halle zu verlassen. Er suchte nach einer glaubwürdigen Ausflucht, die er seinem König präsentieren konnte – als einer der Türflügel des Thronsaals aufgerissen wurde und ein Wachsoldat erschien.

»Mein König!«, rief er so laut, dass es von der unsichtbaren Decke und den sieben Säulen widerhallte.

»Was gibt es?«, verlangte Vigor anstelle seines Herrn zu wissen. »Was fällt dir ein, ungefragt hier einzu…«

»Neuigkeiten aus dem Kerker!«, rief der Mann, der noch am Eingang auf die Knie gesunken war und sich zu Boden geworfen hatte. Vigor ahnte, dass dies nichts Gutes zu bedeuten hatte, und wünschte, der Wächter wäre zuerst zu ihm gekommen …

»Rede«, verlangte nun auch Winmar zu wissen. Das Lächeln war aus den Zügen des Potentaten verschwunden, in seinen Saphiraugen lag ein kalter Glanz.

»Die Prinzessin«, stieß der Wächter hervor, wobei er nicht wagte, seinen König anzuschauen, sondern auf den steinernen Boden starrte. »Sie ist aus ihrer Zelle verschwunden, zusammen mit dem Menschen!«

Winmar erhob sich langsam, sein Griff galt der reich verzierten Axt, die am Thron lehnte.

Und Vigor war klar, dass diese letzte Nachricht eine Portion Wahrheit zu viel gewesen war.

18.

DEOK DROASH

In einer von sichelförmigen Höhenzügen geschützten Senke westlich der Möwenbucht hatte das Heer von Tirgaslan sein Lager aufgeschlagen – eine unüberschaubare Ansammlung von Zelten und Unterständen, über denen das blaue Königsbanner wehte.

Knapp fünftausend Mann hatte König Tandelor unter seinen Farben versammelt. Nur ein geringer Teil davon stammte aus der Grenzregion; der Warnungen des Kronrats eingedenk hatte der König nur wenige Streitkräfte von der Grenze abgezogen, um den Norden und Westen des Reiches nicht ungeschützt zu lassen. In der Hauptsache rekrutierte sich das Heer aus den Angehörigen der Königswache und der Garnison von Tirgaslan sowie aus Ork-Söldnern, die in aller Eile verpflichtet worden waren.

Was die Soldaten betraf, so hatten die wenigsten von ihnen je ein Schlachtfeld aus der Nähe gesehen. Es waren Gardisten, deren Aufgabe es vor allem gewesen war, durch ihre bloße Präsenz abzuschrecken und einzuschüchtern – was sie tatsächlich wert waren, wenn es zu einer Auseinandersetzung kam, würde sich erst zeigen. Die Orks hingegen konnte man zwar kampferprobt nennen, allerdings waren viele von ihnen noch vor Kurzem herrenlos und plündernd durch die Lande gezogen. Statt sie für ihre Vergehen zu bestrafen, hatte Tandelor ihnen Straferlass und reiche Belohnung versprochen, wenn sie ihm folgten. Der König war wahrlich nicht stolz auf dieses Vorgehen, aber die Not hatte ihm keine andere Wahl gelassen.

Er hatte seine Ausrufer losgeschickt, hatte überall in der Stadt verkünden lassen, welche Schmach Osbert von Ansun ihm selbst, dem Königshaus und ganz Tirgaslan angetan hatte. Doch in den Rekrutierungsstellen, die überall in der Stadt eingerichtet worden waren, hatten sich kaum Freiwillige eingefunden. Daraufhin hatte der König einige mit Gewalt aus ihren Häusern treiben und zum Kriegsdienst zwangsverpflichten lassen – doch was war im Kampf von Männern zu erwarten, denen der Blick für das Morgen verloren gegangen, denen ihre Existenz gleichgültig geworden war und die ihr Heil im Wein und im Lotus suchten?

Tandelor hatte dennoch zum Krieg gerüstet, schon weil er nicht anders konnte. Sein eigen Fleisch und Blut war entführt worden, das konnte er nicht dulden. Wenn er Osbert gewähren ließ, kam dies einer Aufforderung an alle anderen Fürsten gleich, sich gegen das Reich zu stellen und ihre Unabhängigkeit auszurufen. Noch hielten die Clansherren des Ostens still, aber Tandelor war klar, dass es nur eines einzigen Funkens bedurfte, um auch Städte wie Suquat und Urquat gegen das Reich aufzubringen. Und das würde unwiderruflich der Anfang vom Ende sein.

Oder redete er sich das nur ein? War es in Wirklichkeit nur der Vater in ihm, der diesen Krieg wollte, weil sein einziges Kind in Gefahr war?

Je mehr Tage vergingen und je weiter sich das Heer dem Grenzfluss näherte, desto mehr zweifelte Tandelor an seinen Motiven. Anfangs schien alles ganz klar gewesen zu sein. Doch je näher das Blutvergießen rückte und das grausame Schlachten, das es zweifellos geben würde, desto mehr überkamen ihn Zweifel, ob er das Richtige tat …

In seinem Zelt sitzend, das die Mitte des Lagers einnahm und von den Unterkünften der Königswache umgeben war, brütete Tandelor über Fragen wie diesen. Einen Becher Wein in der Hand und auf das Königsschwert gestützt, das in diesen Tagen unendlich schwer zu wiegen schien, saß der König auf dem hölzernen Schemel, der hier draußen den

Thron ersetzen musste, blickte stumpf vor sich hin – und fühlte sich so allein wie selten zuvor in seinem Leben. Nur einmal hatte er diese tiefe, bestürzende Einsamkeit gefühlt – in jener Nacht, da Aryanwen geboren wurde und Dwynwen, seine geliebte Frau und Königin, ihr Leben gegeben hatte.

In all den Tagen, die auf jene Nacht gefolgt waren, hatte Tandelor alles daran gesetzt, ein guter Herrscher zu sein. Er hatte die Schlachten geschlagen, die geschlagen werden mussten, und versucht, die Grenzen des Reiches zu wahren, wie er es feierlich geschworen hatte. Und er hatte versucht, seiner Tochter ein guter und liebevoller Vater zu sein, auch wenn sich schon früh abgezeichnet hatte, dass sie seiner Führung kaum bedurfte.

Von Kindesbeinen an hatte Aryanwen ihre eigene Art gehabt, den Dingen zu begegnen und sich mit ihnen auseinanderzusetzen, und er hatte sich oft gefragt, woran das lag. Auch ihre Mutter hatte hin und wieder einen Hang zum Eigensinn bewiesen, doch bei Aryanwen war dieser noch sehr viel ausgeprägter. Sie scheute sich nicht, ihrem Vater zu widersprechen, und hatte nie einen Hehl daraus gemacht, dass sie diesen Krieg für ein sinnloses Unterfangen hielt. Dass er ihr nun zum Verhängnis geworden war, war eine so bittere Ironie, dass Tandelor es kaum ertragen konnte. Er bereute, nicht auf sie gehört und die Annäherung mit Ansun gesucht zu haben. Vielleicht, sagte er sich, hätte dann vieles verhindert werden können. Jetzt konnte nur noch das Schwert entscheiden.

Tandelor setzte den Becher an, nur um enttäuscht festzustellen, dass er schon wieder leer war. Die Menge Wein, die er brauchte, um zumindest für kurze Zeit aus dem Labyrinth seiner Gedanken und Selbstvorwürfe zu gelangen und ein wenig Ruhe zu finden, wurde von Tag zu Tag größer. Gerade wollte er den Diener rufen, als dieser von sich aus das Zelt betrat.

»Mein König.«

»Was gibt es?«

»Die Grafen Savaric, Ruvon und Lavan wünschen Euch zu sprechen.«

»Tatsächlich?« Tandelor wischte sich über das Gesicht, das sich schwammig und verschwollen anfühlte. Er hatte nicht mehr mit Besuch gerechnet an diesem Abend, und er verspürte kein Verlangen danach, die drei Streithähne zu treffen, die sich sicher wieder wegen irgendeiner Kleinigkeit in die Haare geraten waren. Dennoch besann er sich seiner Pflicht. »Sollen hereinkommen«, wies er den Diener an und straffte seine Gestalt, indem er sich auf das Schwert stützte. Doch auch die ehrwürdige Königsklinge konnte nicht verhindern, dass seine Knochen von der Kälte und der klammen Feuchte schmerzten, die nachts in die Zelte kroch.

Als der Diener zurückkehrte, hielt er den Vorhang des Eingangs für die drei Landgrafen auf, die alle drei ihre Rüstungen trugen, was an sich schon ein bemerkenswerter Anblick war.

Während Savaric in seinem schwarzen Rock mit dem Sturmfalken auf der Brust noch einen einigermaßen würdevollen Anblick bot, war Lavan deutlich anzusehen, dass er die Rüstung zuletzt in seinen Jugendtagen getragen hatte, und auch damals wohl nur, um die Hofdamen zu beeindrucken. Das Kettenhemd spannte über seinem Wanst, ebenso wie der grüne Waffenrock, auf dem sich ein doppelköpfiger grüner Drache nach Kräften abzumühen schien, um nicht in der Mitte auseinandergerissen zu werden. Ruvon hingegen trug die leichte Lederrüstung des Südens und das Amulett mit dem Pferdekopf, dazu den charakteristischen fellumrandeten Helm, den er erst abnahm, nachdem er das Zelt betreten hatte. Die Schwerter hatte man den Lehnsherren abgenommen, das Breitschwert des Nordens ebenso wie die gekrümmte Klinge des Südens. Doch Tandelor bezweifelte, dass die drei gefährlicher ausgesehen hätten, hätte man ihnen ihre Waffen gelassen …

Er begrüßte sie mit einem Nicken. »Was verschafft mir die Ehre? Noch dazu zu so später Stunde!«

»Wir bitten, uns die Störung nachzusehen, Majestät«, erwiderte Savaric beflissen, »jedoch gibt es etwas, das wir Euch mitteilen wollten in der Hoffnung, dass ihr dann besser ruht.«

»Wer sagt, dass ich nicht gut ruhe?«

»Mit Verlaub, mein König«, erwiderte Lavan, »das ist kein Geheimnis. Das ganze Lager spricht davon. Die Schreie, die Ihr nachts von Euch gebt, sind weithin zu hören. Und es gibt nicht wenige, die dies als schlechtes Omen deuten.«

»Aberglaube«, knurrte Tandelor. Einmal mehr wollte er den Becher ansetzen, nur um erneut daran erinnert zu werden, dass er bereits leer war. »Aberglaube, nichts weiter.«

»Gewiss, mein König«, stimmte Savaric zu, die hageren Züge eine undurchschaubare Maske. »Das alles liegt natürlich an den Sorgen, die Euch quälen, an der Furcht um das Wohlergehen Eurer Tochter …«

»Und? Wollt Ihr mir das zum Vorwurf machen?«

»Nichts dergleichen, Majestät. Deshalb sind wir zu dieser späten Stunde in Euer Zelt gekommen.«

»Um was zu tun? Mir von einem neuen Streit zu berichten, der Euch entzweit?« Tandelor gab sich keine Mühe, seinen Ärger zu verbergen. Die Müdigkeit und der Alkohol sorgten dafür, dass er seiner Zunge weniger Zurückhaltung auferlegte als sonst.

»Mitnichten, mein König«, widersprach Savaric, »sondern um Euch zu berichten, dass die hohen Herren Ruvan, Lavan und ich ein Abkommen geschlossen haben.«

»Ein Abkommen?«

»Es ist kein Geheimnis, dass wir im Rat oft verschiedener Ansicht sind und nicht selten erbitterte Gegner. Wenn es jedoch um das Wohl des Reiches geht, müssen unsere kleinlichen Fehden zurückstehen. Wir haben uns deshalb entschlossen, einen Burgfrieden zu schließen, um Euch in diesen Tagen unsere uneingeschränkte Unterstützung zu gewähren.«

»Ist … das wahr?« Tandelor konnte seine Überraschung

nicht verbergen. Wenn ausgerechnet diese drei sich einigten, war das ungefähr so, als hätten ein Löwe, ein Elefant und eine Schlange zueinandergefunden – wobei sich der König nicht sicher war, welchem der Anwesenden welches Tier zuzurechnen war …

»In der Tat, mein König«, bekräftigte Ruvon. »Wir bedauern, Eure und unsere Kraft durch eitles Geplänkel geschwächt zu haben und werden nun alles daransetzen, Tirgaslans Feinde gemeinsam zu bezwingen.«

»Und – was verlangt Ihr dafür?« Tandelors Augen hatten sich zu Schlitzen verengt. Selbst in seinem vom Wein benebelten Zustand wollte ihm nicht einleuchten, weshalb drei Männer, die sich bislang nach allen Regeln der Kunst bekämpft und sich ihre Stellung bei Hof gegenseitig geneidet hatten, plötzlich Frieden schließen sollten.

»Ihr beschämt uns, mein König«, sagte Savaric. »Sollten wir durch unser bisheriges Verhalten den Eindruck erweckt haben, nur auf unseren Vorteil bedacht zu sein, so bedauern wir dies zutiefst. Auch wir sind treue Untertanen des Reiches und wissen, dass es in diesen Tagen um alles geht. Gelingt es uns nicht, die Einheit des Reiches wiederherzustellen, wird das womöglich unser aller Ende bedeuten, und daran kann keinem von uns gelegen sein.«

»So ist es«, stimmte Lavan zu. »Wir sind deshalb hier, um unseren Treueschwur zu erneuern, mein König, und Euch unserer uneingeschränkten Unterstützung zu versichern.«

»Wir mögen verlernt haben, wie man eine Rüstung trägt und wie ein Schwert zu führen ist«, fügte Ruvon hinzu, »aber wir werden es wieder lernen. Für Euch, mein König. Für Eure Tochter, die dereinst auf dem Thron von Tirgaslan sitzen wird. Und für das Reich!«

Tandelor wusste nicht, was er erwidern sollte.

Die Einsamkeit, die er verspürt hatte und die sich wie zäher Nebel in seinem Herzen gehalten hatte, war dabei, sich aufzulösen, und er fühlte in seinem Inneren eine Wärme, die er lange nicht empfunden hatte.

»Lehnsherren«, erwiderte er leise, »der Stuhl, auf dem ich sitze, ist ein einsamer Posten, ganz gleich, ob er hier steht oder im Thronsaal von Tirgaslan. Zu ertragen ist dies nur in der Gesellschaft von Getreuen, denen ich vertrauen kann ...«

»Gewiss, mein König«, versicherte Lavan. »Daher seid versichert, dass Ihr die Treusten Eurer Getreuen vor Euch habt. Wir mögen in der Vergangenheit nicht immer gefügige Untertanen gewesen sein, doch haben wir stets zum Wohl des Reiches gehandelt. Und das tun wir auch heute.«

Tandelor sah von einem zum anderen und musste unwillkürlich dabei lächeln.

Das erste Lächeln seit Langem.

»Diener!«, rief er laut und klatschte in die Hände. »Bringt Wein für mich und die Lords!«

Der Diener verließ das Zelt und kehrte unmittelbar darauf mit einem Tablett zurück, auf dem eine Karaffe und drei mit Wein gefüllte Becher standen. Nachdem er dem König aus der Karaffe nachgeschenkt hatte, verteilte er die Becher an die drei Grafen.

»Auf den König!«, rief Savaric und hob seinen Becher.

»Auf das Reich!«, fügte Lavan hinzu.

»Auf den Sieg!«, schloss Ruvon sich an.

»Auf Euch!«, erwiderte Tandelor. »Und auf Aryanwens Befreiung.«

Damit tranken sie und besiegelten das neue Bündnis.

Von neuer Hoffnung beseelt bekam Tandelor nicht mit, wie sich seine Lehnsherren über ihre Becher Blicke zuwarfen – und er übersah das Unheil, das sich über ihm und seinem Reich zusammenbraute.

19.

SOCHGASH·BHULL'HAI

Dag hatte nicht zu viel versprochen.

Der Tunnel, durch den er sie führte, war eng und dunkel und von Ungeziefer bevölkert – aber er wies auch den Weg aus der Zwergenfestung. Und als die Gefährten nach endlosen Stunden, in denen sie sich durch die dunkle Röhre geschleppt hatten, endlich wieder Tageslicht erblickten und frei atmeten, fühlten sich nicht nur Aryanwen und Dag wie neugeboren. Auch die Orks, die gerne behaupteten, nichts so sehr zu genießen wie ein dunkles, modriges Loch, waren ziemlich erleichtert – was Rammar seine Begleiter sogleich spüren ließ.

»Das wurde ja auch allmählich Zeit, du Fährtenkenner«, fuhr er Dag an, der in völliger Erschöpfung am Fuß des Felsens niedergesunken war. »Was hast du dir eigentlich dabei gedacht, uns durch diese enge Röhre zu zwingen? Ich wäre mehrmals um ein Haar darin stecken geblieben!«

»Das ist wohl kam Dags Schuld, sondern die deines Umfangs«, entgegnete Aryanwen, die sich besorgt um ihren Geliebten kümmerte.

»Was willst du damit sagen?«

»Dass du für einen Helden der alten Zeit ziemlich viel Fett angesetzt hast«, tadelte die Prinzessin. »Du solltest damit aufhören, ständig anderen die Schuld zu geben, sondern bei dir selbst nach den Gründen suchen. So hatte man mir euch beschrieben – mutig und tapfer, aber auch voller Uneinsichtigkeit über die eigenen Schwächen.«

»Schwächen?« Balbok blickte seinen Bruder ratlos an.

»Weiß nicht, was das Weib meint.«

»Genau davon spreche ich. Ihr beide seid undiszipliniert, unvernünftig und unverschämt!«

»Was hast du erwartet, Prinzessin?«, grunzte Rammar. »Wir sind Orks!«

»Ganz offensichtlich«, seufzte sie. »Daher ist wohl auch kein Dank dafür zu erwarten, dass Dag Euch aus der Festung der Zwerge herausgeführt hat, oder?«

»Dank?« Rammar lachte heiser auf. »Mädchen, unsere Sprache kennt nicht mal ein Wort dafür. Und außerdem, wofür sollte ich mich bedanken? Schließlich wären mein Bruder und ich ohne dich und das Halbhirn erst gar nicht in diese beshnorshte Lage geraten. Ganz abgesehen davon, würdest du immer noch in deiner Zelle sitzen und Schaben fressen, Prinzessin, wenn wir beide nicht gewesen wären.«

»Das bestreite ich nicht, aber …«

»Hört auf zu streiten«, stieß Dag hervor. »Müssen verschwinden … Wenn die Zwerge merken, dass geflüchtet … überall von Wachen wimmeln.«

Dem konnte und wollte niemand widersprechen.

Der Ausgang des Tunnels, der wohl der Versorgung der Zwergenfestung mit Frischluft diente, befand sich in einer von Felsen und Buschwerk übersäten Schlucht, über der sich ein grauer Himmel spannte. Dem Stand der Sonne nach, die sich vergeblich gegen die dichten Wolken mühte, war es später Nachmittag. Nicht mehr lange, und die Dunkelheit würde hereinbrechen und sie vor neugierigen Blicken verbergen – bis dahin jedoch mussten die Flüchtlinge auf der Hut sein.

Dag wollte sich aufrichten, um erneut die Führung zu übernehmen, doch nun verlangte die Anstrengung Tribut. Auf Aryanwen gestützt tat er ein, zwei Schritte, dann brach er stöhnend zusammen.

»So geht es nicht«, entschied die Prinzessin und wandte sich an die Orks. »Ihr Helden der alten Zeit werdet ihn tragen müssen.«

»Sonst noch was?« Rammar schüttelte ungläubig den Schädel. »Und hör endlich auf, uns so zu nennen!«

»Dag ist der Einzige, der den Weg kennt«, beharrte Aryanwen. »Wenn ihr ihn lieber hier lassen und euer Glück auf eigene Faust versuchen wollt, bitte sehr. Aber ich fürchte …«

»Schon gut«, knurrte Rammar. »Los, Langer – schnapp dir das Bürschchen, dann hauen wir ab.«

»Wieso immer ich?«, wollte Balbok wissen.

»Weil ich es sage, Blödhirn, deshalb. Ich werde dafür die Nachhut übernehmen und dir den Rücken freihalten.«

»Gut«, sagte Aryanwen lächelnd, »da fühle ich mich gleich viel sicherer.«

Sie wartete, bis sich Balbok Dags halb leblose Gestalt auf die Arme geladen hatte. Dann übernahm sie die Führung und ging dem hageren Ork voraus zum Ausgang der Schlucht. Rammar folgte ihnen auf dem Fuß, die wulstigen Lippen zusammengekniffen und äußerlich ruhig – in seinem Kopf jedoch spielten sich die wildesten Blutphantasien ab.

»Eins ist dir hoffentlich auch klar, *umbal*«, raunte er Balbok leise zu. »Wenn wir das Buch erst haben, machen wir nicht nur den Menschen kalt, sondern das Weibsstück gleich noch mit.«

Nicht nur die späte Tageszeit kam ihnen zu Hilfe, sondern auch die Landschaft, die zerklüftet war und von Bäumen und Buschwerk übersät, sodass sie gute Deckung bot.

Wie sich herausstellte, hatten sie die Zwergenfestung in südöstlicher Richtung verlassen, was bedeutete, dass sie der Grenze von Ansun näher waren als jener von Tirgaslan. Rammar kümmerte es nicht, wo sie das Zwergenreich verließen – er wollte nur möglichst rasch irgendeine Grenze zwischen sich und den Hutzelbärten wissen, die, wie er schon leidvoll erfahren hatte, zu ausgeprägter Rachsucht neigten. Sollten die Orks auf ihrer Flucht eingeholt und erneut gefangen werden, würden sich die Zwerge nicht mehr damit begnügen, sie zu Zwangsarbeit zu verurteilen – im Geiste sah Rammar schon seinen und Balboks Kopf in irgendeiner Kiste gammeln.

Die Sorge vor den Nachstellungen der Zwerge führte dazu, dass der dicke Ork keinen Schmerz in den Beinen spürte, obschon sie bereits seit Stunden marschierten; und sie steigerte seine Wachsamkeit. Unablässig blickte er sich um, während er hinter seinen Gefährten durch das Dickicht des sich immer weiter verdichtenden Bergwaldes schlich. Immer wieder stieß er sich an vorstehenden Ästen oder blieb daran hängen, aber um sich nicht zu verraten, verzichtete er zur Ausnahme auf ein lautstarkes Lamento. Und das war gut so, denn als die Gefährten den Wald verließen, stießen sie im kargen Gebirgsgras auf Spuren.

»Hochinteressant«, zischte Aryanwen, die sich gebückt hatte, um die Fährte zu untersuchen.

»Was ist das?«, wollte Rammar wissen.

»Sieht aus, als ob irgendwas durchs Gras geschleppt worden wäre«, vermutete Balbok, der den halb besinnungslosen Dag noch immer auf den Armen trug. »Vielleicht sollte ich den Menschen ja auch einfach an den Haaren packen und hinter mir her ...«

»Untersteh dich!«, wies die Prinzessin ihn scharf zurecht. »Wenn du Dag nicht mehr tragen kannst, wird eben Rammar für dich übernehmen.«

»Er kann noch lange«, war Rammar überzeugt. »Sag mir lieber, was das für Spuren sind.«

»Ist das nicht offensichtlich?« Sie fuhr mit der flachen Hand über das niedergedrückte Gras. »Hier ist etwas durchgekommen, das ziemlich groß war und sehr schwer.«

»Einer von diesen Todeskesseln.« Rammar verzog das Gesicht.

»Anzunehmen. Und es kann noch nicht lange her sein, sonst hätte sich das Gras bereits wieder aufgerichtet.«

»Dann sollten wir rasch sehen, dass wir in den Wald zurückkommen«, meinte der Ork, während er sich unruhig umblickte. »Dorthin kann uns der Todeskessel nicht folgen.«

»Von wegen.« Aryanwen schnitt eine Grimasse. »Ich habe Kaldronen gesehen, die ganze Haine niedergerissen haben. Bäume sind für ihre Äxte kein Hindernis.«

»Außerdem … nicht unsere Richtung«, ließ sich Dag vernehmen.

»Ach ja?« Rammar schnaubte. »Und was, Mensch, ist dann unsere Richtung, wenn es erlaubt ist zu fragen?«

»Jenseits dieser Hügelkette … der Eisfluss. Am Ufer entlang nach Osten …«

»Das kann nur ein ausgemachtes Faulhirn vorschlagen, das noch nie gekämpft hat«, blaffte Rammar. »Dort sind wir völlig schutzlos!«

»Einziger Weg … nach Ansun.«

»Außerdem können wir nicht länger bleiben«, fügte Aryanwen hinzu. »Die Zwerge haben unsere Flucht längst bemerkt und sind uns auf den Fersen.«

»Danke, dass du uns daran erinnerst«, nörgelte Rammar. »Warum nur bin ich nicht auf meiner Insel geblieben?«

»Unserer Insel«, verbesserte Balbok.

»Ja doch.«

»Es ist ein bisschen spät, um sich darüber Gedanken zu machen«, sagte die Prinzessin mit einem Lächeln, für das Rammar sie am liebsten erwürgt hätte.

»Pssst«, machte Balbok plötzlich. »Hört ihr das auch?«

Sie lauschten, und einen Augenblick lang war nichts zu vernehmen außer dem Wind, der über die Hügel strich.

Dann ein fernes Quietschen.

Und Schnauben.

Und Rasseln.

»Der Kaldrone«, sagte Aryanwen leise. »Er ist noch in der Nähe.«

»*Shnorsh*«, brummte Rammar.

»Los, kommt mit!«

Aryanwen huschte davon, durch die vor ihnen liegende

Senke und den sich anschließenden Hügel hinauf. Rammar und Balbok tauschten einen Blick. Balbok zuckte mit den Achseln, Rammar verdrehte die Augen und ließ die Zunge dabei seitlich aus dem Maul hängen, um seinem an *saobh* grenzenden Missmut Ausdruck zu verleihen. Dann jedoch folgten sie der Prinzessin, die sich als sehr viel resoluter erwies, als sie es erwartet hatten – und auch das kam Rammar irgendwie bekannt vor.

Im Laufschritt huschten sie durch das Gras und folgten Aryanwen auf die Anhöhe. Je weiter sie hinaufgelangten, desto mehr duckten sie sich. Schließlich krochen sie auf allen vieren, auch Dag, der darauf bestand, dass Balbok ihn absetzte. Auf der Hügelkuppe schlossen sie zu der Prinzessin auf, die dort bäuchlings im Gras lag und die unheimliche Szenerie beobachtete, die sich vor ihnen ausbreitete.

Tatsächlich wurde das von Hügeln gesäumte Tal, das sich am Fuß des Hangs erstreckte, von einem Gewässer durchlaufen, das jedoch nicht wild war und reißend, wie Rammar es erwartet hatte, sondern träge und stehend – ein See, in dessen spiegelglatter Oberfläche sich das Licht der untergehenden Sonne reflektierte, sodass es aussah, als wäre er mit Blut gefüllt.

»Was, bei Kuruls Flamme, ist aus dem Eisfluss geworden?«, fragte Rammar.

»Die Zwerge haben einen Damm gebaut … den Fluss aufgestaut«, erklärte Dag. »Brauchen Wasser für ihren Stahl.«

Rammar runzelte die Stirn. Ihm leuchtete nicht recht ein, wieso jemand einen Fluss aufstauen sollte, aber er fragte nicht weiter – schon deshalb nicht, weil etwas anderes seine Aufmerksamkeit voll und ganz in Anspruch nahm.

Todeskessel.

Und nicht nur einer.

Von ihrem Posten auf der Hügelkuppe aus konnten die Gefährten sehen, wie drei der kugelförmigen, bedrohlich aussehenden Gebilde am Seeufer entlangpatrouillierten. Jeweils oberhalb des Visiers, hinter dem die Lenker saßen, waren Laternen angebracht, die ihr Licht allerdings nicht nach allen Seiten streuten, sondern es zu einem leuchtenden Kegel konzentrierten, der wie ein Messer durch die Nacht schnitt und helle Löcher in die Dunkelheit bohrte.

»Verdammt«, fluchte Aryanwen, einer Prinzessin wenig angemessen. »Suchfeuer.«

»Müssen warten, bis es ganz dunkel ist«, flüsterte Dag. »Dann hinab zum Ufer.«

»Bist du verrückt?«, fragte Rammar, auf die einäugigen Kampfmaschinen deutend. »Und wenn sie uns entdecken? Ich habe keine Lust, noch mal gegen eins dieser Dinger zu kämpfen. Zumal ich unbewaffnet bin!« Er reckte den seines Werkzeugs beraubten Stumpf hoch.

»Was willst du tun, Held aus alter Zeit? Hierbleiben?«, fragte Aryanwen spitz – und Rammar schwor sich einmal mehr, dass er ihr den Hals umdrehen würde, wenn dies hier vorüber und er erst im Besitz des Buches wäre. Vielleicht auch schon vorher, wenn sie keine Ruhe gab.

Sie warteten ab, bis die Nacht sich ganz herabgesenkt hatte und das Rot des Sees tiefstem Schwarz gewichen war. Dann, als die Kaldronen ein gutes Stück entfernt waren und ihre Suchfeuer in die andere Richtung zeigten, erhob sich Aryanwen und huschte in gebückter Haltung den Hang hinab, auf das Flussufer zu. Balbok, der sich Dag auf die Schultern lud, vergewisserte sich mit einem Blick in Richtung der Kaldronen, dass sie nach wie vor anderweitig beschäftigt waren – dann lief auch er los. Zurück blieb Rammar, überzeugt, dass alle außer ihm den Verstand verloren haben mussten.

Der dicke Ork zögerte.

Sollte er ihnen folgen?

Oder lieber auf eigene Faust sein Glück versuchen?

Aber was, wenn er in einen Hinterhalt geriet und erneut gefangen wurde? Was dann?

Ein wenig sehnsüchtig blickte er den anderen hinterher, die bereits die Hälfte des Weges zurückgelegt hatten, von den Kaldronen noch völlig unbemerkt.

Vielleicht, wenn er gleich loslief …

»*Shnorsh*«, schnaubte Rammar.

Dann raffte er seine Leibesmassen auf die kurzen Beine und begann zu rennen, den Hang hinab, als sei Gulz der Schlächter hinter ihm her. Gehetzt blickte er zu den Kaldronen hinüber, die nur zwei Steinwürfe entfernt waren. Sicher würde sich jeden Augenblick einer von ihnen umwenden, und dann …

In diesem Augenblick blieb Rammar an einem Wurzelstock hängen. Der feiste Ork warf die Arme in die Luft und ruderte damit wie von Sinnen, rannte weiter, während er verzweifelt versuchte, das Gleichgewicht zu wahren.

Es gelang ihm nicht.

Seine Beine gaben nach, und er stürzte, und den Rest der Strecke legte der schrecklich Rasende kugelnd zurück.

Um seine Längsachse rollend, sich wild überschlagend und dabei aller Vorsicht zum Trotz wüste Verwünschungen von sich gebend, polterte Rammar zu Tal, einer Gerölllawine gleich. Der Vorteil war, dass er seine Gefährten auf diese Weise nicht nur ein-, sondern sogar überholte. Der Nachteil, dass einer der Kaldronen dadurch aufmerksam wurde.

Rammar hatte gerade die Abbruchkante der Uferböschung erreicht, als sich die Kampfmaschine mit hässlichem Zischen umwandte. Der Lichtkegel des Suchfeuers folgte ihrer Bewegung und wischte blitzschnell heran. Rammar, der in diesem Moment über die Abbruchkante stürzte, erfasste er nicht mehr – wohl aber Aryanwen, Balbok und Dag.

»Sie haben uns gesehen!«

Die Warnung der Prinzessin war überflüssig – Balbok wusste auch so, was zu tun war. Behände setzte er über die Kante und glitt den schlammigen Hang der Uferböschung hinab, an deren Fuß Rammar bereits lag und sich stöhnend am Boden wand.

»Hierher, schnell!«, wies Aryanwen die beiden an, die unmittelbar unterhalb der Abbruchkante Zuflucht gesucht hatte, wo herabhängende Farnblätter, Wurzeln und Gestrüpp einen natürlichen Überhang bildeten. Dag, Balbok und der stöhnende Rammar, der seinen rollenden Augen nach noch immer nicht zu wissen schien, wo sich oben und unten befand, hatten kaum darunter Zuflucht gesucht, als sich das Schnauben des Kaldronen erneut vernehmen ließ, viel näher diesmal.

Dann ein Klirren, das den Gefährten durch Mark und Bein ging – und im nächsten Moment glitt das Licht des Suchfeuers über die Abbruchkante hinweg, grell und bedrohlich.

Die Gefährten hielten den Atem an, sogar Rammar hatte sein Stöhnen unterbrochen. Alle vier pressten sich eng an das feuchte und kalte Erdreich, während das Rasseln und Klappern, mit dem sich der Kaldrone fortbewegte, noch lauter wurde. Das verdammte Ding kam noch näher!

Dag, der neben Aryanwen kauerte, ergriff ihre Hand. Als Balbok Rammar einen fragenden Blick zuwarf, fletschte dieser die Zähne.

»Untersteh dich, *umbal*, sonst …«

»Schhh!«, zischte Aryanwen.

Der Kaldrone hatte die Böschung fast erreicht. Mit einem Zischen, das so bedrohlich und seelenlos war, dass die Vorstellung, ein lebendes Wesen säße im Inneren der Kampfmaschine, geradezu abwegig war, stampfte das Metallgebilde am Abbruch entlang. Der Lichtschein intensivierte sich. Fast senkrecht stach er nun herab, glitt über die Ufersteine und das seichte Wasser, das das Licht zurückwarf – und im Spiegelbild der Oberfläche konnten die Gefährten den Kaldronen sehen!

Genau über ihnen stand er, sein Suchfeuer starrte wie das Auge eines Zyklopen ins Dunkel der Nacht – und in diesem Moment dämmerte den Gefährten eine schreckliche Erkenntnis: Wenn sie den Kaldronen im Spiegel der Wasseroberfläche sehen konnten, verhielt es sich womöglich ja auch umgekehrt so …

Wie um diese Befürchtung zu bestätigen, war der Kampf-globus stehen geblieben. Zischend und fauchend wie ein Untier stand er oben auf der Böschung.

»Er hat uns gesehen«, flüsterte Aryanwen. »Er weiß, wo wir …«

»Sieh an, zwei Flüchtige!«, erscholl in diesem Moment eine metallisch plärrende Stimme. »Ihr seid entdeckt! Verlasst euer Versteck.«

»Zwei?«, polterte Rammar drauflos. »Hat der dämliche Hutzelbart keine Augen im Kopf, dass er …?« Er verstummte, als ihm klar wurde, was dies bedeutete.

»Er hat nur zwei von uns gesehen«, fasste Aryanwen die Erkenntnis in Worte.

»Dann sollten sich auch nur zwei von uns ergeben«, folgerte Dag. »Diejenigen, deren Aussicht auf Flucht am geringsten ist.«

»Was siehst du mich an, Mensch?«, zischte Rammar. »Ich bin noch gut bei Kräften, im Gegensatz zu dir!«

»Nein, bist du nicht«, widersprach Dag. »Du bist müde und der Erschöpfung nahe, genau wie ich. Deshalb werden wir beide gehen. Balbok – du wirst die Prinzessin nach Ansun bringen. Meldet euch dort bei …«

»Niemals, Dag!«, widersprach Aryanwen entschieden. »Wenn du dich ihnen stellst, werden sie dich töten!«

»Und mich auch!«, fügte Rammar vorwurfsvoll hinzu.

»Raus mit euch!«, rief die metallische Stimme erneut.

»Es muss einen anderen Weg geben«, war die Prinzessin überzeugt – und zumindest diesmal war Rammar ganz ihrer Meinung.

»Wir könnten versuchen, durchs Wasser zu entkommen.«

»Nein, können wir nicht«, wandte Rammar ein.

»Er kann nicht schwimmen«, erklärte Balbok.

»Aber irgendwas müssen wir tun!«

»Das werden wir«, versicherte Dag.

»Nein!« Aryanwen schüttelte den Kopf, Tränen traten

ihr in die Augen. »Bitte nicht, Dag! Ich will nicht, dass du ...«

»Meine letzte Warnung!«, scholl es drängend von oben. »Ich zähle langsam bis drei. Eins ...«

Dags Blick ging in die Runde – und traf den von Balbok. Die dunklen Augen des Menschen und die gelben Augen des Orks begegneten einander in stillem Einvernehmen. »*Korr*«, sagte Balbok dann – und beide erhoben sich aus ihrem Versteck.

»Nein!«, rief Aryanwen verzweifelt und versuchte, Dag zurückzuhalten, aber er ließ es nicht zu.

»Leb wohl, Geliebte«, sagte er nur.

»*Achgosh komhal douk*«, sagte Balbok, an Rammar gemeint.

»*Achgosh komhal* ...?« Rammar stierte ihn fassungslos an. »Was beim großen Donnerer ...?«

»Zwei«, tönte es von oben herab.

Ohne noch einen weiteren Augenblick zu verlieren, schlüpften Dag und Balbok durch den Vorhang aus Blättern und Wurzelwerk nach draußen und erklommen die Böschung. Aryanwen sprang auf und wollte ihnen hinterher, aber Rammar hielt sie zurück.

»Lass mich los!«, protestierte die Prinzessin und wollte sich seinem Griff entwinden, aber der Ork zog sie zurück und hielt sie unnachgiebig fest. »Was fällt dir ein? Lass mich augenblicklich los! Ich muss Dag helfen!«

»Das kannst du nicht«, beschied ihr Rammar – und klemmte sich ihren Kopf kurzerhand unter den Arm, worauf sie verstummte. Ob es der Druck war, den er ausübte, oder ob sein Achselgeruch ihr schlicht die Sprache verschlug, war nicht festzustellen.

»Drei!«, schnarrte es in diesem Moment. »Ah, wie erfreulich, euch zu sehen ...«

Was Balbok und Dag antworteten, war nicht zu verstehen. Auch konnte man im Spiegel der Wasseroberfläche nichts mehr erkennen, da sich der Lichtschein des Suchfeuers auf die beiden gerichtet hatte. Deshalb konnten Rammar und

Aryanwen von ihrem Versteck aus auch nicht sehen, was als Nächstes geschah – sie hörten nur die grässlichen Geräusche.

Eine blecherne Verwünschung.

Einen entsetzlichen Schrei.

Dann ein wildes Zischen und Rasseln, als auch noch die anderen Kaldronen heranstampften. Dampfwolken stiegen auf und zogen über die Abbruchkante der Uferböschung hinweg, dann war zu hören, wie die Äxte niedergingen. Offenbar spielte sich dotrt oben ein furchtbares Massaker ab, selbst Rammar wurde übel bei dem Gedanken, wie die metallenen Monstren Balbok und Dag zerfleischten.

»Mhhhm«, ließ Aryanwen sich dumpf vernehmen und wand sich einmal mehr in seinem Griff. Obwohl der Ork sie weiter umklammert hielt, gelang es ihr, den Kopf freizubekommen. Tränenüberströmt blickte sie zu ihm auf. »Lass mich los!«, flehte sie. »Ich muss zu ihm, ich liebe ihn!«

»Und deshalb willst du dir den *asar* aufreißen lassen?«, blaffte Rammar sie an. »Das wirst du schön bleiben lassen! Das Milchgesicht und Balbok haben sich nicht geopfert, damit du dein Leben wegwirfst. Wenn ihr Tod einen Sinn haben soll, dann, dass wir am Leben bleiben.«

»Willst du ihnen denn nicht zu Hilfe kommen?« Sie wand sich wütend in seiner Umklammerung.

»Nur zu gerne«, hörte Rammar sich selbst sagen, »aber ich weiß, was ich meinem Bruder schuldig bin!«

»Du bist kein Held aus alter Zeit, sondern ein Feigling! Ein elender Feigling!«, zischte sie und schlug mit einer Faust auf ihn ein. Rammar hielt sie weiter fest – und zu seiner Bestürzung hörte sie plötzlich auf, ihn zu schlagen, klammerte sich stattdessen an ihn und weinte an seiner breiten Brust.

Er fragte sich, ob es jemals einen Ork gegeben hatte, der das tat, was er jetzt tun würde. Er sagte sich, dass er dabei wahrscheinlich genauso dämlich wie sein Bruder aussehen würde, und er verwünschte Balbok dafür, dass er ihn in diese Lage gebracht hatte – dann legte er vorsichtig und so behutsam er es vermochte seinen verstümmelten Arm um die Prinzessin, um sie zu trösten. Dabei fühlte er sich wie nach einer durchzechten Blutbiernacht.

Irgendwann kehrte oben auf dem Hang Ruhe ein.

Das Hauen und Stechen, Zischen und Rasseln verstummte, und weiße Schwaden zogen heran, die nach heißem Metall, nach Rauch und Waffenöl rochen. Nur hier und dort war noch ein Zischen zu vernehmen, dann wurde es gespenstisch still, bis auf Aryanwens leises Schluchzen.

Rammar wartete eine endlos scheinende Weile. Dann schluckte er den dicken Kloß hinunter, der sich in seinem Hals gebildet hatte.

»Ich glaube, es ist vorbei«, flüsterte er.

Er lockerte seinen Griff um die Prinzessin, die sich sogleich von ihm löste und aus dem Versteck stürzte, hinaufwollte zum Schauplatz des Massakers.

»Warte«, keuchte Rammar, »das solltest du dir nicht …«

Atemlos erklomm auch er die Böschung – und kaum hatte er den Kopf über die Abbruchkante gesteckt, stieß er eine heisere Verwünschung aus.

Denn dort stand Aryanwen, reglos vor Entsetzen und im Suchfeuer eines Kaldronen, der sich vor ihr aufgebaut hatte, die riesige Axt drohend erhoben.

Eine Falle, schoss es Rammar durch den Kopf. Und die dumme Prinzessin war geradewegs hineingetappt.

Und dann geschah etwas, was der dicke Ork in seinem Dasein nur sehr selten erlebt hatte – unbändige Wut packte ihn, die ihn seine Furcht und sogar seinen Selbsterhaltungstrieb vergessen ließ. »Du dämlicher Blecheimer!«, schrie er, zog sich über die Kante und rannte mit geballter Faust auf die Kampfmaschine zu. »Lass die Menschin in Frieden, oder ich werde dich eigenhändig auseinandernehmen, hast du verstanden?«

Mit einem Quietschen seiner metallenen Gelenke wandte sich der Kaldrone dem heranstürmenden Ork zu, der seine nun doch aufkommende Furcht mit lautem Kampfschrei zu übertönen suchte – und sich im nächsten Moment mit voller Wucht gegen den kugelförmigen Rumpf des Kaldronen warf.

Es gab ein donnerndes Geräusch. Der Kampfkoloss bewegte sich kein Stück, Rammar hingegen prallte zurück, wankte einige Schritte und landete dann unsanft auf dem *asar*. In der Überzeugung, die Axt würde nun herabfallen und sein Ende besiegeln, kniff der dicke Ork die Augen zusammen – doch was er hörte, war nicht das tödliche Zischen der Axt, sondern der blecherne Klang des Visiers, das nach oben geschoben wurde.

Überrascht darüber, noch am Leben zu sein, riskierte Rammar einen blinzelnden Blick – und schnappte geräuschvoll nach Luft, als er sah, wer im Inneren des Kaldronen kauerte.

Kein anderer als Dag!

Aryanwen stürzte zu ihm, und sie fielen einander in die Arme. Irgendwie musste es dem Jungen gelungen sein, sich der Maschine zu bemächtigen und sie gegen ihresgleichen einzusetzen! Erst jetzt erkannte Rammar, dass die Wiese von Trümmern übersät war. Die abgetrennten Gliedmaßen und rauchenden Hüllen zweier Kaldronen lagen dort, und der Ork begriff, dass es nicht das Massaker an ihren Gefährten gewesen war, das sie mitangehört hatten, sondern der Kampf der Kaldronen untereinander.

Und Balbok?

Wo war Balbok?

»*Achgosh douk*«, hörte Rammar in diesem Moment jemanden hinter sich sagen und fuhr herum – nur um in die langen, kuhäugigen Züge seines Bruders zu blicken.

Balbok sah abgekämpft aus, hatte Rußflecken im Gesicht und ein paar leichte Verbrennungen davongetragen, und in den Klauen hielt er immer noch eine der Riesenäxte, die er offenbar einem der Kaldronen entwunden und dann gegen ihn eingesetzt hatte.

Rammar konnte nicht anders, als erleichtert zu schnaufen. »Nein«, erwiderte er auf Orkisch. »Mir gefällt deine Visage noch immer nicht. Aber ich bin froh, dass du noch lebst.«

»Ehrlich?«, fragte Balbok.

»*Korr.*« Rammar grinste breit. »Aber ich warne dich davor, das auszunutzen, *umbal!*«

20.

OG LIOSG

Dem Seeufer folgend kamen die Gefährten rasch voran. Um die Wargen abzuschütteln, die womöglich auf sie angesetzt worden waren, bewegten sie sich im seichten Uferwasser, und um ihre Spuren zu verwischen; als der neue Tag anbrach, suchten sie Zuflucht in einer Höhle und ruhten sich aus bis Sonnenuntergang. Erst bei Einbruch der Dunkelheit setzten sie ihren Marsch fort, und so hielten sie es auch weiterhin.

Zwei Nächte lang folgten sie so dem Lauf des Flusses in östlicher Richtung, ehe sie schließlich auf den Damm stießen, den die Zwerge errichtet hatten, um das Wasser des Eisflusses aufzustauen – und auf den vorgeschobenen Posten, den Winmars Schergen am anderen Ufer errichtet hatten.

Da die Aufmerksamkeit seiner Besatzung nach Süden gerichtet war, gelang es den Gefährten, im Schutz der Dunkelheit daran vorbeizukommen, ohne auf weitere Kaldronen oder andere Hindernisse zu stoßen. Und so kam es, dass die Orks und ihre menschlichen Begleiter die Grenzen des Zwergenreichs hinter sich ließen und die Hochebene von Ansun erreichten.

Zwar entsann sich Rammar dunkel, dass sich das aus der Vereinigung der Städte Sundaril und Andaril hervorgegangene Herzogtum von Tirgaslan losgesagt hatte und mit dem Reich im Krieg lag, jedoch war ihm alles lieber, als noch länger bei den Hutzelbärten zu bleiben. Er hatte genug von ihren Bärten, ihren Äxten und ihrer Rachsucht, und er wollte sich auch nicht länger von Wurzeln und Beeren ernähren müssen wie die letzten Tage über. Kaum hatten sie die Grenze überquert, schickte er Balbok auf die Jagd, und zur Verblüffung aller kehrte dieser kurz darauf mit einem ganzen Bündel Hasen zurück. Zwar gab es keinen Kessel, in dem man *brumill* zubereiten konnte, und streng genommen war Hase auch nicht die richtige Zutat, aber Rammar war alles recht, wenn er nur endlich wieder etwas Fleisch zwischen die Zähne bekam.

Entsprechend guter Laune war er, als sie – zum ersten Mal nach Tagen, an denen sie sich versteckt, und nach Nächten, in denen sie erbärmlich gefroren hatten – wieder an einem wärmenden Feuer saßen und den Hasen beim Braten zusahen.

»Habe ich es nicht gleich gesagt?«, tönte er. »Ich habe nie daran gezweifelt, dass wir den Hutzelbärten entkommen würden.«

»Tatsächlich?« Aryanwen lächelte schwach. »Ich schon. Ich hatte Angst, dass sie uns noch einholen könnten. Aber wie es aussieht, haben sie nicht einmal nach uns gesucht.«

»Weil sie nicht wussten, dass wir uns nach Osten abgesetzt haben«, erklärte Rammar in seltenem Überschwang. »Dieser Tunnel war eng, aber hilfreich. Ich frage mich nur, wie du davon wissen konntest, Mensch!«

»Weil ich vor einigen Jahren bereits einmal dort gefangen war«, erwiderte Dag, der sich über die vergangenen Tage erholt hatte und wieder halbwegs aufrecht ging. »Ich war noch ein halbes Kind und begleitete meinen Onkel im Grenzland bei der Jagd. Dabei stieß ich auf eine Patrouille der Zwerge, die mich gefangennahmen und nach Gorra Ruun verschleppten.

Da sie nichts mit mir anzufangen wussten, steckten sie mich in die Küche zum Arbeitsdienst. Einige Wochen lang war ich dort, als ich einige Ratten beobachtete, die offenbar einen Weg nach draußen kannten, denn ihr Fell war oft voller Schlamm und Erdreich und nass, wenn es regnete. Also beschloss ich irgendwann, ihnen zu folgen – und entdeckte auf diese Weise den Tunnel. Ich besorgte mir heimlich Werkzeug, öffnete die Eisengitter – und so entkam ich.«

»So viel Hirn hätte ich dir nicht zugetraut«, anerkannte Rammar. »Und den Weg hast du dir gemerkt?«

»Durch diese Röhren«, entgegnete Dag, »bin ich seither in unzähligen Albträumen gekrochen, wieder und wieder. Der Weg hat sich so in mein Gedächtnis eingebrannt, dass ich ihn selbst im Schlaf finden würde.«

»Ein Glück«, lachte Aryanwen, die neben ihm am knisternden Feuer saß und sich an ihn schmiegte. Sie fror in ihrem zerschlissenen Kerkerkleid, und er legte den Arm um sie, um sie ein wenig zu wärmen. »Du hast uns alle gerettet.«

»Nein«, widersprach Dag, »der wahre Dank gebührt Balbok. Wenn ich daran denke, dass er einen Kaldronen mit bloßen Händen niedergerungen hat ...«

»Und wenn schon«, schnarrte Rammar mit einem neidischen Seitenblick auf seinen Bruder, der jenseits der Lichtung auf einem Felsen hockte und das Lager bewachte. »Jeder Ork hätte das gekonnt.«

»Es war unglaublich«, berichtete Dag weiter. Er starrte in die Flammen, während sich die aufregenden Ereignisse vor seinem geistigen Auge zu wiederholen schienen. »Indem Balbok den Kaldronen zu Boden zwang, verschaffte er mir Gelegenheit, das Visier zu öffnen. Ich glaube, der Zwerg im Inneren hat nie begriffen, wie ihm geschah. Im nächsten Moment befand ich mich bereits in dem Todeskessel und schwang die Axt gegen die anderen Kaldronen, die völlig überrascht waren. Auf diese Weise haben wir den Kampf für uns entschieden.«

»Es stimmt also doch«, ergänzte Aryanwen an Rammar gewandt. »Ihr seid die Helden aus alter Zeit.«

»Ich hab dir doch schon ein paar Mal gesagt, dass du uns nicht so nennen sollst«, knurrte Rammar.

»Aber wieso nicht?«

»Ganz einfach – weil in dieser Bezeichnung gleich zwei

Beleidigungen stecken: Mein Bruder und ich sind weder irgendjemandes Helden noch sind wir alt.«

Aryanwen schmunzelte. »Königin Alannah hatte recht«, stellte sie fest. »Alles, was sie in ihrem Buch über euch geschrieben hat, ist wahr.«

»Die muss es ja wissen.« Ein wölfisches Grinsen spielte um Rammars Züge. »Damit sind wir beim Kern der Sache – denn genau dieses Buch, Prinzesschen, will ich haben. Also wo ist es?«

»Nicht hier«, erwiderte sie.

»Hältst du mich für so bescheuert? Ich weiß schon, dass du es nicht hinterm Ohr versteckt hast. Aber ich weiß auch, dass es sich in deinem Besitz befindet. Dag hat behauptet, es wäre an einem geheimen Ort in Tirgaslan versteckt.«

»Ja«, stimmte sie zu, »das war es auch.«

»Was soll das heißen?«

»Dass es nicht mehr dort ist.«

»Wo dann?«

»Das weiß ich nicht.«

Rammar sprang auf und schnappte nach Luft, seine milde Stimmung war schlagartig verflogen. »Ver*shnorshe* mich nicht, Prinzessin, oder ich verfüttere dich und deinen Jüngling an den nächsten Warg!«

»Beruhige dich, Rammar«, sagte sie gleichmütig. »Das Buch ist verschwunden.«

»Verschwunden!«

»Das sagte ich gerade.«

»Aber wer …? Wie …?« Der dicke Ork stand wie versteinert. Er merkte, wie ihm das Blut in die Beine sackte, und ihm war klar, dass er mit offenem Mund und stierem Blick einen ziemlich lächerlichen Anblick bieten musste, aber er konnte nichts dagegen tun.

»Auch das weiß ich nicht«, erwiderte die Prinzessin. »Alles, was ich weiß, dass es aus seinem geheimen Versteck entnommen wurde.«

»Wann ist das geschehen?«, wollte Dag wissen.

»Wenige Tage, bevor ich meine Reise nach Smerada antrat. Ehe ich von den Zwergen entführt wurde.«

»Interessant«, meinte Dag.

Aryanwen senkte die Brauen. »Ich fürchte auch, da besteht ein Zusammenhang.«

»Schmarren, das Ganze!«, platzte Rammar dazwischen, noch ehe Dag antworten konnte. »Das habt ihr beide euch doch nur ausgedacht, um uns zu ver*shnorshen*!«

»Nein«, widersprach die Prinzessin und hob die Hand, »das ist die Wahrheit, ich schwöre es dir!«

»Auf deine Schwüre ist geschissen, Herzchen«, herrschte Rammar sie an, »und auf deine Wahrheit auch! Ich will sofort das Buch, oder ich werde euch beide auf der Stelle …«

In diesem Moment überstürzten sich die Ereignisse, denn Balbok ließ plötzlich einen gellenden Warnruf vernehmen!

Rammar fuhr herum.

Er sah, wie sein Bruder angerannt kam, die riesige Kaldronen-Axt über der Schulter, die er trotz ihres Gewichts den ganzen Weg mitgeschleppt hatte, und einen gehetzten Ausdruck im blassgrünen Gesicht.

»*Oashor'hai!*«, rief er schon von Weitem. »Reiter!«

Dag und Aryanwen sprangen auf, Rammar kam gerade noch dazu, eine Verwünschung auszustoßen – dann sprengten die fremden Krieger auch schon auf die Lichtung.

Die Reiter – acht an der Zahl – waren nur leicht gepanzert, jedoch bis an die Zähne bewaffnet. Offenbar handelte es sich um eine Grenzpatrouille, die auf das Feuer aufmerksam geworden war. Im Widerschein der Flammen konnte man das Wappen von Ansun auf den Waffenröcken der Reiter erkennen – ob das ein Vorteil oder Nachteil war, wusste Rammar noch nicht. Vorsichtshalber stellte er sich hinter seinen Bruder, der breitbeinig und mit halb erhobener Axt in der Mitte der Lichtung Posten bezogen hatte. Dag und Aryanwen hielten sich in sicherer Entfernung im Halbdunkel der Bäume.

»Erklärt euch!« Der Anführer des Trupps, der einen topfförmigen Helm mit Wangenschutz trug, wandte sich an Dag und Aryanwen. »Wer seid ihr und was macht ihr hier mit den beiden hässlichen Unholden?«

»Erklärt ihr euch doch!«, rief Rammar hinter seinem Bruder hervor. »Dann sehen wir weiter!«

»Wir stehen in den Diensten Herzog Osberts von Ansun«, erklärte der Reiter, während seine Mannen bereits die Schwerter zogen, »und ich würde euch raten, euch zu ergeben.«

»Aus welchem Grund?«, wollte Aryanwen wissen.

»Weil ihr Fremde seid, und solange ihr euch nicht erklären könnt, steht ihr im Verdacht, Spione des Zwergenreichs zu sein.«

»So weit ist es also schon gekommen?«, fragte Dag. »Jeder Fremde ist ein Spion?«

»Legt eure Waffen nieder«, beharrte der Anführer, »und ergebt euch, oder wir …«

»Das wird kaum nötig sein, getreuer Alured«, sagte Dag daraufhin und trat vor ins Licht.

»He«, versuchte Rammar ihn zurückzuhalten. »Was soll das, Junge? Bist du übergeschnappt?«

»Dag… Daghan?«, rief der Anführer der Reiter von seinem hohen Sitz herab. »Seid … seid Ihr das?«

»Wie du siehst, mein Freund«, erwiderte Dag, und wieder einmal hatte Rammar das Gefühl, getäuscht worden zu sein.

Zuerst der zerstreute Erfinder.

Dann der überraschend geschickte Kämpfer.

Dann der unglücklich Verliebte.

Und nun schien sich der junge Mann erneut vor ihren Augen zu verwandeln, und Rammar hatte das Gefühl, dass sie diesmal zum Kern der Sache kamen …

»Daghan?«, wiederholte Rammar, während seine Blicke verwirrt zwischen seinem Gefährten und dem Anführer des Spähtrupps hin und her flogen.

»Mein voller Name«, erklärte Dag mit einem entschuldigenden Lächeln. »Vielleicht ist es an der Zeit, euch etwas zu erklären …«

»Den Eindruck habe ich auch«, schnaubte Rammar, während er fassungslos zuschaute, wie der Anführer der Reiter aus dem Sattel stieg und sich tief vor Dag verbeugte – ehe beide in schallendes Gelächter ausbrachen und einander aufs Herzlichste umarmten.

»Herr!«, rief Alured. »Wir glaubten Euch verloren!«

»Noch nicht«, beteuerte Dag lachend. »Noch nicht.«

»Herr? Seid ihr jetzt völlig übergeschnappt?« Rammar war überzeugt, in diesem Moment mindestens ebenso dämlich auszusehen wie sein Bruder, dessen Gesicht immer länger wurde, während er die schwere Axt langsam sinken ließ, was ihn wie eine riesige grüne, im Eiltempo welkende Blume aussehen ließ.

»Hat er es euch nicht verraten?«, fragte Aryanwen mit wissendem Lächeln. »Er ist der Sohn Herzog Osberts. Des Herrschers von Ansun.«

Ein heiseres »*Shnorsh*« war alles, was Rammar hervorbrachte.

BUCH 3

LARKA UR'TULL
(DER TAG DES UNTERGANGS)

1.

FIRUNN TAITNOUASH DOUK

»Warum habt ihr uns das nicht gesagt?«

Sie waren in Andaril angelangt, der Hauptstadt von Ansun – doch das Andaril dieser Tage war nicht mehr zu vergleichen mit jenem finsteren Moloch, der die Stadt einst gewesen war. Wenn Rammar aus dem Palastfenster blickte, sah er mehrstöckige Gebäude und steinerne Türme, die zumindest ein Beleg dafür waren, dass die Milchgesichter die letzten fünf Jahrhunderte nicht nur damit zugebracht hatten, sich gegenseitig die Schädel einzuschlagen. Aber im Augenblick hatte der Ork keinen Sinn für derlei Dinge.

Sie waren getäuscht worden.

Wieder einmal.

Und beim Geruch des Stinkfischs, das konnte er nicht leiden.

Wütend stampfte Rammar in dem holzgetäfelten Saal auf und ab, in dem ein knisterndes Kaminfeuer für Wärme sorgte. In Begleitung des Spähtrupps, dem sie im Wald begegnet waren, waren die Gefährten sicher in Andaril angekommen und in den Palast des Herzogs gebracht worden. Und wenn die Orks bis dahin noch Zweifel an Dags wahrer Identität gehabt hatten, so waren diese spätestens bei ihrer Ankunft ausgeräumt worden, denn man hatte ihn mit allen Ehren empfangen, obwohl sein Vater, der Herzog, noch nicht einmal in der Stadt weilte. Ein Treffen mit unzufriedenen Klansherren in Taik hatte seine Anwesenheit erfordert – Dag hatte ihm Boten geschickt mit der dringenden Aufforderung, unverzüglich nach Ansun zurückzukehren.

Sogar die Orks hatte man als Dags Gefährten freundlich begrüßt und ihnen im Palast ein Lager bereitet, sodass Balbok und Rammar zum ersten Mal nach ziemlich genau 472 Jahren wieder in wirklichen Betten geschlafen hatten.

Aber darum ging es nicht.

»Was sollte das Gelaber von wegen Helden der alten Zeit? Dass du unsere Hilfe benötigen würdest?«

»Das war die Wahrheit«, versicherte Dag, der in einem hölzernen Stuhl vor dem Kamin saß. Seine einfache Kluft, die ohnehin arg zerschlissen gewesen war, hatte er durch feinen Zwirn ersetzt. Auch Aryanwen, die neben ihm saß, trug nicht mehr ihre graue Kerkertracht, sondern ein Kleid aus grün gefärbter Anar-Seide. Ein ebenso grünes Band war in ihr Haar geflochten, und Rammar musste zugeben, dass seine erste Einschätzung richtig gewesen war. Die Köngstochter von Tirgaslan war tatsächlich eine Schönheit grässlichsten Ausmaßes, die ihrer Ahnin Alannah in nichts nachstand, jedenfalls nach menschlichen Maßstäben.

Aber auch das tat nichts zur Sache …

»Dann hättest du uns verraten müssen, wer du in Wirklichkeit bist!«, maulte Rammar weiter.

»Wozu? Es hätte für euch keinen Unterschied gemacht, es zu wissen.«

»Aber es hat für dich auch keinen Unterschied gemacht, dass wir es nicht wussten«, plärrte Rammar.

»Glaubst du das wirklich?« Dags Lächeln war entschieden zu breit für Rammars Geschmack. »Königin Alannah hatte euch in ihrem Buch wirklich sehr treffend beschrieben. Sie berichtete von Situationen, in denen ihr außergewöhnlichen Mut und große Tapferkeit bewiesen und nicht zuletzt deshalb das Reich vor der Macht des Dunkelelfen gerettet habt. Aber sie sagte auch, dass du, falls die Situation es erfordern würde, sogar deinen Bruder verkaufen würdest, um deinen Hals zu retten.«

»Zweifellos«, stimmte Rammar ohne Zögern zu. »Ich bin ein Ork aus echtem Tod und Horn.«

»*Korr*«, pflichtete auch Balbok bei, den das nicht weiter zu stören schien. Eine Rüstung, die in einer Ecke des Kaminzimmers stand, interessierte ihn weitaus mehr.

»Aus diesem Grund musste ich euch meine Herkunft verheimlichen – andernfalls hättet ihr, als wir in die Gefangenschaft der Zwerge gerieten, die erstbeste Gelegenheit ergriffen, um mich zu verraten und euch selbst damit zu retten. So jedoch wusste Winmar nicht, was für einen wertvollen Besuch er in seinem Kerker zu Gast hatte.«

»Dummes Geschwätz«, maulte Rammar, »du hast uns ausgenutzt und nach Strich und Faden ver*shnorsht* – und du gleich mit«, fuhr er Aryanwen an. »Das war von Anfang an ein abgekartetes Spiel. Ihr beide hattet niemals vor, uns das Buch zu übergeben!«

»Doch, das hatten wir«, widersprach Dag, »schließlich hatte ich euch mein Wort darauf gegeben – auch wenn mir klar war, dass ihr mir im Moment der Übergabe ohne Federlesens die Kehle durchschneiden würdet.«

»Nichts für ungut«, knurrte Rammar. »Ist nicht persönlich gemeint.«

»Keine Sorge – ich hätte es euch schon nicht zu leicht gemacht. Aber ich hätte euch das Buch auf jeden Fall gegeben, so wie ich es versprach.«

»Das gilt auch für mich«, fügte Aryanwen hinzu, »aber ich habe das Buch nicht mehr, das müsst ihr mir glauben.«

Statt etwas zu erwidern, entledigte sich Rammar geräuschvoll einiger Körpergase, was, gewissermaßen, auch eine Antwort war.

»Das Buch hat mich verlassen, so wie es mich einst gefunden hat«, bekräftigte Aryanwen und verzog dabei so beherrscht wie möglich das Gesicht.

»Was soll das nun wieder heißen?«

»Ich war noch ein Kind, als es mir zum ersten Mal in die Hände fiel. Als junges Mädchen verbrachte ich zahllose Stunden in der Bibliothek von Tirgaslan. Ich liebte es, in den Regalen herumzustöbern und in alten Schriftrollen und

Folianten zu lesen. Als mir jenes Buch zum ersten Mal auffiel, war das seltsam, denn ich war mir ziemlich sicher gewesen, jedes einzelne Werk in dem betreffenden Regal zu kennen. Aber plötzlich stand da dieses kleine Büchlein. Ich schlug es auf und erkannte die alte Elfenschrift, die ich damals noch nicht lesen konnte. Dennoch nahm ich das Buch mit mir und verbarg es an einem geheimen Ort. Erst sehr viel später, als ich Schrift und Sprache der alten Zeit erlernt hatte, vertiefte ich mich darin und erfuhr, dass es keine Geringere als Königin Alannah verfasst hatte, meine Ahnin, die als letzte des Elfengeschlechts in Erdwelt gelebt hatte.«

»Allmählich wissen wir's«, knurrte Rammar.

»In ihrem Buch berichtete sie von Ereignissen, die so nicht in den Geschichtschroniken zu finden sind – vom Kampf gegen den Dunkelelfen, von der Rückkehr eines Zauberers der Vorzeit, dem sie einst in Liebe verbunden war.«

»Ich erinnere mich ungern«, versicherte Rammar. »Grainnach war ein ungehobelter …«

»Granock«, warf Balbok ein, der sein Augenmerk immer noch der Rüstung zugewandt hatte. Er hatte einen Arm des Panzers ergriffen und hob ihn langsam auf und ab, um die Gelenke genauer zu untersuchen. Dabei quietschten sie leise.

»Auch von euch beiden wird in dem Bericht erzählt«, fuhr Aryanwen fort, »allerdings wurdet ihr darin nicht wie in den Geschichtsbüchern als strahlende Helden beschrieben, sondern als – nun ja – Wesen aus Fleisch und Blut.«

»Das ist mir auch lieber«, bekräftigte Rammar.

»Der Bericht endete mit dem Hinweis, dass ihr auf jener Insel verblieben wart, und die Königin äußerte die Vermutung, dass aufgrund eines Zaubers, der die Zeit auf der Insel weniger rasch verstreichen ließ als anderswo, ihr noch immer am Leben sein könntet – die *cyfaila* der Menschen, die Helden aus alter Zeit. Auf diese Weise habe ich von all diesen Dingen erfahren«, schloss die Prinzessin ihren Bericht.

»Schön«, blaffte Rammar, »und bei erster Gelegenheit hast du dein Wissen dem Nächstbesten aufgedrängt, so wie Menschen eben sind!«

»Nein«, widersprach sie, »ich habe das Geheimnis lange bewahrt, denn mir war klar, dass es einen guten Grund dafür geben musste, dass Königin Alannahs Bericht von der offiziellen Geschichtsschreibung abwich. Also habe ich niemandem davon erzählt – bis Daghan nach Tirgaslar kam.«

»Als Gefangener«, fügte er hinzu.

»Schon wieder.« Rammar hob eine Braue. »Das ist wohl deine ganz spezielle Masche.«

»Es war einer der ersten Flüge, die ich mit dem Luftschiff unternahm«, erklärte Dag. »Ich war noch unerfahren und geriet in eine Strömung, die mich über die Reichsgrenze abgetrieben hat. Das Luftschiff stürzte ab, und ich versuchte, mich allein nach Ansun durchzuschlagen, was mir allerdings nicht gelang. Ich wurde gefangen genommen und nach Tirgaslan gebracht. Dort lernte ich Aryanwen kennen, und alles änderte sich.«

»Inwiefern?«

»Bis dahin war ich ein Krieger gewesen. Der einzige Grund für meinen Traum, die Lüfte zu erobern, war, dass ich unsere Feinde in Tirgaslan und Gorta Ruun bezwingen und meinem Vater, dem Herzog, zur Herrschaft über ganz Erdwelt verhelfen wollte, obwohl er offen gestanden nie sonderlich viel von meinen Erfindungen gehalten hat – ihr werdet das noch merken, wenn er erst wieder zurück ist. Mit Aryanwen jedoch bekam der Feind ein Gesicht, und mir wurde klar, wie sinnlos der Krieg ist, den wir Menschen gegeneinander führen.«

»Auch ich war nie zuvor einem Mann wie ihm begegnet«, fügte Aryanwen mit zärtlichem Lächeln hinzu. »Ich war beeindruckt von seinem Wissen und seiner Erfindungsgabe, vor allem aber von seinem zartfühlenden und verständnisvollen Wesen – und ich verliebte mich in ihn.«

»Jetzt ist es aber gut«, machte Rammar angewidert, »dieses Süßholzgeraspel ist ja kaum auszuhalten! Könnt ihr das Zuckerzeug auch weglassen?«

»Wir hatten eine gemeinsame Vision von einer Welt in Frieden«, erklärte Dag. »Würden die Menschen wieder zusammenfinden, könnten sie Winmar die Stirn bieten und ihn in seine Schranken weisen, und ein Friedensschluss wäre möglich. Aryanwen besuchte mich fast täglich in meiner Zelle, und wir sprachen viele Stunden über diese und andere Dinge. Wir vertrauten uns einander an, und dabei offenbarte sie mir auch das Geheimnis des verlorenen Buches. Schließlich wurde uns klar, dass es in unserer Hand lag, dem Reich den ersehnten Frieden zu schenken, indem wir uns miteinander verbanden. Da ihr Vater davon nichts wissen wollte, befreite Aryanwen mich aus dem Kerker und ließ mich zurück nach Ansun gehen, damit ich mit meinem Vater sprechen konnte.«

»Oh-oh«, machte Rammar. »Hat der König von deiner Heldentat erfahren?«

»Nein.« Aryanwen schüttelte den Kopf. »Vielleicht hatte er einen Verdacht, aber er konnte ihn nicht beweisen. Dennoch schickte er mich nach Smerada an die Küste, wo ich fern vom Hof den Winter verbringen sollte. Auf dem Weg dorthin wurde ich von Vigors Schergen überfallen und nach Gorta Ruun verschleppt.«

Rammars Augen wurden schmal. »Woher wussten die Hutzelbärte von deinem Aufenthalt?«, wollte er wissen.

»Das weiß ich nicht.«

»Aber ich«, versicherte Balbok, der inzwischen den anderen Arm der Rüstung untersuchte. »*Trurk.*«

»Mein Bruder quatscht meistens Blödsinn«, meinte Rammar grimmig, »aber in diesem Fall hat er recht – das stinkt nach Verrat.«

»Ausgeschlossen.« Die Prinzessin schüttelte den Kopf.

»Bist du sicher?« Auch Dag schien nicht überzeugt.

»Absolut! Der Kronrat ist meinem Vater treu ergeben.

Die Lehnsherren mögen untereinander nicht immer eins sein, aber sie haben stets das Wohl des Reiches im Blick.«

»Wenn du es sagst.« Rammar zuckte mit den Schultern. »Und was ist dann passiert?«

»So bin ich nach Gorta Ruun gelangt. Zu Beginn meiner Gefangenschaft war ich nur verängstigt und verzeifelt, dann beschloss ich, einen Hilferuf nach draußen zu schicken. Mein erster Gedanke war natürlich, eine Nachricht an meinen Vater zu schicken, aber dann wurde mir klar, dass ich ihn damit womöglich zu einer unüberlegten Handlung verleiten und er das Reich dadurch gefährden könnte. Und während ich noch zögerte, was ich tun sollte, hatte ich einen Traum.«

»Was für einen Traum?«

»Ich habe Königin Alannah gesehen.«

»Wie jetzt«, rief Balbok herüber. »du auch?«

»Was soll das heißen?«

»Nichts weiter«, versicherte Rammar schnell, »hör gar nicht auf ihn. Was hat das Elfenweib gesagt, als es dir im Schlaf begegnet ist?«

»Ich habe nicht behauptet, dass sie etwas gesagt hat.«

»Keine Haarspaltereien«, knurrte Rammar.

»Also schön – sie sagte, dass ich meinen Hilferuf an die *cyfaila* richten sollte, an die Helden aus alter Zeit. Da erinnerte ich mich an das geheime Buch, das die Königin verfasst hatte, und in diesem Moment ergab alles Sinn, versteht ihr?« Die Prinzessin schaute die beiden Orks erwartungsvoll an.

»*Douk*«, antworteten diese wie aus einem Mund.

»Natürlich habe ich zunächst an meinem Verstand gezweifelt«, räumte Aryanwen ein. »Aber je länger ich darüber nachdachte, desto mehr kam es mir wie ein Wink der Vorsehung vor. Die Entdeckung des Buches, die Begegnung mit Dag, meine Gefangenschaft – all das schien nicht aus Zufall geschehen zu sein. Also beschloss ich, meinem Traum Glauben zu schenken. Als ich die Gelegenheit erhielt, eine Nachricht abzuschicken, wandte ich mich an Dag und bat ihn,

Euch zu Hilfe zu rufen, die Helden der alten Zeit, so wie es mir von Königin Alannah aufgegeben worden war.«

»Das Elfenweib kann dir nichts aufgegeben haben«, beharrte Rammar. »Sie ist tot, seit Hunderten von Jahren.«

»Dennoch habe ich sie gesehen.«

»*Korr*, genau wie ich«, stimmte Balbok zu.

»Du hast also tatsächlich auch von ihr geträumt?«

»Ich habe dir doch schon gesagt, dass du nicht auf ihn hören sollst«, ging Rammar dazwischen. »Er träumt so oft wirres Zeug, wenn ich dafür jedes Mal einen Löffel *bru-mill* kriegen würde, wäre ich so fett wie ein Haus.«

»Du *bist* so fett wie ein Haus«, brachte Balbok in Erinnerung und vergaß sogar für einen Augenblick die Rüstung. »Aber du hast selbst zugegeben, dass du die Elfin gesehen hast.«

»Ist das wahr?«, fragte Aryanwen.

Rammar atmete tief ein und aus. »Kannst du nicht mal die Schnauze halten, *umbal*?«, stöhnte er.

»Königin Alannahs Buch schloss mit einer Weissagung«, erklärte die Prinzessin. »Sie besagte, dass die Helden der alten Zeit zurückkehren würden, wenn das Reich in Gefahr sei, um aufs Neue wiederherzustellen, was verloren ging – so wie es auf der Inschrift des Denkmals geschrieben steht, das sich vor dem Palast von Tirgaslan erhebt.«

»Erhob«, verbesserte Balbok.

»Wie bitte?« Aryanwen blickte verwirrt zu Dag.

»Eine lange Geschichte«, erwiderte dieser und winkte ab.

»Was soll das Gerede?«, wetterte Rammar. »Ich werde mir von dem Elfenweib nicht mehr in den *bru-mill* spucken lassen, ganz gleich, was sie irgendwann geweissagt hat. Mein Bruder und ich haben uns nur auf den ganzen Blödsinn eingelassen, weil wir das Buch in unsere Klauen bekommen wollten. Da es das Buch nicht mehr gibt, gibt es auch nichts mehr, worüber wir uns sorgen müssen. Wir werden also wieder zurück auf unsere Insel gehen.«

»Nein!«, rief Aryanwen. »Das dürft ihr nicht!«

»Wie willst du uns daran hindern?«, spottete Rammar. »Mit einer weiteren Lüge? Fällt dir plötzlich doch noch ein, wo das Buch versteckt ist?«

»Ob mit oder ohne Buch – die Bedrohung durch die Zwerge bleibt bestehen«, gab Dag zu bedenken. »Durch die Unterwerfung der Nordlande haben sie sich bereits Zugang zum Eismeer und zur See verschafft. Sollte es ihnen gelingen, auch Tirgaslan zu erobern, verfügen sie über eine eigene Flotte und werden früher oder später auch zu eurer Insel vorstoßen. Und dann …«

»Wenn schon.« Rammar wischte mit der verbliebenen Klaue durch die Luft. »Bis dahin dürften noch ein paar Jahre ins Land gehen.«

»Hier vielleicht – auf eurer Insel hingegen werden es nur einige Wochen sein, vielleicht auch nur Tage!«

Rammar starrte Dag durchdringend an, während er diese Behauptung überprüfte und in seinem Hirn nach einer passenden Erwiderung kramte.

»*Shnorsh*«, knurrte er schließlich.

»Euer Auftrag in Erdwelt ist noch nicht zu Ende, Rammar«, sagte Aryanwen beschwörend. »Noch werdet ihr gebraucht, sonst wäre euch Königin Alannah nicht erschienen!«

»Sie. Ist. Mir. Nicht. Erschienen«, beharrte Rammar. »Kann sein, dass ich etwas gesehen habe, ganz flüchtig, aber …«

»Ihr müsst uns helfen, wiederherzustellen, was einst gewesen ist.«

»Ach ja? Und was soll das sein?«

»Die Einheit Erdwelts«, rief Dag überzeugt. »Weißt du noch, als du sagtest, dass unsere Welt aus den Fugen geraten sei? Damit hattest du recht, Rammar! Die Dinge sind uns entglitten! Dieser Krieg droht alles zu zerstören, was unsere Ahnen aufgebaut haben, deshalb muss er ein Ende haben. Nur vereint können die Menschen dem Ansturm der Zwerge widerstehen, so wie sie einst dem Ansturm des Dunkelelfen widerstanden haben.«

»Jungspund«, ätzte Rammar. »Was weißt du schon über diese Zeit?«

»Genug, um zu begreifen, dass der Zwist der Menschen ihr Untergang sein wird. Aryanwen und ich hatten gehofft, diesen Zwist beenden und durch unsere Heirat die Reiche unserer Väter miteinander aussöhnen zu können. Doch das ist nun nicht mehr möglich. Winmars Intrigen haben den Hass zwischen Tirgaslan und Ansun noch weiter geschürt, die Reiche stehen einander unversöhnlicher gegenüber denn je. König Tandelors Heer befindet sich bereits auf dem Weg hierher …«

»Und? Was soll's?« Rammar zuckte mit den breiten Schultern. »Wenn er sieht, dass seine Tochter wieder frei ist, wird er seine Leute zurückpfeifen, und das große Schlachten ist abgesagt.«

»Vorerst«, räumte Dag ein. »Doch der Konflikt wird weiterschwelen, und früher oder später wird er ausbrechen. Dann werden Tausende einen ebenso grausamen wie sinnlosen Tod sterben …«

»… und mit ihnen auch viele Orks«, fügte Balbok hinzu.

»Wer hat dich gefragt?«, grollte Rammar.

»Balbok hat recht«, pflichtete Aryanwen bei. »Sowohl der König als auch der Herzog haben Tausende eurer Artgenossen unter ihren Fahnen versammelt, die ihnen als Söldner dienen. Wenn es zum Aufeinandertreffen der Heere kommt, werden die meisten von ihnen sterben – und wenn sie sich erst gegenseitig niedergemetzelt haben, werden Winmars Kaldronen und Gnomensöldner zur Stelle sein, um die Überlebenden hinwegzufegen.«

»Gnomen«, echote Rammar und verzog das Gesicht, als wäre er in Troll*shnorsh* getreten. Unwillkürlich musste er an den Traum denken, den er in jener Nacht auf der Insel gehabt hatte, kurz vor ihrer Abreise …

»Was wir brauchen, ist ein Treffen«, fuhr Dag fort.

»Unsere Väter müssen zusammenkommen und ihre Feindschaft begraben.«

»Was du nicht sagst«, quäkte Rammar. »Und wie soll das gehen?«

»Durch Gewährsleute, die über diesem kleinlichen Konflikt stehen und ein höheres Ideal verkörpern. Ihnen könnte gelingen, was bislang keinem gelang.«

»Aha. Und wer sollen die Idioten sein?«

Dag und Aryanwen antworteten nicht.

Ihre Blicke allerdings sprachen Bände.

»Wi-wir?«, stammelte Rammar.

»Um wiederherzustellen, was einst gewesen ist«, zitierte Aryanwen die Weissagung, »und um …«

Der Rest von dem, was sie sagte, ging in einem ohrenbetäubenden Krachen und Scheppern unter. Rammar fuhr alarmiert herum – um seinen Bruder inmitten unzähliger Rüstungsteile liegen zu sehen, die den steinernen Boden übersäten. Nur den Helm hatte er noch in der Hand.

»Hab mal hineinschauen wollen«, erklärte er mit entschuldigendem Grinsen. »Ist aber keiner drin.«

»Ja«, murmelte Rammar und verdrehte die Augen. »Genau wie bei dir.«

»Ihr müsst uns beistehen«, fuhr Aryanwen fort. »Helft uns dabei, unsere Väter zu einem Bündnis zu überreden! Nur ihr seid dazu in der Lage, auf die *cyfaila* wird man hören. Dann könnt ihr auf eure Insel zurückkehren und für immer dort bleiben, wenn es euch gefällt.«

»Euch beistehen«, machte Rammar nur, während Balbok daranging, die umherliegenden Rüstungsteile aufzusammeln und wieder zusammenzusetzen – allerdings nicht in der vorgesehenen Reihenfolge und Anordnung, sondern nach orkischem Geschmack, was zur Folge hatte, dass der Helm am linken Knie saß und stattdessen ein eiserner Handschuh den Harnisch krönte.

Der bizarre Anblick ließ Rammar schmunzeln – und brachte etwas in ihm zum Klingen. Orks waren nicht sehr gut darin, etwas zusammenzusetzen. Sehr viel weniger Schwierigkeiten bereitete es ihnen, etwas auseinanderzunehmen.

Das war ihr wahres Talent.

Die Menschen wollten, dass wiederhergestellt wurde, was ihnen verloren gegangen war?

Das, bei Kuruls Flamme, konnten sie haben …

»*Korr*, also schön«, sagte er mit einer Stimme, so tief und scheppernd, als würde er in einen Eimer sprechen, »ich bin einverstanden. Noch dieses eine Mal.«

»Tatsächlich? Das ist großartig!« Dag und Aryanwen waren aufgesprungen, sahen den dicken Ork hoffnungsvoll an.

»Nur wenn ihr uns versprecht, dass ihr uns kein Denkmal mehr errichten werdet.«

»Was immer du willst.«

»Endlich habt ihr es kapiert.« Rammar nickte. »Dann lasst Tandelor und sein Heer anrücken.«

»Du willst ihm nicht entgegenreiten?«

»Auf keinen Fall.« Rammar schüttelte den Kopf. »Ich will die beiden Streithähne beisammenhaben, um ihnen eine Lektion zu erteilen. Eine Lektion in Sachen Frieden«, fügte er hinzu und entblößte das gelbe Gebiss zu einem breiten Grinsen.

»Danke, Rammar«, sagte Dag und streckte dem Ork seine Rechte entgegen. »Das werden wir euch nie vergessen.«

»Das glaube ich dir aufs Wort«, bestätigte der Ork, während er die Hand des jungen Mannes ergriff und sie nach Menschenbrauch kräftig schüttelte – der listige Glanz in seinen Augen blieb unbemerkt.

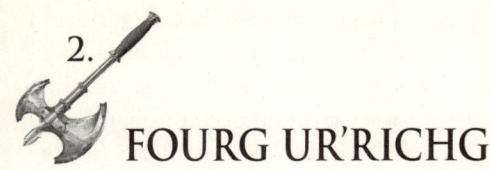

2.

FOURG UR'RICHG

Winmars Wut war grenzenlos.

Den Wachmann, der ihm die Nachricht von der Flucht der Prinzessin überbracht hatte, hatte er eigenhändig und unter Zuhilfenahme der Königsaxt enthauptet – das traurige Resultat dieser Affekthandlung stak auf jenem Spieß an der Seite des Thronpodests, der noch bis vor ein paar Tagen die verwesenden Überreste des Leibwächters zur Schau gestellt hatte. Mit ausdruckslosem Blick verfolgte das von seinem Körper losgelöste Haupt seit Tagen, wie der Herrscher des Zwergenreichs ruhelos umherschritt, nach vorn gebeugt und die Hände hinter dem Rücken verschränkt, und dabei dunkle Verwünschungen murmelte.

»Idioten!«, zischte er. »Nichtsnutzige, einfältige Idioten!«

»Mein König«, unternahm Vigor einen seiner ungezählten Versuche, seinen Herrn zu beruhigen, sich der Tatsache, dass auch sein Haupt nur noch äußerst wackelig auf seinen Schultern saß, nur zu bewusst. Winmars Kaltblütigkeit war überschäumendem Zorn gewichen, und das machte ihn zum Erschrecken Vigors noch unberechenbarer.

»Ich will nichts hören von ›mein König‹!«, fauchte Winmar vom Thronpodest herab, einem feuerspeienden Lindwurm gleich. »Nicht genug damit, dass du und deine triefäugige Mannschaft die Prinzessin habt entkommen lassen! Ihr seid auch nicht in der Lage gewesen, sie wieder einzufangen! Inzwischen liegt sie wahrscheinlich in ihrem Palast in einem Rosenbad!«

»Daran trage ich keine Schuld, mein König«, verteidigte sich Vigor mit einer Mischung aus innerer Überzeugung und zur Schau getragener Zerknirschtheit. »Es ist mir ein Rätsel, wie Aryanwen aus ihrer Zelle entkommen konnte. Vermutlich hatte es mit der Explosion zu tun, die sich in den Kasematten der Festung ereignet hat und die auf Eure Anordnung zurückging …«

»Was willst du damit sagen?« Winmars Saphiraugen weiteten sich, als wollten sie aus den Höhlen treten. »Wage nicht zu behaupten, dass ich es sei, der Schuld an allem trägt.«

»Nein, mein König«, versicherte Vigor nach kurzem Zögern. »Dennoch scheint ein Zusammenhang zu bestehen, denn der Ausbruch der Gefangenen erfolgte unmittelbar nachdem die Kasematten überflutet wurden.«

»Und? Was hat das eine mit dem anderen zu tun?«

»Das weiß ich noch nicht, mein König. Aber es steht inzwischen zweifellos fest, dass die Prinzessin Hilfe von außerhalb hatte. Wir haben die Kerkerwachen mit eingeschlagenen Schädeln aufgefunden. Einer meiner Leute scheint wortwörtlich dazu benutzt worden zu sein, die Zellentür aufzubrechen. Wer immer Aryanwen also befreit hat, muss über beträchtliche Körperkräfte verfügen.«

»Du hast eine Vermutung.«

»Nun, während des Zwischenfalls in den Kasematten kam ein Höhlentroll frei. Möglicherweise hat er …«

»Ein Höhlentroll als Tatverdächtiger?« Winmars sich überschlagende Stimme geisterte als Dutzendfaches Echo zwischen den Säulen umher, so als würden die in Stein gemeißelten Münder der alten Könige sie fortwährend wiederholen. »Diese Kreaturen sind so dumm, dass sie ihren eigenen Schatten nicht finden, geschweige denn den von jemand anderem!«

»Eine andere Lösung habe ich vorerst nicht anzubieten, mein König«, erklärte Vigor entschuldigend. »Außer vielleicht …«

Winmar war stehen geblieben. »Was?«, verlangte er zu wissen, als sein Scherge zögerte.

»Nun, es ist noch nicht bestätigt, aber …«

»Ich verlange Antworten von dir, jetzt gleich!«

»Am Südufer des Blutsees wurden drei zerstörte Kaldronen aufgefunden.«

»Und?« Winmar bleckte die goldenen Zähne. »Willst du mir erzählen, die Prinzessin und dieser Junge hätten es mit drei unserer Kampfmaschinen aufgenommen und sie zerstört?«

»Wie ich schon sagte, sie hatten sehr wahrscheinlich tatkräftige Hilfe, auch wenn ich noch nicht weiß, von wem.«

»Und wie sollen sie bis zum Blutsee gelangt sein? Die Flüchtlinge müssten unterwegs einer deiner Patrouillen ins Netz gegangen sein.«

»Nicht unbedingt. Ich hatte angenommen, dass sie den nächstliegenden Weg einschlagen und versuchen würden, nach Süden über die Reichsgrenze zu entkommen. Aber vielleicht war das ein … Trugschluss. Vielleicht sind sie durch einen der Lüftungsschächte geflüchtet und haben die Festung in östlicher Richtung verlassen. Das würde erklären, weshalb unsere Warge keine Spur von ihnen finden konnten.«

»Du verdammter Versager! Wenn sie tatsächlich am Stausee gewesen sind, bedeutet das, dass sie nach Osten wollen, nach Ansun, wohin auch Aryanwens Vater zieht. Wenn es ihnen gelingt, ihn zu warnen, ehe er Osberts Truppen angreift, lasse ich dich bei lebendigem Leibe im tiefsten Stollen vergraben!«

»Mein König, noch wissen wir nicht, ob es tatsächlich so gewesen ist.«

»Dann finde es heraus, du Nichtsnutz«, beharrte Winmar, der sich wieder etwas unter Kontrolle hatte und auf die grausige Staffage neben seinem Thron deutete. »Dein Kopf würde sich auf diesem Pfahl ebenso gut machen.«

»Nein, mein König«, versicherte Vigor – und verspürte

einmal mehr jenes Unbehagen, das ihn seit geraumer Zeit in der Gegenwart seines Herrschers befiel, gepaart mit blanker Todesangst. So also, dachte er, fühlte sich das an. Über so viele andere Leben hatte er entschieden, sie mitunter recht abrupt oder auch quälend langsam beendet. Diese Erfahrung jedoch machte er zum ersten Mal, und er konnte nicht behaupten, dass sie ihm gefiel …

In diesem Augenblick wurde die Tür zum Thronsaal geöffnet. Ein Bote trat ein und verbeugte sich tief.

»Herr, ein Besucher bittet zu Euch vorgelassen zu werden.«

»Elender Wurm«, knurrte Winmar. »Für diese Störung sollte ich dich den Höhlenwürmern zum Fraß vorwerfen!«

»Verzeiht, mein König.« Der Bote war mit der Stirn fast am Boden. »Aber der Mensch behauptet, es wäre dringend.«

»Ein Mensch?«

»Ein gewisser Lord Lavan. Er behauptet, Ihr würdet ihn kennen.«

»Eine dreiste Lüge«, war Vigor überzeugt. »Die Wachen sollen den Mann ergreifen und meinen Leuten übergeben, ich werde …«

»Er soll eintreten«, fiel Winmar ihm kurzerhand ins Wort.

»Aber, mein König …«

Der Zwergenherrscher beantwortete Vigors Einwurf mit einem Blick, der klarmachte, dass zumindest er den Neuankömmling sehr wohl kannte. Vigor dämmerte, dass er nun jenen geheimnisvollen Informanten kennenlernen würde, auf den der König solch große Stücke hielt.

Es dauerte einen Moment, bis der Diener zurückkehrte – in seiner Gesellschaft befand sich ein kahlköpfiger Mann, dessen Leib fett und aufgedunsen war. Die Rüstung, die er trug, wirkte lächerlich an ihm.

»Erlauchter Herrscher«, schmeichelte er und verbeugte sich kaum weniger tief als der Diener zuvor. »Danke, dass Ihr mich empfangt.«

»Offen gestanden bin ich überrascht, Euch hier anzutreffen, Lavan«, entgegnete Winmar. »Es war vereinbart, dass Ihr niemals hierherkommen solltet, wenn ich mich richtig erinnere.«

»Das war es«, stimmte der Landgraf beflissen zu, dessen Schädel vor Schweiß nur so glänzte, »und ich riskiere viel, indem ich Euch aufsuche. Jedoch habe ich Euch eine Mitteilung von großer Wichtigkeit zu machen, die ganz Erdwelt verändern könnte.«

»Große Worte.« Winmar starrte Lord Lavan einige Augenblicke lang kalt an, dann konnte er seine Neugier jedoch nicht verbergen. »Und was für eine Mitteilung ist das? Ich hoffe, sie ist so bedeutsam wie Ihr behauptet.«

»Das ist sie, Majestät«, versicherte Lavan und wartete einen effektheischenden Augenblick lang. »Euer Rivale König Tandelor ...«

»Er ist nicht mein Rivale«, machte Winmar verächtlich. »Nur ein lästiger Stein auf meinem Weg zur Unsterblichkeit.«

»Gut, also Tandelor ...«, fuhr Lavan eingeschüchtert fort. »Was ist mit ihm?«

»Er hat nicht mehr lange zu leben.«

3.

DOUSASH'HAI

»Er wagt es! Dieser alte Narr wagt es tatsächlich!«

Die zur Faust geballte Rechte Osberts von Ansun krachte lautstark auf den Tisch, an dessen schmalem Ende der Herzog stand. Darauf ausgebreitet lag eine Landkarte des Grenzlandes. Die bunt bemalten Klötzchen aus Kork, die das herannahende Heer von Tirgaslan repräsentierten, wurden von der Erschütterung wild durcheinandergeworfen. »Genügt es nicht, dass ich mich mit starrsinnigen Klansherren auseinandersetzen muss? Dass die Bewohner von Taik nach Unabhängigkeit streben? Muss ich mich jetzt auch noch einem Angriff Tirgaslans ausgesetzt sehen? Woher nimmt Tandelor diese Unverfrorenheit? Woher plötzlich diesen Mut? Wenn er gegen Ansun marschiert, nimmt er in Kauf, dass Winmars Horden seine Nordgrenze überrennen!«

Die Nachricht, dass sich das Heer seines Erzfeindes auf die Grenze zubewegte, hatte Osbert auf dem Rückweg von Taik erreicht. In einem Gewaltritt war er nach Ansun zurückgekehrt, wo sein Sohn bereits auf ihn wartete …

»Wie ich schon sagte, Vater«, brachte Dag sich in Erinnerung, der ein wenig abseits stand, in einen grünen Umhang gehüllt und augenscheinlich das genaue Gegenstück zu seinem sich zusehends in Rage redenden Vater. »Tandelor ist der Ansicht, dass wir seine Tochter Aryanwen gefangen halten.«

»Wie kommt er darauf?« Osbert fuhr sich durch das ergraute Haar, das er wie sein Sohn schulterlang und offen trug, während er wütend auf die durcheinandergepurzelten

Klötzchen starrte; die roten Klötze standen für je zwanzig Reiter, die grünen für Fußvolk, die gelben für Bogenschützen. Insgesamt hatte Tandelor laut den Schätzungen der Späher rund 5000 Mann unter Waffen, dazu einen beträchtlichen Tross, und sie alle befanden sich auf dem Weg zur Grenze … »Warum traut er mir eine solche Hinterlist zu? Bin ich etwa kein Mann von Ehre?«

»Das bist du, Vater«, räumte Dag ruhig ein. »Aber König Tandelor ist geblendet von einer Intrige König Winmars.«

»Trotz der Rivalität unserer Reiche und trotz allem, was das Haus Tirgaslan unserer Familie angetan hat, würde ich niemals etwas so Niederträchtiges tun.«, knurrte Osbert. »Aber wenn Tandelor dem Gewäsch des Zwergs unbedingt Glauben schenken will, so verdient er eine entsprechende Antwort. Vielleicht ist es am besten so. Wenn er die Entscheidung will, so soll er sie bekommen. Es war höchste Zeit, dass der Streit zwischen uns endgültig geklärt wird.«

»Vater, das kann nicht dein Ernst sein!«

»Was erwartest du?«, fuhr Osbert seinen Sohn an, dass es von der holzgetäfelten Decke der Ratskammer widerhallte. »Dass ich die Grenzposten abziehe und dabei zusehe, wie sich dieser Tyrann mein Herzogtum unter den Nagel reißt?«

»Tandelor ist kein Tyrann, Vater – er ist der rechtmäßige König von Tirgaslan.«

»Von wessen Gnaden? Ich habe diesem Betrüger nicht gehuldigt, und ich werde es auch niemals tun! Lieber trete ich ihm im Kampf entgegen. Ansun wird sich mit allem wehren, was es hat.«

»Und dann? Wie lange soll das noch so weitergehen, Vater? Zwerge gegen Orks, Orks gegen Orks, Zwerge gegen Menschen, Menschen gegen Menschen …«

»Es geht so lange weiter, wie es nötig ist, Sohn. Ich habe diesen Krieg nicht begonnen.«

»Nein«, räumte Dag ein. »Aber du tust auch nichts, um ihn zu beenden.«

»Und das sagst du mir?« Mit bebender Hand deutete

Osbert auf die Landkarte auf dem Tisch und die Klötzchen darauf. »Ich bin es nicht, der mit fünftausend Mann auf das Gebiet seines Rivalen zumarschiert.«

»Aber du bist bereit, dich auf den Schlagabtausch einzulassen.«

»Und ist das nicht mein gutes Recht? Darf ich nicht verteidigen, was mein ist? Noch dazu, da ich fälschlicherweise verdächtigt werde und meine Ehre beschmutzt wird!«

»Deine Ehre.« Dag seufzte.

»Jawohl, die Ehre eines Feldherrn«, bekräftigte Osbert und ballte die Faust. »Wenigstens habe ich noch etwas davon – anders als du, der du dich immer dann davonschleichst, wenn es gefährlich wird. Warum hast du nicht längst das Kommando über eine Horde Ork-Söldner übernommen und den verdammten Zwergen an der Westgrenze das Fell über die Ohren gezogen?«

»Ich diene dir auf andere Weise, Vater.«

Der Herzog schnaubte verächtlich. »Indem du seltsame Luftblasen baust und mir etwas von fliegenden Kriegern erzählst, ist es nicht so?«

»Meine Erfindung hat funktioniert«, verteidigte sich Dag.

»Erfindung.« Osbert murmelte eine halblaute Verwünschung in seinen grauen Vollbart. »Wenn ich das schon höre! Deine Aufgabe als mein Erbe ist es, hier bei mir zu sein, wenn unser Herzogtum bedroht wird, statt dich in der Welt herumzutreiben und deinen Hirngespinsten nachzujagen.«

»Ich hatte meine Gründe zu gehen und wollte sie dir mitteilen«, entgegnete Dag. »Aber du wolltest nicht zuhören.«

»Weil ich Wichtigeres zu tun habe, als deinen Hirngespinsten zu lauschen«, herrschte Osbert seinen Sohn an. »Falls du es noch nicht bemerkt hast, wir werden in unserer Existenz bedroht! Zwerge bedrohen unsere Grenzen, und das Heer von Tirgaslan marschiert auf unsere Stadt zu, und ich will von dir keine Entschuldigungen hören, sondern …«

In diesem Moment wurde es Rammar zu viel.

Hinter dem Vorhang stehend, der die Ratskammer der Burg vom Vorraum trennte, hatte der dicke Ork abgewartet, weil Dag darauf bestanden hatte, den Herzog auf die Begegnung vorzubereiten – doch da nicht zu erwarten war, dass Vater und Sohn auf absehbare Zeit zu einer Einigung gelangen würden, beschloss Rammar, den Vorgang ein wenig zu beschleunigen.

»*Korr*«, schnaubte er, während er vor den Vorhang trat. »das ist ja nicht auszuhalten! Kein Wunder, dass ihr Menschen Krieg gegeneinander führt, wenn nicht mal mehr *trolok* und *shnorsh* zusammenhalten!«[*]

Herzog Osbert erbleichte, als er die feiste grüne Gestalt erblickte. »Was hat das zu bedeuten?«, rief er, während seine Hand bereits zum Schwertgriff fuhr. »Wache, ergreift den Unhold!«

»Nein!«, sagte Dag schnell, als die beiden Posten, die an der Rückwand der Kammer postiert waren, die Klingen ziehen und eingreifen wollten. »Rammar ist ein Freund, Vater!«

»Ein Freund?« Osbert musterte den Ork abschätzig. »Das kann nicht dein Ernst sein. Allerdings, wenn ich darüber nachdenke, hast du in der Wahl deines Umgangs noch nie besonderes Geschick bewiesen.«

»Verstehe«, schnaubte Rammar. »Um in deinem Krieg zu bluten, sind wir Orks dir aber gut genug, Herzog. Nur keine Sorge, ich lege keinen Wert auf die Freundschaft von Milchgesichtern. Und von verzogenen Herzögen erst recht nicht.«

»Wer bist du überhaupt, unförmiger Unhold?«, wollte Osbert jetzt wissen. »Und was willst du hier?«

»Das möchtest du wohl gerne wissen, was?«, fragte Rammar grinsend und rollte mit den Augen. Er genoss nichts so sehr, wie wenn er fühlte, dass seine Gegenwart jemandem Unbehagen bereitete. »Du möchtest unbedingt erfahren,

[*] Rammar nimmt hier auf ein altes orkisches Sprichwort Bezug: *Shnorsh douk tudok fada orr trolok* – »Der Haufen fällt nicht weit vom Troll«.

wer der geheimnisvolle Ork ist, der hier vor dir steht und warum dein Sohn mich gebeten, ach was, regelrecht gebettelt hat, ihm zu helfen?«

»Du hast – was?« Osbert starrte Dag verständnislos an.

»Hör dir an, was Rammar zu sagen hat«, bat Dag.

»Warum sollte ich? Ich habe Wichtigeres zu tun, als mein Gehör einem hergelaufenen Ork ...«

»Hergelaufen?« Rammar glaubte, nicht recht zu hören. »Dort, wo ich herkomme, bin ich ein König!«

»Das stimmt«, pflichtete Dag bei. »Und er und sein Bruder sind Helden der Geschichte Erdwelts! Ihnen zu Ehren wurde das Denkmal vor dem Palast von Tirgaslan errichtet!«

Osbert sah seinem Sohn direkt ins Gesicht – und es war nicht zu übersehen, dass er an dessen Verstand zweifelte. »Sonst noch etwas?«, wollte er wissen.

»Und sie haben mir das Leben gerettet«, fügte Dag hinzu. »Du schuldest Rammar also etwas.«

Osbert schloss die Augen und atmete mehrmals geräuschvoll ein und aus. Er schien kurz davor, vollständig die Fassung zu verlieren. Sein breiter Brustkorb bebte unter dem Kettenhemd, seine Hände ballten sich zu Fäusten. »Also nehmen wir an, das, was mein Sohn behauptet, sei die Wahrheit«, sagte er schließlich, »was willst du, Unhold? Gold?«

»Gold wäre nicht schlecht«, gab Rammar zu, »aber noch lieber wäre es mir, wenn du endlich den *beul* halten und mir zuhören würdest. Ich könnte schon längst mit allem fertig und auf dem Weg nach Hause sein. Also kommen wir endlich zur Sache.«

»Zu welcher Sache?«

»Du weißt, warum der König von Tirgaslan dich angreift?«

»Weil er denkt, ich hätte seine Tochter«, schnaubte Osbert.

»Und?«

»Und was?«

»Hast du sie?«

»Natürlich nicht!«

»Falsch«, verbesserte Rammar. »Balbok?«

In diesem Moment trat auch Balbok hinter dem Vorhang hervor – und bei ihm war Aryanwen.

»Wa-was hat das zu bedeuten?«, fragte Osbert entgeistert. »Was macht dieses Mädchen hier?«

»Vater«, stellte Dag vor, »dies ist Prinzessin Aryanwen, die Tochter König Tandelors von Tirgaslan.«

»Ich weiß, wer das ist, Sohn.« Einen Augenblick lang stand der Herzog wie vom Donner gerührt. Mit offenem Mund und leerem Blick suchte er sich auf all das einen Reim zu machen. Dann, plötzlich, hellten sich seine bärtigen Züge auf. »Sollte es wahr sein?«, fragte er Dag. »Solltest du tatsächlich einmal in deinem Leben etwas richtig gemacht haben?«

Dag lächelte schwach. »Wobei die Ehre nicht mir gebührt, sondern Balbok und Rammar. Wären sie nicht gewesen, hätten Aryanwen und ich …«

»Meine Anerkennung«, fiel Osbert ihm ins Wort. »Das gibt uns das Druckmittel in die Hand, das wir brauchen. Wenn Tandelor nicht abzieht, werde ich seine Tochter von der obersten Zinne werfen lassen.«

»Und damit beweisen, dass du genauso brutal und ruchlos bist, wie er sich einbildet«, hielt Dag dagegen. »Was ist mit der Ehre, von der du eben noch gesprochen hast?«

»Davon verstehst du nichts, Junge. Hier geht es um das Überleben unseres Volkes. Wachen!«, rief er. »Ergreift die Prinzessin!«

»Nein!«, rief Dag entschieden und griff nach seinem Schwert, während er sich gleichzeitig vor Aryanwen stellte. »Aryanwen steht unter meinem persönlichen Schutz!«

»Was ist das für ein Theater?«, fragte Osbert fassungslos. »Was soll das nun wieder heißen?«

»*Umbal*, begreifst du denn gar nichts?«, fragte Rammar. »Du bist ja noch begriffsstutziger als mein Bruder, und das will schon etwas heißen.«

»*Korr*«, stimmte Balbok zu.

»Aryanwen und ich gehören zusammen. Wir lieben einander«, erklärte Dag, der einen Arm um die Prinzessin gelegt hatte. Die andere Hand hatte er nach wie vor am Griff des Schwertes.

Osbert prustete wie jemand, der sich den Mund verbrannt hatte. »Du und die Tochter meines größten Feindes? Was ist das für ein Unsinn?«

»Kein Unsinn, sondern die Wahrheit«, versicherte Aryanwen, die höflich das Haupt neigte.

»Aber wie …? Wann …?«

»All das zu erklären, würde zu lange dauern«, wandte die Prinzessin ein. »Wichtig ist im Augenblick nur, dass mein Vater auf dem Weg hierher ist, weil er denkt, dass Ihr mich entführt hättet!«

»Aber das ist nicht wahr!« Osbert stampfte mit dem Fuß auf.

»So wenig wahr wie die Behauptung, dass mein Vater die Schuld am Tod Eures Vaters Herzog Valeran trage«, ergänzte Aryanwen, worauf Osbert merklich zusammenzuckte.

»Wir wissen natürlich, dass du das Mädchen nicht entführt hast, wirrer Herzog«, versicherte Rammar. »Aber Tandelor weiß es nicht. Und es ist nun mal nicht zu leugnen, dass sie hier ist, oder?«

»Nein«, gab der Herzog zu.

»Du hast also zwei Möglichkeiten«, fasste Rammar zusammen. »Entweder, du beißt die Zähne zusammen wie ein Krieger und trägst den Kampf mit Tandelor aus, auch wenn du eigentlich unschuldig bist – oder du lässt das Mädchen das Missverständnis aus der Welt räumen und erklärst dich zu Verhandlungen mit Tandelor bereit.«

»In der Tat«, bestätigte Dag.

Osbert schnaubte. »Ich kann nicht begreifen, dass mein eigener Sohn mit diesen Unholden unter einer Decke steckt. Du hast dich gegen mich verschworen. Du bist ein elender Verräter.«

»Bevor du deinen Sohn einen *trurkor* nennst, solltest du

erkennen, wo deine wahren Feinde sind, Trollhirn«, empfahl ihm Rammar und gestikulierte mit dem verstümmelten Arm. »Dieser verlogene Hund von einem Zwergenkönig ist es schließlich gewesen, der dir die Sache mit der Entführung der Königstochter angehängt hat. Er und niemand sonst ist schuld daran, dass Tandelor deinen Kopf will – die garstige Prinzessin und dein einfältiger Spross wollen dir nur helfen!«

»Vielen Dank«, zischte Osbert mit einem strafenden Blick in Richtung seines Sohnes. »Auf solche Hilfe verzichte ich.«

»*Korr*, das ist dein gutes Recht.« Rammar nickte. »Natürlich kannst du auch in einen völlig hirnrissigen Krieg ziehen und euer aller Schicksal besiegeln. Denn am Ende, wenn kaum noch einer von euch auf den Beinen steht, wird Winmar seine Blecheimer schicken, und dann geht der Spaß erst richtig los, Osram.«

»Rossbart«, verbesserte Balbok.

»Osbert«, knurrte der Herzog.

»Wie auch immer.«

»Aber … was soll ich tun?«, fragte der Herzog.

»Was kein Ork jemals tun würde – verhandeln«, beschied Balbok ihm grinsend. »Triff dich mit Tandelor und lege deinen Streit mit ihm bei.«

»Ausgeschlossen.«

»Du musst es tun, Vater«, bekräftigte Dag.

»Und wenn ich das nicht will?«

»Dann werdet ihr alle draufgehen«, war Rammar überzeugt. »Ist mir aber *shnorsh*egal, weil ich dann längst wieder in meinem Palast sitze und *bru-mill* fresse.«

»Ich ebenfalls«, meinte Balbok begeistert und klatschte vor Vorfreude in die Klauen.

»Natürlich könntet ihr die Sache auch mit einer ordentlichen Partie *kas-bhull* austragen«, schlug Rammar vor.

»*Korr*«, stimmte Balbok zu und reckte belehrend einen Klauenfinger in die Höhe. »Dazu muss man wissen, dass Rammar die Regeln des alten Spiels geändert hat. Man darf den *bhull* jetzt nur noch mit dem Fuß spielen, während man früher …«

»Also gut«, erklärte der Herzog mit einem Flüstern.

»Ist das wahr, Vater?« Dag schüttelte ungläubig den Kopf. »Du willst tatsächlich mit Tandelor verhandeln?«

»Habe ich eine andere Wahl? Es graut mir davor, dem Vorschlag meines verliebten Sohnes und seiner stinkenden Unholdfreunde zu folgen, aber was soll ich sonst tun?« Osbert verzog missbilligend das Gesicht. »Aber das Treffen muss auf neutralem Grund stattfinden.«

»Zwischen den Reichen«, versicherte Dag. »An einem Ort, wie er neutraler nicht sein könnte.«

»Ich bin überzeugt, dass mein Vater darauf eingehen wird«, pflichtete Aryanwen bei.

»Und wie sollen wir ihm das Angebot übermitteln? Wenn Tandelor der Ansicht ist, dass ich seine Tochter habe, wird er meine Boten kurzerhand töten lassen.«

»Das überlass uns«, entgegnete Dag.

»Ich kann nicht glauben, dass ich das wirklich tue«, keuchte der Herzog. Ich gebe mein Reich in die Hand meines träumerischen Sohnes. Und den Vorteil, den mir das Schicksal unverhofft verschafft hat, leichtfertig aus der Hand …«

»… und gewinnst damit unsere Zukunft«, bestärkte ihn Dag und legte ihm anerkennend die Hand auf die Schulter.

»Irrtum, verehrter Herzog«, widersprach Rammar kopfschüttelnd. »Nicht das Schicksal hat dir diesen Vorteil verschafft. Sondern die beiden Orks, die hier vor dir stehen. Das, *umbal*, solltest du nicht vergessen.«

4.

PUSOUN BUAISH'DOK

Das Licht der Kerzen, die in dem schmiedeeisernen Leuchter brannten, warf bizarre Schatten an Wand und Decke des Zeltes – Schatten, die in Tandelors fiebriger Phantasie die Gestalt von Drachen annahmen, von Trollen und Orks und anderen Wesen aus den dunklen Tiefen der Welt.

Die Hand des Königs, die schwach geworden war in den letzten Tagen, umklammerte den Griff des Schwertes, das an seinem fellgepolsterten Lager lehnte. Sein Haar war nass, Schweiß glänzte auf seiner bleichen Stirn, seine Augen zuckten unruhig umher und hatten Mühe, ein festes Ziel zu finden.

»Mein König?«

Als die beiden Männer das Zelt betraten, schloss sich Tandelors Hand fester um den Schwertgriff. Er brauchte einen Moment, um sich zu erinnern, dass es die Männer waren, nach denen er hatte schicken lassen. Seine Vertrauten …

»Lord Savaric, Lord Ruvon«, stieß er hervor, als er die Besucher an ihrer Gestalt und der Farbe ihrer Waffenröcke erkannte.

»Wir sind hier, mein König«, bestätigte der hagere Savaric, der den schwarzen Rock seines Hauses trug. »Wie geht es Euch?«

»Um die Wahrheit zu sagen, nicht sonderlich gut«, entgegnete Tandelor und versuchte, sich auf seinem Lager aufzurichten, was ihm allerdings erst dann gelang, als die beiden Kronräte ihm zu Hilfe kamen. »Ist das nicht eine eigenartige Ironie?«, fragte er mit kraftloser Stimme. »Lange Jahre habe ich damit zugebracht, auf dem Thron zu sitzen und die Dinge um mich herum geschehen zu lassen, nur auf das zu reagieren, was andere taten. Und nun, da die Entführung meiner Tochter mich aus dieser Lethargie gerissen hat, ereilt mich die Seuche.«

»Die Ärzte bezweifeln, dass es die Seuche ist«, widersprach der kleinwüchsige Ruvon. »Andernfalls hätte sie im Lager längst um sich gegriffen.«

»Dann muss ich dem Schicksal wohl dankbar sein.« Tandelor versuchte ein freudloses Lachen, das jedoch in einen heftigen Hustenkrampf überging. Mit heiserem Stöhnen sank der König auf sein Lager zurück.

»Ihr müsst Euch schonen«, beschied Savaric ihm mit besorgt zusammengezogenen Brauen.

»Was würde das noch helfen?«, keuchte Tandelor.

»Die Ärzte sagen, dass sie sich das Fieber nicht erklären können. Aber sie schließen auch nicht aus, dass es ebenso schnell wieder verschwindet, wie es Euch befiel.«

»Glaubt Ihr das auch?« Tandelor schürzte die spröden Lippen. »Seit wir Tirgaslan verlassen haben, hat sich mein Zustand mit jedem Tag verschlechtert – als ob mich das Schicksal dafür strafen wollte, dass ich so lange gezögert habe. Ich bin meinem Volk ein schlechter König gewesen.«

»Das ist nicht wahr, Herr«, widersprach Savaric. »Ihr habt stets getan, was für das Reich am besten gewesen ist.«

»Ihr seid ein Schmeichler. Ihr kennt meine Versäumnisse ebenso gut, wie ich sie kenne, genau wie Ihr, Lord Ruvon, und wie Lavan, der ...« Erst jetzt fiel Tandelor auf, dass der dritte im Bunde fehlte. »... wo ist er überhaupt? Wo ist Lord Lavan?«

»Lavan hat das Heer verlassen, um auf seinen Ländereien im Norden nach dem Rechten zu sehen, mein König – so, wie Ihr es ihm gestattet habt. Er hat jedoch versichert, dass er so rasch wie möglich zurückkehren wird, um uns in unserem Kampf beizustehen.«

»Und das habt Ihr ihm geglaubt?«

»Wir haben keinen Grund, ihm nicht zu glauben, mein König«, versicherte Savaric. »Im Kronrat mögen Lord Lavan und ich oft verschiedener Meinung gewesen sein, doch wir alle wissen, was wir Euch und dem Reich schuldig sind, deshalb haben wir unseren Zwist beigelegt und sind einander nun treu verbunden.«

»Treue«, echote Tandelor, und der fliehende Blick seiner Augen richtete sich auf Savaric. »Treue ist selten geworden in diesen Tagen.«

»Mein König?« Hätte Tandelor den Blick bemerkt, den Savaric und Ruvon einander zuwarfen, so hätte er darin vielleicht eine Spur von Argwohn entdeckt, vielleicht auch von Furcht. So jedoch blieb ihm beides verborgen.

»Ich schätze mich glücklich, dass ich Männer wie Euch unter meinen Getreuen weiß«, erwiderte Tandelor leise und mit brüchiger Stimme. »Ihr alle seid über Euch hinausgewachsen und habt Euch der Herausforderung gestellt. Ihr seid bereit, Euer Leben zu wagen, um das meines Kindes zu retten, das werde ich Euch niemals vergessen – weder in dieser Welt noch in einer anderen.«

»Mein König, ich …«

»Deshalb«, fuhr Tandelor unbeirrt fort, »will ich Euch meinen letzten Willen anvertrauen, solange mein Verstand noch dazu fähig und meine Zunge noch dazu in der Lage ist.«

»Aber nein, mein König«, wandte Ruvon ein und eilte an das Lager seines Herrschers, »dafür ist es noch zu früh, wir …«

»Sollte ich dem Tod entrinnen, so betrachtet dies, was ich Euch nun sage, als hinfällig. Doch für den Fall, dass das Fieber im Kampf um mein Leben den Sieg davonträgt, sollt Ihr wissen …« Er unterbrach sich und keuchte. »Ihr sollt wissen, dass ich manches in meinem Leben bedaure – vor allem aber bedaure ich, zu lange gezögert und … Osbert nicht schon viel früher in seine Schranken gewiesen zu haben. Ich glaubte stets, dass der Herzog nur blind wäre vor Schmerz – nun jedoch habe ich erkannt, dass er verdorben ist bis ins Mark und vom Bösen durchdrungen. Ich habe geschworen … ihn für sein Vergehen zu bestrafen und meine Tochter zu befreien.« Er sah auf. »Und Ihr müsst mir versprechen, dass Ihr dieses mein Vorhaben zu Ende führen werdet, sollte es mir nicht vergönnt sein.«

Er hatte zuletzt immer leiser und stockender gesprochen und musste einige Atemzüge lang pausieren, ehe er fortfahren konnte: »Aryanwen ist mein einziges Kind und damit die … rechtmäßige Erbin der Krone. Das Blut großer Vorfahren fließt in ihren Adern, von Geburt an ist sie dazu bestimmt, den Alabasterthron zu besteigen.«

»Gewiss, mein König«, sagte Savaric nur.

»Dennoch wird sie Hilfe brauchen, Eure Hilfe … In diesen unruhigen Zeiten wird niemand bereit sein, eine junge Frau als Königin anzuerkennen. Winmar wird der Erste sein, der Ansprüche auf den Alabasterthron anmeldet, und andere werden ihm folgen.«

»Das steht zu befürchten, mein König.«

»Was sie braucht, ist ein … starker Mann an ihrer Seite«, schloss Tandelor seine Rede, wobei er seinen fiebrigen Blick zuerst auf Savaric und dann auf Ruvon richtete. »Wer immer von Euch es sei, findet den Besten unter Euch heraus und sorgt dafür, dass er an Aryanwens Seite das Reich in eine gute und friedliche Zukunft führt. Der lange Krieg … er muss enden.«

»Das wird er, mein König.«

Erneut ein Blick, mit dem sich die beiden Kronräte über den reglosen Körper ihres Herrschers hinweg bedachten.

»Enden muss er … der lange Krieg …«

Tandelors Stimme verblasste zu einem Murmeln, ein verhallendes Echo, das den König in den tiefen Schlaf begleitete, in den er erneut fiel und in dem die Schatten an der Zeltwand wieder zu grässlichen Nachtmahren wurden, die ihn in seine Träume verfolgten und nach seiner Herrschaft und seinem Leben trachteten.

5.

MOR TORMA
UR'LUCHGA'HAI

»Ruun! Ruun! Ruun! Ruun …!«

Die Gewölbe von Gorta Ruun erzitterten unter den Rufen, die die versammelten Zwergenkrieger ausstießen, während sie die Schäfte ihrer Äxte auf den harten Steinboden stießen.

»Ruun! Ruun! Ruun …!«

Es war Kriegsgesang und Verehrung zugleich, und es galt dem Mann, der oben auf der Balustrade stand, von der aus sich das mächtige, aus mehreren Höhlen bestehende Gewölbe überblicken ließ: Winmar von Ruun. In seiner scharlachroten Robe, auf deren Brust das Axtsymbol prangte, die Zinnenkrone auf dem Haupt, stand der Herrscher der Zwerge da und blickte auf das gewaltige Heer, das sich zu seinen Füßen formiert hatte – und das dennoch nur einen Teil seiner Streitmacht darstellte. Hilfstruppen, die sich aus Ork-Söldnern und Gnomenkriegern zusammensetzten, würden den Kampfverband verstärken, der sich auf den Weg nach Osten begeben würde, zur Grenze von Ansun, wo die Entscheidung wartete.

Winmars Brust weitete sich, als er auf die Reihen der Krieger in ihren Panzern aus schimmerndem Zwergensilber blickte; auf die Kaldronen, die säuberlich aufgereiht dort unten standen; und auf die mit Metallplatten gepanzerten Wagen und Katapulte, die von Höhlentrollen gezogen wurden und die Tod und Verderben auf den Feind werfen würden.

Der Anblick erfüllte Winmar gleichermaßen mit Furcht und Stolz. Stolz empfand er, weil es keinen anderen Zwergenkönig zuvor gelungen war, solch geballte Macht unter seiner Herrschaft zu vereinen; Furcht, weil er um seine Verantwortung wusste und um die Erwartungen, die *er* an ihn stellte – und weil ihm klar war, dass es, wenn diese Streitmacht Gorta Ruun erst verlassen hatte, kein Zurück mehr gab.

»Und Ihr seid sicher, dass das Gift wirkt?«, erkundigte er sich zum ungezählten Mal bei dem Mann, der neben ihm stand und ihn beinahe um die ganze Körpergröße überragte.

Lord Lavan sah zu ihm herab. Ein beflissenes Lächeln huschte über seine bleichen, schwammigen Züge, die etwas von einem Moderolm hatten. »In der ganzen Zeit, in der ich Euch nun schon diene«, erwiderte er dann, »habe ich Euch je hintergangen?«

»Hättet Ihr es getan, wärt ihr längst tot. Aber Ihr seid ein Mensch«, entgegnete Winmar ungerührt. »Und Menschen ist nicht zu trauen.«

»Damit mögt Ihr recht haben – den Gesetzen von Vor- und Nachteil jedoch könnt Ihr jederzeit vertrauen. Ich gewinne nichts, wenn Tandelor Ansun besiegt und diesen Krieg womöglich für sich entscheidet. Seid Ihr es jedoch, der triumphiert …«

»… mache ich Euch zum Herrn von Tirgaslan«, ergänzte Winmar ohne Zögern, »als meinen Diener und Vasall.«

»Mit Freuden, mein König«, erwiderte Lavan und neigte ergeben das kahle Haupt.

»Und Eure Mitverschwörer?«

»Ahnen nichts von alledem – weder davon, dass ich hier bei Euch bin, noch von der Verbindung, die wir seit geraumer Zeit unterhalten.« Der Lehnsherr lächelte wissend. »Sie glauben, das Heft des Handelns selbst in den Händen zu halten, dabei sind sie ebenso töricht wie Tandelor selbst. Vermutlich denken sie darüber nach, wie sie sich gegenseitig aus dem Weg räumen können, wenn der König nicht mehr ist. Aber wie heißt es bei uns Menschen doch so schön? Wenn zwei sich streiten …«

»… entscheidet die Axt«, ergänzte Winmar. »Ich weiß, das Sprichwort gibt es auch bei uns. Aber ich pflege mein Vertrauen nicht alten Weisheiten zu schenken, sondern vollendeten Tatsachen. Wenn Tandelor nicht tot sein sollte, wie Ihr behauptet …«

»Bis zum Eintreffen Eures Heeres wird er nicht mehr am Leben sein«, versicherte Lavan. »Das Gift, das wir ihm verabreicht haben, wirkt zuverlässig wie ein Dolchstoß ins Herz – nur sehr viel langsamer.«

»Warum?«, wollte Vigor wissen, der bei ihnen auf der Balustrade stand, am äußeren Rand, wohin Lavans überraschende Ankunft ihn verdrängt hatte. »Wenn Ihr Euch zum Königsmord entschieden habt, warum wählt Ihr dann diesen Weg? Hat Euer Mut nicht ausgereicht, um Tandelor ins Auge zu blicken, wenn Ihr ihm den Todesstoß versetzt?«

»Mitnichten, mein unwirscher Freund«, beschied Lavan ihm. »Aber es muss auch ein Leben nach dem König geben, nicht wahr? Ein offener Mord hätte Tandelors Unterstützer auf den Plan gerufen und womöglich eine weitere Auseinandersetzung bedeutet, die sich das Reich nicht leisten kann. Wenn es hingegen aussieht, als wäre Tandelor von einem rätselhaften Fieber dahingerafft worden, wird niemand Fragen stellen.«

»Hör gut zu, Vigor«, sagte Winmar und grinste unter seinem schwarzen Bart. »Von Lord Lavan kannst du etwas lernen. Wärt Ihr nicht von solch unvorteilhafter Körpergröße, hätte ich womöglich Verwendung für Euch an meinem Hof.«

»Ihr schmeichelt mir, Majestät.«

»Ein Mann von Eurer Güte wäre mir willkommen, denn meine ach so gefürchtete Geheimpolizei hat schon Probleme damit, ein paar hergelaufene Kerkerflüchtlinge wieder einzufangen«, erklärte der Zwergenkönig, ohne auch nur in Vigors Richtung zu blicken.

»Ein törichtes Missgeschick, in der Tat«, versicherte Lavan, »das Euren Vertrauten niemals hätte unterlaufen dürfen. Ihr könnt von Glück sagen, dass ich Euch zu Hilfe kam.«

»Da hörst du es, Vigor«, knurrte Winmar. »Während du noch nach den Gefangenen suchst, hat Lord Lavan mir die Herrschaft über ganz Erdwelt auf einem goldenen Tablett serviert.«

In Vigors Miene zuckte es. Seine bärtigen Züge waren so verkniffen, dass man die Augen kaum erkennen konnte. »Ist das nicht etwas voreilig gesprochen, mein König?«, fragte er, seine Wut nur mühsam beherrschend.

»Glaubst du?« Winmar ließ seine goldenen Zähne blitzen. »Wenn Tandelor tot ist, wird sich sein Heer in Luft auflösen. Die Orks werden ihm den Rücken kehren, weil sie um ihren Sold fürchten, und die Menschen werden sich verschreckt zurückziehen, kopflos und ohne Anführer – und in diesem Moment werden wir angreifen und die Schlacht um Erdwelt für uns entscheiden. So wie ich es geplant habe.«

»Euer ursprünglicher Plan war ein anderer«, wandte Vigor hilflos ein.

»Danke, dass Ihr mich daran erinnert – schließlich habt Ihr ihn durch Eure Unfähigkeit vereitelt. Zum Kampf zwischen Tirgaslan und Ansun wird es nun nicht kommen – dafür werde ich Tandelors Heer mit einem gezielten Schlag vernichten. Und nach ihm Ansun!«

Mit diesem Entschluss trat Winmar nach vorn an den Rand der Brüstung, worauf sich die Rufe der Kämpfer noch verstärkten. Der König genoss es sichtlich, badete in dem Geschrei, das ihm aus Tausenden von Kehlen entgegenscholl, ehe er die Arme hob und ihm Einhalt gebot. Innerhalb weniger Augenblicke wurde es still in dem riesigen Gewölbe, aller Augen waren auf den Herrscher des Zwergenreichs gerichtet.

»Soldaten!«, rief er so laut, dass es von den Höhlenwänden widerhallte. »Krieger des Zwergenreichs! Ich stehe heute vor Euch, um Euch eine großartige Neuigkeit zu verkünden: Der Krieg, den wir seit so vielen Jahren führen, der viele Eurer Kameraden und meiner treuen Untertanen das Leben gekostet hat, steht kurz vor seinem Ende – und Ihr, Söhne der Berge, seid es, die ihn siegreich für sich entscheiden werden!«

Vigor war wie stets verblüfft darüber, wie volksnah sich Winmar geben konnte, wenn er zu einer seiner Reden ansetzte. Es war fast, als sprächen verschiedene Stimmen aus ihm. Erneut gab es Jubel und zustimmendes Geschrei, bis Winmar wieder die Arme hob.

»Die Jahre der Unterdrückung«, fuhr er mit weithin hallender Stimme fort, »sind endgültig vorüber. Ebenso wie die Zeiten, in denen wir unseres Aussehens und unserer Körpergröße wegen von den Menschen verlacht wurden. Nach diesem Tag, meine getreuen Kämpfer, wird niemand mehr über uns lachen, sondern jede Kreatur und vor allem jeder Mensch in Erdwelt wird gelernt haben, unseren Zorn zu fürchten. Es ist an der Zeit, den Staub der Berge von unseren Füßen zu schütteln und uns zu nehmen, was rechtmäßig uns gehört. Die Ära der Elfen ist vor langer Zeit zu Ende gegangen, nun geht auch das Zeitalter der Menschen zu Ende – uns, den Zwergen, gehört das Erdwelt der Zukunft!«

Erneuter Jubel, der sich gar nicht wieder legen wollte. Schon wieder wurde hier und dort der Name des Königshauses skandiert, bis Winmar erneut das Wort ergriff. »In diesem Krieg«, hob er noch einmal an, »dem längsten, der je von unserem Volk geführt wurde, ging es niemals um Besitz, um Boden, um Nahrung oder weswegen auch immer in der Vergangenheit Kriege geführt worden sein mögen. Es ging immer nur darum, unserem Volk den Platz in der Geschichte zu verschaffen, der ihm seiner Bestimmung gemäß zukommt. An vielen Fronten haben wir gekämpft, haben die Grenzen des Zwergenreichs beständig erweitert; wir haben die Nordlande und das Nordmeer unterworfen und das Königreich Anar – doch die endgültige Entscheidung steht noch immer aus. Erst wenn das Banner des Zwergenkönigs über dem höchsten Turm von Tirgaslan flattert, ist die Mission beendet, auf die uns die Vorsehung geschickt hat. Und diese letzte Auseinandersetzung, diese letzte Schlacht und dieser größte Sieg stehen unmittelbar bevor!

Nur zu diesem Zweck seid ihr hier zusammengekommen, die tapfersten Krieger, die das Zwergenreich je gesehen hat. Geht hinaus und kämpft, meine Getreuen! Vereint euch mit dem Heer unserer Söldner und mit den Horden der Gnomenmark, bemannt die Kaldronen und marschiert dem Ruhm entgegen, der euch alle erwartet. Ich, Winmar von Ruun, König der Zwerge und Herr des Berges, werde nicht nur mit meinen Gedanken bei euch sein, sondern euch auch mit einer neuen Waffe ausstatten, wie sie zuvor noch niemals in Erdwelt gesehen wurde.«

Der Zwergenkönig wartete, bis seine Worte verhallt waren. »Diese Waffe«, fuhr er dann fort, auf die von den Trollen gezogenen Panzerwagen und Katapulte deutend, »wird euch auf eurem Feldzug begleiten. Als ›Winmars Faust‹ wird sie unter den Feinden Angst und Schrecken verbreiten – und ihr, meine Krieger, werdet den Sieg davontragen. Für mich, euren König, für das Volk der Zwerge – und für die Ewigkeit!«

Dem Jubel, der nun ausbrach, hätte selbst Winmar nicht mehr Einhalt zu gebieten vermocht.

»Ruun! Ruun! Ruun!«, erklang wieder der rhythmische Gesang, in den sich nun auch das Stampfen und Schnauben der Kaldronen mischte. Die Kriegsmaschinerie des Zwergenreichs war entfesselt – von einem kleinen Mann, der den meisten Menschen noch nicht einmal bis zur Hüfte reichte. Die kurzen Arme hoch erhoben, stand er an der Brüstung des Balkons und nahm die Ovationen seiner Krieger entgegen, die das gewaltige Aufmarschgewölbe endgültig in eine dröhnende, bebende Hölle verwandelten.

Vigor sah es mit wachsendem Grauen.

So sehr die zur Schau gestellte Stärke des Zwergenreichs auch ihn beeindruckte und so sehr er den Triumph über die Menschen herbeisehnte, so sehr wurmte ihn die Tatsache, dass es jemandem gelungen war, sich das Vertrauen des Königs zu erschleichen und dem Oberhaupt der königlichen Geheimpolizei seinen Posten streitig zu machen. In all den Jahren hatte Vigor seinem König stets die Treue gehalten, ihn mit aller Macht und all seinen Fähigkeiten unterstützt, den Bedenken zum Trotz, die ihn vor allem in letzter Zeit bisweilen gequält hatten.

Doch all dies, so hatte es den Anschein, war letzten Endes vergeblich gewesen, denn ein anderer hatte sich das Vertrauen des Königs erschlichen.

Und nicht irgendjemand.

Sondern ausgerechnet ein Mensch …

»Ihr seid ein begnadeter Redner«, sprach Lavan zu Winmar.

»Nicht wahr?« Der Zwergenkönig hatte wieder seinen seltsam entrückten Blick angenommen. »Sie würden mir blind folgen, überallhin. Sogar in den Tod.« Er trat wieder vor an die Brüstung und nahm den Beifall seiner Streiter auf wie einen warmen Sommerregen.

»Ihr seid das also gewesen«, raunte Vigor Lavan zu.

»Was meint Ihr?«

»Jener geheimnisvolle Informant, der dem König geheimes Wissen zukommen ließ und dessen Identität er nicht preisgeben wollte. Ihr seid das gewesen, die ganze Zeit über.«

»Stört es Euch?«, fragte Lavan, und für das Grinsen, das er zu Vigor hinunterschickte, hätte dieser ihm am liebsten die Zähne einzeln ausgerissen.

»Nicht doch«, widersprach der Zwerg. »Der Vorteil des Reiches ist auch mein Vorteil. Weshalb also sollte ich mich daran stören?«

»Erfreulich, dass wir uns einig sind«, erwiderte Lavan nur.

Und Vigor war klar, dass er einen neuen Todfeind hatte.

6.

LONK UR'OL'HAI

»Und du bist dir wirklich sicher, dass es diesmal klappen wird?«

Mit unverhohlenem Misstrauen blickte Rammar auf die Bahnen rot gefärbter Seide, die ausgebreitet auf der Wiese lagen, während zwei Dutzend Mägde damit beschäftigt waren, sie zusammenzunähen. Der Gedanke, sein Leben und vor allem sein Körpergewicht diesem federleichten Material anzuvertrauen, das von nichts anderem als heißer Luft in schwindelerregender Höhe gehalten wurde, kam ihm noch immer ziemlich wahnwitzig vor. Und auch die Tatsache, dass die Blase diesmal von länglicher Form und beträchtlich größer sein würde als beim letzten Mal, änderte daran nichts.

Dag, der zusammen mit Balbok dabei war, die frischen Nähte mit Harz abzudichten, musste grinsen. »Das Luftschiff gehorcht den Gesetzen der Natur, Rammar – und die gelten überall. Du kannst also beruhigt sein, dass es wieder fliegen wird.«

»Hoffentlich«, raunzte der Ork, keineswegs beruhigt. Noch immer konnte er sich dafür ohrfeigen, dass es sein Vorschlag gewesen war, ein neues Luftschiff zu bauen. Aber das dämliche Ding war nun einmal ein wichtiger Teil des Plans, den er gefasst hatte …

»Dieses Luftschiff wird noch um vieles zuverlässiger als sein Vorgänger«, suchte Dag ihn zu beschwichtigen.

»*Noch* zuverlässger.« Rammar schnitt eine Grimasse. »Mit dem anderen Ding wären wir fast abgestürzt!«

»Nicht mit diesem hier«, war Dag überzeugt. »Und es

wird stark genug sein, um nicht nur dich und Balbok zu tragen, sondern auch meinen Vater und den König.«

»Ein genialer Einfall, die Zusammenkunft der beiden in luftiger Höhe abzuhalten, Rammar«, anerkannte Aryanwen, die ebenfalls dabeistand und den Fortgang der Arbeiten beobachtete. »Einen neutraleren Ort kann es nicht geben. Und wenn der Boden erst einmal unter ihnen zurückfällt und ihre Heere unter ihnen schrumpfen, wird ihnen hoffentlich aufgehen, wie unsinnig es ist, wenn Menschen gegen Menschen kämpfen.« »Verrate mir nur eines«, verlangte Dag zu wissen. »Wieso wolltest du unbedingt, dass der Stoff rot eingefärbt wird?«

»Warum wohl?«, gab Rammar zurück. »Damit man das verdammte Ding besser sehen kann, ist doch klar! Sobald eure Väter dem Treffen zugestimmt haben, tauchen Balbok und ich am Himmel auf und nehmen die beiden an Bord.«

»*Korr*«, stimmte Balbok zu, »und wir lassen sie nicht eher wieder runter, bis sie sich geeinigt haben.«

»Und auf diese Weise«, fügte Aryanwen hinzu, »wird wiederhergestellt, was einst gewesen ist.«

»Worauf du einen lassen kannst, Prinzessin«, versicherte Rammar grinsend – und er und Balbok nickten einander entschlossen zu. Das war der Plan – jedenfalls, soweit es die Menschen betraf.

Was die beiden Orks anging, so hatten sie sich noch einen zweiten Plan zurechtgelegt, den sie den beiden ganz gewiss nicht auf die Nase binden würden. Unglücklicherweise machte auch dieser Plan es erforderlich, dass sie sich mit dem fliegenden Ungetüm in die Lüfte schwangen.

Allein der Gedanke, den festen Boden zu verlassen, verursachte Rammar Übelheit. Aber das, was Balbok und er vorhatten, ließ sich nun einmal nur so bewerkstelligen – auch wenn die Menschen natürlich wieder einmal dachten, es ginge dabei nur um sie. Aber da die Milchgesichter das meist taten, war es nicht weiter schwierig gewesen, ihnen die Idee von einem Treffen in luftiger Höhe – Balbok pflegte deshalb von einem »Gipfeltreffen« zu sprechen – zu verkaufen. Während Dag sofort begeistert gewesen war, hatte Aryanwen zunächst gezögert, und Rammar hatte schon befürchtet, dass sie irgendetwas auszusetzen haben und ihm einen Strich durch die Rechnung machen würde. Aber dann hatte auch sie zugestimmt, und die Sache war ins Rollen geraten.

Auf einer Lichtung, die ein Stück östlich der Stadtmauern auf einem Hügel lag, hatten sie eine behelfsmäßige Werkstatt eingerichtet und alles Gesinde mitgenommen, das entbehrt werden konnte; und während in der Burg und auf den Mauern der Stadt Vorbereitungen zur Verteidigung getroffen wurden, hatte der Sohn des Herzogs die vergangenen acht Tage auf – wie sein Vater es ausgedrückt hätte – eines seiner Hirngespinste verwendet.

»Eins verstehe ich nicht«, meinte Balbok. »Wenn du so schlau bist, dass du ein fliegendes Schiff erfinden kannst, wieso ist dein Vater dann nicht stolz auf dich?«

»Weil mein Vater nicht an Dinge wie diese glaubt«, entgegnete Dag mit einem gequälten Lächeln.

»Aber er sieht doch, dass das Schiff tatsächlich fliegt!«

»Ich will damit sagen, dass mein Vater nichts auf den Fortschritt gibt«, erklärte Dag. »Er steht für die alten Werte. Für eine Zeit, in der die eigene Sippe alles zählte, in der es Blutrache gab und in der mit dem Schwert in der Hand regiert wurde.«

»Dein Vater würde einen guten Ork abgeben«, knurrte Rammar.

»Wir leben in einer neuen Zeit«, erklärte Dag, »und diese Zeit stellt neue Anforderungen. Wenn wir uns weiter nur an das halten, was uns von unseren Vorfahren überliefert wurde, werden wir diesen Krieg nicht überleben. Die Zukunft gehört denen, die in der Lage sind, sich zu verändern.«

»Sich zu verändern«, äffte Rammar nach. »Wenn ich das schon höre! Sieh uns an! Balbok und ich stammen nicht aus eurer seltsamen Zeit, und wir haben uns auch nicht angepasst, sondern sind so, wie wir es immer waren. Hast du den Eindruck, dass wir dadurch irgendwelche Nachteile erleiden?«

»Kaum«, wehrte Aryanwen lächelnd ab. »Ihr wurdet nur von Zwergen gefangen, zu Zwangsarbeit verurteilt, giftigen Dämpfen ausgesetzt und wärt um ein Haar ertrunken, von Wargen aufgespürt und von Kaldronen erschlagen worden. Habe ich etwas vergessen?«

»Dass wir auf eine zickige Prinzessin gestoßen sind, hast du ausgelassen«, hielt Rammar schnippisch dagegen.

»Ein wenig Bereitschaft, euch auf die neue Welt einzulassen, hätte euch manches Ungemach ersparen können«, war Aryanwen überzeugt.

»Ich will dir was sagen, Mädchen: Mein Bruder und ich haben schon gegen Dunkelelfen, Eisbarbaren, Gnomen und anderes Gesocks gekämpft, als du noch nicht mal eine ferne Ahnung gewesen bist. Kann sein, dass die Welt zu unserer Zeit weniger kompliziert war, aber ganz sicher war sie nicht weniger gefährlich. Und wer damals überlebt hat, der überlebt auch heute.«

»Jetzt klingst du fast wie mein Vater«, meinte Dag. »Der will auch nichts davon wissen, dass sich die Zeiten ändern, dabei ist es offensichtlich. Die Zeit der Schwertkämpfer geht zu Ende, ein guter Herrscher muss heute in der Kriegsführung ebenso bewandert sein wie in der Wissenschaft. Ich weiß, dass wir uns gegen einen Tyrannen vom Schlage Winmars verteidigen müssen. Aber wenn ihr mich fragt, was mein Traum ist, so denke ich an eine Welt, in der alle Völker Erdwelts miteinander in Frieden leben und in der Schiffe wie dieses« – er deutete auf die riesige schlaffe Hülle, die am Boden lag –, »die Städte miteinander verbinden.«

»Das klingt großartig«, sagte Aryanwen.

»*Shnorsh*«, widersprach Rammar. »Du bist ein Träumer, da hat der grimmige Herzog recht. Die meisten Menschen eurer Zeit wissen ja nicht, was Krieg ist, wie sollen sie da begreifen, was Frieden ist?«

»Wir werden das ändern«, war Dag überzeugt.

»*Korr*«, stimmte Rammar mit einem hintergründigen Grinsen zu, »das werden wir. Und wie wir das werden.«

»Am liebsten würde ich das Luftschiff selbst steuern«, meinte Dag, der sich wieder darangemacht hatte, den Harz über die Nähte zu streichen, während Balbok ihm den Topf hinhielt, der die zähe Flüssigkeit enthielt.

»*Douk*«, erstickte Rammar diesen Gedanken gleich im Keim, »du beibst du bei deinem Mädchen, damit es keinen Unsinn macht. Balbok und ich kriegen das schon hin. Nicht wahr, *umbal*?«

»Wenn du meinst.« Der hagere Ork hatte sichtliche Zweifel.

»Notfalls werden wir eben etwas Ballast abwerfen«, feixte Rammar augenzwinkernd.

»*Korr* … und warum siehst du mich dabei an?«

Alle lachten, und für einen Augenblick, in dem helles Sonnenlicht auf die Lichtung fiel, schienen der Krieg gegen Tirgaslan und die Bedrohung durch die Zwerge weit weg zu sein.

»Ich bin froh«, sagte Aryanwen unvermittelt. »Darüber, dass ihr hier seid. Dass euch das Schicksal zu uns geführt hat.«

»Wie's aussieht, hatte das Schicksal nicht allzu viel damit zu tun«, erwiderte Rammar. »Schon viel eher ein gewisses Elfenweib – auch wenn ich mir beim besten Willen nicht erklären kann, wie sie es angestellt hat.«

»Du siehst also doch ein, dass es Königin Alannah gewesen ist?«

»Wer sonst wäre zu so etwas fähig? Von dem Augenblick an, da wir ihr zum ersten Mal begegnet sind, damals, im Eistempel von Shakara, hat uns das Weib nach seiner Pfeife tanzen lassen.«

»Du solltest nicht immer so abfällig von ihr sprechen. In ihrem Buch war sie nur voller Bewunderung für dich und deinen Bruder.«

»Das will ich meinen – wir haben ihr ja auch mehrmals den *asar* gerettet.«

»So wie heute«, erwiderte Aryanwen lächelnd.

Ein breites Grinsen dehnte Rammars volle Gesichtszüge. »Ganz genau, Mädchen«, bestätigte er, »so wie heute. Das lange Elend und ich mögen aus einer anderen Zeit stammen, aber ganz bestimmt sind wir nicht von ges…«

In diesem Moment war plötzlich Hufschlag zu hören, und ein Pferd brach aus dem Wald und auf die Lichtung. Auf seinem Rücken saß ein gerüsteter Kämpfer, den Rammar sofort an dem langen blonden Haar erkannte, das unter seinem Topfhelm hervorquoll. Es war Alured, Dags Vertrauter und Freund.

»Daghan!«, rief er schon von Weitem. »Euer Vater wünscht Euch zu sprechen! Sofort!«

»Was gibt es?«, erkundigte sich Dag, während Alured sein Pferd mit Gewalt vor ihm zügelte.

»Wisst Ihr es denn noch nicht?«, fragte Alured aufgeregt. »Die Vorhut des feindlichen Heeres wurde gesichtet! König Tandelors Heer ist eingetroffen!«

7.

LARKA UR'KOMUCHL-KRICHG

»Es ist so weit, mein König.«

Lord Ruvon hatte das Zelt betreten, das einmal mehr in der Mitte des Heerlagers errichtet worden war. Vorhänge verhinderten, dass vom Eingang her Tageslicht ins Innere drang, die Luft war erfüllt vom süßlichen Geruch des Rauchwerks, das die Heiler abgebrannt hatten – geholfen hatte es wenig.

Tandelor lag auf seinem Lager, in Kettenhemd und Brünne, zum Kampf gerüstet, jedoch war er ein Schatten seiner selbst. Die Züge des Königs waren einfallen und von einer Blässe, die das nahe Ende erahnen ließ. Um seine Augen, aus denen jeder Glanz gewichen war, hatten sich dunkle Höfe gebildet, sodass sie aus abgründigen Tiefen zu starren schienen. Nur noch eiserne Entschlossenheit hielt den Herrscher von Tirgaslan davon ab, dem Hier und Jetzt zu entsagen und sich in einem Traum zu verlieren, aus dem es keine Rückkehr gab.

Vergeblich hatten die Ärzte und Heiler ihn aufgesucht, vergeblich hatten sie ihm Arzneien verabreicht und ihn zur Ader gelassen – gegen das rätselhafte Fieber, das von Tandelor Besitz ergriffen hatte, hatten ihre Künste nichts ausrichten können. Das Ende des Herrschers, schien es, war besiegelt. Und dennoch wollte er nicht gehen, ohne seine letzte Mission erfüllt zu haben, die letzte Aufgabe, die er sich gestellt hatte.

»Bericht«, stieß er zwischen zusammengebissenen Zähnen hervor. Es war offenkundig, dass er Schmerzen litt, aber er war nicht gewillt, sich ihnen vollends zu ergeben.

Noch nicht …

»Unser Heer hat auf den Hügeln Aufstellung genommen, so wie Ihr es angeordnet habt«, erstattete Lord Ruvon Bericht. Die Reiterei an den Flügeln, das Fußvolk in der Mitte. Die Bogenschützen werden den Angriff unterstützen.«

»Und – der Feind?«

»Hat sich hinter seine Mauern verschanzt. Offenbar ist Osbert nicht gewillt, sich uns auf offenem Felde zu stellen.«

»Dieser elende Feigling … Hat er Boten gesandt?«

»Bislang nicht, mein König.«

Tandelor verzog das Gesicht. Ob aus Schmerz oder Verachtung, war nicht zu erkennen. »Ich hätte sie ohnehin nur mit Pfeilen spicken lassen«, knurrte er. »Er hat meine Tochter. Ich werde mich nicht von ihm erpressen lassen.«

»Alles deutet darauf hin, dass es der Herzog auf ein Kräftemessen ankommen lassen will«, fügte Lord Savaric hinzu, der am Lager seines Königs gewacht hatte, auf eine günstige Gelegenheit wartend. Doch unter den wachsamen Blicken der Leibgarde, war es ihm nicht möglich gewesen, zu vollenden, was das Gift noch immer nicht bewirkt hatte. »Osberts Erfolgsaussichten sind nicht schlecht, denn auf eine lange Belagerung sind wir nicht eingerichtet.«

»Was ratet Ihr mir?«, wollte Tandelor wissen.

Savaric und Ruvon tauschten einen Blick.

Sie mussten Zeit gewinnen, nur noch etwas Zeit …

»Wir sollten weitere Truppen und Belagerungsmaterial aus dem Westen heranführen und bei der alten Furt übersetzen lassen«, schlug Savaric deshalb vor. »Auf diese Weise könnten wir Andaril von zwei Seiten gleichzeitig angreifen, und Osberts Schicksal wäre besiegelt.«

»Ein schöner Plan.« Der König lächelte schwach. »Allerdings können wir im Westen keine weiteren Truppen mehr entbehren, wie Ihr wisst. Zudem würde Osbert die Zeit nutzen und seine Verteidigungsanlagen noch verstärken – was also wäre gewonnen?«

»Dann wartet wenigstens noch ab, bis Ihr wieder genesen seid, mein König! Ich kann und will nicht zulassen, dass Ihr so in die Schlacht reitet – das wäre Euer Tod!«

Tandelor lachte heiser auf. »Seht mich an«, flüsterte er. »Nichts kann mich noch vor dem Ende bewahren. Dennoch werde ich diesen Angriff anführen, für Tirgaslan und für Aryanwen. Sollte es mir nicht mehr vergönnt sein, meine Tochter zu sehen, so versichert ihr, wie sehr ich sie geliebt habe – und wie sehr ich bedaure, nicht auf sie gehört zu haben. Wollt Ihr das für mich tun, meine Freunde?«

Savaric und Ruvon sahen einander erneut an.

»Ja, mein König.«

»Ich muss meine Kämpfer in dieser Schlacht anführen«, verkündete Tandelor und wollte sich von seinem Lager erheben. Als es ihm nicht sofort gelang, traten zwei Diener hinzu, die ihn stützten. »Schwört mir, dass Ihr alles tun werdet, was dazu nötig ist – und wenn Ihr meinen Leichnam auf das Schlachtross binden müsst, habt Ihr mich verstanden?«

»Mein König, ich …«

»Habt Ihr verstanden?« Die letzten Worte klangen nicht wie die eines Todkranken, sondern ließen noch einmal die einstige Macht und Entschlusskraft erahnen, sodass Savaric sich genötigt sah, den Blick zu senken und zustimmend zu nicken.

»Ja, mein König.«

Tandelor sank wieder in sich zusammen. »Dann bringt mich jetzt zu meinem Pferd. Ich habe eine Schlacht zu schlagen.«

Die Diener führten ihn hinaus, eskortiert von der Leibwache. Auch die beiden Landgrafen folgten, und Savaric entging nicht der vorwurfsvolle Blick, mit dem der Südländer ihn bedachte.

So war es nicht geplant gewesen, ganz sicher nicht.

Das Gift hatte langsam wirken sollen, sodass kein Verdacht auf jene fiel, die es verabreicht hatten – aber wiederum nicht so langsam, dass Tandelor noch dazu kam, seine wahnsinnigen Absichten in die Tat umzusetzen. Wäre alles nach Plan gelaufen, hätten sie die Grenze erst gar nicht erreicht und es wäre niemals zu dieser Konfrontation gekommen. So jedoch hatten die Ereignisse ihren Lauf genommen, und Savaric und seinen Mitverschwörern war nichts anderes übrig geblieben, als mit den Wölfen zu heulen, wenn sie sich nicht verdächtig machen wollten. Es war der Preis des Geheimnisses, das sie miteinander teilten …

»Wo ist Lavan?«, verlangte Savaric halblaut zu wissen.

»Noch immer nicht zurück. Wir sollten uns mit dem Gedanken anfreunden, dass er nicht zurückkehren wird. Womöglich ist er unterwegs in einen Hinterhalt der Zwerge geraten.«

»Mehr als bedauerlich«, sagte Savaric nur, dann traten sie unter dem Baldachin des Vorzelts hindurch nach draußen.

Es war noch früh am Morgen, der neue Tag nur eine Ahnung, die fern im Osten heraufdämmerte. Fahles Zwielicht beleuchtete die Hügel und die sich verfärbenden Bäume. Raureif überzog den Boden, und von den Mündern der Männer, die sich um den Vorplatz des Zeltes geschart hatten, stieg weißer Dampf auf. Die meisten von ihnen gehörten der königlichen Leibgarde an, auch einige Lehnsherren und Unterführer aus Tirgaslan waren darunter – und in jedem einzelnen ihrer Gesichter konnte Savaric die Betroffenheit sehen, als sie ihren König erblickten.

Die Aussicht, zur Grenze zu reiten und sich mit Ansun eine blutige Schlacht zu liefern, hatte den meisten missfallen. Gehorcht hatten sie dennoch in der Hoffnung auf Ruhm und Beute oder auch nur, weil ihr König es von ihnen verlangte. Als sie Tandelor nun jedoch sahen, wurde ihnen klar, dass sie diese Schlacht nicht würden für sich entscheiden können. Bleich und geschwächt, wie er war, stellte der Herrscher von Tirgaslan die personifizierte Niederlage dar.

Beklommen sahen sie zu, wie seine Diener ihm auf das schneeweiße Pferd halfen, auf dessen Rücken er sich nur mit Mühe halten konnte. Einmal sah es so aus, als würde er Übergewicht bekommen und aus dem Sattel kippen, und Savaric schöpfte bereits Hoffnung – doch noch einmal gelang es Tandelor, sich im Sattel zu behaupten und sogar sein Schwert zu ziehen.

Es gab keine Rede zur Schlacht.

Keine ermutigenden Worte.

Keine Losung, die ausgegeben wurde.

Der König hatte genug damit zu tun, auf dem Rücken seines Pferdes zu bleiben, das einer der Leibwächter am Zaumzeug nahm und führte.

Die Reihen der Unterführer teilten sich, als ihr König den Vorplatz verließ. Einige beugten die Knie, andere nur das Haupt, wieder andere blieben stehen und starrten wie versteinert auf ihren Herrscher, der mehr tot zu sein schien als lebendig und dennoch an seinem Vorhaben festhielt.

Für einen Moment lag Widerspruch greifbar in der Luft, womöglich sogar eine Revolte.

Savaric und Ruvon sahen einander an.

Mit einer Spur von jäher Hoffnung – vor allem aber mit gegenseitigem Argwohn.

Wer von beiden sollte zuerst das Wort ergreifen? Wer den Burgfrieden offen brechen, wer sich als Gegner des Königs zu erkennen geben? Von diesem Moment an, das war beiden klar, gab es kein Zurück mehr – mit allen Risiken, die damit verbunden waren.

Konnte sich der eine auf die Rückendeckung des anderen verlassen? Oder würde, wenn es so weit war, jeder nur an sich selbst denken, an das eigene Überleben?

Savaric überlegte noch, als der Augenblick bereits verstrichen war. Der Aufstand, der eben noch greifbar in der Luft gelegen hatte, hatte sich aufgelöst wie der Morgennnebel in den Senken, und umgeben von seinen Leibwächtern hatte der König den Vorplatz verlassen, um seinen Posten auf der

Hügelkuppe einzunehmen, von der aus sich das gesamte Flusstal überschauen ließ.

Auch Savaric und Ruvon bestiegen ihre Pferde, die die Knappen heranführten – Savaric sein stolzes, von einer schwarzen Schabracke bedecktes Schlachtross, Ruvon eines der kleineren, wendigen Pferde, wie sie in den Steppen des Südostens gezüchtet wurden. Auf der Anhöhe, die zum Feldherrenhügel erkoren worden war, schlossen sie zu Tandelor auf, der sich leichenblass, jedoch mit eisernem Willen im Sattel hielt und auf die Senke blickte, die sich zu seinen Füßen erstreckte.

Auch Savaric blickte talwärts – und damit auf das ganze Ausmaß des Wahnsinns.

Auf dem Hügelgrat, dort, wo das weite, von Gras bedeckte Gelände zum Fluss hin abfiel, hatte die Streitmacht von Tirgaslan Aufstellung genommen. Den weitaus größten Teil der fünftausend Streiter stellte das Fußvolk dar – Zwangsverpflichtete aus der Stadt und dem Umland, dazu die Ork-Söldner, die die Speerspitze des Angriffs bilden und, zu kleinen Horden formiert, in vorderster Reihe stürmen würden. Ihnen folgten die Soldaten der Stadtwache sowie die Bogenschützen, die den Vormarsch durch Schwärme von Pfeilen unterstützen sollten. An den Flanken jeweils wartete die Reiterei – die Lehnsherren und ihre Ritter, von denen die wenigsten kampferprobt waren geschweige denn kriegserfahren.

Es war bei Weitem nicht die größte Armee, die jemals von Tirgaslan aus in Marsch gesetzt worden war, aber soweit es Tandelor betraf, war es die letzte Armee.

Die letzte, die er hatte formieren können.

Die letzte, die er befehligen würde.

Auf der anderen Seite des Flusses lag Andaril. Einst war die Hauptstadt von Ansun vom Eisfluss durchzogen worden, doch nach der Loslösung vom Reich hatten die Bewohner es vorgezogen, den diesseits liegenden Teil der Stadt zu verlassen. Die Mauern waren geschleift und die Gebäude eingerissen worden, von Moos und Gras überwucherte Ruinen waren als einzige Zeugen geblieben. Der Großteil des abgetragenen Gesteins jedoch war dazu benutzt worden, jenseits des Flusses ein Bollwerk zu errichten, wie es in Erdwelt seinesgleichen suchte, eine mächtige, von Türmen gesäumte Mauer, die den Eingang zum Herzogtum Ansun bildete und hinter der sich die Häuser und Türme des neuen Andaril ballten. Und wie zu erkennen war, hatten Herzog Osbert und seine Leute genug Zeit gehabt, sich auf den Angriff vorzubereiten.

Sämtliche Mauern und Türme waren besetzt, das Mauerwerk an vielen Stellen durch überdachte und mit nassen Tierhäuten bespannte Hurden verstärkt worden, die dem Beschuss durch Brandpfeile trotzen sollten. Ganz offenbar hatten sich die Einwohner der Stadt auf eine Belagerung eingerichtet – anders als Tandelor, der weder über Katapulte noch andere Geschütze verfügte, sondern lediglich über eine gewisse Anzahl von Sturmleitern, die die Soldaten im Verlauf der letzten beiden Tage gezimmert hatten. Bevor sie jedoch dazu kommen würden, diese anzulegen, mussten die Kämpfer Tirgaslans zuerst den Fluss durchqueren, und dabei waren sie den feindlichen Bogeschützen nahezu schutzlos ausgeliefert.

Es war Wahnsinn, Savaric hatte kein anderes Wort dafür.

Nicht nur, dass der Angriff unzählige Kämpen das Leben kosten würde, er würde den Krieg auch auf die eine oder andere Weise beenden – und vor allem daran konnte Savaric nicht gelegen sein. Doch er brauchte nur einen Blick auf seinen todkranken und dennoch aufrecht im Sattel sitzenden König zu werfen, um zu wissen, dass dessen Entschluss unverrückbar feststand.

Oder?

»Mein König«, kam Savaric nicht umhin, das Wort zu ergreifen. Über den feuchten Grasboden, auf dem die Hufe der Pferde tiefe Abdrücke hinterließen, lenkte er sein Tier an Tandelor heran. »Ich ersuche Euch dringend, Eurer Vorhaben zu überdenken. Wie Ihr sehen könnt, ist Osbert nicht halb so überrascht, wie wir gehofft hatten. Einen unvorbereiteten Gegner hätten wir womöglich überrumpeln und schlagen können – doch gegen die Mauern von Andaril anzurennen wäre glatter Selbstmord!«

»Was erwartet Ihr?« Tandelors matter Blick zeigte, dass er nicht mehr Herr seines Handelns war, sondern ein Gefangener bereits getroffener Entscheidungen. »Dass ich meine eigene Tochter im Stich lasse? Dass ich Ansun mit diesem Frevel ungestraft davonkommen lasse?«

Trotz seines geschwächten Zustands, der dem Tod näher zu sein schien als dem Leben, hatte der König es fertiggebracht, noch einmal seine ganze Autorität in seine Rede zu legen, sodass niemand zu widersprechen wagte – und Savaric war klar, dass er allein sein würde, wenn er sich offen gegen Tandelor stellte. Keiner der Feiglinge aus dem Kronrat würde ihn unterstützen, am allerwenigsten Lavan und Ruvon. Der eine hatte sich auf seinem Lehen verkrochen, der andere zog es vor, den gehorsamen Gefolgsmann zu spielen.

Savarics Fäuste schlossen sich um die Zügel seines Rosses, sich der Tatsache bewusst, dass dies der Augenblick war, der Moment der Entscheidung.

Wenn er Tandelor jetzt nicht zum Schweigen brachte, wenn er der Herrschaft des Königs jetzt nicht ein Ende setzte, würde dieser den Angriff befehlen – und alles, was sich Savaric je erträumt, wofür er sein halbes Leben lang gekämpft, intrigiert und betrogen hatte, würde verloren sein. Aber wenn er es tat und seine Klinge zu Ende bringen ließ, was das Gift nicht bewirkt hatte, würden ihn die Schwerter der Leibwächter in Stücke hacken.

Savarics Gedanken rasten, suchten verzweifelt nach einem Ausweg – als plötzlich ein heiserer Ruf erklang.

»Mein König! Seht!«

Tandelor und seine Getreuen schauten talwärts, um zwei einzelne Reiter zu erblicken, die den Fluss durchquerten.

»Boten«, sagte Savaric, dankbar darüber, noch ein wenig Zeit zu gewinnen.

»Nur einer von ihnen trägt die Farben Anuns«, wandte einer der Leibwächter ein. »Der andere ...« Er unterbrach sich, als die beiden Reiter dass diesseitige Ufer erreicht hatten und auf ihren Tieren die Anhöhe heraufsprengten. »Das ... das ist doch nicht möglich!«, hauchte er atemlos.

Auch Savaric erkannte in diesem Moment, was den Kämpen so in Aufregung versetzte, ebenso wie die übrigen Edlen, die sich auf der Hügelkuppe versammelt hatten. Denn was sie im ersten Moment für den Helmbusch eines der Reiter gehalten hatten, war in Wirklichkeit langes Haar, das im Morgenwind flatterte, und seine grazile Gestalt legte die Vermutung nahe, dass es kein Mann war, sondern ...

»Die Prinzessin!«, schrie irgendjemand das Unbegreifliche laut hinaus. »Aryanwen ist zurück!«

»Aryanwen ... Aryanwen«, pflanzte sich der Ruf vom Hügel aus fort, als auch die einfachen Kämpfer erkannten, wer sich dort näherte. »Prinzessin Aryanwen ist zurück!«

König Tandelor saß wie vom Donner gerührt auf seinem Pferd. Tränen schossen dem König in die Augen, der in diesem Moment, da alle Last von ihm abfiel, wie ein gebrechlicher Greis wirkte.

»Aryanwen, mein geliebtes Kind«, flüsterte er – dann gab er seinem Pferd die Sporen. Das Schlachtross trabte los, zur Bestürzung der Leibwächter, die ihren König zurückhalten wollten, aber Tandelor sprengte davon, den Hügel hinab auf die beiden Reiter zu.

Als die Streiter Tirgaslans ihren Herrscher auf seinem schneeweißen Ross den Hang hinabsprengen sahen, seiner verloren geglaubten Tochter entgegen, erhob sich unter ihnen unbeschreiblicher Jubel, denn für alle stand fest, dass das große Blutvergießen nun entfallen und man unverrichteter Dinge den Rückzug nach Hause antreten würde. Auch Savaric atmete auf, denn damit entfiel jeder Grund, den Waffengang mit Ansun zu suchen, und der Krieg würde weiter seinen gewohnten, gewinnversprechenden Gang nehmen.

Doch es kam anders.

Denn kaum hatte sich der König den beiden Reitern bis auf zweihundert Schritte genähert, ließ er plötzlich die Zügel los. Der Jubel der Männer verlor sich in der Weite des Tals, während sie gebannt auf ihren Herrscher blickten.

Noch einen bangen Augenblick lang gelang es Tandelor, sich im Sattel zu halten.

Dann kippte er hintenüber und fiel vom Pferd.

8.
TACHORRASH'HAI TUTOUM'DOK

»Vater!«

Als Aryanwen ihren Vater vom Pferd stürzen sah, trieb sie ihr eigenes Tier zur Eile an. In gestrecktem Galopp legte es die Distanz bis zu jener Stelle zurück, wo Tandelor reglos im Gras lag, dann zügelte die Prinzessin das Pferd mit brachialer Gewalt und sprang ab, noch ehe es ganz zum Stehen gekommen war.

»Vater …!«

Hals über Kopf eilte sie zu ihm und fiel neben ihm nieder. Was den Sturz betraf, so schien Tandelor unversehrt, doch Aryanwen erschrak, als sie in die bleichen, ausgemergelten Züge ihres Vaters blickte. Er war todkrank, und sie war nicht bei ihm gewesen …

»Vater, was ist mit dir?«

Der König von Tirgaslan, der für einen Moment bewusstlos gewesen zu sein schien, öffnete langsam die Augen. Suchend wanderten seine Blicke umher, bis sie Aryanwen fanden. Daraufhin entspannten sich seine ausgezehrten Züge ein wenig.

»Meine Tochter«, stieß er hervor, mit einer Stimme, die bereits aus dem Jenseits zu dringen schien. Aryanwen schauderte.

»Ich bin hier.« Sie ergriff seine Hand, erschrak darüber, wie kalt und leblos sie war.

»Du lebst …«

»Es geht mir gut«, versicherte sie, mit den Tränen ringend. Inzwischen hatte auch Dag sein Pferd gezügelt und war abgestiegen, eilte im Laufschritt heran. Als Tandelor ihn gewahrte, durchlief ein Ruck seinen gepeinigten Körper, und er versuchte, an sein Schwert zu gelangen, was angesichts seines Zustands geradezu bemitleidenswert wirkte.

»Daghan ist ein Freund, Vater«, versicherte Aryanwen und versuchte ein Lächeln. »Ein lieber Freund.«

»Ein Freund …«, echote Tandelor ungläubig. Die Tatsache, dass dieser Freund den Rock und die Farben von Ansun trug, schien ihn zu verwirren.

In diesem Augenblick bekamen sie Gesellschaft. Hufgetrappel war zu hören, und Aryanwen sah, dass mehrere königliche Leibwächter den Hügel herabgeritten kamen, an ihrer Spitze die Landgrafen Ruvon und Savaric, beide Angehörige des Kronrats.

»Aryanwen«, stieß der König hervor, während seine Getreuen ihre Pferde zügelten und aus den Sätteln sprangen, »du musst mir … etwas versprechen.«

»Was immer du willst, Vater.«

»Du musst das Reich … zusammenhalten … die Herrschaft … wenn du erst die Krone trägst …«

»Nein, Vater«, widersprach sie und konnte die Tränen nicht länger zurückhalten. »Ich will die Krone nicht, hörst du? Ich will, dass du gesund wirst und noch lange Jahre regierst. Eine Zeit des Friedens wird kommen und …«

»Nicht für mich«, wehrte Tandelor ab. Ein Lächeln schlich sich in seine totengleichen Züge, und für einen kurzen Moment klärte sich der Blick seiner grauen Augen. »Habe nicht viel geleistet in meinem Leben … war ein schlechter König.«

»Das ist nicht wahr, Vater!«

»Es ist wahr, und du weißt es … sollst es besser machen … die Zukunft liegt in deiner Hand …«

Seine zitternde Rechte wanderte an seiner reglos daliegenden Gestalt hinab, bis sie den Griff des Königsschwerts ertastete. Seine Kraft reichte nicht mehr dazu aus, es aus der

Scheide zu ziehen und seiner Tochter zu übergeben, stattdessen nahm er ihre Hand und legte sie auf den mit filigranen Schnitzereien versehenen Griff aus Elfenbein.

Dann dehnte ein letzter, ächzender Atemzug seinen Brustkorb, und ein Lächeln legte sich auf seine Züge, die noch immer ausgezehrt und bleich waren, in denen jedoch schon eine Ahnung des kommenden Friedens lag. »Aryanwen«, hauchte er.

Der Blick seiner Augen blieb auf sie gerichtet, doch plötzlich schienen sie seine Tochter nicht mehr zu sehen, sondern in eine andere, weit entfernte Welt zu reichen.

Einen Moment lang verharrte Aryanwen in atemlosem Entsetzen, während sich ihr Verstand mit aller Macht weigerte zu begreifen, was geschehen war. Dann streckte sie die Hand aus und schloss ihrem Vater die Augen, und für einen Moment hatte sie das Gefühl, vor Schmerz und Trauer und Verwirrung den Verstand verlieren zu müssen. Sie spürte, wie Dag, der lautlos zu ihr getreten war, ihr beruhigend die Hand auf die Schulter legte.

Diese Berührung gab ihr Kraft.

Genug, um zu tun, was getan werden musste …

»Es … es tut mir leid, Prinzessin«, hörte sie jemanden sagen. Sie blickte auf und sah Savaric vor sich stehen, in seinem Rücken die königlichen Leibwächter. »Ich versichere Euch, wir haben alles unternommen, um das Fieber zu bekämpfen, das Euren Vater so plötzlich befallen hatte, jedoch …«

»Jetzt ist nicht die Zeit dafür«, beschwichtigte Aryanwen ihn gefasst und wischte sich energisch die Tränen aus den Augen. »In seinem letzten Atemzug hat mein Vater mir die Herrschaft übertragen und die Zukunft des Reiches in meine Hände gelegt.«

»Und er hätte keine bessere und würdigere Nachfolgerin finden können«, entgegnete Savaric ohne Zögern und beugte das Knie. »König Tandelor ist tot. Es lebe Aryanwen, Königin von Tirgaslan!«

»Königin von Tirgaslan«, wiederholten die Leibwächter, und durch die Tränen, die erneut in ihre Augen traten, sah Aryanwen sie ebenfalls niederknien. Sie blickte an Dag empor, der noch immer bei ihr stand, die Hand auf ihrer Schulter, und ihr wurde klar, dass dies der Augenblick sein konnte, der alles veränderte. Der Augenblick, in dem zwei verfeindete Reiche zueinanderfanden und ein mörderischer Konflikt beendet wurde. Sie bedachte den Leichnam ihres Vaters mit einem letzten liebevollen Blick, dann erhob sie sich.

»Wir werden den Tod König Tandelors zu einem späteren Zeitpunkt angemessen betrauern«, erklärte sie. »Nun jedoch gibt es Dinge zu tun, die keinen Aufschub dulden.«

»Gewiss«, sagte Savaric, der sich ebenfalls wieder erhob. »Der Rückzug muss augenblicklich befohlen werden. Die königliche Leibwache wird Euch in Euer Zelt bringen, unterdessen werde ich dafür sorgen, dass …«

»Nicht so eilig. Ich werde augenblicklich nach Andaril zurückkehren.«

»Aber meine Königin …«

»Dies, Lord Savaric, ist Daghan, der Sohn Herzog Osberts von Ansun«, stellte Aryanwen Dag vor. »Er wollte meinem Vater eine Botschaft des Herzogs überbringen, in dem dieser um eine Unterredung auf neutralem Grund ersuchte mit dem Zweck, ein Waffenstillstandsabkommen zwischen unseren Reichen zu schließen.«

»Ei-einen Waffenstillstand?« Unverständnis sprach aus Savarics kantigem Gesicht.

Aryanwen nickte. »Die Kluft zwischen unseren Völkern muss überwunden werden. Nur gemeinsam können wir gegen das Zwergenreich bestehen und Erdwelt endlich wieder Frieden schenken.«

»Frieden.« Für einen Augenblick starrte Savaric sie an, als hätte sie den Verstand verloren. Dann schlich sich eiserne Entschlossenheit in seine Miene. »Ich bedaure, meine Königin«, flüsterte er dann, »das kann ich nicht zulassen.«

Dann ging alles blitzschnell.

Im selben Moment, in dem er sein Schwert herausriss, stieß Savaric einen lauten Warnruf aus. »Wache«, brüllte er aus Leibeskräften, »der ansunische Hund hat unsere Königin bedroht! Tötet ihn!«

»Verrat!«

Hell wie ein Hammerschlag drang der Ruf über die Turmplattform, von der aus Herzog Osbert und seine Getreuen gen Südwesten blickten. Atemlos hatten sie das Geschehen beobachtet, das sich jenseits des Flusses und der schützenden Mauern Andarils abspielte, hatten beobachten müssen, wie König Tandelor vom Pferd gestürzt war – und nun überschlugen sich die Ereignisse.

»Daghan wird angegriffen!«, meldete Alured, der vorn an den Zinnen stand und ein Fernrohr ans Auge hielt. »Es sind die Leibwachen König Tandelors!«

Rüde stieß der Herzog seinen Gefolgsmann zur Seite und warf selbst einen Blick durch die Röhre, nur um Alureds Worte bestätigt zu bekommen. »Verdammt!«, wetterte er. »Ich habe gewusst, dass diesen Verbrechern aus Tirgaslan nicht zu trauen ist – und Dag war so einfältig, ihnen zu vertrauen!«

»Was sollen wir tun, Herr?«, fragte Gilbert, der betagte Schwertführer von Ansun, ein kampferprobter Recke, über dessen Gesicht eine breite Narbe verlief.

»Das fragst du noch? Lass zum Angriff blasen. Wir unternehmen einen Ausfall!«

»Herr! Ist das klug? Wenn wir die Stadtmauern verlassen und den Fluss überqueren, geben wir damit unsere geschützte Position auf und werden verwundbar!«

»Glaubst du, das wüsste ich nicht?« Osbert musterte den Mann mit einem abschätzigen Blick. »Aber ich werde sicher nicht dabei zusehen, wie diese verräterischen Hunde meinen Jungen vor meinen Augen in Stücke hacken!«

»Natürlich nicht.« Gilbert beugte das ergraute Haupt. »Verzeiht.«

Osbert legte ihm die eisern behandschuhte Rechte auf die Schulter. »Die Verteidigung der Stadt liegt in deinen Händen, alter Freund. Unternimm alles, was nötig ist, um den Feind von Andaril fernzuhalten.«

»Verstanden, Herr.«

»Dies ist die Stunde der Entscheidung. Vergesst es nicht. Ihr alle.« Osbert ließ seinen Blick über die auf dem Turm versammelten Kämpen schweifen, dann wandte er sich entschlossen ab und verließ den Turm, stieg zum Tor hinab, wo er in weiser Voraussicht eine Abteilung von Kriegern postiert hatte, Reiter und Ork-Söldner, *fulhok'hai*, die wildesten ihrer Art.

Ein Ruck ging durch ihre Reihen, als die Trompeter das Signal zum Angriff gaben und das Fallgitter des Tores hochgezogen wurde.

Die Verhandlungen waren gescheitert.

Die Waffen würden sprechen.

9.

SHNORSH TACHORR

»Nein …!«

Aryanwen hörte sich selbst schreien.

Mit wutverzerrten Zügen sprang Lord Savaric vor und stieß mit der Klinge zu – doch sein Stoß galt nicht Dag, sondern der Prinzessin selbst, die auf die Attacke völlig unvorbereitet war! Aryanwen wäre von dem kalten Stahl durchbohrt worden, hätte Dag sie nicht im letzten Moment zur Seite gerissen. Savarics Klinge stieß ins Leere – und als er wütend nachsetzen wollte, um sein Mordwerk zu vollenden, war Dags Schwert zur Stelle und parierte die Klinge. Funken stoben, als Stahl auf Stahl traf. Über die gekreuzten Klingen hinweg starrten sich die beiden Gegner an, Savaric voller Hass, Dag voller Verwirrung.

»Seid Ihr von Sinnen?«, herrschte er Savaric an.

»Nein, Feindesspross«, widersprach der verräterische Lehnsherr so leise, dass nur Dag ihn hören konnte, »ich tue nur, was getan werden muss! Ich habe den alten Narren von einem König nicht aus dem Weg geschafft, nur damit seine einfältige Tochter alles zerstört, was mir wichtig ist!«

»Ihr habt …?«

»Mörder!«, brüllte Aryanwen außer sich und hätte sich mit bloßen Fäusten auf Savaric gestürzt, hätte Dag sie nicht mit der freien Hand zurückgehalten.

In diesem Moment erhielt Savaric Verstärkung. Lord Ruvon und die Leibwächter hatten zu ihnen aufgeschlossen, und Dag sah sich plötzlich einem halben Dutzend schwer bewaffneter Gegner gegenüber.

»Wachen!«, rief Aryanwen. »Nehmt Lord Savaric fest! Er hat meinen Vater getötet!«

»Hört nicht auf sie«, hielt Savaric dagegen, »die Zeit in der Gefangenschaft des Feindes hat ihre Sinne verwirrt. Seht nur, wie sie gemeinsame Sache mit dem Feind macht. Die Prinzessin hat das ruchloseste aller Verbrechen begangen. Sie hat ihren eigenen Vater verraten – und uns mit ihm!«

»Lügner!«, schrie Aryanwen außer sich. »Ihr seid der Verräter und niemand sonst!«

Die Blicke der Wachen pendelten in offenkundiger Verwirrung zwischen Aryanwen und dem Lehnsherrn hin und her, der immerhin ein geachtetes Mitglied des Kronrats war. Sie zögerten noch, wem von beiden sie Glauben schenken sollten – als sich vom Tal her unbeschreibliches Geschrei erhob.

Aryanwen fuhr herum – und erkannte mit Grauen, wie Ansuns Krieger den Fluss überquerten, allen voran grünhäutige Orks, dicht gefolgt von gepanzerten Reitern. Fast im selben Augenblick erhob sich auch oben auf dem Hügelgrat fürchterliches Geschrei, und auch Tirgaslans Fußvolk ging zum Angriff über.

Entsetzt begriff die Prinzessin, dass genau das geschah, was Dag und sie hatten verhindern wollen.

Die Schlacht begann. Und wie es das Schicksal wollte, hatten sie noch dazu beigetragen.

»Nicht zu fassen! Sieh dir das an!«

Von ihrer Lichtung auf dem Hügel aus hatten Balbok und Rammar einen halbwegs guten Blick auf das, was sich jenseits des Flusses abspielte – und konnten es kaum glauben.

War der Plan nicht gewesen, dass Tandelor und Osbert sich treffen und dass das Luftschiff sie an Bord nehmen sollte, damit sie miteinander verhandelten?

Jetzt waren Truppen aus Ansun dabei, unter wildem Kriegsgebrüll den Fluss zu überqueren, und vom Hügel aus stürmte ihnen das Fußvolk Tirgaslans entgegen!

»Ich weiß ja nicht allzu viel von den Gebräuchen der Milchgesichter«, knurrte Rammar, »aber nach friedlichen Verhandlungen sieht mir das nicht aus.«

»*Korr*«, stimmte Balbok zu, der neben ihm stand und ebenfalls zu Tal blickte, die Augen mit der Klaue schirmend. »Dags Plan muss irgendwie schiefgegangen sein.«

»Was sonst? Wäre auch das erste Mal gewesen, dass dieser Erfinder etwas richtig macht«, knurrte sein dicker Bruder, während sie zusahen, wie sich die beiden feindlichen Heere aufeinander zu bewegten. Die Kämpfer von Ansun hatten inzwischen fast das andere Ufer erreicht, die von Tirgaslan rannten im Laufschritt den Hügel hinab. Irgendwo am Rand der von Moos und Gras überwucherten Ruinen, die das andere Ufer säumten, würden sie einander begegnen. »Und wieder sollen unzählige Orks für die Dummheit der Menschen bezahlen.«

»*Korr*«, stimmte Balbok grimmig zu. »Aber nicht dieses Mal.«

»Nein, dieses Mal nicht. Also los.«

Rammar wandte sich um und stampfte auf das große Gebilde zu, das sich zwischen den Bäumen der Lichtung erhob, nicht mehr schlaff und leer, wie noch vor zwei Tagen, sondern prall und mit heißer Luft gefüllt, die bereits gen Himmel drängte – nur noch die Seile, die an in den Boden geschlagene Pflöcken befestigt waren, hinderten das Ding am Aufsteigen.

Obwohl Rammar der Gedanke, den sicheren Erdboden zu verlassen, noch immer nicht gefiel, musste er zugeben, dass dieses Luftschiff wesentlich Vertrauen erweckender war als sein Vorgänger. Nicht nur, dass die leuchtend rote Luftblase sehr viel größer war und von länglicher Form, sodass sie wie ein riesiger fliegender Fisch aussah; die aus Korbgeflecht bestehende Konstruktion, die unterhalb davon angebracht war, wirkte auch entschieden robuster und verfügte nicht nur

über eine hüfthohe Reling, sondern auch über ein Windruder, das Dag am Heck der Plattform angebracht hatte und
das die Steuerung des Luftschiffs erheblich vereinfachte.
Dennoch ging Rammar mit einer Verwünschung an Bord,
während Balbok anfing, die Haltetaue zu kappen.

»Los, schneller!«, wies der dicke Ork seinen Bruder an,
während sie vom Tal her Kampfgebrüll und das Donnern
von Pferdehufen hörten. »Wenn wir nicht bald losfliegen,
wird da draußen nicht mehr viel übrig sein!«

Balbok gab sein Bestes. Im Laufschritt eilte er von einem
Tau zum nächsten und ließ die Axt niederfahren, durchtrennte eins nach dem anderen – und endlich hob das Schiff
vom Boden ab, nicht etwa langsam, sondern mit einem weiten Satz, so als hätte es nur darauf gewartet, endlich von seinen Fesseln befreit zu werden.

»Rammar!«, rief Balbok verdutzt. »Warte auf mich!«

»Wie denn, Dummbold?«, schrie Rammar von oben
herab, dem in diesem Moment klar wurde, dass sie sich gar
keine Gedanken darüber gemacht hatten, wie Balbok nach
dem Kappen der Taue an Bord kommen sollte. Ein Fehler,
zweifellos – aber natürlich nicht seiner …

»Wie kann man nur so dämlich sein?«, schnauzte er hinab.
»Sieh gefälligst zu, dass du deinen klapprigen Knochensack
hier raufschwingst, oder du kannst was erleben!«

»Aber Rammar«, wandte Balbok ein, der unten am Boden
bereits beträchtlich kleiner geworden war. »Ich kann doch
nicht fliegen!«

»Und? Ich etwa?« Rammars Geschrei wurde kreischend.
Der Gedanke, allein mit diesem verdammten Ding unter-
wegs zu sein, brachte ihn vor Angst fast um den Verstand.
»Hilf mir gefälligst, *umbal*, oder ich schwöre dir, bei Kuruls
Flamme, dass ich davonfliegen und nie mehr zurückkommen
werde!«

Das saß.

Wie versteinert stand Balbok dort unten und starrte zu
seinem Bruder hinauf, mit offenem Mund und ungläubig ge-

weiteten Augen, deren leerer Blick verriet, dass sein Hirn die Arbeit vorübergehend ruhen ließ. Plötzlich tanzte etwas vor seinem Gesicht vorbei. Es war das lose Ende eines der Haltetaue – und einem jähen Instinkt gehorchend griff Balbok zu.

Die Axt ließ er kurzerhand fallen, seine Klauen schlossen sich um das Tau, und auch seine Kiefer schlug er tief hinein – und im nächsten Moment wurde er von unwiderstehlicher Kraft nach oben gerissen.

»Was machst du denn, umbal?«, schrie Rammar hinab. »Kannst du nicht ein Mal tun, was ich dir sage? Komm gefälligst hier rauf, statt dort unten rumzuhängen, wird's bald?«

Beflissen kletterte Balbok an dem Tau empor, nicht nur seine Klauen und Füße, sondern auch seine Zähne benutzend, während das Luftschiff vom Wind erfasst und nach Südosten getrieben wurde. Über die Wipfel der Bäume hinweg, die Balbok gefährlich nahe kamen, ging es dem Fluss entgegen, wo das Verhängnis seinen Lauf nahm.

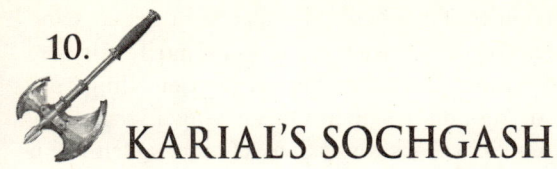

10.
KARIAL'S SOCHGASH

»Haltet sie auf!«, rief Aryanwen, während sie mit vor Schreck geweiteten Augen auf die Krieger starrte, die von beiden Seiten heranstürmten. »Das darf nicht sein! Dazu darf es nicht kommen!«

»Zu spät!«, schrie Savaric gegen das Geschrei des herannahenden Feindes und das Trommeln der Hufe an, das den Erdboden erzittern ließ – und ergriff im nächsten Moment die Flucht.

Seiner kriegerischen Erscheinung zum Trotz machte der Königsmörder auf dem Absatz kehrt und wollte den eigenen Truppen entgegeneilen, um nicht dem Zorn der Unholde zum Opfer zu fallen, die den Hügel heraufstürmten. Die Leibwächter hingegen hatten nur Augen für den Leichnam ihres Königs, den sie nicht dem Feind überlassen wollten – und so hatte Dag freie Hand. Kurzentschlossen rannte er los, Savaric hinterher, und hatte ihn mit zwei, drei ausgreifenden Schritten eingeholt.

Er stieß ihn hart in den Rücken, sodass der Lehnsherr stürzte und sich im Gras überschlug. »Ihr werdet für Eure Untat bezahlen!«, versprach Dag und wollte sich mit blanker Klinge auf Savaric stürzen – als er aus dem Augenwinkel eine Bewegung wahrnahm.

Ruvon!

Der andere Lehnsherr, der kleiner und wendiger war als Savaric und die leichte Lederrüstung der Südlande trug, setzte heran. Seine gekrümmte Klinge zischte so blitzschnell durch die Luft, dass Dag ihr nicht mehr ausweichen konnte.

Zwar fing das Geflecht seines bis zu den Knien reichenden Kettenhemdes den größten Teil des waagerecht gegen seine Beine geführten Hiebes ab, jedoch war der Angriff mit derartiger Wucht geführt, dass das obere Ende der Klinge die Rüstung durchdrang und in seinen Oberschenkel schnitt.

Dag stieß einen Schrei aus, als er den Schmerz spürte, heiß und brennend, und knickte mit dem verletzten Bein ein. Hart schlug er zu Boden, und sofort war der andere über ihm. Die Augen des Südländers waren zu Schlitzen verengt, während er unter markerschütterndem Gebrüll erneut auf Dag einstürmte. Wieder ging die Klinge wuchtig nieder und verfehlte Dags Kopf nur um Haaresbreite. Mit einem hässlichen Geräusch fuhr sie neben ihm ins Erdreich, und Dag nutzte seine Chance. Indem er das unverletzte Bein hochriss und es in die Magengrube des Angreifers stemmte, stoppte er Ruvons Ansturm und benutzte dessen Schwung, um ihn über sich hinwegzukatapultieren. Der Lehnsherr schrie entsetzt, während er sich überschlagend durch die Luft flog und auf den Rücken krachte. Schreiend wollte er hochfahren und nach seinem Schwert greifen, das noch immer im Boden steckte, als Dags Klinge ihn ereilte.

Noch gebückt hatte der Sohn des Herzogs sich herumgeworfen und zugestoßen – sein Schwert durchbohrte den ledernen Brustpanzer und fuhr geradewegs in Ruvons Herz.

Mit einem Ausdruck des Unglaubens in seinen sonnengebräunten Zügen sank der Lehnsherr zurück, und Dag wollte aufstehen, die blutige Klinge noch in der Hand, um nach Aryanwen zu sehen – als er sie schreien hörte.

»Dag! Vorsicht!«

Er fuhr herum, aber es war zu spät. Ein großer Schatten war über ihm aufgetaucht, der sein Schwert beidhändig erhoben hatte, um es auf ihn herabzustoßen.

Savaric …

Einen Herzschlag lang kostete der Verräter das Hochgefühl aus, das ihn in diesem Moment zu erfüllen schien, dann wollte er zustoßen. Plötzlich zuckte er zusammen – und dort, wo der Sturmfalke seinen schwarzen Waffenrock zierte, trat die blutige Spitze einer Klinge aus.

Der Mund des Königsmörders öffnete sich zu einem Schrei, der seine Kehle jedoch nie verließ. Sein Schwert entrang sich seinem Griff und er wankte, während seine Zunge nun lautlose Worte formte. Dann brach er zusammen.

Hinter ihm stand Aryanwen, die Klinge ihres Vaters in den Händen, das Königsschwert von Tirgaslan, von dem das Blut des Verräters troff. Die Leibwächter waren mit dem Leichnam des Königs abgezogen, die Prinzessin jedoch war geblieben, um ihrem Geliebten beizustehen – obwohl die heranstürmenden Heere nur noch je einen Steinwurf entfernt waren. Der Boden erzitterte unter ihren trampelnden Beinen, die Luft vibrierte unter ihrem grässlichen Geschrei.

»Rette dich!«, rief Dag Aryanwen zu. »Lauf, so schnell du kannst …!«

Die Prinzessin reagierte auf ihre Weise. Sie ließ das Schwert ihres Vaters fallen und eilte zu Dag.

»Nein«, schrie dieser. »Das darfst du n…«

Er verstummte, als sie ihren Mund auf seinen presste, dann schloss sie ihre Arme um ihn, und sie klammerten sich aneinander wie zwei Ertrinkende, die von der tobenden See verschlungen wurden.

»Es tut mir leid!«, schrie Dag. »Es tut mir leid …!«

»Ich liebe dich«, erwiderte sie nur.

Und beide schlossen die Augen und warteten darauf, dass die Wellen über ihnen zusammenschlugen und das sinnlose Schlachten begann.

11.

BIRLONK UR'FUL

Bereit, einander bis zum letzten Atemzug zu bekämpfen und die Klingen im Blut des Feindes zu baden, stürmten die Ork-Söldner beider Seiten aufeinander zu, unter wildem Geschrei, die grünen, mit wilder Kriegsbemalung versehenen Mienen hassverzerrt. Doch dann reckten sich die ersten Fratzen nach oben, und Unruhe brach aus, und plötzlich war es, als würden die Unholde gegen eine unsichtbare Grenze laufen, die zwischen den Fronten verlief.

Ihr Kriegsgebrüll verstummte, jäh verlangsamte sich ihr Ansturm, bis sie schließlich stehen blieben, den Blick nicht länger auf die andere Seite des Schlachtfelds gerichtet, auf den Feind, den es zu töten und zu besiegen galt, sondern auf den Himmel, an dem ein seltsames Ding aufgetaucht war, riesig groß, von länglicher Form und von blutroter Farbe – und den Unholden war sofort klar, worum es sich dabei handeln musste.

»Kurul!«

Es war unmöglich festzustellen, welchem Ork auf welcher Seite des Schlachtfelds der Name des Donnerers zuerst über die Lippen kam – doch kaum war er ausgesprochen, pflanzte er sich wie ein Lauffeuer nach allen Seiten fort. Und wie eine Feuersbrunst, die beständig an Nahrung gewann, verstärkte er sich, bis er zu einem ohrenbetäubenden, das Flusstal erschütternden Chor anschwoll.

»Kurul! Kurul! Kurul …!«

Tausendfach hallte das Wort aus den Kehlen, und mit ihm auch das Entsetzen, das es hervorrief. Die Furcht vor dem

Donnerer war in jedem Ork tief verwurzelt. Schon die Ork-
linge wurden mit Geschichten über die Untaten Kuruls verängstigt, die älteren Orks suchten ihn mit Talismanen und
Beschwörungsformeln, vor allem aber durch blutige Taten zu
besänftigen. Darauf, dem Donnerer gegenüberzutreten, war
dennoch keiner von ihnen vorbereitet, und als Kuruls Blutgaleere tatsächlich zwischen den Bäumen auftauchte und
Kurs auf den Fluss nahm, wusste jeder Ork aus echtem Tod
und Horn, was dies zu bedeuten hatte.

Der *larka ur'dhuuroush sabal* war angebrochen.

Der Tag des letzten Kampfes, an dessen Ende alle Orks,
unabhängig davon, ob sie jung waren oder alt, mutig oder
feige, dünn oder fett, in Kuruls Grube landen würden.

Mit grässlicher Langsamkeit schwebte die Blutgaleere heran. Unzählige eitergelbe und blutunterlaufene Augen waren
auf das riesige Gebilde gerichtet, hier und dort wurden Köpfe
zwischen die Schulterpanzer gezogen und Schilde erhoben –
auch wenn allen klar war, dass es herzlich wenig nützen würde,
wenn Kurul erst seine Blitze des Verderbens schleuderte. Was
sie verbrochen hatten, dass sie den Anbruch des letzten Tages
bewirkt hatten, vermochten die Unholde nicht zu sagen, aber
ihnen allen, ganz gleich, auf welcher Seite sie kämpften und
welchen menschlichen Herren sie eben noch gedient haben
mochten, war klar, dass es kein Entrinnen gab.

Schon war die Blutgaleere über ihnen, und die Gestalt des
Donnerers war vorn am Bug zu sehen, groß und schrecklich
mit dem gehörnten Schädel und der Blutaxt in den Klauen.
Und als wäre dies noch nicht furchterregend genug, ergriff
Kurul im nächsten Moment auch noch das Wort.

»Ihr Ungeziefer!«, scholl es ihnen in seltsam altmodi-
schem Orkisch entgegen, wie von einem Wesen aus ferner
Vergangenheit, fremd und unheimlich. »Ihr elenden Maden!
Was bei Luraks stinkendem Pfuhl glaubt ihr, hier zu tun?«

Die Orks auf beiden Seiten der Front wandten sich ratlos
um. Ihre Äxte und *saparak'hai* hatten sie längst sinken lassen,
Ratlosigkeit sprach aus ihren bemalten Gesichtern.

»Kurul, Kurul!«, riefen einige, um ihn zu besänftigen – doch Kurul schien nicht in großmütiger Laune zu sein.

»Schweigt, Würmer!«, blaffte er von seinem Schiff herab. »Oder wollt ihr, dass ich Blitze auf euch schleudere?«

Wie um seine Drohung zu unterstreichen, schoss von der Plattform, die unterhalb des fliegenden Schiffes hing, plötzlich eine fauchende Stichflamme empor, die den blutroten Rumpf mit unheimlichem Flackern beleuchtete. Die Ork-Söldner zuckten zusammen, einige von ihnen wichen zurück und stießen mit ihren Artgenossen zusammen, sodass die erstarrten Schlachtreihen aufweichten.

»Ich bin Kurul!«, erklärte der Donnerer überflüssigerweise, »und ich habe genug davon, euch dämlichen Maden dabei zuzusehen, wie ihr in fremden Heeren als Söldner dient! Wie ihr euren *saparak* an die Milchgesichter verkauft und die Modermark, eure angestammte Heimat, den Gnomen überlasst! Wie ihr euch lieber gegenseitig die Schädel einschlagt, als gegen das kleingrüne Gesocks zu kämpfen! Wollt ihr so Ehre erlangen? Wollt ihr so das Recht erwerben, von Luraks Pfuhl wieder ausgespuckt zu werden?«

Er ließ seine Worte einen Augenblick lang wirken. Sie waren nicht überall zu hören, aber da die Orks jedes Wort mit ehrerbietigem Flüstern wiederholten, drangen sie bis an die äußersten Flügel des Heeres. Dass ihre Bedeutung im Zuge dieser Flüsterpost bisweilen auf geradezu bizarre Weise verdreht wurde, tat ihrer Wirkung keinen Abbruch.

»Das könnt ihr vergessen!«, fuhr der Donnerer donnernd fort. »Ich habe mir diesen Schmarren eine ganze Weile angesehen, aber nun habe ich die Schnauze ... endgültig genug davon! Also bin ich gekommen, um eurem dämlichen Treiben ein Ende zu machen und euch alle in meine Grube zu stoßen ...«

Hier und dort wurden Schreie laut, Rufe des Entsetzens, aber auch laut vorgetragene Beschwörungen. Viele Orks griffen nach ihren Talismanen, andere fügten sich vorsorglich Schnittwunden mit ihren *sparak'hai* zu, damit sie nachher in Luraks Pfuhl behaupten konnten, zu Lebzeiten besonders tapfer gewesen zu sein.

»… es sei denn«, fuhr Kurul unvermittelt fort, »ihr seht eure Torheit ein und besinnt euch auf der Stelle anders. Kehrt dem Krieg der Milchgesichter den Rücken, er geht euch ohnehin nichts an. Geht zurück in die Modermark, in eure Heimat. Lebt dort als nichtsnutzige, verfressene Orks, wie es eure Aufgabe ist!«

Keiner der Orks reagierte. Wie gebannt starrten sie zu dem riesigen roten Gebilde empor.

»Hört ihr nicht, verdammt noch mal? Ihr sollt nach Hause gehen, jetzt und sofort!«

Die Worte des Donnerers verhallten über dem Flusstal, und auch die Rufe und das Tuscheln der Orks verstummten. Unheimliche Stille herrschte, während die Unholde beider Seiten zu der Blutgaleere hinaufblickten, die riesig und drohend über ihnen schwebte und von der jeden Augenblick tödliche Blitze der Vernichtung herabzucken würden, wenn sie nicht taten, was Kurul von ihnen verlangte.

Und im nächsten Moment ergriffen die ersten die Flucht.

Rammar hatte es nicht länger ausgehalten.

Der dicke Ork war abgetaucht und wälzte sich am Boden vor Lachen, was die Plattform des Luftschiffs bedenklich ins Schaukeln versetzte. »Diese *umbal'hai* haben es wirklich geschluckt. Und das, obwohl du aussiehst wie ein großes grünes Rindvieh und noch nicht mal den Mund bewegt hast!«

»*Korr*«, stimmte Balbok zu, der noch immer vorn am Bug stand, den Helm mit den angeklebten Hörnern auf dem Kopf. »Du warst aber auch eine ziemlich überzeugende Stimme des Donnerers. Sogar ich hab eine Gnomenhaut bekommen, weißt du.«

»Wundert dich das? Rammar der schrecklich Rasende trägt seinen Namen schließlich nicht von ungefähr«, erwiderte Rammar, der sich wieder auf die Beine gerafft hatte und den Brenner betätigte. Er ließ das Luftschiff noch höher steigen, damit es für alle weithin sichtbar am Himmel stand – während sich unten am Boden die Fronten in Chaos auflösten.

»Nur zu, so ist es richtig. Lauft, ihr grünen Affen«, meinte Rammar und ballte triumphierend die Faust. »Habe ich das nicht großartig hinbekommen? Sollen sich die Milchgesichter doch gegenseitig an die Kehle gehen – diesmal jedenfalls werden keine Orks für sie ins Gras beißen, so viel steht fest.«

»Oh, *shnorsh*«, sagte Balbok.

»Was soll das heißen?«, wollte Rammar wissen, der sich in seiner Euphorie gar nicht beruhigen wollte. »Passt dir etwas nicht? Oder bist du nur neidisch, weil so ein prächtiger Einfall einem Wurmgehirn wie deinem ganz bestimmt nie in den …«

Er verstummte, als er sah, dass seinem Bruder das Grinsen vergangen war. Den Helm mit den angeklebten Hörnern schief auf dem Kopf, starrte der hagere Ork nach Nordwesten, in Richtung des Gebirges – und was er dort sah, ließ seine Kinnlade in ungeahnte Tiefen sinken.

»Das gefällt mir gar nicht«, ächzte er.

»Was?«, fragte Rammar, während er sich ebenfalls in die betreffende Richtung wandte. »Hast du endlich wieder eine Borste im *bru-mill* gefunden, du alter Spielverd…?«

Die Luft ging ihm plötzlich aus, die Stimme versagte ihm.

Denn sehr weit entfernt war vor den Bergen etwas zu sehen, womit niemand, am allerwenigsten die beiden Orks, gerechnet hatte – eine gewaltige schwarze Flut, die sich über die Hügel ergoss.

»*Shnorsh*«, machte Rammar, denn ihnen beiden war klar, was sie dort in der Ferne sahen.

Ein feindliches Heer.

Krieger.

Kaldronen.

Tausende.

Die Hutzelbärte kamen.

12.

ACHGOSH UR'SOCHGASH

Später wusste niemand mehr zu sagen, auf welcher Seite die Ork-Söldner zuerst desertiert waren – ob es Tirgaslans Söldner gewesen waren, die ihren Kriegsherren den Rücken gekehrt und Hals über Kopf die Flucht angetreten hatten, oder die gedungenen Schergen von Ansun. Dem direkten Befehl Kuruls vermochte sich niemand zu widersetzen, und so herrschte auf beiden Seiten ein hektisches Rennen und Flüchten.

Vergeblich versuchten menschliche Befehlshaber, ihre orkischen Untergebenen aufzuhalten. Vergeblich wurde in die Trompeten gestoßen, wurden Befehle gebrüllt und die Kriegstrommeln gerührt. Wer Orkblut in seinen Adern hatte, fühlte sich nicht mehr an seine Eide gebunden, ganz gleich, ob es sich um einen *fulhok* oder um einen gewöhnlichen Krieger handelte. Kurul hatte gesprochen, alles andere interessierte die Orks nicht mehr, und so kehrten sie dem Tal, das zum Schlachtfeld hatte werden sollen, in Scharen den Rücken und schlugen sich in die Wälder. Zurück blieben nur Chaos und Verwirrung – und inmitten all des Durcheinanders befanden sich Dag und Aryanwen, die noch immer nicht glauben konnten, was eigentlich vor sich ging.

Natürlich hatten sie das Luftschiff gesehen, und natürlich hatten auch sie die donnernde Stimme gehört, die unschwer als die von Rammar auszumachen gewesen war. Was der dicke Unhold jedoch gesagt hatte, hatten sie nicht verstanden, da er sich des Orkischen bedient hatte, und weder der Herzogssohn noch die neue Königin von Tirgaslan beherrschten jene dunkel klingende Sprache mit all ihren kehligen und zischenden Lauten.

Aryanwen vermutete, dass Rammar seine Artgenossen aufs Übelste beleidigt hatte. Und irgendetwas von dem, was er gesagt hatte, hatte sie so in Panik versetzt, dass sie schreiend davonrannten – zurück blieben zwei arg dezimierte Heere, deren verbliebene Kämpen unentschlossen waren, was sie tun sollten. Verwirrung herrschte allenthalben, die Unsicherheit, die in der kühlen Morgenluft lag, war beinahe körperlich zu greifen.

»Ist das die Rettung?«, fragte Dag. Eben noch hatten sie geglaubt, von den zornigen Heeren beider Seiten überrannt zu werden, nun befand sich alles in Auflösung.

»Ich … ich weiß es nicht.« Aryanwen schüttelte den Kopf. »Ich weiß nur, dass wir noch am Leben sind – und dass die Schlacht nicht stattgefunden hat. Noch nicht.«

»Ja.« Dag nickte. »Ich … muss zu meinem Vater. Muss ihm erklären, was geschehen ist.«

»Und ich muss zu meinem … Volk«, erwiderte die Prinzessin, die so unverhofft zur Königin geworden war. »Ich muss von Ruvons und Savarics Verrat berichten – und davon, dass du mir das Leben gerettet hast.«

»War es so?« Trotz der Schmerzen, die von der Wunde in seinem Oberschenkel ausgingen, schlich sich ein Grinsen in Dags bleiche Züge. »Ich dachte, du hättest meins gerettet.«

Er biss die Zähne zusammen und wollte aufstehen, schaffte es jedoch nicht aus eigener Kraft. Erst mit Aryanwens Hilfe gelang es ihm, vom Boden hochzukommen. Das verletzte Bein schmerzte, allerdings schienen weder der Knochen noch die Schlagader betroffen zu sein. Indem sie kurzerhand einen Ärmel ihres Kleides opferte, verband Aryanwen die Wunde notdürftig, während rings um sie weiter das Chaos um sich griff.

Zahlreiche menschliche Kämpfer, die gegen ihren Willen zum Waffendienst gezwungen worden waren, nutzten die allgemeine Verwirrung und schlossen sich den Unholden auf ihrer wilden Flucht an. Dem Trieb der Herde gehorchend gingen zahllose Pferde durch und mussten wieder eingefangen werden. Von einer Schlachtaufstellung konnte auf keiner der beiden Seiten mehr die Rede sein, auf den ersten Blick war nicht einmal mehr zu erkennen, nach welcher Seite hin sich die beiden Heere orientierten. Jegliche Ordnung war abhanden gekommen – und der offensichtliche Grund dafür schwebte noch immer groß und rot und drohend am Himmel: das Luftschiff mit den beiden Orks an Bord.

Dag und Aryanwen wussten nicht, was all dies zu bedeuten hatte, aber eines war ihnen klar: dass dieses Durcheinander, wie auch immer es entstanden sein mochte, eine historische Chance bot, und sie wollten sie nicht ungenutzt verstreichen lassen.

»Soll ich nicht lieber mit dir kommen?«, fragte Dag.

»Nein.« Sie schüttelte entschieden den Kopf. »Jeder von uns hat seine eigene Aufgabe zu erfüllen. Wir müssen …«

»Achgosh douk.«

Aryanwen fuhr zurück, als plötzlich die grünen Züge eines Orks neben ihr erschienen, der noch dazu auf dem Kopf stand. Sie brauchte einen Moment, um zu begreifen, dass die großen Kuhaugen und das darüber befindliche, zu einem verlegenen Grinsen gedehnte Maul zu einem bekannten Gesicht gehörten.

»Balbok! Was …?«

»Kommt mit«, erklärte der große Ork, der kopfüber an einem Tau hing, dessen oberes Ende an der Plattform des Luftschiffs befestigt war. Während er sprach, ließ er sich vollends herabgleiten und drehte sich dabei, sodass er mit den Füßen voraus auf dem Boden landete.

»Mitkommen? Wohin?«

»Was ist hier überhaupt los?«, fragte Dag.

»Das wird euch Rammar erklären.« Balbok deutete nach oben.

»Aber wir müssen …«

»*Douk*«, erklärte der Ork, und er sagte es so entschieden und schüttelte dabei so kategorisch den Kopf, dass ihnen klar war, dass sie keine andere Wahl hatten.

»Festhalten, Prinzessin«, wies Balbok Aryanwen an und bückte sich, sodass sie auf seinen Rücken klettern und die Arme um seinen Hals schlingen konnte. Dann griff er wieder nach dem Seil, das in regelmäßigen Abständen mit Knoten versehen war, und kletterte wieselflink daran empor. Dag, dessen verletztes Bein ihn am Klettern hinderte, wartete, bis beide oben waren. Dann schlang er sich das Ende des Seils um den Leib und ließ sich nach oben ziehen, wo ihn Rammars grimmige grüne Miene erwartete.

»Sag schon, Rammar!«, begann Aryanwen. »Warum ergreifen die Orks auf beiden Seiten die Flucht?«

»Weil Kurul sie nach Hause geschickt hat. Der große Donnerer auf seiner roten Blutgaleere.«

»Kurul, aha.« Aryanwens Stirn legte sich in Falten. Und er hat die Ork-Söldner aus ihrem Dienst entlassen?

»Irgendwie schon«, meinte Balbok grinsend.

»Von wegen«, meinte Dag. »Ihr beiden seid das gewesen. Aber warum?«

»Liegt das nicht auf der Klaue?«, fauchte Rammar. »Um diesen dämlichen Krieg zu beenden, natürlich! War es nicht das, was ihr wolltet?«

»Wir sind dankbar dafür, dass es nicht zur Schlacht gekommen ist«, versicherte Aryanwen. »Aber wir dachten, dass ihr wiederherstellen würdet, was einst war …«

»*Korr*, das haben wir getan«, stimmte Rammar ungeduldig zu. »Ihr Menschen habt euch so sehr daran gewöhnt, andere für euch kämpfen und bluten zu lassen, dass ihr völlig vergessen habt, was Krieg bedeutet. Aber damit ist es nun vorbei. Von nun an müsst ihr wieder selber den Schädel hinhalten, wenn es ans Kämpfen geht – denn Rammar der schrecklich Rasende …«

»Und Balbok der Brutale!«, fügte Balbok hinzu.

»… haben das wahre Angesicht des Krieges wiederhergestellt, den Schrecken und die Furcht. Nur wer all das kennengelernt hat, weiß den Wert des Friedens zu schätzen.«

»Ich fürchte, du hast recht«, kam Aryanwen nicht umhin zuzugeben.

»Ihr selbst habt gesagt, dass sich die Welt in Schieflage befindet – wir haben sie wieder geradegerückt«, grunzte Rammar mit entschiedenem Nicken, dem sich Balbok anschloss.

»Das war von Anfang an euer Plan, nicht wahr?«, fragte Dag bitter. »Ihr hattet gar nicht vor, unsere Väter für Verhandlungen an Bord zu nehmen – euch ging es darum, eure Leute zu retten. Deshalb wolltet ihr auch, dass das Luftschiff blutrot ist – um euer Schmierentheater abziehen zu können …«

»Und? Willst du uns das wirklich vorhalten, Mensch? Von dem Augenblick an, da wir uns zum ersten Mal trafen, hast du nichts anderes getan, als uns zu täuschen und mit Halbwahrheiten abzuspeisen – nun haben wir den Spieß umgedreht.«

Dag nickte. Dem jungen Herzog von Ansun war anzusehen, dass ihm die Sache nicht gefiel, aber er konnte auch nicht widersprechen, ebensowenig wie Aryanwen.

»Aber seid unbesorgt«, fuhr Rammar fort. »Jetzt, da sie wieder ihre eigenen Leute in die Schlacht schicken müssen, werden der König und der Herzog sicher rasch zur Vernunft kommen und sich einigen. Damit ist dann allen gedient.«

»Mein Vater ist tot«, erklärte Aryanwen leise, »ermordet von Verrätern, die die Flamme des Krieges um jeden Preis am Leben halten wollten. Du hast völlig recht, Rammar – die Menschen haben sich mit dem Krieg arrangiert und ihre Vorteile daraus gezogen. Es war Zeit, es zu beenden – gewissermaßen hatte die Prophezeiung also doch recht, wenn auch anders, als wir gedacht hatten.«

»Aber – sie haben uns getäuscht«, wandte Dag ein.

»So wie wir sie. Und dennoch haben sie uns geholfen, als wir alles verloren glaubten. Sie haben uns gerettet.«

Es war Dag anzusehen, dass ihm diese Deutung nicht unbedingt gefiel – widersprechen konnte er aber auch nicht.

»Ich fürchte, ich muss dich enttäuschen, Prinzessin«, entgegnete Rammar daraufhin, »denn wenn du mich fragst, ist jetzt erst recht alles verloren.«

»Was meinst du?«

»Das kleine Problem da unten«, rückte Balbok heraus und deutete nach Nordwesten.

Sich an den Seilen festhaltend, mit denen die Gondel an der Luftblase befestigt war, humpelte Dag zur anderen Seite und warf einen Blick über die niedrige Reling. Aryanwen tat es ihm gleich. Was sie sahen, ließ ihnen das Blut in den Adern gefrieren.

Ein schwarzes Band war in der Ferne zu sehen, das sich über die hügeligen Ausläufer der Berge wälzte, geradewegs auf Andaril zu. Dag und Aryanwen war sofort klar, worauf sie dort blickten – auf eine Streitmacht der Zwerge. Und ihnen war auch klar, dass Winmar nicht auf einen schnellen Raubzug aus war.

Nachdem er sich den Norden Erdwelts bereits unterworfen hatte, wollte er nun auch Ansun und Tirgaslan – und die Orks, die das Rückgrat beider Heere gebildet hatten, waren in Scharen desertiert und geflüchtet …

»Wir konnten ja nicht ahnen, dass die Hutzelbärte kommen würden«, gestand Rammar, und es hörte sich ein wenig zerknirscht an. »Andernfalls hätten wir unsere Vorstellung noch ein wenig hinausgeschoben.«

»*Korr*«, stimmte Balbok kleinlaut zu.

»Jetzt ist nicht die Zeit, zu hadern«, meinte Dag, der angesichts des herannahenden Feindes eine bewundernswerte Besonnenheit an den Tag legte. »Wenn Winmar angreift, dann wohl, weil er denkt, seiner Intrige wäre Erfolg beschieden gewesen und wir hätten uns gegenseitig massakriert. Er weiß nicht, dass es nicht zur Schlacht gekommen ist.«

»Und?«, fragte Rammar.

Dag wandte sich Aryanwen zu. Die beiden schienen keiner

Worte zu bedürfen, um sich zu verständigen. In stillem Einvernehmen reichten sie einander die Hände.

»Er soll erfahren, dass sein Plan fehlgeschlagen ist, bevor sein Heer eintrifft«, erklärte Aryanwen mit fester Stimme. »Zwischen den Reichen Ansun und Tirgaslan herrscht nicht länger Krieg. Sie werden zusammenstehen und sich gemeinsam gegen den Aggressor verteidigen, so wie sie es längst hätten tun sollen.«

»Ich muss umgehend meinen Vater und unsere Truppen unterrichten«, erwiderte Dag.

»Und ich werde zu meinem Volk gehen und ihm klarmachen, dass unser Platz in diesem Konflikt an der Seite von Andaril ist«, bestätigte Aryanwen.

»Und wenn sie nicht auf dich hören?«

»Vergiss nicht, dass ich ihre neue Königin bin.«

»Aber du hast Feinde, die nicht wollen, dass der Krieg zwischen unseren Reichen endet. Möglicherweise hatten die beiden Verräter Verbündete.«

»Lass das mal unsere Sorge sein«, schnaubte Rammar und war von sich selbst am meisten überrascht. »Wir begleiten die holde Maid. Wer ihr was antun will, muss zuerst mal an uns vorbei.«

»*Korr*«, stimmte Balbok zu, jetzt nicht mehr kleinlaut, sondern bitter entschlossen.

»Rammar, ich weiß nicht, was ich sagen soll.« Aryanwen blickte ihn verwundert an.

»Hoffentlich«, schnauzte Rammar. »Dein Geschwätz geht mir gehörig auf die Nerven.«

Aryanwen lachte. »Du siehst, ich bin in den besten Händen, Geliebter.«

Statt zu antworten, zog Dag sie zu sich heran und küsste sie hart und heftig auf den Mund – was Rammar nur dazu bewog, mit den Augen zu rollen.

»Nun hört schon auf damit«, maulte er. »Spätestens morgen werden die Maschinen der Hutzelbärte hier sein. Was immer ihr also vorhabt, ihr solltet es rasch tun.«

»Das werden wir«, sagte Aryanwen mit mattem Lächeln, als sie sich wieder voneinander lösten. »Ihr habt eure Aufgabe erfüllt. Nun ist es an uns, wiederherzustellen, was einst gewesen ist.«

13.

ACHGAL UR'ORK

»Was geht dort vor sich?«

Vigor sprach die Worte ganz langsam aus, sodass der Ork sie verstehen musste – der Gefangene zeigte dennoch keine Reaktion. Daraufhin nickte Vigor Kurshak zu, der die Frage ins Orkische übersetzte, doch der Unhold, den sie kurzerhand an einen Baum gefesselt hatten, antwortete noch immer nicht, schien seine Häscher noch nicht einmal wahrzunehmen.

Stattdessen waren die Züge des Orks, auf dessen Schulter das Wappen von Ansun prangte, eigentümlich verzerrt, sein Blick war starr geradeaus gerichtet. Seine Gesichtszüge waren fleckig, die Kriegsbemalung von Schweiß aufgeweicht. Die Kopfborsten, die er zu einem schmalen Kamm gestutzt hatte, bebten, und sein Rüssel zuckte unentwegt, während er unablässig dieselben Worte murmelte: *»Larka ur'dhuuroush sabal ... larka ur'dhuuroush sabal ... larka ur'dhuuroush sabal ...«*

Ein Spähtrupp unter Krushaks Führung hatte ihn in den Wäldern gefangen, die das nördliche Ufer des Eisflusses säumten. Anfangs hatten sie ihren Artgenossen für einen Spion Ansuns gehalten, aber dann waren sie immer noch mehr Orks begegnet, die die Abzeichen des Feindes trugen, in wilder Panik durch den Wald rannten und dabei etwas vom Untergang der Welt und vom Tag des letzten Kampfes faselten. Ihr Ziel schien die Modermark zu sein, ihre angestammte Heimat – was sie zu ihrer wilden Flucht bewegt hatte, konnte Vigor noch nicht einmal vermuten.

Aber er war wild entschlossen, es herauszufinden.

Schon, weil er seinen Ruf wiederherzustellen hatte.

»Ich warte nicht ewig!«, erinnerte ihn der Zwergenherrscher von dem hohen Thron herab, auf dem er sich auf Reisen herumtragen ließ. Wie die meisten Bewohner des Berges hegte auch er ein tiefes Misstrauen gegen Pferde und andere Reittiere. »Will er nun sprechen, oder nicht?«

»Er wird sprechen, mein König«, versicherte Vigor.

»Da bin ich gespannt«, meinte Lord Lavan, der auf seinem Schlachtross saß und so beinahe auf Augenhöhe mit dem König war – entsprechend blickte er auf Vigor herab.

»Das Problem besteht nicht darin, die Zunge des Gefangenen zu lösen«, erklärte Vigor, den die herablassende Art des Menschen ärgerte. »Sondern ihm ein paar Worte abzuringen, die Sinn ergeben.«

»Erkläre dich, Vigor!«, zischte Winmar.

»Er spricht vom Tag des letzten Kampfes«, erklärte Vigor.

»Und was bedeutet das?«

»Im Verständnis der Orks ist das der Tag, an dem die Welt untergeht.«

»Und was nützt mir das?«, fragte der König.

»Ganz offenbar«, erklärte Vigor ein wenig hilflos, »ist der Gefangene davon überzeugt, dass dieser Tag angebrochen ist.«

»Tatsächlich.« Lavan war sichtlich unbeeindruckt, hob noch nicht einmal eine Braue. »Und was hat ihn zu diesem Schluss verleitet?«

»Das würde ich gerne herausfinden, mit Eurer Erlaubnis.«

»Nur zu. Ich bin sicher, Euer König ist nicht weniger erpicht darauf, es zu erfahren.«

Vigor nickte, seine Wut nur mühsam unterdrückend. Einmal mehr hatte Lavan ihn in Zugzwang gebracht. Er musste nun Ergebnisse liefern – gelang es ihm nicht, würde Lavan einmal mehr als Sieger dastehen.

Mit einem Nicken gab er Krushak zu verstehen, dass die

Befragung beginnen sollte. Der hünenhafte Ork wandte sich ohne Zögern zu dem Gefangenen um, und seine geballte Faust rammte sich ansatzlos in dessen Magengrube.

Der Gefangene gab ein jämmerliches Jaulen von sich, das mehr an einen geprügelten Hund als an einen Unhold gemahnte, und das über die ganze Lichtung hinweg zu hören war, die Vigor kurzerhand zum Ort der Vernehmung ernannt hatte.

Dann begann des Königs oberster Folterknecht mit der Prozedur. Im Grunde war es immer nur dieselbe Frage, die er stellte – er wollte wissen, was bei den Sieben Säulen der Berge geschehen war, das ihn und seine Artgenossen derart in Panik versetzt und sie offenbar dazu bewogen hatte, ihren menschlichen Herren den Rücken zu kehren.

Doch der Ork antwortete auf seine Weise.

»Larka ur'dhuuroush sabal ... larka ur'dhuuroush sabal.«

Selbst dann, als Krushaks Faust abermals gegen seinen Körper hämmerte und ihm einige Rippen brach. Der Gefangene pfiff wie ein kaputter Blasebalg und wäre zusammengebrochen, hätten die Fesseln ihn nicht am Baum gehalten.

Und Vigor ließ Krushak weitermachen.

Als Nächstes schlug er den Gefangenen ins Gesicht.

Dann riss er ihm die Borsten aus.

Trat ihm in den Unterleib, wieder und wieder auf dieselbe Stelle.

Brach ihm einen Arm.

Der entrückte Ausdruck im Gesicht des Gefangenen jedoch blieb bestehen, ebenso wie sein starres Augenspiel und sein fortwährendes Gemurmel, was auch Lavan nicht verborgen blieb.

»Offenbar«, begann er mit unverhohlenem Spott, »versagen Eure viel gepriesenen Künste bei diesem Gefangenen, Oberst.«

»Keineswegs«, widersprach Vigor kopfschüttelnd.

»Ich spreche nicht die Sprache der Unholde, aber soweit ich es beurteilen kann, sagt er stets dasselbe. Offenbar habt ihr nicht genug Geschick darin, euch jemanden gefügig zu machen.«

»Das Problem ist nicht, den Widerstand des Gefangenen zu brechen, Mylord«, entgegnete Vigor zähneknirschend. »Wäre es so, würde er längst reden.«

»Was ist das Problem, Oberst?«, fragte Winmar lauernd.

»Dieser Ork«, erwiderte Vigor, auf den Gefangenen deutend, »ist völlig verängstigt. Was auch immer ihm widerfahren ist, er fürchtet es so sehr, dass ihm körperlicher Schmerz dagegen völlig nichtig erscheint.«

»Ein verängstigter Ork?« Lavan verdrehte die Augen. »Fällt euch nichts Besseres ein, um Euer Scheitern zu verschleiern?«

»Jede Kreatur fürchtet sich vor etwas«, konterte Vigor, erleichtert darüber, nun ein wenig Boden gutmachen zu können. »Und die Angst der Orks gilt Kurul dem Donnerer, dem sie ihrer Überzeugung nach am Ende ihres Lebens Rechenschaft ablegen müssen und der sie in den Pfuhl von Lurak stürzt, in dem sie …«

»Kurul!« Als der gefangene Ork den Namen des Donnerers hörte, merkte er panisch auf. »Kurul! Kurul …!«

Vigor und Krushak tauschten einen Blick. Dann begann Krushak, dem Gefangenen einige Fragen zu stellen, und diesmal sprudelte es tatsächlich aus dem fremden Ork heraus, wenn auch überhastet und nicht in ganzen Sätzen.

»Was stammelt der Widerling da?«, wollte Winmar wissen.

»Soweit ich es beurteilen kann, mein König, behauptet er, Kurul begegnet zu sein«, erwiderte Vigor.

»Kurul?«, echote Lavan. »Aber sagtet Ihr nicht gerade, dass er nur ein Hirngespinst ist?«

»Nein. Ich sagte, dass die Orks davon überzeugt sind, dass es diesen Kurul gibt und dass sie ihn mehr fürchten als den eigenen Tod.«

»Und dieser hier will ihm begegnet sein?«

»In der Tat«, bestätigte Vigor, und nachdem ein weiterer

Schwall gestammelter Worte über die wulstigen Lippen des Gefangenen gekommen war, fügte er hinzu: »Er sagt, dass die Blutgaleere über den Bäumen erschienen sei …«

»Die Blutgaleere.« Lavan grinste.

»Kuruls fliegendes Schiff«, erklärte Vigor, worauf Kurshak ein heiseres Schnauben von sich gab. Es war nicht zu übersehen, dass auch Vigors Handlanger plötzlich von Unruhe ergriffen war.

»Ist das sein Ernst?«, fragte Winmar von seinem Thron herab. »Dieser Kurul soll mit einem fliegenden Schiff am Himmel aufgetaucht sein?«

»Ich wiederhole nur, was der Gefangene sagt«, verteidigte sich Vigor. »Aber ich gebe zu bedenken, dass er nicht der Einzige gewesen ist, den meine Leute im Wald gesehen haben. Offenbar sind die Ork-Söldner beider Seiten in heller Panik geflüchtet.«

»Nun«, warf Lord Lavan ein, »da ja feststehen dürfte, dass es weder ein fliegendes Schiff noch ein donnerndes Wesen aus dem Jenseits gibt, solltet Ihr wohl darüber nachdenken, wie Ihr das den Orks in Eurem Heer klarmacht, ehe sie Euch ebenfalls den Rücken kehren.«

»Darüber brauche ich nicht nachzudenken, denn das weiß ich bereits«, versicherte Vigor, der die Chance ergriff, seine Machtfülle zu demonstrieren. »Unsere Orks kennen mich und wissen, dass ich jeden Söldner, der die Flucht ergreift, aufspüren und entlang der Straße nach Gorta Ruun pfählen lassen werde, so wie Rurak der Schlächter es in grauer Vorzeit getan hat. Nicht wahr, mein guter Krushak?«

Krushak ließ von dem Gefangenen ab, die Panik stand ihm in den grobschlächtigen Zügen. »Korr«, war alles, was er erwiderte.

Widerwillig.

Aber gehorsam.

14.

OURRANN'DOK'DH ARKROSH

Trotz aller Düsternis, trotz aller Trauer um den Tod König Tandelors, trotz der Gefahr, die von Westen heranzog und die womöglich das Ende des Zeitalters der Menschen bedeutete, war es ein erhebender Augenblick.

Denn zum ersten Mal nach über einhundert Jahren des Krieges und des Zwists standen die Menschen von Tirgaslan und jene von Ansun wieder Seite an Seite, um sich dem gemeinsamen Gegner zu stellen. Nicht draußen in der Ebene, wo sie die Konfrontation keinen Tag lang überstanden hätten, sondern auf den Mauern und Türmen Andarils, jener Stadt, deren Austritt aus dem Reich einst den Konflikt ausgelöst hatte – und deren gemeinsame Verteidigung ihn nun beenden würde.

Es war Dag, der gegen den Willen seines Vaters darauf bestanden hatte, dass Aryanwen zusammen mit ihrem Tross und dem, was von ihrem Heer noch übrig war – den königlichen Leibwächtern, den Soldaten der Stadtwache von Tirgaslan sowie den verbliebenen Freiwilligen – in die Stadt gelassen wurde. Denn gegen das Heer, das sich von Westen näherte, hätten sie auf freiem Feld keine Chance gehabt.

Wenn die Berichte der Späher stimmten, so hatte König Winmar, der diesen Feldzug persönlich anzuführen schien, rund 6000 Krieger unter Waffen. Abgesehen von den Orks und Gnomen, die auf Wargen ritten, befanden sich zwar keine Reiter darunter, jedoch rund zweihundert Kaldronen, von denen jeder wie zehn schwer gepanzerte Kämpen zählte, dazu eine große Anzahl schwerer Katapulte und gepanzerter Wagen, die von Trollen gezogen wurden und auf einem Hügelgrat unweit der Stadt in Stellung gebracht worden waren.

Natürlich war es Dags erster Impuls gewesen, einen Ausfall zu wagen, noch während die Zwerge im Anmarsch waren, und dabei möglichst viele ihrer Belagerungsmaschinen zu zerstören. Doch sowohl Aryanwen als auch sein Vater hatten eingewandt, dass ein solches Unterfangen reiner Selbstmord wäre und das Opfer noch dazu völlig sinnlos; die Kaldronen allein hätten ausgereicht, um den Ansturm der Menschen zu stoppen und ihnen eine vernichtende Niederlage beizubringen – und wie viele von den knapp zweitausend verbliebenen Streitern wären danach noch übrig, um Andaril zu verteidigen?

Die einzige Chance der Menschen bestand darin, sich hinter der Trutzmauer, die die Trennung der Reiche einst besiegelt hatte, zu verschanzen und jede Handbreit davon unter Einsatz des Lebens zu verteidigen – und wieder auf die Hilfe zweier Unholde zu hoffen, denen die Verrücktheit des Schicksals einmal mehr eine entscheidende Rolle im Kampf um Erdwelt zugespielt hatte …

»Bist du bereit, Sohn?«, fragte Herzog Osbert.

Sie standen auf dem großen Turm, von dem aus sich sowohl der Innenhof der Burg als auch die umgebende Stadt überblicken ließen. Sie konnten die Wehrgänge sehen, auf denen die Verteidiger Seite an Seite standen, ungeachtet ihrer Herkunft oder Herren. Ritter aus Tirgaslan standen Schulter an Schulter mit Bürgern aus Ansun, königliche Knappen hatten sich mit den Gardisten des Herzogs verbündet, Gemeine des Reiches und Soldaten aus Ansun würden gemeinsam die Bogen spannen und einen Pfeilregen auf die Angreifer niedergehen lassen. Dag wusste um die Bedeutung des Augenblicks, und ihm war auch klar, welche Bürde in diesem Moment auf ihm lastete. Denn während sein Vater für das alte Ansun stand, für eine Ära, die nun unwiderruflich zu

Ende ging, waren Aryanwen und er zu den Symbolen eines neuen Zeitalters geworden, das soeben anbrach. Welche Rolle die Menschen darin spielten, war in höchstem Maße ungewiss, ob sie am Ende triumphieren und siegreich sein, ob sie auch nur überleben oder gar in den Untiefen der Geschichte verschwinden würden – und diese Unsicherheit war allenthalben zu spüren. Nicht nur vom niederen Volk hatte sie Besitz ergriffen, sondern auch vom Adel, von den gemeinen Kämpfern, die in der Stunde der Not nun alle zu den Waffen gegriffen hatten, ebenso wie von den Soldaten, die nicht mehr um Macht oder Besitzstände kämpften, sondern nur noch um die nackte Existenz. Und auch Dag fühlte sie, die Angst, eine Niederlage zu erleiden, von der sich die Menschheit womöglich niemals erholte, die nach vielem Tod und Leid ein Dasein in Unfreiheit und Untderdrückung bedeuten würde. Doch ihm war klar, dass er sich diese Zweifel niemals anmerken lassen durfte.

Dag brauchte nur in Aryanwens Gesicht zu sehen, in ihre bleichen, von Trauer gezeichneten Züge, um zu wissen, dass sie ebenso empfand wie er. Aber er sah dort auch ihre Geduld, ihre Zuneigung und ihren Glauben daran, dass die gerechte Sache letztlich obsiegen würde, und er fand die Kraft, die Frage seines Vaters mit einem entschiedenen Nicken zu beantworten.

Er nahm Aryanwen bei der Hand, und beide bestiegen eine der Zinnen, sodass sie von den Türmen und Wehrgängen aus weithin zu sehen waren – er, Dag, im Waffenrock Ansuns, über dem er einen herrlich gearbeiteten Harnisch trug, der im Licht der Morgensonne glänzte; Aryanwen nicht in einem Kleid, sondern in der einfachen Tracht eines königlichen Bogenschützen, einen Bogen in der Hand und einen mit Pfeilen gefüllten Köcher über der Schulter. Nur ihr zarter Wuchs und ihr langes Haar, das im Morgenwind wehte, verrieten auch dem entfernten Betrachter, wer sie war.

Stille war eingekehrt.

Nirgendwo auf den Wehrgängen und Türmen wurde

mehr ein Wort gesprochen, sogar das Klirren der Rüstungen war verstummt. Aller Augen hatten sich auf den jungen Herzog und die Königin von Tirgaslan gerichtet, die dort oben auf der höchsten Zinne standen, Hand in Hand, und bereit waren, den Waffengang mit einem übermächtigen Gegner zu wagen.

»In diesem Augenblick«, begann Dag seine Rede, nun nicht mehr zweifelnd, sondern laut und mit fester Stimme, die weithin zu hören war, »blickt die Geschichte auf uns. Schon zu früheren Zeiten mussten die Völker Erdwelts zusammenstehen, um sich einem gemeinsamen Gegner zu stellen, mussten Feindschaften begraben und Gegensätze überwunden werden, damit man gemeinsam einem wichtigeren, einem höheren Ziel dienen konnte. Doch noch nie zuvor sind die Gräben, die es zu überbrücken galt, zwischen uns Menschen verlaufen. Und vielleicht ist dies der Grund dafür, dass wir uns am Morgen eines Tages sehen, auf den unsere Nachkommen einst zurückblicken und von dem sie sagen werden, dass er das Schicksal von Erdwelt entschieden habe.«

»Ansun und Tirgaslan sind Gegner gewesen«, fuhr Aryanwen ohne Zögern fort, auch ihre Stimme klar und hell wie der neue Tag, »und haben dadurch ihre Feinde ermutigt, haben sich in gegenseitigen Schuldzuweisungen ergangen, statt ihren Zwist zu begraben und zum Wohle aller zusammenzustehen. Doch damit ist es nun vorbei. Ehe mein Vater, König Tandelor, von Mörderhand niedergestreckt starb, trug er mir auf, diesen unseligen Konflikt zu beenden und zusammenzuführen, was einst einig gewesen ist …«

»… so wie mein Vater, Herzog Osbert von Ansun, die Zeichen der Zeit erkannt und den alten Hass auf Tirgaslan begraben hat«, führte Dag den Satz zu Ende. »Dies ist eine neue Zeit, meine Freunde, der Beginn eines neuen Zeitalters, das die Menschen nicht mehr länger untereinander entzweit sehen wird, sondern Seite an Seite, um dem gemeinsamen Feind zu widerstehen.«

»Dieser Feind«, fuhr Aryanwen fort, »steht dort draußen vor den Toren, und er begehrt Einlass mit allem, was er hat, mit Kaldronen und Katapulten und mit Kriegern, die zum Äußersten entschlossen sind. Zeigen wir ihm, dass wir nicht länger schwach sind, dass wir uns nicht länger vor der Wahrheit des Krieges verstecken, sondern dass wir gewillt sind, ihm ins Auge zu sehen und zu kämpfen. Für unsere Freiheit. Für unsere Zukunft. Für den Fortbestand der Menschheit!«

Die Königin riss die Hand mit ihrem Bogen empor, und als wäre dies das Signal, auf das alle nur gewartet hatten, erhob sich rauschender Jubel rings auf den Wehrgängen und den Kronen der Türme. Alle Menschen, ganz gleich, woher sie stammten, rissen ihre Waffenhände empor und stimmten in das Geschrei mit ein, das ihrer aller Entschlossenheit demonstrierte, sich dem herannahenden Gegner gemeinsam zu widersetzen.

»Wir werden sie zurückschlagen!«, versprach Dag mit donnernder Stimme, nachdem sich der Jubel wieder ein wenig gelegt hatte. »Nicht nur, weil wir nach Jahrzehnten des Zwists wieder zusammenstehen. Nicht nur, weil wir für die gerechte Sache kämpfen. Sondern auch, weil wir Verbündete auf unserer Seite haben!«

Damit gab er dem Trompeter, der auf der Turmplattform stand, ein Zeichen. Der Mann hob sein blitzendes Instrument und stieß hinein, und kaum war der Trompetenklang verhallt, erhob sich von jenseits der Mauern Andarils ein großes blutrotes Gebilde, das einem riesigen fliegenden Fisch gleich zum Himmel emporstieg.

Viele Kämpfer beider Seiten hatten das Ding bereits über dem Schlachtfeld erblickt, als es so unverhofft aufgetaucht war, die anderen hatten gerüchtehalber davon gehört. Als es nun tatsächlich über den Stadtmauern erschien, erhob sich ein ungläubiges Raunen, und hier und dort wurden auch angstvolle Schreie laut.

»Habt keine Furcht!«, stellte Dag klar. »Dieses fliegende

Schiff bedient sich keines Zaubers, sondern der Gesetze der Natur. Es ist eine von vielen Erfindungen, die unsere Welt verändern werden, doch im Gegensatz zu vielen anderen wurde diese nicht von unseren Feinden gemacht, sondern von uns Menschen, und sie ermöglicht es uns, die Lüfte zu erobern, ehe unsere Feinde es tun!«

Das Raunen auf den Wehrgängen wurde noch lauter. Gewiss, es hatte Gerüchte gegeben, denen zufolge sich der Sohn des Herzogs lieber mit den modernen Wissenschaften befasse als mit der klassischen Kriegskunst, jedoch hatten wohl die wenigsten geahnt, dass diese Bemühungen ein solch spektakuläres Ergebnis gezeitigt hatten. Zwar war den verhaltenen Reaktionen anzumerken, dass das fliegende Ungetüm den meisten unheimlich war, jedoch leuchtete ihnen ein, dass es im Kampf gegen die Zwerge den einen oder anderen Vorteil versprechen mochte.

»Und weil auch dies noch nicht genügt, um einem Gegner zu widerstehen, der uns an Zahl und Stärke um ein Vielfaches überlegen ist«, fügte Dag hinzu, seinen letzten verbliebenen Trumpf ausspielend, »befinden sich an Bord dieses fliegenden Schiffes zwei Helden, die ihr alle aus den Chroniken der Geschichte kennt und aus den Erzählungen über die Tage König Corwyns und Königin Alannahs.« Er ließ seine Worte einen Augenblick wirken, dann fuhr er fort: »Es sind die *cyfaila*, die Helden aus alter Zeit, die in dieser unserer schwersten Stunde zu uns gekommen sind, um uns in unserem Kampf beizustehen!«

Die Menge wartete nicht mehr ab, bis der junge Herzog sein Schwert gezogen und in den Morgenhimmel gestoßen hatte – der Jubel brach augenblicklich los, und er war so überbordend, dass er die Furcht, die Trauer und alle Unsicherheit für einen Augenblick vergessen machte.

Wenn auch nicht bei allen …

»Er hat es schon wieder getan.«

Rammar klammerte sich an die Reling der Plattform und starrte zum Turm hinüber, wo Dag, Aryanwen und Herzog Osbert standen, zusammen mit ihren Unterführern. »Das Milchgesicht hat uns schon wieder die ›Helden aus alter Zeit‹ genannt. Obwohl er weiß, dass ich das nicht leiden kann.«

»Also, irgendwie stimmt es ja auch«, meinte Balbok und schnitt eine Grimasse. »Bei dir jedenfalls. Denn du bist schließlich der Ältere von uns beiden.«

»Versuchst du jetzt auch noch, witzig zu sein?«

Sein Bruder gackerte nur leise in sich hinein.

»Ich will nichts mehr hören! Wir könnten bereits über alle Berge sein, genau wie alle anderen von unserem Volk. Aber nein, du wolltest ja unbedingt bleiben.«

»Aber Rammar …«

»Schnauze!«, lamentierte der Feiste weiter. »Warum nur endet es immer und immer wieder damit, dass wir unseren Hintern für diese Milchgesichter riskieren?«

»Vielleicht, weil … sie doch unsere Freunde sind?«, schlug Balbok vorsichtig vor.

Rammar schüttelte den klobigen Schädel, dass die Amulette um seinen Hals nur so flogen. »Orks haben keine Freunde, und wenn, dann fressen sie sie auf. Wenn es überhaupt einen Grund gibt, warum ich hier bin, dann dass ich diese widerwärtigen Hutzelbärte noch weniger ausstehen kann als die Milchgesichter. Hast du denn nicht bemerkt, was hier los ist? Die Zwerge sind dabei, mit ihren bescheuerten Erfindungen ganz *sochgal* zu verändern. Ihre Todeskessel zischen und dampfen und verpesten die Luft, und sie werden nicht aufhören, Stollen und Gänge in die Tiefen der Welt zu graben. Und wie lange meinst du, wird es dauern, bis sie auf den Gedanken kommen, ihre eisernen Pfade auch auf der Oberfläche zu verlegen? So ein Schwachsinn kann mir gestohlen bleiben!«

»*Korr*«, sagte Balbok nur.

Über die Bäume hinweg brachte Rammar das Luftschiff in den Wind. Inzwischen hatte er schon einige Übung darin, das riesige Gebilde zu dirigieren, und zumindest das Gefühl von Macht, das ihn dabei durchströmte, bereitete ihm diebische Freude – auch wenn er sich lieber die Zunge abgebissen und sie verschluckt hätte, als das offen zuzugeben.

Prompt erfasste ein Windstoß das blutrote Gefährt und trug es über die Kronen der Bäume hinweg flussaufwärts, dem feindlichen Heer entgegen, das am nördlichen Ufer Stellung bezogen hatte. Nach allem, was die Späher berichtet hatten, hatten die Zwerge darauf verzichtet, ein befestigtes Heerlager aufzuschlagen – offenbar wollten sie vom Moment der Überraschung nutzen, was noch davon übrig war, und direkt zum Angriff übergehen.

Schon von Weitem konnten Balbok und Rammar die Kaldronen erkennen, die den Hang herabkamen und sich in geschlossener Formation auf Andaril zu bewegten – und die riesigen Katapulte, die man auf den Hügelkämmen aufgefahren hatte. Dazu das gewaltige grüne Heer, das sich in den Senken drängte und zum Angriff sammelte, Gnomen aus der Modermark und Ork-Söldner, die bereit waren, Seite an Seite zu kämpfen.

Schon das war eine Widernatürlichkeit, gegen die sich alles in Rammar empörte. Es war an der Zeit, die Dinge auch hier wieder geradezurücken.

»Bereit?«, rief er seinem Bruder zu, der vorn am Bug der Plattform stand.

Balbok setzte den mit den Stierhörnern versehenen Helm auf und griff zur Axt.

»Bereit«, bestätigte er.

15.

SHAIG-FUOM!

Von dem Hügelgrat aus, auf dem die Katapulte Stellung bezogen hatten, blickte König Winmar auf das Tal zu seinen Füßen. Zur Rechten verlief der Fluss, dessen breites Band im frühen Tageslicht schimmerte, zur Linken erstreckten sich bewaldete Hügel. Dazwischen jedoch, nur noch einen Katapultwurf entfernt, erhob sich Andaril, die alte Stadt der Menschen.

Und anders, als der Zwergenkönig es erwartet oder zumindest erhofft hatte, stand die Stadt weder in Flammen noch war die gegenüberliegende Flussseite von Leichen übersät.

Natürlich hatten die Späher bereits berichtet, dass es nicht zur Schlacht zwischen den Menschen gekommen war; die Massenflucht, die unter den orkischen Söldnern eingesetzt hatte, hatte den Waffengang offenbar verhindert. Nun jedoch mit eigenen Augen sehen zu müssen, wie offenkundig sein von langer Hand vorbereiteter Plan gescheitert war, schmerzte Winmar sichtlich – und Vigor, der seinem König wie immer beflissen zur Seite stand, wappnete sich innerlich gegen die Vorwürfe, die jeden Augenblick über ihn hereinbrechen würden …

»Das ist wohl Euer schlimmstes Versagen«, blaffte der Zwergenkönig prompt – einen Funken Trost, wenn man überhaupt davon sprechen konnte im Angesicht Winmars, gewann Vigor allenfalls noch aus der Tatsache, dass auch Lord Lavan damit gemeint war, der neben dem transportablen Königsthron auf seinem Pferd saß, die feiste Miene wie versteinert. »Ihr habt mir ein Reich in Auflösung versprochen, einen Feind, der sich auf der Flucht befindet – und was liegt nun vor uns? Eine kampfbereite Stadt!«

»Daran trage ich keine Schuld, mein König«, versicherte Lavan, dessen schwammige Züge sich auffallend gerötet hatten. »Tandelor ist tot, wie ich es Euch vorausgesagt habe – dafür, dass seine Tochter seine Nachfolge angetreten hat, kann ich nichts. Schließlich ist sie aus Euren Kerkern entkommen.«

»Was Aryanwen tut und was nicht, spielt keine Rolle mehr, mein König«, beteuerte Vigor im Bemühen, den Zorn seines Monarchen ein wenig zu glätten. »Nach der Flucht der Orks haben die Menschen allenfalls noch zweitausend Mann unter Waffen, vielleicht weniger. Die Kaldronen könnten es blind mit ihnen aufnehmen, von unseren Ork-Söldnern ganz zu schweigen.«

»Ja«, räumte Winmar missmutig ein, »wenn wir uns auf freiem Feld befänden. Du vergisst dabei nur eine Kleinigkeit, Oberst – nämlich dass die Menschen durch deine Unachtsamkeit gewarnt wurden und sich hinter ihre Mauern verschanzt haben. Und diese Mauern haben schon den Heeren Tirgaslans getrotzt.«

Vigor biss sich auf die Lippen.

Die Art und Weise, wie ihn sein König zurechtwies, kränkte ihn bis ins Mark, aber dies war nicht der rechte Augenblick für Empfindlichkeiten. »Dann lasst mich eine Möglichkeit finden, wie wir ins Innere der Stadt gelangen können. Gebt mir nur ein wenig Zeit, mein König. Verrat hat schon manches Tor geöffnet, das ...«

»Hältst du mich für so einfältig? Glaubst du, ich gebe auch noch den letzten Vorteil aus der Hand? Zeit ist das Einzige, was ich nicht habe, Oberst, denn Aryanwen und ihre neuen Freunde werden jeden Augenblick, den sie bekommen, dazu nutzen, die Mauern zu verstärken und ihre Vorräte aufzustocken. Jede Stunde Zögern kostet uns Dutzende von Kaldronen und Hunderte von Kriegern!«

»So … so habe ich es nicht bedacht, mein König«, musste Vigor zugeben. »Ich meinte nur, dass …«

»Du kannst von Glück sagen, Oberst, dass ich längst nicht mehr auf dein Urteil vertraue und es noch eine andere Stimme gibt, auf die ich höre.«

»Ich weiß, mein König«, knurrte Vigor mit Blick auf Lavan, nun nicht mehr in der Lage, seinen Unmut noch länger zu verbergen.

Ein selbstgefälliges Lächeln spielte darauf um die Züge des Lehnsherren, jedoch nur so lange, bis Winmar freudlos auflachte. »Glaubst du, dass ich dich meine, Mensch? Ganz sicher nicht, denn auf deine Weise bist du in deiner Weltsicht ebenso beschränkt wie Vigor.«

»Aber … mein König!«, widersprach Lavan empört.

»Ich habe einen anderen Verbündeten«, eröffnete Winmar, »der mich noch niemals enttäuscht hat. Dieser Verbündete weiß um meine Rolle in der Geschichte. Er war es, der die neue Waffe entdeckt und der mir dazu geraten hat, sie ins Feld zu führen.«

»A-aber …« Vigor stammelte, wusste nicht, was er erwidern sollte. Die ganze Zeit über hatte er geglaubt, dass es kein anderer als Lord Lavan gewesen war, der ihm seine Stellung in der Gunst des Königs streitig gemacht hatte, indem er für ihn am Hof von Tirgaslan spionierte und ihm geheime Informationen zutrug – nun musste er erfahren, dass es noch jemand anderen gab, einen Dritten, der ihrer beider Stellung offenbar längst eingenommen hatte …

»Wer, mein König?«, wollte auch Lavan wissen, dem sich Vigor plötzlich auf seltsame Weise verbunden fühlte, wenn auch nur für einen Augenblick.

»Das würdet Ihr gerne wissen, nicht wahr?« Winmar grinste, und in seinen Augen lag wieder jener Blick, der Vigor nicht gefiel, der in ferne Zukunft zu schweifen und dort Dinge zu sehen schien, die selbst den ersten Folterknecht des Königs beunruhigen mussten …

»Herr!«, rief in diesem Augenblick jemand.

Vigor fuhr herum, als er Krushaks heisere Stimme erkannte. Der hünenhafte Ork kam den Hügel heraufgestampft, in seinen Zügen einen Ausdruck, den Vigor noch nie zuvor darin erblickt hatte. Unverhohlene nackte Todesangst stand darin zu lesen …

»Kurul!«, schrie Krushak laut und völlig außer sich. »Es ist Kurul! Die anderen Orks hatten recht! Er kommt tatsächlich!«

»Lächerlich«, widersprach Vigor, »das bildet ihr euch mit eurem Aberglauben nur ein!«

»Er hat ein fliegendes Schiff«, fuhr der Unhold unbeirrt fort und zeichnete mit der Klaue etwas in die Lift, das eher wie ein fliegender Fisch aussah, »rot wie Blut, genau wie in den alten Geschichten!«

»Es gibt keinen Kurul«, beharrte Vigor unbarmherzig und so laut, dass Winmar es auf seinem Thron vernehmen konnte. »Wenn dich jemand in die Grube schickt, dann bin ich das! Kehre sofort auf deinen Posten zurück! Wenn auch nur einer von deinen Artgenossen es wagt, die Flucht zu ergreifen, wird der Zorn des Königs sie ereilen, sag ihnen das!«

»Aber, Kurul …«

Vigor verlor die Fassung. »Verdammt«, fuhr er seinen Untergebenen an, »es gibt keinen …«

In diesem Moment erblickte er es.

Das Ding, das von jenseits der Bäume aufstieg.

Es war länglich geformt wie ein riesiger Fisch.

Von blutroter Farbe.

Es schwebte am Himmel auf sie zu.

»Kuruls Blutgaleere!«, brüllte Krushak, auf das Gebilde deutend, unter dem eine Art Gondel oder Plattform hing – und für einen kurzen Moment hatte Vigor sogar den Eindruck, dort eine gehörnte Gestalt zu sehen.

Oder war das nur eine Täuschung?

Vigor begriff jäh, was es gewesen war, das die Orks der feindlichen Armeen so in Furcht versetzt hatte, dass sie dem Schlachtfeld kampflos den Rücken gekehrt hatten – und ihm schwante, dass Winmars Armee dasselbe Schicksal drohte. Ein Blick in Krushaks panisch geweitete Augen genügte, um deutlich zu machen, dass keine Androhung von Strafe genügen würde, um jene namenlose, jeder Vernunft entbehrende Furcht zu bezwingen, die die Orks ganz offenbar verspürten. Nicht lange, und auch im Heer des Zwergenreichs würden die ersten Söldner die Flucht ergreifen ...

»Oberst!«, schrie Winmar von seinem Thron herab. »Was ist das für ein Ding dort am Himmel?«

»Ich weiß es nicht, mein König«, erwiderte Vigor, »aber es versetzt die Orks in Panik, denn sie halten es für die Galeere Kuruls.«

»Sag ihnen, dass das Unfug ist!«

»Das habe ich getan, mein König, aber sie glauben mir nicht. Ihre Panik vor einer Begegnung mit Kurul ist stärker.«

»Sag ihnen, ich werde sie alle töten lassen, wenn sie nicht gehorchen.«

»Ich fürchte, das beeindruckt sie nicht.«

»Und nun?«, fragte Lavan, der seine Chance zu wittern schien, verlorenes Ansehen zurückzugewinnen – wenn auch auf Vigors Kosten. »Sagtet Ihr nicht, dass Ihr wüsstet, wie Ihr in einem solchen Fall reagieren würdet?«

»In der Tat«, entgegnete Vigor, der nur auf diese Frage gewartet hatte. »Es ist wie auf der Folterbank. Man muss alle täuschenden Hüllen so lange entfernen, bis nichts anderes mehr übrig bleibt als die Wahrheit.«

»Und wie willst du das anstellen?«, wollte Winmar wissen.

Ein listiges Grinsen schlich sich in Vigors bärtige Züge. »Lasst die Katapulte schießen, mein König. Wir wollen sehen, wie widerstandsfähig dieser Kurul ist.«

Die Wurfgeschütze, die auf dem Hügelkamm postiert worden waren – in seiner Unkenntnis von Zahlen hatte Rammar keine Ahnung, wie viele es waren, aber in jedem Fall waren es *sehr* viele – wurden nacheinander abgeschossen.

Mit vor Staunen weit offenem Mund beobachteten der dicke Ork und sein Bruder, der noch immer den Helm mit den Hörnern auf dem Kopf trug, wie die Geschosse in den Himmel stiegen.

»Sieh dir das an, Bruder«, machte Rammar verächtlich. »Diese blinden Hunde haben viel zu kurz gezielt – das reicht niemals bis nach Andaril! Wenn die Hutzelbärte den Milchgesichtern eins auswischen wollen, sollten sie sich ein bisschen mehr ins Zeug ...«

Er verstummte, während er weiter den Geschossen zusah, die ihre Bahn am Himmel nahmen, eine dünne Rauchspur hinter sich her ziehend.

»Du, Rammar«, ließ sich Balbok vernehmen.

»Was denn noch?«

»Ich glaube, die haben gar nicht auf Andaril gezielt.«

»So?« Rammar verzog das grüne Gesicht. »Und worauf sollen sie sonst gezielt haben, du Halbhirn?«

»Na ja, auf ... auf uns!«

»Was?« Rammar stierte ungläubig ins Blaue.

Tatsächlich – die Dinger flogen geradewegs auf sie zu.

»Ausweichen!«, rief Balbok. »AUSWEICHEN!«

Rammar riss am Steuer, und tatsächlich sorgte das lange flügelförmige Windruder dafür, dass sich das Luftschiff augenblicklich am Himmel drehte und nicht mehr die ungeschützte Flanke darbot. Die meisten der feindlichen Geschosse gingen dadurch fehl, was Rammar zu schadenfrohem Gelächter veranlasste – eines jedoch flog in so schrägem Winkel heran, dass es zwar die Hülle des Luftschiffs verfehlte, dafür aber auf der Plattform landete. Und jetzt endlich sahen die Orks, worum es sich dabei handelte.

»Was bei Borsh dem Stinkfisch ...?«

Rammars kleine Augen weiteten sich, als er erkannte, dass es der Kopf eines Orks war, den das Katapult zu ihnen heraufgeschossen hatte. Kullernd blieb er vor ihm liegen, die leblosen Augen ihres Artgenossen blickten, so schien es, mit einer seltsamen Mischung aus Spott und der Bitte um Verzeihung zu ihm auf. Noch bizarrer war jedoch der kurze, etwa eine halbe Klauenspanne lange Docht, der aus dem Maul des Orks hing und an dessen Ende eine kleine, gefährlich zischende Flamme loderte.

Rammar handelte, ohne lange nachzudenken.

Ob es Ekel war, der ihn dazu veranlasste, oder ob es einfach seine durch *kas-bhull* geschulten Reflexe waren, die die Kontrolle übernahmen, wusste er schon einen Lidschlag später nicht mehr zu sagen. In jedem Fall trat er zu und schoss das herrenlose Haupt in hohem Bogen von der Plattform – und diese spontane Reaktion rettete sowohl ihm selbst als auch seinem Bruder das Leben.

Denn der Kopf des Orks befand sich gerade in der Luft, als er mit Urgewalt aus seinem Inneren heraus zerrissen wurde.

Es gab eine gelbe Stichflamme, die sich zu einem Feuerball ausweitete, dazu einen Knall, der so laut war, dass er Rammar von den Beinen riss. Ein Ruck durchlief die Plattform, als der dicke Ork auf dem *asar* landete, den Mund vor Verblüffung weit offen.

»W-was war das?«

»Weiß nicht«, ächzte Rammar, während er sich wieder auf die Beine raffte. »Sieht nach einer neuen Waffe aus. Jedenfalls wissen wir jetzt, wozu sie all die Köpfe gesammelt haben.«

Er wankte schwerfällig zur Reling. Der Feuerball war sogleich wieder verloschen, schwelende Glut verlor sich in der Tiefe, kleine Rauchfähnchen im Schlepp. Dafür sah Rammar jetzt, dass auch die anderen Geschosse allesamt explodiert waren – und eine Schneise der Zerstörung in den Wald geschlagen hatten!

Eichen, deren Fällung normalerweise einen ganzen Tag benötigte, waren wie dünne Hölzchen abgeknickt, Buschwerk war aus dem Boden gerissen und Erdreich aufgeworfen worden. Hier und dort schwelten Brände, und dichter Rauch stieg auf, der nach *prunnasg* roch. Und *prunnasg*, das hatte zu Balboks und Rammars Zeiten noch jeder Ork gewusst, stank nach Zauberei!

»Abdrehen!«, schrie er laut und stürzte zum Heckruder. »Wir hauen ab!«

»Abhauen?« Balbok schüttelte verständnislos den Kopf, was den Helm mit den Hörnern bedenklich ins Wackeln brachte. »Aber wir wollten doch, dass ich wieder Kurul spiele und du …«

»Am Arsch!«, keifte Rammar und riss am Ruder. »Ganz gleich, ob der Zwergenkönig Orks in seinen Reihen hat oder nicht – mit dieser Waffe wird er den Krieg sowieso gewinnen. Geht das in deinen grünen Schä…?«

In diesem Moment gab es erneut einen durchdringenden Knall, und zwar in unmittelbarer Nähe.

»Oh-oh«, machte Balbok, der plötzlich besorgt zur Hülle hinaufstarrte.

»Oh-oh? Was heißt das?« Mit zusammengebissenen Zähnen versuchte Rammar, ihr fliegendes Gefährt in den Wind zu drehen, aber es wollte ihm nicht gehorchen. »Werd gefälligst deutlicher!«

»Wir wurden getroffen«, erklärte Balbok so deutlich, wie es nur irgend möglich war – und im nächsten Moment merkte Rammar auch schon, wie sich das Luftschiff seiner Kontrolle entzog und an Höhe verlor.

Sich am Ruder festklammernd, blickte er hinauf, sah das riesige Loch, das in der Hülle klaffte, und die unzähligen kleinen Feuer, die an der Seide nagten.

»*Shnorsh!*«, rief er voller Inbrunst.

Dann neigte sich die Plattform bereits zur Seite und kippte aus luftiger Höhe den Bäumen entgegen.

Das Letzte, was Balbok und Rammar sahen, war das Heer der Orks und Gnomen, das sich in Bewegung setzte, und die Kaldronen, die ihnen folgten, während die Katapulte abermals ihre verderbliche Ladung abschossen.

Dann krachte das Luftschiff ins Geäst der dunklen Tannen und ehrwürdigen Eichen – und die Schlacht um Andaril begann.

16.  BLAR UR'MUNTIR'HAI

»Bogenschützen! Jetzt!«

Auf Dags Befehl hin gaben die Unterführer das Zeichen –
und die Bogenschützen, die auf den Mauern postiert waren,
Soldaten aus Andaril und Tirgaslan ebenso wie einfache Bürger, die in aller Eile im Umgang mit der Waffe unterwiesen
worden waren, ließen die Pfeile von ihren Sehnen schnellen.

Auch Aryanwen, die unmittelbar neben Dag auf dem
Wehrgang stand, schickte den gefiederten Tod auf Reisen,
dem feindlichen Heer entgegen, das sich am Fluss entlang
genähert hatte und nun von Westen her über das offene Feld
angriff.

Mit der typischen Verachtung für alles, was lebte und kein
Zwerg war, hatte König Winmar die mit ihm verbündeten
Gnomen zur Speerspitze des Angriffs ernannt. Auf breiter
Front rannten die kleinwüchsigen, halb nackten und oftmals
nur mit primitiven Waffen ausgestatteten Krieger über das
Feld, die sowohl in ihrer Vielzahl als auch mit ihrer grünen
Haut und den filigranen Gliedmaßen an Frösche auf der
Wanderung erinnerten – mit dem Unterschied, dass sie un-
gleich tödlicher waren.

Als die Pfeile der Verteidiger in den Himmel stiegen,
waren die Gnomen bereits so nahe, dass man ihre vor Blutdurst lodernden Augen sehen konnte und ihre weit aufgerissenen Münder mit den mörderischen Zähnen. Wer diesen
Kreaturen in die Klauen fiel, hatte keine Gnade zu erwarten – und auch die Verteidiger von Andaril waren nicht gewillt, Gnade zu gewähren.

Als der Pfeilhagel niederging, sah es aus, als würden die Gnomen gegen ein unsichtbares Hindernis rennen. Jäh geriet ihr Sturmlauf ins Stocken, als Unzählige von ihnen von Pfeilen durchbohrt niedersanken. In ihrer Tollheit rannten sie so dicht gedrängt, dass beinahe jedes Geschoss ein Ziel zu finden schien, und die nachfolgenden Krieger stürzten über die Leiber ihrer zusammenbrechenden Kameraden. Von den Mauern aus hatte es den Anschein, als würde eine Woge der Vernichtung durch das grüne Meer der Angreifer fahren, die sich bis zur letzten Schlachtreihe fortpflanzte – wo sie sich an einer Klippe zu brechen schien. Diese Klippe waren Winmars Ork-Söldner, die mit für Unholde geradezu ungeheuerlicher Disziplin Schulter an Schulter standen und sich hinter ihren Schilden verschanzten. Sie waren fast mannsgroß und mit grässlichen Trophäen verziert, vom Kopfhaar bedauernswerter Opfer bis hin zu Schädeln, die als Schildbuckel dienten.

Dass Kuruls Galeere vom Himmel geholt worden war, hatte die Orks ratlos zurückgelassen. Manche mochten verstanden haben, dass sie genarrt worden waren, die anderen waren sich zumindest sicher, dass von Kurul bis auf Weiteres keine Gefahr mehr ausging – daher rotteten sie sich wieder zusammen und warteten auf neue Befehle. Auf ein Hornsignal hin, das im morgendlichen Nebel unheimlich über die Hügel klang, setzten sie sich in Bewegung, stampften kurzerhand über das hinweg, was von der Horde der Gnomen noch übrig war, und näherten sich den Mauern von Andaril.

»Könige der alten Zeit, steht uns bei!«

Wie gebannt beobachteten Dag und Aryanwen, wie die Schlachtreihe sich näherte – ihre Hoffnung, Balbok und Rammar könnte es mit ihrer List gelungen sein, die feindlichen Söldner ebenso zur Flucht zu veranlassen, wie es ihnen bei jenen aus Andaril und Tirgaslan gelungen war, war damit endgültig zerschlagen.

Atemlos hatten sie beobachtet, wie das Luftschiff von einem Katapultgeschoss getroffen in Flammen aufgegangen und in die Bäume gestürzt war, die das Flussufer säumten. Eine dünne Rauchsäule war alles, was noch davon geblieben war. Was aus den *cyfaila* geworden war, wusste niemand, aber weder Dag noch Aryanwen gaben sich Illusionen hin. Wenn die feindlichen Orks erst mitbekamen, dass man versucht hatte, sie zu narren, würde ihr Zorn fürchterlich sein. Womöglich, dachte Dag beklommen, waren die Helden der alten Zeit schon nicht mehr am Leben. Die einzige Hoffnung, die den Menschen nun noch blieb, war ihr eigener Mut – auch wenn er angesichts der erdrückenden Übermacht des Feindes so hilflos und verloren wirkte wie eine Kerzenflamme in einem Wintersturm.

»Bogenschützen!«, gab Dag dennoch erneut den Befehl.

Unter dem Rand des Helmes hinweg, den sie als königliche Bogenschützin trug, sah Aryanwen ihn an. Noch im selben Augenblick, in dem festgestanden hatte, dass Balboks und Rammars Täuschungsmanöver fehlgeschlagen war, waren die beiden an die Mauer geeilt, um ihren Leuten im Kampf beizustehen. Doch ihnen beiden war klar, dass dieser Kampf wenn überhaupt nur unter großen Verlusten gewonnen werden konnte. Entsprechend war der Blick, den Aryanwen Dag sandte, Liebesbekundung und Abschied zugleich. Dann zog auch sie die Sehne ihres Bogens zurück – und als die Unterführer das Handzeichen gaben, schnellten erneut Hunderte von Pfeilen von den Zinnen, steiler gezielt als beim letzten Mal, um die Schilddeckung des Feindes zu durchdringen.

Und sie verfehlten ihre Wirkung nicht.

Zwar war es nicht wie zuvor bei den Gnomen, die konfus und ohne nennenswerte Deckung über das freie Feld gestürmt und eine leichte Beute gewesen waren; trotz des steilen Winkels, in dem sie niedergingen, prallten viele Geschosse an Schilden und Rüstzeug ab. Aber andere fanden ihr Ziel, durchschlugen Helme und Schulterpanzer und fuhren in Hälse und in heiserem Kriegsgeschrei aufgerissene Mäuler.

Erneut geriet der feindliche Vormarsch ins Stocken, zumal

da die Verteidiger sofort nachlegten und einen weiteren Pfeilbeschuss folgen ließen. Zwar lösten sich die Reihen der Orks nicht wie zuvor die der Gnomen in Wohlgefallen auf, jedoch mussten auch sie über die Gefallenen hinwegsteigen und die Lücken in ihren Reihen wieder schließen, was ihren Vormarsch verlangsamte – und Winmar reagierte augenblicklich.

Ein weiteres Hornsignal erklang, und die Orks stoppten ihren Vormarsch, gingen stattdessen hinter ihren Schilden in Stellung. Hier und dort wurde auf den Mauern Andarils gejubelt, doch Dag war klar, dass diese Freude verfrüht war – und schon kurz darauf bestätigte sich seine Befürchtung in Form eines metallischen Klirrens, das sowohl vom Flussufer als auch von den nordwestlichen Hügeln herdrang.

Kaldronen.

Einmal mehr brachten die Zwerge ihre fürchterlichen Kriegsmaschinen zum Einsatz, auf jeder Flanke mochten es an die hundert sein. Stampfend und schnaubend kamen sie näher, kugelförmige Gebilde auf kurzen Beinen, deren blank poliertes Metall im fahlen Tageslicht schimmerte, die mörderischen Äxte in ihren eisernen Klauen. Die Visiere, hinter denen die Lenker der Kampfmaschinen saßen, waren durch Lamellen verstärkt worden, um Pfeilbeschuss fernzuhalten.

Der Anblick war furchterregend und einschüchternd zugleich. Die Erleichterung, die sich für einen Moment auf den Wehrgängen breitgemacht hatte, schlug in Entsetzen um. Begleitet vom Klirren ihrer Gelenke und dem Zischen entweichenden Dampfes marschierten die Kaldronen von beiden Seiten auf die vorderen Schlachtreihen zu – das Ziel war klar: Sie sollten voranmarschieren und den Orks auf diese Weise Deckung verschaffen.

»Bogenschützen!«, befahl Dag noch einmal, doch der Pfeilbeschuss, der diesmal über die Angreifer hereinbrach, richtete kaum Schaden an; entweder scheiterten die Geschosse an den Schilden der Orks oder an den metallenen Hüllen der Kaldronen. Schon hatten sich die ersten kugelförmigen Todesmaschinen an die Spitze der Angreifer gesetzt, und im Schutz ihrer stählernen Verbündeten setzten die Ork-Söldner ihren Vormarsch fort. Nach vorn schützte sie nun der metallene Wall der Kaldronen, sodass sie ihre Schilde einsetzen konnten, um sich nach oben hin zu schirmen – entsprechend verpuffte der nächste Pfeilhagel, den die verzeifelten Verteidiger entfesselten, nahezu wirkungslos. Nur hier und dort wurde noch ein unvorsichtiger Unhold von einem Geschoss ereilt, und nur bei zwei Kaldronen fand eine Pfeilspitze ihren Weg zwischen den Lamellen des Visiers hindurch. Je näher die Angreifer jedoch kamen und je steiler der Schusswinkel wurde, desto unmöglicher wurde es, die Lenker im Inneren der Kampfmaschinen zu treffen.

Unaufhaltsam kam der Feind heran.

»Was haben sie vor?«, fragte Alured, der an der Seite Dags geblieben war. »Sie führen keine Sturmleitern mit! Wie wollen sie die Mauern überwinden?«

»Überhaupt nicht«, entgegnete Dag entschlossen. »Sobald sie die Mauern erreichen, werden wir sie mit heißem Wasser und siedendem Pech empfangen. Wir wollen sehen, wie ihnen das schmeckt. Und danach …«

»Vorsicht!« Aryanwen hob den Kopf. Ein helles Zischen lag plötzlich in der Luft, das sich rasch näherte.

»Katapultbeschuss!«, rief Alured und deutete auf die kleinen Punkte, die von den Wurfmaschinen aufstiegen, die weit entfernt auf dem Hügelgrat standen, und über den morgengrauen Himmel sausten. Offenbar handelte es sich dabei nicht um Steine, sonst hätten die Zwerge ihre Geschütze näher heranbringen müssen …

»Deckung!«, rief Dag. Zusammen mit Aryanwen suchte er hinter einer der mannshohen Zinnen Zuflucht. Auch die anderen Kämpfer auf den Wehrgängen suchten Deckung, indem sie alle nach vorn drängten, in den Schatten der mächtigen Zinnen, um so möglichst wenig Angriffsfläche zu bieten.

Doch die Geschosse, die der Feind auf sie warf, waren mit

nichts zu vergleichen, was sie je zuvor gesehen hatten. Als die ersten von ihnen in hohem Bogen über die Mauern Andarils flogen, glaubten Dag und seine Getreuen schaudernd, die Köpfe von Unholden zu erkennen. Einen Augenblick lang befürchtete Dag, Winmar könnte planen, die Stadt mit Pestilenz zu überziehen, aber dem widersprach, dass er seine Streitmacht bereits hatte aufmarschieren lassen, um die Mauern zu erstürmen.

Die Verwirrung hatte in dem Augenblick ein Ende, als das erste der schaurigen Geschosse auf dem Boden aufschlug – und einen halben Herzschlag später mit Urgewalt zerbarst.

Die Wirkung war entsetzlich.

Es gab einen grässlichen Knall, und eine Stichflamme schoss empor, die sich zu einem lodernden Feuerball auswuchs. Und selbst dort, wo das Feuer nicht hinreichte, weil die Flammen sofort wieder in sich zusammenfielen, gingen Glasscheiben zu Bruch und wurden Menschen von den Beinen gerissen.

Die Erkenntnis, dass die Zwerge eine neue furchtbare Waffe hatten, durchzuckte Dag im selben Moment, in dem die nächsten Geschosse explodierten.

Überall im westlichen Teil der Stadt krachte es. Wohin auch immer die todbringenden Häupter schlugen, trafen sie im engen Gewirr der Gassen auf ein Ziel, und so richteten sie gewaltigen Schaden an. Hölzerne Hausdächer wurden samt den gemauerten Kaminen zerfetzt, Fenster und Balustraden gingen zu Bruch. Feuerbälle stiegen allenthalben empor und warfen Trümmer von Holz und Gestein empor, die schon im nächsten Moment wieder niedergingen. Gellende Schreie stiegen aus den Gassen auf, von Menschen, die verwundet waren oder die ihr Entsetzen über die Zerstörung, die so unvermittelt über sie hereinbrach, nur einfach laut hinausschrien. Rauch stieg überall empor, der bittere Geruch von Tod und Feuer lag plötzlich in der Luft – und dabei wussten die Menschen von Andaril noch nicht einmal, was eigentlich geschehen war.

Die Verteidiger auf den Mauern und Türmen verharrten in stillem Entsetzen, auch Dag, dessen Verstand vergeblich Tritt zu fassen suchte. Fieberhaft suchte er nach einer Erklärung. Er nahm an, dass es den Zwergen gelungen war, ein neues, zerstörerisches Element zu entdecken, womöglich irgendwo in den Tiefen der Welt, wohin nur sie allein gelangten. Und offenbar war es Winmars Alchemisten geglückt, daraus eine tödliche Waffe zu bauen.

»Was ist das?«, schrie Aryanwen heiser. »Wie ist so etwas möglich …?«

Dag wollte ihr antworten, als es erneut krachte, diesmal in unmittelbarer Nähe. Die Mauer, auf der sie standen, erzitterte, und im nächsten Moment prasselten Gestein und kleine Erdbrocken auf sie herab. Dag packte Aryanwen und zog sie an sich heran, schirmte sie und sich selbst so gut es ging mit dem Schild. Kaum hatte der Regen der Zerstörung ausgesetzt, warf Dag einen Blick von der Mauer – nur um seine ärgsten Befürchtungen bestätigt zu bekommen: Die Katapultschützen hatten die Wurfweite verringert und die Mauer unter Beschuss genommen. Und an den steinernen Wällen Andarils, die stets allen Angriffen getrotzt und selbst den königlichen Streitern Tirgaslans widerstanden hatten, entfaltete das Element seine ganze zerstörerische Wirkung!

Dag traute seinen Augen nicht.

Am Fuß der Mauer war eines der Geschosse eingeschlagen – nun klaffte ein Krater von mehreren Armlängen Durchmesser in dem alten Mauerwerk. Ihrer schieren Dicke war es zu verdanken, dass sie nicht durchbrochen worden war, doch angesichts der neuerlichen Ladungen, die die feindlichen Katapulte schleuderten, war dies nur ein schwacher Trost.

Überall an der Westseite des Ringwalls, der die Stadt umgab, ereigneten sich in diesen Augenblicken fürchterliche Explosionen. Ein Geschoss nach dem anderen schlug ein und sorgte für fürchterliche Zerstörung, massives Mauerwerk, das von zahllosen Händen im Lauf von Jahrzehnten aufgeschichtet worden war, zerbrach im Bruchteil von Augenblicken. Und mit jedem einzelnen Einschlag, mit jeder Feuerlohe, die an den Mauern emporfauchte und sie schwarz färbte, mit jeder Kaskade von Trümmern, die in die Luft geworfen wurde, mit jedem einzelnen Todesschrei wurde Dag bewusst, dass in diesem Augenblick tatsächlich ein neues Zeitalter anbrach. Allerdings keines friedlicher Erfindungen und fliegender Schiffe, wie er es sich stets erträumt hatte, sondern des Krieges und fürchterlicher Waffen, die all das, was von den Völkern Erdwelts je erbaut worden war, innerhalb von Lidschlägen zerstören konnten.

Übelkeit stieg in Dag empor, als er sah, wie eine der Hurden, die um die Kronen der Wachtürme errichtet worden waren, von einem Geschoss getroffen wurde. Die Tierfelle, mit denen das Holz bespannt und die genässt worden waren, damit sie Brandpfeilen trotzten, muteten geradezu rührend an angesichts der Zerstörung, die nun darüber hereinbrach und sie kurzerhand zerfetzte. Nicht nur brennende Holztrümmer und Bruchstücke von Gestein stürzten in die Tiefe, sondern auch die zerfetzten Körper der Verteidiger, die auf dem Turm ausgeharrt hatten.

Weitere Treffer folgten, und im nächsten Moment erklang die Meldung, vor der sich Dag seit dem allerersten Einschlag gefürchtet hatte.

»Sie haben die Westmauer durchbrochen!«

Wo die Stelle lag, an der der Steinwall nachgegeben hatte, war nicht schwierig festzustellen, denn nun änderten Kaldronen und Orks Formation und Marschrichtung und bewegten sich in pfeilförmiger Aufstellung auf den betreffenden Mauerabschnitt zu, Dag war klar, dass der Kampf um Tirgaslan in die entscheidende Phase getreten war, sehr viel früher, als er oder sein Vater oder irgendjemand sonst es erwartet hatte.

Er fuhr herum und wollte los, doch Aryanwen hielt ihn zurück.

»Was hast du vor?«

»Ich muss hinunter, die Bresche verteidigen!«

»Ich komme mit dir!«

Dag zögerte. Alles in ihm sträubte sich dagegen, Aryanwen dieser Gefahr auszusetzen, doch ihm war klar, dass es keinen Ort in Andaril gab, an dem sie sicher war. Außerdem lag es nicht in seiner Macht, Tandelors Tochter etwas auszureden, dass sie sich in den Kopf gesetzt hatte.

Gemeinsam eilten sie den Wehrgang hinab, vorbei an den Bogenschützen, die weiterhin alles gaben, um den heranrückenden Feind von den Mauern fernzuhalten – erfolglos. Beißender, nach Schwefel stinkender Rauch lag über den Mauern, überall waren die Schreie von Verwundeten zu hören, während es unablässig weiterkrachte und immer noch mehr der verderblichen Ladungen niedergingen. Einige davon flogen dicht über die Mauerkrone hinweg und richteten in den Gassen blindwütige Zerstörung an, andere waren zu kurz gezielt und fuhren mit vernichtender Wucht in die Reihen der herannahenden Orks, die wie Spielzeuge in die Luft geworfen wurden. Doch angesichts der erdrückenden Überzahl des Feindes war dies nur ein Tropfen auf den heißen Stein.

Sein verletztes Bein spürte Dag kaum noch. Zusammen mit Aryanwen und Alured stürmte er ans Ende des Wehrgangs und von dort die Stufen hinab bis zu dem Absatz, von dem aus man jenen Mauerabschnitt überblicken konnte, in dem die Bresche klaffte – eine keilförmige Lücke, die die Explosion in das Gestein gerissen hatte und die wie eine riesige schwärende Wunde aussah. Der hölzerne Wehrgang war herabgebrochen, Menschen lagen unter Trümmern begraben – und von jenseits des Schutthaufens drangen das Klirren der Kaldronen und das Kampfgebrüll der Orks herüber.

Das Häuflein von Verteidigern, das sich diesseits des Walls versammelt hatte, um dem Angriff zu begegnen, mutete im Vergleich dazu geradezu lächerlich an – Angehörige der Stadtwache, die zwar gerüstet, aber nur leicht bewaffnet waren, sowie Bürger, die sich in ihrer Verzweiflung mit Knüppeln und Forken bewaffnet hatten, um den Eindringlingen zu trotzen.

Die Entscheidung würde fallen.

Hier und jetzt.

»Bürger von Andaril! Freunde!«, rief Dag, sodass er auf seinem erhöhten Stand alle Blicke auf sich zog. »Lassen wir nicht zu, dass auch nur ein Unhold seinen Fuß in unsere Stadt setzt. Für Andaril, das Reich und die Freiheit!«

»Für Andaril, das Reich und die Freiheit!«, bestätigte Aryanwen atemlos, wobei sie den Bogen in die Luft stieß. Als die Männer die Königin von Tirgaslan erkannten, ging ein Ruck durch ihre Reihen – nicht nur, weil sie so offen ihre Freundschaft zu Andaril bekundete, sondern auch, weil sie bereit und willens war, Seite an Seite mit ihnen zu kämpfen.

»Für die Freiheit!«, echote es hundertfach, mit dem Mut der Verzweiflung – dann erklomm bereits der erste Kaldrone die Schutthalde, um die Bresche zu passieren.

Schwerfällig kämpfte sich das kugelförmige Gebilde voran, während Dutzende von Pfeilen darauf einprasselten, ohne ihm jedoch ernsthaft gefährlich zu werden. Wie sich zeigte, war die Kluft im Mauerwerk noch nicht breit genug, um einen Kaldronen passieren zu lassen – indem er die riesige Axt zum Einsatz brachte, wollte der Lenker die Passage entsprechend verbreitern. Doch er hatte nicht mit der Gegenwehr der Verteidiger gerechnet.

Aus einer schwenkbaren Pechnase, die sich seitlich von der Bresche befand, ergoss sich ein Schwall zähflüssigen schwarzen Verderbens, der die feindliche Kampfmaschine traf. Ein Brandpfeil, der hinterher geschickt wurde, setzte das Pech in Brand, und der Kaldrone verwandelte sich in eine Feuerkugel.

Der Kampfkoloss taumelte zurück, entsetzliches Geschrei drang aus seinem Inneren, als der Lenker bei lebendigem Leib geröstet wurde. Was weiter aus der Maschine wurde, war nicht zu erkennen, denn sie verschwand aus dem Blickfeld der Verteidiger – dafür tauchten grüne, mit Kriegsbemalung versehene Fratzen auf, als die Orks den Schuttberg stürmten.

Vom Treppenabsatz herab schickte Aryanwen ihnen ein Rudel Pfeile entgegen. Die ersten beiden Orks, die durch die Bresche setzen wollten, wurden getroffen und sanken nieder. Doch ihre nachdrängenden Kumpane trampelten kurzerhand über sie hinweg und trafen im nächsten Moment auf die Stadtwächter von Andaril.

Der Hauptmann der Wache begriff nicht, was ihm widerfuhr – die Axt des Orks ging so jäh und mit derartiger Wucht auf ihn nieder, dass sie Helm und Schädel spaltete. Blutüberströmt kippte der Mann zurück, seinen eigenen Leuten entgegen, die entsetzt zurückwichen – und die Orks setzten nach. Vermutlich wäre ihnen der Durchbruch schon in diesem Augenblick gelungen, wäre Dag nicht in die Bresche gesprungen. Seinem verletzten Bein zum Trotz sprang der Sohn des Herzogs vom Treppenabsatz auf die Schutthalde, einen heiseren Kampfschrei auf den Lippen und die Klinge schwingend.

Der Stahl traf den völlig überrumpelten Ork am ungeschützten Hals und trennte ihm das Haupt von den Schultern. Doch noch ehe der kopflose Torso niedergegangen war, drängten bereits weitere Unholde nach. Geschmeidig täuschte Dag einen Hieb zum Kopf an – als sein Gegner jedoch den *saparak* empor riss, um den Angriff zu parieren, änderte Dag die Stoßrichtung der Klinge und rammte sie ins Herz des Unholds. In einem Schwall dunklen Orkbluts stürzte der Krieger seinen Kumpanen entgegen, sodass ihr Ansturm für einen Moment ins Stocken geriet – was die Wächter von Andaril nutzten, um zum Sohn ihres Herzogs aufzuschließen. Schild an Schild standen sie, bereit, jeden Fußbreit Boden unter Einsatz ihres Lebens zu verteidigen, und als die Orks erneut herandrängten, setzte ein verheerendes Hauen und Stechen ein.

Wie von Sinnen hieb Dag um sich. Der Stahl seiner Klinge drang durch Fleisch und Knochen und schlug fürchterliche

Wunden. Ork um Ork fiel unter seinen Schwertstreichen, womit er seine Mitstreiter ermutigte, nicht nachzulassen und dem Feind weiter zu trotzen. Verzweifelt warfen sich die Verteidiger den Unholden entgegen, doch auch aller Mut vermochte sie nicht gegen die mörderischen Klingen der *saparak'hai* zu schützen. Aus dem Augenwinkel sah Dag zahllose seiner Leute fallen, hörte ihre Todesschreie von dem dumpfen Widerhall weiterer Explosionen.

Dann ein fürchterliches Bersten und Grollen.

»Der Große Turm wurde getroffen!«, schrie jemand.

Die Nachricht traf Dag mit der Wucht eines Keulenhiebs.

Sein Vater war auf dem Turm, und alles in ihm drängte danach, ihm zu Hilfe zu kommen. Doch er wusste, dass seine Pflicht eine andere war, auch der Herzog selbst hätte es so gewollt ...

Unbändige Wut, wie er sie noch nie zuvor verspürt hatte, ergriff von Dag Besitz. »Elende Kreaturen!«, schrie er und drang mit derart wütenden Schlägen auf einen Angreifer ein, dass diesem die Kriegsaxt entglitt. Dag dankte es ihm mit einem quer geführten Hieb, der tief in die Kehle des Unholds schnitt, doch die Trauer und der Zorn machten den Sohn Herzog Osberts auch unvorsichtig. Noch während er bittere Genugtuung über das unrühmliche Ende seines Gegners empfand, nahm er aus dem Augenwinkel eine Bewegung wahr. Er fuhr herum, nur um sich der Klinge eines *saparak* gegenüber zu sehen, die geradewegs auf ihn zu raste. Dass sie ihn nicht erreichte, lag an dem gefiederten Schaft, der plötzlich in der Stirn des Orks steckte und den Unhold in seiner Bewegung erstarren ließ.

Dag fuhr herum.

Aryanwen stand auf dem Treppenabsatz, den Bogen noch erhoben. Er bedankte sich mit einem flüchtigen Lächeln, dann kam auch schon der nächste Gegner heran, und Stahl traf klirrend auf Stahl.

Was um ihn herum vor sich ging, bekam Dag kaum noch mit.

Das Geschrei und die Explosionen nahm er nur noch gedämpft wahr, ebenso den beißenden Gestank, der die von Rauch durchsetzte Luft erfüllte, einen Nebel des Todes, der sich über die Mauern und Häuser Andarils gelegt hatte. Alles, was er wollte, war, die Eindringlinge daran zu hindern, die Stadt seiner Väter zu überrennen, und so kämpfte er immer weiter, auch dann noch, als die Leiber der Erschlagenen die Bresche bereits hüfthoch füllten. Als der Schild an seinem Arm nutzlos wurde angesichts der unzähligen Hiebe, die er abgefangen und die ihn zertrümmert hatten, warf Dag ihn von sich, führte die blutbesudelte Klinge beidhändig weiter.

Eine neuerliche Meldung.

»Daghan!«, schrie eine Stimme, die er als die von Aldur erkannte. »Zwei weitere Durchbrüche … Kaldronen sind eingedrungen … vernichten alles, was sich ihnen in den Weg stellt …«

Das war das entscheidende Signal.

Als die Worte und ihre Bedeutung endlich ihren Weg in Dags vor Kampfeslust brennenden Verstand fanden, hatte er das Gefühl, wie aus einer tiefen Trance zu erwachen.

Nun erst hörte er die Schreie wieder, sah die zahllosen Verwundeten und das Blut – und sein Blick ging zu Aryanwen hinauf, die noch immer dort stand, nunmehr ihren Dolch in den zarten Händen, die anmutigen Züge rußgeschwärzt und blutbesudelt.

Einmal mehr genügte ihnen ein Blick, um sich zu verständigen.

Und beide wussten, was sie zu tun hatten.

17.

KRIOK UR'SOCHGASH

Der Kampflärm war verstummt, ebenso der Donner der Feuerbälle, die die Katapulte auf Andaril geschleudert hatten. Doch als der Rauch sich lichtete, war die einst so stolze Hauptstadt von Ansun nicht mehr dieselbe.

Die Zerstörungen, die die Waffe der Zwerge angerichtet hatte, waren verheerend.

Häuser waren eingestürzt, ganze Straßenzüge verwüstet, viele Gebäude standen noch immer in Flammen. Und auch die Burg des Herzogs und die altehrwürdigen Stadtmauern hatten Schäden davongetragen und sahen aus, als ob der Schweif eines riesigen Drachen sie getroffen hätte. Von einem der Wachtürme am Westwall war nur ein schwelender Stumpf geblieben, und auch der große Turm der Burg war schwer beschädigt – nur noch die Hälfte davon reckte sich einem verkrüppelten knochigen Finger gleich in den grauen Himmel. Zwar hatte sich Herzog Osbert zum Zeitpunkt des Einsturzes nicht mehr auf dem Turm aufgehalten, doch die Tatsache, dass ihr Oberhaupt die Schlacht überlebt hatte, vermochte den Menschen von Andaril kaum Trost zu spenden.

Zu groß war das Außmaß der Zerstörung, zu schwerwiegend die Verluste, zu bitter die Niederlage, die man erlitten hatte, während der Feind triumphierte.

Der Innenhof der herzoglichen Burg war kaum wiederzuerkennen. Rote Banner mit dem Zeichen der Axt, die in aller Eile ausgerollt worden waren, zierten die rußgeschwärzten Mauern. Kaldronen, die in stolzer Erhabenheit ihre noch blutigen Waffen präsentierten, bildeten ein Spalier, durch das Winmar von Ruun das Domizil seines besiegten Feindes betrat.

Wenn auch nicht auf eigenen Beinen.

Als Dag den Zwergenkönig sah, der sich auf einem riesigen Thronpodest in den Innenhof tragen ließ, hätte er sich am liebsten mit bloßen Fäusten auf ihn gestürzt, aber ihm war klar, dass dies die letzte Torheit seines noch jungen Lebens gewesen wäre. Denn noch ehe er Winmar erreicht hätte, um ihm das triumpierende Grinsen aus dem bärtigen Gesicht zu dreschen, hätten ihn die Speere der Zwergenwächter bereits ereilt, von den *saparak'hai* der Ork-Krieger ganz zu schweigen, die als stumme Wächter die Wände des Innenhofs säumten.

Und Winmar war nicht allein.

Zwei Männer begleiteten ihn, von denen Dag einen sofort erkannte – Vigor, Winmars oberster Spion und Folterknecht, dessen zweifelhafte Gastfreundschaft Dag in Gorta Ruun genossen hatte.

Der andere Mann, ein Mensch, war Dag unbekannt – Aryanwen schien ihn dafür um so besser zu kennen, denn ein Ruck durchlief ihre zarte Gestalt.

»Lavan!«, entfuhr es ihr. »Was, bei den Königen der alten Zeit, habt Ihr als Mitglied des Thronrats von Tirgaslan mit dem Feind zu schaffen?«

Der Angesprochene, ein feister Kerl mit haarlosem Schädel, der in einer für seine Leibesfülle viel zu engen Rüstung steckte, antwortete nicht. Es war auch nicht nötig. Ganz offenbar, dachte Dag bitter, war Aryanwens Vater von Verrätern umgeben gewesen. Balbok und Rammar hatten also recht gehabt …

König Winmar wartete, bis die Träger seinen erhöhten Sitz in die Mitte des Hofes getragen hatten, dorthin, wo Dag, Aryanwen, Herzog Osbert und andere Noble des Reiches Ansuns standen, von feindselig gesenkten Speeren umzingelt. Demütigend lange ließ der Zwergenherrscher seinen

Blick über den geschlagenen Feind schweifen. Dann erst ergriff er das Wort.

»Ihr müsst wissen, ein Sieg über ein schwächeres Volk bedeutet mir nichts. Dennoch, auch wenn mich das Schicksal auf diesen Augenblick lange vorbereitet hat«, verkündete er mit einer Stimme, die vor Selbstgefälligkeit nur so triefte, »kann ich einen gewissen Triumph nicht verhehlen.«

»Nur zu«, konterte Herzog Osbert. Dags Vater stand inmitten seiner gefangenen Getreuen, aus einer Kopfwunde blutend, die er bei der Flucht aus dem einstürzenden Turm davongetragen hatte, aber von ungebrochenem Kampfgeist. »Genießt den Augenblick, Winmar, denn eure Freude wird nicht von Dauer sein. Andaril wird nicht lange in Eurem Besitz verbleiben.«

»Mir scheint, das glaubt Ihr wirklich.« In gespielter Wissbegier beugte sich der Zwergenherrscher auf seinem Thron vor. »Falls Ihr es noch nicht bemerkt haben solltet, Herzog – Ihr wurdet vernichtend geschlagen. Die Hälfte der Krieger unter Eurem Befehl ist tot oder verwundet. Eure Stadt liegt in Trümmern, was davon übrig ist, wird von meinen Orks und Kaldronen kontrolliert. Und falls sich tatsächlich irgendwo das hässliche Haupt des Widerstands erheben sollte, wird es *Winmars Zorn* zu spüren bekommen.«

Winmars Zorn …

Dag wusste inzwischen, dass dies der Name der neuen Waffe war, jenes zerstörerischen Elements, das Tod und Vernichtung über Andaril gebracht und die Niederlage der Menschen besiegelt hatte.

In dem Augenblick, da die Kunde von weiteren Einfällen des Feindes in das Stadtgebiet sie erreichte, hatten Dag und Aryanwen eine Entscheidung getroffen. Natürlich hätten sie weiterkämpfen können, bis zum letzten Atemzug fechten und dann fallen, zusammen mit Hunderten anderer Menschen, die unter den Klingen des Feindes ein grausames Ende gefunden hätten – doch es wäre ein sinnloses Opfer gewesen, das am Ausgang des Kampfes nichts geändert hätte, zu erdrückend war die Übermacht des Feindes gewesen. Also hatten Dag und Aryanwen die Waffen gestreckt und sich ergeben – auch wenn ihnen klar gewesen war, dass nicht alle im Lager der Menschen ihre Haltung teilten.

»Bist du nun zufrieden?«, raunte Herzog Osbert seinem Sohn voller Bitterkeit zu. »Ist es das, was du erreichen wolltest?«

»Ich wollte, dass unser Volk überlebt«, war alles, was Dag darauf erwiderte. Er war nicht stolz auf das, was er versucht hatte, doch in seinen Augen war es unumgänglich gewesen.

»Wie schön, Euch wiederzusehen, Prinzessin«, wandte sich Winmar jetzt höhnisch an Aryanwen, die an Dags Seite stand. »Wer hätte das nach Eurer unhöflichen, überstürzten Abreise gedacht?«

»Und nun endlich erfahren wir auch, wer Euer junger Befreier gewesen ist«, fügte Vigor säuerlich hinzu, den Blick auf Dag gerichtet. »Beinahe wäre es Euch gelungen, mich zu täuschen.«

»Euch zu täuschen, fällt nicht weiter schwer, Oberst«, konterte Dag bissig. »Euer Verstand und Eure Fähigkeit zum Mitleid halten sich die Waage.«

Lord Lavan lachte laut. Der Verräter und Vigor schienen beide um die Gunst des Königs zu buhlen. Womöglich, dachte Dag, konnte dieses Wissen einmal von Nutzen sein …

»Es freut mich zu sehen, dass Ihr wohlauf seid, Prinzessin«, sagte Lavan scharf.

»Königin«, verbesserte sie.

»Tatsächlich? Eine Königin ohne Land? Die Herrschaft Eures Hauses endete mit Eurem Vater, der Freund und Feind bis zuletzt nicht unterscheiden konnte. Das hat sein trauriges Ende besiegelt.«

»Ihr wisst von dem Mordkomplott«, sagte Aryanwen wütend. »Ihr wart daran beteiligt.«

»Wenn Ihr meint, ob ich an Savarics kleiner Verschwörung teilgenommen habe, so lautet die Antwort Ja«, stimmte der feiste Lehnsherr ohne Zögern zu. »Jedoch nur halben Herzens, denn tatsächlich hat meine Loyalität von jeher dem wahren König von Erdwelt gehört – Winmar von Ruun.«

»Es gibt nur einen wahren König von Erdwelt«, widersprach Aryanwen mit zornbebender Stimme, »und der sitzt auf dem Elfenthron von Tirgaslan.«

»So hat auch Euer Vater gedacht – und Ihr wisst, wohin es ihn gebracht hat. Ihr solltet Euch der neuen Zeit anpassen, Aryanwen. König Winmar ist unser aller neuer Herrscher, ihm allein gehört die Zukunft. Damit solltet Ihr Euch abfinden.«

»Niemals!«, widersprach Herzog Osbert an Aryanwens Stelle. »Ihr mögt uns unterwerfen und besiegen, aber unseren freien Willen könnt Ihr uns nicht nehmen!«

Winmar lehnte sich entspannt auf seinem Thron zurück, in seinen Zügen ein Grinsen, das seine goldenen Zähne blitzen ließ. »Nun, wenn Ihr so großen Wert darauf legt, Euch frei zu entscheiden, sollte Oberst Vigor Euch vielleicht über die zur Wahl stehenden Möglichkeiten aufklären. Oberst?«

»Mit Vergnügen, mein König.« Vigor trat aus dem Schatten des tragbaren Thronpodests. »Ihr habt die Wahl, Euch der Herrschaft König Winmars zu unterwerfen und ihm auf den Knien zu huldigen …«

»Lieber sterbe ich«, versicherte Osbert.

»… oder die Stadt Andaril, die es gewagt hat, dem Herrscher von Erdwelt die Stirn zu bieten und sich seinem Willen zu widersetzen, wird von *Winmars Zorn* ereilt und dem Erdboden gleichgemacht, zusammen mit den Menschen, die in ihr leben.«

»Das«, widersprach Dag entsetzt, »werdet Ihr nicht wagen!«

»Nicht einmal Ihr könnt so grausam sein«, fügt Aryanwen hinzu.

»Mein Kind«, beschied Winmar ihr, wobei seine Saphiraugen gefährlich funkelten, »deine Einschätzung ehrt mich.

Wie steht es also, Herzog? Wie lautet Eure Entscheidung? Wollt Ihr Euch mir unterwerfen oder Euer Volk für Euren Starrsinn bezahlen lassen?«

Osbert stand wie erstarrt. Seine Züge waren unbewegt, während er einen inneren Kampf auszutragen schien.

»Vater«, raunte Dag ihm halblaut zu, »denk an unser Volk! Das kannst du nicht wollen …«

Ob der Herzog ihn hörte, war nicht festzustellen. Osberts Miene war zur Maske geworden, Flammen schienen aus seinen Augen zu schlagen, während er hasserfüllt auf Winmar starrte.

»Wie Ihr wollt«, meinte dieser gelassen. »Oberst Vigor – bringen wir die Katapulte näher an die Stadt heran. Wir nehmen Andaril unter Beschuss.«

»Nein!«, rief Dag und sank auf die Knie. »Nehmt meine Huldigung entgegen und verzeiht meinem Vater seinen Starrsinn!«

Der junge Herzog hielt den Kopf gesenkt, sodass er die Reaktion seines Vaters nicht sehen konnte. Aber er spürte Osberts Blicke in seinem Nacken, Blicke unverhohlenen Vorwurfs und bitterer Enttäuschung …

»Interessant«, tönte Winmar von seinem hohen Sitz herab, »der Sohn scheint klüger als der Vater zu sein. Und wie steht es mit der jungen Königin von Tirgaslan? Wird sie mir ebenfalls huldigen?«

»Wenn ich damit unschuldigen Menschen das Leben retten kann.« Widerwillig fiel auch Aryanwen auf die Knie. Einige Adelige aus ihrem Gefolge, Angehörige des Kronrats, sogen scharf Luft ein, aber keiner von ihnen wagte es, zu protestieren.

Winmars Triumph war vollständig.

Der Zwergenkönig schien gewillt, diesen Moment bis zur Neige auszukosten. Auf seinem Thron sitzend blickte er auf die Herrscherkinder herab, die beide vor ihm knieten, die Häupter unterwürfig gesenkt.

»Auf diesen Augenblick«, verkündete er feierlich, »hat

Erdwelt gewartet. Der Krieg, der unsere Länder entzweit hat, ist damit vorüber, und eine Zeit des Friedens beginnt.«

»Frieden!« Herzog Osbert spuckte aus. »Einer, der Euch unbeschränkte Macht einräumt.«

»Dies ist mein Vorrecht als Sieger«, entgegnete der Zwerg und entblößte abermals seine goldenen Zähne. »Ansun und Tirgaslan sind besiegt, ihre Gebiete gehen in meinen Besitz über und gehören von diesem Tag an zum Großreich der Zwerge. Zum Statthalter und Stellvertreter in Tirgaslan ernenne ich Lord Lavan, der, so fürchte ich, mit recht harter Hand regieren und die Ordnung wiederherstellen wird. Nicht wahr, Lavan?«

»Zu Euren Diensten, mein Gebieter.« Lavan verbeugte sich tief vor dem Thron. »Ich danke Euch.«

»Verräter!«, empörte sich Aryanwen und stand auf, zusammen mit Dag. »Ihr habt Euch mit einem Monstrum verbündet, Lavan. Ihr wisst es nur noch nicht.«

»Und Ihr habt offenbar noch nicht verinnerlicht, dass Ihr geschlagen seid«, konterte der Feiste. »Ihr solltet aufhören, mit der Vergangenheit zu hadern, Aryanwen, sondern Euch lieber mit der Gegenwart abfinden.«

»Wozu das noch?«, fragte sie spitz. »Glaubt Ihr denn, Euer großer König ließe mich am Leben?«

»Es enttäuscht mich, dass Ihr so schlecht von mir denkt«, entgegnete Winmar. »Ich tue das hier alles nicht, weil es mir gefällt. Sondern um meine Aufgabe zu erfüllen. Natürlich werdet Ihr am Leben bleiben. Zusammen mit Lord Lavan geht Ihr zurück nach Tirgaslan – als seine Gemahlin.«

Dag spürte, wie blanker Zorn in seine Adern schoss. »Du hast die Herrschaft über ganz Erdwelt, Scheusal«, herrschte er den Zwergenkönig an, »was willst du denn noch?«

»Du verstehst nicht, junger Hitzkopf, dass es notwendig ist, um den neuen Frieden zu sichern«, beschied Winmar ihm gelassen. »Aryanwen wird Lord Lavan heiraten, ihm zu Diensten sein und auf diese Weise seine Herrschaft über Tirgaslan vor dem Volk legitimieren.«

»Das wird sie nicht.« Dag schüttelte den Kopf.

»Doch, ganz sicher. Anderfalls wird mein Zorn eine Siedlung nach der anderen ereilen und sie allesamt dem Erdboden gleichmachen, und zwar so lange, bis sich Aryanwen eines Besseren besonnen hat. Habe ich mich deutlich genug ausgedrückt?«

Aryanwen nickte, ihren Zorn kaum verhehlend.

»Also? Wie lautet Eure Entscheidung?«

»Ich beuge mich der Gewalt und werde tun, was Ihr verlangt«, versicherte Aryanwen gepresst. »Unter einer Bedingung.«

»Bedingung?« Winmar lachte auf. »Jetzt beginnt Ihr mich zu amüsieren.«

»Ich verlange Euer Wort, dass Daghan und seinem Vater kein Leid geschieht«, entgegnete sie unbeirrt.

»Aryanwen, nein!«, rief Dag.

»Zwei Leben für eines?« Winmar grinste. »Das scheint mir übertrieben.«

»Ein geringer Preis für die Festigung Eurer Herrschaft.«

Der Zwergenkönig schwieg einen Moment, in seinen Saphiraugen funkelte es. »Entscheidet Euch für einen von beiden«, sagte er dann, »und tut es rasch, ehe ich es mir anders überlege.«

Aryanwen sah zu Dag auf. Tränen standen in ihren Augen, der Blick, den sie ihm sandte, zerriss ihm fast das Herz. »Dann wähle ich Daghan«, flüsterte sie.

»Nein!«, widersprach Dag und fiel abermals auf die Knie. »Lasst meinen Vater frei! Nehmt mein Leben dafür!«

»Ich bin davon überzeugt, dass Oberst Vigor das nur zu gerne tun würde, Junge«, beschied ihm Winmar grinsend, »doch als Zwerg von Ehre fühle ich mich an mein Wort gebunden. Die Entscheidung Eurer liebestollen kleinen Prinzessin gilt.« Er kostete einen Moment lang die Wirkung seiner Worte aus.

»Aber ich will dennoch Gnade walten lassen«, rief er dann. »Statt sofort dem Schafott zum Opfer zu fallen, werdet Ihr,

Osbert, den Rest Eurer Tage in den dunkelsten Kerkern von Gorta Ruun verbringen. Ihr werdet leben, auch wenn Ihr die Sonne niemals wiedersehen werdet.«

»Das ist schlimmer als der Tod«, murmelte Osbert. Dags Vater stand wie eine Statue, seine blutverschmierten Züge zeigten keine Regung.

»Euer Sohn hingegen«, fuhr Winmar fort, »wird aus dem Reich verbannt und fortan als Bettler sein Dasein fristen, heimatlos und verstoßen. Zuvor wird ihm allerdings noch ein kleines Andenken zuteil – Vigor?«

»Mit Vergnügen, mein König«, entgegnete der Anführer der Geheimpolizei grinsend und winkte zwei seiner Ork-Schergen heran, die im Hintergrund gewartet hatten. Die beiden trugen einen Kasten aus brüniertem Metall, dessen Deckel durch mehrere Riegel verschlossen war. Was sich darin befand, konnte Dag nur vermuten. Sein hilfloser Zorn schlug jäh in Furcht um, auch wenn er sich alle Mühe gab, sie nicht zu zeigen.

»Was habt Ihr mit ihm vor?«, wollte Aryanwen wissen, die seine Empfindungen zu teilen schien.

»Nur eine Kleinigkeit«, versicherte Winmar lächelnd. »Um sicherzustellen, dass Euer Geliebter mir gegenüber niemals wieder aufmüpfig sein wird.«

»Was wollt Ihr ihm antun?« Aryanwens entsetzter Blick glitt von Winmar zu Dag, der in diesem Augenblick von zwei Ork-Wächtern gepackt und an den Fuß des Throns gezerrt wurde, wo Vigor und seine Schergen warteten.

»Bereit?«, erkundigte er sich. Dag antwortete nicht, wand sich stattdessen im Griff seiner Häscher.

»Ihr habt Euer Wort gegeben!«, fauchte Aryanwen.

»Mein Wort, ihn am Leben zu lassen. Glaubt mir, er wird leben.« Damit nickte der Zwergenkönig Vigor zu, der wiederum seinen Schergen die Anweisung gab, die Kiste zu öffnen. Der metallene Deckel wurde entriegelt und klappte mit hässlichem Quietschen auf – und aus dem Inneren stach gleißend helles Licht hervor.

»Lichtsteine«, erklärte Vigor, »aus den tiefsten Tiefen von Gorta Ruun. Heller als jede Glut, gleißender als der Schein der Sonne – und dazu angetan, das Augenlicht eines Mannes für immer verlöschen zu lassen.«

Aryanwen schrie entsetzt auf. Trotz der Waffen, die sie bedrohten, wollte sie zu Dag, doch eine Hand packte sie energisch und hielt sie zurück. Sie gehörte Herzog Osbert.

»Lasst mich!«, protestierte Aryanwen entschieden und schlug mit ihren Fäusten auf Dags Vater ein. »Lasst mich los, ich muss zu ihm …!« – doch der Herzog hielt sie unnachgiebig fest. Seine Züge waren noch immer wie erstarrt, was in seinem Inneren vorging, war unmöglich festzustellen. Dennoch schien er nicht gewillt, Aryanwen einen sinnlosen Tod sterben zu lassen.

Dag straffte sich innerlich, sah dem Unausweichlichen entgegen. Die menschliche Rasse würde überleben, ebenso wie Aryanwen – und letztlich zählte nur das. Dennoch konnte er die Tränen nicht zurückhalten bei der Vorstellung, dass er nie mehr in ihre Augen blicken, nie mehr ihr sanftes Lächeln sehen würde.

»Geliebte«, flüsterte er. »Leb wohl.«

»Dag! Nein! Bitte nicht …!«, schrie sie, während sein Vater sie weiter umklammert hielt.

Dag nickte ihm zu, gleichermaßen dankbar wie zum Abschied. »*Caria siwi, athana*«, sagte er dann – ehe die Orks ihn packten und in den gleißenden Lichtschein stießen.

»Und ich liebe dich!«, hörte Dag Aryanwen rufen – sehen konnte er sie nicht mehr, weil eine grobe grüne Pranke seinen Nacken gepackt hatte und ihn dazu zwang, in die Kiste zu sehen. Tränen schossen ihm in die Augen – Tränen der Angst, aber auch der Enttäuschung, der bitteren Gewissheit, dass sich keine seiner stolzen Visionen bewahrheiten würde und dass selbst die Helden der alten Zeit nicht hatten helfen können.

Es war vorbei.

Dag bekam noch mit, wie Aryanwens Schreie jäh verstummten – offenbar hatte sie das Bewusstsein verloren. Instinktiv schloss er die Augen, aber die Helligkeit, die von den Lichtsteinen ausging, war so übermächtig, dass sie selbst durch die Lider drang. Der Schmerz war überwältigend. Dag wollte schreien, aber alles in ihm wehrte sich dagegen, seinen Peinigern diesen Triumph zu gönnen, also ertrug er die Pein und biss die Lippen zusammen, bis sie bluteten.

Dann kam die Dunkelheit.

Der Tag, der das Ende der Menschenreiche gesehen hatte, war zu einem tiefroten Band am fernen Horizont verblasst, Dunkelheit hatte sich über den Fluss und die Bäume gesenkt.

»Ist es vorbei?«

»*Korr*, ich denke schon.« Balbok, der auf einem Ast kauerte, die Beine angezogen, sodass er aussah wie eine riesige grüne Eule, nickte langsam.

»Das wurde auch allmählich Zeit.« Rammar, der ebenfalls auf einem – wenn auch ungleich dickeren – Ast kauerte, nickte energisch. »Dann lass uns jetzt hinunterklettern, du voraus.«

Balbok nickte abermals. Ihm war klar, dass er, falls die Äste unter seinem Bruder nachgaben, von diesem in die Tiefe gerissen und unter seinen Leibesmassen zerschmettert wurde, aber er widersprach dennoch nicht. Zu sehr standen alle beide noch unter dem Eindruck der Ereignisse, zu blutig war die Schlacht gewesen, deren Zeugen sie von ihrem hohen Versteck aus geworden waren.

Selbst für Orks.

Nicht dass sie den Anblick von Blut nicht gewohnt gewesen wären, aber was sich an den Mauern Andarils abgespielt hatte, war kein richtiger Kampf gewesen, schon eher ein Schlachtfest. Der Sieger hatte dabei von vornherein festgestanden, denn Rammar war überzeugt, dass *dhruurz* im Spiel gewesen war. Anders konnte er sich das Zerstörungswerk nicht erklären, das die Katapulte der Zwerge angerichtet hatten. Allenthalben hatte es ohrenbetäubend gekracht, waren lodernde Feuerbälle aufgestiegen, waren Dächer zerfetzt und Gesteinsbrocken aus den Mauern gerissen worden – nur Zauberei vermochte so etwas anzurichten.

In dem Moment, da es den Angreifern gelungen war, die Mauer zu überwinden, war die Schlacht entschieden gewesen. Kaldronen, Orks und Gnomen hatten sich in die Breschen gestürzt und waren in die Stadt eingedrungen, und allein der Gedanke an das Massaker, das sie dort angerichtet haben mochten, drehte Rammar den Magen um. Nur gut, dass das alles ihn nichts anging und er heil und am Leben geblieben war.

Der Absturz des Luftschiffs hatte sich im Nachhinein als Glücksfall erwiesen. Als die Gondel in die Bäume krachte und der erschlaffte Flugkörper sich in den Wipfeln verfing, hatten Balbok und Rammar die Gelegenheit genutzt, sich aus dem Staub zu machen. Kurzerhand waren sie abgesprungen und hatten sich an den Ästen eingekrallt, während die Gondel in die Tiefe gestürzt, aufgeschlagen und zerschellt war. Dabei war der Brenner geplatzt und die Glut aus seinem Inneren ausgetreten – als später ein Trupp Zwerge aufgetaucht war, um die Trümmer in Augenschein zu nehmen, hatten sie nur noch schwelende Überreste vorgefunden sowie einzelne Fetzen von Seidenstoff, die an den Ästen hingen. Die Besatzung des Luftschiffs hatten sie wohl für tot gehalten, sodass Balbok und Rammar auf ihrem Baum vergessen worden waren.

Von ihrem Versteck aus hatten sie das Geschehen beobachtet, dass sich unter ihnen abspielte, hatten verfolgt, wie Winmars Heer sich auf Andaril zubewegte. Als die Bogenschützen der Verteidiger ihren Pfeilhagel entfesselten, hatte es noch so ausgesehen, als hätten die Menschen den Angreifern etwas entgegenzusetzen. Doch dann hatten die Katapulte in den Kampf eingegriffen, und in dem Moment, als das erste Ork-Haupt explodierte, hatte der Ausgang des Kampfes festgestanden.

Balbok hatte hinuntersteigen wollen, um Dag und Aryanwen zu Hilfe zu kommen, die vermutlich irgendwo inmitten dieses rauchenden, stinkenden, dröhnenden Hexenkessels um ihr Leben kämpften, aber Rammar hatte ihn zurückgehalten.

Was hätte es genützt?

So tapfer sie auch sein mochten, zwei Orks konnten es nicht mit Hunderten von Kaldronen und Tausenden ihrer Artgenossen aufnehmen. Sich ihnen zum Kampf zu stellen, wäre reiner Selbstmord gewesen, und davon hatte Rammar noch nie viel gehalten. Also hatten sie abgewartet.

Stunden.

Über Stunden.

Bis irgendwann der Kampflärm verstummt war und der Tag sein Antlitz abwandte, so als hätte er genug von Blut und Zerstörung.

Im Schutz der hereinbrechenden Dunkelheit kletterten die beiden Orks nach unten. Dass Rammar mehrmals abrutschte und sich blutige Kratzer und Striemen zuzog, nahm er nicht bewusst wahr, es entlockte ihm noch nicht einmal eine seiner üblichen Verwünschungen. Er wollte nur möglichst rasch fort von diesem grässlichen Ort, der nach Tod und Schwefel stank und an dem das Schicksal der Menschen besiegelt worden war. Wie sehr hatten sich Dag und Aryanwen gewünscht, dass der Krieg um Erdwelt endete – aber nicht so.

Irgendwie schaffte er es, den Fuß des Baumes zu erreichen, ohne dabei auf seinen Bruder zu fallen. Endlich wieder sicheren Boden unter den Füßen, atmete Rammar keuchend ein und aus.

»Und jetzt?«, fragte Balbok.

»Werden wir uns verziehen, was sonst?«

»Und wohin?«

»In die Modermark natürlich, Halbhirn.«

»Die Modermark? Unsere Heimat?«

»*Korr.*«

Balboks Gesicht zog sich nachdenklich in die Länge. »Ich habe die Modermark vermisst, weißt du?«

»Ich weiß.« Rammar nickte. »Weil du ein rührseliger *umbal* bist.«

»*Korr*«, machte Balbok. »Dein Glück, dass du anders bist.«

»Mein Glück«, bestätigte Rammar und schwieg.

»Und was machen wir, wenn wir dort sind?«

»Etwas essen. Und dann sehen wir weiter«, erwiderte sein feister Bruder mit einem Blick auf die Silhouette Andarils, die sich düster gegen den Nachthimmel abzeichnete und über der hier und dort noch der Widerschein von Feuer glomm. »Schließlich wäre es nicht das erste Mal, dass wir zurückkehren.«

EPILOG

Herrscher von Erdwelt.

Der Titel stand ihm gut – besser als die Elfenkrone, die nicht für den Kopf eines Zwergs gemacht war und darauf seltsam deplaziert wirkte. Doch das ließ sich ändern. Winmar würde die Krone, die er eigens aus Tirgaslan hatte holen lassen, einschmelzen und von seinen Goldschmieden in ein neues Schmuckstück umarbeiten lassen, das dem Haupt seines neuen Trägers besser gerecht würde. Viel wichtiger war, dass er, Winmar, endlich jene Rolle in der Geschichte eingenommen hatte, die die Vorsehung für ihn bereitgehalten hatte.

Er hatte den Thron der Äxte bestiegen.

Die Menschen des Nordens besiegt.

Sich Anar unterworfen und mit der Modermark verbündet.

Andaril erobert und damit ganz Ansun.

Und schließlich auch das Reich von Tirgaslan bezwungen.

Dass sich kurz darauf auch das Südreich dem Schutze Gorta Ruuns unterstellt hatte und Reichsprotektorat geworden war, war nur noch eine Formalität gewesen – allein hätten sich die Südmenschen der überlegenen Macht des Zwergenkönigs niemals widersetzen können. Mit Fug und Recht konnte Winmar damit behaupten, die Herrschaft über ganz Erdwelt in seinen Händen zu halten. Von einigen unbedeutenden Punkten auf der Landkarte abgesehen hatte er sich den gesamten Kontinent unterworfen und vereinte in seinen Händen eine Machtfülle, wie sie zuletzt nur die Könige der Elfen innegehabt hatten.

Ein neues Zeitalter hatte begonnen, das als jenes der Könige von Erdwelt in die Chroniken eingehen würde – Zwergenkönige wohlgemerkt, die allesamt seiner Blutlinie entspringen würden. Winmar sah sich am Anbeginn einer großen Dynastie – auch wenn er noch lange nicht vorhatte, die Macht weiterzugeben. Dafür befriedigte ihn zu sehr, was er im Spiegel sah, während er in seinem Gemach in den Tiefen Gorta Ruuns auf und ab schritt und den schweren Gang des Mächtigen übte.

Und plötzlich war er nicht mehr allein.

Winmar nahm es wahr, so wie man einen Luftzug spürte. Ein eisiger Schauer lief über seinen Rücken, und er wappnete sich innerlich.

»König von Erdwelt«, sprach die Stimme in seinem Kopf.

»Ja«, entgegnete der Zwergenkönig ehrfürchtig. »Meister.«

»Bist du zufrieden mit dem, was du erreicht hast?«

»Es ist alles so eingetroffen, wie Ihr es vorhergesagt habt.«

»Und du hast gehandelt, wie ich dir befahl«, bestätigte die Stimme, die so abgrundtief war wie die dunkelsten Klüfte des Berges. »Mit meiner Hilfe hast du erreicht, was du immer erreichen wolltest. Die Macht ruht in deiner Hand, dein Name wird ins Buch der Geschichte geschrieben.«

»So ist es.« Winmar nickte versonnen.

»Ich bin es gewesen, der dir die Richtung gewiesen hat, von Anfang an. Ich habe dir den Weg zur Macht geebnet. Ich habe dir gezeigt, wo deine Gegner am verwundbarsten sind, und ich habe dir eine Waffe an die Hand gegeben, mächtiger als alle anderen.«

»Auch das weiß ich.«

»Dann ist es gut. Denn nun höre, Winmar von Ruun, Sohn der Berge und König von Erdwelt: Durch mein Zutun hast du erreicht, was du wolltest, von meinen Gnaden bist du nun abhängig. Du wirst über allen anderen stehen und doch mein Untertan sein.«

Winmar schwieg einen Moment.

»Oder solltest du plötzlich an unserem Abkommen Zweifel hegen?«, sprach die Stimme langsam.

»Niemals«, versicherte Winmar. »Euch verdanke ich meine Macht und alles, was er geworden bin. Ihr seid mein Herr und Gebieter.«

»Vergiss es niemals«, beschied ihm die Stimme. »Denn bei aller Macht, die du nun unter deiner Krone vereinst, geht es in Wahrheit um ein ungleich größeres Spiel, das du nicht im Entferntesten verstehst.«

Damit verfiel die Stimme in höhnisches Gelächter, das Winmar bewusst machte, dass er bei allem, was er gerade gewonnen hatte, trotz aller Macht, die er errungen und trotz der Krone, die auf seinem schwarzen Haupt ruhte, stets ein Diener bleiben musste.

Es war der Moment, in dem der seltsame Glanz in den Saphiraugen des Zwergenkönigs endgültig Oberhand gewann und der Verstand Winmar von Ruuns in Abgründe stürzte, die tiefer waren als jeder Stollen, den Zwerge je gegraben hatten.

Er wollte in das Gelächter einfallen, aber alles, war er zustande brachte, war ein markerschütternder, hysterischer Schrei voller Triumph, Selbstverachtung und der Furcht vor dem, was die Zukunft für sie alle bereithielt. Nachtvögel stiegen krächzend von den Spitzen der sieben steinernen Türme in den Himmel auf, und hoch über Gorta Ruun, weit über den Spitzen der sieben steinernen Türme, funkelten die Sterne, als wäre nie etwas geschehen.

ANHANG A

DIE CHRONOLOGIE
VON ERDWELT

0	Elfen unter Miron erreichen Erdwelt, Beginn der Zeitrechnung
um 25	Beginn der Drachenkriege
78	Glyndyr der Prächtige wird König, Beginn des Goldenen Zeitalters
617	Schlacht am Falkenjoch, Sieg über die Trolle
1229	Beginn der Regierung König Eoghans und seiner Erben
2827	Parthalon wird König, Wechsel des Herrscherhauses
4001	Sigwyn besiegt den Drachen Dragan, Gründung der ersten Goldenen Stadt
4010	Sigwyn wird König
4238	Sigwyn erhält den Beinamen »Eroberer«, größte Ausdehnung des Elfenreichs
4239	Elfenkrone wird geschmiedet
4998	fehlgeschlagener Feldzug nach Arun
4999	Geografische Schriften Ruvians
5036	Verrat Liadins
5051	Absetzung Sigwyns durch den Zauberrat, Krönung seines Neffen Collwyn
um 7280	erste Krisen im Reich
11989	Iliador wird König, Beiname »Träumer«
12001	Hilferuf an den Rat der Zauberer
um 12500	Öffnung der Kristallpforten
12528	Quoray tritt aus dem Rat der Zauberer aus

12608	Geburt der Zwillingsbrüder Curran und Cullan
12675	Curran wendet sich Margok zu
um 12680	Entstehung der Orks
ab 12690	erste Übergriffe auf das Elfenreich
12705	Beginn des Ersten Krieges gegen den Dunkelelfen
um 12720	Zerstörung der Goldenen Städte
12776	Sieg der Elfen über Margok
ab 12800	Errichtung der Festungen Tirgasdun und Tirgaslan, Beginn des Silbernen Zeitalters
um 13000	Drachen verlassen die Welt, Zwerge und Gnomen tauchen auf
ab 20000	Ork-Kriege; Aufstieg der Zauberer von Shakara
ab 25000	erstes Auftreten der Menschen
um 30000	Reich der Orks auf dem Höhepunkt seiner Ausdehnung, umfasst das gesamte Schwarzgebirge
30789	Niederlage am Schwarzpass gegen Elfen und Zwerge, Beginn des Niedergangs der Orks
31431	Geburt Granocks
31448	Elidor wird König der Elfen
31456	Rückkehr des Dunkelelfen, Beginn des Zweiten Krieges
31488	Kriegsflotte gegen die Fernen Gestade, Schlacht in der Dunkelheit
31496	Entscheidungsschlacht um Tirgaslan, Ende des Krieges
31497	Farwyn wird König, Auflösung des Ordens von Shakara
ab 31500	Beginn des Bronzenen Zeitalters
ab 32000	erste Elfen kehren zu den Fernen Gestaden zurück, Reich in Auflösung begriffen, Kriege der Menschen
32189	Alannah wird Hohepriesterin von Shakara
32487	Rammar und Balbok in Shakara, Schlacht um

	Tirgaslan, Krönung des Menschen Corwyn zum König
32488	Schlacht um Kal Anar, in Tirgas Anar umbenannt
32488/89	Rückkehr der *dun'rai*, Krieg gegen Rothgan-Margok
32489	Beginn der Friedenszeit unter König Corwyn und Königin Alannah
32559	Corwyns Sohn Iain wird König
32657	Errichtung des neuen Walls von Tirgaslan, Beginn der Ork-Kriege, Bündnis zwischen Menschen und Zwergen
32861–65	Unabhängigkeitskrieg, Ansun sagt sich vom Reich los
32902	Geburt Tandelors
32914–18	Letzter Ork-Krieg der Zwerge
32921	Tandelor wird König
32928	Adoption Winmars durch Zwergenkönig Reginald von Ruun
32935	Überfall der Zwerge auf die Nordmenschen
32938	Geburt Daghans, Überfall der Zwerge auf Herzogtum Ansun
32939	Krieg von Ansun
32941	Geburt Aryanwens
32960	Balbok und Rammar kehren zurück

ANHANG B

DIE SPRACHE DER ORKS

Die Sprache der Orks ist denkbar einfach gehalten. Ihre grammatikalischen Prinzipien können von jedem Interessierten mühelos erlernt werden, Schwierigkeiten bereitet allenfalls die Aussprache. So werden Menschen auch dann, wenn sie sich zur Unkenntlichkeit verkleiden, in der Regel an ihrem Akzent erkannt und müssen mit dramatischen Folgen für Leib und Leben rechnen.

Die kriegerische Ork-Kultur kennt weder den Beruf des Schreibers noch den des Schriftgelehrten und hat in der Folge weder geschichtliche Dokumente noch literarische Werke hervorgebracht. Selbst die wenigen Ork-Gelehrten haben ihre Erkenntnisse niemals schriftlich fixiert. Entsprechend wurde die Sprache der Orks lediglich mündlich tradiert und hat sich auf diese Weise im Lauf der Jahrhunderte beständig vereinfacht. So kennt das Idiom der Orks weder Deklinationen noch Konjugationen, unterschiedliche Casus und Tempora werden lediglich durch den Zusammenhang erschlossen bzw. durch die orkische Eigenheit des *tougasg* (siehe unten). Einzige Ausnahme ist der Genitiv, der durch Voranstellung der Silbe *ur'-* ausgedrückt wird. Häufig werden Wörtern Anhängsel beigefügt, die ihre Bedeutung sinnstiftend verändern, so z.B. das Suffix *-'hai*, das den Plural ausdrückt (*umbal* – der Idiot; *umbal'hai* – die Idioten). Da Orks Wert auf die genaue Bestimmung ihrer Besitzstände legen, werden auch derlei Zugehörigkeiten durch angehängte Silben ausgedrückt, z.B. *-'mo*, was »mein« bedeutet, oder *-'nur*, was »dein« heißt. Auch eine Unterscheidung zwischen

Adjektiven und Adverbien, wie sie in höher entwickelten Menschensprachen gebräuchlich ist, kennt die Ork-Sprache nicht.

Zum Formen eines Satzes werden die entsprechenden Worte lediglich aneinander gereiht, wobei die Reihenfolge Subjekt – Prädikat – Objekt sich eingebürgert hat, aber nicht zwingend eingehalten werden muss, zumal sie von Stamm zu Stamm variiert. Verben werden – bis auf wenige Ausnahmen wie das Allerweltswort *kur* – durch die Verbindung eines Substantivs mit der Endung -*'dok* (tun, machen) gebildet, z. B. *koum'dok*, was übersetzt »jemanden enthaupten« bedeutet. Die Bedeutung der so entstehenden Verben ist von unterschiedlicher Klarheit – mal ist sie auf den ersten Blick ersichtlich, wie bei *gore'dok* (lachen), dann wieder bedarf sie einiger Interpretation wie bei *lus'dok*, was man wörtlich etwa mit »sich wie Gemüse benehmen« übersetzen kann, aufgrund der allgemein vorhandenen Abneigung der Orks gegen vegetarische Ernährung jedoch als »feige sein« verstanden werden muss. Aufgrund zahlreicher Anfragen sei auch kurz erklärt, wie das Orkische das Partizip Perfekt Passiv, kurz PPP genannt, zu bilden pflegt, nämlich – auch hier bis auf einige Ausnahmen – durch simples Anhängen der Buchstabensilbe *'dh* an das entsprechende Verb. Aus *kar'dok* »verdrehen« wird so *kar'dok'dh* – »verdreht«.

Zahlen entstehen, indem die Zahlwörter von Null bis Neun aneinander gereiht werden.

null	*oulla*
eins	*an*
zwei	*da*
drei	*ri*
vier	*kur*
fünf	*kichg*
sechs	*sai*
sieben	*souk*
acht	*okd*
neun	*nou*

Auch hier ist die Reihenfolge beliebig, sodass etwa bei *okd-an* grundsätzliche Unklarheit darüber besteht, ob nun die Zahl 18 oder 81 gemeint ist. Da jedoch die wenigsten Orks zählen geschweige denn rechnen können (tatsächlich kennt die Ork-Sprache für beides nur ein Wort), fiel dieser Faktor in ihrer Geschichte weniger ins Gewicht, als man annehmen sollte. Im Sprachgebrauch der Orks werden Mengen meist lediglich als *iomash* (viele) oder *bougum* (wenige) angegeben.

Die Etymologie einzelner Wörter und Begriffe ist bei den Orks mehr als bei anderen Völkern in Abhängigkeit von der (nur ansatzweise vorhandenen) kulturellen Entwicklung zu sehen. So ist es sicher kein Zufall, dass das Allerweltswort *dok*, das Wort für trinken *deok* und das eine starke Abneigung ausdrückende *douk* ganz offensichtlich demselben Wortstamm entwachsen sind. In seiner Grundform geht das Orkische auf die alte Elfensprache zurück, was ihm jedoch nur noch in sehr wenigen Vokabeln anzumerken ist – die meisten Wörter haben sich im Lauf der Zeit lautlich abgenutzt und wurden den orkischen Sprech- und Lebensgewohnheiten angepasst. Dass sich das elfische Wort für Liebe, *cariad*, im Gegensatz zu vielen anderen Wörtern der Elfensprache weitgehend unverändert als *karial* erhalten hat, spricht dafür, wie selten es im orkischen Sprachgebrauch Verwendung findet.

Einige Wörter des Orkischen wurden – auch wenn die Orks selbst das niemals zugeben würden – den Menschensprachen entlehnt, so z. B. *mochgstir* (Meister), *smok* (Rauch) oder *tounga* (Zunge), was vor allem auf das Bündnis mit den Menschen während des Zweiten Krieges zurückzuführen ist. Zu denken sollte uns geben, dass das orkische Wort für »Mord« ebenfalls von den Menschen übernommen wurde: *murt*. Ähnliches dürfte auch für das orkische Wort *proinnsa* gelten, das sowohl »Prinz« als auch »Prinzessin« bedeutet. Die synonyme Anwendung auf Männer wie Frauen ist zugleich auch Ausdruck der allen Orks anhaftenden Verachtung gegenüber Adelstiteln, die nicht einen absoluten Machtanspruch beinhalten. Anders verhält es sich z.B. bei *richg* (König).

Eine letzte Anmerkung sei zum nur im Orkischen anzutreffenden Ritual des *tougasg* gestattet, was übersetzt »Lehre« bedeutet: Im Gespräch pflegen Orks ihren Worten oft gestenreich und nicht zuletzt auch mit Fausthieben Nachdruck zu verleihen, was das Verstehen noch einmal erheblich erleichtert. Menschen, die sich dem Erlernen des Orkischen verschrieben haben, muss im Hinblick auf die unterschiedliche Physis von Menschen und Orks dringend abgeraten werden, *tougasg* im Gespräch mit einem Ork anzuwenden. Erhebliche Schädigungen der Gesundheit können die Folge sein. Für etwaige Nichteinhaltung dieser Regel lehnen sowohl der Autor als auch der Verlag noch immer jede Verantwortung ab.

ANHANG C

LEXIKON
ORKISCH – DEUTSCH
(ÜBERARBEITET UND ERWEITERT)

abhaim	Fluss
abor	sagen, sprechen
achgal	Angst, Furcht
achgor	behaupten
achgosh	Gesicht
Achgosh douk!	Hallo! (wörtl. »Ich mag deine Visage nicht«)
Achgosh komhal douk!	Tschüss! (wörtl. »Ich mag deine Visage immer noch nicht«)
achgosh'hai-bonn	Menschen (eigtl. »Milchgesichter«)
achgosh-lairk	Graugesicht (Dunkelelf)
airun	Eisen
akras	Hunger
akras'dok	hungrig sein
al	Hütte, Baracke
alhark	Horn
amhorus	Verdacht
amousg	bei, unter
Anmosh	spät
ann	in
anochg	gegen
anois	aufwärts
ansou	hier
anuash	herunter, hinunter
anur	einmal

aochg	Gast, Passagier
aog	Tod (Alter)
argol	Westen
arkrosh	wieder
artum	Stein
artum-tudok	Steinschlag
asar	Hintern, Arsch
baish	Proviant, Essen
balash	Jüngling, junger Mann
balbok	dumm
barkos	Stirn
barra	Mauer, Wall
barrantas	Macht
barrashd	mehr
bas	Tod (im Kampf)
bas'dh	(im Kampf) Gefallener
batar	Boot
beul	Mund, Maul
beul'dok	schimpfen, maulen
bhull	Ball
birlonk	Galeere
blar	Schlacht(feld)
blark	warm
blarmur	Seeschlacht
blash	Geschmack
blashda	wohlschmeckend, geschmackvoll
blos	Akzent
bloshmu	Jahr
bochga	Bogen
bochl	Wahnsinn
bochlobh	(Kriegs-)Front
bodash	Greis
bog	weich
bogash	Sumpf
bogash-chgul	Sumpfgeist
bog-uchg	Weichei

bokum	Geist
bol	Stadt
bolboug	Dorf (Heimat)
bonn	Milch
borb	roh, grausam, brutal
bosh	Schwur
boub	Weib
bougum	wenig(e)
boun	Frau
bourka	Leben
bourtas	Reichtum
bouthash	Bestie
braithar	Wort
braithar'dok	schreiben
brarkor	Bruder
bratash	Fahne
brish	Bruch
brish'dok	brechen
broigas	Hose
bru	Magen
bruchg	Betrug
bruchgor	Betrüger
bru-mill	Magenverstimmer (orkisches National-gericht)
brunirk	Gnom
bruuchg	Lüge
bruuchgor	Lügner
bruurk	Urteil, Gericht
buaish	(Aus-)Wirkung
buaish'dok	(be)wirken
buchg	Hieb, Stoß
bunn	Boden, Wurzel
bunta	Kartoffel
buochl	Fell
buol	Schlag
buon	Ernte

buunn	Berg
carrog	Klippe, Kluft
chgul	Ghul
chl	mit
chouna	schon, bereits
coultash	Ähnlichkeit, ähnlich
cour'dok	handeln
courd	Handel
cudach	Spinne
cul	zurück
daorash	Vergiftung
darash	Eiche
dark	Farbe, farbig
darr	blind
dasok?	was?
datul	Tunnel
deok	Trank, trinken
dhruurz	Zauberer
dhruurza	Zauberei
diaomoun	Diamant
diloub	Erbe, Vermächtnis
diloub'dok	vermachen
dirk	Niederlage
dlurk	nahe
doirobh	schwierig
doirobh'dok	(be)hindern
dok	tun
dol	verzögern, trödeln
doll	Wiese
domhon	Tiefe, tief
domhor	Geheimnis, geheim
dorash	Dunkelheit, dunkel
douk	nein, nicht; auch: will nicht
dourg	rot
dous	Süden
dousash	Vorbereitung

dousash'dok	vorbereiten
drachg	Ärger, Wut
drashda	jetzt
droash	schlecht
droash'dok	verschlechtern
drum	Rücken
dulchgoudas	Schwierigkeit, Hindernis
duliash	Teil
dunn	Mann
durkash	Land
durog	wagen
duuchg	Eis
duusuul	bereit, fertig
eh	er, es
enok	Vogel
eolash	Wissen, Erkenntnis
eugash	ohne
eukior	Unrecht
fachg	Blatt
fada (orr)	weit (von)
faihoc	wild
faklor	Wortschatz
falch	Haar
famhor	Riese
faramh	leer
fasash	Wüste
feusachg	Bart
feusachg'hai-shrouk	Zwerge (eigtl. »Hutzelbärte«)
fhada	lang
fhuun	selbst
firunn	Wahrheit
foisrashash	Information
fosh	fern, weit
fouk	sehen
foukor	Seher
fouksinnash	sichtbar

fouksinnash douk	unsichtbar
foul	Fleisch
four	Kerl, Ding
fourg	Wut, Zorn
fruukoudum	Wache, Wächter
fu	unter
ful	Blut
fuom	Krach
fuom	Lärm
fuom!	bumm!
fuurk	Verzögerung
fuurk'dok	warten
gaork	Wind
zark	Stachel
zark'dok	stechen
garkash	»Stachelung«, unter Anführern gebräuchliches, äußerst schmerzhaftes Ritual
ghu	zu, nach
gloikas	Weisheit
gobcha	Schmied
gonmoush	Sand
gore	Gelächter
gore'dok	lachen
gorm	grün
gosgosh	Held
goshda	Falle
gou	bis
goulash	Mond
goull	Versprechen
goultor	Feigling
gourr	kurz
gouta	Pforte, Tor
gouta	Tor
grainnach	Igel
gron	Hass

gruagash	Jungfrau
gubhirk	fast
gukag	Blase
gulmag	Seeungeheuer
gurk	Stimme
gurk'dok	schreien
gusgul	Schimpfwort
huam	Höhle
ih	sie
imash	Abreise, Aufbruch
imiash	Aufbruch
imiash'dok	aufbrechen, weggehen
iodashu	Nacht
iomagash	Not, Notlage
iomash	viel(e)
iomor	Rudern
irk	fressen
isoun	Huhn
kagar	Flüstern
kaka	Kuchen
kalash	Hafen
kalumm	Boot (orkische Bauart)
kamhanochg	Dämmerung
kaol	eng, schmal
kaora	Schaf
kar	Verrenkung
kar'dok	verdrehen
karal	Freund, Gefährte
karial	Liebe
karsok?	warum?
kas	Bein
kas	Fuß
kaslar	Landkarte
keol	Musik
khumne	Gedächtnis
khumne'dok	nachdenken

kiod	Diebstahl, Raub
kio'dok	stehlen, rauben
kionnoul	Kerze
kionoum	Treffen
kit?	wo?
klogionn	Schädel
klogosh	Helm
kluas	Ohr (eines Ork)
knam	kauen, verdauen
knomh	Knochen
knum	Wurm, auch orkisches Längenmaß (ca. 30 cm)
ko, k'?	wer?
koinnoumh	Begegnung
kointash	schuldig
kointash douk	unschuldig
koll	Wald
komanash	Jäger
komanta	Gemeinsamkeit, gemeinsam
komhal	immer (noch)
komharrash	Zeichen
komhorra	Rat (der Ältesten)
komuchl	zusammen
komuchl-krichg	Zusammenkunft
korr	einverstanden, allg. Bejahung
korr	ja
korrachg	Finger
korzoul	Burg
kouldrash	Kessel
koum	Kopf
koun-kinish	Häuptling (eines Ork-Stammes)
kourt	gerecht
kourtas	Gerechtigkeit
krark	beben, (sich) schütteln
krich'dok	kommen
kriok	Ende

Kriok!	Genug damit! (wörtl. »Ende«)
kro	Tod (gewaltsam)
kro-blor	Schlächter
kro-buchg	Todesstoß
kroiash	Grenze
kroimh	durch
krok	tot
krok'dh	Toter
kro-sabal	Todeskampf
kro-truuark	Todeskommando
krutor	Kreatur
kudashd	auch, ebenso
kul	Rückseite
kulach	Fliegen, Flug
kulach-knum	Lindwurm
kulish	Versteck
kum	behalten
kungal	Rauschmittel, Droge
kungash	Medizin, Heilmittel
kunnach	Korb
kunnart	Gefahr, gefährlich
kur	Drehung, auch: Verrenkung
kur	legen, setzen, stellen
kur'dok	drehen, auch: verrenken
kuroush	Einladung
kursosh	Vergangenheit
kurta	Fundament, auch: steinernes Haus
kuun	Fremder, fremd
lachg	Gesetz, Regel
lairk	grau
lamhum	Hand
laochg	Krieger
lark	schnell
larka	Tag
larkor	Gegenwart
lash	Licht

lash'dok	kennen, erkennen
lashar	Flamme
lerk	Hälfte, halb
liosg	Feuer
loin	Netz
lokrum	Laterne
lonk	Schiff
lorchg	Fährte
lorg	Fund, Spur
lounabh	Kind
luchga	klein
lum	Sprung
lumm	Klinge
lus	Gemüse
lus'dok	feige sein, sich (vor Feinden) fürchten
lus-irk	Vegetarier (wortl. »Gemüsefresser«)
lut	Wunde, wund
luusg	Faulheit
machin	Mahl(zeit)
madon	Morgen
mainn	Absicht
malash	Hund
malash-arralsh	Wolf
mark	gut
mashlu	Schande
mathum	Bär
mill	verderben
minras	Mine
miot	Stolz
moash	früh
mochgstir	Meister
moi	ich
mor	groß
moror	Herrscher
mourashd	Fehler
mu	wenn

rau … ra	wenn … nicht
muk	Schwein
muk'dok	kleckern
muntir	Volk
mur	Meer
murruchg	Made
murt	Mord, Mörder
nabosh	Nachbar
namhal	Feind
nifful	Nebel
nokd	erscheinen, sich zeigen
noud	Nest
nuarranash	heulen
nuash	neu
'nur	dein
oashor	Reiter
obor	Arbeit
obor'dok	arbeiten
ochdral	Geschichte, Historie
ochgan	Zweig
ochgurash	Schwuler, schwul
og	an
oignash	Überraschung
oindron	Sehnsucht
oinsochg	Angriff
oir	Gold
oirkir	Küste
oisal	niedrig
ol	Luft
ol'dok	verschwinden
olk	böse
omhruut	Zwietracht
onchoun-lerk	Halbhirn (Schimpfwort)
or	auf
orchgoid	Silber
ora	Hammer

ordashoulash	verschieden, unterschiedlich
ord-sochgash	Kriegshammer (Waffe)
orduchg	Befehl
orgoid	Geld, Bezahlung
ork	Ork
ork-boun	Orkin
ork-loun	Orkling
oroumh	Zahl
oroumh'dok	zählen, rechnen
orson	für, um
oruun	Arena
oskoin	über
oslok	Traum
ouash	Pferd
oudarshoulachash	Unterschied, unterschiedlich
ounchon	Gehirn
our	Osten
ourrann	Einheit
ourrann'dok	(ver)einen
pirak	Seeräuber, Pirat
plum	Plan, Vorhaben
pochga	Furz
poibh	Pfeife
pol	Schlamm
proinnsa	Prinz, Prinzessin
prunnasg	Schwefel
pusoun	Gift
pusoun'dok	vergiften
rabhash	Warnung
radum	Ratte
rammash	dick, fett
rammashg	Speck
rark	Festung
rash	Rache
richg	König
rochg	Rotz

rochgon	Wahl
roichgol	königlich
roimh	(be)vor
roimh-kurta	Entscheidung, Vorsatz auch: Vorsehung
roub	reißen
ruchg	Tal, Schlucht
rushoum	Glaube
ruuk	Verkauf
ruuk'dok	verkaufen
's	und
sabal	Kampf
salash	Dreck, dreckig
samashor	Schweigen
sammash	leise, still
saobh	Raserei
saobh	verrückt (vor Wut)
saorsh'dok	befreien
saorsha	Freiheit, auch: Befreiung
saparak	Speer
sgark	Schild
sgarkan	Spiegel
sgimilour	Eindringling
sgirk	müde, erschöpft
sgol	Schatten
sgorn	Kehle
sgudar'hai	Eingeweide
shadag	Funke
shnorsh	****
shnorshal	Latrine (wörtl. ****haus)
shnorshor	****er (abwertend)
shourk	Reihe
shron	Nase
shron'dok	atmen
shrouk'dok	schrumpfen
shrouk-koum	Schrumpfkopf
shub	schwarz

silish	Gallert, Gelee, Qualle
sioll	Blitz
siorrush	Ewigkeit, ewig
slaich	Schale, Hülle
slaish	Schwert
slichge	Weg
slok	Grube
slug	Schluck
smarkod	vielleicht
smok	Rauch
snagor	Schlange, Reptil
snoushda	Schnee
sochgal	Erde, Welt
sochgash	Krieg
sochgash-bhull	Kriegskugel, Kaldrone
sochgor	Staatsgeheimnis
sochgoud	Pfeil
sochgoud's bochga	Pfeil und Bogen
sonash	Freude
sonash'dok	freuen
soubhag	Falke
soukod	Jacke, Rock
soulbh	Glück
soullash	Blick
soun	alt
spogg	Kralle, Klaue
spoikash	gemein
spoulg	Splitter
stal	Stillstand, Starre
Stal!	Halt!
stal'dok	anhalten, stehen bleiben
sturk	Stoff, Material
sul	Auge
sul'hai-coul	Elfen (eigtl. »Schmalaugen«)
sul'hai-coul-boun	Elfenweib (abwertend)
sulshoug	Schnecke

sutis	süß
tachorr	geschehen, passieren, sich ereignen
taitnouash	angenehm
taitnouash douk	unangenehm
takranash	Bauer
tashol	Besuch
tochg	Haus
tog	Graben
togol	Gebäude, Haus
torma	Armee, Heer
tornoumuch	Donner
tosash	Anfang, Beginn
tougasg	Lehrer, Lehre
tounga	Zunge
trolok	Troll
trurk	Verrat
trurk'dok	verraten
trurkor	Verräter
truuark	Unternehmen
tuachg	Axt
tuark	Norden
tuash	Flucht
tudok	Fall, fallen
tul	Loch
tull	Rückkehr
tull	Untergang
tur	Turm
tur'dok	flüchten
turus	Reise
tutoum	Sturz
uashdarum	Besitzer
ubal	Apfel
uchg	Ei
uchl-bhuurz	Ungeheuer
umbal	Idiot
umm	Zeit

unnog	Fenster
unur	Ehre
uochg	Grab
ur'kurul-lashar	Kuruls Flamme
ur'Kurul-slok	Kuruls Grube
urku	du
usga	Wasser
usganash	Wasserfall
ush	Interesse
uule	anders, andere
uule'dok	ändern, wechseln
uuloun	Insel

Liebe Leser,
damit endet DIE HERRSCHAFT DER ORKS – in Erdwelt
jedoch hat ein neues Zeitalter begonnen. Ein neues Kapitel der
Saga wurde aufgeschlagen, das schon bald seine Fortsetzung findet,
in einer epischen Trilogie, die die Geschichte der Figuren weiter-
spinnt, in eine dunkle, ungewisse Zukunft …

Michael Peinkofer

DIE KÖNIGE
Leseprobe

1.

Es war seltsam.

Manche Dinge, die einem im Leben widerfuhren, verloren sich bereits kurze Zeit später wieder im unsteten Fluss der Erinnerung. Andere hingegen, selbst wenn es sich nur um Kleinigkeiten handelte, um unbedeutende Wahrnehmungen am Wegesrand, blieben über Jahrzehnte hinweg im Gedächtnis haften.

So wie die Begegnung mit dem Spielmann.

Dag erinnerte sich, dass vor vielen Jahren, als er selbst noch ein Junge gewesen war, ein alter Spielmann in Ansun haltgemacht hatte. Das Licht seiner Augen hatte den Alten längst verlassen, dennoch hatte er, zum höchsten Erstaunen des gesamten Hofstaats, seiner Laute Klänge zu entlocken vermocht, die wunderbarer und mitreißender waren als alles, was je zuvor in der herzoglichen Burg zu hören gewesen war.

»Wie machst du das nur?«, hatte Dag voller Staunen gefragt, und die Antwort, die der Alte ihm gegeben hatte, hatte er in all den Jahren nie vergessen.

»Weißt du, Junge – das meiste von dem, was die Menschen allgemein als wichtig erachten, ist in Wirklichkeit mit den

Augen nicht zu erkennen. Man vermag es lediglich mit dem Herzen zu sehen.«

Dag hatte dies nie vergessen, auch dann nicht, als er längst damit aufgehört hatte, am Ende der Tafel auf dem Boden zu sitzen und den Spielleuten bei ihren Gesängen zuzuhören, und aus dem Knaben ein Mann geworden wahr. Die tatsächliche Bedeutung dieser Worte jedoch war ihm erst einige Monate zuvor schmerzlich bewusst geworden – nach jenem schicksalhaften Tag, an dem er sein Augenlicht verloren hatte.

Eines allerdings hatte der Alte ihm damals nicht gesagt.

Dass auch ein Herz verstümmelt und blind werden konnte …

»Verdammt!«

In einem jähen Wutausbruch warf Dag die Schüssel von sich, sodass der Inhalt nach allen Seiten spritzte. Vergeblich hatte er versucht, rote Beeren von blauen zu trennen. Nun war seine Geduld am Ende.

»Das war unser Abendessen«, sagte jemand neben ihm. »Jedenfalls der Teil davon, der nicht giftig war.«

»Ich kann es nicht!«, beschwerte sich Dag lauthals. »Ich werde es niemals lernen, verstehst du?«

»Weil du keine Geduld hast.«

Die Stimme neben ihm seufzte. Dann konnte Dag es rascheln hören – der andere hatte sich gebückt, um die am Waldboden verstreuten Beeren wiederaufzulesen. Dennoch empfand Dag noch immer ohnmächtige Wut, die Auslass begehrte …

»Du hast leicht reden!«, fuhr er seinen Begleiter an. »Du kannst alles sehen! Den Himmel, die Sonne, das Grün der Bäume!«

»Eigentlich nicht«, kam es schnaufend zurück. »Der Himmel ist wolkig und der Wald ist heute dunkelgrau.«

»Du weißt, was ich meine«, zischte Dag. »Jedenfalls fällt es dir leicht, rote Beeren von blauen zu trennen.«

»Und dir sollte es inzwischen auch leichtfallen. Die blauen sind etwas größer und weicher, die roten hingegen …«

»Ich weiß.«

»Es ist wichtig, dass du sie zu unterscheiden lernst. Nur die blauen sind essbar – verschluckst du eine von den roten ...«

»Ich weiß!«, herrschte Dag ihn an.

Der andere verstummte.

Lange Augenblicke verstrichen.

Augenblicke, in denen Dag hören konnte, wie sein Begleiter zwischen den Farnblättern herumkroch – und in denen sich fast ebenso plötzlich, wie ihn der Zorn überkommen hatte, ein schlechtes Gewissen einstellte.

»Es tut mir leid«, sagte er nach einer Weile.

»Natürlich«, kam es gleichgültig zurück.

»Es tut mir wirklich leid«, betonte Dag. »Du hast nicht verdient, dass ich dich so behandle.«

»Nein«, sagte der andere und richtete sich auf, »das habe ich wirklich nicht. Schließlich hätte ich dich nicht bei mir aufnehmen müssen, als du damals vor meiner Höhle lagst, hungrig und zerschunden und blind wie ein Maulwurf.«

Dag musste lächeln. »Blind bin ich immer noch, Tiff.«

»Und hungrig auch, wenn du nicht damit aufhörst, unser Abendessen wegzuschmeißen«, gab der Einsiedler mit einem hörbaren Grinsen zurück. »Lass uns zur Höhle zurückkehren, es wird bald regnen.«

»Einverstanden.« Dag erhob sich von dem Felsen, auf dem er gehockt hatte, und streckte eine Hand aus. Schon im nächsten Moment fühlte er den festen Griff des eigenwilligen Freundes, den er sich der Stimme nach stets als kleinwüchsigen, leicht untersetzten Burschen vorstellte – in Wahrheit war Tiffor, der als Einsiedler in den östlichen Wäldern lebte, ein Koloss von einem Mann, dessen gutwilliges, bisweilen kindhaftes Gemüt jedoch in krassem Widerspruch zu seiner Erscheinung stand. So viel zur Wirklichkeit, die man angeblich mit dem Herzen zu sehen vermochte.

Der Weg zurück zur Höhle war ein Irrweg, so wie immer, ein Marsch voller Gefahren und Stolperfallen für jemanden, der nicht in der Lage war, seine Umgebung zu sehen. Zwar setzte Dag alles daran, seine verbliebenen Sinne zu schärfen, doch inmitten des schier undurchdringlichen Waldes wollte es ihm nicht recht gelingen. Zu verwirrend waren die Geräusche, die bald von dieser, bald von jener Seite zu ihm an sein Ohr drangen, zu vielfältig die Gerüche; mal roch es nach würzigen Pilzen, dann nach süßem Honig und dann wieder nach bitterer Verwesung. Und dennoch hätte Dag an keinem anderen Ort sein wollen als hier, inmitten des dunklen Waldes, in den er sich verkrochen hatte wie ein verletztes Tier, um seine Wunden zu lecken und zu vergessen – aber es gelang ihm nicht.

Fast zehn Monde waren seit jenem Tag vergangen, an dem er die Welt zum letzten Mal gesehen hatte.

Zehn Monde …

An sich eine lange Zeit. Aber nicht, wenn die Wunde noch immer schwärte, wenn die Erinnerung an die Vergangenheit in jeder Nacht wiederauflebte, in grässlichen Albträumen, die Dag bis in den Wachzustand verfolgten und bisweilen selbst noch darüber hinaus.

Vergeblich hatte er versucht, die Vergangenheit zu überwinden, denn Schwärze war alles, was er sah, seit die Truhe geöffnet worden war und er den verderblichen Inhalt erblickt hatte. Fortwährend hatte er diesen grässlichen Moment vor Augen, während er sich mit Vorwürfen marterte und sich immerzu fragte, ob es hätte verhindern können.

Nein, sagte er sich dann.

Es war unausweichlich gewesen.

Und dennoch fand der mit Blindheit geschlagene Krüppel, zu dem er nach seiner Ansicht geworden war, vor ihm keine Gnade.

Dag war froh, als sie den Höhleneingang erreichten. Er spürte es, weil der Boden unter seinen Füßen fester wurde und die Bäume hier weniger dicht standen, sodass die Dunkelheit um ihn herum ein wenig nachließ. Außerdem vernahm er das Rauschen der Quelle, die ganz in der Nähe entsprang. Es war das Erste gewesen, das er nach seinem Erwachen wahrgenommen hatte, kurz bevor Tiffor ihn gefunden und in seine Höhle mitgenommen hatte.

Doch an diesem Nachmittag war etwas anders.

Dag nahm es deutlich wahr, der Verachtung seiner verbliebenen Sinne zum Trotz. Obwohl er nichts sehen konnte, war ihm klar, dass sich etwas verändert hatte, und noch ehe er sich fragen konnte, woher diese Empfindung stammte, hörte er, wie Tiffor neben ihm scharf die Luft einsog.

»Wer bist du?«

»Habt keine Angst«, sagte eine Stimme, die weder bedrohlich noch feindselig klang. Sie schien einem alten Mann zu gehören, und aus denselben unerfindlichen Gründen, aus denen er die Anwesenheit des Alten gespürt hatte, hatte er das Gefühl, diese Stimme schon einmal gehört zu haben.

In seinem früheren, seinem anderen Leben …

»Wenn du ein Räuber bist, dann fürchte ich, hast du dich in der Tür geirrt«, beschied Tiffor. »Wir sind Einsiedler, die von dem leben, was der Wald ihnen schenkt. Bei uns gibt es nichts zu holen.

»Das habe ich auch nicht angenommen.« Es raschelte. Der Alte, der auf einem der beiden Felsen gesessen haben musste, die den Höhleneingang säumten, schien sich zu erheben. »Es mag euch überraschen, aber ich habe auf euch gewartet.«

»Auf mich?«, fragte Tiffor verwundert.

»Eher auf deinen Begleiter, mein unbedarfter Freund.«

»Warum? Was wollt Ihr von mir?«, fragte Dag. Wie er es hasste, mit Leuten sprechen zu müssen, während sie ihn vermutlich von Kopf bis Fuß musterten.

»Was immer du zu geben bereit bist«, erwiderte der Fremde, und noch ehe Dag auch nur fragen konnte, was der alte Mann damit meinte, fügte dieser hinzu: »Du hast dich lange genug verkrochen. Es wird Zeit, dass du dich der Vergangenheit stellst, Daghan, Sohn Herzog Osberts von Ansun. Ich weiß, wer du bist – und ich kenne deine Bestimmung.«